ROGER TAYLOR

Der Untergang Fyorlunds

HAWKLAN DER HEILER

Fan[illegible]

W0212215

Ins Deut[illegible]
von Susa[illegible]ner

BASTEI LÜBBE

BASTEI-LÜBBE-TASCHENBUCH
Band 20 290

Erste Auflage:
September 1996

© Copyright 1989
by Roger Taylor
All rights reserved
Deutsche Lizenzausgabe 1996
Bastei-Verlag
Gustav H. Lübbe GmbH & Co.,
Bergisch Gladbach
Originaltitel: The Fall of Fyorlund
Lektorat:
Birgit Sonnek/Stefan Bauer
Titelbild: Mark Harrison
Umschlaggestaltung:
Quadro Grafik, Bensberg
Satz: Fotosatz Schell, Hagen a.T.W.
Druck und Verarbeitung:
Brodard & Taupin,
La Flèche, Frankreich
Printed in France

ISBN 3-404-20290-2

Der Preis dieses Bandes
versteht sich einschließlich der
gesetzlichen Mehrwertsteuer.

Für meine Frau
und meine Kinder

Die Zeit von Hawklan liegt so tief in der Vergangenheit, daß sie auch eine ferne Zukunft sein könnte.

PROLOG

Mit rasender Geschwindigkeit flogen Täler und Gipfel vorbei. Selbst der letzte Anschein eines Versuchs, still und unbemerkt zu bleiben, wurde aufgegeben, als der braune Vogel mit häßlich funkelnden gelben Augen über die Berge von Riddin nach Orthlund flog.

Er enthielt die Neuigkeit von Hawklans Flucht aus der Falle auf dem Gretmearc. In ihm war die Neuigkeit von der Zerstörung jener Falle durch einen seltsamen alten Mann. In ihm erklang auch der schreckliche Lärm der Schlacht, die immer noch mit dem alten Mann um die Kontrolle über den Willen des Vogels geschlagen wurde.

Der Vogel zögerte. Schlacht oder Botschaft? Nutzte er alle Kraft für die Botschaft, würde er in Fesseln geschlagen. Nutzte er alle Kraft für die Schlacht, konnte die Botschaft verlorengehen.

Dann sandte der Meister seinen Willen aus und berührte ihn. Die Botschaft muß überbracht werden, koste es, was es wolle.

Unsicher flog der Vogel weiter, mit taub vibrierenden Flügeln, bis plötzlich *er* da war. Groß und hager. Fremd im Sonnenschein Orthlunds. Seine Augen rote Leuchtfeuer aus einem anderen Zeitalter.

Der Vogel ließ sich aus dem Himmel fallen, ihm entgegen …

KAPITEL 1

Unvermittelt schreckte Jaldaric aus seiner sonnenwarmen Schläfrigkeit hoch. »Was war das?« fragte er, setzte sich auf und sah in die Runde seiner Freunde.

In der Ferne wieherte eins der Pferde nervös auf.

Sechs Fyordyn-Hochgardisten verbrachten müßig ihre nicht mit Wachpflichten ausgefüllte Zeit auf der kleinen Lichtung, die sie sich als Lagerplatz ausgesucht hatten, als Lord Dan-Tor ihrem Ritt durch Orthlund plötzlich Halt geboten hatte.

Vorübergehend glaubte Jaldaric, ein bloßes Muskelzucken habe ihn aus den dämmrigen Randbezirken des Schlafs zurückgeholt, während er sich im weichen Gras ausgestreckt hatte, doch dann bemerkte er, daß all seine Männer sich unbehaglich umsahen und eine eigenartige Stille die Lichtung erfüllte. Selbst die Vögel waren verstummt.

Er wiederholte seine Frage.

Der ihm am nächsten stehende Mann war Fel-Astian. Mit seinem blonden Haar und kraftvollen Wuchs war er Jaldaric nicht unähnlich, obwohl seinem schmalen Gesicht Jaldarics scheinbare Unschuld abging.

»Es gab ein Grollen, und dann schien die Erde sich zu bewegen«, antwortete er vorsichtig, als traue er seinen eigenen Worten nicht.

»Hat sich bewegt«, berichtigte ihn ein anderer in überzeugterem Tonfall.

Fel-Astian nickte.

Dann, als wolle er die allgemeine Entspannung einläuten, begann ein Vogel zu singen, und die unbehagliche Verwirrung, die auf der Lichtung geherrscht hatte, löste sich auf. Die Männer fingen an, alle auf einmal zu reden und über das merkwürdige Phänomen zu diskutieren.

Jaldaric reckte den Hals vor, um die Steifheit aus seinem

Nacken zu vertreiben. Die Helligkeit des Frühlingshimmels ließ ihn die Augen zusammenkneifen, und da sah er einen kleinen braunen Vogel über die Baumkronen fliegen. Komisch, dachte er. Es war eines jener reizlosen, graubraunen Geschöpfe, die Lord Dan-Tor offenbar zähmen konnte, so daß sie sich auf seine Hand setzten. Doch ihr Flug war für gewöhnlich pfeilgerade und beängstigend zielstrebig, während dieser hier taumelte und schlingerte, auf und ab hüpfte wie eine Schwalbe.

Ein paar Meter abseits von der Lichtung stand Dan-Tor auf einem Felsvorsprung, den er zu seiner Privatdomäne erkoren hatte, seit er mit dem überraschenden Befehl, anzuhalten und ein Lager aufzuschlagen, aus dem Dorf Pedhavin zurückgekehrt war. Aber es war nicht der Lord Dan-Tor, den seine Männer kannten, selbst wenn man davon absah, daß seine Laune allgemein in letzter Zeit sehr unbeständig gewesen war, durchsetzt von für ihn untypischen Ausbrüchen von Gereiztheit.

Sein Körper war starr und zitterte, seine Augen glühten rot und haßerfüllt mit einem Blick, den kein Mensch ertragen konnte, ohne den Verstand zu verlieren. Der Fels um seine Füße war aufgebrochen und gerissen, als sei er von seinem Untergrund gelöst, ein unschuldiges Opfer seiner Reaktion auf die Neuigkeiten, die ihn erreicht hatten.

Abwechselnd durchzuckten ihn Wogen von Furcht und blanker Wut. Hawklan war der Falle auf dem Gretmearc entronnen und hatte seinen, Dan-Tors, Gehilfen dort zerbrochen und wahnsinnig zurückgelassen. Schlimmer noch, irgend jemand hatte Hawklan dabei geholfen, vermutlich derjenige, der nun die Vögel angriff, seine Boten, seine Augen. Jemand, der die Alte Macht kannte und keine Angst hatte, sie einzusetzen.

Seit Dan-Tor die Entscheidung getroffen hatte, Hawklan zum Gretmearc zu locken, in Fesseln zu schlagen und nach Narsindal zu verschleppen, hatte ihn ein quälender innerer Kampf gelähmt. Nun quoll diese Raserei aus ihm heraus, wie die sturmgepeitschte See, die einen Felsstrand überschwemmt.

Grimmig unterdrückte er den Gefühlsaufruhr mit eisenhartem Willen, der die furchterregende Glut in seinen Augen Lügen strafte.

Was auch immer auf dem Gretmearc geschehen war, es hatte Ethriss nicht aufgeweckt. Er stände nicht hier in diesem verfluchten Land und würde Selbstgespräche führen, wenn das passiert wäre. Er läge wieder gebunden in der Finsternis und müßte auf eine andere Ewigkeit, eine andere Wiederkehr warten. Unwillkürlich erschauerte er.

Ein besonderer Teil in ihm raunte ihm zu, daß man aus dieser Katastrophe viel gewinnen könnte. Gewinnen *müßte*, verhöhnte ihn eine andere innere Stimme. Gewinnen *muß*, wenn du *Ihm* Rechenschaft über deine Torheit ablegen mußt. Er verzog das Gesicht und schüttelte den Quälgeist ab. *Seinem* Zorn mußte er sich zu gegebenem Zeitpunkt stellen, komme, was wolle, doch die nun getroffenen Vorkehrungen mochten Ihn besänftigen, und sorgenvolles Jammern wäre diesen Vorkehrungen auch nicht dienlich.

Wer oder was Hawklan war, blieb ein Rätsel. Ein Rätsel, das weitere Geheimnisse in sich barg. Die Botschaft, die ihm der gescheiterte Vogel überbracht hatte, war kaum zu verstehen, doch eines war klar; daß Hawklan selbst nur geringen Anteil an seiner eigenen Befreiung gehabt hatte, während er nun den Gretmearc fluchtartig verließ. Doch sein Retter war ebenfalls geflohen, wenn auch auf unbemerktem Weg, und hatte seine Kraft gegen einen der Vögel gerichtet. Der Gedanke war tröstlich. Du wirst bald merken, daß der Vogel keine leichte Beute ist, dachte er gehässig. Er besitzt eine Stärke, die deine Vorstellungskraft übersteigt, und wenn er dich besiegt, werde ich dich kennen, und du wirst mir ausgeliefert sein.

Der Gefühlsaufruhr in Dan-Tor, der wie eine Felssäule in Orthlunds Sonnenschein stand, ließ allmählich nach, und der unverhüllte Haß wich aus seinen Augen. In der Nähe begannen die Vögel wieder zu singen. Er hatte recht gehabt. Hawklan war von einiger Bedeutung. Zugegeben, er war nicht gefangen worden. Doch mit seiner Anwesenheit war ein bislang unbekannter Feind, der die Alte Macht gegen Ihn einsetzen konnte, bloßgestellt und eventuell bewegungsunfähig gemacht worden. Und Hawklan war jetzt allein und hastete vermutlich nach Anderras Darion zurück wie ein ängstliches Kaninchen in seinen Bau.

Vorsichtige Bedenken schlichen sich in Dan-Tors augenblickliche Selbstzufriedenheit. Der Mann mußte immer noch gefangen und verhört werden. Aber wie wachsam war er mittlerweile? Die Alte Macht ein zweites Mal zu benutzen wäre eine unverzeihliche Dummheit. Er spürte, wie sich etwas näherte.

»Hauptmann«, sagte er, ohne sich umzuwenden.

Jaldaric blieb stehen, erstaunt über die trefflichen Reaktionen des Lords.

»Lord, wir hörten ein Grollen und sahen die Erde beben. Ich dachte, vielleicht hat ein Steinsturz ...«

Dan-Tor drehte sich um und blickte Jaldaric ins Gesicht. Der Anblick von Jaldarics hellem Haar weckte eine Erinnerung in ihm an lange, im Sonnenschein gleißende blonde Haare, und da fiel ihm eine List ein, wie man Hawklan gefangennehmen könne; eine List, die wahrlich erdverbunden und weit entfernt von den tiefen Mächten der alten Zeiten war.

Er lächelte breit, und ein weißes Banner des Willkommens erhellte sein zerfurchtes, dunkles Antlitz. »Das ist überaus aufmerksam von Euch, Jaldaric«, sagte er und trat zuvorkommend vor. »Doch ich befand mich nicht in Gefahr. Ein kleiner Erdstoß, sonst nichts. Ungewöhnlich und höchst interessant.«

Jaldaric öffnete den Mund, um etwas zu sagen, doch Dan-Tor hob die Hand und setzte eine Miene beinah väterlicher Besorgnis auf.

»Ich muß unerwartet fort, Hauptmann«, sagte er. »Und ich fürchte, ich muß Euch und Eure Männer mit einer Aufgabe allein lassen, die vielleicht die schwierigste und unangenehmste ist, die Ihr je erledigt habt.« Er sah Jaldaric tief in die Augen. »Ich verlasse mich auf Eure Loyalität, Hauptmann, wie der König auch.«

»Ah, Ihr seid Fyordyn?« meinte Loman und blickte von dem Pferd auf, das er gerade versorgt hatte. Der Adressat seiner Anrede stand in dem sonnenerhellten Türrahmen von Lomans Werkstatt. Er war groß und gut gewachsen, hatte helles Lockenhaar und ein rundes Gesicht, das eine bekümmerte Unschuld ausstrahlte. Loman schätzte ihn auf etwa fünfundzwanzig.

Jaldaric und seine Gefährten waren kurz nach Morgengrauen über die Flußstraße nach Pedhavin geritten, auf der Suche nach einem Schmied, der eins ihrer Pferde beschlagen konnte.

»Woher wißt Ihr das?« fragte er erstaunt.

Loman lächelte und zwinkerte ihm zu. »Das ist kein großes Geheimnis, junger Mann. Dies ist eine sehr charakteristische Arbeit«, setzte er hinzu und überreichte ihm das Hufeisen. »Recht anständig gemacht, übrigens. Eure Schmiedekunst hat sich in den letzten zwanzig Jahren ziemlich verbessert.«

»Oh«, kam die Antwort. »Ich fürchte, für mich sehen alle Hufeisen gleich aus. Ich weiß sehr wenig über die Schmiedekunst.« Dann wechselte er das Thema. »Seid Ihr je in Fyorlund gewesen?«

»Nein, nein«, erwiderte Loman schnell. »Aber ich habe schon ziemlich viel Fyordyn-Arbeit gesehen. Hier sind im Laufe der Jahre eine Menge Leute vorbeigekommen. So, jetzt haben wir's.«

Seine letzte Bemerkung galt dem Pferd, während er sich von dem jungen Mann entfernte und eifrig begann, den Huf des Tiers vorzubereiten. Die Fyordyn-Arbeit, die er zuletzt zu Gesicht bekommen hatte, war im Morlider-Krieg gewesen, und er wollte sich nicht an traurige alte Geschichten erinnern lassen, nur um die unvermeidliche Neugier dieses jungen Herrn und seiner Freunde zu befriedigen.

Halb bedauerte er seine kleine Prahlerei mit der Identifizierung der Hufeisen. Er entschloß sich, nicht zu fragen, zu welchem Lord diese Einheit Hochgardisten gehörte. Sie trugen zwar keine Uniform, doch ihr ganzes Gebaren zeigte jemandem, der Seite an Seite mit den Hochgarden gefochten hatte, deutlicher als jede Uniform, wer sie waren. Loman hielt in seiner Arbeit inne und verzog das Gesicht, während er die alten Erinnerungen zu unterdrücken suchte, die klar und lebendig in ihm aufstiegen.

Der junge Mann kam um das Pferd herum auf ihn zu. »Ich heiße Jaldaric«, erklärte er, streckte ihm eine Hand entgegen und lächelte nervös.

Loman sah auf, erwiderte sein Lächeln mit einem aufmunternden Blick und ergriff die dargebotene Hand. »Reist Ihr gen Süden?« erkundigte er sich.

Jaldaric schüttelte den Kopf. »Nein«, gab er zur Antwort. »Wir verbringen nur unsere freie Zeit in Orthlund, bevor wir wieder in Dienst gehen. Wir sind Hochgardisten.«

Loman nickte verständnisvoll und wandte sich wieder seiner Arbeit zu.

»Wir werden bei unserer Rückkehr an die nördliche Grenze beordert, und im besten Fall ist es dort erbärmlich«, fuhr Jaldaric fort.

Loman war erstaunt, daß diese freiwillige Erklärung ihn irgendwie erleichterte, und er machte sich Vorwürfe, weil er mißtrauische, wenn auch vage Gedanken gehegt hatte. Er schrieb sie ›diesen allzu vielen Veränderungen zu, die in letzter Zeit zu beobachten waren‹.

»Seid denn heute meine Gäste«, bat er, um sein Gewissen zu beruhigen. »Und heute nacht müßt Ihr an unserer kleinen Feier teilnehmen.«

Die Einladung schien Jaldaric leicht zu verblüffen, so daß er versicherte, er und seine Freunde wollten dem Schmied keinesfalls zur Last fallen.

»Unsinn«, erklärte Loman. »Wir in Pedhavin sind stolz auf unsere Gastfreundschaft. Und da es höchst unwahrscheinlich ist, daß Ihr in absehbarer Zeit noch einmal hier vorbeikommt, braucht Ihr jemanden, der Euch die Gegend zeigt, oder Ihr verpaßt eine Menge interessanter Sehenswürdigkeiten.«

Wie alle anderen Dorfbewohner auch fühlte sich Loman,

als trete er endlich aus jener dunklen Wolke heraus, die der Kesselflicker und seine verderbten Waren über ihre Gemeinschaft geworfen hatten. Das Gefühl von Leichtigkeit, die Rückkehr zur geliebten Normalität, hatten ihn ziemlich redselig gemacht. Jaldarics halbherzige Einwände wurden mühelos beiseitegewischt.

»Ich muß noch ein, zwei Dinge auf der Burg erledigen. Wir treffen uns dort in einer Stunde, und dann führe ich Euch herum. Nun ja, zumindest ein bißchen werde ich Euch zeigen können. Der Ort ist sehr ausgedehnt.«

Das Schloß verblüffte die jungen Männer, und unablässig bestürmten sie Loman mit Fragen, von denen er viele nicht beantworten konnte.

»Ich bin ein bescheidener Burgvogt, kein Kriegsherr – oder Baumeister«, sagte er schließlich.

Jaldaric lachte. »Ein Kind könnte eine solche Burg verteidigen«, sagte er. »Das ist das Unglaublichste, was ich je gesehen habe. Man kann meilenweit sehen, und hinter diesen Mauern ist man völlig unangreifbar – und hinter diesem Tor.«

Sie drückten alle ihr Erstaunen darüber aus, daß der Bewohner einer solchen Verteidigungsanlage kein großer Lord, sondern ein schlichter Heiler war, ein Heiler, der sich zudem noch entschlossen hatte, den ganzen Weg zum Gretmearc zu Fuß zurückzulegen. Aber Loman lachte nur.

»Wir hier in Orthlund haben keine Lords«, erwiderte er. »Wir bestellen lediglich unsere Äcker und betreiben unser bescheidenes Handwerk.«

Jaldaric wirkte bedrückt. Loman dachte, er verstehe ihn.

»Eine Große Harmonie herrscht in Orthlund, Jaldaric«, sagte er. »Die meisten Leute aus anderen Ländern vermögen sie nicht zu begreifen, selbst wenn sie meinen, sie zu spüren. Niemand weiß, warum das so ist. Vielleicht sind wir in gewisser Weise ein besonderes Volk. Wir nehmen Hawklan als das, was er ist. Was immer er einmal gewesen sein mag, er ist zweifellos ein ganz besonderer Mensch, und ein großer Heiler allemal.«

Jaldaric nickte vage.

Das Erscheinen Tirilens rettete Loman vor weiteren Fragen. Ihre Gegenwart flößte den jungen Männern ganz andere als militärische Gedanken ein. Loman lächelte still vor sich hin, während er beobachtete, wie die grazile Anmut seiner Tochter die Trabanten von seiner eher schweren Präsenz wegzog. Er fragte sich, was ihre neugewonnenen Gefolgsleute wohl denken würden, wenn sie sie in einer nicht allzu fernen Vergangenheit kennengelernt hätten, als sie noch, drei Stufen auf einmal nehmend, die Treppe herunterstürmte oder einen Dorfjungen wegen einer wirklichen oder vermeintlichen Beleidigung zu Boden gerungen hatte.

Seltsamerweise war Jaldaric nicht das Haupt der Bewundererschar, sondern hielt sich ein wenig abseits, und Loman bemerkte, daß er oft finster dreinblickte, als bekümmere ihn ein immer wiederkehrender Gedanke.

Die Feier, die Loman erwähnt hatte, sollte eigentlich nichts Besonderes werden. Unter den Dorfbewohnern schien sich die unausgesprochene Übereinkunft gebildet zu haben, daß eine Feier notwendig sei, ein Versuch, die letzten Schatten zu vertreiben, die der Kesselflicker hinterlassen hatte. Die Anwesenheit der Fremden jedoch brachte den mächtigen Akkord der Gastfreundschaft, der allen Orthlundyn angeboren war zum Klingen und verwandelte das Fest doch noch zu etwas ganz Besonderem.

Jaldaric und seine Truppe sahen sich überschüttet mit Speisen, Getränken und fröhlicher Laune, fanden sich in einem vergnügten, lauten Strudel aus Tanz, Gesang und Gelächter wieder, dessen beherrschender Mittelpunkt ganz offenbar Tirilen war, die durch die Reihen klatschender Hände und jubilierender Flöten und Geigen flog.

Jaldaric mußte schließlich seine Niederlage eingestehen. Mit hochrotem Kopf und rasselndem Atem sank er neben Loman auf die Bank. »Ihr tanzt und singt härter, als wir exerzieren. Ich denke, Eure Tochter würde einen ausgezeichneten Drilloffizier für unsere Kadetten abgeben.« Er nahm einen tiefen Schluck aus seinem Glas. »Ganz zu schweigen von den Gardisten selbst.«

Dann hieß es Abschied nehmen. Trotz aller Proteste behauptete Jaldaric tapfer seine Stellung. Sie mußten bald nach Fyorlund zurück, oder sie würden ernsthafte Schwierigkeiten bekommen. Sie würden die Gastfreundschaft Pedhavins nie vergessen und bestimmt eines Tages zurückkommen, wenn sie mehr Zeit hatten. Sie lehnten alle Angebote ab, die Nacht im Dorf zu verbringen, da sie angeblich, Urlaub oder nicht, als Hochgardisten zu einer bestimmten Lebensführung verpflichtet seien, die das Nächtigen in einem Feldlager einschloß.

Als Jaldaric sich aus dem Sattel beugte, um Loman die Hand zu schütteln, schien es, als lasse der Feuerschein sein jungenhaftes, unschuldiges Gesicht alt und bekümmert aussehen. Beim Wegreiten schien er sich unbehaglich zu fühlen und drehte sich nicht einmal um wie die meisten anderen, um zum Abschied zu winken.

Tirilen, zu erschöpft, um noch den steilen, langen Aufstieg zur Burg in Angriff zu nehmen, bat um ein Nachtlager bei Isloman. Nun genoß sie das Gefühl, in einem anderen Raum mit all seinen Formen, Schatten und Gerüchen zu sein, vertraut und doch nicht von ihrer Persönlichkeit durchdrungen.

Sie trat vor den Spiegel, reckte das Kinn hoch und untersuchte eingehend die kleine Narbe an ihrer Kehle. Die Entzündung hatte merklich nachgelassen, und vorsichtig berührte sie sie mit dem Finger. Sie heilte, aber langsam. Wie merkwürdig hartnäckig sie war, genau wie der Schnitt an Lomans Hand. Dann fiel ihr Blick auf ihr unvorteilhaft verzogenes Gesicht im Spiegel, mit geschürzten Lippen und vorgerecktem Kinn. Sie streckte sich die Zunge heraus und warf ihr Haar mit ihrer typischen, extravaganten Bewegung zurück, bevor sie die Pracht sorgfältig mit einem feinen Metallkamm bearbeitete, den ihr Vater ihr vor einigen Jahren angefertigt hatte. Das Haar glänzte und sprühte Funken, während sie es immer wieder durchkämmte und dabei die im Tanz verknoteten Strähnen entwirrte.

Sie rutschte auf ihrem Stuhl herum und sang beim Kämmen leise vor sich hin, im Kopf immer noch die Musik, die den ganzen Abend über erklungen war, in den Füßen immer noch den Rhythmus des Tanzes. Impulsiv sprang sie auf und wirbelte durch den Raum, ihre Haare und Röcke bauschten sich um sie wie Baldachine. Dann löschte sie die Fackel und trat auf den Balkon.

Mondlicht erhellte das Firmament, die Sterne waren kaum zu sehen. Oben konnte sie das Große Tor von Anderras Darion silbern aufschimmern sehen, wie ein Stern, der zur Erde gefallen war, und unten funkelten die Straßen und Dachfirste von Pedhavin im Mondschein.

Einige Leute waren noch auf den Beinen, lachten und sangen. Sie winkte ein paar freundlichen Rufern zu, blieb noch ein wenig stehen und beobachtete, wie das Mondlicht über ein kleines Schnitzwerk an der Ecke ihres Balkons wanderte. Die Schatten in ihm erweckten den Eindruck, als öffne sich eine Knospe langsam zur Blüte. Es wirkte so lebensecht, daß sie den Drang verspürte, sich vorzubeugen und ihren Nachtduft einzuziehen.

»O je! Zuviel getanzt, meine Liebe«, schalt sie sich selbst, griff aber übermütig den Gedanken auf, wirbelte herum und setzte ihren Tanz auf dem Weg zum Bett fort.

Lange blieb sie ganz still liegen und ließ zu, daß die schützende Wärme des Betts ihre müden Glieder umhüllte, während sie das Mondlicht auf seinem langsamen Weg durch das Zimmer beobachtete.

Normalerweise sank sie sofort in den Schlaf, doch das Tanzen und die angenehme, seltsame Vertrautheit des Raums ließen sie bald einschlummern, bald sanft wieder erwachen. Jedesmal, wenn sie die Augen aufschlug, hatten die Schattenmuster an der Decke sich durch den über den Himmel ziehenden Mond verändert. Nicht zum erstenmal stellte sie sich die Frage, warum die Orthlundyn sich nicht damit zufriedengaben, einfach wunderschöne Schnitzwerke zu schaffen, sondern jeden Winkel im Dorf auch noch mit unablässig wechselnden Gestalten ausfüllen mußten, die sich mit jeder Variante des Sonnen- oder Mondlichts veränderten. Manchmal fühlte sie sich überwältigt von der massiven Geschichte, die in diesen Schnitzwerken verborgen schien, obwohl es nie ein zusammenhängendes Ganzes ergab. Oft spürte sie auch eine vererbte Präsenz, die über sie hinaus in eine fremde, ferne Vergangenheit reichte.

Als sie wieder mit halb geöffneten Augen und halb verschlossenem Geist ins Bewußtsein zurückglitt, bemerkte sie den Schatten eines männlichen Profils an der Wand. Es war ihr vage vertraut, doch vermochte sie es nicht zu identifizieren, als es schon in ihre neu einsetzenden Träume sprang und wieder aus ihnen herausglitt.

Als sie die Augen aufschlug, war es verschwunden.

Statt dessen befand sich dort ein sehr viel soliderer Schatten, der nicht durch das reflektierende Mondlicht erhellt wurde, sondern es ausschloß. Die Gestalt eines Mannes stand mitten im Raum.

Plötzlich war sie hellwach und riß die Augen weit auf, zunächst verwirrt, dann in zunehmendem Entsetzen, als eine starke Hand sich über ihren Mund preßte und eine leise zischende Stimme Schweigen gebot.

KAPITEL 2

Im Gegensatz zu der gemächlichen Hinreise eilte Hawklan so schnell vom Gretmearc fort, wie er es ohne allzu großes Aufsehen zu erregen wagte. Seine langen Beine trugen ihn mühelos durch die Menschenmengen in den Straßen rund um diesen hektischen, drangvollen Markt. Er war niedergedrückt, und obwohl er versuchte, seine Gedanken durch den stetigen Rhythmus des Ausschreitens zu beruhigen, hatte er wenig Erfolg damit.

Auf der Suche nach Antworten auf eine kaum formulierte Frage war er zum Gretmearc gereist. Nun floh er ihn mit zahllosen Fragen, die nur allzu deutlich waren. Er war ein Heiler, kein Krieger, und doch hatte er beinah mühelos vier der Angreifer in Andawyrs Zelt überwältigt. Ihm war außerdem bewußt, daß seine Flucht ihn irgendwie ärgerte, auch wenn sie auf Andawyrs ausdrücklichen Befehl erfolgt war. Fliehen – und andere seinen Kampf ausfechten lassen. Er fühlte sich gedemütigt, auf eine Weise entehrt, die er nicht begreifen konnte.

Woher stammten diese merkwürdigen kämpferischen Fähigkeiten, woher stammte dieses Gefühl der Treulosigkeit, weil er das Feld geräumt hatte? Und am schlimmsten: Woher kam diese tiefere Stimme in seinem Innern, die eiskalt behauptete, die Fahnenflucht sei notwendig gewesen für einen höheren Zweck?

Und dann war da noch Andawyr selbst. Dieser eigenartige kleine Mann, der unzweifelhaft sein Leben gerettet hatte. Andawyr, der ihn als Ethriss angesprochen hatte. »Erster der Wächter«, hatte er gesagt. Irgendwelche merkwürdigen gottähnlichen Geschöpfe aus der mythischen Vergangenheit. Hawklan hätte die Vorstellung gerne als Geschwätz eines törichten alten Mannes abgetan, doch Andawyr hatte eine Lauterkeit ausgestrahlt und darüber hinaus Fähigkeiten bewiesen, die solch eine bequeme Ausrede nicht zuließen.

Aber es war doch wirklich nur Unfug? Trotz aller Unkenntnis hinsichtlich seiner eigenen Vergangenheit fühlte Hawklan sich ganz gewiß nur als ein normaler, sehr verletzlicher Sterblicher. Doch Andawyr hatte auch das gesehen. »Ihr seid möglicherweise unsere größte Hoffnung«, hatte er gesagt. »Aber im Augenblick bin ich *Eure* größte Hoffnung, und Ihr befindet Euch, wie alle Welt auch, in höchster Gefahr.« Dann: »Große Kräfte sind bereits gegen

Euch ins Werk gesetzt worden. Ihr braucht Schutz, bis man Euch lehren kann, Euch selbst zu erkennen.« Und schließlich: »Achtet auf die Schatten, die Tage des Friedens sind vorüber für Euch.« Die Worte ließen es ihm kalt ums Herz werden. In ihnen lag kein Trost.

Und ungewollt war ein neues Bewußtsein in ihm gewachsen, das ihn dazu brachte, in fremden Gesichtern nach Feindschaft oder Freundschaft Ausschau zu halten, nach Gefahr oder ungetrübter Stille dort, wo ein Blätterdach die Straße in scheckigen Schatten tauchte, nach Verrat oder Willkommen, wenn sie durch eine Ansiedlung kamen.

Doch trotz all seiner düsteren Befürchtungen verlief die Reise durch Riddin ohne Zwischenfälle. Sie schienen nicht vom Gretmearc aus verfolgt zu werden, und weder er noch Gavor entdeckten einen der finsteren kleinen Vögel. Nichtsdestoweniger begann Hawklan sich immer unbeschwerter zu fühlen, je weiter sie sich vom Gretmearc entfernten. Es war, als ziehe ihn nun etwas zurück nach Anderras Darion, wie ihn damals ein zwanghafter Drang zum Gretmearc getrieben hatte. Er sehnte sich danach, vertraute Stimmen über alltägliche Dinge reden zu hören, bekannte Gesichter und Gegenden zu sehen, und er verspürte eine freudige Erregung, als sie die Straße verließen und auf kleineren Wegen und Pfaden westwärts zu wandern begannen, durch die grasbewachsenen Vorgebirge, die sie wieder in die Berge und heim nach Orthlund bringen würden. Auch Gavor stieg jubilierend hoch und in den Frühlingshimmel auf.

Der folgende Tag war windig und sonnig, und weiße, dicke Wolken zogen rasch über einen blauen Himmel. Hawklan hatte auch bergauf ein unerbittliches Tempo angeschlagen und nun eine kurze Rast für ein Mahl eingelegt. Er lag auf einem Grasstreifen neben dem Weg und ließ müßig den Blick über Riddin schweifen, das unter ihm ausgebreitet lag; mit halbem Ohr hörte er dem glücklichen Plappern einer Familie zu, die in der Nähe rastete. Die Sonne schien ihm warm ins Gesicht, und er fühlte sich trotz seiner dunklen Ängste entspannt.

Er hatte einen kleinen Waffenstillstand mit sich selbst geschlossen – wer ich auch war oder bin, und was ich auch getan habe oder noch tun muß, und was mir auch passiert ist oder passieren wird, es bringt nichts als Verwirrung und Schrecken, sich endlos darüber den Kopf zu zerbrechen. Zu gegebener Zeit wird sich alles aufklären ... vermutlich. Beobachte einfach und warte und lerne.

Er sah hoch zu den dahinfliegenden Wolken, und in diesem Moment wurde ihm klar, daß das Bild der dunklen, fernen Wolken, das sich so hartnäckig an den Rändern seines Bewußtseins gehalten hatte, verschwunden war: Nun waren sie wieder oben wie die realen über ihm. Doch sie enthielten keine frühlingshafte Leichtigkeit; sie waren streng und drohend. Er wußte: Was er gefürchtet hatte, war eingetroffen, auch wenn er noch nicht erkennen konnte, was es war.

Plötzlich fiel ihm auf, daß die Geräusche der rastenden Familie verstummt waren, und er wandte den Kopf, um zu sehen, was geschehen war. Offensichtlich hatte der Familienvater um Ruhe gebeten; er erhob sich gerade bedächtig und blickte eindringlich zu den Wolken hinauf. Beim Aufstehen zog er die beiden Kinder hoch und wies sie mit ausgestrecktem Finger auf etwas in der Landschaft hin, worauf er selbst gestarrt hatte. Da die gesamte Familie in eine Richtung blickte, wurde auch Hawklans Blick magisch dorthin gelenkt.

Zunächst vermochte er nichts Ungewöhnliches zu erkennen, dann kam ein vertrauter schwarzer Punkt in Sicht. Die Gruppe starrte doch nicht etwa Gavor an? dachte er, ließ seine Wange in das kühle, wohlriechende Gras sinken und beobachtete weiterhin die Familie. Dann landete Gavor ungeschickt und in einem Zustand erheblicher Aufregung an seiner Seite.

»Sieh, Hawklan«, stieß er atemlos hervor und deutete mit ruckhaften Schnabelbewegungen in die gleiche Richtung.

»Wo?« wollte Hawklan wissen.

»Da«, antwortete Gavor ungeduldig. »Da. Wo ich hinzeige.«

»Ich kann nichts sehen«, begann Hawklan. »Nur Wolken und Him ...«

Er brach ab, während sein Blick sich durch die dahinziehenden weißen Wattebäusche arbeitete und endlich auf den Grund all der Aufmerksamkeit stieß. Der Anblick vertrieb all seine sonnenwarme Lethargie und zwang ihn erst in eine sitzende, dann in eine stehende Position, aber langsam, ganz langsam, als fürchte er, das Wunder zu stören, dessen Zeuge er wurde. Kurzfristig fühlte er sich wie benommen; er warf einen kurzen Blick zu Gavor hinüber. Das schillernde schwarze Gefieder seines Freundes vor dem sanften Gras beruhigte ihn, und so hob er den Blick wieder der riesigen weißen Wolke in der Ferne entgegen.

Es schien tatsächlich eine riesige weiße Wolke zu sein, eine aus der großen, windgeborenen Armada, die still und elegant über ihren Köpfen dahinglitt. Außer, daß von ihrer oberen Schicht Reihen um Reihen von Türmen und Minaretten aufstiegen, wie ein gigantisches, fernes Echo von Anderras Darion, das weiß und silbrig im Sonnenlicht glitzerte.

Bei genauerem Hinsehen entdeckte Hawklan, daß ihre Oberfläche von einem feinen Mosaik überzogen schien; möglicherweise waren es kleinere Gebäude, obwohl die Entfernung zu groß war, um Einzelheiten zu erkennen.

Während die mächtige Erscheinung dahinzog, veränderte sie sich wie jede andere Wolke auch, und Hawklan sah, daß die fernen Türme sich unablässig in den Himmel reckten und wieder versanken.

»Was ist das?« flüsterte er. Unwillkürlich nahm er die stumme Ehrfurchthaltung der in der Nähe rastenden Riddinfamilie an.

»Viladrien.« Gavor sprach das Wort gleichzeitig mit dem Familienoberhaupt aus, so daß der Effekt in Verbindung mit dem schier unglaublichen Anblick Hawklan leicht zusammenzucken ließ. Bevor er noch etwas sagen konnte, sprach Gavor: »Eins der großen Wolkenländer.«

Auch Gavors Tonfall spiegelte die Ehrfurcht ihrer Nachbarn wider, und Hawklan spürte instinktiv, daß es Zeit zum Schauen und nicht zum Reden war.

»Ich muß dorthin«, sagte Gavor, und ohne eine Erwiderung von Hawklan abzuwarten, entfaltete er seine breiten, blau schimmernden Schwingen und erhob sich in die Lüfte.

»Es ist zu weit weg«, wisperte Hawklan leise vor sich hin, ohne zu wissen, warum er das sagte. »Zu weit. Es wird dir das Herz brechen.«

Während er Gavor hinterhersah, der schnurgerade und zielstrebig in Richtung des seltsamen, imposanten Wolkenlands flog, meinte Hawklan einen schwachen Laut zu vernehmen, der leise in der Luft um ihn herum schwebte, der ihm jedoch entglitt, sobald er genauer hinhörte.

Einen langen, zeitlosen Augenblick standen Hawklan und die rastenden Riddinleute in stiller Gemeinschaft auf dem sonnenbeschienenen Hang, während die gewaltige Formation vorbeizog. Weniger gefesselt als die Erwachsenen, verteilten die Kinder ihre Aufmerksamkeit zwischen dem Wolkengebilde und ihren staunenden Eltern; sie verhielten sich jedoch ruhig, weil sie instinktiv die Stimmung der Erwachsenen erfaßten.

In dieser Stille vernahm Hawklan erneut den eigenartigen, leisen Gesang um sich herum, doch diesmal ließ er sich von ihm überfluten, umspielen und unternahm keine Anstalten, genauer hinzuhören. Nie zuvor waren solche Töne an sein Ohr gedrungen. Obwohl er sie nicht verstehen konnte, wußte er doch, daß es sich um einen uralten Freuden- und Lobgesang handelte, auch wenn sich die Klänge einer merkwürdigen, sehnsüchtigen Wehmut daruntermischten.

Als sich schließlich das Wolkenland in der Ferne und zwischen seinen Nachbarn verlor, begannen die Kinder zögernd an ihren Eltern zu zupfen und ihrem Vater Fragen zu stellen. Der Mann kniete sich zu ihnen hinab und legte die Arme um seine beiden Sprößlinge. Hawklan lauschte schamlos, denn sein wundersames Staunen wurde allmählich von Neugier verdrängt.

»Es ist eins der Viladrien«, erzählte der Mann beinah ehrfürchtig. »Wo das Drienvolk lebt. Das Himmelsvolk. Sie ziehen über den Himmel wie die Morlider-Inseln übers Meer.«

»Sind sie auch böse wie die Morlider?« wollte eins der Kinder ängstlich wissen.

Der Mann lächelte; ziemlich traurig, dachte Hawklan.

»Nicht alle Morlider sind böse«, antwortete der Mann. »Das hab' ich euch doch erzählt. Aber nein, die Drienvolker sind gut und freundlich. Noch nie haben sie jemandem ein Leid angetan.«

»Kommen manche von ihnen mal runter?«

»Ich glaube nicht. Nach dem, was mein Großvater mir erzählt hat, gefällt es ihnen nicht, auf dem Boden zu sein. Die Luft ist ihnen zu dick. Sie fühlen sich eingeengt, als würden sie zermalmt. Sie brauchen die Weite des Himmels, um glücklich zu sein.«

Hawklan, von Neugier überwältigt, ging zu der kleinen Gruppe herüber und stellte sich vor. Der Mann begrüßte ihn. Er rieb sich den Hals und ließ seine Schultern kreisen.

»Ich konnte mich nicht sattsehen«, erklärte er mit einem sehnsüchtigen Lächeln. »Wie lange haben wir zugeschaut?«

Hawklan zuckte die Achseln. »Manche Erlebnisse lassen sich nicht mit gewöhnlicher Zeit messen«, sagte er geheimnisvoll.

Der Mann sah ihn nachdenklich an und nickte bedächtig.

»Habt Ihr auch diese Töne gehört?« fragte Hawklan.

Der Mann schüttelte den Kopf. »Nein, ich habe nichts gehört«, antwortete er. »Ich habe vor lauter Angst, die Stille zu stören, kaum zu atmen gewagt. Hast du etwas gehört?« wandte er sich an seine Frau.

»Jemand hat gesungen«, warf eins der Kinder beiläufig ein. »Es war überall.« Das Mädchen sah Hawklan frank und frei in die grünen Augen.

»Überall?« fragte Hawklan.

Das Kind breitete die Arme aus, um Berge, Ebene und Himmel zu umfassen. »Überall«, bestätigte sie. Ihr Vater sah sie mißtrauisch an. »Überall, Papa, als hätten die Berge den Vil ... Vil ... ein Lied gesungen.« Sie gab es auf, das schwierige Wort auszusprechen, setzte jedoch noch hinzu: »Aber sie war *sehr* sanft, Papa, die Musik.«

Hawklan mischte sich behutsam ein. »Da war tatsächlich ein schwaches singendes Geräusch, ganz gewiß. Vielleicht war es nur der Wind. Irgendwie scheint es zu haben.«

Der Mann lächelte. »Macht ja nichts«, sagte er. »Es heißt, wenn die Viladrien auftauchen, geschehen eine Menge sonderbarer Dinge. Ich bin froh, daß ich sie einmal gesehen habe. Was für ein Anblick. Was für eine Geschichte, die wir zu Hause erzählen können.«

»Sie werden es alle gesehen haben«, sagte seine Frau prosaisch.

Der Mann weigerte sich jedoch, seinen hochfliegenden Geist dämpfen zu lassen. »Das ist mir egal. Ich erzähl's ihnen trotzdem. Ich wette, wir hatten hier oben den besseren Blick«, erklärte er aufgeregt. »Was für ein Anblick«, wiederholte er.

»In der Tat«, bekräftigte Hawklan. »Könnt Ihr mir etwas über sie erzählen? Ich habe noch nie von einer Insel am Himmel gehört. Was für Leute leben darauf?«

Der Mann lachte. »Ihr seid ein Orthlundyn, nicht? Lehren sie euch denn in Orthlund nicht mehr die Alten Überlieferungen?«

Hawklan lächelte und zuckte entschuldigend die Schultern. »Ein bißchen«, log er. »Aber nicht alle von uns hören so gut zu, wie sie sollten.«

Wieder lachte der Mann auf. »Also, viel kann ich Euch nicht erzählen«, begann er. »Nur alte Schulgeschichten. Mein Urgroßvater soll einmal ein paar Drienleute getroffen haben oben in den Bergen, als er noch jung war und im Nebel von seinen Eltern getrennt wurde. Sagte, sie hätten ihm den Weg gezeigt. Sagte, sie seien freundlich gewesen, aber ein bißchen seltsam – scheu in gewisser Weise. Und sie schwebten in der Luft. Ich selbst hab' es nie richtig geglaubt, aber es ist eine nette Familiengeschichte und das Drienvolk soll jedenfalls freundlich und sanftmütig sein.« Der Mann beruhigte sich bei der Erwähnung seines Großvaters wieder etwas und sah dem verschwundenen Viladrien beinah sehnsüchtig hinterher.

»Und Ihr habt nie zuvor eins gesehen?« fragte Hawklan sanft.

Der Mann schüttelte seinen Kopf. »Früher sollen sie ziemlich häufig aufgetaucht sein, aber nein, ich habe noch nie zuvor eins gesehen. Kenne auch niemanden, der eines gesehen hätte. Es heißt, manchmal hätte man eines weit draußen auf dem Meer gesehen, aber ...« Seine Stimme lief in einem Schulterzucken aus.

»Ich frag' mich nur, warum ausgerechnet jetzt eins gekommen ist«, meinte Hawklan.

Der Mann sah ihm ins Gesicht. »Das ist eine eigenartige Frage. Sie werden von der Luft getragen wie die Morlider-Inseln vom Meer. Sie müssen dahin, wo der Wind sie hintreibt, sie müssen dahin, wo Sphaeera es will.« Den letzten Teil gab er fast in einem leisen Singsang wieder, als wiederhole er etwas, das er vor langer Zeit einmal auswendig gelernt hatte.

»Sphaeera?« erkundigte sich Hawklan.

Der Mann sah ihn erneut an und lächelte bedeutungsvoll. »Ist ein ziemlich stiller Ort, dieses Orthlund, ja?«

Hawklan lächelte zurück und nickte.

»Sphaeera ist unser Name für die Wächterin der Lüfte«, ließ er ihn wissen. »Ihr habt vermutlich einen anderen. Man nimmt an, sie habe die Viladrien geschaffen. Aber warum ausgerechnet jetzt eins gekommen ist, weiß Ethriss allein.«

Er warf Hawklan einen schrägen Blick zu. »Von Ethriss habt Ihr vermutlich schon gehört?« fragte er humorvoll.

»O ja, von Ethriss habe ich gehört«, erwiderte Hawklan und legte unwillkürlich die Hand auf seinen Schwertknauf.

Der Mann bemerkte seine Geste und lachte wieder. »Ich sehe, Ihr tragt ein schwarzes Schwert, wie Ethriss es zu tragen pflegte. Vielleicht habt Ihr ja das Viladrien angezogen.«

Erst kurz vor Sonnenuntergang kehrte ein erschöpfter Gavor zu Hawklan zurück. Stumm und schwer saß der Vogel eine Weile auf Hawklans Schulter, bevor er etwas sagte, und als er dann sprach, klang seine Stimme niedergeschlagen.

»Es war viel weiter weg und viel höher, als es von hier aussah«, erzählte er. »Und es war gewaltig. Einfach gewaltig. Ich fürchte, ich bin nicht richtig nah rangekommen, aber ich glaube, ich habe Leute gesehen, die über ihm flogen.«

»Scheint ja großen Eindruck auf dich gemacht zu haben«, bemerkte Hawklan leichthin.

Zu seiner Überraschung wurde Gavor richtig wütend. »Andawyr hatte recht«, sagte er verärgert. »Du mußt die Überlieferungen studieren. Die Viladrien waren Sphaeeras größte Schöpfung. Mir fehlen die Worte, um zu beschreiben, was in mir vorging, als diese großartige Vision in Sicht kam. Ich bin nicht mehr derselbe wie vorher. Ich muß auf einem landen. Ich muß.«

»Verzeih«, sagte Hawklan sanft. »Ich wollte dich nicht aufregen.«

Gavor tat es schon ein bißchen leid. »Ist ja nicht deine Schuld, Hawklan. Du verstehst lebendige Geschöpfe besser als jeder, den ich kenne, aber du bist so erdenschwer. Du kannst ebensowenig begreifen, was es heißt, ein Wesen der Lüfte zu sein, wie ich deine Heilfähigkeiten begreifen kann oder wie es ist, Hände zu haben.«

Zwei Tage später befanden sie sich bereits tief im Gebirge. Hawklan hielt sein unerbittliches Tempo durch, angetrieben von rastloser Sorge. Er hatte das Gefühl, nur in Anderras Darion sei er wahrhaft in Sicherheit, nur dort könne er zu begreifen beginnen, was geschehen war und was gerade geschah. Er mochte sich das Grübeln über seine Vergangenheit untersagt haben, aber er brauchte Informationen, Wissen, und er würde suchen müssen, lernen und nochmals lernen.

Er setzte sich ins Gras, den Rücken gegen einen Baum gelehnt, und betrachtete die Himmelsfärbung, die sich von Rot über Orange zu Purpurtönen veränderte, während die Sonne am Horizont versank und von Osten das tiefe, diesige Blau der Nacht heraufzog. Über seinem Kopf trieben vereinzelte rosafarbene Wölkchen vorbei, während andere, niedrigere bereits schwarz und grau wurden. Ein oder zwei helle Lichtpunkte hingen am Himmel, die Lichter der Vorhut der Nacht.

Er hatte einen geschützten Fleck für sein Nachtlager ausgewählt, denn morgen würde er sehr viel höher übernachten und sein kleines Zelt aufbauen müssen. Dies wäre seine letzte Nacht im Freien.

Obwohl es nicht spät und nicht sonderlich bequem war, hatte sein strammer Schritt ihn doch befriedigend müde gemacht, und er fand sich einschlafend und dann plötzlich ruckhaft wieder aufwachend, weil sein Körper in eine unmögliche Stellung gerutscht war. Nachdem er das dritte Mal so aufgewacht war, gab er seinen Beobachtungspunkt auf, von dem aus er den Nachthimmel betrachtet hatte, wikkelte sich in seinen Umhang und streckte sich auf dem weichen Gras aus.

Ob es nun an dem Umhang lag oder ein alter, ihm unbewußter Instinkt war, jedenfalls wurde er, als er sich die Kapuze übers Gesicht zog, zu einem Schatten in der Nacht, nicht mehr zu unterscheiden von all den anderen Schatten.

Er schlief fast augenblicklich ein, und als die letzten Reste des Abendlichts verblaßten, wurde er von rastlosen, vorbeijagenden Träumen geplagt. Bilder aus der jüngsten Vergangenheit kamen und gingen mit einer ganz eigenen, wahnsinnigen Logik: ein Pferd, das nicht mit ihm reden konnte; eine vierschrötige Gestalt, die ihm seinen Arm abriß und sich in seine Freunde verwandelte, als er sie erstach; eine laut rufende Reitertruppe, die über den Himmel preschte, und eine Wolke, die ihm ein Lied sang, das er nicht verstand; Darvolcis Stentorstimme, die ihm an einem dunklen Ort voller Lärm und funkelnder Schwertschneiden alltägliche Dinge zubrüllte ... ein schrecklicher Ort. Nein! schrie er auf. Nein! Doch er konnte nicht erwachen. Er setzte sich schwitzend auf, wußte aber, daß er immer noch schlief.

Eine sonderbare, erwartungsvolle Stille senkte sich über seinen Geist. Irgendwo ahnte er ein schwaches, undeutliches und wechselndes Licht, ein leises Zischen drang an sein Ohr, als ob jemand ihm aus weiter Ferne etwas zuschrie.

»Ssss, wach auf, wach auf ... ssss ...«

Er versuchte, das Licht zu finden. Er mußte es sehen. Doch es entzog sich ihm.

»Ssss, wach auf ...«

Dann standen abrupt drei flehende Gestalten vor ihm, und in seinen Ohren dröhnte ein gewaltiger Chor von Stimmen. »Wach auf!« Doch bevor er reagieren konnte, waren sie fort, verschwunden, und dann war er richtig wach, und er starrte mit pochendem Herzen in den sternenfunkelnden Himmel.

Ein Geräusch in seiner Nähe vertrieb die letzte Erinnerung an den Traum wie Rauch im Wind und zog seinen Blick nach unten. Dort standen nicht drei, sondern zwei hünenhafte Gestalten vor dem Nachthimmel, der eine mit einem fremdartigen, finsteren Helm auf dem Kopf.

KAPITEL 3

Am Morgen nach dem Tanz waren jene Dorfbewohner, die dazu gezwungen waren, schon früh auf den Beinen und in den Feldern; manche leichten Herzens, manche mit Bleifüßen und Widerwillen. Die anderen waren so glücklich, sich den Luxus langen Ausschlafens gönnen zu können.

So war es ein stilles Pedhavin unter der Frühlingssonne, in dem Isloman schließlich erwachte. Eine Weile strich er müßig durchs Haus, auf der Suche nach Tirilen, um ihr einen guten Morgen zu wünschen; doch als er ihr Zimmer leer und ihr Bett in dem üblichen Zustand heilloser Unordnung fand, nahm er an, sie sei in aller Stille früh gegangen und habe ihn nicht wecken wollen. Er lächelte und dachte bei sich, daß Tirilen immer noch viele Eigenschaften aus ihrer ungestümen Jugend beibehalten hatte. Dann verließ er den Raum mit einem Achselzucken und begab sich an sein Tagewerk.

Ein paar Stunden später jedoch kam Loman vorbei, um sich einen Schleifstein zu leihen, und unmerklich begann Tirilens Abwesenheit ihr Gespräch zu beherrschen, ein unbehaglicher Schatten, der von weit her, aber hartnäckig um Beachtung schrie.

Nachdem ihre Sorge einmal geweckt war, erkundigten sie sich im Dorf und bekamen heraus, daß niemand sie den ganzen Tag über zu Gesicht bekommen hatte. Der unbehagliche Schatten wurde ein furchterregendes Gespenst, das sich kalt in das Herz der beiden Männer krallte.

Vor Jahren hatten die beiden Brüder um die Gunst jener Frau gekämpft, die dann Tirilens Mutter geworden war. Als sie Loman gewählt hatte, war Isloman weggegangen, um in Riddin gegen die Morlider zu kämpfen; er hatte Wunden und Schmerzen entgegengenommen und Wunden und Schmerzen zurückgelassen. Später hatte ein widerstrebender Loman auf Drängen seiner Frau Isloman auf dem Schlachtfeld aufgesucht, und ihr persönlicher Kummer war angesichts der Schrecken der letzten Kriegsphasen zur Bedeutungslosigkeit geschrumpft. Indem sie nun Unbequemlichkeiten, Entsetzen und Demütigungen teilten, versöhnten die beiden Brüder sich wieder, und das Band zwischen ihnen wurde wieder stark, ja stärker als vor ihrem Streit.

Die Freude über ihre Rückkehr nach einer bitteren Winterreise wurde durch Tirilens Geburt vollendet, und über diesem winzigen Geschöpf begruben die beiden Brüder ihre letzten Animositäten. Nun umschlang das Band zwischen ihnen auch Tirilen, und sie hielt sie wie die Sonne ihre Planeten. Auch Hawklan wurde eingefangen, ein geheimnisvoller Komet von einer fernen Bahn. Hawklan, der ein paar Tage nach Tirilens Geburt aus den schneebedeckten Bergen gekommen war, den Raben Gavor unter seinem Umhang geborgen, um das Große Tor von Anderras Darion zu öffnen, dieser alten Festung, die verschlossen war und unzugänglich seit den Zeiten der Legende. Hawklan, der um nichts bat und sich niemandem aufdrängte und doch mit seinem sanftmütigen Wesen alle anzog. Hawklan, von dem die Orthlundyn wußten, daß seine Qualitäten etwas jenseits ihrer Vorstellungskraft lagen, und den sie dennoch akzeptierten wie eine rätselhafte Naturgewalt.

Als drei Jahre später Lomans Gattin selbst durch Hawklans Kunst nicht mehr zu retten war und tragisch jung starb, wurde Tirilens Herrschaft über die drei Männer zu einer absoluten.

Zögernd setzten die beiden Brüder aus kleinen Puzzlesteinen das Bild dieses Tages zusammen, in dem Tirilen ohne Zweifel fehlte. Während sie abwechselnd panisch und praktisch wurden, unterstützte der eine den anderen, bis sie die Realität oder das, was die Realität sein mochte, klar, wenn auch nicht gefaßt erkannten.

Tirilen war kühn, aber nicht tollkühn, und sie kannte die Hügel und Berge der Umgebung gut, da sie oft mit Isloman dort gewesen war auf der Suche nach Steinen, und mit Hawklan auf der Suche nach Kräutern und Blumen. Es schien daher unwahrscheinlich, daß ihr ein Unfall zugestoßen war. Die beiden Männer merkten, daß ihre Gespräche allmählich von dem unbegründeten Verdacht beherrscht wurden, ihr Verschwinden habe auf irgendeine Weise etwas mit dem Besuch des Kesselflickers zu tun, obwohl sie nicht wußten, wie oder warum das so sein sollte.

Unter gewöhnlichen Umständen hätten sie sich mit einem so großen Kummer instinktiv an Hawklan gewandt, aber er war ja nicht da. Aus diesem Grund kam Loman der Gedanke, sie sollten den Hochgardisten folgen und sie um Hilfe bitten. Mit ihren Pferden und ihrer militärischen Disziplin könnten sie größere Areale abdecken als jede Gruppe von Dorfbewohnern, und möglicherweise hatten sie sogar etwas Neues von dem Kesselflicker gehört. Eine solche Bitte würden sie doch wohl nicht ablehnen?

Nachdem sie also Gruppen von Nachbarn zurückgelassen hatten, die die nähere Umgebung durchkämmten, schwangen die beiden Männer sich aufs Pferd und ritten in die Richtung, die die Fyordyn eingeschlagen hatten.

Sie waren beide keine guten Reiter, doch sie kamen zügig, wenn auch unbequem voran und stießen schon bald auf den Lagerplatz, den die Fyordyn in der letzten Nacht benutzt hatten. Von dort zeigte ihnen eine Spur von niedergetrampeltem Gras und leicht beschädigtem Unterholz, daß die Fyordyn zur Pedhavin-Straße geritten waren, um sich dann nordwärts zu wenden, was die Behauptung der Hochgardisten bestätigte, sie kehrten nach Fyorlund zurück.

Erleichtert durch die Feststellung, daß die Fyordyn anscheinend nur langsam weiterritten, galoppierten die beiden Brüder so schnell sie konnten durch die Nacht und legten nur gelegentlich kurze Pausen ein, um die Tiere ausruhen zu lassen und die eigenen müden Glieder zu strecken.

Früh am nächsten Morgen entdeckten sie das Lager der Hochgardisten im Schutz eines kleinen Hains. Sie verließen die Straße und trabten darauf zu, lange Schatten auf das taunasse Gras werfend.

Einige der Gardisten kamen ihnen zur Begrüßung entgegen, und als die beiden Besucher abstiegen, wurden ihnen ihre Pferde höflich abgenommen und weggeführt. Bevor sie jedoch etwas sagen konnten, sahen sie sich wortlos umzingelt und mit Dolchen und Schwertspitzen in Schach gehalten. Als Loman versuchte, sich zu bewegen, wurde die Absicht ihrer Häscher unmißverständlich deutlich.

»Bitte versucht nicht zu fliehen. Wir haben Befehl, Euch festzuhalten, bis Jaldaric Euch sehen kann«, erklärte einer von ihnen und hielt Loman seine Schwertspitze an die Kehle.

Isloman streckte langsam die Hand aus und legte sie seinem Bruder beruhigend auf den Arm. Indem er die Augen vielsagend über die Bäume und Büsche um sie herum und über die Männergruppe schweifen ließ, die sie gefangenhielt, vermittelte Loman seinem Bruder die nur allzu offensichtliche Botschaft.

Obwohl wahrscheinlich keiner dieser jungen Männer schon einmal im Gefecht gestanden hatte, waren sie doch ausgebildete Kämpfer und als solche nicht bereit, Gewalt anzuwenden, wobei der Zufall immer einen großen Unsicherheitsfaktor bildete, außer, wenn es unbedingt erforderlich war. Aus diesem Grund hatten sie dafür gesorgt, daß die beiden Brüder vollkommen überwältigt wurden. Jeder wurde von vier scharfen Spitzen an der Stelle festgehalten, wo er stand, aber mindestens zwei dieser vier Spitzen waren immer außer Sicht und machten sich den Gefangenen nur durch ein gelegentliches vorsichtiges Pieksen im Rücken bemerkbar. In einiger Entfernung waren zwei Bogenschützen in Stellung gegangen, die Waffen im Anschlag, und in dem nahegelegenen Unterholz waren deutlich Bewegungen und Geräusche erkennbar.

Isloman blickte von seiner erhöhten Position aus dem ihm gegenüberstehenden Mann fest ins Gesicht und zog eine gewisse Befriedigung aus der Tatsache, daß der seinem Blick nicht standzuhalten vermochte. Loman kochte und knurrte, rührte sich jedoch nicht.

Nach ein paar Minuten kam Jaldaric aus einem der Zelte. Loman lächelte und öffnete den Mund, um etwas zu sagen, doch Jaldaric brachte ihn mit einer barschen Geste zum Schweigen. Sein Benehmen und seine Worte waren formell. »Ich bedauere, daß es notwendig war, Eure Tochter zu entführen«, erklärte er schroff. Die beiden Gefangenen schnappten nach Luft, doch diese Eröffnung verschlug ihnen die Sprache. Jaldaric senkte flüchtig den Blick, bevor er sich straffte und fortfuhr: »Es war der direkte Befehl eines Vorgesetzten, der uns keine ... Wahl ließ. Sie ist wohlauf und wird zur Zeit nach Fyorlund gebracht, wo sie alle Aufmerksamkeit erfahren wird. Unglücklicherweise müßt Ihr nun auch mitkommen, doch Ihr werdet mit allem Respekt behandelt, wenn Ihr Euch korrekt verhaltet.«

Dann überließ er die beiden Männer mit einer Handbewegung der Obhut ihrer Wächter, machte auf dem Absatz kehrt und ging schnell zu dem Zelt zurück, aus dem er gekommen war. Nur seine steifen, hochgezogenen Schultern verrieten die innere Spannung, die er aus seiner Stimme hatte verbannen können.

Bevor einer der beiden Brüder sich hinreichend erholt hatte, um dem Davoneilenden auch nur eine Frage hinterherzurufen, begannen die Schwertspitzen sie zu einem anderen Zelt zu manövrieren.

»Tut, was Euch gesagt wurde, und niemandem wird etwas passieren«, sagte einer der Hochgardisten. »Dieses Zelt ist ein bißchen unbequem, aber wir hatten Euch nicht erwartet. Morgen beschaffen wir Euch etwas Besseres.«

Loman fluchte lauthals, bewegte sich aber wie verlangt.

Im Innern des leeren Zelts verbrachte Loman einige Zeit damit, Jaldaric und seine Truppe zu verfluchen, doch schließlich verstummte er und ließ sich schwerfällig zu Boden sinken, den Rücken gegen die Mittelstange gelehnt. Im Verlauf des Tages ließ man ihnen Speisen und Getränke bringen, und Isloman konnte gerade noch verhindern, daß Loman Teller und Becher dem Gardisten, der sie brachte, an den Kopf warf. Niemand sprach jedoch mit ihnen, und der Zelteingang wurde ununterbrochen bewacht.

Zwischen Wut und Niedergeschlagenheit schwankend versuchten die beiden Männer, die Ursache ihrer mißlichen Lage herauszufinden, doch all ihre Vermutungen brachten nichts als weitere Enttäuschungen. Tirilens Entführung war an sich schon unglaublich, doch zu erfahren, daß diese Tat von den Hochgarden Fyorlunds begangen worden sei, ließ die beiden Brüder hoffnungslos in Verwirrung geraten. Die Hochgarden waren der Inbegriff von Fyorlunds Ritterlichkeit; ihre Handlungsweise ergab keinen Sinn. Dann schließlich, als die Nacht hereinbrach, forderten körperliche und seelische Erschöpfung ihren Tribut, und die beiden Männer schliefen ein.

Plötzlich erwachte Isloman aus einem unruhigen, traumgeplagten Schlummer. Er rüttelte seinen Bruder wach und bedeutete ihm zu schweigen. Etwas schien nicht zu stimmen. Vorsichtig kroch er zur Zeltklappe und spähte heraus.

Die Wache war nicht da, und aus einem anderen Zelt drangen fröhliche Geräusche.

Es fiel ihm schwer zu glauben, daß die Hochgardisten ihre Pflichten so nachlässig erfüllen sollten, doch da er sich sagte, daß sie eine solche Chance kaum ein zweites Mal bekommen würden, winkte er Loman eilig zu sich. Mit einem einzigen Blick verständigten sich die beiden Brüder über alle Implikationen dieses Versäumnisses der Hochgardisten. Sie warteten, bis eine Wolke vor den Mond zog, um dann geduckt und leise dorthin zu laufen, wo ihre Pferde angepflockt waren. Sie unterdrückten den mächtigen Drang, sich einfach auf die Rösser zu schwingen und zu fliehen, und führten sie statt dessen schnell und geräuschlos zu Fuß aus dem Lager.

Nach mehreren Minuten blieb Loman stehen. »Was tun wir denn bloß?« sagte er. »Wir müssen zurück, um Tirilens willen.« Seine entsetzte Stimme hallte laut in der stillen Dunkelheit.

Isloman wirbelte herum, als sei er geschlagen worden, packte ihn und preßte ihm mit Gewalt die Hand vor den Mund.

Loman wehrte sich kurz, doch selbst im Mondlicht konnte er die verzweifelte Bitte in den Augen seines Bruders lesen, und so beruhigte er sich.

»Ich will auch zurückgehen«, zischte der und nahm langsam seine Hand von Lomans Mund. »Aber wir wissen ja nicht einmal, ob Tirilen dort ist, nicht? Sie würde nach Fyorlund gebracht, hat Jaldaric gesagt. Wie auch immer, was können wir gegen so viele gut ausgebildete Soldaten ausrichten, selbst wenn sie gerade etwas getrunken haben?«

Loman starrte ihn wild an, sagte aber nichts. Isloman nickte. »Ja, wir könnten eine Menge Schaden anrichten. Aber das wäre auch alles. Wir würden am Ende doch getötet, und was würde das Tirilen nützen?« Loman wandte das Gesicht ab, während Isloman weitersprach: »Wir müssen mit Verstärkung zurückkommen. Wir müssen ins Dorf, um Hilfe zu holen.«

Loman, der immer noch heftig atmete, aber keinen Ton sagte, stieg auf sein Pferd und ritt in verhaltenem Galopp davon. Isloman warf einen raschen Blick zurück zum Lager, bevor auch er aufstieg und seinem Bruder hinterherritt. Hinter den beiden Männern verblaßten die Geräusche von Gelächter und Zecherei in der Ferne.

Sie ritten nach Pedhavin zurück, wie sie noch nie zuvor geritten waren, und kamen am späten Morgen steif und ausgelaugt an, mit dampfenden und schäumenden Pferden.

Ihre geräuschvolle Ankunft holte viele der Dorfbewohner auf die Straße, und es dauerte nur wenige Minuten, bis sie ihre Geschichte vor den Hohen Kameraden der Gilde vorgebracht hatten. Die vorherrschende Reaktion war Entsetzen und Ungläubigkeit. Die Orthlundyn hielten die Fyordyn für ein ehrenwertes Volk; einige der Älteren sprachen sogar von ihnen als den Beschützern von Orthlund. Dieser Akt des Verrats überstieg das momentane Begriffsvermögen der meisten Anwesenden, und Loman und Isloman mußten ihre Geschichte mehrmals wiederholen, bevor man zu so etwas wie einer klaren Entscheidung gelangte.

Ireck faßte es für alle zusammen. »Nun, da ihr entkommen seid, werden sie annehmen, daß ihr mit Verstärkung zurückkommt; voraussichtlich werden sie sich in aller Eile nordwärts wenden. Wir bilden einen Trupp aus denjenigen, die abkömmlich sind, und verfolgen sie, obwohl ich bezweifle, daß wir sie einholen können. Ihr beide müßt hier auf Hawklan warten. Er sollte mittlerweile auf dem Rückweg sein. Wir benötigen seinen Rat.«

Sowohl Loman als auch Isloman mußten sich angesichts dieses Vorschlags stark zusammennehmen, doch Ireck setzte die ganze Autorität ihrer langen Freundschaft ein und ließ sich nicht beirren.

»Jeder von uns hier an diesem Tisch liebt Tirilen. Was geschehen ist, läßt uns fassungslos zurück, doch wir sind Schnitzer und müssen die Dinge sehen, wie sie sind. Ihr beide seid zu erhitzt, und ihr seid einmal Krieger gewesen. Wenn ihr geht, wird es zum Kampf kommen.« Er warf

Loman einen strengen Blick zu. »Sieh dich nur an, Loman. Du ballst deine Fäuste selbst jetzt, wo ich mit dir rede.« Loman stieß schwer den Atem aus und verschränkte die Hände linkisch hinter seinem Rücken. Ireck fuhr fort: »Wenn es zum Kampf kommt, können andere als ihr verletzt werden, oder schlimmer. Könnte einer von euch beiden diese Bürde tragen? Dieser Jaldaric wirkte auf mich wie ein vernünftiger und ehrenwerter junger Mann. Wenn genügend von uns in Frieden zu ihnen gehen, können sie uns nicht gefangennehmen, und ich bezweifle, daß sie uns bekämpfen, wenn wir nicht angreifen. So besteht die Chance, daß wir die Sache im Guten bereinigen können. Stimmt ihr dem nicht zu?«

Isloman machte Anstalten zu widersprechen, doch erstaunlicherweise war es Loman, der ihm das Wort abschnitt. »Du hast recht, Ireck, das ist eine gute Idee. Nebenbei bemerkt, auch Tirilen würde nicht wollen, daß irgend jemand ihretwegen verletzt wird. Und Hawklans Rat brauchen wir in der Tat dringend.«

Er blickte umher zu den hölzenen Dachbalken über seinem Kopf und auf den in Sonnenschein getauchten Boden, dann auf den Zeremonientisch aus Stein, um den sie alle saßen. Im Gegensatz zu dem übrigen Dorf war der Tisch wie auch der Rest dieses Raums völlig schmucklos, ein symbolischer Ehrenerweis an die größeren Schnitzer, die noch kommen würden.

»Das ist eine traurige Geschichte, um sie hier an unserem Versammlungstisch zu erzählen, Freunde«, setzte er hinzu. »Doch ich schulde dir Dank, Ireck, für deinen vernünftigen Rat. Tut, was ihr könnt. Isloman und ich werden unser Bestes geben, uns in Geduld zu üben und auf Hawklan zu warten.«

»Wenn er ankommt, schenk ihm das Pferd, das ich gekauft habe«, sagte Jareg. »Was er auch mit ihm angestellt hat, er hat es geheilt, und es ist ein prächtiges Tier.«

Loman neigte das Haupt. »Danke, Jareg, doch ich bezweifle, daß Hawklan es reiten wird. Du weißt ja, wie er ist.«

»Für Tirilen wird er reiten«, versicherte ihm Jareg. »Biete es ihm an. Er wird es brauchen. Das alles passiert zu schnell, als daß man noch zu Fuß gehen könnte.«

Bevor noch sein Gehirn die Tatsache aufgenommen hatte, rollte Hawklan sich von den bedrohlichen Schatten weg und sprang schnell auf die Füße. Dabei zog er mit einer einzigen, sirrenden Bewegung sein Schwert, obwohl es sich schwer und widerwillig anfühlte in seiner Hand.

Trotz des Schreckens schien ein Teil seines Verstandes wie ein Fremder zu beobachten: registrierte zustimmend den schnellen Blick in die Runde, ob es noch mehr Angreifer gebe; lobte ihn für die Schnelligkeit, mit der er sein Gleichgewicht wiederfand, als er mit dem Fuß in einer Falte seines Umhangs hängenblieb.

Die beiden Gestalten, verblüfft über die Geschwindigkeit seiner Reaktion, wirkten vorübergehend wie gelähmt. Dann schien zu Hawklans Entsetzen der seltsame Helm des größeren Mannes lebendig zu werden. Hawklan duckte sich in Erwartung des Angriffs.

»Mein lieber Junge«, erklang eine vertraute Stimme, erschreckt und vorwurfsvoll zugleich. Der Helm flatterte mit seinen großen schwarzen Flügeln und sagte: »Nette Art, Freunde zu begrüßen.«

Hawklan richtete sich wieder auf und senkte sein Schwert, als die nähertretenden Gestalten von Loman und Isloman im Mondlicht sichtbar wurden. Seine spontane Reaktion – Freude und Erleichterung – wurde durch die Haltung seiner Freunde gehemmt. Sie trugen grimmige Mienen und Waffen.

Bevor Hawklan etwas sagen konnte, trat Loman vor; auf seinem Gesicht zeichnete sich ein heftiger innerer Kampf ab.

»Hawklan«, begann er, »hilf uns. Tirilen ist von Fremden entführt worden.«

Die beiden Männer brauchten nur wenige Augenblicke,

um die Geschichte von Tirilens Verschwinden und ihrer unglückseligen Begegnung mit den Hochgardisten sowie der Entscheidung der Gilde zu erzählen.

»Wir konnten einfach nicht im Dorf warten«, erklärte Loman fast ein bißchen einfältig. »Du hättest ja noch Wochen wegbleiben können. Wir mußten dich suchen.«

Hawklan nickte stumm.

»War reines Glück, daß ich sie gehört habe, mein lieber Junge«, schaltete Gavor sich ein. »Wenn du diesen Umhang in der Dunkelheit trägst, verschwindest du spurlos. Sie hätten direkt an uns vorbeigehen können, ohne uns zu bemerken.«

Selbst jetzt war Hawklan schwer zu sehen, wie er, eingehüllt in seinen Umhang, auf dem schattengesprenkelten Boden hockte und der Erzählung seiner Freunde lauschte. Er hielt seinen Körper völlig starr, um seinen Geist zu beruhigen, doch er spürte, daß er außer Kontrolle zu geraten drohte. Die Schläge, die in letzter Zeit gegen ihn geführt worden waren, waren erschreckend und geheimnisvoll genug, doch dieses seltsame und finstere Geschehnis schien alles in den Schatten zu stellen.

Etwas tief in ihm raunte ihm zu, daß er der Grund für Tirilens Entführung war, daß er zu einem Schicksal hingezogen wurde, das er im Augenblick noch nicht sehen konnte. Sowohl die Vernunft als auch eine innere Entschlossenheit brachten ihn zu demselben Ergebnis, nämlich daß er die Person oder das Ding ausfindig machen mußte, das ihn suchte, und daß er sich ihm stellen mußte – oder er würde bis in alle Ewigkeit verfolgt, und seine Freunde würden im Sog seiner Flucht zermalmt.

»Was sollen wir tun?« wollte Loman nach langem Schweigen wissen. Hawklan schob sich die Kapuze seines Umhangs aus dem Gesicht und hob den Blick in den mondhellen Nachthimmel. Die beiden Brüder wechselten einen ziemlich sorgenvollen Blick, als sein blasses Gesicht weiß im Mondlicht aufleuchtete. Ihr Freund veränderte sich merklich: Der Heiler, der sie verlassen hatte, war auf seiner eigenartigen Pilgerfahrt offenbar in einen Fürsten verwandelt worden, der direkt aus einem der Schnitzwerke von Anderras Darion gestiegen zu sein schien; für Bruchteile von Sekunden sah sein Gesicht alt und kriegsmüde aus. Denselben Blick hatten sie während des Morlider-Kriegs in den Augen einiger Aufgebot-Offiziere gesehen. Seine Augen und auch sein Tonfall ließen jedoch keine Anzeichen von Müdigkeit erkennen.

»Wenn ihr gerastet habt, müssen wir sofort Ireck und seiner Gruppe folgen und hoffen, daß seine Vermutungen sich bewahrheitet haben«, erklärte Hawklan gelassen.

»Wir brauchen keine Rast«, versetzte Isloman ungeduldig. »Wir haben ohnehin schon zuviel Zeit verloren.«

Hawklan sah ihm ins Gesicht und lächelte schwach. »Aber die Pferde brauchen ein wenig Ruhe, Isloman«, machte er geltend. »Wenn wir sie zuschanden reiten, kommen wir gar nicht mehr voran, nicht wahr?«

Isloman schlug sich frustiert mit der flachen Hand aufs Knie. Hawklan erhob sich abrupt, und die beiden Brüder taten das gleiche. Er sah einen nach dem anderen an.

»Wir kennen uns schon zu gut und zu lange, um hier wie dumme Kinder miteinander zu wetteifern, wer Tirilen am meisten liebt. Wir müssen unseren selbstsüchtigen Kummer vergessen und uns fragen, wie wir ihr am besten helfen. Ihr beide müßt daran denken, wie ihr vor ihrer Geburt Seite an Seite gefochten habt. Ich trage die Beobachtungen bei, die ich machen kann.« Hawklan schüttelte versonnen den Kopf. »Es sieht so aus, als entdeckte ich in diesen Tagen viele sonderbare Fähigkeiten und Gedanken an mir. Ich fürchte, auch ich bin möglicherweise nicht ohne eine gewisse Schlachtenerfahrung, obwohl ich mich an nichts dergleichen erinnere.«

Gavor spreizte geräuschvoll das Gefieder, und kurzfristig verharrte die kleine Gruppe in einem unbehaglichem Schweigen.

Dann durchbrach Hawklan das Schweigen aufmunternd und verlangte: »Zeigt mir Jaregs Pferd. Ich hatte damals Zweifel, ob es Pedhavin lebend erreichen würde.«

»Ein feines Tier«, lobte Isloman. »Jareg kennt sich gut mit Pferden aus, und mit diesem hat er einen wirklich guten Fang gemacht. Er sagte, es sei zusehends lebhafter geworden, nachdem du es auf ihrem Heimweg behandelt hattest.«

Hawklan ging zu den drei Pferden hinüber, die geduldig neben dem Pfad warteten, und legte dem Tier seine Hand auf die Nüstern. Ihm ging es tatsächlich wieder gut.

Überraschend sprach das Pferd ihn an. »Ich bin Serian, Hawklan. Und in deiner Schuld. Durch deine Behandlung bin ich wieder in Ordnung, und ich bin froh, dich unverletzt vom Gretmearc zurück zu sehen, wenn auch nicht unverändert.«

Hawklan fuhr zusammen. Tiere versuchten es nur äußerst selten, sich in den Geist anderer Wesen zu drängen, und warteten meist, bis sie angesprochen wurden. Es erstaunte ihn allerdings nicht, daß das Pferd die Veränderungen an ihm wahrgenommen hatte. Bestimmte Tiere besaßen einen eigenartigen Scharfblick, der über viele Generationen zurückreichte.

»Ja«, erwiderte er. »Ich bin unverletzt, oder doch beinah.« Er hielt seine verbundene Hand hoch. »Danke für die Warnung, die du mir hast zuteil werden lassen. Ich dachte, es hätte dich getötet.«

Das Pferd ließ einen Ton hören, der einem Kichern nahekam. »Es war zweifellos eine mächtige Hand, die auf mich gelegt wurde«, antwortete es. »Auch wenn es ein Unfall war.«

»Ein Unfall?« fragte Hawklan.

»O ja«, sagte Serian. »Ich wurde von einem Faden jenes Bannfluchs berührt, den sie benutzten, um ihre monströse Falle zu tarnen. Wenn sie gewußt hätten, daß ich sie erkannt habe, wäre ich auf der Stelle im Kochtopf gelandet.«

Noch ein Unschuldiger, dem Schaden widerfahren ist durch Fallen, die sie für mich ausgelegt haben, dachte Hawklan. Trotzdem konnte er ein Lächeln über die Bemerkung des Pferdes nicht unterdrücken, und er tätschelte seine Wange.

»Außerdem bin ich immer noch ein Aufgebot-Roß«, fuhr Serian fort. »Ich gebe nicht so schnell auf. Jetzt, wo es mir wieder gut geht, wirst du mir doch gestatten, dich zu tragen?«

Hawklan wich einen Schritt zurück. Die wenigen Male, die er geritten war, hatte *er* das Tier um Erlaubnis gefragt. »Ich danke dir«, gab er unsicher zur Antwort. »Doch ich habe nicht den Wunsch, ein anderes Wesen zu belasten.«

Eine Spur von Ungeduld schwang in Serians Antwort mit. »Hawklan, du kannst die Fyordyn schlecht zu Fuß einholen, selbst mit deinen langen Beinen.«

»Da befindest du dich vermutlich im Irrtum, mein Freund«, entgegnete Hawklan. »Meiner Meinung nach hole ich sie ein, wie langsam ich auch reise – weil sie wollen, daß ich sie einhole.«

Unerwartet bäumte das Tier sich ein wenig auf. »Dann brauchst du mich um so dringender, oder?« sagte es. »Falls du ein freier Mann bleiben, deine Tirilen befreien und auch noch mit heiler Haut davonkommen willst.«

Die kraftvolle Persönlichkeit des Pferdes wirkte auf Hawklan fast wie ein Schlag.

»Und außerdem«, fuhr Serian fort, »wie kannst du eine Last für mich sein? Ich könnte dreimal dein Gewicht tragen und würde noch immer keine Ermüdung spüren, während du erschöpft umfallen würdest.« Serian beugte den Kopf vor, und seine Stimme hallte sonderbar in Hawklans Ohren. »Die Ahnen in mir kennen dich, Hawklan, auch wenn ich dich nicht kenne, auch wenn du sie nicht kennst. Willst du das Schicksal in Frage stellen, das uns zusammengeführt hat? Ich litt unter dem Gifthauch alter und furchterregender Feinde, brauchte dringend einen Heiler, und du stolperst durch das Unbekannte wie ein Korken im Wasser und brauchst dringend ein Pferd.«

Hawklan meinte wieder den fernen Posaunenklang zu vernehmen, den er das erste Mal gehört hatte, als er das Schwarze Schwert aufgehoben hatte, und des Pferdes Stimme hallte und donnerte in seinem Kopf, als befänden sie sich in einer riesigen Halle.

»Generationen haben mich geschaffen, Hawklan. Generationen. Es ist dein Recht und deine Pflicht, mich zu reiten, wie es mein Recht und meine Pflicht ist, dich zu tragen. Dem Ruf nicht zu folgen, hieße, uns beide zu schwächen.«

Hawklan neigte sein Haupt. »Verzeih mir«, sagte er. »Ich hatte nicht verstanden. Wir Menschen vergessen zu oft unseren Platz in dieser Welt. Mit Stolz und Freude werde ich dich reiten.«

»Und ich werde dich willig und gut tragen, Hawklan«, erwiderte das Pferd mit ruhiger Stimme, und eine kleine Weile standen die beiden stumm in der mondbeschienenen Stille.

Dann begab Hawklan sich zu den anderen Tieren und legte ihnen die Hand auf, um ihre Erschöpfung zu lindern. Er sprach ein wenig mit ihnen, doch sie waren wie die meisten Tiere, scheu und zurückhaltend. Ihre Gewöhnlichkeit hob Serians außerordentliche Persönlichkeit um so mehr hervor, doch Hawklan schob die Fremdartigkeit des Rosses und ihrer Begegnung beiseite zu all den anderen Geheimnissen, die um ihn Gestalt annahmen.

»Geht es ihnen gut?« unterbrach Islomans tiefe Stimme seine Träumerei.

»Ja«, beruhigte ihn Hawklan. »Bis zur Morgendämmerung werden sie ausgeruht sein. Wir können losreiten und zügig vorankommen. Und jetzt laß mich einen Blick auf diese Verletzung an deiner Hand werfen, von der ich so viel gehört habe.«

Ergeben hielt Isloman ihm die Hand hin. Hawklan sah Tirilens sorgfältigen und charakteristischen Verband, und in seiner Kehle bildete sich ein Kloß. Er beugte sich vor, so daß Isloman sein Gesicht nicht sehen konnte, entfernte vorsichtig den Verband und entblößte eine aschfarbene, entzündete Narbe.

»Es wird langsam besser«, erklärte Isloman entschuldigend, aber Hawklan hörte ihm kaum zu. Ein wilder Wutanfall durchzuckte ihn beim Anblick des versehrten Gewebes; er spürte, wie Islomans innere Stärke gegen das Übel kämpfte. Er erkannte auch, daß sein Wutanfall ein Schrei nach Rache an dem Kesselflicker war für das, was er ihnen angetan hatte. Der rührende Hauch von Tirilens Heilkunst, der von der verletzten Hand ausging, machte es beinah unerträglich.

KAPITEL 4

Gavor drehte Spiralen hoch oben in der kalten Gebirgsluft. Unten konnte er die drei Gestalten auf dem sich dahinschlängelnden Pfad erkennen: Hawklan, hochgewachsen, gerade und locker, sah aus wie verwachsen mit dem Tier, das er ritt, und mußte ständig aufpassen, daß er nicht zu weit voranritt; Loman und Isloman wirkten alles andere als verwachsen mit ihren Reittieren; die zunehmende Unbequemlichkeit mehrerer Tage im Sattel machte ihnen zu schaffen, und außerdem ärgerten sie sich voller Ungeduld und gaben sich die Schuld an ihrem ›langsamen Vorwärtskommen‹, wie sie es nannten.

Hawklan legte alle paar Stunden eine Rast ein, vordergründig, um den Pferden eine Verschnaufpause zu gönnen, in Wirklichkeit jedoch, um seine Freunde zu beruhigen und sie mit Worten und einer kleinen Massage zu entspannen, damit ihre verkrampften, müden Muskeln und steifen Gelenke sich lockerten. Auf diese Weise kamen sie so schnell voran, wie ein solches Trio es eben erwarten konnte.

Gavor streckte seine Schwingen gerade aus, um sich auf einer langsam emporsteigenden Luftströmung auszuruhen; mit einem gelegentlichen Aufstellen seiner Schwungfeder hielt er das Gleichgewicht und glitt elegant in weiten Kreisen umher. Dann senkte er den Kopf und stürzte in einem scheinbaren Chaos aus Füßen und Federn hinunter, wobei er wieder das Geschenk betrachtete, das Loman ihm mitgebracht hatte – wenn es denn ein Geschenk war. Ein Paar langer, schwarzer, funkelnder Kampfsporen.

»Ich bin mir nicht sicher, was sie sind, aber sie bestehen aus demselben Metall wie das Schwert«, hatte Loman erklärt, als er sie behutsam aus seiner Tasche zog und dem Heiler zur Begutachtung hinhielt. »Ich habe sie bei der Stelle gefunden, wo dein Schwert lag. Ich weiß nicht, warum ich sie nicht schon vorher entdeckt habe ...« Er hatte mit den Achseln gezuckt, als widerwillige Hinnahme eines weiteren sonderbaren Ereignisses. Doch sie waren alle verstummt, als Gavor die Sporen geschickt mit dem Schnabel ergriffen und sie sich an die Beine geschnallt hatte, als werde er von einem uralten Instinkt geleitet.

»Vorsichtig, sie sind messerscharf ...« warnte Loman ihn hastig und streckte abwehrend die Hand aus. Dann waren ihm die Augen in einer Mischung aus Entsetzen und Fassungslosigkeit weit aufgegangen. Die Sporen paßten perfekt an Gavors Beine, und die eine besaß sogar eine spezielle Klammer, um sie an seinem Holzbein zu befestigen. Die Sporen wirkten auch überhaupt nicht unpassend, sondern er sah furchterregend aus mit ihnen, genau wie Hawklans Aussehen durch das Schwarze Schwert verändert wurde.

Loman hatte sich an Hawklan gewandt. »Das ist doch nicht möglich«, staunte er.

»Aber ja«, widersprach Hawklan schlicht. »Und ich bin auch nicht schlauer als du.« Unwillkürlich hatten seine Finger den Knauf des Schwarzen Schwerts gestreichelt.

Selbst Gavor hatte es die Sprache verschlagen. Seine eigene Handlungsweise hatte ihn völlig verblüfft. Nun, da er auf den Luftströmungen segelte, entdeckte er noch etwas anderes an den Sporen. Anstatt seinen Flug zu beeinträchtigen, wie er es erwartet hätte, erleichterten sie ihn. Seine Balance, seine Manövrierfähigkeit, selbst seine Geschwindigkeit schienen zugenommen zu haben, und tief in seinem Innern wußte er, daß ihn jetzt nur noch wenige Flugwesen angreifen und unversehrt entkommen konnten.

»Jetzt werde ich ein furchtloser gefiederter Krieger sein,

mein lieber Junge«, bemerkte er bei seiner Landung auf Hawklans Schulter. Dann meinte er nachdenklich: »Glaubst du, ich sollte sie abnehmen, wenn ich meine Freundinnen besuche, oder dranlassen, um sie noch mehr zu beeindrukken?«

Hawklan lachte. »Was bringt dich zu der Annahme, ich könnte dir diese Frage beantworten, du furchtloser gefiederter Wüstling? Ich, der unbedarfte Hawklan?«

Gavor nickte weise. »Wahrlich, wahrlich«, seufzte er. »Ich werde sorgfältig experimentieren müssen. Ich muß zugeben, daß diese lange Periode der Enthaltsamkeit den zukünftigen Prozeßabläufen eine gewisse Frische verleihen könnte.«

»Gut«, meinte Hawklan. »Das macht es einfacher für dich, dich mit einer weiteren Periode der Enthaltsamkeit abzufinden, denn ich bezweifle, daß wir in absehbarer Zeit an einer Burg halt machen, wenn überhaupt.«

»Mein lieber Junge«, entgegnete Gavor vorwurfsvoll. »Ich kann mich schon so schlecht genug konzentrieren.«

Hawklan zeigte kein Mitleid. »Geh und wälz dich ein bißchen im Schnee, das härtet ab«, empfahl er mit einem Kopfnicken in Richtung der fernen, hohen Gipfel.

Es fiel ihnen allerdings schwer, diese leichtherzige Stimmung beizubehalten. Der Grund für ihre Eile und der fragwürdige Ausgang ihrer Reise lasteten schwer auf ihnen allen, nagten an ihnen wie ein schmerzender Zahn. Als sie auf gewundenen Pfaden aus den Bergen herauskamen und die weiten, fruchtbaren Ebenen von Orthlund vor sich ausgebreitet sahen, meinte Hawklan, er fühle selbst die Große Harmonie zittern, als stände ihr ganzes Wurzelwerk unter Beschuß.

Sie hielten nicht an der Burg an, sondern fragten nur kurz im Dorf, ob Neuigkeiten von Ireck und seiner Gruppe eingetroffen seien. Doch man hatte nichts gehört, und das Dorf lag merkwürdig still. Das Hufklappern und das Knirschen und Klirren ihrer Waffen hallte laut um die drei Männer in den sonnigen, schattendurchzogenen Straßen.

Hawklan stieg bei dem Haufen ab, den die Dorfbewohner aus den Waren des Kesselflickers aufgeschichtet hatten. Die Metallgegenstände nahmen langsam eine rostrote Färbung an, das Holz hatte jeden Glanz verloren, und Seide und Stoffe waren jetzt schon grün von Schimmel. Er rümpfte voller Abscheu die Nase und schüttelte traurig den Kopf.

»Warum haben wir das nicht von Anfang an gesehen?« fragte er sich.

Weder Loman noch Isloman hatten eine Antwort.

Loman stieg ebenfalls ab und gesellte sich zu Hawklan. Er bückte sich steif, hob eine rostende Klinge auf und hielt sie kurz in der Hand. Mit einem schwachen Lächeln sah er seinen Bruder an. »Das Metall richtet sich selbst«, sagte er. »Wahrscheinlich das andere Zeug auch. Doch der Mißbrauch war gewaltig. Es wird lange dauern.«

Isloman nickte.

Hawklan fühlte die Aura von Tirilens Schutzworten und erneuerte sie mit seinen eigenen. Aus einem inneren Impuls heraus zückte er sein Schwert und hielt es, während er den Segen sprach, über den Haufen.

Dann eilten die drei auf der Pedhavin-Straße nach Norden.

Vor Ablauf eines halben Tages begegneten sie Irecks Gruppe, die in gestrecktem Galopp zielstrebig auf das Dorf zuritt. Dampfende Pferde und entschlossen dreinblickende Männer stoben herum, als die beiden Gruppen sich trafen. Hawklan lenkte sein Pferd an Irecks Seite, um die Neuigkeiten zu erfahren.

Die Dorfbewohner hatten die Fyordyn nur ein kleines Stück vom Lager entfernt angetroffen, wo Loman und Isloman gefangengehalten worden waren. Die Hochgardisten hatten die beiden Brüder nicht verfolgt, aber sie waren auch nicht heimwärts geflohen. Jaldaric war kalt und förmlich gewesen und hatte die Orthlundyn mit einer an Verachtung grenzenden Gleichgültigkeit abgefertigt.

»Das ginge uns nichts an, ließ er uns wissen. Er habe seine Befehle, und wir seien gut beraten, uns auf unseren Ackerbau zu beschränken, wenn wir wüßten, was gut für uns sei.« Irecks ruhige Stimme floß über vor Zorn und ohnmächtiger Wut. Er ergriff Lomans Arm. »Verzeih mir, Loman«, bat er. »Ich habe dich enttäuscht. Ich habe versucht, mit ihm zu reden, mit ihm zu handeln, doch er wollte nicht zuhören. Er wollte uns nicht einmal sagen, wo Tirilen war.« Er verstummte und blickte himmelwärts. »Am Ende habe ich ihm gedroht. Habe gesagt, wir würden wiederkommen, bewaffnet, mit dir.«

»Und?« fragte Hawklan.

»Er lachte, Hawklan. Er hat uns einfach angesehen und gelacht.« Ireck knirschte mit den Zähnen. »Ich wandte ihm den Rücken und ritt ohne weitere Versuche davon. Ein paar von den Jüngeren wurden zu wütend, und beinah wäre es dort zum Blutvergießen gekommen. Es tut mir leid, Loman«, wiederholte er. »Ich weiß nicht, ob ich das Richtige getan habe. Mein Kopf sagt ja, mein Bauch sagt nein. Wir ziehen nun zurück zum Dorf, holen die anderen Männer und bewaffnen uns.«

Loman schüttelte seinen Kopf. »Nein«, entschied er. »Nicht, bis wir noch ein bißchen über all das nachgedacht haben. Du hattest recht am Anfang, und du hattest recht, als du das Lager verlassen hast. Wenn uns schon nichts anderes als Gewalt übrigbleibt, so darf es nicht aus der Hitze der Erregung heraus geschehen. Dieses Faß bekommt man nur schwer zugestopft, wenn der Zapfen einmal entfernt ist. Zu unserem und zu ihrem Besten müssen wir sie vollständig überwältigen, bevor sie etwas unternehmen können. Auf diese Weise wird es am wenigsten Tote und Verwundete geben. Hawklan?«

Hawklan nickte zustimmend. Dann schwang er sich bedächtig von Serian hinunter und führte das Roß mit versonnener Miene zu einem nahen Fluß.

»Tirilen habt ihr nicht gesehen?« wollte er wissen.

Ireck schüttelte verneinend den Kopf.

»Haben sie irgendwelche Andeutungen über ihren Aufenthaltsort gemacht?«

»Nein.«

Hawklan tätschelte die Kruppe des trinkenden Pferdes und sah hinab in den Bach. In aller Stille stiegen die Männer einer nach dem anderen ab und ließen ihre Reittiere trinken und grasen. Die Luft war erfüllt von Vogelzwitschern und dem Rascheln des Winds im Korn, und eine unwirkliche, ungewisse Stimmung schien sich über die Gruppe zu legen, als gestatte der Frühlingstag ihnen nicht, ihren Zorn weiter aufrechtzuerhalten, nun, da sie der belastenden Dringlichkeit des ungewohnten Reitens enthoben waren.

Loman nahm Irecks Arm, und zusammen mit Isloman gesellten sie sich zu Hawklan am Ufer des Baches.

Schließlich ergriff Hawklan das Wort. »Reiter, Soldaten, wie ihr sie beschrieben habt, hätten euch leicht einholen können, wenn sie gewollt hätten. Es erscheint mir merkwürdig, daß ihr sie sofort gefunden habt und ihnen dann so leicht entkommen seid. Und jetzt hat Irecks Gruppe sie auch wieder so mühelos entdeckt. Wir müssen annehmen, daß sie sich weder verstecken noch fliehen, sondern warten.«

»Auf was?« fragte Isloman.

»Nicht auf was, Isloman, sondern auf wen«, versetzte Hawklan. »Ich bin es, den sie wollen – oder den irgend jemand will. Doch wer und warum, weiß ich nicht. Es trieb mich über die Berge, um die Antwort auf einen Schurkenstreich zu finden, den ich nicht einmal definieren kann, und das nur, um weitere Schurkenstreiche und noch mehr Fragen zu finden. Dann, nachdem ich dieser Falle entkommen bin, wird mir eine gewöhnlichere, ordinäre Falle gestellt.«

Die drei Männer betrachteten ihn stumm.

»Man lockt mich in etwas hinein, meine Freunde. Irgend jemand fürchtet mich oder den, der ich einst gewesen sein mag. Jemand Böses. Mir wäre wohler, wenn ich wüßte, warum ich ihnen so kostbar bin und warum ich auf solch heimtückische Weise gefangen werden muß. Aber gefangen werden muß ich, darüber besteht kein Zweifel.« Er schlug sich mit der flachen Hand aufs Bein und erhob sich abrupt. »Ich bin es müde, mich zu verteidigen«, erklärte er. »Mir Fallen zu stellen ist eine Sache, meine Lieben als Köder zu benutzen eine andere. Wir müssen zum Angriff übergehen und diesem Schurken das Handwerk legen, bevor er noch größeres Unheil anrichten kann.«

Gavor schlug auf einem nahen Baum geräuschvoll mit den Flügeln und lachte. Der sanfte Zauber des Frühlingstages platzte, und die Gruppe schien wieder an Entschlossenheit zu gewinnen.

»Ireck«, befahl Hawklan mit fester Stimme, »kehre mit deinen Männern ins Dorf zurück. Bewaffnet euch und begebt euch zum Lager der Hochgarden. Unternehmt keinen Versuch, es geheimzuhalten. Benehmt euch so kampflustig, wie ihr wollt, aber ...« er machte eine beschwichtigende Geste, »greift sie nicht an. Haltet euch in sicherer Entfernung, bis Gavor euch eine gegenteilige Nachricht übermittelt.«

Ireck machte Anstalten zu murren.

Hawklan brachte ihn behutsam zum Schweigen. »Nein, Ireck«, sagte er. »Tu nichts anderes, als was ich dir gesagt habe.« Er sah zu Gavor hoch, der schweigend herunterkam und sich auf seiner Schulter niederließ. »Wir vier reiten vor und sehen, was wir durch Heimlichkeit bewirken können. Falls wir bis zu eurem Eintreffen nichts erreicht haben, dann lenkt eure Ankunft sie vielleicht ab und verschafft uns eine Gelegenheit. Und wenn wir durch irgendeinen unglücklichen Umstand verwundet oder gefangengenommen worden sind, kann Gavor euch zumindest mitteilen, wo wir uns befinden.«

Ireck und ein oder zwei andere in der Gruppe schienen immer noch zum Widerspruch aufgelegt zu sein, doch ihr einstiger Heiler strahlte jetzt eine Autorität aus, die jede weitere Diskussion unterband. Mit einem widerwilligen Nicken stieg Ireck auf und bedeutete den anderen stumm, ihm zu folgen.

Als Ireck und die Dorfbewohner in der Ferne verschwunden waren, wandte Hawklan sich mit grimmigem Gesicht an Loman und Isloman. Seine aufgesetzte Selbstsicherheit war von ihm abgefallen.

»So«, sagte er. »Ich setze meine Hoffnung auf euch beide alten Soldaten, daß ihr etwas, lieber noch eine ganze Menge über heimliches Vorgehen wißt. Ich glaube nicht, daß Ireck die jüngeren Männer zurückhalten kann, wenn uns etwas zustößt, und ich möchte nicht, daß die Hochgarden das halbe Dorf massakrieren.«

KAPITEL 5

Während sie ihre Reise nach Norden fortsetzten, bemerkte Hawklan mit Staunen die Veränderungen an seinen beiden Freunden. Es war, als erwache allmählich ein Wissen in ihnen, das lange geruht hatte. Er erinnerte sich, daß die beiden Männer in der Vergangenheit weit gereist waren und Schulter an Schulter erbitterte Schlachten geschlagen hatten und daß sie solche Erfahrungen nicht überlebt hätten, ohne Verhaltensweisen zu entwickeln, die in ihrem normalen, friedlichen Leben nicht erforderlich waren.

Sie gewöhnten sich an das Leben im Sattel, und die Ängstlichkeit, die ihre zerfurchten Gesichter seit ihrer Begegnung im Gebirge gezeichnet hatte, wich hin und wieder einem Blick von solch grimmiger Entschlossenheit, daß es Hawklan kalt ums Herz wurde, weil es so anders war als das Bild, das er sich bis dahin von den beiden Männern gemacht hatte.

Noch schlimmer war das gelegentliche Aufblitzen von freudiger Erwartung, das er in ihren Augen sah, obwohl er selbst einräumen mußte, daß seine Sorge um Tirilen zeitweise unterging in unerwarteten Momenten von Hochstimmung, wenn Serian ihn stetig vorwärtstrug durch die sonnenbeschienene Landschaft.

Das rhythmische Klappern der Hufe, die sanfte Brise, die ihm ins Gesicht blies, die endlose Vielfalt der orthlundischen Landschaft mit ihren Wiesen und Auen, Bächen und Flüssen, Wäldern und Baumgruppen, das alles zusammen verscheuchte Kummer und Besorgnis für zahllose unbeschwerte Meilen. Doch im Osten lagen die Berge; Gipfel mit weißen Kappen und massigen Schultern, die drohend in den blauen Himmel ragten. Ihre stumme, zeitlose Wacht schien ihn zu tadeln, wenn er sich unwillkürlich auf die bevorstehenden Taten freute.

Als der Tag sich seinem Ende zuneigte und die Sonne unter den wolkenverhangenen Horizont sank, verlangsamten die drei Männer ihren Ritt zu einem gemächlichen Schrittempo. Langsam, ohne sich abzusprechen, wurden Loman und Isloman sogar noch langsamer, um schließlich ganz anzuhalten und abzusteigen.

»Was ist los?« fragte Hawklan.

»Nichts«, sagte Isloman. »Doch Ireck zufolge sind wir nicht mehr weit vom Lager entfernt, und sie werden eine Menge Wachposten aufgestellt haben, wenn du recht hast und sie auf dich warten. Wir müssen die Straße verlassen und ab jetzt sehr vorsichtig sein.«

Hawklan nickte. Gavor glitt schweigend aus dem sich verdunkelnden Himmel und landete auf seiner Schulter. Hawklan streckte den Arm mit nach oben gedrehter Handfläche aus, und Gavor hüpfte darauf. Gedämpft, als könne seine Stimme durch die stille Abendluft bis zum Feind dringen, sprach Hawklan: »Solange es noch ein wenig hell ist, flieg zu ihrem Lager und finde heraus, wie viele es sind. Wir bleiben hier und warten auf dich.«

Gavor schwang sich ohne ein Wort in die Lüfte.

Die drei Männer ließen sich im Schatten eines nahen Gebüschs nieder, jeder zu sehr in Gedanken versunken, um ein Gespräch zu beginnen.

Während er dort in der Dunkelheit ruhte, spürte Hawklan merkwürdige Regungen in seinem Innern. Sein Magen fühlte sich komisch an, und er hatte Mühe, seine Atmung zu kontrollieren, mußte auch oft ein Gähnen unterdrücken. Dann legte er die Hand auf seinen Schwertknauf, und schon war das Unbehagen verschwunden. Die Nervosität vor der Schlacht, dachte er, ohne sich zu wundern, woher ein solcher Gedanke kam.

Schließlich kehrte Gavor zurück, und die drei Männer setzten sich um ihn, um seinem Bericht zu lauschen. Fünfzehn Mann insgesamt, sieben auf Wache, sieben, die nichts Besonderes taten, und ein Anführer, Jaldaric vermutlich. Und Tirilen.

Loman fuhr zusammen. »Sie ist da?« fragte er atemlos.

Gavor wich einen Schritt zurück. »Ja«, erwiderte er. »Und es geht ihr gut«, fügte er hinzu, bevor Loman fragen konnte.

Loman stieß die Luft aus, als hätte er sie seit der Entführung seiner Tochter angehalten. Sein Gesicht verzog sich, als müsse er weinen. Isloman legte ihm den Arm um die Schulter, doch Loman faßte sich sofort wieder.

Hawklan nickte. »Das bestätigt, daß ihnen nichts an Tirilen liegt. Sie könnte schon seit Tagen in Fyorlund sein. Sie benutzen sie als Köder, da bin ich mir sicher. Weißt du genau, daß sie wohlauf ist, Gavor?«

»Gewiß, mein lieber Junge. Sie kann nicht fort, und glücklich ist sie bestimmt nicht, aber sie sieht aus, als habe man sie mehr als Gast denn als Gefangene behandelt.«

Nach einer kurzen weiteren Diskussion flog Gavor erneut in die Nacht davon. Hawklan sprach ruhig auf Serian ein, und die drei Männer verschwanden im Dämmerlicht wie drei nächtliche Raubtiere.

Eine quälend langsam verstreichende Stunde darauf waren sie am Lager der Hochgardisten.

Gavor kam herunter und wisperte Hawklan zu: »Seine Außenwachen wechseln ständig die Stellung.«

Isloman nickte. »Sie werden vorher Treffpunkte ausgemacht haben. Wenn wir einen angreifen, wie lautlos auch immer, wissen die anderen es vor Ablauf einer Minute.«

Hawklan wandte sich fragend an Loman. Es war ihnen gelungen, ziemlich nah an die Lichtung heranzukommen, auf der die Fyordyn lagerten, doch die Bäume und das Blattwerk, die ihr Anschleichen begünstigt hatten, verwehrten ihnen auch einen genaueren Blick auf das Lager. Gavors Information kam keine Sekunde zu früh, denn ohne sie wären sie sicher über eine der umherstreifenden Wachen gestolpert.

Loman schürzte die Lippen. »Aufgeweckter junger Mann, dieser Jaldaric«, sagte er. »Angenommen, seine Männer sind gut ausgebildet, was zu erwarten ist, dann könnte er in diesem Gelände eine Gruppe schlecht organisierter Dorfbewohner aufreiben, ohne auch nur gesehen zu werden, aber trotzdem hat er sich die Mühe gamacht, sein Lager wie eine Festung zu bewachen.« Er stieß ein leises, bitteres Kichern aus. »Jemand muß ihm etwas über dich erzählt haben, Hawklan.«

Hawklan zuckte bei Lomans Bemerkung leicht zusammen. »In der Tat«, antwortete er. »Und unsere zweite Aufgabe, nachdem wir Tirilen befreit haben, wird darin bestehen, herauszufinden, wer dieser Jemand ist.«

Doch die Befreiung Tirilens würde sich nicht leicht gestalten. Selbst mit dem Überraschungsmoment auf ihrer Seite wußte Hawklan, daß sie sich ihren Weg in und aus dem Lager nicht erkämpfen konnten. Und falls es ihnen gelang, Tirilen heimlich zu befreien, ständen sie vor dem Problem der Verfolgung: Sie würden die Soldaten in den Rücken von Irecks Gruppe oder geradewegs auf sie zu führen. Die Angelegenheit mußte nun zum Abschluß gebracht werden, entschied Hawklan. Sie mußten den Kopf des Feindes treffen.

Die beiden Brüder brauchten nicht überredet zu werden.

»Der ganze Schutz muß Tirilen gelten. Wir müssen Jaldaric ergreifen und sodann irgendeinen Frieden mit ihm schließen.«

Loman, der seiner Tochter nun so nah war, befand sich in der Stimmung, Schädel einzuschlagen, nicht zu verhandeln, doch er pflichtete Hawklan widerstrebend bei, da dessen Überlegungen stimmten.

Sie schwärmten um das Lager aus, um den Schwachpunkt in Jaldarics Verteidigung zu erspähen. Der Wind, der die schwankenden Zweige über ihnen zum Rascheln brachte, und das gelegentliche Scharren von Nachttieren half ihnen, die leisen Geräusche zu kaschieren, die sie beim Anschleichen machten.

»Ah«, seufzte Isloman schließlich. »Aufgeweckt mag er ja sein, Loman, aber das Schattengesetz kennt er nicht. Sieh.« Er zeigte auf die Lichtung.

Hawklan folgte seinem Blick, vermochte jedoch nichts zu erkennen.

Loman starrte eindringlich in die gewiesene Richtung. Obwohl ein Schmied, war er doch wie alle Orthlundyn kein schlechter Schnitzer. Er sah zum Mond hoch und dann wieder auf die Lichtung.

»Ja«, meinte er am Ende. »Du hast recht. An diesem Ende der Lichtung wird es einen dunklen Pfad geben ...« Wieder hob er den Blick zum Mond. »In etwa zehn Minuten, würde ich sagen.«

»Und der Rest der Lichtung wird hell erleuchtet sein«, fügte Isloman hinzu. »Was es den Wachen erschweren wird, den Schatten zu durchdringen.«

»Ich verstehe nicht, was ihr meint«, warf Hawklan ein.

»Vertrau mir«, beruhigte ihn Isloman. »In ein paar Minuten können wir direkt zur Hinterseite von Jaldarics Zelt marschieren. Schau nur hin.« Er zögerte.

»Worum geht es?« fragte Hawklan.

»So, wie sie sich bewegen, bekommen wir es möglicherweise mit einem Wachtposten zu tun«, gab Isloman zu bedenken. »Das kostet Zeit und löst vielleicht einen Alarm aus.«

Hawklan dachte kurz nach und sprach sodann mit Gavor, der sich geräuschlos in die Luft erhob. Wenige Minuten später erklang ein erschrockener Schrei von der anderen Seite der Lichtung, als der Rabe auf den Kopf eines nichtsahnenden Wachtpostens niederstieß, sein Haar ein bißchen zerzauste und dann mit machtvollem Flügelschlag wieder davonflog.

Drei Wachen tauchten stumm aus dem Schatten auf und rannten in Richtung des Schreis. Weitere Schreie erklangen, als Gavor seinen Angriff wiederholte. Dann erscholl Gelächter, als die Wachen entschieden, es müsse sich um eine Fledermaus oder eine verirrte Eule gehandelt haben. Während das Gelächter und der Lärm anhielten, verstärkte sich das Mondlicht auf der Lichtung, und ganz wie Isloman es vorhergesagt hatte, wurde ein Ende der Lichtung in tintenschwarze Dunkelheit getaucht.

»Jetzt«, zischte er, und die drei Männer rannten gebückt, pfeilschnell und geräuschlos zur Rückseite von Jaldarics Zelt. Hier waren die Schatten nicht so tief, und ihnen blieb nur wenig Zeit zu handeln, bevor die Wachen sie entdecken würden. Überflüssigerweise legte Hawklan den Finger auf die Lippen und sein Ohr an die Zeltwand. Jemand lachte und berichtete, was soeben vorgefallen war.

Lautlos zog Hawklan sein Schwert, teilte Loman und Isloman seine Absicht mit und schnitt mit einem einzigen schnellen Hieb einen vertikalen Schlitz in die Zeltwand. Die drei Männer stürmten gleichzeitig ins Zelt, Loman nach rechts, Isloman nach links, während Hawklan das Zentrum übernahm.

Die Überraschung gelang vollständig. Hawklan wurde nicht angegriffen und sah sich einem einfachen Klapptisch gegenüber, an dem Tirilen und ein blonder junger Mann mit rundem, unschuldig wirkendem Gesicht saßen, den er für Jaldaric hielt.

Aus den Augenwinkeln sah er Islomans große Faust zweimal hoch- und wieder niederfahren, jede Bewegung gefolgt von einem dumpfen Aufprall, der anzeigte, daß Jaldarics Gäste für den Plausch nach dem Essen entschuldigt waren.

Zu seiner Rechten erahnte er die stämmige, erboste Gestalt von Loman, der dem Drang widerstand, die Köpfe zweier Männer, die er am Nacken gepackt hatte, zusammenzustoßen. Instinktiv leisteten die beiden Männer in seinem stahlharten Griff keinerlei Widerstand.

Hawklan registrierte diese Aktionen in Bruchteilen von Sekunden, doch er sah auch, wie Jaldaric seinen Stuhl umwarf und beim Aufspringen Tirilens Handgelenk ergriff.

Sein Gesicht zeigte Furcht und Überraschung, dann fast gleichzeitig Zorn über seine eigene Nachlässigkeit.

Es war Jaldarics kurzer Blick des Selbstvorwurfs und der Sorge um seine verletzten Männer, der im Verein mit Tirilens Schrecken und Erleichterung Hawklan kurz innehalten ließ.

Der Moment reichte Jaldaric, um sein Messer zu ziehen und Tirilens Handgelenk umzudrehen, so daß sie sich nicht mehr bewegen konnte. Er hielt ihr die Schneide an die Kehle und blickte das Trio an: zwei Riesen von Dorfbewohnern, die vier seiner Männer in der Zeitspanne, die er zum Aufstehen brauchte, ausgeschaltet hatten; und dieser furchteinflößende Mann mit den durchdringenden grünen Augen und dem grimmigen, angespannten Gesicht. Er fühlte sein Knie zittern und hoffte inständig, seine Angst verrate sich nicht auf seinen Zügen oder in seiner Stimme.

»Hawklan, nehme ich an«, sagte er. »Ich beglückwünsche Euch zu der gelungenen Überraschung, aber ich denke, der Vorteil liegt bei mir, und Ihr könnt nicht hoffen, meine gesamte Truppe zu überwältigen. Legt Eure Waffen nieder und ergebt Euch friedlich, und wir können all das hier vergessen. Wir wollen nur Euch. Diese Leute können in ihr Dorf zurückkehren.«

Hawklan erwiderte gelassen: »Und Ihr müßt Jaldaric sein. Ich hatte gehört, die Hochgardisten von Fyorlund seien ehrbare Männer, keine Wegelagerer. Keine Verräter von Gastfreundschaft. Entführer von Frauen. Welchen Wert soll ich Euren Worten beimessen, Hochgardist?«

Jaldarics Kinn straffte sich zornig. »Genug«, verkündete er schroff. »Wir sind Hochgardisten, und wir müssen unserem Lord gehorchen. Ich bedaure, was ich tun mußte, doch Ihr seid ein Feind Fyorlunds, und ich habe den Befehl erhalten, Euch auf diese Weise gefangenzunehmen, um den Kampf mit den Dörflern und den daraus folgenden Verlust von Menschenleben zu vermeiden. Glaubt mir, ich finde keine Freude an solch einem Verhalten. Lady Tirilen wird bestätigen, daß sie während ihrer Gefangenschaft nichts als Höflichkeit und ehrenwerte Behandlung von uns erfahren hat.«

Hawklans grüne Augen durchbohrten den jungen Mann und fanden heraus, daß er vermutlich die Wahrheit sagte. An Tirilen waren keine Spuren von Mißhandlung zu erkennen, und ihr Blick war eher überrascht als furchtsam, obwohl Jaldarics Messer an ihrer Kehle lag.

Hawklan sagte ruhig: »Jaldaric. Ich bin keines Mannes Feind, geschweige denn der eines ganzen Landes. Ihr seid getäuscht worden. Jemand, der Euch einen solchen Auftrag erteilt, würde auch vor einer Lüge nicht haltmachen, oder?«

Zweifel zogen über Jaldarics Gesicht, doch er verstärkte seinen Griff um Tirilens Handgelenk und drückte das Messer an ihre Kehle. »Laßt meine Männer frei und ergebt Euch. Ich bin nicht hier, um zu diskutieren. Ich bin hier, um dafür zu sorgen, daß Ihr nach Fyorlund gebracht und für Euren Verrat zur Rechenschaft gezogen werdet. Ergebt Euch nun, oder das Blut dieses Mädchens wird über Euch kommen.«

Hawklans Benehmen veränderte sich kaum merklich, doch das Zelt schien sich plötzlich mit einer gräßlichen, drohenden Aura zu füllen. »Nein, Jaldaric«, sagte er. »Ich bezweifle, daß der Eid, den Ihr geschworen habt, Euch zu einer solchen Tat befähigt. Aber trotzdem, wenn Ihr Tirilen ein Haar krümmen solltet, müßt Ihr wissen, daß Eure Männer auf der Stelle sterben werden, genau wie die draußen, denn nichts kann Euch dann mehr vor Lomans Zorn retten.«

Jaldaric sah zu den beiden bewußtlosen Gestalten, die zu Islomans Füßen lagen, und zu den beiden, deren Köpfe Loman mühelos gegen den Tisch hielt. Er hörte Hawklans Worte kaum, bemerkte nicht den Blick auf Lomans Gesicht, doch der Tonfall von Hawklans Stimme und der stahlharte Blick dieser grünen Augen entsetzten ihn. Diesmal konnte er die Furcht nicht aus seiner Stimme verbannen.

»So sei es«, gab er zur Antwort. »Wir sind Hochgardisten. Wenn es das Unglück will, sterben wir. Wie wir sterben, können wir uns nicht aussuchen. Unsere Befehle müssen befolgt werden. Ein wenig Ehre bleibt uns noch.«

Hawklan erkannte zu seinem Entsetzen, daß er den jungen Mann zu weit getrieben hatte. Nun hatte Jaldaric sich impulsiv fürs Sterben gewappnet, und seine Reaktionen wurden unvorhersagbar. Hawklan ließ sich seine Verunsicherung nicht anmerken, aber über die kleine Gruppe senkte sich ein unheimliches Schweigen.

Plötzlich durchdrang ein schauerlicher Schrei das Zelt, und ein schwarzer, blitzschneller Schatten zischte durch den Schlitz in der Zeltwand und direkt in Jaldarics Gesicht. Unwillkürlich riß er die Messerhand hoch, um sich vor der kreischenden Erscheinung zu schützen.

Isloman machte einen Schritt nach vorn, ergriff Jaldarics Handgelenk und entwand ihm das Messer, als sei der Hochgardist ein kleines Kind. Dann setzte er ihn mit einer gewaltigen Bärenumarmung außer Gefecht. Jaldaric hatte beinah dieselbe Größe wie Isloman, doch weniger Körpergewicht und Kraft. Er unternahm einen schwachen Versuch, seinen Schädel in Islomans Gesicht zu rammen, nur um plötzlich herauszufinden, daß er in der stahlharten Umklammerung nicht mehr atmen konnte.

Loman schleuderte seine beiden Gefangenen beiläufig zu Boden und eilte an Tirilens Seite, die ebenfalls zu Boden gegangen war, als Isloman Jaldaric gepackt hatte.

Hawklan atmete einmal tief aus und steckte sein Schwert wieder in die Scheide. Weitere Hochgardisten tauchten, angelockt von dem Lärm, im Zelteingang auf. Zwei stürmten vor, doch Hawklans Fäuste fuhren wie zubeißende Schlangen unter sie, und die beiden Männer erhielten Hiebe, die sie sofort bewußtlos machten, so daß sie wie nasse Mehlsäcke zu Boden sanken.

Die Schnelligkeit und Mühelosigkeit dieser Aktionen hielten die anderen Soldaten in Schach. Hawklan sah in die unsicheren Gesichter vor sich, denen langsam die Implikationen des Geschehenen aufgingen: Ihre fachmännische Verteidigung still durchbrochen, ihr Anführer gefangen und sechs ihrer Kameraden mit nahezu geringschätziger Leichtigkeit ausgeschaltet, Loman, der beschützend vor Tirilen stand, die Hand auf seiner eisenbeschlagenen Keule. Die beiden

Männer, die Loman gehalten hatte, massierten sich ihren Nacken und ließen schmerzerfüllt den Kopf kreisen, blieben jedoch auf dem Boden, da sie anscheinend wenig Lust verspürten, weitere schmerzhafte Bestrafungen auf sich zu ziehen.

Hawklan sprach, ohne den Blick von den Männern im Zelteingang zu wenden: »Loman, erklär bitte diesen jungen Männern, daß wir uns unterhalten müssen.«

Loman warf einen kurzen, zornigen Blick auf Jaldaric, doch dann berührte Tirilen ihn am Arm, und seine Miene besänftigte sich. Er legte wieder den Arm um sie und sah mit hochgezogener Augenbraue zu seinem Bruder hinüber. Isloman nickte und ließ Jaldaric los, der nach Luft ringend zu Boden sackte. Dann redete Loman in einer Sprache, die Hawklan noch nie zuvor vernommen hatte, zu den Männern am Eingang.

Staunen überzog ausnahmslos die Gesichter der zuschauenden Männer. Loman, ein Orthlundyn, beherrschte ihre Schlachtensprache, jene Sprache, die nur die Fyordyn der Hochgarden kannten. Irgendwann in seinem Leben hatte dieser Orthlundyn für oder in der Hochgarde Dienst getan.

Jaldaric, das junge Gesicht von Verwirrung gezeichnet, taumelte unter Schmerzen auf seine Beine. Er zeigte auf seine Männer. »Legt eure Waffen nieder«, befahl er außer Atem. »Wir müssen reden. Dies war von Anfang an ein unglückseliger Auftrag. Wir müssen reden.«

Ein gewisses Zögern machte sich breit.

Jaldaric stützte sich mit einer Hand auf den Tisch, während er sich mit der anderen behutsam über Rippen und Magen fuhr. »Tut, was euch befohlen wurde«, brüllte er erzürnt. Er gestikulierte in Lomans Richtung. »Habt ihr ihn nicht gehört? Es war eine üble Sache, eine Frau zu entführen, aus welchem Grund auch immer. Nun finden wir heraus, daß wir Krieg geführt haben gegen die Tochter eines Orthlundyn, der die Schlachtensprache spricht. Wir haben den Herd eines der Unsrigen beschmutzt. Legt eure Waffen nieder, *sofort*. Wir müssen reden.«

KAPITEL 6

Während einige der Hochgardisten die Unordnung im Zelt beseitigten, kümmerte Hawklan sich um die Verletzten. Mit einer kleinen Massage hatte er schnell die Lebensgeister der beiden Männer wieder geweckt, die er bewußtlos geschlagen hatte; ihnen schien nichts weiter zu fehlen. Die Opfer von Loman und Isloman mußten dagegen nach eingehender Untersuchung zur Kenntnis nehmen, daß sie ein paar schmerzhafte Tage vor sich hatten.

Ganz kurz kam das Kind in Tirilen wieder zum Vorschein, als sie ihre drei Befreier impulsiv umarmte, doch niemand sonst bemerkte es, und es war eine gefaßte junge Frau, die sich schließlich von ihnen abwandte und ihre Aufmerksamkeit auf Gavor richtete, der ihr stolz seine Sporen präsentierte.

»Du siehst umwerfend aus, Gavor«, strahlte sie.

Gavor nahm das Kompliment mit einem Kopfrucken und einer kleinen Verbeugung entgegen, um dann auf ihren Kopf zu hüpfen und Jaldaric aus seinen kleinen, runden Augen anzublitzen, der seinen Blick nervös erwiderte.

»Ist dieser Vogel ungefährlich?« erkundigte er sich.

»O ja«, versicherte Tirilen. »Völlig ungefährlich. Na ja, meistens jedenfalls.« Dann lachte sie unvermutet auf und zerzauste ihm das Gefieder.

Ihr Gelächter entspannte die Atmosphäre, und Hawklan konnte nur lächeln über ihre Fähigkeit, sich rasch wieder zu erholen, und über Jaldarics Verlegenheit. Der junge Mann stand auf und machte sich an seiner Tunika zu schaffen, bis sein Erröten einigermaßen abgeklungen war.

Trotz allem, was dieser Jüngling getan hatte, konnte Hawklan an ihm nichts wahrhaft Böses spüren. Er war mit Sicherheit nicht der Urheber der jüngsten Ereignisse, genausowenig wie die anderen Männer, obwohl der eine oder andere von ihnen wütend und schlecht gelaunt zu sein schien.

Doch Jaldaric war, wissentlich oder unwissentlich, an diesem Spiel beteiligt und insofern Hawklans einzige Verbindung zu demjenigen, der die Fäden zog.

»Gut«, erklärte Hawklan, nachdem er seinen letzten Patienten entlassen hatte, und ließ sich auf einen Stuhl fallen. »Wir sind ohne ernsthafte Verletzung oder Beeinträchtigung bis hierher gekommen, wenn man von unserem Frieden und Stolz einmal absieht. Aber um Haaresbreite. Ich würde eine Erklärung begrüßen, Jaldaric, und Loman und Isloman auch.«

Einer der säuerlich dreinblickenden Männer erhob die Stimme. »Lord Dan-Tor hat diesen Mann hier zum Feind von Fyorlund erklärt, Jaldaric. Wir sollten überhaupt nicht mit ihm sprechen. Erzähl ihm nichts.«

Jaldaric antwortete ihm müde: »Esselt, setz dich. Wir haben einen Waffenstillstand. Entehr uns nicht noch mehr mit deinem dummem Geschwätz. Ich trage vor Lord Dan-Tor die Verantwortung für meine Entscheidung.«

Seine Einstellung schien bei den meisten der anwesenden Hochgardisten auf Zustimmung zu stoßen, und Esselt setzte sich wieder und verschränkte beleidigt die Arme vor der Brust, ohne weiteren Kommentar. Hawklan wollte gerade etwas fragen, als Jaldaric ihm zuvorkam.

»Hawklan, seid Ihr ein Feind von Fyorlund?«

Die Frage kam so schroff, daß Hawklan zusammenfuhr.

»Brillant«, murrte Esselt, »diese Handhabung der subtilsten Verhörtechniken.«

Die Männer zu seinen Seiten rückten leicht von ihm ab, als wollten sie einem drohenden Zusammenprall aus dem Weg gehen.

Jaldaric fuhr ihn an: »Esselt, halte deine üble Zunge im Zaum, oder du wirst herausfinden, daß die Gunst Lord Dan-Tors, derer du dich so gern rühmst, dich nicht vor schwerster Feldbestrafung schützt. Denk immer daran, daß wir weit weg sind von zu Hause. Ich werde die Fragen stellen, die ich für nötig erachte, und wir werden jeder für sich die Antworten abwägen.«

Einen Augenblick lang hielt Esselt Jaldarics Blick stand, bevor er seine Augen wortlos niederschlug. Jaldaric wandte sein immer noch ärgerliches Gesicht Hawklan fragend zu.

»Soweit ich weiß, bin ich keines Mannes und keines Geschöpfes Feind«, erwiderte Hawklan. »Doch ich verstehe, daß dieser Lord Dan-Tor sich einbildet, ich sei es. Ich würde ihn gern einmal treffen und ihn fragen, warum er das glaubt und warum ein Lord von Fyorlund es nötig haben sollte, sich als Kesselflicker zu verkleiden und verderbte Waren in unser Dorf zu bringen.«

Esselt hob den Blick, sagte jedoch nichts. Jaldaric wirkte peinlich berührt.

»Lord Dan-Tor ist allein nach Fyorlund zurückgekehrt«, versetzte er. »Und er schuldet uns keine Rechenschaft über seine Taten. Er ist der engste Berater und Freund des Königs. Er wird allgemein respektiert und hat unserem Land große Veränderungen gebracht.« Hawklan fing seinen Blick auf, und Jaldaric zögerte. »Obwohl ich persönlich glaube, daß manche dieser Veränderungen einen Preis haben, dessen wir uns ursprünglich nicht bewußt waren«, fügte er widerwillig hinzu.

Sowohl Loman als auch Isloman nickten.

»Was Euer Lord in unser Dorf brachte, trug einen Preis in jeder Faser«, sagte Loman. »Es war nicht die Arbeit von Handwerkern aus Fyorlund, wie ich sie kenne. Diese Dinge hatten ihre eigene, rauhe Harmonie. Doch jene Gegenstände waren von bösen Händen gefertigt; von Händen, die nichts von Gleichgewicht und Harmonie wußten, oder wahrscheinlicher noch, die sie willentlich zerstört haben.«

Hawklan entsann sich flüchtig des unbegründeten Entsetzens, das er verspürt hatte, als er der kleinen Puppe ins Gesicht geblickt hatte, die auf seiner Hand auf und ab marschiert war. Ein Entsetzen, das ihn übers Gebirge getrieben hatte, um nach seinem Ursprung zu forschen, und das, wie er vermutete, ihn immer noch antrieb.

»Was weißt du schon von Handwerkern, du Lehmbuddler?« höhnte Esselt. »Nichts kommt der Arbeit gleich, die in Lord Dan-Tors Werkstätten entsteht.«

Erstaunlicherweise schien die Beleidigung wirkungslos von Loman abzuprallen, und Esselt zuckte zusammen, als sei ihm sein eigenes Gift zurück ins Gesicht gespritzt. Hawklan sah ihm ins Gesicht.

»Esselt, Ihr seid ein törichter junger Mann, doch ich fürchte, es übersteigt meine Macht, Euch begreiflich zu machen, warum. Ihr seid offenbar auf einen falschen Kurs geraten, und wenn Eure scharfe Zunge nicht dafür sorgt, daß Ihr von jemand Euresgleichen getötet werdet, dann wird es, fürchte ich, ein übles Ende mit Euch nehmen. Schweigt still und hört genau zu.«

Obwohl die Worte ohne jede Drohung ausgesprochen wurden, erbleichte Esselt unter Hawklans Blick.

Jaldaric beobachtete den Schlagabtausch ungerührt, und eine Weile war nur das Rauschen der windgepeitschten Bäume draußen im Zelt zu hören. Er schaute erst Loman an, der still und unbeeindruckt von Esselts bösartigem Angriff dasaß, dann Hawklan an, der ebenfalls geduldig wartete. Und er traf seine Entscheidung.

»Wir sind dem Lord Dan-Tor zugeteilt, Hawklan, doch wir wissen nichts über den Zweck seines Aufenthalts in Orthlund. Was er uns hier aufgetragen hat, widersprach allem, was die Hochgarden glauben und schützen sollen. Ich hätte nicht daran teilnehmen dürfen. Wir vergalten freiwillig und großzügig gewährte Gastfreundschaft mit schnödem Verrat. Ich hätte Einspruch erheben sollen, und sei es nur zum Besten meiner Männer. Ein Hochgardist sollte nicht blindlings allen Befehlen gehorchen.« Dann räumte er widerwillig ein: »Aber Lord Dan-Tor hat so eine Art ...«

Seine Stimme verebbte, und von Esselt kam ein ärgerlicher, ungläubiger Ausruf.

»Genug, Jaldaric. Was Ihr redet, ist Hochverrat. Dieser Mann ist ein Feind Fyorlunds. Ergreift ihn nun. Wir sind genug, um sie zu überwältigen.«

Jaldaric wirbelte zornig zu ihm herum. »Ich warne dich noch einmal, Esselt. Dies ist ein Waffenstillstand. Es hat genug Verrätereien gegeben. Nebenbei bemerkt, wenn mein

Gedächtnis mich nicht trügt, warst du derjenige, der das Kommando über die Wachen heute nacht hatte, oder? Diese Lehmbuddler hatten wenig Mühe, an deiner adleräugigen Wache vorbeizukommen, oder? Und wir hätten alle getötet und nicht nur außer Gefecht gesetzt sein können, bei der guten Warnung, die du uns zuteil werden ließest. Sie haben unseren Verrat mit Gnade vergolten, Esselt. Vielleicht denkst du einmal darüber nach.« Esselt blickte finster drein, doch Jaldaric redete sich langsam in Fahrt. »Und bitte darum, Meister der Wache, daß ich dich nicht in die Wälder schicke, damit du eigenhändig herausfindest, wie viele von diesen Lümmeln noch da draußen im Wald sind – in *ihrem* Wald. Lord Dan-Tor wird ohne Zweifel begeistert sein von dem Beitrag, den du zum Gelingen des heutigen Abends geleistet hast«, schloß er.

Hawklan hielt sich die Hand vor den Mund, um ein Lächeln zu verbergen.

Esselt schoß einen letzten Pfeil ab. »Ihr nehmt seinen Namen zu leicht in den Mund, Jaldaric«, warnte er. »Seine Genehmigung rechtfertigt alles.«

Jaldaric warf ihm einen verächtlichen Blick zu, sagte jedoch nichts. Während er seine Rippen massierte, wandte er sich mit einem Lächeln wieder an Hawklan. »Ich weiß nicht, was ich tun soll, Hawklan«, gestand er. »Ich persönlich kann mir nach dem, was ich gesehen und gehört habe, nicht vorstellen, daß Ihr oder sonst jemand aus Orthlund ein Feind Fyorlunds sein könntet, doch Lord Dan-Tor hat Euch als solchen gebrandmarkt, und diese Falle zu Eurer Ergreifung war sein Plan.« Er schlug die Augen nieder, unfähig, Hawklans Blick zu erwidern. »Tirilen war der Köder, Euch näher nach Fyorlund zu locken. Wir sollten vor Euch herziehen, damit Ihr uns folgt, bis seine Häscher Euch gefahrlos gefangengenommen hätten. Niemand sollte verletzt werden«, schloß er und hob den Blick wieder.

Jaldaric tippte nachdenklich mit den Fingern auf den Tisch. »Es tut mir leid«, sagte er. »Es war eine Fehlentscheidung meinerseits, daß wir uns überhaupt darauf eingelassen haben. Ich nehme an, daß die meisten meiner Männer ebenso denken.«

Zahlreiche zustimmende Gesten waren zu sehen, mit Ausnahme einer kleinen Gruppe um Esselt.

»Was wird mit Euch geschehen?« fragte Hawklan.

Jaldaric zuckte die Schultern. »Wir kehren nach Vakloss zurück, erstatten Bericht und nehmen die Konsequenzen auf uns. Doch was wird mit *Euch* geschehen?« erwiderte er. »Ich unterstehe der militärischen Disziplin, doch Ihr besitzt keinen solchen Schutz. Dan-Tor wird andere nach Euch ausschicken ...« Er stockte. »Und Gerüchte besagen, daß er im Notfall mächtigere Agenten als mich zur Verfügung hat.«

Hawklan nickte. »Ich glaube, ein paar von ihnen bin ich schon begegnet«, bemerkte er.

Jaldaric sah ihn an. »Ich weiß nicht, was Ihr tun könnt«, sagte er. »Außer, auf der Hut zu sein. Ihr seid sicher in der Lage, auf Euch aufzupassen, und Ihr habt einen Freund in jedem Orthlundyn, mit dem ich gesprochen habe, aber ...«

Wieder nickte Hawklan. Seit dem Augenblick von Tirilens Rettung hatte er gewußt, wie seine weitere Vorgehensweise aussehen mußte. Der Versuch, sein altes Leben wieder aufzunehmen, war von vornherein zum Scheiten verurteilt. Lomans Bemerkung über die Hände, die wissentlich Gleichgewicht und Harmonie zerstörten, hatte seine Gedanken auf den Punkt gebracht. Es war so offensichtlich, daß er sich wunderte, warum er nicht schon längst darauf gekommen war.

Er hatte das Wort ›übel‹ benutzt, um den Urheber der jüngsten Ereignisse zu beschreiben, doch er hatte es wie ein Heiler benutzt, für den ein Übel eine unbeabsichtigte Störung ist, die der Korrektur bedarf, eine zufällige Abweichung von Gleichgewicht und Harmonie. Nun erkannte er – oder erinnerte sich vielleicht –, daß das Übel eine aktive Kraft sein kann. Daß manche Wesen Gleichgewicht und Harmonie zwar kannten, sich jedoch freiwillig entschieden, diese zu vernichten. Menschen, die aus einem Grund, der ihm verschlossen blieb, nehmen und immer nur nehmen wollten. Leute, die so gehetzt waren, daß sie nicht ruhen konnten, solange andere noch in Frieden lebten.

Während seiner zwanzig Jahre in Orthlund waren ihm nie solche Gedanken gekommen, und mit ihnen kamen andere, noch dunklere Gedanken. War es möglich, daß auch er den Kern eines solchen Wesens in sich trug? War es möglich, daß die sonderbare Ebene, die Andawyr ihm gezeigt hatte, ein Übel gefangenhielt, das zu Recht von weisen Händen eingeschlossen worden war? Aber würde Dan-Tor Zuflucht zu einer solchen List nehmen, um einen Verbündeten zu wekken? Er fühlte sich bestärkt. Auf der anderen Seite, böse Verbündete würden einander auch nicht vertrauen, oder?

Eine weites Feld widerstreitender Möglichkeiten tat sich vor ihm auf und trotzte seinem Willen, zu einer Entscheidung zu gelangen. Konnte er seiner Intuition trauen, die ihm zurief: »Nein, in dir ist nichts Übles?«

Ihm blieb keine Wahl. Er mußte ihr vertrauen. Sowohl Intuition als auch Vernunft vermochten nichts Böses in Andawyr zu entdecken, aber in jenem Winkel des Gretmearc und in den Waren Dan-Tors hatte es genügend Böses gegeben.

Dann fielen ihm seine eigenen Worte wieder ein. Unwissenheit ist ein gefräßiges, zerstörerisches Geschöpf des Schattens, das immer und unter allen Umständen vernichtet werden muß. Vernichtet vom Licht der Wahrheit, ganz gleich, welche Schrecken es enthüllt.

So sei es, schloß er.

Eine leichte Berührung an seinem Arm riß ihn aus seinen Träumereien zurück. Es war Tirilen.

»Geht es dir gut?« fragte sie.

Er lächelte und legte den Arm um ihre Schulter. »Ja«, versicherte er ihr. »Ich überlege nur, was nun zu tun ist.« Er blickte in Jaldarics bekümmertes Gesicht.

»Es sieht so aus, als wüßte keiner von uns beiden so recht, was passiert, und als würden wir beide und meine Freunde auf irgendeine Weise benutzt. Ich reite mit Euch, um diesen Lord Dan-Tor zu treffen und von ihm persönlich Rechenschaft zu fordern. So habt Ihr wenigstens einen Teil seines Auftrags erfüllt, was Eure Strafe vielleicht mildern wird, und ich finde heraus, was wirklich vor sich geht.«

Diese Erklärung ließ die Zuhörer kurzfristig verstummen, und dann redete alles wild durcheinander. Isloman trat vor und ergriff ihn am Arm, das zerfurchte Gesicht sorgenerfüllt.

»Hawklan, das kannst du nicht tun«, sagte er ungläubig. »Du könntest gefangengenommen, womöglich sogar getötet werden.«

Hawklan schüttelte den Kopf. »Gefangengenommen? Warum? Ich habe kein Gesetz verletzt, das ich kenne. Und ich bezweifle, daß ich getötet werde. Ich bin mir sicher, daß das bereits mehrfach hätte geschehen können. Dieser Mann will mich lebendig. Und auch ich werde immer neugieriger, ihn kennenzulernen. Ich weiß, daß diese jungen Männer mich beschützen werden.«

Isloman verdrehte die Augen himmelwärts, als suche er dort Unterstützung, um sich dann mit der flachen Hand auf die Oberschenkel zu schlagen. »Diese jungen Männer, wie du sie zu nennen beliebst, Hawklan, sind Soldaten«, begann er. »Sie werden das tun, was ihr vorgesetzter Offizier ihnen befiehlt. Sie mögen ein bißchen murren, aber am Ende werden sie ihre Befehle befolgen. Und falls nicht, gibt es genug andere Soldaten, die es tun.«

»Das stimmt, Hawklan«, bestätigte Jaldaric. »Wenn Eure Entscheidung so lautet, mögt Ihr unter unserem Schutz reiten, doch einmal in Fyorlund angekommen, kann ich nicht mehr für Eure Sicherheit garantieren. Ich bin nur ein bescheidener Hauptmann ... wahrscheinlich schon bald nicht einmal mehr das.«

Hawklan blickte skeptisch drein. Fragend wandte er sich zu Loman um. Ohne sich zu bewegen, sah dieser stumm auf seinen Bruder, dann auf seine Tochter. Als er sprach, klang seine Stimme gepreßt.

»Du *mußt* gehen, Hawklan«, sagte er. »Du bist das Zentrum all dieser Veränderung, wenn nicht sogar ihre Ursache.

Du bist auserwählt auf irgendeine Weise, von irgendeiner Macht, die wir nicht einmal ansatzweise begreifen. Jaldaric hat recht. Wo immer du dich hinwendest, dieser Lord ... Kesselflicker ... wird dich verfolgen, und das nächste Mal setzt er Soldaten mit weniger Skrupeln ein.«

Isloman wandte sich zornig an seinen Bruder, verstummte jedoch, als er dessen verzweifelt traurigen Blick bemerkte. Ganz uncharakteristisch fluchte er und hieb mit der Faust auf den Tisch, als könne ein solcher Ausbruch all seinen Kummer verscheuchen.

»Ich danke dir, Loman«, erwiderte Hawklan. »Geh mit Tirilen zurück ins Dorf. Wenn du auf Ireck triffst, erzähl ihm, was passiert ist. Was auch geschieht, Gavor wird euch Nachricht bringen.«

Tränen der Verwirrung standen in Tirilens Augen, während sie beobachtete und zuhörte. Hawklan nahm ihr Gesicht in beide Hände.

»Du und ich, Tirilen, wir sind Heiler. Wir müssen in den Schmerz der Menschen eindringen. Immer müssen wir die Wahrheit erkennen, wie schmerzlich sie auch sein mag. Dein Vater hat die Wahrheit ausgesprochen, und das weißt du auch. Ich muß zu unser aller Bestem diesen Lord Dan-Tor aufsuchen.«

Kind und Frau traten auf Tirilens Zügen in Konflikt.

Hawklan fuhr fort: »Du hast deines Onkels Hand sehr schön versorgt. Und mit diesem gemarterten Haufen draußen vor dem Dorf hast du gute Arbeit geleistet. Du wirst bis zu meiner Rückkehr die Dorfheilerin sein. Hab keine Angst.«

Er griff in seine Tasche, um etwas zu finden, womit er ihr die Augen trocknen konnte, und holte das Tuch hervor, mit dem Andawyr seinen Arm verbunden hatte. Es war nun einige Tage her, daß es von seinem Arm abgefallen war und ihn heil und ganz enthüllt hatte.

»Nimm dies«, sagte er. »Es hat heilende Kräfte. Kräfte des Webens und der Stimme. In einigen der Bücher auf der Burg findest du vielleicht mehr darüber.«

Tirilen nahm das Tuch mit einem feuchten Schniefen entgegen, um sich dann jungenhaft mit dem Handrücken durch die Augen zu reiben.

»Es wird dir gutgehen«, sagte sie, halb Feststellung, halb Frage.

Hawklan nickte. »Kümmere dich um das Dorf.«

Jaldaric löschte mit einer sanften Bewegung die Fackel, die das Zelt erhellt hatte. Die Veränderung war kaum zu spüren, denn Fyorlund-Fackeln paßten sich selbsttätig den natürlichen Lichtverhältnissen an.

»Es dämmert«, stellte er fest.

»Ihr findet unsere Pferde mittlerweile in der Nähe«, erklärte Hawklan. »Serian wird sie hergeführt haben, wie ich ihn gebeten habe. Zeit für euch zu gehen.«

Er sah zu dem brütenden Isloman hinüber und bekam einen flüchtigen Blickwechsel zwischen dem Schnitzer und seinem Bruder mit.

»Was heckt ihr beiden schon wieder aus?« fragte er mißtrauisch.

Islomans finsterer Blick brach zu einem Lächeln auf, was Hawklans nur in seinem Verdacht bestärkte. »Hawklan«, fing er an, »du bist zu naiv, als daß man dich allein in die Welt ziehen lassen könnte; dasselbe gilt für diesen jungen Mann hier.« Er deutete mit dem Daumen auf Jaldaric. »Ihr beide werdet nichts als Ärger bekommen. Jemand muß auf euch aufpassen. Glücklicherweise muß ich mich nicht um eine Burg kümmern, und ich muß auch keine Befehle von jemandem entgegennehmen – also komme ich mit euch. Ich kann eine Luftveränderung gebrauchen.« Er rieb sich seinen verletzten Daumen. »Außerdem habe ich selbst noch ein, zwei Fragen an diesen Dan-Tor.«

Die Morgendämmerung übergoß die Lichtung mit ihrem diesigen, rosafarbenen Licht, als die Gardisten das Lager abbrachen. Loman und Tirilen drehten sich noch einmal um und winkten, bevor ihre Pferde sie in dem Morgennebel außer Sicht trugen.

Hawklan und Isloman wandten sich ab und schritten durch das taufeuchte Gras zu ihren Pferden. Gavor, der auf Hawklans Handgelenk saß, schlug ungeduldig mit den Flügeln.

KAPITEL 7

Zwei Tage später zog die Patrouille in scharfem Tempo und stetig nach Norden. Der Himmel quoll über von großen, aufgeblähten Wolken, die nur darauf warteten, sich ihrer nassen Bürde zu entledigen und sie in Sturzbächen auf das angstvoll geduckte Land unten loszulassen. Ein ungestümer Wind türmte sie zu hochaufragenden, unfreundlichen Hügeln auf, während er versuchte, sie in östlicher Richtung über die Berge zu wehen.

Jaldaric zog den Umhang enger um sich und sah nach oben. »Gibt ein ziemliches Unwetter«, prophezeite er. »Ich denke, wir werden bald sehr, sehr naß.«

Auch Hawklan blickte zu der grauen Masse hoch, die sich über ihren Köpfen verdichtete. Seit er die Viladrien über Riddin hatte schweben sehen, hatte er seinen Blick auf der Suche nach einem zweiten Wolkenland ständig nach oben gelenkt, und eine wahre Sturzflut von Fragen ging ihm durch den Kopf. Welche Art von Menschen konnten an solchen Orten wohnen? Und wie? Wie mußte es sein, der Gnade der Winde ausgeliefert zu sein und durch die gewaltigen Wolkenturbulenzen zu treiben, die nun drohend über ihnen hingen? Wie mußte die Welt unten für sie aussehen? Er hatte das Flickmuster von Feldern und Wäldern von hohen Berggipfeln aus gesehen, doch von der Höhe der Wolkenländer ...? Hier verließ ihn seine Vorstellungskraft. Doch die düstere Unterströmung, die in letzter Zeit so viele seiner Gedanken zu verzerren schien, sagte: »Den feindlichen Aufmarsch. Du würdest den feindlichen Aufmarsch von oben sehen.« Der Klang dieser Stimme bedrückte ihn, so wenig war er mit der Schönheit des Viladrien und seinem kaum hörbaren, singenden Kielwasser vereinbar.

Jaldarics Bemerkung brachte Hawklan wieder auf den Boden der Tatsachen zurück. »Ja«, pflichtete er ihm bei. »Es wird vermutlich regnen.«

Und wie auf Kommando setzte ein zunächst verhaltenes Rieseln dicker Regentropfen ein, das bald die staubige Straße zu ihren Füßen mit dunklen Flecken sprenkelte. Jaldaric wandte sich im Sattel fragend zu seinen Männern um. Er erntete Kopfschütteln und Gesten, man solle den Ritt fortsetzen. Umhänge wurden fester umgeschlagen und Kapuzen über die Köpfe gezogen. Die Truppe fiel in einen gemächlichen Schritt zurück.

Der Wind gestand seine Niederlage ein und flaute ab, und triumphierend prasselte der Regen in schwankenden, senkrechten Vorhängen herunter und reduzierte die Sichtweite auf wenige Fuß. Hawklan starrte zu Boden, fasziniert von den Sprühfontänen, die von der Straße hochspritzten, ein bewegliches und unregelmäßiges Netz, das über der beinah unsichtbaren Geometrie der uralten Steinquader schwebte.

Der Lärm des Regens erstickte jegliches Hufgeklapper und die Gespräche, die eben noch im Angesicht dieses Opponenten gebrüllt worden waren. Jeder Reiter zog sich in sich selbst zurück, und die Streife wurde zu einer verschwommenen, nach innen gekehrten Prozession, die schweigend durch den zischenden Regen zog.

Hawklan wurde sich bewußt, daß Isloman neben ihm ritt. Er hob den Blick von der funkelnden Straße und richtete ihn auf die graue Masse vor ihnen. In den letzten beiden Tagen hatte er eine überraschende Veränderung an seinem Freund beobachtet.

Nach Tirilens Entführung hatte Loman die barsche Gereiztheit abgestreift, die er im allgemeinen bei seinen täglichen Pflichten an den Tag legte, und war redseliger und offenherziger geworden. Isloman war dagegen stiller geworden und hatte viel von seiner früheren rauhen Herzlichkeit abgelegt. Im Verlauf der Krise hatten beide Brüder sich einander angenähert. Eine verständliche Reaktion, dachte Hawklan. Ein solches Ereignis fegte notwendigerweise den Staub der Alltagsroutine fort, der sich über das wahre Selbst gelegt hatte.

Doch Isloman schien nun zwischen freudiger Erregung und Bedrücktheit zu schwanken, als kämpften zwei Ichs in seinem Innern um die Herrschaft über ihn.

Hawklan schien es so, als habe die Veränderung eingesetzt, nachdem die Hochgardisten Isloman über Lomans Kenntnis der Schlachtensprache ausgefragt hatten und seine eigene Beteiligung am Morlider-Krieg bekanntgeworden war.

Die orthlundischen Freiwilligen, obwohl es nur wenige waren, hatten bei den damaligen Hochgardisten richtigen Eindruck gemacht und waren mittlerweile beinah zum festen Bestandteil der Fyordyn-Legenden geworden. Mit so jemandem zu reiten – für einige: von so jemandem niedergeschlagen zu werden – weckte eine fast jungenhafte Erregung in den jungen Männern, und eine Zeitlang quälten sie Isloman mit Fragen. Selbst der mürrische Esselt und seine Clique zeigten Interesse.

Nun, inmitten des grauen Regens, verriet Islomans Haltung, daß ihn erneute Sorgen plagten. Auch wenn Hawklan sein Gesicht unter der tiefen Kapuze nicht sehen konnte, wußte er, daß es nachdenklich und gefurcht war.

»Du reitest wesentlich besser«, setzte er an. »Was machen deine Schmerzen?«

Isloman schreckte leicht zusammen, um sich dann vorzubeugen, als wolle er die Worte mitbekommen, bevor sie in die Ferne trieben.

»Oh, ganz gut«, gab er nach einem Moment zur Antwort. »Die Erinnerung, wie man reitet, kommt allmählich wieder. Und nun, da ich Tirilen in Sicherheit weiß, fühle ich mich wesentlich besser.«

Hawklan griff das Wort auf. »Ich glaube, dir kommt die

Erinnerung an viel mehr als nur ans Reiten, nicht wahr?« meinte er.

Isloman nickte. »Ja, ich fürchte, so ist es«, erwiderte er. »Mit diesen jungen Burschen über die Vergangenheit zu reden hat Erinnerungen geweckt, die besser in Vergessenheit geblieben wären.«

»Sie richten keinen Schaden mehr an«, sagte Hawklan. Dann, in einem leicht spöttischen Tonfall: »Für sie bist du eine Gestalt aus einem Geschichtsbuch. Ein richtiger Krieger.«

Isloman antwortete nicht sofort, sondern wandte den Kopf und warf Hawklan einen Blick voller Zweifel zu. »Selbst du verstehst das nicht, stimmt's?« meinte er resigniert. »Nicht wirklich.«

Eine Weile ritten sie schweigend weiter.

»Es ist nicht deine Schuld, vermute ich«, begann Isloman schließlich erneut. »Niemand, der nicht im wahrsten Sinne des Wortes um sein Leben kämpfen mußte, kann das verstehen – nicht einmal diese ... Soldaten.« Er wies mit einer leichten Drehung des Kinns auf die hinter ihnen Reitenden. »Es läßt dich allein, mit ... Emotionen ... widerstreitenden Gefühlen, die es eigentlich gar nicht gleichzeitig geben dürfte.«

Hawklan musterte seinen Freund eingehend und stellte beinah umgehend dasselbe Phänomen an sich selbst fest. Der Heiler in ihm wußte, daß Isloman seine Sorgen aussprechen mußte, wenn er seine Qual lindern wollte. Doch zur selben Zeit hörte er sein finsteres Ich erklären, daß Isloman jetzt seine Probleme überwinden mußte, oder sie würden seinen Wert als Kämpfer stark beeinträchtigen. Er schreckte vor diesem Gedanken zurück, wußte aber gleichzeitig, daß er ihn nicht abschütteln konnte. »Erklär es mir«, verlangte er mit ausdrucksloser Stimme.

Wieder setzte ein langes Schweigen ein, bevor Isloman das Wort ergriff, und Hawklan spürte die Spannung, die sich in seinem Freund aufbaute.

Ein kleines, pelziges Tier huschte ziellos vor ihnen über

die Straße. Die Bewegung schien Islomans aufgestaute Worte zu entladen.

»In einer Schlacht zu sein ist entsetzlich und entwürdigend«, stieß er plötzlich hervor. »Ich *weiß* das – sowohl mit meinem Kopf als auch mit meinem ...« Er schlug sich mit der Faust auf die Brust. »Mit allem. Man sollte einer solchen Erfahrung aus dem Weg gehen. Doch ein Teil von mir hat es genossen, Hawklan, und wird es auch jetzt wieder genießen, wie ich vermute. Es ist inzwischen kein bißchen klarer, als es damals war. Ein Teil von mir genoß etwas, was offensichtlich falsch war. Und doch war es nicht falsch, oder? Hier war der Feind – Menschen, die raubten und mordeten, und schlimmer, Menschen, mit denen man nicht vernünftig reden konnte, die gegebene Versprechen nach Lust und Laune brachen, Menschen, die dich und deine Freunde umbringen würden, wenn du sie nicht stoppen würdest. Was tut man unter solchen Umständen? Wenn alle anderen Alternativen versagt haben?«

Er wartete die Antwort gar nicht erst ab. »Und dann ist da diese Furcht. Schrecklich. Dein Herz pocht, dein Mund ist trocken und säuerlich, dein Magen brennt. Bis ...« Er umklammerte Hawklans Arm mit festem Griff. »Bis du kämpfst. Dann steigen uralte Kräfte in dir empor, und du sagst ›Es ist gut so‹. Um dich herum nichts als Gemetzel und Zerstörung, doch das kümmert dich nicht. Du tötest und tötest – und genießt es.« Isloman erschauerte, als seine Muskeln und Sehnen sich an längst vergessene Taten erinnerten. »Und wenn es vorbei ist, wenn du überall die Verwundeten und Toten herumliegen siehst und hörst – sie kriechen umher und winden sich, stöhnen, schreien –, dann mußt du das Mitleid in dir auslöschen, wenn du nicht den Verstand verlieren willst.« Er verstummte und senkte den Blick in den niederprasselnden Regen. »Dein einziger Trost ist«, fuhr er nach einer Weile fort, »daß alles Bitten und Flehen vorher nichts genutzt haben.«

Hawklan überlegte, wie er seinem Freund helfen könne. Islomans Worte hatte eine merkwürdige Saite in ihm zum

Klingen gebracht; hatten ihn an einen düsteren Ort voller Schrecken und infernalischem Lärm und Tod versetzt. Doch es war zu tief vergraben, zu fern, und das Bild entzog sich ihm, als er es genauer betrachten wollte. Trotzdem hinterließ es einen schwachen Nachhall von Verstehen.

»Wir handeln, um uns selbst zu schützen«, erklärte Hawklan schließlich. »Das ist das älteste aller Gesetze, tief eingeprägt in alle lebenden Geschöpfe. Und wer vermag die Frage zu beantworten, die sich daraus ergibt?«

Er drehte sich zu Isloman um, und ein kleiner Wasserfall troff von seiner Kapuze.

»Aber es gibt noch etwas anderes. Es ist uns auch eingeprägt, Gewalt zu vermeiden. Mit der Gewalt liefert man sich der Willkür des Zufalls aus. Hieraus können entsetzliche Folgen erwachsen.« Er beugte sich zu seinem Freund hinüber. »Doch wenn andere uns diesen Schutz nehmen, tragen sie die Verantwortung für die Konsequenzen. Wenn ich nicht fliehen kann, dann kämpfe ich gegen alle Widrigkeiten und mit allen Mitteln, die mir zur Verfügung stehen. Um zu überleben.«

Isloman straffte sich. »Eigenartig«, sagte er. »Ich erinnere mich an den alten Sirshiant, unter dem ich zuerst diente. ›Wenn du dich einmal auf einen Kampf eingelassen hast‹, pflegte der zu sagen, ›dann überlebt nur der Gewalttätigste. Du mußt also schlimmer als dein Feind sein. Denk nie etwas anderes, oder du bist ein toter Mann.‹ Sagte, wir sollten uns darüber nicht den Kopf zerbrechen. Wir seien gute Jungs, und wir würden uns ›im Siege mild zeigen‹.« Isloman, in Erinnerungen versunken, schüttelte den Kopf und lächelte schwach. »Komisch, daß ich mich nach all diesen Jahren an ihn erinnere.« Er wandte sich Hawklan zu und nickte. »Und so verhielten wir uns auch. Haben uns milde gezeigt im Sieg, haben von Exzessen Abstand genommen. Das ist immerhin etwas, vermute ich.«

»Es kann sehr viel sein«, bestätigte Hawklan.

Isloman schien nun unbeschwerter in seinem Sattel zu sitzen. Sein Unbehagen war noch da, doch er hatte sich ihm gestellt und gemerkt, daß die Zeit die Dinge in der Tat klarer für ihn gemacht hatte. Es war gar kein unlösbares Dilemma mehr. Es war nur die harte, grausame Konsequenz des Lebens, das sich gegen diejenigen behauptete, die ihm sein Existenzrecht absprachen.

Hawklan fühlte, wie die Spannung von seinem Freund wich, war sich aber auch seiner eigenen ambivalenten Reaktion bewußt. Er war froh, daß Islomans Kummer gelindert worden war, doch auch jener kalte Teil seines Ichs war froh. Islomans Herz war nun frei von verborgenen Zweifeln, wann er sich zu einem Kampf gezwungen sah. Im trockenen Schatten seiner Kapuze haderte Hawklan mit sich selbst.

Allmählich ließen die Wolkenbrüche nach und schwächten sich zu einem leichten Frühlingssprühregen ab. Die Wolken zogen sich hinter die Berge zurück, und die Sonne erhellte wieder ihren Weg, ließ die nasse Straße glitzern und Dampfwolken über den fernen Wäldern aufsteigen.

Wie feindliche Lagerfeuer, dachte Hawklan.

Kapuzen wurden zurückgeschoben, Pferde schüttelten ihre Mähne und hüllten sich in winzige Tröpfchenschauer, in denen Regenbögen aufleuchteten. Hier und da kamen wieder Unterhaltungen in Gang.

Jaldaric trabte zu Isloman und Hawklan und beschattete seine Augen gegen das gleißende Licht von der Straße. Dann zeigte er nach vorn.

»Da kommen Reiter«, sagte er.

KAPITEL 8

Je näher die Reiter kamen, desto konfuser wurde Jaldarics Miene, doch er setzte schnell ein freundliches Begrüßungslächeln auf, als die beiden Gruppen sich trafen.

Die Neuankömmlinge waren sechs an der Zahl und in

schwarze Uniformen gekleidet. Sie blickten grimmig drein und hatten offensichtlich einen harten Ritt hinter sich. Einer von ihnen trug Rangabzeichen, die ihn im Verein mit seinem Gebaren als Anführer auswiesen. Sein schmales Gesicht wäre gutaussehend gewesen, hätten seine zusammengekniffenen Augen und ein Kräuseln seines dünnen Mundes ihm nicht diesen berechnenden, hinterhältigen Ausdruck verliehen.

Jaldaric salutierte, doch die Geste wurde nicht erwidert, und ein unbehagliches Schweigen senkte sich über die beiden Trupps.

Der Anführer der Neuankömmlinge runzelte die Stirn. »Ihr seid Jaldaric?« verlangte er mit schroffer Stimme zu wissen.

Jaldaric war sichtlich irritiert von diesem Benehmen, erwiderte jedoch freundlich: »Ja, der bin ich. Darf ich fragen, wer Ihr seid?«

Der Mann ignorierte ihn und ließ den Blick über die Patrouille schweifen, als suche er jemanden. »Wo ist Lord Dan- Tor?« fragte er, als Jaldaric gerade seine Frage wiederholen wollte. Seine Stimme war eine Spur verbindlicher, aber immer noch unangenehm, und Jaldaric errötete angesichts dieser erneuten Unhöflichkeit.

»Lord Dan-Tor ist nach Fyorlund zurückgekehrt«, gab er zurück. »Darf ich Euch noch einmal fragen, mit wem ich spreche und warum Ihr Euch nach Lord Dan-Tor erkundigt?« Seine Stimme klang schärfer, und jetzt war der Besucher irritiert, denn er war es offenbar nicht gewohnt, daß man so mit ihm redete.

»Mein Name ist Urssain«, erklärte er. »Hauptmann Urssain von der … Hochgarde des Königs.« Dann, bevor seine Worte richtig begriffen waren: »Hat Lord Dan-Tor einen Boten von Kommandant Aelang empfangen, bevor er wegritt?«

Jaldarics angeborene Höflichkeit verdrängte seine augenblickliche Überraschung. »Wir hatten keinerlei Boten … Hauptmann«, antwortete er. »Doch das ist auch kaum von

Bedeutung. Was dagegen wichtiger ist: Warum reitet Ihr als Fyordyn bewaffnet und uniformiert durch Orthlund, fragt nach Lord Dan-Tor und nennt Euch zu allem Überfluß auch noch des Königs Hochgarde?«

Die Neuigkeit, daß Dan-Tor keinen Boten Aelangs empfangen hatte, schien Urssain aus der Fassung zu bringen, und einen kurzen Augenblick lang malte sich seine Verwirrung auf seinem Gesicht ab. Dann lehnte er sich unvermittelt im Sattel vor und sprach voller Arroganz: »Es ist schade, daß weder wir noch unser Bote den Lord Dan-Tor angetroffen haben, obwohl es auch wieder verständlich ist in diesem verfluchten Land. Doch das ändert nichts an der Situation, und, um Eure Frage zu beantworten, wir sind hier auf Befehl des Königs, um Euch gefangenzunehmen. Ich muß Euch daher bitten, mir unverzüglich Euer Schwert auszuhändigen.«

Die Schroffheit dieser Antowrt und mehr noch ihr Inhalt ließen Jaldaric in seinem Sattel zusammenfahren, und kurz sah es so aus, als müsse er lachen. Es war jedoch Wut, die seine Antwort beherrschte.

»Hauptmann Urssain«, erwiderte er. »Jedes Kind weiß, daß der König keine Hochgarde hat.« Er legte eine kurze Pause ein, und seine Augen wurden zu Schlitzen. »Ich habe keine Ahnung, woher Ihr kommt oder was ich von Eurem Geschwätz halten soll – und ich habe auch nicht die geringste Lust, meine Zeit damit zu vergeuden –, doch Eure Gegenwart hier stellt einen schweren Verstoß dar. Nicht ich bin es, der sich Euch ergibt, sondern *Ihr* werdet Euch *mir* ergeben.«

Auf seine diskrete Geste hin verteilte sich seine Patrouille wortlos über die Straße. Urssain beobachtete das Manöver voller Verachtung.

»Eine größere Streife befindet sich direkt hinter uns, Jaldaric«, ließ er ihn wissen. »Unsere zahlreichen Botschaften haben nicht ihr Ziel erreicht, doch ich kann Euch wenigstens die Gelegenheit geben, Euch mit Würde zu ergeben. Wenn Ihr Euch mir widersetzt, während ich im Auftrag des Königs unterwegs bin, verschlimmert Ihr Eure Lage nur.«

Jaldaric überhörte seine Worte, doch seine Kinnlade versteifte sich merklich. »Genug, Urssain«, sagte er erbost. »Euer Schwert.«

Urssain rührte sich nicht. »Jaldaric«, begann er in einem beinah versöhnlichen Tonfall. »Begreift endlich. Wir *sind* des Königs Hochgarde, was immer Ihr davon halten mögt. Wegen des Verrats einiger Lords wurden wir im Verborgenen aufgestellt. Ihr sollt auf des Königs ausdrücklichen Befehl hin verhaftet werden, weil Euer Vater, Lord Eldric, das Herz dieser Verschwörung war. Er und seine Mitverschwörer befinden sich nun in Vakloss im Gefängnis und erwarten ihren Prozeß.«

Jaldaric führte die Hand an seine Schläfe. »Das ist doch Unfug«, stammelte er.

Hawklan sah sich die Gesichter von Jaldarics Patrouille an. Esselts Augen und die seiner Freunde funkelten hämisch, doch alle anderen schienen schockiert und fassungslos zu sein wie ihr Hauptmann.

Jaldaric schüttelte den Kopf, als wolle er wach werden. »Nein«, erklärte er. »Das ist Unfug. Das ist Wahnsinn. Mein Vater ist kein Verräter. Mit wem sollte er sich verschwören, und warum? Er ist ein alter Mann und ein geachtetes Mitglied des Geadrol.«

»Der Geadrol war ein Pfuhl des Verrats. Er existiert nicht mehr. Der König hat ihn aufgelöst«, schleuderte Urssain ihm verächtlich entgegen.

Nun redete alles aufgeregt durcheinander, und Jaldarics Trupp stürmte vor und scharte sich um ihren Anführer. Esselt und seine Freunde aber blieben, obwohl auch sie überrascht waren, hochmütig und wachsam. Isloman machte Hawklan mit einer Augenbewegung auf ihre Reaktion aufmerksam, und Hawklan nickte zurück.

Jaldaric gebot Schweigen. »Ich kann mir keinen Reim darauf machen. Der König darf keine Hochgarde haben. Der Geadrol kann nicht aufgelöst werden. Und wie kann ich ohne Anklage und ohne Amtsbefugnis verhaftet werden? Welcher Vergehen soll ich mich schuldig gemacht haben?«

»Der König kann alles tun«, erscholl Urssains Antwort, »und diese Uniform ist Amtsbefugnis genug, Euch zu verhaften. Ich bin nur ein Hauptmann, der seine Befehle befolgt. Ich weiß nichts über Eure Vergehen, mit Ausnahme dessen, das Ihr soeben begeht, indem Ihr Euch mir widersetzt. Ich hab es Euch schon einmal gesagt, ergebt Euch jetzt, oder es wird Euch wesentlich schlimmer ergehen.«

Kurzfristig sah es so aus, als würde Jaldaric sein Schwert ziehen und ihn angreifen, doch er besann sich eines Besseren. Als er erneut das Wort ergriff, war seine Stimme eiskalt und hart.

»Je länger wir von Fyorlund wegbleiben, desto mehr Fragen tauchen auf, die beantwortet werden müssen. Ich werde meinen Ritt nach Vakloss fortsetzen, Urssain, zusammen mit meinen Gästen aus Orthlund.« Er wies auf Hawklan und Isloman. »Ihr werdet uns begleiten, entweder friedlich oder als Gefangener, ganz wie Ihr wollt. Dort angekommen, werden wir vor den Geadrol treten und, falls nötig, vor den König selbst, und dort dürft Ihr dann nach Belieben Eure Hirngespinste verbreiten.«

Urssain warf den beiden Orthlundyn einen schnellen Blick zu, um sich dann mit einem ungnädigen Achselzucken abzuwenden. »Wie Ihr wollt. Der Rest meiner Patrouille ist in der Nähe. Wenn sie eintreffen, werde ich meinen Befehl ausführen.«

Jaldarics Augen blitzten auf, doch beherrscht lenkte er sein Pferd vor, bis es Flanke an Flanke mit dem des schwarz uniformierten Hauptmanns stand. Dann drehte er sich flink, zog sein Schwert und hielt es Urssain an die Kehle.

»Jetzt hört mir gut zu, Urssain«, sagte er sehr leise, »wer immer Ihr seid und auf wessen Befehl Ihr auch handelt. Ihr tragt eine uns unbekannte Uniform, ihr verleumdet unseren König, Ihr kommt bewaffnet nach Orthlund, Ihr bedroht uns, die persönliche Eskorte Lord Dan-Tors, und schließlich verleumdet Ihr meinen Vater und mich. Für mich seid Ihr ein ganz gewöhnlicher Verbrecher. Ich bezweifle nicht, daß Ihr irgendwo an der Straße Freunde zu Eurer Unterstützung im

Hinterhalt liegen habt, doch gebt Euch keinen Illusionen hin, wer als erster stirbt, wenn man uns angreift.«

Urssain ließ den Blick unbehaglich über die Klinge von Jaldarics Schwert wandern und weiter zu den Bogen, die die Gardisten trugen. Sein Hochmut brach in sich zusammen. Jaldaric lächelte grimmig.

»Wir verzichten auf Formalitäten«, schloß er. »Ihr mögt Euer Schwert behalten, auch wenn es Euch nichts nützen wird. Ich versichere Euch, Ihr werdet keine Zeit mehr haben, es zu ziehen.«

Daraufhin kreiste Jaldarics Patrouille, augenscheinlich ohne Befehl, Urssains Truppe ein. Jaldaric ritt zu Hawklan und Isloman.

»Ich weiß nicht, was hier vor sich geht«, gestand er, und sein rundes Gesicht wirkte ungewöhnlich bekümmert. »Entweder sind diese Leute verrückt, oder während unserer Abwesenheit haben sich zu Hause schreckliche Dinge zugetragen.«

Hawklan sah ihn an, ohne etwas zu erwidern.

»Ich fürchte, das Letztere ist wahrscheinlicher«, fuhr Jaldaric fort. »Ich glaube nicht, daß sechs Männer mit einem solchen Gebaren auf uns fünfzehn zugehen würden, wenn sie keine Rückendeckung hätten. Wir müssen schnellstens zurück.«

»Ich stimme mit Euch überein«, entgegnete Hawklan. »Doch gebt acht. Was auch in Fyorlund vorgefallen ist, dieser Mann war der festen Überzeugung, daß seine Uniform allein bedingungslosen Gehorsam erzwingt.«

Sorgen umwölkten Jaldarics Stirn. »Trotzdem«, meinte er, »das ist nicht Eure Angelegenheit. Ich kann Euch nur empfehlen, wieder nach Hause zu reiten. Es sieht so aus, als wären wir nicht einmal in der Lage, Euch sicher zur Grenze zu eskortieren, geschweige denn bis nach Vakloss. Tut mir leid.«

Hawklan streckte träge seine Beine aus und nickte. »Danke für Euren Rat, Jaldaric«, antwortete er. »Er klingt vernünftig. Doch Isloman und ich sind sehr begierig darauf,

Euren Lord Dan-Tor zu sprechen, und wir werden nach Vakloss reiten, egal, was passiert. Es sieht so aus, als ob unsere Fragen und die politischen Entwicklungen in Eurem Land eng miteinander verbunden sind.«

Jaldaric zuckte die Schultern. »Wenn wir Schwierigkeiten bekommen, werde ich versuchen, uns rauszureden, doch wenn es zum Kampf kommt, kann ich Euch möglicherweise nicht mehr schützen«, gab er zu bedenken.

Hawklan lächelte aufmunternd und legte ihm seine Hand auf die Schulter. »Wir verstehen«, sagte er. »Macht Euch keine Sorgen. Wir treffen unsere eigene Entscheidung, wann und gegen wen wir kämpfen. Ihr kümmert Euch um Euch selbst und Eure Männer.« Er lachte freundlich. »Wir entbinden Euch von Euren Pflichten als Gastgeber.«

Jaldaric lächelte schwach zurück, eine Antwort fiel ihm aber nicht ein. Wieder ließ er ein nervöses Achselzucken sehen und begab sich zu seinen Männern. Hawklan machte Gavor, der auf einem nahen Baum hockte, ein Zeichen, und der Vogel hob sich lautlos in Richtung Norden davon. Jaldaric schickte – als Echo von Hawklans Aktion – zwei seiner Männer voraus in die angrenzenden Felder, um die Straße vor ihnen zu erkunden. Der Rest der Patrouille nahm den gemächlichen Marsch wieder auf.

»Du wirst sehr kühn, Heiler«, sprach Isloman besorgt, als er sein Pferd neben Hawklans lenkte. »Lächeln und scherzen angesichts eines möglichen Gefechts gegen die Hochgarden von Fyorlund.«

»Nun«, meinte Hawklan, »der Junge braucht Unterstützung. Er weiß ja im Moment kaum, wie ihm geschieht. Ich möchte nicht, daß er sich um uns sorgt. Und außerdem hab ich ihm nichts als die Wahrheit erzählt, oder? Was auch geschieht, du und ich, wir ziehen nach Norden.«

Isloman rieb sich die Hand und nickte.

Die Patrouille ritt eine Zeitlang stetig vorwärts, bis sie einen bewaldeten Straßenabschnitt hinter sich ließ und sich auf der Höhe eines Hügels wiederfand, der den Männern einen meilenweiten Rundblick über die Landschaft gewährte. Geradeaus, über dem fernen Horizont, konnte Hawklan die weißen Gipfel ausmachen, welche die Südgrenze Fyorlunds bildeten.

Auch Jaldarics Gesicht verzog sich vor Kummer beim Anblick der Berge. So viel hatte sich verändert, seit er dazu auserwählt worden war, Lord Dan-Tors Eskorte nach Orthlund und von dort weiter nach Süden zu führen. Nun schien es, als würde jeder Schritt sie immer tiefer in Schwierigkeiten und Verwirrung, wenn nicht sogar in Gefahr bringen. Je eher er Vakloss erreichen und dieses ganze Durcheinander in die Hände seiner Vorgesetzten legen konnte, desto eher würde er seinen Vater wiedersehen und sein altes Leben wieder aufnehmen können.

Unnötigerweise richtete er sich in den Steigbügeln auf und spähte in die Ferne. Die Straße wand sich durch Felder und Wälder und geriet für lange Abschnitte außer Sicht.

»Ich sehe keine Spur Eurer Patrouille, Urssain«, sagte er.

»Ihr werdet sie bald genug sehen«, erwiderte der mit grimmiger Gewißheit.

Jaldaric blickte ihn an und runzelte die Stirn. »Absteigen und rasten«, befahl er. »Wir sollten den Vorteil unserer erhöhten Position und die Deckung der Bäume ausnutzen, solange wir sie haben. Unser Hauptmann hier scheint überzeugt zu sein, daß seine Freunde uns bald einen Besuch abstatten.«

Die Männer nahmen ihre Pferde am Zügel und verteilten sich geschickt unter den Bäumen und im Unterholz, so daß sie sowohl rasten als auch das Terrain vor ihnen überblicken konnten.

Hawklan fing Islomans anerkennenden Blick auf. Die Männer waren zweifellos gut ausgebildet. Er stieg ab, und Serian trabte mit Islomans Pferd in die Büsche.

Hawklan streckte sich genußvoll auf einem Grasstreifen aus. Isloman ließ sich schwerfällig neben ihn sinken und zog sein Schwert. Kritisch begutachtete er die schimmernde Schneide und holte einen kleinen Wetzstein aus seiner Tasche hervor. Er wendete das Schwert mehrmals, packte den Stein fester und ließ ihn unentschlossen an der Klinge entlangfahren. Dann steckte er das Schwert in die Scheide und den Stein wieder in die Tasche.

»Das sind nur die Nerven«, entschuldigte er sich. »Ein Steinzertrümmerer wie ich könnte ohnehin nie eine Schneide verbessern, die Loman geschärft hat.«

Hawklan lächelte, setzte sich dann plötzlich auf und legte den Kopf schief. Gavor war plötzlich über ihnen. Er hüpfte aufgeregt auf und ab, den Blick wild und abwesend, und seine schwarzen Sporen funkelten und glitzerten drohend in der Sonne. Er plapperte vor sich hin.

»Ich kann dich nicht verstehen, Gavor«, beschwerte sich Hawklan. »Sprich vernünftig.«

Doch Gavor lärmte weiter, und Hawklan konnte nur verzweifelt den Kopf schütteln. Schließlich stieß der Vogel einen rauhen Schrei aus und erhob sich in die Lüfte, wo er große Kreise zog und alle paar Sekunden diesen seltsamen Schrei wiederholte. Hawklan erhob sich und beobachtete ihn.

»Was ist los mit ihm?« erkundigte sich Isloman.

Hawklan preßte sich fast verzweifelt die Hände an die Schläfe. »Ich weiß nicht. Er spricht eine Sprache, die ich ihn nie zuvor sprechen gehört habe. Ich kann sie nicht verstehen, aber sie klingt sehr alt.«

Er rief Jaldaric etwas zu, und der junge Mann rannte herbei. Hawklan nahm ihn am Arm.

»Bereitet Eure Männer vor. Gavor hat etwas gesehen, das ihn entweder so erschreckt hat, daß er den Verstand verloren hat, oder ihn über alle Maßen erzürnt hat; ich weiß nicht, was es ist. Aber etwas Entsetzliches nähert sich uns.«

Jaldaric winkte seinen Männern, und die, die man noch sehen konnte, verschwanden außer Sicht. Die sechs Schwarzuniformierten saßen trübsinnig am Straßenrand, obwohl Urssain immer noch eine arrogante Gleichgültigkeit an den Tag legte. Jaldaric, der nervös sein Schwert in der Scheide lockerte, nahm Position ihnen gegenüber ein, so daß er die Straße überblicken und gleichzeitig von Näherkommenden gesehen werden konnte.

Hawklan warf einen Blick gen Himmel, wo Gavor große Kreise über der ganzen Szene zog und unablässig seine rauhen Schreie ausstieß. Hawklan wußte immer noch nicht, ob es Schreie der Wut oder der Furcht waren, doch er vermutete das erstere, da sie unmißverständlich drohend waren. Mit einem Kopfschütteln winkte er Isloman, und die beiden verschwanden im Unterholz.

Dann folgte ein unheimliches, stilles und zeitloses Intervall, in der nur Gavors rauhe Schreie die Verbindung zur Realität herzustellen schienen. Immer schwächer wurden sie, je höher er sich in den Himmel schraubte.

Ein ersticktes Flüstern drang aus dem Unterholz, und Jaldaric strengte seine Augen an, um in die Ferne zu spähen. Eine lange Marschkolonne tauchte aus einer der vielen Senken auf, in denen die Straße nicht mehr zu sehen war. Jaldaric blickte finster drein.

»Eure Patrouille ist unberitten?« fragte er Urssain. Der würdigte ihn keiner Antwort.

»Sie rennen«, flüsterte Isloman Hawklan zu.

Hawklan nickte. Irgendwo tief in ihm ruhte das Wissen, daß sie Meilen um Meilen laufen und am Ende noch eine Schlacht schlagen konnten, aber wer ›sie‹ waren, entzog sich seiner Kenntnis. Wieder fühlte er sich vorübergehend von der Gegenwart losgelöst. Ein kurzes Aufblitzen eines anderen Orts, einer anderen Zeit. Finsternis und Schrecken, ein gewaltiges, bösartiges Brüllen, ein furchterregendes Schwanken unter seinen Füßen. Dann war es vorbei, und sein Blick heftete sich wieder auf die näherkommende Truppe. Sie war zu weit entfernt, um Einzelheiten erkennen zu können, doch sie war groß und näherte sich schnell. Vier Reiter führten sie an.

Dann war die Marschkolonne wieder außer Sicht, verborgen hinter den grünen Konturen der orthlundischen Landschaft. Hawklan stieß gereizt den Atem aus und lehnte sich gegen einen Baum. Das nächste Mal würde man die Patrouille sehen, wenn sie um die Biegung kam, die kaum einen Steinwurf von ihrem jetzigen Standort entfernt war.

»Eure Männer werden keine Schlacht liefern können, wenn sie einen solchen Anstieg hinter sich haben«, sagte Jaldaric zu Urssain, ohne ihn anzusehen.

»Sie sind Euch zahlenmäßig weit überlegen. Sie werden Euch niederrennen und überwältigen, Jaldaric«, kam die erschreckend gewisse Antwort. »Sie sind an Berge gewöhnt. Dieses Hügelchen ist nichts für sie. Wenn Ihr Euch jetzt ergebt, wird Eurer Patrouille nichts geschehen, und Ihr werdet mit sicherem Geleit nach Vakloss gebracht, wo Euch der Prozeß gemacht wird. Wenn Ihr kämpft, sterbt Ihr alle. Ohne daß jemand davon erfährt, ohne großen Aufwand.« Dann, fast so, als habe er es auswendig gelernt: »Wie alle Feinde Fyorlunds.«

Jaldaric warf ihm einen wütenden Blick zu. »Wenn es zum Kampf kommt, so werden sie ihn beginnen, nicht ich.«

Urssain zuckte die Achseln.

Unerbittlich drang der Lärm der Marschkolonne näher. Das Stampfen laufender Füße erfüllte die Luft wie unheilvolle Trommelschläge und untermalte Gavors grimmige Schreie von oben.

Dann tauchten sie auf. Isloman packte Hawklan am Arm, doch der reagierte nicht. Seine Züge wirkten angestrengt, als versuche er sich an etwas zu erinnern. Und doch zog er schweigend sein Schwert. In dieser Bewegung lag etwas, das Isloman erstarren ließ, mehr als der finstere Anblick der Truppe, die nun hinter ihren berittenen Anführern ihre Marschgeschwindigkeit verlangsamte.

Hier war die Tiefenvorstoß-Patrouille der Mathidrin, die König Rgoric so unbesonnen nach Orthlund abkommandiert hatte. Isloman registrierte die erstickten Schreckensrufe der Hochgardisten, als er die spitzen, hundeähnlichen Schnauzen und die bösen, eng beieinanderstehenden Augen in den fellumrahmten Gesichtern sah. Und den eindeutig schrecklichsten Alptraum aller Kinder von Fyorlund – riesige, aufwärts gebogene Hundezähne.

KAPITEL 9

»Mandrocs!« Mehrere der Hochgardisten wisperten das Wort, als wollten sie sich der Wirklichkeit dessen versichern, was ihre Augen ihnen zeigten. Das Wort hallte zischelnd zwischen den Bäumen umher.

Jaldaric indes stand reglos und scheinbar ungerührt dort. Er war jung für einen Hauptmann der Hochgarde und hatte sich in schlimmen Momenten schon oft gefragt, ob sein Rang nicht mehr auf der Zuneigung seines Vaters als auf seinem eigenen Können beruhte. Er hatte recht, und er irrte sich auch. Lord Eldric war ein zu weiser Führer, als daß er seinem Sohn eine Verantwortung aufgebürdet hätte, die dieser nicht tragen konnte; auch lag ihm dafür zuviel an seinen Männern. Doch es war tatsächlich die Liebe zu seinem Sohn gewesen, die Eldric veranlaßte, Jaldaric eine Erziehung angedeihen zu lassen, die ihn zu dem Rang befähigte, welchen er nun bekleidete. Und es war ein Beweis für Jaldarics Tapferkeit, daß er sich Zweifel und Furcht, die in ihm tobten, äußerlich nicht anmerken ließ, während er diesen gräßlichen Anblick ertrug, der den Frieden von Orthlund besudelte.

Langsam zog er sein Schwert und hob es hoch in die Luft. »Halt!« rief er.

Der näherkommende Trupp hielt an, und einer der Reiter kam vorwärts. Seine ganze Erscheinung verriet die Strapazen des Gewaltmarsches, doch selbst vor dem Hintergrund der unruhigen Mandroc-Streife strahlte er eine bedrohliche Präsenz aus. Jaldaric verstärkte unmerklich den Griff um sein Schwert, damit seine Hand nicht zu zittern begann.

Der Reiter ignorierte ihn jedoch völlig und wandte sich an den wartenden Urssain.

»Hauptmann Urssain, warum rekelt Ihr und Eure Männer Euch in der Sonne, wenn Ihr Befehl habt, Lord Dan-Tor zu suchen?«

Der Klang dieser Worte verschaffte Jaldaric jenen realen Bezugspunkt, den brauchte, um seine Gedanken wieder zu ordnen. Er wartete Urssains Erwiderung nicht erst ab. »Lord Dan-Tor ist allein nach Fyorlund zurückgekehrt«, verkündete er. »Und Euer Freund rekelt sich auf meinen Vorschlag hin in der Sonne. Er zog das Sonnenbad der ewigen Finsternis vor, wohin sein Benehmen ihn um ein Haar gebracht hätte.«

Der Reiter drehte sich um und starrte Jaldaric an, als habe er ihn gerade erst wahrgenommen.

»Lord Dan-Tor ist fortgeritten, sagtet Ihr?«

»Jawohl«, antwortete Jaldaric.

»Allein?« Der Mann warf einen raschen Blick zu Urssain hinüber, der nickte. Ein Hauch von Gereiztheit huschte über das teigige Gesicht des Reiters. Bedächtig senkte er das Haupt. Dann gelangte er offensichtlich zu einer Entscheidung und wandte sich erneut an Jaldaric.

»Ihr seid Fyordyn, wie ich sehe«, äußerte er. »Und Ihr besitzt den Hochmut eines Lordlings. Ich nehme an, Ihr seid der Verräter Jaldaric.«

Jaldaric gab keine Antwort, erwiderte aber fest den starren Blick aus grauen Augen. Trotz aller Bedrohlichkeit war er zumindest menschlich, und seine Feindseligkeit lenkte Jaldaric vorübergehend von den Implikationen der wartenden Patrouille ab.

Dann lenkte der Mann sein Pferd neben Jaldaric, lehnte sich leicht vor und entblößte in einem humorlosen Lächeln seine verfärbten Zähne. »Mein Name ist Aelang, Jaldaric. Kommandant Aelang. Merkt es Euch gut. Das ist wahrscheinlich die letzte Höflichkeit, die ich mit Euch austausche.« Ohne den Blick von Jaldarics Gesicht zu nehmen, zeigte er mit dem Finger auf den sitzenden Urssain. »Ihr habt einen Hauptmann der Königlichen Hochgarde angegriffen, und Ihr habt das Schwert gegen seinen Kommandanten gezogen. Dies sind schwerwiegende Vergehen, die zu jenen hinzukommen, für die Ihr Euch nach unserer Rückkehr nach Vakloss zu verantworten habt.«

Gavors Schrei trieb zwischen die beiden Männer herab, und Aelang warf einen flüchtigen, ärgerlichen Blick zum Himmel.

»Ich nehme an, der Rest Eurer Männer versteckt sich im Hinterhalt«, fuhr er in einem versöhnlicheren Tonfall fort und machte eine vage Geste in Richtung des Unterholzes. »Befehlt ihnen, sich zu zeigen und die Waffen niederzulegen – jetzt –, und ich werde das kleine Mißverständnis vergessen. Und leistet keinen Widerstand.« Verschwörerisch ließ er den Blick über die wartenden Mandrocs schweifen.

Aelangs vorgebliche Kameradschaft brach Jaldarics Zurückhaltung. »Was bedeutet diese ... Ungeheuerlichkeit, Aelang? Mandrocs, bewaffnet und uniformiert! *Mandrocs*!« Er konnte das Wort kaum aussprechen. »Und sich auch noch als des Königs Hochgarde ausgeben!« Sein Tonfall war ätzend. »Haltet Ihr mich für naiv? Mandrocs dürfen die Grenzen Narsindals nicht überschreiten. Das Gesetz verbietet es, sie nach Fyorlund zu lassen, und Ihr führt einen bewaffneten Trupp von ihnen nach Orthlund – ausgerechnet nach Orthlund. Falls irgend jemand in Vakloss Rechenschaft ablegen muß, dann seid Ihr es, wenn Ihr auch nur im geringsten verantwortlich seid für diesen Alptraum.«

Während Hawklan dort im Verborgenen kauerte, stiegen Gedanken tief aus seinem Inneren auf. Lauf, Jaldaric. Zieh dich zurück. Formiert euch neu. Stellt euch keinesfalls. Doch er brachte die Worte nicht über seine Lippen.

Aelang lauschte Jaldarics Tirade mit schwindender Geduld. »Ihr hört mir nicht richtig zu, Jaldaric. Ich sagte, ich würde keine Höflichkeiten mehr mit Euch austauschen. Ihr seid schon zu lange fort. Der König hält nun alle Macht in seinen Händen. Dies in Frage zu stellen heißt, die Macht des Neuen Fyorlund in Frage zu stellen. Eine Macht, die nicht mehr von alten Lords und ihrem endlosen Geschwätz behindert wird, eine Macht, die Fyorlund gegen seine wahren Feinde zu beschützen vermag.« Dann beugte er sich vor und fügte mit leiserer Stimme hinzu: »Benutzt Euren Grips, Mann. Wenn Ihr Euch von der alten Ordnung lossagt und uns anschließt, mag noch Hoffnung für Euch bestehen. Wenn Ihr jedoch Widerstand leistet ... » Er zuckte die Achseln.

Die Mischung aus blindem Fanatismus und selbstsüchtigem Ehrgeiz im Tonfall des Mannes lähmten Jaldaric, und einen Augenblick schwieg er verwirrt.

Dann schüttelte er den Kopf. »Nein«, widersprach er. »Das ist Wahnsinn. Ihr lügt. Wie könnte der König alle Macht in seiner Hand vereinen? Und welche Feinde könnte Fyorlund haben, gegen die es Hilfe benötigt ...« Er schaute zu der finsteren, dumpf wartenden Schar herüber. »Der einzige Grund für die Existenz der Hochgarden ist die Eindämmung der Mandroc-Gefahr.«

»Und die Verhinderung der Zweiten Wiederkehr Sumerals«, höhnte Aelang verächtlich. »Ihr glaubt eher an Märchen als an die politische Realität. Aus diesem Grund hat der König die Macht übernommen. Fyorlund kann es sich nicht leisten, daß jemand wie Ihr seine Interessen wahrnimmt.«

Dieser Pfeil saß. Jaldaric ergriff den Zügel seines Pferdes. »Falls der König das tatsächlich getan haben sollte, dann nur, weil er ein kranker Mann ist und vermutlich von anderen dazu genötigt wurde. Eine solche Tat verletzt nicht nur das Gesetz, sondern den Glauben zahlloser Generationen. Doch ich beabsichtige nicht, mit Euch darüber zu diskutieren. Betrachtet Euch als verhaftet. Entwaffnet auf der Stelle diese Tiere, übergebt mir Euer Schwert und macht Euch darauf gefaßt, mit mir nach Vakloss zu reiten und Euch vor dem Geadrol für dieses Greuel zu verantworten.«

Aelang entriß Jaldaric die Zügel, so daß dessen Pferd scheute und Jaldaric zurückweichen mußte.

»Ihr langweilt mich, Knabe. Niemand wird es mir danken, wenn ich mit Unbelehrbaren streite. Ergebt Euch jetzt, oder meine Patrouille wird Eure Kameraden mit den Wurzeln ausrotten und schlachten.«

»Halt!« schrie Jaldaric. »Wir sind keine gewöhnliche Patrouille. Wir sind Lord Dan-Tors Eskorte, und außerdem habe ich Bogenschützen dabei.«

Der Mann hielt sein Pferd an und blickte sich unwillig um. Jaldaric folgte seinen Gedanken.

»Ja«, meinte er, »Ihr habt völlig recht. Wir könnten zwei Dutzend von Euren ... Euren Kreaturen töten, bevor sie auch nur einen Schritt gemacht haben, und das dürfte das Zahlenverhältnis ein bißchen korrigieren, findet Ihr nicht auch? Außerdem haben wir Verbündete aus Orthlund.«

Aelang warf einen Blick zu Urssain hinüber, der wieder nickte.

Ruhig, aber entschlossen fuhr Jaldaric fort: »Doch das berührt Euch gar nicht, stimmt's? Eure Mandrocs sind nur hier, um die Pfeile zu absorbieren. Sie kämpfen mit ihrer Überzahl und stumpfsinnigen Wildheit, wenn meine ... Märchenbücher mich nicht täuschen. Der Punkt ist, worauf Ihr gerade selbst gekommen seid. Ihr und Eure Männer werden die ersten sein, die sterben, wenn Ihr uns angreift.«

Aelang verharrte regungslos auf der Mitte der Straße und versuchte vergeblich, den Wahrheitsgehalt von Jaldarics Worten abzuschätzen, während er sich bemühte, das Gebüsch zu beiden Seiten mit seinen Blicken zu durchdringen. Nur Gavors beständiges Schreien war zu hören, ein uralter Grabgesang.

Am Ende kniff Aelang die Augen zusammen und fluchte niederträchtig. Langsam stieg er vom Pferd. Er war ein bißchen kleiner als Jaldaric und offensichtlich wesentlich stärker. Jaldaric wich ein wenig zurück und richtete das Schwert auf den Mann. Selbst in seinem Versteck im Unterholz spürte Isloman Aelangs physisches Selbstvertrauen.

»Jaldaric steckt in Schwierigkeiten«, wisperte er Hawklan zu, doch der schien in einer Art Trance zu schweben.

»Reicht mir Euer Schwert ... langsam«, befahl Jaldaric. »Dann sagt Eurer ... Patrouille, sie solle die Waffen strekken.«

Aelang begann, das Schwert mit der Linken zu ziehen, da er eine übereilte Reaktion von einem nervösen Bogenschützen befürchtete, wenn er mit rechts zog. Es verfing sich in seinem Umhang, und er nestelte kurz daran herum.

Jaldaric bewegte sich nicht.

Unbeholfen befreite Aelang seine Waffe und schwang seinen Umhang mit einer eleganten Bewegung und einem freundlichen Lächeln zurück. Als sich der Umhang hinter ihm aufblähte, machte er einen langen, behenden Ausfallschritt an Jaldarics Schwert vorbei, wirbelte herum und schlug Jaldaric mit seiner linken Hand ins Gesicht.

Die Geschwindigkeit und Kraft des Hiebs, verstärkt durch den Schwertgriff in seiner Hand, setzten Jaldaric auf der Stelle außer Gefecht. Aelang bückte sich übergangslos und schwang sich den Bewußtlosen mühelos über die Schulter. Dann rannte er mit Jaldaric als Rückenschild im Zickzack zu seiner Patrouille zurück. Noch im Laufen brüllte er ihnen Befehle zu.

Die ganze Aktion verlief so schnell, daß der für ihn bestimmte Pfeil durch die leere Luft pfiff, dort, wo er noch vor kurzem gestanden hatte.

Urssain und die anderen hatten weniger Glück. Alle sechs erhoben sich, sobald Aelang sich rührte. Drei starben auf der Stelle, die anderen drei, unter ihnen Urssain, wurden verwundet.

Dann mußten die Bogenschützen ihre Aufmerksamkeit den Mandrocs zuwenden, die mit gezückten Schwertern und Äxten auf sie zustürmten. Ein paar Sekunden lang war die Luft erfüllt vom Sirren der Geschosse, dem Summen der Bogensehnen und dem dumpfen Aufprall der Pfeile, die durch Lederwämse hindurch ihr Ziel trafen – etwas anderes trugen die Mandrocs nicht.

In jenen wenigen Sekunden erfüllte sich Jaldarics Vorhersage, und die stille Pedhavin-Straße bedeckte sich mit mehr als dreißig toten und sterbenden Mandrocs. Doch die übrigen griffen weiter an, ungeachtet ihrer gefallenen Kameraden. Unter dem Absingen eines rhythmischen, stampfenden Schlachtgesangs brachen sie auf der Suche nach den Hochgardisten durchs Unterholz.

Isloman sah flüchtig zu Hawklan hinüber. Zu seinem Entsetzen schwankte sein Freund hin und her, seine Augen waren blicklos und vernebelt. Isloman rüttelte ihn heftig durch und brüllte seinen Namen, ohne Erfolg. Bevor er noch etwas tun konnte, krachte es hinter ihm im Gehölz; er warf sich herum und sah sich zwei geifernden Mandrocs gegenüber. Schwarzes Grauen stieg in ihm auf, doch Reflexe, die er schon lange vergessen hatte, retteten ihn, als seine Keule und seine Faust in zwei mörderischen Bogen ausholten und die beiden niederstreckten, bevor sie reagieren konnten. Zwei weitere tauchten auf.

Verzweifelt schob er Hawklan gegen einen Baum, zog sein Schwert und stellte sich ihnen entgegen wie eine Löwin, die ihr Junges verteidigt. Innerhalb weniger Minuten hatten Schwert und Keule fünf Mandrocs tot oder verwundet zu seinen Füßen gehäuft, doch es war nur allzu offensichtlich, daß er seine Stellung nicht mehr lange halten konnte.

»Hawklan«, schrie er über seine Schulter, während zwei weitere Mandrocs ihn zu umzingeln versuchten. »Um Himmels willen, es sind zu viele für mich. Benutz dein Schwert. Hilf mir. Hilf mir.«

Plötzlich spürte er Hawklan in seinem Rücken zum Leben erwachen, fast so, als sei sein Geist plötzlich von einem fernen Ort zurückgekehrt. Am Rande seines Blickfelds bekam er mit, wie ein schweigsamer Hawklan an seine Seite trat, das Schwarze Schwert gesenkt. Mit einem unheimlichen Heulen drehten sich die beiden Mandrocs um und flohen davon.

Dann sah sich Hawklan um, immer noch schweigend, die Augen grimmig und bohrend, als lausche er. Der Hain war erfüllt von furchtbarem Kampflärm, begleitet von den stampfenden Klängen des Mandroc-Kriegsgesangs. Dann glitt ein Ausdruck tiefster Trauer über seine Züge.

»Diese Burschen sind verloren«, erklärte er mit hohler Stimme. »Wir können nichts mehr tun. Hier entlang.«

Drei Mandrocs bauten sich vor ihnen auf, mit geifernden Kiefern und hervorquellenden Augen; auf ihren Schwertern dampfte das Blut. Ohne zu zögern streckte Hawklan zwei von ihnen mit einem einzigen schrecklichen Hieb zu Boden und spießte den dritten auf, bevor Isloman seine Keule hochreißen konnte. Hawklan rief ihm zu, er solle ihm folgen, und verschwand zwischen den Bäumen.

Isloman zögerte, gelähmt vom Staunen über das blutige Gemetzel, das sein Freund so schnell und scheinbar mühelos angerichtet hatte, und von der Sorge um Jaldaric und seine Männer. Doch Hawklan kam zurück und packte ihn mit einem kraftvollen Griff. »Wir können nichts für sie tun«, erklärte er wild. »Nichts. Wir rennen oder sterben.« Er drehte sich um und lief los, zog Isloman mit sich wie ein störrisches Kind.

Auf ihrer Flucht begegneten sie noch einigen Mandrocs, doch auch die starben einen schrecklichen Tod durch Hawklans Schwarzes Schwert. Er verringerte nicht einmal merklich seine Geschwindigkeit, wirbelte um sie herum wie ein Gebirgsfluß um die Felsen und verteilte Blut und Innereien über den sonnenbeschienenen Waldboden von Orthlund. Isloman nahm die tödliche Schönheit seiner Bewegungen und das unvermeidliche Grauen, das sie bewirkten, wie ein ohnmächtiger Zuschauer wahr.

Dem Schnitzer wollte es scheinen, als liefen sie eine Ewigkeit, doch endlich wurde Hawklan langsamer und sank dann zu Boden, den Kopf in den Händen vergraben. Auch Isloman ließ sich heftig keuchend neben ihm auf die Erde fallen.

Lange blieben sie so liegen, bis sich wieder ein Hauch von Normalität einstellte. Isloman zögerte, seinen Freund anzublicken, denn er fürchtete sich vor dem, was er zu sehen bekommen mochte. Doch als er es tat, war das Gesicht des grimmigen Kriegers verschwunden, und er mußte sich abwenden von der Maske des Leids, die er statt dessen erblickte.

»All diese jungen Männer«, sagte Hawklan. »Tot. Ich kann es nicht fassen. Was geschieht da mit uns?« Er erwartete keine Antwort. »Alle niedergemäht von einer blutrünstigen Woge des Hasses. Was waren das für Geschöpfe? Sie schienen aus einem längst vergessenen Alptraum zu stammen.«

Dann senkte er voller Entsetzen den Blick auf das Schwert in seiner Hand, das immer noch rot war und blutig dampfte. »Und wo habe ich gelernt, das hier so zu benutzen?«

Isloman schüttelte seinen Kopf, er wußte auch keine Antwort auf diese Frage, aber ... »Mandrocs«, keuchte er. »Ich habe von ihnen gehört. Sie stammen aus Narsindal. Ekelhafter Ort, was man so hört. Ich glaube, die Hochgarden wurden ursprünglich gebildet, um die Ordnung da oben zu bewahren, aber ich bezweifle, daß einer der jungen Burschen jemals einen Mandroc zu Gesicht bekommen hat.« Er unterbrach sich und senkte den Kopf. »Es muß wie ein Fleisch gewordener Alptraum für sie gewesen sein. Dieser grölende Mob, der immer weiter vorwärtsstürmte, egal, wie viele von ihnen getötet wurden – nur blind vorwärtsstürmte.«

Hawklan schauderte, als eine noch dunklere Erinnerung am Rand seines Bewußtseins aufblitzte. Er suchte nach etwas Realistischerem. »Und jetzt dienen sie diesem König ... Rgoric«, sagte er, halb Frage, halb Feststellung.

Isloman zuckte die Achseln. »So sieht es aus.«

Die beiden Männer verfielen in Schweigen. Hoch oben im Blätterwerk sangen die Vögel in den Frühlingssonnenschein, und Rascheln im Laub auf der Erde zeugte von den Aktivitäten zahlloser Waldlebewesen, Geschöpfe, deren Tagesablauf nicht von den grimmigen, rasenden Gedanken berührt wurde, welche die beiden Männer beschäftigten. Ein Schmetterling landete auf Hawklans Hand, legte seine Flügel aneinander und entfaltete sie wieder genußvoll. Er flatterte eilig davon, als ein schwarzer Schatten lautlos dorthin glitt, wo er gerade gesessen hatte.

Ein ziemlich zerzauster Gavor legte den Kopf schief und musterte Hawklan. »Das war genau richtig, zu diesem Zeitpunkt loszurennen, mein lieber Junge«, redete er ihn an, um dann den Kopf zu senken und sich mit seinen Sporen zu beschäftigen, weil er Hawklans Blick nicht begegnen wollte. »Sehr gut, diese Dinger«, fügte er mit Besitzerstolz hinzu, auch wenn ihm ein wenig unwohl war. »Sehr gut. Ich habe ein Dutzend oder so getötet, konnte aber keinen der Gardisten retten. Sie waren zu viele, und es schien sie nicht zu kümmern, ob sie lebten oder starben.«

Hawklan sah Gavor an, diesen sonderbaren und komischen Gefährten – auch er hatte diese Kreaturen getötet? Dann kam ihm die Erinnerung an Gavors seltsamen Schrei. Es war ein Lied des Tötens. Genau. Nun wußte er es plötzlich, vermochte aber nicht zu sagen, von wo oder wann – ein uraltes Lied des Tötens – eine schreckliche Warnung vor grauenhafter Rache. Er machte eine Kopfbewegung, und Gavor hüpfte auf sein Knie. Hawklan glättete sein irisierendes blauschwarzes Gefieder. Eine Träne rann über sein Gesicht.

»Was geschieht mit uns, Gavor?« fragte er.

»Weiß auch nicht, mein Junge«, gab der Vogel nach einem Moment des Nachdenkens zurück. »Doch es ist schon einmal passiert. Steht alles da oben auf dem Tor. Böse Dinge sind wieder frei, und wir müssen sie bekämpfen. Die Zeit des Friedens neigt sich ihrem Ende zu. Deine Atempause ist vorbei. Bald wirst du zu dir selbst kommen.« Seine Stimme klang, als käme sie von weit, weit her.

Hawklan sah ihn an. »Weißt du, wer ich bin?« fragte er ihn zum ersten Mal seit zwanzig Jahren.

Gavor schüttelte den Kopf. »Mein lieber Junge, ich weiß nicht einmal, wer ich bin. Mein Leben hat gemeinsam mit deinem begonnen, damals vor zwanzig Jahren, als ich in jenen unwirtlichen Bergen mit dem Bein in der Falle saß.«

Hawklan preßte sich die Fingerspitzen auf die Augen, und die Erinnerung an die letzten Tage zog an ihm vorbei. Junge Männer, stolz und diszipliniert. Die sich darauf freuten, heimzukommen und ihre Abenteuer in Orthlund zu erzählen, trotz aller Probleme, denen sie sich gegenübersahen. Die zumindest auf Ordnung und Gerechtigkeit zählten. Junge Männer, die Isloman aufgeregt über den Morlider-Krieg ausgefragt hatten, dann Hawklan über Anderras Darion. Die Pläne schmiedeten, Pedhavin noch einmal zu besuchen. Junge Männer, die geduldig ihre Tiere versorgten, die fröhlich durch die Frühlingssonne und still durch den grauen Regen ritten.

Alle dahin. Weggefegt wie welkes Herbstlaub. Niedergemetzelt von ihrem schlimmsten Alptraum, ohne im geringsten zu wissen, warum. Unbedeutende Figuren in einem größeren Spiel.

Hawklan hatte einen dicken Kloß in der Kehle, und plötzlich brach seine Trauer sich gegen seinen Willen Bahn. Mehrere Minuten lang schluchzte er ungehemmt. Weder Gavor noch Isloman sagten etwas, und als Hawklan schließlich aufblickte, waren auch Islomans Augen naß.

Hawklan rieb sich das Gesicht mit einem Tuch trocken und begann dann unwillkürlich, sein Schwert damit zu reinigen. Bald war das Tuch vom Blut der Klinge beschmutzt, und auch Hawklans Hände waren rot verschmiert. Er verspürte eine überwältigende Trauer, als er auf sie herabsah. Wo in ganz Orthlund kann ich einen Bach finden, der nicht entweiht wird, wenn ich meine Hände in ihm wasche? dachte er. Er lenkte seine Gedanken auf ihre mißliche Lage.

»Wo sind sie jetzt?« fragte er Gavor.

»Ziehen nordwärts«, kam die Antwort. »Nehmen alle Toten mit. Sie sind nicht mehr so frech wie vorher. Hatten einen hohen Blutzoll zu entrichten.«

»Und es gibt keine Überlebenden?« fragte Isloman.

Gavor schüttelte verneinend den Kopf. »Nur Jaldaric. Ich nehme jedenfalls an, daß er noch lebt. Er wurde gut gefesselt über einen Sattel geworfen. Und die beiden Kundschafter mögen auch noch am Leben sein. Ich erinnere mich nicht, daß sie zurückgekommen wären.«

Hawklan wischte sich mit dem Handrücken durch die Augen, und seine Miene verhärtete sich. Müde stand er auf. »Geh und suche sie, Gavor. Bring sie hierher, wenn sie noch leben. Und finde die Pferde. Ich habe keine Ahnung, wo sie sind. Wir warten hier.«

Serian brauchte allerdings keinen Führer, und als Gavor mit den beiden Spähern zurückkehrte, sah er das große Pferd ruhig neben Hawklan stehen, während dieser Islomans Reittier beruhigte. Es war keine leichte Aufgabe. Obwohl unverletzt, war es doch zu Tode erschreckt.

Als er fertig war, sprach Hawklan zu Serian: »Du hast dich richtig verhalten. Bist du in Ordnung? Hattest du denn keine Angst?«

»Ich bin ein Aufgebot-Pferd, Hawklan«, entgegnete Serian. »Natürlich hatte ich Angst, aber schließlich mußte ich mich um den hier kümmern, nicht? Mir geht's gut. Tut mir leid, daß ich die anderen verloren habe. Sie wurden in alle Winde verstreut.«

Hawklan tätschelte beschwichtigend Serians Nüstern und wandte sich dann ab, um die neueingetroffenen Männer zu versorgen, Fel-Astian und Idrace. Sie waren beide unverletzt, standen jedoch unter Schock. Hawklan brauchte einige Zeit, um ihre Geschichte aus ihnen herauszubekommen.

Wie befohlen, hatten sie einen Bogen geschlagen, um die näherrückende Patrouille zu observieren. Sie hatten den Bogen jedoch zu weit angelegt und waren erst ein gutes Stück hinter der Marschkolonne wieder auf die Straße gestoßen. Als sie ihren Irrtum bemerkt und den Rückweg angetreten hatten, war die Schlacht praktisch schon vorbei. Aus der Ferne hatten sie zusehen müssen, wie die letzten ihrer Kameraden unter einer Flut von singenden Mandrocs fielen. Da hatten sie sich umgedreht und waren voller Entsetzen geflohen.

Es war dieser letzte Akt, der sie am meisten quälte.

Idrace, dunkelhaarig und untersetzt, mit seiner Hakennase und den durchdringenden, tiefsitzenden Augen, redete und redete, ballte die Fäuste und tigerte rastlos auf und ab.

»Alle dahin. Selbst dieser Wurm von Esselt und seine Kumpane. Starb kämpfend, während wir davonrannten wie die Hasen.« Immer und immer wieder. Dann verstummte er, bohrte sich die Nägel in die Handflächen und knirschte mit den Zähnen, als könne er seine Schande durch bloße Selbstzerstörung tilgen.

Hawklan kümmerte sich jedoch zuerst um Fel-Astian, der zwar der Ruhigere von beiden, doch stärker betroffen zu sein schien. Idraces Reue würde sich in eine tödliche, unerbittliche Entschlossenheit verwandeln, doch Fel-Astian war aus einem anderen Holz geschnitzt.

Mit seinem hellen Haar und der starken Erscheinung war er Jaldaric nicht unähnlich, auch wenn seine Züge härter und weniger unschuldig wirkten. Er kauerte im Schatten eines Baums und zitterte unablässig, die Arme um seinen Oberkörper geschlungen, als wolle er sich gegen unsichtbare Feinde schützen. Hawklan wußte, daß sein Kummer nicht geringer war als der von Idrace; auch wenn er sich nicht gewaltsam Bahn brach. Da er sich nach innen richtete, würde er ihn zerstören, wenn er kein Ventil fand. Es würde viel Verständnis und Hawklans ganze Heilkunst erfordern, diesen Mann annähernd unversehrt wiederherzustellen. Doch dazu brauchten sie Zeit, die sie nicht hatten. Hawklan besaß noch keinen Plan, was sie tun sollten, doch er wußte, daß schnelles Handeln erforderlich war.

Er schlug Fel-Astian mit der offenen Hand ins Gesicht. Das klatschende Geräusch ließ Idrace in seinem rastlosen Umherwandern innehalten und Isloman erschrocken aufblicken. Fel-Astian zuckte zurück und sah leicht erstaunt und vorwurfsvoll aus. Hawklan schlug erneut zu. Diesmal sprang Fel-Astian wütend auf, die Fäuste erhoben. Hawklan drückte ihm die Hände mühelos herunter und schob sein ärgerliches Gesicht dicht an Fel-Astians heran.

»Ihr gehört zur Hochgarde von Fyorlund. Ein Elite-Kampfkorps. Ihr werdet jetzt Euren Kummer und Schmerz beiseiteschieben und Euch gefälligst überlegen, wie Ihr Eurem Land am besten dienen könnt.« Seine Stimme war schroff und herrisch. Isloman hob den Blick zu ihm, und wieder sah er eine der geschnitzten Figuren aus Anderras Darion auf der sonnenbeschienenen Lichtung stehen.

Fel-Astians Gesicht verzog sich, widerstreitende Emotionen tobten in ihm, doch Hawklans Bestimmtheit verhinderte, daß sie hervorbrachen.

»Habt Ihr mich verstanden?« bellte er. »Euer Hauptmann ist in Gefangenschaft geraten. Euer Land durchleidet eine sonderbare, schreckliche Prüfung, und Ihr, gesund und munter, sitzt da und wiegt Euch wie ein krankes Kind hin und her.« In seiner Stimme lag eine Verachtung, die den Wortgehalt seiner Rede noch überstieg. Er hob die Hand, als wolle er erneut zuschlagen, doch diesmal schoß Fel-Astians Hand vor und packte sein Handgelenk mit festem Griff. Wieder verzog sich Fel-Astians Gesicht, bis sich ihm schließlich ein langer, hemmungsloser, fast kreischender Schrei entrang.

»Nein«, brüllte er Hawklan ins Gesicht. »Sumeral soll Euch holen. Nein. Ich höre Euch. Ich verstehe Euch. Verdammt sollt Ihr sein.«

Er stieß Hawklan zur Seite, ergriff sein Schwert und bohrte es mit einem pfeifenden Hieb in den weichen Waldboden. Dann beugte er sich über das Schwert und sank langsam in die Knie, während sein Gewicht es tiefer in die Erde trieb. Mit gesenktem Haupt kniete er dort, stumm und starr.

Idrace beobachtete ihn, das Gesicht aschfahl unter den schwarzen Haaren. Fel-Astians Ausbruch ließ seinen eigenen lauten Kummer unbedeutend und klein erscheinen.

Schließlich erhob sich Fel-Astian wortlos. Er zog das Schwert aus der Erde und begann, wie Hawklan zuvor, die Klinge mit einem Tuch zu reinigen. Hawklan warf er einen rätselhaften Blick zu.

Hawklans Miene besänftigte sich ein wenig, und er faßte beide Hochgardisten am Arm. Die Stimme, die nun sprach, war Isloman wieder bekannt.

»Wir haben keine Zeit zum Verweilen. Wir können uns nicht den Luxus leisten, die Zeit unsere Wunden heilen zu lassen. Hört mir genau zu und erinnert Euch in Euren dunkelsten Stunden an das, was ich jetzt sage. Ihr seid jung und stark. Euer Leid wird vergehen, wie alles Leid der Welt vergeht, doch vom Tod Eurer Freunde werdet Ihr Euch nie erholen. Noch weniger werdet Ihr Euch von dem erholen, was Euch wie ein Versagen erscheinen muß, Eure Feigheit, als

Ihr vor dem Tod geflohen seid. Doch Ihr werdet ein bißchen weiser werden.« Sein Griff verstärkte sich voller Mitleid. »Ihr müßt lernen von dem, was geschehen ist und was Ihr gefühlt habt. Lernt, damit Ihr es kennt und wiedererkennt und wißt, daß Ihr es ertragen könnt. Dann sind Eure Freunde nicht umsonst gestorben.«

Niemand sagte etwas. Hawklan fuhr fort, und seine Stimme klang sanfter, aber auch hypnotisch und zwingend. »Euer Körper und Euer Empfinden haben die Wahrheit begriffen, bevor Stolz und Eitelkeit sich einschalten konnten. Auch Isloman und ich sind aus der Schlacht geflohen. Voller Trauer, doch ohne Bedauern. Die Würfel waren gefallen. Das einzige, was die Patrouille gegen eine solche Übermacht hätte tun können, wäre der Rückzug gewesen – und zwar schnell. Aber ...« Er zuckte bekümmert die Schultern, unfähig, seinen Satz zu beenden. »Nun rufen uns andere Pflichten. Unser einziger Weg führt nach vorn. Die Vergangenheit kann Euch wappnen für die Zukunft und Euren Weg erhellen. Laßt nicht zu, daß sie Euren Weg verdunkelt.«

Später, als sie schon im Sattel saßen und fertig zum Losreiten waren, beugte Hawklan sich vor und ergriff erst Idraces, dann Fel-Astians Handgelenk. Dann tat Isloman das gleiche. Die Möglichkeit, Jaldaric zu befreien, hatten sie nur flüchtig in Erwägung gezogen. Die Mandroc-Truppe, obwohl stark dezimiert, war immer noch zu groß und bewegte sich laut Gavor im Gewaltmarsch zurück nach Fyorlund. Ihre Hoffnungen für Jaldaric beruhten auf der Umsicht, mit der man ihn am Leben erhalten hatte, während der Rest der Patrouille so achtlos niedergemetzelt worden war.

Kein Wort fiel, als die beiden Paare aufbrachen. Idrace und Fel-Astian ritten grimmig, aber gefaßt nach Norden. Sie hatten die Absicht, in aller Stille nach Fyorlund zu gelangen und herauszufinden, was während ihrer Abwesenheit dort vorgefallen war. Hawklan und Isloman wandten sich südwärts, zurück nach Pedhavin und Anderras Darion; sie beabsichtigten, auf ihrem Weg so viele Dorfälteste wie möglich zu alarmieren. Dan-Tor aufzusuchen, schien zwar dringlicher als je zuvor. Doch in der Zwischenzeit war zu viel passiert, als daß sie einfach nach Fyorlund reiten konnten, ohne die Orthlundyn darüber zu informieren, was sich auf ihrem Boden abgespielt hatte. Sie würden später wiederkommen müssen.

Gavor war auf Hawklans Bitte hin noch einmal nach Norden geflogen, um die Mandroc-Patrouille auszuspähen, bevor auch er nach Pedhavin zurückkehren sollte.

Die Sonne sank, als Hawklan und Isloman den Wald verließen und auf die alte Straße ritten. Ein leichter Nebel zog auf, der das Land unter einer anonymen weißen Decke begrub. Stellenweise wölbte er sich über der Straße zu durchsichtigen Grotten empor. Hindurch schien die sterbende Sonne, blutrot.

KAPITEL 10

Dan-Tor fingerte müßig an dem Amtsmedaillon herum, das an einer dünnen Goldkette um seinen Hals hing. Dann ließ er es abrupt los und grinste; diese letzten Reste seiner jämmerlichen Menschlichkeit ärgerten ihn zutiefst.

Es war ganz untypisch für ihn, aber er sehnte inbrünstig den Zeitpunkt herbei, wenn er alle Verstellung aufgeben konnte, wenn die Alte Macht benutzt werden konnte, wenn die Schlachtreihen aufgestellt wurden und er sich zu seinen Gefährten gesellen würde und Seine Heere aus Narsindal herausführen konnte, um alles Geschehene auszulöschen und Ihn und sich selbst zu jenem Schicksal zu erhöhen, das vorherbestimmt war.

Doch der Weg zu jenem Tag war gefährlich. Die Vergangenheit hatte gezeigt, wie töricht es war, leichtfertig jene Kräfte zu entfesseln, die sich auch gegen ihn wenden konnten. Menschen in ihrer Schwäche und Unbeständigkeit konnten ja so lästig sein.

Nun, da er sich in seinem Adlerhorst verbarg, im höchsten Turm des Königspalasts hoch über Vakloss, beherrschten gewohnte Zweifel seine Gedanken.

Seine Begegnung mit Hawklan – Ethriss? – hatte ihn dazu veranlaßt, seine Reise abzubrechen und mit den Neuigkeiten nach Narsindal zu eilen. Keinem anderen konnte er diese Aufgabe anvertrauen. Doch Er hatte nur kalten, wortlosen Zorn gezeigt über das Risiko, das er eingegangen war, um Hawklan herzulocken. Dann hatte Er eine bebende Ewigkeit lang in Dan-Tor hineingeschaut und einen überraschenden, unerwarteten Schlag ausgeteilt. »Du hast zweifach geirrt. Dein König ist Amok gelaufen. Gib den Süden auf, dazu habe ich andere, die besser geeignet sind.«

Keinen Rat hatte Er ihm angeboten, keine Hilfe. Nur unheilvolles, drohendes Schweigen. Nur das Gewicht jener endlosen, dunklen Geduld. Seitdem wußte Dan-Tor, daß die Folgen seiner Handlungsweise eine eigene Dynamik entwickeln konnten, die zufällig und unvorhersehbar sein mochte. Und er mußte sie tragen.

Er schloß die Augen und hörte noch einmal die Worte seines Meisters, als Er endlich erwacht war. »Du bist mein treuer Diener und wirst wieder belohnt werden, wenn meine Macht wächst – und wachsen wird sie –, noch über ihre alte Größe hinaus.« Und dann die erneute Bekräftigung: »Doch denk daran. Du bist an mich und durch mich gebunden. Nach meinem Belieben kannst du ausgelöscht werden, und andere können nach deinem Bild geschaffen werden. Diene mir gut.« Dies war eine Feststellung, kalt über alle Maßen und jenseits aller Bitten.

»Nach meinem Belieben ausgelöscht«, sprach Dan-Tor zu sich selbst in die Stille seines Raums.

Mit Mühe verbannte er die Fragen aus seinen Gedanken, welche durch die Informationen seines Meisters bezüglich des Königs geweckt wurden. Wer wußte schon, welche Sicht Er hatte? Welche finsteren Boten?

Dann erhob er sich, trat an das Fenster und sah nach draußen; über die großen Prachtstraßen und Parks und stolzen Gebäude von Vakloss hinweg über sein geschäftiges Zentrum, das sich in einem Labyrinth enger, gewundener, belebter Gassen um die Palastmauern drängte. Sein Blick fiel auf die entfernten Berge im Norden, rot angestrahlt und in seltsame Schatten getaucht von der untergehenden Sonne. Frustriert stieß er mit einem Zischen den Atem zwischen zusammengebissenen Zähnen hervor, dann wandte er sich näherliegenden Problemen zu.

Wer mochte es sein, der Hawklan auf dem Gretmearc befreit hatte und anschließend seinen Agenten entkommen war? Und was war mit den Vögeln passiert? Ein lange vergessener Name fiel ihm ein. Die Cadwanol. War es möglich, daß sie noch existierten? Nach so langer Zeit? Die Cadwanol. Ethriss' alte Verbündete, die alles Wissen über die Erste Wiederkehr horteten. Ein ständiger Dorn in Seinem Fleisch, aber verstohlen und heimtückisch. Feinde, die sich an verborgenen, seltsamen Orten versteckten, jenseits von Oklars Macht.

Ein quälender und hartnäckiger Gedanke. Und doch war Ethriss nicht erwacht. Die Cadwanol würden doch sicher wissen, wie sie ihren alten Meister erwecken mußten? Hatten nicht auch er und seine Gefährten gelernt, ihren Meister zu erwecken, der seit Äonen in Finsternis gebunden lag? Doch Hawklan war vom Gretmearc geflohen; er konnte nicht Ethriss sein. Und doch ...

Zweifellos mußte er gefangen werden, entschied Dan-Tor von neuem. Doch mit großer List ...

Ein diskretes Klopfen an der Tür unterbrach seine Gedankengänge. Mit gereizt verzogenen Gesicht hielt er inne, bis er die Angst des Dieners durch die Tür riechen konnte.

War der Lord anwesend? Hatte er laut genug geklopft? Sollte er erneut klopfen und den Zorn des Lords riskieren?

Dan-Tor konnte die verstocktesten Lords umschmeicheln, wenn es nötig war, doch das einfache Volk von Fyorlund, das direkten Kontakt mit ihm hatte, das weniger mit den

Bürden eines Amtes belastet war und schärfere Augen hatte, kannte ihn besser. Er spürte, wie eine Hand sich zögernd hob, und verschonte sein Opfer aus einem seltenen Impuls heraus.

»Herein«, gebot er mit ruhiger Stimme. Die Woge der Erleichterung machte ihn krank. Diese Menschenwesen waren so erbärmlich – eine zaghafte, ferne Stimme in seinem Innern gemahnte ihn daran, daß auch er einmal so gewesen war.

»Seine Majestät hat mich gebeten, Euch zu ersuchen, ihn in seinen Gemächern zu treffen, Lord.«

Du meinst, er hat dir befohlen, mir seinen Befehl zu überbringen, du Wurm, dachte Dan-Tor gehässig.

»Bitte sag Seiner Majestät, daß ich ihn sofort aufsuchen werde«, erwiderte er höflich. Eine zweite abstoßende Woge der Erleichterung, und der Diener zog sich rückwärts aus dem Zimmer zurück, um über die gewundenen Treppen und Flure des Palasts auf sicheren Boden zu fliehen.

Dan-Tor wußte, daß man den König in seinem augenblicklichen instabilen Zustand nicht lange alleinlassen durfte. Der Schaden, den der König in so kurzer Zeit angerichtet hatte, drohte sich auszuweiten, und solange er ihn nicht wieder vollständig unter Kontrolle hatte, mußte man mit allem rechnen. Das würde allerdings nicht einfach werden. Während Dan-Tors Abwesenheit hatte der König sich unbewußt wieder seiner Gemahlin Sylvriss zugewandt. Ihr Einfluß war zwar schwach, aber er saß tief. Tiefer, als Dan-Tor es zu riskieren wagte.

Der König lag allein in seinem Gemach. Ausgestreckt auf einer breiten Couch, stierte er leeren Blicks zu der üppig bemalten Decke hinauf. Daß er sich überhaupt in diesem Raum befand, war Sylvriss' Einfluß zuzuschreiben. Es war ihr Brautgemach gewesen und besaß immer noch ein Flair glücklicherer Zeiten.

Dan-Tor jagte es eine Gänsehaut über den Rücken.

Große, klare Kristalltüren am anderen Ende des Raums gaben den Blick frei auf einen wundervoll gepflegten Garten mit Rasenflächen, kleinen Gebüschen und Springbrunnen. Da sie jedoch nach Osten angelegt waren, um die Morgensonne hereinzulassen, zeigten sie jetzt nur die zunehmende Abenddämmerung, als purpurn angehauchte Berge mit einem purpurroten Himmel verschmolzen. Mit boshafter Befriedigung registrierte Dan-Tor die harten Schatten, die seine Leuchtkugeln warfen. Sie hatten die alten, sanfteren Fackeln ersetzt. Er trat mit einem diskreten Räuspern ein und verneigte sich tief.

»Majestät«, begann er behutsam und besorgt. »Der Schmerz ist zurückgekehrt?«

Rgoric gab keine Antwort. Dan-Tor rührte sich nicht, sondern versuchte, die Stimmung des Mannes zu erspüren. Kleine Wellen des Zorns wogten immer noch in ihm hoch, wenn er daran dachte, was der König getan hatte. So ein unvollkommenes Material, um das Muster seines Meisters zu weben. Aber er verscheuchte die Gedanken, denn Selbstmitleid war nur hinderlich, dachte er bitter, und erinnerte auch zu sehr an den König selbst.

Er trat in Rgorics Blickfeld, achtete jedoch darauf, daß sein Gesicht leicht im Schatten blieb. Er war sich nicht sicher, was in seinen Augen zu lesen war und wie feinfühlig der König heute sein mochte.

»Majestät?«

Die Augen des Königs lösten sich von der Decke und glitten zu Dan-Tor.

Aha, heute ist wieder der mißverstandene Märtyrer dran, dachte Dan-Tor. Jetzt wissen wir, wo wir sind. Er trat noch weiter vor, und das Licht einer Kugel fiel auf sein Gesicht. Und Vorwürfe.

»Dan-Tor, Ihr solltet nicht so lange fortbleiben. Trotz Eurer Fürsorge ist meine Gesundheit noch schwach. Ich habe mir zu viel zu schnell aufgebürdet. Meine Untertanen wollen einfach nicht begreifen. Tag und Nacht arbeite ich für ihr Wohlergehen, um sie vor Verrat von innen und außen zu bewahren, doch sie quälen mich nur.« Gereizt drehte er seine Hände. »Wo wart Ihr?« klagte er. Dan-Tor machte den Mund auf, um etwas zu sagen, doch der König fuhr fort: »Ich fühlte mich so stark, so gesund, als Ihr mich verlassen habt. Wie in alten Tagen. Ich nehme meine Pflichten wieder auf, dachte ich. Bekomme das Land wieder fest in den Griff. Werfe diese blökenden Lords heraus, wie wir es abgesprochen hatten. Führe mein Land einer goldenen Zukunft entgegen, mache es wieder stark und mächtig. Dann ...« Er preßte die Hand gegen seine Schläfe. »Dann verließ mich die neugewonnene Stärke wieder – verebbte einfach –, und die Lords wollten sich meinem Urteil nicht beugen. Sie trotzten mir. Ihr wart zu lange fort.«

Dan-Tor war dieses Monologs so müde, dieser ewigen Selbstrechtfertigung. Seit seiner Rückkehr aus Narsindal bekam er nichts anderes zu hören. Nachdem er elegant seine lange braune Amtsrobe gerafft hatte, ließ er sich in einer Pose, die sowohl Unterwürfigkeit als auch persönliche Betroffenheit für seinen königlichen Freund ausdrückte, neben der Couch auf die Knie nieder. Auch er war gezwungen, sich endlos zu wiederholen.

»Majestät, ich muß Euren Vorwurf zurückweisen. Ihr wißt doch, daß ich nur deshalb so lange fort war, weil die Stärke unserer Feinde wächst. In Orthlund ist ein monströser Führer auferstanden, der sein Volk dort zum Ehrgeiz und zur Gier nach Eurem Land und Eurer Macht aufwiegelt. Ich versuchte ihn zu ergreifen, doch er entzog sich mir mit großer List und Heimtücke, so daß ich seine Gefangennahme meiner Eskorte überlassen mußte, um so schnell wie möglich an Eure Seite zurückzueilen.«

Schweigen kehrte ein, und unausgesprochen schwebten die Namen von Eldric und Jaldaric im Raum. Der König wußte, daß seine verfrühte Festnahme Jaldarics in gewisser Weise Dan-Tors Plan hintertrieben hatte, diesen finsteren Orthlundyn-Führer dingfest zu machen. Dan-Tor jedoch wußte, daß er mehr erreichte, wenn er diesen Vorwurf jetzt nicht wiederholte, und so ließ er die Worte unausgesprochen; wie eine schädliche Ausdünstung hingen sie in der Luft.

»Dieses Auf und Ab Eurer Kräfte liegt, wie wir beide wissen, in der Natur Eurer Krankheit, Majestät. Ihr müßt Euch in Geduld üben. Ihr habt Euch in der Tat zu viel zu schnell aufgebürdet. Es wird noch viele Tage dauern, bis Ihr Euch wieder wohler fühlt.« Dan-Tor hatte einen versöhnlichen, salbungsvollen Tonfall angeschlagen.

Der König verzog mürrisch das Gesicht. »Warum habt Ihr diesen ... diesen Führer nicht getötet, als Ihr die Gelegenheit dazu hattet?« fragte er plötzlich, als sei er begierig darauf, Dan-Tors Tadel auf sich zu ziehen.

»Das wäre nicht zweckmäßig gewesen, Majestät. Ein solch offener Akt der Aggression hätte die Orthlundyn über uns gebracht wie eine Steinlawine im Gebirge, und ...« Dan-Tor unterbrach sich; noch ein bißchen Zweifel und Unsicherheit säen, dachte er, das kann nur nützen. Er setzte eine kummervolle Miene auf. »Um ehrlich zu sein, Majestät, ich schätzte ihn zunächst nicht ganz richtig ein. Er ist listig und berechnend und hat sich seit vielen Jahren in die Herzen seines Volks eingeschlichen. Als ich erkannte, wer er war und was er tat, war er meinem Zugriff beinah schon entzogen. Es spricht für den Grad seiner Verschlagenheit, daß er meiner ersten Falle entgehen konnte.«

Der König runzelte die Stirn und winkte ab. Dann atmete er überrascht ein und verzog vor Schmerz das Gesicht. Flehend streckte er die Hand nach seinem hochgewachsenen Folterknecht aus. Dan-Tor legte dem König sanft die Finger auf die Stirn, um ihm dann in die Augen zu sehen. Sein Benehmen war liebevoll und zart: Hab keine Furcht. Jetzt bin ich ja da, sagte es aus. Alles wird gut.

Er zog eine kleine, juwelenbesetzte Schachtel aus seiner Tasche, die sich scheinbar ohne Berührung öffnete. Der König umklammerte krampfhaft sein Handgelenk. Dan-Tor nahm mit seinen geschickten langen Fingern vorsichtig eine Tablette heraus, machte eine kleine, grausame Pause und legte sie dem König auf die Zunge, der den Mund erwartungsvoll aufriß wie ein frisch geschlüpftes Küken.

Beinah auf der Stelle schloß der König die Augen und ließ sich mit einem erleichterten Seufzer zurücksinken; die Sorgenfalten verschwanden aus seinem Gesicht. Vorübergehend erinnerte er Dan-Tor an den jungen Mann, der er einmal gewesen war.

»Schlaft gut, Majestät. Wenn Ihr erwacht, sind Eure Schmerzen vergangen, und Eure Stärke wird wiederhergestellt sein.«

Dan-Tor saß noch lange neben dem eingeschlafenen König und betrachtete dessen nun entspanntes Antlitz mit rätselhafter Miene. Die flüchtige Vision von dem jungen König hatte alte Erinnerungen in ihm geweckt. Es ist heilsam, dachte er bei sich, von Zeit zu Zeit daran erinnert zu werden, mit wem ich es zu tun habe. Er mochte den König noch so sehr als schwaches, willenloses Werkzeug in seinen Händen betrachten – es wäre unklug zu vergessen, daß er der Erbe vieler Generationen von großen Menschenführern war. Ein Mann, dem andere aus dieser unabhängigen und stolzen Rasse widerspruchslose Gefolgschaft geschworen hatten. Ein Mann, der ein gewaltiges Heer zum Sieg geführt hatte. Ein Mann, dessen Mut und Geschicklichkeit als Kämpfer erwiesen waren. Ein mächtiger Mann. Und ein mächtiges Volk. Ihre vollständige Verderbnis war der Inhalt Seines Plans und konnte nur langsam ins Werk gesetzt werden. Sehr langsam.

Dan-Tor neidete Ihm seine tiefe, dunkle Geduld.

Er wußte, daß seine Kontrolle über Rgoric selbst jetzt, nach so langer Zeit, zwar stark, aber trügerisch war. Sie reichte tief, aber nicht tief genug, nicht in das eigentliche Wesen des Mannes; auf einer Ebene jenseits des königlichen Bewußtseins, außerhalb von Dan-Tors Zugriff, kämpfte der alte Geist des Königs immer noch darum, seine Herrschaft abzuschütteln. Und Dan-Tor wußte das.

Eines Tages, Majestät, dachte er. Es wird dich wohl umbringen, ehe es noch weiter nachgibt.

Ironischerweise ließ das Nachdenken über den langen Weg, der noch vor ihm lag, Dan-Tors letzten Ärger über die

Aktionen des Königs verpuffen; auf einer langen Reise bleibt einem Zeit für vieles. Er wußte, es würde nichts einbringen, darüber zu grübeln, warum der König das getan hatte. War es der Wunsch, ihm, Dan-Tor, zu gefallen? Das Verlangen, unabhängig von ihm zu sein? Irgendeine prahlerische Laune? Egal. Wahrscheinlich hatte der König selbst inzwischen den ursprünglichen Grund vergessen, hatte ihn unter einem Berg aus Selbstmitleid und Anschuldigungen vergraben. Das Spiel war eröffnet, und kein Kunstgriff seinerseits konnte das wieder rückgängig machen. Es war jetzt mit Rgorics ungewöhnlicher Eröffnung fortzusetzen. Nun mußte er täglich, ja stündlich aufpassen, um weiteren Schaden zu verhindern.

Die Auflösung des Geadrol mit der unvermeidlichen Reaktion der Lords und der darauffolgenden Inhaftierung vier der angesehensten Fürsten; das Ersetzen der Hochgarden der Lords durch die Mathidrin – beides waren übereilte Schachzüge, die die Gefahr in sich bargen, das ganze Land in einen Bürgerkrieg zu stürzen. Was den Einfall anging, die Mathidrin seine eigene Hochgarde zu nennen – Dan-Tor schloß flüchtig die Augen. Doch auf der anderen Seite machten diese beiden Taten es ihm möglich, mehr Macht zu gewinnen, Aufstand und Verrat als Vorwand für eine heimlich verschärfte Unterdrückung des Volkes zu benutzen. Man konnte die Anzahl der Mathidrin insgeheim vergrößern, die der Hochgarden der Lords verringern und, sollte es Kommentare geben, die gleichen Gründe anführen.

Ein schwaches Lächeln erhellte sein langes Gesicht. Vielleicht ein Prozeß gegen Eldric und die anderen. Das konnte eine ausgezeichnete Gelegenheit sein, die Meinung des Volkes in seinem Sinne zu beeinflussen. Es mußte sorgfältig überlegt werden. Dadurch konnte viel gerettet werden, wenn man das richtig anging. Vielleicht wurde sogar ein Fortschritt erzielt.

»*Und Hawklan – Ethriss?*« fiel ihm da ein.

Das Lächeln verblaßte, seine weißen Zähne knirschten. Der Einsatz der Mandroc-Patrouille, um des Königs persönlichen Groll gegen Eldrics Familie zu befriedigen, war in der Tat eine Riesendummheit gewesen. Wer konnte sagen, welche Auswirkungen die Harmonie von Orthlund auf diese Geschöpfe haben würde? Der König wußte nur, daß die Patrouille eine Elitegruppe der Mathidrin war. Aber bis er ihn und die Fyordyn dazu gebracht hatte, daß sie bewaffnete und ausgebildete Mandrocs in seinem Dienst akzeptierten, würde noch eine ziemliche Weile dauern.

Glücklicherweise, so tröstete er sich, war Aelang so klug gewesen – auch wenn er es nicht gewagt hatte, dem König offen zu trotzen –, sie unbemerkt aus Fyorlund zu führen, so daß nur wenige, wenn überhaupt jemand, sie gesehen hatten; und mit diesen wenigen würde man notfalls fertigwerden. Aber wie hatten Jaldaric und seine Männer reagiert? Und was war mit Hawklan?

Jaldaric würde doch wohl kämpfen? Er würde sich Mandrocs und seltsam uniformierten Gardisten niemals ergeben. Allein der Schock mußte ihn dazu veranlaßt haben, das Schwert zu ziehen. Aber Hawklan? Falls Jaldaric seinem Befehl gefolgt war, müßte Hawklan dicht hinter ihm gewesen sein, gezogen von den Banden, die ihn an das Mädchen fesselten. In diesem Fall wäre er auf die Schlacht gestoßen oder zumindest auf deren Überreste. Und falls Hawklan Ethriss war, wie in Seinem Namen würde er auf den Anblick von Mandrocs oder ihre Werke reagieren? Und das Mädchen. Sie war sicher schon tot. Das allein müßte ihn doch wecken.

Doch noch bin ich hier, dachte Dan-Tor. Ethriss ist nicht erwacht. Der Gedanke tröstete ihn nur wenig, da er sich an die schreckliche Niederlage erinnerte, die er vor so langer Zeit erlitten hatte. Er schauderte.

Der König regte sich. Dan-Tor legte seine Hand auf seine Stirn. »Schlaft, Rgoric«, flüsterte er sanft, hypnotisch. »Alles ist gut. Ich nehme Euch wieder die Last von den Schultern.«

Doch so sehr er sich auch dagegen sträubte, sein Geist wanderte zurück entlang der Pedhavin-Straße und ärgerte ihn mit den furchterregenden Möglichkeiten, die dort passiert sein konnten. Er war so beschäftigt mit dieser alten Fernstraße, daß er nicht hörte, wie die Tür sich öffnete und wieder schloß.

Er schreckte zusammen, als sich eine Hand auf seine Schulter legte.

KAPITEL 11

Sylvriss, Rgorics Königin, war die Tochter Urthryns, des Ffyrsten von Riddin.

Das Riddinvolk hatte keine Zeit für Könige und Herrscher oder Ähnliches. Sie waren stolz auf ihre Unabhängigkeit und ihre praktische Veranlagung. Doch wie es unter praktischen Leuten üblich ist, gab es immer einen unter ihnen, an den sie sich von Zeit zu Zeit wendeten, um einen Rat einzuholen – einen Primus inter Pares. Und ein solcher war Urthryn, war es schon seit langen Jahren.

Seine Tochter trug den Stempel der außergewöhnlichen Persönlichkeit, die ihm diese Position verschafft hatte. Mit ihrem schwarzem Haar und ihren dunkelbraunen Augen besaß sie eine fast greifbare Ausstrahlung und wurde von allen Fyordyn geliebt.

Dan-Tor haßte sie zutiefst.

»Es tut mir leid, Euch erschreckt zu haben, Lord«, sagte sie leise und blickte hinunter in sein braunes Gesicht. »Ich wollte den König nicht wecken.« Ihre Stimme hatte den typischen singenden Akzent des Riddinvolks. Er schmerzte in Dan-Tors Ohren.

Verärgert über seinen gestiegenen Pulsschlag erhob er sich steif und verbeugte sich. »Ich war in Gedanken, Meine Lady. Ich hörte Euch nicht hereinkommen. Ich überlegte gerade, wie ich Seiner Majestät am besten helfen könne.

Seine Krankheit ist so hartnäckig. Jedesmal, wenn ich denke, sie besiegt zu haben, kehrt sie zurück.«

Sylvriss nickte. Sie hatte diese Lüge in allen möglichen Varianten schon seit Jahren gehört, wußte jedoch nur allzu gut, wie sinnlos es war, mit Dan-Tor zu streiten oder ihren Mann seinem verderblichen Einfluß zu entziehen.

In den ersten Jahren ihrer Ehe, als sie noch gutgläubiger und ihr Gatte robuster gewesen war, hatte sie ihn mehrfach davon überzeugen können, Dan-Tors Tränke und Arzneien zurückzuweisen; sie erkannte nur zu deutlich, daß sie ihm wenig nützten, ja sie spürte instinktiv, daß sie sogar die Quelle allen Übels sein mochten. Dan-Tor erhob nie Einwände, machte nur jeweils eine schwache Geste der Resignation und setzte einen traurigen Blick auf. Jedesmal hatte der König sich für eine Weile erholt, um dann plötzlich einen heftigen Rückfall zu erleiden, so daß Sylvriss nichts anderes übrigblieb, als Dan-Tor erneut um Hilfe zu ersuchen. Das war eine bittere Lektion für die junge Braut gewesen, die sie manche einsame Träne gekostet hatte.

Über die Jahre war sie gezwungen gewesen, beinah ohnmächtig mitanzusehen, wie der Einfluß Dan-Tors über ihren Gemahl und das Land wuchs und wuchs wie ein Schlinggewächs, das allmählich einen gewaltigen Baum erstickte, während er ihm den Anschein neuen Lebens verlieh. Doch sie war ihres Vaters Tochter, eine Reiterin des Aufgebots – war sie nicht im Kindesalter als Kurier in den letzten Tagen des Morlider-Kriegs geritten? So jemand räumte nicht leicht das Feld, doch konnte sie auch nicht unablässig gegen das scheinbar Unvermeidliche ankämpfen. Langsam akzeptierte sie ihre Stellung, faßte jedoch den Entschluß, Dan-Tor mit allen ihr zur Verfügung stehenden Waffen zu bekämpfen. Und Dan-Tor wußte das, obwohl niemals heftige Worte zwischen ihnen gefallen waren.

Riddin lag im Süden von Narsindal. Der einzige begehbare Zugang in dieses Land führte über den kahlen, schrecklichen Paß von Elewart. Wenn das Riddinvolk verderbt und das Aufgebot zur Ohnmacht und Nutzlosigkeit verdammt werden konnte, oder besser noch, wenn man sie zu Verbündeten machte, dann konnte man den Paß benutzen, und Seine Heere konnten sich nach Fyorlund, Orthlund und Riddin ergießen, ohne Flankenangriffe oder Störungen ihrer Nachschublinien fürchten zu müssen, während sie sich weiter in den Süden wälzten.

Aus diesem Grund hatte Dan-Tor die Heirat zwischen Rgoric und der Tochter des Ffyrsten in die Wege geleitet: Er hoffte, diese Allianz würde seinen Einfluß in Riddin vergrößern und es ihm ermöglichen, die Saat der Verderbnis auch dort auszustreuen, wie er es so erfolgreich in Fyorlund getan hatte. Die Ehe zwischen einem sechzehnjährigen Mädchen und einem wesentlich älteren Mann – der außerdem bald dahinsiechen würde – sollte seinen kreativen Talenten zahlreiche Möglichkeiten eröffnen.

Doch er hatte sich ernsthaft verschätzt. Trotz der Verschiedenheit ihres Alters und ihres Hintergrunds hatten Rgoric und Sylvriss sich ineinander verliebt und waren einen Bund eingegangen, der sich seinen Nachstellungen entzog.

Obwohl der wahre Schrecken Dan-Tors sich dem Begriffsvermögen eines jeden Sterblichen entzog, hat sie wahrscheinlich von Anfang an, noch bevor sie ihm bewußten Widerstand zu leisten begann, instinktiv gespürt, was er war. Subtil nährte sie ihres Vaters Mißtrauen gegen diese ›Bohnenstange voll lächelnder Heimtücke‹.

Urthryn war zunächst über diese Andeutungen in den Briefen seines Kindes sehr besorgt gewesen, hatte sie jedoch ernst genommen. Schließlich wußte er, daß seine Tochter weder bösartig noch dumm war und daß die bloße Existenz eines Königs – wie gerecht er auch sein mochte – genügte, um jede Menge zweifelhafter Elemente anzuziehen. Außerdem erzählten ihre Briefe neben den sanften Beschimpfungen Dan-Tors auch von der Liebe zu ihrem Gatten. Und damit tröstete sich Urthryn in seinen einsamen Stunden.

Wann immer Dan-Tor zu Besuch kam, was anfangs häufig geschah, behandelte Urthryn ihn mit einer zähen Höflichkeit und lauschte seinen Ratschlägen mit verwirrtem

Gesichtsausdruck, bevor er verspach, es sich zu überlegen, wenn er einmal Zeit hätte. Nach Dan-Tors Weggang schrieb er seine Empfehlungen in den Wind.

So kam es, daß zwar Sylvriss den wachsenden Einfluß Dan-Tors auf ihren Gemahl hinnehmen mußte, dieser aber auch einsehen mußte, daß Riddin ihm wegen dieser jungen Frau auf unerklärliche Weise verschlossen blieb. Noch ärgerlicher jedoch und auch schwerwiegender war die Tatsache, daß seine Unterschätzung der Liebe zwischen Rgoric und Sylvriss bedeutete, daß seine Kontrolle über Rgoric ständiger Wachsamkeit bedurfte. Die Verderbnis der Fyordyn durfte nicht vernachlässigt werden.

Sylvriss kniete sich neben ihren Gemahl und ergriff seine Hand.

»Er wird jetzt noch eine Weile schlafen«, sagte Dan-Tor beruhigend. »Er hatte Schmerzen und war ziemlich verwirrt.« Er sah auf die schwarzen Haare seiner unerklärten Gegnerin herab.

Als würdige sie seine Fürsorge, wandte Sylvriss sich um, lächelte zu ihm hoch und antwortete: »Ich danke Euch, Lord. Nun werde ich bei ihm wachen. Ihr dürft Euch entfernen. Ihr seht erschöpft aus. Ich fürchte, Rgorics Schnitzer haben Euch nach Eurer langen und anstrengenden Reise den Rest gegeben.«

Bei jemand Geringerem hätte eine solche Bemerkung Sarkasmus enthalten, einen Sarksamus, den Dan-Tor hätte genießen können, doch das echte Mitgefühl in ihrer Stimme traf ihn wie eine Ohrfeige. Es war eine wesentliche Eigenschaft von ihr, und er konnte es einfach nicht begreifen. Sie widersetzte sich ihm, obwohl sie wußte, daß sie unterliegen würde. Sie mußte ihn doch hassen und fürchten. Aber da war immer war in ihr dieses ... dieses ... Mitleid? Er wich unwillkürlich einen Schritt zurück, um die Bewegung dann sofort als Teil seines Rückzugs zu tarnen. Er verneigte sich und zeigte Dankbarkeit. Er hatte vor, ihr für ihre Sorge zu danken, doch die Worte blieben ihm im Hals stecken. »Ihr dürft nicht zu lange aufbleiben, Meine Lady«, versetzte er. »Oder Ihr werdet auch bald erschöpft sein.«

Sylvriss antwortete nicht, lächelte nur schwach. Und in diesem Lächeln zeigte sich die Last der letzten Jahre. Als sie ihre Aufmerksamkeit wieder ihrem Gatten zuwandte, beobachtete Dan-Tor sie von der Tür aus, denn das Bild ihres Lächelns verfolgte ihn.

Ich könnte dich nach Belieben auslöschen, Frau, dachte er, unbewußt seinen Meister nachahmend. Doch so war es besser. Ihr Leiden würde lang und schrecklich sein, und um so schrecklicher, als es nicht ihr eigenes Leiden war, sondern für einen anderen. Bevor wir fertig sind, Frau, wirst du eine Bürde tragen, die deine Vorstellungskraft übersteigt. Und so wird es jedem ergehen, der sich Seinem Willen widersetzt.

Sanft schloß Dan-Tor die Tür hinter sich und sah sich einem zuckenden Dilrap gegenüber. Er sah ungerührt zu, wie der Sekretär eine Symphonie von Verrenkungen vollführte, während er seine Botschaft ausrichtete.

»Lord.« Dann: »Ein Hauptmann der ... Königlichen Hochgarde ersucht Euch um eine Audienz. Er behauptet, es sei dringend. Es geht um einen Gefangenen.«

Dan-Tors Augen blitzten flüchtig auf. »Wo ist er?« fragte er.

»Er wurde in Euer privates Vorzimmer gebracht. Er ist schon eine Weile dort.«

»Warum habt Ihr mir das nicht früher mitgeteilt, Ehrenwerter Sekretär?« Dan-Tors Stimme klang ruhig, doch sein Tonfall war ausgesprochen bedrohlich, was bei Dilrap eine weitere übermächtige Zuckung hervorrief, die er nur unterdrücken konnte, indem er mit beiden Händen das Vorderteil seiner Robe zusammenraffte und fest gegen seine Brust preßte.

»Lord, Ihr wart nicht in Euren Gemächern, Lord, und niemand wußte, wo Ihr wart.«

Dan-Tor würdigte ihn keiner Antwort. »Der Name dieses Hauptmanns?« herrschte er Dilrap an.

Dilraps Hände flatterten kurz wie unbeholfene Schmetterlinge. Er mochte diese ungehobelten und hochmütigen Gardisten nicht. Der Umgang mit ihnen regte ihn jedesmal auf. »Urssain, Lord«, erwiderte er schließlich.

Dan-Tor knurrte und nickte beiläufig. Dilrap vebeugte sich und schwankte durch den hohen, gewölbten Gang davon, wobei er seine weite Robe eng an sich drückte, um die vielen Schmuckgegenstände auf seinem Weg zu schonen. Dan-Tors reglose, hochgewachsene Gestalt sah ihm noch einen kurzen Augenblick hinterher, bevor sie sich in die andere Richtung entfernte.

Urssain. Mit einem Gefangenen. Ein schwacher Hoffnungsschimmer leuchtete auf, den er rasch unterdrückte. Bald würde er genau wissen, welchen Schaden der König angerichtet hatte.

KAPITEL 12

Urssain, schmutzverkrustet vom Ritt und den rechten Arm in einer Binde, sah sich neidisch in dem üppig ausgestatteten Raum um, in den man ihn geführt hatte. Überall befanden sich Gegenstände und Möbelstücke, deren Qualität einen Reichtum ausdrückte, den er anstrebte. Und die Macht.

Die Mathidrin waren heimlich in Narsindal und den Randregionen Fyorlunds ausgebildet worden. Man hatte sie unter den Unzufriedenen und Ausgestoßenen rekrutiert, die jede Gesellschaft hervorbringt, wie wohlwollend ihre Regierung auch sein mag, doch es gab auch ein paar verwandte Geister aus fernen Ländern. Die finsteren Wesenszüge all dieser Männer waren sorgsam kultiviert worden – im Namen des Königs, unter der verdeckten Leitung Dan-Tors.

Der Zug nach Vakloss und die Ersetzung der traditionellen Hochgarden waren ihnen seit langem versprochen gewesen, ein Zeichen, daß sie sich auf die richtige, die Gewinnerseite geschlagen hatten. Die Männer sahen ganz neue

Perspektiven, und ihr Ehrgeiz wuchs schnell. Fruchtbarer Boden für jemanden wie Dan-Tor.

Doch der Dienst in der Stadt war neu für sie, und ihre Schroffheit und Arroganz hatten nicht gerade dazu beigetragen, sie bei den Leuten beliebt zu machen. Die Haltungen reichten von eisiger Höflichkeit bis zu offenen Flüchen und unverhohlener Wut, obwohl sich in alle Reaktionen in wachsendem Maße ein Hauch von Furcht zu mischen begann.

Im Palast war die Spannung fast mit Händen greifbar. Die zahlreichen Palastdiener und Höflinge machten keine Umstände, ihre Verachtung für diese ungehobelten Emporkömmlinge zu verbergen, auch wenn der eine oder andere widerwillig ihre gute Disziplin anerkennen mußte.

Urssain hatte sofort bemerkt, wie die Reaktionen der Diener und Beamten sich von Erstaunen zu Erschrecken wandelten, sobald er seinen Sonderausweis mit dem Siegel Lord Dan-Tors vorzeigte. Es hieß, Lord Dan-Tor sei die wahre Macht hinter den Mathidrin, obwohl jene, die so etwas äußerten, es leise und vorsichtig taten und ihre Zuhörer eindringlich um Verschwiegenheit baten. Unzweifelhaft lag Macht in diesem Mann. Macht, die ihm selbst und allen, die ihm gut dienten, zu Reichtum verhelfen würde, rechnete Urssain sich aus.

Beim Aufstehen genoß er das leise Ächzen der teuren Polster. Er trat ans Fenster. Auch der Teppich, dickflorig und weich, gab unter seinen Füßen nach, Füße, die nur Fels, Steigbügel und die Böden der Kasernensäle kannten. Diese Berührung trieb ihn weiter auf dem einmal eingeschlagenen Weg: dem Weg zu Macht und Reichtum. Vor Erregung ballte er die Faust. Er schaute aus dem Fenster, doch dort unten war nicht mehr als ein Hof zu sehen, den die Kugellampen in hartes Licht und tiefe Schatten tauchten. Schatten, in denen man sich verstecken konnte. Tatsächlich verstecken.

Er ging seine kleine vorbereitete Rede noch einmal durch. So etwas war wichtig bei diesem Lord. Er hegte keine Illusionen, warum Aelang ihn vorgeschickt hatte, anstatt selbst zu erscheinen. Der angebliche Grund lautete, er müsse die

Mandrocs auf ihrer heimlichen Rückkehr zu ihren Kasernen begleiten, die tief in den kahlen nördlichen Bergen an der Grenze zu Narsindal lagen. Das war nicht ganz unwahr, da die Mandrocs durch die Ereignisse in Orthlund tief verstört waren und sich als schwer kontrollierbar erwiesen. Die volle Wahrheit jedoch war, daß das Unternehmen sich als eine echte Katastrophe herausgestellt hatte. Da Dan-Tor unerwarteterweise abwesend war, hatte Urssain seine erste Annäherung an Jaldaric verpfuscht, und Aelang hatte es nicht viel besser gemacht. Dann hatten diese Hochgardisten auch noch wie die Teufel gekämpft und den Mandrocs empfindliche Verluste beigebracht. Urssain streichelte unbewußt über seine Armschlinge. Und erst diese Orthlundyn! Was für eine Spur der Verwüstung die hinterlassen hatten! Die Gefangennahme Jaldarics war ihr einziger Erfolg. Seine Stirn legte sich in Falten, als er sich mühevoll die Sätze zurechtlegte, die ihn, wie er hoffte, im günstigsten Licht erscheinen ließen und mit ein bißchen Glück allen Ärger auf Aelang abwälzen würden. Sollte *er* doch enden, indem er Mandroc-Rekruten in Narsindal schleifte, dachte Urssain. Die unangenehme Aussicht ließ ihn eine Grimasse schneiden; er preßte seine Linke auf das polierte und elegant gearbeitete Fensterbrett, als wolle er Trost daraus ziehen. Orthlund machte einem ja schon eine Gänsehaut, aber das Innere von Narsindal ...

Als er den Kopf hob, erblickte er sein Spiegelbild in dem nachtschwarzen Fenster. Er straffte sich, um sein Äußeres einer kritischen Prüfung zu unterziehen. Nicht schlecht, dachte er. Kurz hatte er mit dem Gedanken gespielt, eine Paradeuniform anzulegen, um seinen Lord zu beeindrukken, doch bei genauerem Nachdenken war er zu dem Ergebnis gelangt, daß der Staub der Reise und die provisorische Armbinde seinen Zwecken am besten diente. Es wäre das i-Tüpfelchen auf dem Bericht seiner heldenhaften Taten. Ja, entschied er, er hatte das Richtige getan. Dieser Lord würde sich ganz bestimmt nicht von einer glitzernden Paradeuniform beeindrucken lassen. Er sah an seinem Waffenrock hinunter und strich mit der linken Hand eine letzte Falte glatt.

Als er wieder aufblickte, um noch einmal in den Fensterspiegel zu sehen, fand er sich Auge in Auge mit Lord Dan-Tor wieder. Der Mann hatte unbemerkt den Raum betreten und beobachtete ihn. Urssain wirbelte herum, mit aufgerissenen Augen und vorübergehend herabhängendem Mund. Er stotterte.

»Lord ...«

Dan-Tor sagte nichts, rührte sich nicht. Er sah Urssain nur einfach weiter an. Urssain starrte gebannt auf die hochgewachsene Gestalt. Obwohl er schon viel von diesem eigenartigen Lord gehört und ihn auch schon aus der Entfernung zu Gesicht bekommen hatte, war er ihm doch noch nie von Angesicht zu Angesicht gegenübergetreten. Nun erst spürte er die ehrfurchtgebietende Stärke dieses Mannes; aufgespießt von diesem Blick zappelte er wie ein Fisch am Speer. Seine sorgfältig vorbereitete Rede verpuffte. Diesem Mann irgend etwas anderes als die Wahrheit zu erzählen wäre sinnlos und dumm, wenn nicht sogar gefährlich. Ja, sehr gefährlich. Er stand einer Art Urquell gegenüber. Urssain hätte nicht in Worte fassen können, was dieser Mann von ihm wollte, doch er spürte, daß etwas von ihm ausging. Eine gewaltige Macht.

Der Speer wurde zurückgezogen.

»Hauptmann Urssain. Ihr habt Nachrichten über einen Gefangenen, glaube ich.«

»Jawohl, Lord«, antwortete Urssain, der sich wieder ein wenig erholte und langsam seine Geistesgegenwart wiederfand. »Wir haben den Mann namens Jaldaric aufgegriffen, den Sohn des Verräters Eldric.«

Dan-Tor schien ein bißchen zu schrumpfen, und ganz kurz glitt ein Ausdruck ärgerlicher Enttäuschung über sein langes Gesicht. Er ließ sich auf einen Stuhl nieder.

»Kein anderer Gefangener?« verlangte er schroff zu wissen.

Urssain sah ein bißchen verdutzt drein. Hatte er etwas übersehen? »Nein, Lord.«

Dan-Tor blieb einen Moment schweigend sitzen. Urssain

wurde sich des Zischens der Kugel bewußt, die das Gemach beleuchtete.

»Euren Bericht, Hauptmann«, befahl Dan-Tor schließlich. Sein Tonfall war nüchtern, doch seine Augen durchbohrten Urssain erneut, und zu dessen nicht geringem Erstaunen erzählte er seine Geschichte wahrheitsgemäß.

Als er geendet hatte, löste Dan-Tor den Blick von ihm und sah nachdenklich zu Boden, während er müßig mit dem Medaillon auf seiner Brust spielte.

»Diese beiden Orthlundyn. Befinden sie sich unter den Toten, die Ihr bei Euch führt?«

Orthlundyn? dachte Urssain.

»Nein, Lord«, erwiderte er. »Sie verschwanden mit den anderen im Gebüsch, doch sie müssen weggerannt sein, als der Kampf begann.« Er unterbrach sich und fügte dann hinzu: »Das haben sie sogar bestimmt getan. Sie müssen auf ihrer Flucht ein Dutzend Mandrocs oder so niedergemacht haben, und noch mehr haben sie schnatternd vor Furcht zurückgelassen – Ihr wißt schon, wie sie es immer tun, wenn …«

Dan-Tor brachte ihn mit einer Handbewegung zum Schweigen. »Und es war keine Frau bei ihnen?«

Urssain zögerte. »Nein, Lord.«

Dan-Tor verfiel wieder in Schweigen, erwog die Abwesenheit Tirilens und die offenbare Freundschaft zwischen Hawklan und Jaldaric.

»Jaldaric befindet sich unten, sagtet Ihr?«

»Ja, Lord.«

Wieder Schweigen.

Urssains Schulter begann zu pochen, doch er wagte sich nicht zu rühren. Dan-Tor hob den Blick.

»Eure Schulter bereitet Euch Schmerzen«, sagte er. Eine Feststellung, keine Frage. Urssain gab sich stoisch.

»Nichts Ernstes, Lord.«

Dan-Tor stand auf und kam zu ihm herüber. Gekonnt entfernte er den Verband und legte die Wunde offen. Urssain blieb in Habachtstellung stehen.

»Entspannt Euch, Hauptmann. Steht bequem«, sagte der Lord mit sanfter Stimme. »Ihr habt recht, es ist nichts Ernstes. Doch es wird eine Weile lästig und schmerzhaft sein, und ich kann Euch etwas dafür geben.«

Er begab sich zu einem großen Schrank hinter seinem Stuhl. Die lackierten Türen sprangen bei seiner Annäherung auf und enthüllten eine gewaltige Ansammlung von Flaschen, Krügen und Werkzeugen, über deren Verwendungszweck Urssain lieber nicht nachdachte. Dan-Tors lange Finger griffen zielstrebig in die scheinbare Unordnung und holten einen Steinguttopf und eine Verbandsrolle heraus.

Urssain ließ die Schulter kreisen, um den Schmerz zu lindern, machte damit jedoch alles nur noch schlimmer, so daß ihm das Blut aus dem Gesicht wich. Er schwankte.

Ohne ihn anzusehen, befahl Dan-Tor: »Bewegt Euch nicht.«

Die Salbe aus dem Töpfchen verschaffte ihm augenblicklich Linderung, und mit Dan-Tors gekonntem Verband fühlte er sich gleichzeitig freier und sicherer. Dan-Tor, der direkt vor ihm stand, so daß sein dunkles, zerfurchtes Antlitz Urssains Blickfeld ausfüllte, lächelte. Das Raubtierhafte der weißen Zahnreihen entsetzte Urssain mehr, als jeder Tadel es vermocht hätte.

»Euer Arm wird bald wieder voll einsatzfähig sein«, erklärte Dan-Tor. Dann, nach einer langen Pause: »Ich habe mir zu einem ganz bestimmten Zweck die Mühe gemacht, ihn wieder zu richten, Hauptmann. Eure Begegnung mit Jaldaric war der größte Fehlschlag, den ich mir vorstellen kann. Durch ihn haben wir eine große Anzahl voll ausgebildeter Mandrocs verloren und haben uns ernste Schwierigkeiten mit ihrer Moral eingebrockt – diese Geschöpfe sind, wie Ihr wißt, nicht vollkommen stumpfsinnig, ganz und gar nicht. Und schlimmer noch, wir haben zwei wichtige Gefangene entkommen lassen.« Wieder spielte er mit dem Medaillon. »Um es deutlich auszudrücken, Urssain, Bessere als Ihr haben für wesentlich geringere Fehler schlimmer bezahlt, als Ihr es Euch vorzustellen vermögt.«

Urssain stand ganz still.

Dan-Tor setzte sich. »Aber hier waren Mächte am Werk, die Euch überlegen sind, und ... ich spüre da Qualitäten in Euch, die es wert sind, entwickelt zu werden.«

Urssain atmete ganz unauffällig aus.

»Ihr seid lernfähig. Und schnell, wenn es nötig ist. Ihr habt sehr schnell begriffen, daß mir etwas anderes als die Wahrheit zu erzählen nicht nur töricht, sondern gefährlich gewesen wäre.« Eine schneidende Kälte lag in seiner Stimme, und die Übereinstimmung der Worte mit seinen eigenen Gedanken erschütterte Urssain bis ins Mark. Er verharrte regungslos und hielt unwillkürlich wieder den Atem an. Er wünschte sich weit, weit weg.

»Und Ihr habt Wünsche, nicht wahr? Begierden?« Eine lange, knochige Hand beschrieb einen Kreis durch den Raum. »Ambitionen? Reichtum? Macht?« Wieder seine Worte. Urssain schrumpfte in seiner Hülle zusammen, als wolle er seine eigenen Gedanken von sich abkoppeln.

»Mir bleibt nichts verborgen, Urssain.« Dan-Tor erhob sich, legte Urssain die Hände auf die Schultern und blickte ihm tief in die Augen. Urssain war es, als schrumpfe er im Schatten einer solchen Macht zu nichts zusammen, um sodann in Höhen erhoben zu werden, die selbst seine kühnsten Träume übertrafen.

Abrupt wurde die Macht wieder zurückgezogen und ließ nur das brennende Nachbild eines unerreichbaren Ziels in seinem Gehirn zurück. Dan-Tor war wieder ganz Pragmatiker.

»Ich rufe Euch, wenn ich Euch brauche, Hauptmann. Kehrt in Eure Kaserne zurück.«

»Lord«, erwiderte Urssain so bestimmt er konnte, um sich dann zum Gehen zu wenden.

An der Tür angekommen, erreichte ihn Dan-Tors Stimme noch einmal. »Die Mandrocs, Urssain. Wie haben sie sich in Orthlund verhalten?«

Urssain dachte einen Augenblick nach. »Es hat sie aufgeregt, Lord. Ein gruseliger Ort. Sie waren außer sich – wollten unbedingt wieder ... nach Hause ... einfach weg. Mir selbst gefiel es dort auch nicht besonders, um ehrlich zu sein. Doch sie haben sich ganz gut geschlagen.«

Dan-Tor nickte feierlich und sagte dann: »Gebt Befehl, daß sie abgesondert werden, bis ich Zeit habe, sie zu untersuchen. Sie dürfen sich nicht unter die anderen mischen.«

Urssain nahm den Befehl entgegen und schloß lautlos die Tür hinter sich.

Das ist zumindest eine nützliche Information, die mir diese Katastrophe einbringt, dachte Dan-Tor, nachdem Urssain gegangen war. Er hatte ihn bereits eine Weile beobachtet, da er auf der Suche nach einem geeigneten Mann war, der die Wiederaufstellung der Stadtgarnison leiten sollte, während die Mathidrin langsam in ihre neue Machtposition eingeführt wurden. Urssains Haltung während seines Rapports hatte seinen Wert bestätigt – die richtige Mischung aus selbstsüchtiger Verschlagenheit und blanker Furcht, ein auf seine barbarische Art ziemlich hellsichtiger Mann. Und sein Ehrgeiz! Dan-Tor nickte vor sich hin. Du kennst das Ausmaß deines Ehrgeizes selbst noch nicht, Urssain, dachte er.

Davon abgesehen wurden Dan-Tors Gedanken jedoch von Hawklan beherrscht. Wieder entkommen. Entkommen mit dem Wissen, daß Fyorlund von einem unbekannten Feind bedroht wurde. Entkommen, um den Orthlundyn zu berichten, daß Mandrocs außerhalb von Narsindal umherstreiften und auf ihrer geheiligten Flur getötet hatten – wenn sie es nicht ohnehin schon spürten. Nicht einmal sein Meister konnte vorhersehen, wie die Orthlundyn auf solche Neuigkeiten reagieren würden. Und warum ritten Hawklan und dieser Bauernlümmel von Schnitzer bewaffnet in Jaldarics Zug? Und wo war das Mädchen? Das ging ihm alles zu schnell. Dan-Tor hatte das unbehagliche Gefühl, als sehe er zu, wie ein Stein auf seinem Weg zu Tal zwei weitere mit sich riß.

Er schob den Gedanken beiseite. Was immer die Orthlundyn einmal gewesen waren, jetzt waren sie es nicht mehr, und außerdem waren sie zu wenige, um eine ernsthafte Bedrohung darzustellen. Der ganze Schaden, der angerichtet war, konnte mit ein bißchen Überlegung wieder behoben werden. Die Konfrontation der Mandrocs mit Orthlund hatte ihm wertvolle Einsichten verschafft. Man konnte Hawklan weitere Fallen stellen. Die Zeit arbeitete für seinen Meister. Morgen würde er Jaldaric verhören.

»Wir weben schon noch das Netz, das dich hält, Hawklan«, murmelte er leise vor sich hin. »Wir weben es aus den Fäden, die dein neuer Freund uns überreichen wird.«

Eine Motte flatterte gegen das Fenster und trommelte vergeblich mit ihren Flügeln gegen die Scheibe, die sie als eine unsichtbare Barriere vom ersehnten Licht trennte.

KAPITEL 13

Die Reise zurück nach Pedhavin war eine eigenartige, unbehagliche Angelegenheit. Hawklan und Isloman durchlebten die verschiedensten Stimmungen, während sie versuchten, die jüngsten Ereignisse zu verarbeiten. Etwas war für immer verloren. So eine Ruhe wie früher konnten sie jetzt nur noch von Zeit zu Zeit erreichen, aber es war nicht mehr als das Atemholen des Meers zwischen zwei Sturmwogen. Tiefste Verwirrung breitete sich zu schnell wieder in ihren Gedanken aus, und mit ihr kam das bittere Gefühl, daß es nie enden würde.

Schließlich kehrte Gavor zurück, erschöpft, aber mit Nachrichten, die zumindest Hawklan ermutigend fand. Die Mandroc-Patrouille hatte ihren Eilmarsch in Richtung Norden fortgesetzt, wobei sie die Straße verlassen und jeglichen Kontakt mit den Dörfern und Ansiedlungen zwischen ihnen und Fyorlund vermieden hatte. Jaldaric lebte und ritt mit ihnen, wenn auch gefesselt.

»Für mich sah es so aus, als gingen sie auf demselben Weg zurück, auf dem sie gekommen waren, den Spuren nach zu urteilen«, schloß Gavor.

»Da bin ich aber erleichtert«, sagte Hawklan. »Zumindest wird es kein weiteres Morden mehr geben.«

Isloman schnaubte. »Die bloße Anwesenheit dieser Kreaturen in Orthlund ist Mord. Wo sie auch herkömmen mögen, sie sind ein Greuel. Die Erde, die sie betreten, schreit auf vor Schmerz.«

Hawklan sah ihn an, ein verwundertes Stirnrunzeln auf dem Gesicht wegen dieser unerwarteten Heftigkeit. Isloman erwiderte seinen Blick.

»Fühlst du es denn nicht?« drängte er ihn ungeduldig wie einen eigensinnigen Schuljungen.

»Tut mir l ...« setzte Hawklan an, doch Isloman unterbrach ihn schon mit einer Geste des Bedauerns.

»Entschuldige dich nicht dafür, Hawklan. Es ist meine Schuld. Ich vergesse immer wieder, daß du nicht hier geboren bist.« Bedauern klang in seiner Stimme an, doch wurde nicht deutlich, ob über sein eigenes ungeduldiges Verhalten oder die Tatsache, daß Hawklan kein Orthlundyn war. Eine Weile später sprach er weiter: »Ich kann es nicht erklären, Hawklan, so wenig, wie ich dir das Gesetz der Steine erklären kann, doch jeder hier wird wissen, daß etwas Entsetzliches vorgefallen ist. Du wirst sehen. Das erste Dorf, das wir erreichen – sie werden auf der Straße sein, besorgt und voller Fragen.«

Und das, dachte Hawklan, ist alles an Erklärung, was ich von dir bekommen werde, deinem Tonfall nach zu schließen.

Gavor brach die leichte Verlegenheit mit einem heiseren Kichern. »Laßt euch von mir erzählen, was diese Mandrocs ganz und gar nicht mögen.« Er verstummte und wartete auf die interessierte Zwischenfrage von ihnen. Hawklan warf ihm einen schrägen Blick zu und zog die Augenbrauen hoch, was heißen sollte, daß von ihm nichts kommen würde. Nach kurzer Zeit konnte Isloman seine Neugier nicht mehr zügeln. Widerwillig stellte er die erlösende Frage.

»Raben«, lachte Gavor. In seiner Stimme schwang ein Unterton boshaften Triumphes mit, der Hawklan dazu veranlaßte, sich scharf zu ihm umzudrehen.

»Was hast du angestellt, Gavor?« fragte er, bevor Isloman antworten konnte.

»Nichts, mein lieber Junge, rein gar nichts«, erwiderte Gavor unschuldig. »Sie haben nur ein paar Federn gelassen, um es metaphorisch auszudrücken.«

»Metaphern beiseite«, sprach Hawklan in strengem Ton. »Was hast du getan?«

»Nun ... ich bin nur ein bißchen umhergeflogen.«

»Und?«

»Nicht viel. Hab' ihnen ein kleines Liedchen gesungen, das sie nicht so bald vergessen werden.«

Grüne und schwarze Augen bohrten sich ineinander. Alte Freunde.

»Dieses kleine Liedchen, wie du es nennst, war ein Lied des Tötens, nicht wahr? Eine Warnung. Etwas aus deiner dunklen Vergangenheit, mein gefiederter Alter.«

Gavor war ganz Übermut. »Ja, so ist es. Ja, so ist es. Ich weiß nicht, was es bedeuten soll, mein lieber Junge, aber *sie* wissen es. Und sie mögen es nicht. Sie werden *ausgesprochen* unruhig davon. Der arme Mann an der Spitze hatte eine schwierige Zeit mit ihnen.« Er kicherte wieder und hüpfte auf Hawklans Kopf. »Und ›Alter‹ will ich nicht mehr hören, mein lieber Junge«, erklärte er und zerzauste Hawklans Haare mit seinem Holzbein, wobei er es verstand, dessen strafender Hand geschickt auszuweichen. »Schließlich sind wir auch keine Siebzehn mehr, nicht wahr?«

Hawklan überhörte die letzte Bemerkung. »Und?«

»Und was?«

»Was hast du noch angestellt?«

»Oh. Nichts Besonderes. Hab' sie mir nur ein- oder zweimal etwas näher angeguckt.«

»Wie nah?«

Gavor war weg, dann …

»So nah«, kreischte er und flog wie der Blitz von hinten zwischen den beiden Männern hindurch, wobei er ihre Köpfe mit seinen Schwingenspitzen streifte. Beide fuhren auf bei dieser plötzlichen Erscheinung. Isloman schüttelte drohend die geballte Faust hinter ihm her, während Gavor sich wieder hoch über sie erhob. Er lachte rauh und kreiste ausgelassen über ihnen.

»*Sie* mochten das auch nicht«, schrie er herunter.

»Ich steck' dich in den Kochtopf, du herzlose Krähe«, brüllte Isloman, während er sich bemühte, sein scheuendes Pferd zu beruhigen.

»Wirklich, mein lieber Junge«, kam die Antwort von oben. »Krähe. Tss, tss. Du mußt nicht gleich persönlich werden. Der Einfluß deines kleinen Bruders, vermute ich.«

Dann glitt er in großen Kreisen über ihren Köpfen dahin und lachte zufrieden vor sich hin. Das Geräusch war so ansteckend, daß auch Hawklan still in sich hineinlachte. »Hier ist ein Paradox für dich, Isloman: Wir brauchen einen Vogel, um unsere Füße wieder auf die Erde zu stellen.«

Isloman antwortete mit einem beeindruckenden Knurren, und die beiden Männer ritten weiter, aber das Schweigen zwischen ihnen war ein wenig unbeschwerter und kameradschaftlicher geworden.

Kurze Zeit später erklangen von oben seltsame Geräusche. Hawklans Gesicht nahm einen Ausdruck gespielten Entsetzens an, und Isloman sackte merklich in sich zusammen.

»Er übt wieder seine Vogelimpressionen«, sagte Hawklan erläuternd.

Isloman sah hoch. »Es gibt Zeiten, da scheint das Leben eine endlose Aneinanderreihung von Qualen zu sein«, bemerkte er.

Eine freundliche Stimme drang zu ihnen herunter. »Danke, danke, meine Damen und Herren. Und jetzt – die Nachtigall …«

Das erste Dorf, das sie erreichten, war Klein-Hapter.

Wie Isloman vorausgesagt hatte, kamen die Menschen auf die Straße, um mit ihnen zu reden. Hawklan kannte viele von ihnen, und sie erwiderten seinen Gruß auch sehr höflich, doch die bedrückte Stimmung, die über allem lag, war völlig ungewöhnlich. Alles scharte sich um Isloman.

Hawklan beobachtete die wachsende Menge, und zum erstenmal seit zwanzig Jahren spürte er, daß er keiner von ihnen war. In ihrem Benehmen lag nichts Feindliches oder auch nur Unfreundliches, doch irgend etwas hatte sie verstört auf einer Ebene, die seine Stellung als Außenseiter unterstrich und sie veranlaßte, sich zuerst um ihresgleichen zu scharen. Da er spürte, daß es Zeit zum Zuhören und Lernen war, gab er sich damit zufrieden, Isloman ihre Fragen beantworten zu lassen. Am liebsten hätte er gefragt ›Woher wißt ihr das?‹. Doch er ahnte, daß er keine Antwort darauf erhalten würde.

Ihre Reaktionen auf die Neuigkeiten über die Mandrocs und den Kampf durchliefen die ganze Skala von Schrecken, Besorgnis und Zorn, die man erwarten konnte. Doch obwohl diese Empfindungen echt waren, merkte Hawklan auch, daß die tiefsten Schatten in den Orthlundyn vom Licht der Erkenntnis aufgelöst wurden, wie grausam sie auch sein mochte, und da fühlte er sich wieder in ihren Kreis aufgenommen.

Er hätte gerne geglaubt, daß sein Gefühl, ein Außenseiter zu sein, auf Überempfindlichkeit seinerseits beruhte oder die letzten Auswirkungen des Schocks waren, doch auch ein erneutes Nachdenken förderte nur zutage, daß sein Gefühl ihn nicht trog. Eine sonderbare, aber entschlossene Stimmung hatte über den Menschen gelegen, als sie sich spontan um Isloman geschart hatten. Eine Stimmung, der er nie zuvor begegnet war. Er merkte sich den Gedanken für später. Er schien wichtig zu sein.

Dann war er an Islomans Seite, und sie beide bildeten nun zusammen den Mittelpunkt der Aufmerksamkeit. Sie einigten sich darauf, daß einer der Dorfältesten sie nach Anderras

Darion begleiten solle, um die Angelegenheit gründlich mit den Ältesten der anderen Dörfer zu bereden.

Und so war es in jedem Dorf auf ihrem weiteren Weg nach Süden – Groß-Hapter (das kleinere der beiden Dörfer), Astli, Perato, Oglin, Halyt Green, Wosod Heath, Lamely Bend und andere: Die Reaktion war exakt dieselbe. Die Menschen wußten, daß etwas Gräßliches geschehen war. Sie wußten es. Und immer lichtete sich ihre Düsternis ein wenig, wenn sie die Wahrheit erfahren hatten.

Hawklan hatte immer gewußt, daß die Orthlundyn kein gewöhnliches Volk waren. Jedes Jahr, das er unter ihnen verbrachte, hatte er die tiefe Weisheit und Weltklugheit mehr zu schätzen gelernt, die sich hinter ihrer scheinbar schlichten Lebenweise verbarg; ihr natürliches Bewußtsein für Gleichgewicht und Ordnung, für Freiheit in Disziplin, ihre Achtung vor der Freiheit des anderen. Eine Achtung, die ihn willkommen geheißen und all die Jahre mit Fragen verschont hatte, trotz des Geheimnisses seiner plötzlichen Ankunft und seiner Akzeptanz von Anderras Darion. Nun jedoch waren tief in ihnen Kräfte am Werk, die er nie zuvor bemerkt, ja nicht einmal geahnt hatte.

Plötzlich fühlte er sich allein und verloren und jämmerlich unzulänglich, um diesen Leuten zu helfen, die nun in irgendeiner Weise Rat und Führung von ihm zu erwarten schienen.

In jedem Dorf, durch das sie kamen, wuchs ihre kleine Gefolgschaft, und da die meisten der neuen Mitreisenden alt waren, verlangsamte sich notgedrungen ihre Reisegeschwindigkeit. Gavor kicherte von Zeit zu Zeit vergnügt in sich hinein, wenn er auf die zusammengewürfelte Prozession hinuntersah, die sich mühsam über die alte Straße wand, vorbei an der orthlundischen Landschaft, die mit ihrem neuen Frühlingskleid aus Leben und Wachstum protzte.

»Eine stramme Armee habt Ihr da, o mächtiger Fürst«, säuselte er, während er mit gewollter Unbeholfenheit auf Hawklans Schulter landete und zum Abstützen sein Holzbein in dessen Ohrmuschel verkeilte. Hawklan bedachte ihn mit einem finsteren Blick, und Isloman bebte vor unterdrücktem Lachen.

Gavors respektlose Possen hatten verhindert, daß die kleine Reiterschar in Grübeleien und zermürbende Selbstbeobachtung versank, doch Isloman fiel es nicht leicht, den Gavor, der den Himmel mit seinem uralten Lied des Tötens erfüllt und mit seinen mörderischen schwarzen Sporen die Kehlen der Mandrocs aufgeschlitzt hatte, mit diesem Spaßvogel in Einklang zu bringen. Sporen aus dem gleichen Metall, aus dem Hawklans sonderbares Schwarzes Schwert bestand. Sporen, die sein Bruder neben der Stelle gefunden hatte, wo das Schwert hingeglitten war. Sporen, die wie angegossen auf sein lächerliches Holzbein paßten.

Isloman beobachtete nachdenklich das Paar, das dicht vor ihm ritt, etwas seitlich versetzt. Irgendwann würde Gavor auf Hawklans Haupt hüpfen und mit einer extravaganten Geste seine breiten, glänzenden Schwingen ausbreiten, und dann war es Isloman immer, als sei sein alter Freund vollkommen verwandelt: kein vom Schmutz der Reise bedeckter, müder Heiler mehr, sondern ein gehetzter, hagerer Führer, schlachtenmüde und weit weg von allem, was er liebte, einen grausigen Helm auf dem Haupt und ein schwarzes, todbringendes Schwert an seiner Seite.

Endlich kamen die fernen Türme von Anderras Darion in Sicht, und Hawklan fiel es unwillkürlich immer schwerer, jenes gemächliche Tempo beizubehalten, das wegen der älteren Männer erforderlich war.

Gavor fand es ganz unmöglich, und als die Schar Tulhavin verlassen hatte, das letzte Dorf vor Pedhavin, tauchte er kurz auf, mit größter Sorgfalt geputzt und einem besonders ekligen Happen im Schnabel.

»Ich erzähl' ihnen, daß ihr kommt«, lispelte er über die noch freie Schnabelseite, und dann, als fiele ihm gerade etwas ein: »Ich schau' besser mal bei meinen Freunden vorbei. Werden mich schon vermißt haben.«

Hawklan schüttelte nur den Kopf, während er dem

schwarzen Schatten nachsah, der sich rasch in der Ferne verlor, und wandte sich zu Isloman um. »Ich werde froh sein, wieder vertraute Gesichter um mich zu haben«, sagte er. »Und vertraute Dinge.«

Isloman nickte und senkte den Blick auf seine Hände. »Ja. Ich bin schon zu lange fort von meinem Stein. All dies hat zu viele alte Erinnerungen geweckt.«

Hawklan musterte ihn ernst. »Ich habe keine Ahnung, was passieren wird, Isloman, doch ich bin sicher, daß uns nur eine kurze Atempause auf der Burg vergönnt sein wird. Ich fürchte, es geht um mehr als um wiedererwachende alte Erinnerungen, und mein Herz sagt mir, daß wir am Rande von Reisen und Ereignissen stehen, die uns in Zukunft überhaupt keine Ruhe mehr lassen werden.«

Isloman beugte sich vor und klopfte seinem Pferd mit seiner großen, sanften Hand auf die Kruppe. »Ich weiß«, antwortete er. Dann, geheimnisvoll: »Jeder weiß das.«

Hawklan erwiderte nichts.

»Wir müssen diesen Dan-Tor finden«, fuhr Isloman fort. »Und ich kann mich des Gefühls nicht erwehren, daß das nur der Anfang von weiteren Schwierigkeiten ist.«

»*Riss erwache.*« Fern klang die Stimme durch Hawklans Kopf, geflüstert, doch mit unnachgiebiger Dringlichkeit. Scharf wandte er sich zu Isloman um.

»Was hast du gesagt?«

Isloman zuckte mit den Schultern. »Ich sagte, das sei vermutlich nur der Anfang von weiteren Schwierigkeiten.«

Hawklan schüttelte gereizt den Kopf. »Nein, nein. Danach.«

»Nichts«, meinte Isloman.

»*Thriss* ...«, kam die Stimme erneut – oder die Stimmen. In ihnen lag etwas, das keinen Aufschub duldete. Derselbe Klang, den er während seines Traums im Gebirge vernommen hatte, der ihn unwiderstehlich anzog. Er stellte sich in seinen Steigbügeln auf und ließ verzweifelt den Blick schweifen.

»Da war es wieder«, sagte er und beschwichtigte Serian, der ganz unruhig geworden war.

»Ich habe nichts gehört«, entgegnete Isloman. »Es sind die Bäume.«

»*Sssss* ...» wieder, aber schwächer, als trage der Wind den Klang hinweg oder als ermüde der Rufer.

»Da«, schrie Hawklan aufgeregt. »Genau da.« Er hob den Finger und zeigte nach vorn. »Direkt vor uns. Über dem Hügel.«

Isloman nahm die Erregung seines Freundes mit Staunen zur Kenntnis. Er wollte soeben sagen, daß er überhaupt nichts hören könne, als Hawklan sich über den Kopf seines Pferdes beugte.

»Aufgebot-Pferd, jetzt zeig mir, wie du galoppieren kannst«, sagte er, und Serian preschte mit einem Schütteln seines stolzen Kopfes vorwärts.

Isloman starrte ziemlich verblüfft dem donnernden Roß hinterher, das sich rasch entfernte. Der Umhang seines Reiters flatterte wild hinter ihm her. Dann kam er plötzlich zur Besinnung, befahl der Gruppe, hier auf seine Rückkehr zu warten, und stürmte in gestrecktem Galopp seinem Freund nach.

KAPITEL 14

Mühelos trug Serian Hawklan auf die Hügelkuppe. Dort angekommen, brachte Hawklan ihn zum Stehen und überblickte die vor ihm liegende Straße. In der Ferne schimmerten die Türme von Anderras Darion wie gewaltige Juwelen, die sich in den alten Bergen kristallisiert hatten, doch die Straße vor ihnen senkte sich in eine bewaldete Niederung, in die kein Sonnenstrahl fiel. Einzelne Baumwipfel brachen durch den dichten Nebel wie Sämlinge und Sträucher durch eine Schneedecke.

Hawklan verspürte eine verzehrende Erregung.

»*Ethriss. Erwache*«, erklang die Stimme, oder waren es Stimmen? Zunächst kräftig, als halle das Echo von den fernen Türmen wider, dann immer schwächer werdend.

»Nein«, brüllte Hawklan, so laut er konnte. »Nein.« Und er preßte seine Knie in die Flanken seines Pferdes und trieb es in gestrecktem Galopp hinunter in den Nebel.

Sobald sie in den Nebel kamen, fiel das Tier jedoch in einen vorsichtigen Schritt, und das tropfnasse Schweigen des Walddunstes hüllte sie ein. Als die kalte Feuchtigkeit ihn berührte, zog Hawklan instinktiv sein Schwert.

Seltsam fühlte es sich an in seiner Hand – mächtig und lebendig –, als leite es ihn. Er schaute den Schwertknauf an. Die beiden miteinander verwobenen Stränge in seinem Herzen schienen von irgendwoher Licht zu bekommen und glänzten hell auf. Sie zeigten einen endlosen Weg durch die Myriaden Sterne, die sie umgaben.

»*Ethriss, erwache.*« Die Stimme war leise und schwach, doch wie als Reaktion darauf schien ein Lichtflimmern durch die Stränge des Schwerts zu laufen.

Eine zarte Luftbewegung ließ den Nebel vorübergehend dünner werden, und Hawklan erblickte in der Ferne vier verschwommen schimmernde Gestalten. Er sprang vom Pferd und rannte die Straße entlang. Das Geräusch seiner Schritte erstarb in der grauen Masse. Schweigend wogte der Nebel wieder zusammen, so daß die vier Gestalten Hawklans Blick entzogen wurden. Er lief weiter.

»Wartet«, schrie er. »Wartet.« Dann blieb er abrupt stehen, als eine Gestalt mit einer Kapuze kurz vor ihm aus dem Nebel auftauchte.

»Wartet worauf?« fragte sie mit scharfer, ärgerlicher Stimme. Der Stimme einer Frau.

Hawklan überhörte die Frage und lief zu ihr hin. »Wo sind die anderen?«

»Die anderen? Welche anderen, junger Mann?«

»Die, die bei Euch waren. Drei von ihnen. Sie riefen mir etwas zu.«

Die Frau legte fragend den Kopf zur Seite. Hawklan

machte noch ein paar Sätze durch den Nebel, ließ verzweifelt den Blick schweifen, um den Nebel zu durchdringen, und fuchtelte mit dem Schwert durch die Luft, als wolle er sich einen Weg freihauen. Ein Gefühl von unendlichem Verlust stieg in ihm auf. Er hastete in die andere Richtung.

»Hier ist niemand, junger Mann, wie Ihr sehen könnt. Ich bin allein.« Die Stimme der Frau ließ erkennen, daß sie sich mühsam zur Geduld zwang. Hawklan, das Gesicht schmerzverzerrt, blieb stehen.

»Aber ich habe sie doch gesehen«, sagte er still. »Und gehört. Sie waren hier bei Euch. Standen hinter Euch.«

Die Frau schob ihre Kapuze zurück und enthüllte ein Gesicht, das ebenso ärgerlich wie ihre Stimme war. Ein eigenartig imponierendes Gesicht, das die Blicke auf sich zog, obwohl es ganz offensichtlich nicht schön war. Sein auffälligster Zug war die lange, spitze Nase, die über einem schmallippigen Mund und unter einer vorgewölbten, entschlossenen Stirn saß. Im Schatten dieser Stirn lagen zwei strahlendblaue, durchdringende Augen. Ihrer gebeugten Haltung und dem Stock nach zu urteilen, auf den sie sich stützte, war sie alt, doch Hawklan hätte ihr Alter nicht schätzen können. Ihr Blick war beeindruckend.

»Drei, sagtet Ihr?« Hawklan nickte. Sie ließ ein unverbindliches Grunzen hören und fixierte ihn weiterhin gnadenlos.

»Seid Ihr ein Bandit?« fragte sie nach einer Weile. Die Direktheit dieser ausgefallenen Frage verblüffte Hawklan so, daß er wortlos seinen Mund öffnete und wieder schloß.

»Nein«, brachte er ziemlich schwach hervor.

»Und was ist das?« fragte sie und wies mit dem Stock auf sein Schwert.

»Ein Schwert«, erwiderte er hilflos.

Sie machte einen kraftvollen Schritt auf ihn zu. »Begrüßt Ihr Damen immer mit dem Schwert in der Hand?«

Hawklan merkte, wie er errötete, und steckte das Schwert mit einer gemurmelten Entschuldigung wieder in die Scheide.

»Das will ich auch meinen«, schnaubte die Frau. »Kommt

hier aus dem Nebel gerannt und brüllt und schreit und fuchtelt mit dem Schwert herum – sucht Leute, die gar nicht da sind. Erschreckt eine schutzlose alte Frau zu Tode.«

Hawklan hielt die letzte Bemerkung für höchst unwahrscheinlich, behielt das aber für sich. Wieder ließ er den Blick schweifen, wußte jedoch, daß die anderen Gestalten nicht mehr da waren. Sie waren um diese Frau gewesen, sie mochte sich dessen bewußt sein oder nicht, doch jetzt waren sie ohne Zweifel verschwunden. Die Vision einer gewaltigen Antwort auf alle Fragen, die ihn quälten, hatte sich ihm eröffnet und war ihm wieder entglitten, so leicht, wie Nebel durchs Blattwerk entglitt. Nun stand er anstelle dieser Vision in einer feuchten, kalten Senke und redete mit einer streitsüchtigen alten Frau, die er nie zuvor gesehen hatte und die ihm mit Recht sein schlechtes Benehmen vorwarf.

»Darf ich Euch durch den Wald geleiten?« bot er zögernd an.

Wieder fuhr der Stock in die Höhe. »Versucht nicht, mir Honig um den Mund zu schmieren, junger Mann. Was soll ich wohl mit einer Eskorte anfangen, die dauernd irgendwelche Dinge sieht, he? Macht Euch davon, oder Ihr bekommt meinen Stock zu spüren.«

Hawklan war nicht der Mann, der unablässig eine uneinnehmbare Stellung berannte. Er wollte sich gerade zurück zu seinem Pferd zurückgehen, als eine riesenhafte Gestalt aus dem Nebel auftauchte.

»Ich glaub' es nicht«, sagte ein fassungsloser Isloman. »Dachte ich mir's doch, daß ich diese wohlklingende Stimme kenne.« Er schwang sich von seinem Pferd. »Die alte Memsa Gulda, so wahr ich lebe. Und nicht ein bißchen verändert.«

Die Frau funkelte ihn wild an.

»Erkennt Ihr mich denn nicht, Gulda?«

Die Frau trat näher und musterte ihn eingehend. »Ich kannte einmal einen frechen jungen Welpen, der sich Isloman nannte, und der Euch ähnlich sah – rotznäsiger kleiner Teufel. Hat sich mit seinem Bruder wegen irgendeines Mädchens gestritten und lief weg in den Krieg, wenn ich mich recht entsinne.«

»Damals war ich gar nicht mehr so rotznäsig, Gulda«, erwiderte Isloman leicht ernüchtert.

Sie war ganz Verachtung. »Ihr seid alle nichts als rotznäsige Lümmel. Männer. Dauernd muß man auf euch aufpassen, oder ihr macht nichts als Schwierigkeiten.« Sie trat ein wenig zurück und musterte ihn von Kopf bis Fuß, als begutachte sie eine Neuerwerbung. »Bist alt geworden, Junge.« Ihre Stimme klang nun gelassener.

Der Nebel lichtete sich ein bißchen, als die Morgensonne in die Senke drang.

Isloman streichelte sein Pferd. »Natürlich bin ich älter geworden. Ist lange her, daß wir uns das letzte Mal gesehen haben, Gulda«, sagte er. »Wahrscheinlich zwanzig Jahre oder so. Wohin seid Ihr damals gegangen? Warum wart Ihr so plötzlich verschwunden?«

Der Stock zuckte wieder hoch und piekste ihn in den Bauch. »Naseweis wie immer, der junge Isloman. Ich gehe, wohin ich gehe, und habe meine Gründe dafür.« Dann, jedes Wort einzeln betonend: »Genau wie du.« Der Stock entfernte sich von seinem Bauch. »Eine Frau braucht hin und wieder ein bißchen Frieden, ein bißchen Zeit für sich selbst, ohne Menschen und deren Krach.«

Isloman wollte gerade etwas sagen, als die Frau ein weiteres Sperrfeuer auf ihn losließ. »Und für dich, mein Lieber, immer noch Memsa«, fügte sie ungnädig hinzu. »Gulda. Ich werde dir Gulda geben. Und ein bißchen weniger von dem ›alt‹, wenn es beliebt. Ich würde sagen, daß ich die Jahre besser verkraftet habe als du, nicht wahr?«

Isloman wirkte verunsichert, wie er auf diese erneute Erinnerung an seine verflossene Jugend reagieren sollte. Unter ihrem drohenden Blick und Stock fühlte er sich beinah wieder wie ein kleiner Junge.

Sie ersparte ihm weiteres Grübeln. »Was machst du denn hier? Kümmerst du dich etwa um diesen Verrückten?« Ihr Blick wich nicht von Isloman, aber ihr Stock zeigte jetzt auf Hawklan, der dem Schlagabtausch mit nicht geringer Erheiterung folgte.

»Gul ...«, stotterte Isloman. »Memsa, das ist Hawklan«, schloß er formvollendet.

Langsam drehte sie ihren Kopf und betrachtete Hawklan mit ernster Miene. Sie knurrte versonnen. »Hawklan. Der Heiler. Der Schlüsselträger. Hab' viel von ihm gehört in den Dörfern.«

Sie ging zu ihm hin und musterte ihn der Länge nach, wie sie es mit Isloman getan hatte.

»Wer ist sie?« formte Hawklan stumm mit den Lippen in Islomans Richtung.

Isloman vollführte eine diskrete Handbewegung, die spätere Aufklärung verhieß.

»Schluß damit«, fuhr Gulda ihn an, ohne in ihrer Betrachtung innezuhalten. Dann plötzlich, an Hawklan gewandt: »Vielleicht verratet Ihr mir, junger Mann, warum der Schlüselträger von Anderras Darion hier durch den Nebel rennt und schwertschwingend Chimären jagt?«

Hawklan antwortete ruhig: »Es tut mir leid, wenn ich Euch erschreckt habe. Ich hörte jemanden rufen und sah die Gestalten um Euch.«

»Das habt Ihr bereits gesagt«, schnappte Gulda ungeduldig zurück. »Und ich habe Euch gesagt, daß ich allein bin.«

Hawklan zuckte die Achseln. »Sie waren hier. Ich sah sie. Direkt hinter Euch.«

Sie rümpfte mißtrauisch die Nase. »Was haben sie denn gerufen?«

Hawklan erzählte es ihr.

»Ethriss, he?« murmelte sie, wieder zu sich selbst. Dann, an Hawklan gewandt: »Heißt Ihr denn Ethriss?« fragte sie scharf.

»Nein«, gab er zur Antwort.

»Warum seid Ihr dann wie ein Wahnsinniger auf diesen Namen hin in den Nebel galoppiert?« wollte sie wissen.

Hawklan zuckte unsicher die Schulter. »Sie haben *mich* angerufen«, entgegnete er gelassen. Gulda musterte ihn einen langen Augenblick mit finsterer Miene, um sich dann die Kapuze wieder über den Kopf zu ziehen, so daß ihr

Gesicht in ihrem Schatten verschwand, mit Ausnahme der Nase, die weiß und spitz in der Dunkelheit leuchtete.

Sie machte auf dem Absatz kehrt und ging die Straße entlang. Nach ein paar Schritten drehte sie sich um. »Kommt«, befahl sie gereizt.

Hawklan gestikulierte vage herum. »Ich dachte, Ihr seid ... dorthin gegangen.«

»Bah«, schnaubte sie, wandte sich erneut um und stapfte mit ihrem Stock davon in den Nebel. Ihre Stimme drang aus der wabernden grauen Masse zurück. »Ich treffe euch beide auf der Burg.«

Isloman schwang sich auf sein Pferd, ein breites Grinsen auf dem Gesicht. »Loman wird entzückt sein, glaub mir, *entzückt*. Nimm dein Pferd und hol sie ein. Ich führe die anderen weiter.« Dann stieg ein tiefes Glucksen in ihm hoch. »Aber paß auf diesen Stock auf. Und hüte deine Zunge, junger Mann.«

Bevor Hawklan etwas erwidern konnte, war Isloman schon in den sich allmählich hebenden Nebel davongetrabt. Hawklan konnte ihn noch eine Weile vor sich hin lachen hören.

Er stieg auf und machte sich langsam auf den Weg, der alten Frau hinterher.

Als er den Gipfel einer kleinen Anhöhe erreichte und aus dem Nebel trat, sah er erstaunt, wie weit die alte Frau schon gekommen war. Trotz ihres scheinbaren Alters, trotz Stock und gebückter Haltung hatte sie einen gewaltigen Schritt drauf, so daß Hawklan Serian zu einem flotten Trab anhalten mußte, um sie einzuholen.

Er überlegte sich, ihr den Sattel anzubieten, wußte jedoch nicht, wie sein Vorschlag aufgenommen werden würde, und stieg ein Stück hinter ihr ab.

»Kommt her, junger Mann, trödelt nicht herum«, befahl sie, ohne sich umzudrehen. »Ich habe Euch eine Menge Fragen zu stellen. Schnell, schnell.«

Hawklan sah sich auf diesen Befehl hin herbeilaufen wie ein Schuljunge. Als er bei ihr war, merkte er, daß er seine langen Beine auch brauchte, um mit ihrem unerbittlichen Tempo Schritt zu halten. Er warf ihr einen schrägen Blick zu, doch die Kapuze hüllte ihr Gesicht in Schatten, und er konnte nichts sehen außer ihrer langen Nase, die wie der Bug eines Schiffs vorragte.

Eine Mischung aus Höflichkeit und amüsierter Besorgnis hielt ihn davon ab, Fragen zu stellen, während sie schweigend über die alte Steinstraße marschierten. Gelegentlich murmelte sie etwas vor sich hin, als sei sie in ein stummes Zwiegespräch vertieft. »Gebt mir Euer Schwert, junger Mann«, forderte sie ihn dann in scharfem Tonfall auf.

Hawklan zögerte. Ungeduldig streckte sie ihre Rechte aus. Der morgendliche Frühlingsgesang der Vögel verstummte kurzfristig, als ein scharfes Fingerschnippen anzeigte, daß Zögern nicht das war, was sie wollte. Hawklan zog das Schwert und händigte es ihr vorsichtig aus.

»Vorsicht«, mahnte er. »Es ist ziemlich scharf.«

Gulda grunzte, und ihre langen Finger schlossen sich um den Knauf. Hawklan fiel ihr Griff auf. Es war nicht der einer Frau, die etwas Gefährliches neugierig untersuchte. Es war der Griff eines Schwertkämpfes.

»Verzeiht«, sagte er. »Ich wußte nicht, daß Ihr Euch mit Waffen auskennt.«

Ganz kurz verlangsamte sich da ihr Schritt, und sie neigte kaum merklich das Haupt. Dann erklang noch ein Grunzen, und sie schritt wieder mächtig aus. Der Schwertknauf wanderte unter ihre lange Nase und wurde gedreht und gewendet. Sodann untersuchte sie die übrigen Teile der Waffe mit ähnlicher Sorgfalt. Abrupt blieb sie stehen.

»Fein, fein, fein. Ethriss' Schwert. Sein Schwarzes Schwert.« Ihre Stimme hatte den anfänglichen streitbaren Tonfall verloren und war nun ruhig und gefühlsbetont. »Dachte es mir schon, aber in diesem Nebel konnte ich mir nicht sicher sein. Nun ja, wer hätte schon damit gerechnet, es noch einmal zu Gesicht zu bekommen? Wie kamt Ihr daran, Heiler?«

»Ich fand es in der Rüstkammer der Burg«, erklärte

Hawklan. Der Kopf unter der Kapuze wandte sich ihm zu. Da die Sonne ihm ins Gesicht schien, konnte er nichts sehen, doch er fühlte jene durchdringenden blauen Augen, scharf in der Schwärze der Kapuze, denen nichts entging. Dann wandte sie den Blick ab und stieß ein rätselhaftes kleines Lachen aus.

»Das bezweifle ich, Schlüsselträger. Das bezweifle ich. Ethriss' Schwert konnte nicht gefunden werden, weil es nie versteckt war. *Es* hat *Euch* gefunden. Gebt Euch diesbezüglich keinen Illusionen hin. *Es* hat *Euch* gefunden.« Dann verschwand der Knauf unter der Kapuze, als lausche sie. »Und es hat vor kurzem Mandrocs getötet. Ich *wußte* es.« Triumph schwang in ihrer Stimme mit. »Ich wußte es. Ich bin noch nicht von allen guten Geistern verlassen.«

Hawklans Augen weiteten sich überrascht. »Woher wußtet Ihr das?« fragte er.

Die Stimme schien von weit her zu kommen. »Gulda kennt die Mandrocs. Kann sie riechen. Darum kam ich zurück. Konnte meiner Nase nicht glauben, nach all der Zeit. Sie haben wieder gemordet. Haben hier in Orthlund Leben genommen, nicht wahr? Das erschüttert alle Orthlundyn nachhaltig, obwohl sie mittlerweile zu schläfrig sind, um es genau zu wissen. Rennen umher wie Ameisen unter einem Stein, anstatt zu *spüren*, was geschehen ist.«

Hawklan schüttelte den Kopf. »Gulda, ich verstehe Euch nicht. Woher wißt Ihr all diese Dinge?« Dann, halb zu sich selbst: »Ich begreife überhaupt nichts. All diese merkwürdigen, entsetzlichen Vorfälle. Was wißt Ihr darüber?«

Die dunkle Kapuze wandte sich ihm zu, und ein langes, wachsames Schweigen setzte ein. Dann, plötzlich: »Hier, fangt.« Und mit einer geschickten Drehung des Handgelenks warf sie ihm das Schwert zu. Ohne nachzudenken, fuhr seine Hand hoch und fing es sicher auf. Ein sonderbarer Summton drang aus der Klinge.

Gulda kicherte und nickte dann. »Ihr begreift mehr, als Ihr wißt, Heiler. Ich frage mich, wer Ihr seid. Wir müssen uns später unterhalten.«

Hawklan steckte die Waffe zurück in die Scheide. Er wollte *jetzt* reden. In ihm hatte sich ein Fragenberg angehäuft, und das war auch erklärlich nach zwanzig Jahren der Gleichgültigkeit. Doch sie war ihm bereits voraus und stapfte die Straße entlang, auf Pedhavin zu.

Er seufzte resigniert. Geduld, Hawklan, ermahnte er sich. Geduld. Wir haben noch genügend Zeit, wenn wir auf der Burg sind. Doch noch während er das dachte, ahnte er, daß die Zeit ihnen knapp wurde, daß das Treffen der Ältesten – oder wer auch immer daran teilnehmen mochte – seine letzte Gelegenheit sein würde, vom gesammelten Wissen Orthlunds zu profitieren. Danach vermochte er nur verschwommene Bildfetzen zu sehen, die davontrieben und zerplatzten.

KAPITEL 15

Wie in allen anderen Dörfern auch, strömten die Leute von Pedhavin in zerstreuten Gruppen zu ihrer Begrüßung auf die Straße, bevor sie noch das Dorf selbst erreicht hatten. Die Begrüßung war herzlich und warm, doch Sorge furchte jedes Gesicht, und Hawklan registrierte wieder, daß alle sich zuerst um Isloman drängten, um seinem knappen Bericht zu lauschen.

Auch Gulda rief einen nicht geringen Aufruhr hervor, da sich herausstellte, daß sie mit vielen aus Islomans Generation bekannt war. Hawklan amüsierte sich köstlich, wie viele gestandene Männer nach der Begegnung mit ihr ziemlich dumm in die Gegend blickten. Ihre scharfe Stimme hallte durchs Dorf, und sie deutete und piekste viel mit ihrem Stock herum, wobei Menschen und Schnitzwerke ihre Opfer waren. Die klobige, dunkle, gebückte Gestalt, die da durchs Dorf stakste, sah aus wie etwas aus ihrem Schattengesetz, dachte Hawklan.

Tirilen bezauberte sie, beinah. Hawklan entdeckte eine durchdringende Friedlichkeit in Tirilens Benehmen, was ihn stolz und traurig zugleich stimmte. Die Verantwortung als Heilerin des Dorfs hatte die Einstellung der Menschen ihr gegenüber unterschwellig verändert, doch die tiefe, neue Gesetztheit kam hauptsächlich aus Tirilen selbst, eine Blume, die nach den Turbulenzen des Frühlings zur sommerlangen Blüte gereift war. Obwohl die Neuigkeiten auch Tirilen verwirrten und verletzten, legte sie die gleiche eigenartige, gefaßte Erleichterung an den Tag, die die anderen Orthlundyn gezeigt hatten. Guldas mißbilligender Musterung stellte sie sich auf eine sowohl heitere als auch entschlossene Art, die der alten Frau ganz neue Grunzlaute entlockte. Manche wollten in Hawklans Ohren gar wie ein Kompliment klingen.

Loman dagegen traf es wesentlich schlechter; er wirkte alles andere als entzückt über Guldas Auftauchen. Hawklan hatte den Eindruck, der gewaltige Mann mit der Brust wie ein Faß verstecke sich hinter den Röcken seiner Tochter, doch Gulda winkte ihn herbei und nagelte ihn mit blauäugigem Blick und Stock gegen eine Wand. Auf ihrem Gesicht zeichnete sich eine Reise zurück in die Vergangenheit ab. Dann verengten sich ihre Augen, das Ziel war erreicht.

»Der junge Loman, nicht wahr?« äußerte sie. Loman hüstelte, nickte und lief rot an. Gulda schürzte die Lippen und kniff die Augen noch ein bißchen mehr zusammen. Der Stock tippte zweimal auf seine Brust. »Diesmal passe ich besser auf dich auf, junger Mann.«

Das war alles. Loman räusperte sich und ließ den Blick unsicher in die Ferne schweifen. Gulda warf Tirilen, die sich bemühte, angesichts der Verlegenheit ihres Vaters nicht zu breit zu grinsen, einen weiteren Blick zu.

»Hrmph. Du kommst nach deiner Mutter, Kind«, erklärte die Alte, wandte ihnen den Rücken zu und ging.

Gulda war es schließlich, die die Prozession den steilen, gewundenen Weg zur Burg hinan anführte. Diesmal bot Hawklan ihr an, auf Serian zu reiten, obwohl sie nicht einen Schritt langsamer geworden war. Der Stock zuckte drohend.

»Wollt Ihr mich zum Gespött der Leute machen, junger Mann?« bekam er umgehend seine Antwort. Hawklan verkniff sich eine Antwort, wußte aber inzwischen ziemlich genau, wann er sich auf Treibsand befand und jeder weitere Schritt ins Verderben führen mußte. Wortlos marschierte er an ihrer Seite und lauschte ergeben ihrem Grunzen und Schnauben.

Viele der anderen ritten, doch niemand fühlte sich bemüßigt, Gulda zu überholen.

Gavor sah erschöpft von oben aus einem gemütlichen, verwinkelten Erker über den Dachtraufen auf die näherziehende Schar hinab. Die Spitze der fernen, schlurfenden Prozession gab ihm Rätsel auf. Obwohl er ein Auge schloß und sich scharf konzentrierte, gelang es ihm nicht, die beiden schwarzen Bilder in eins verschmelzen zu lassen. Er warf einen vorwurfsvollen Blick auf die Gestalt seines ›Freundes‹, die zufrieden im staubigen Sonnenlicht döste; er murmelte etwas von Enthaltsamkeit, um sich dann vorsichtig zu recken und einige widerborstige Federn zu glätten. Seine Gefährtin öffnete ein Auge.

»Gavor«, flötete eine zärtliche Stimme, in der unmißverständliche Andeutungen mitschwangen.

Gavor tat so, als habe er die Aufforderung nicht gehört und blinzelte angestrengt den Turm hinunter.

»Gavor.« Dringender nun schon.

Gavor kämpfte mit sich. Nach unten fliegen und Hawklan begrüßen oder ...?

»Gavor ...?«

Andererseits würde ihm in seiner augenblicklichen Verfassung vermutlich nicht mehr einfallen, wie man fliegt, bevor er auf den Boden aufschlug. Er sah sich um.

»Diese Sporen gefallen dir wirklich, nicht ...?«

Es gab viele Säle in Anderras Darion, die die Menge hätten aufnehmen können, welche Gulda und Hawklan durch das Große Tor führten, doch Hawklan wählte einen der Innenhöfe. Vordergründig, weil das Wetter an diesem Tag zu schön war, um drinnen zu sitzen, selbst in den luftigen Hallen von Anderras Darion, doch tief in seinem Herzen verlangte es ihn nach offenem Himmel und hellem Tageslicht als Zeugen für das, was zu sagen war. Später war dann Zeit genug für einengende Steinwände und flackernde Schatten. Diese Angelegenheit würde nicht auf einer einzigen Sitzung entschieden werden.

Loman schützte sein Amt als Burgvogt vor, um wenigstens den Anschein von Würde zu bewahren bei seiner Flucht vor Guldas bohrendem Blick, und bald liefen Lehrlinge mit Speisen und Getränken zwischen den Besuchern umher, angetrieben sowohl von Neugier als auch vom ungewohnten Eifer ihres Meisters.

Gulda nahm unzeremoniell auf einem großen Steinblock in der Hofmitte Platz, beugte sich vor, bis sie beinahe herunterrutschten, und stützte ihr Kinn auf ihre langgliedrigen Hände, die sie auf ihrem Stock zusammenfaltete.

»Ich höre«, wandte sie sich an Hawklan. Dann schlossen sich ihre Augen.

Die Orthlundyn waren ein geduldiges Volk. Isloman und Hawklan waren nicht mit Fragen belästigt worden, nachdem sie verkündet hatten, alles werde zu gegebener Zeit ausgiebig besprochen werden. Doch nun, gefüttert und ein bißchen ausgeruht, begannen Sorge und Neugier hervorzusprudeln wie Wasser aus einem Quell. Zweimal hob Hawklan die Arme, um den wachsenden Lärm zu beschwichtigen, doch ohne Erfolg. Dann bemerkte er, wie Guldas langer Zeigefinger ungeduldig auf den Rücken ihrer anderen Hand zu klopfen begann. Besser, ich züchtige sie, als du, dachte er.

»Genug«, brüllte er, und seine Stimme trug weit über den Hof, bis hoch zu den Dächern, von denen sie in den Himmel hinaufstieg.

Da oben taumelte ein zerzaustes schwarzes Bündel aus einer Nische in den Dachtraufen eines der höheren Türme.

»Genug«, rief Hawklan erneut und sprang auf den Stein

neben Gulda. »Setzt euch, bitte setzt euch alle. Isloman und ich werden euch erzählen, was vorgefallen ist, dann können wir entscheiden, was zu tun ist.«

In seiner Stimme war etwas, das jeden Widerspruch erstickte. Die Menge verstummte.

»Setzt euch, meine Freunde«, wiederholte er, nun schon freundlicher. »Wie ihr wißt, müssen wir über üble Dinge sprechen, und ich fürchte, ich habe ebenso viele Fragen wie ihr.«

Wenige Augenblicke später hatte offenbar jeder etwas zum Sitzen oder Liegen gefunden, entweder auf den Stühlen und Bänken, die die Lehrlinge herausgeschafft hatten, oder auf dem weichen Rasen, der den Hof umschloß. Hawklan sprang wieder von dem Stein und setzte sich neben die gebückte, dunkle Gestalt von Gulda. Er ließ den Blick über die versammelten Gesichter schweifen.

Ruhig und in schlichten Worten berichtete er alles, was ihm und den anderen seit dem Besuch des Kesselflickers passiert war, wobei er nur die unglaublichsten Einzelheiten seines Aufenthalts auf dem Gretmearc ausließ. Er schloß mit ihrem Abschied von Idrace und Fel-Astian.

Nachdem er seinen Bericht beendet hatte, setzte ein langes Schweigen ein, als lauschten die Berge selbst. Ihm war, als könne er die weißen Wolken über ihren Köpfen dahinziehen hören, und er widerstand der Versuchung, den Blick zu heben und nach einem Viladrien Ausschau zu halten.

Eine kleine schwarze Unterbrechung gab es, und Gavor landete unsicher auf einem Stein neben Hawklan. Er schwankte leicht.

»Haben sie ihre Toten mitgenommen?« fragte schließlich einer der Ältesten. Seltsam klang seine Stimme nach dem langen Schweigen.

»Ja«, erwiderte Hawklan leicht verdutzt. »Und die Leichen der Fyordyn auch.«

Viel erleichtertes Kopfnicken ging durch die Menge.

»Ich bezweifle, daß sie sich groß um ihre Toten kümmern«, erklärte Hawklan in leicht erstauntem Tonfall. »Sie haben sie vermutlich nur mitgenommen, um ihre Spuren zu verwischen.«

Das rief mäßige Heiterkeit hervor.

»Hawklan«, sagte ein Mann freundlich. »Du bist nun schon über zwanzig Jahre bei uns, doch in gewisser Weise bist du immer noch blind. Kein Ausländer vermag die Spuren seines Aufenthalts in Orthlund zu verwischen.«

Hawklan gestikulierte vage. »Selbst wenn das so ist, haben sie doch ihre Toten aus diesem Grunde entfernt. Um Entdeckung zu vermeiden, nicht um ihnen ein würdiges Begräbnis zuteil werden zu lassen.«

»Die Toten kehren zur Erde zurück, ganz gleich, wo sie fallen«, bemerkte ein anderer Ältester achselzuckend. Für Hawklan klang diese Bemerkung ausgesprochen hart, doch unter den anderen rief sie keine andere Reaktion als gelegentliches Kopfnicken hervor.

»Doch es ist besser, daß die Getöteten nicht in Orthlund liegen«, schloß der Mann unter allgemeiner Zustimmung.

Wieder fühlte Hawklan sich allein; getrennt von den Wurzeln dieses Volks.

Ein anderer ergriff das Wort. »Die Toten singen nun ihr neues Lied. Wir müssen uns um die Lebenden kümmern.« Der Sprecher war ein gebrechlicher Alter aus Wosod Heath. »Es gibt keinen Schatten ohne Licht.« Dann, völlig unvermittelt: »Hawklan, was sollen wir tun?«

Hawklan fuhr zusammen. Er hatte erwartet, seine Geschichte zu erzählen und dann bescheiden zurückzutreten, während die Ältesten diskutierten und entschieden, was zu tun sei.

»Ich weiß es nicht«, antwortete er nach einem unsicheren Zögern. »Ich bin Heiler. Ich weiß wenig von Geschichte und Überlieferungen, noch weniger von Fyorlund und am wenigsten von Mandrocs. Schon die Reise zum Gretmearc war ein Abenteuer für mich. Ich kann euch nicht raten.«

Wieder ergriff der Mann aus Wosod Heath das Wort. »Nein, Hawklan. Du bist mehr als ein Heiler. Es ist lange her, daß du in Wosod Heath warst, und ich kann die Veränderungen an dir sehen. Und wenn die Wahrheit berichtet wurde, mußt auch du selbst sie spüren. Du wist diesen Dan-Tor verfolgen, egal, was wir entscheiden, oder?«

Hawklan schwieg, das Haupt gesenkt.

Der alte Mann fuhr fort: »Schrecken ist über unser Land gekommen. Eine Krankheit ist in Fyorlund ausgebrochen, die sich verbreiten wird, wenn man ihr nicht Einhalt gebietet. Du bist unser Heiler. Deine Zeit ist gekommen. Die Stimme in deinem Inneren wird dich auf den rechten Weg führen. Sag du uns, was wir tun sollen. Dein Rat wird gut sein.«

Hawklan preßte die Finger gegen seine Schläfe. Er schwankte leicht. Einen kurzen Augenblick lang war er wieder in der Finsternis. Ein gräßliches Brüllen erfüllte seinen Geist, Finsternis überall, selbst der Himmel ein schwarzes Flackern. Und unter seinen Füßen ...? Mehr als das ... es war alles seine Schuld.

Er fühlte sich grundlos wütend. Er wollte diese Bürde nicht. Er wollte den Frieden und die Ruhe der letzten zwanzig Jahre wiederhaben. Diese Leute verlangten zuviel von ihm. Sie sollten ihre Hoffnungen nicht auf einen einzelnen Mann setzen.

»Nein, nein, nein, nein«, platzte es aus ihm heraus. »Ich kann nicht. Ich bin kein Führer, darum dürft ihr mich nicht bitten. Was ich auch bin, ich bin ein Ausländer. Ich besitze nicht eure Weisheit. Ich kann die meisten eurer Krankheiten und Verletzungen heilen, doch ich verstehe euch nicht, nicht wirklich. Ich kann euch nicht raten. Ich ...« Ihm gingen die Worte aus. »Ich kann diese Last nicht auf mich nehmen. Irgendwann, an einem anderen Ort, habe ich das Vertrauen anderer Menschen enttäuscht.«

Die letzte Bemerkung rief keinerlei Reaktion in der stillen Menge hervor. Schwankend erhob sich der alte Mann. Den Arm auf einen Lehrling gestützt, ging er langsam auf Hawklan zu. Kopfschüttelnd, voller Mitleid legte er ihm die Hand auf den Arm.

»Nein, Hawklan. In dir liegt kein Verrat. Vielleicht hast du einmal versagt. Bist gestrauchelt unter einer übermächtigen Bürde. Vielleicht hast du oder haben andere einen schrecklichen Preis dafür gezahlt. Wer kann das schon sagen? Aber nicht Verrat. Hab keine Furcht.«

Hawklan sah um sich, als suche er nach einer Fluchtmöglichkeit. »Vielleicht geschieht auch nichts mehr«, sagte er schwach, doch der Alte schüttelte den Kopf und lächelte traurig.

»Selbst ich kann hören, wie diese Krankheit zum Himmel schreit, Hawklan«, widersprach er.

Hawklan flocht die Finger ineinander. »Es ist ein Fehler, euer ganzes Vertrauen in einen einzigen Mann zu setzen«, flehte er.

»Das wissen wir«, erwiderte der Alte. »Und niemand wird dir blindlings folgen. Doch andere *sind* jemandem oder etwas blindlings gefolgt und haben Tod und Verwüstung über das Land gebracht, und wir haben keine Wahl. Wir lieben dich. Wir würden dich nicht darum bitten, wenn wir eine Wahl hätten.«

»Ich kann wieder straucheln, wieder fallen.«

Der alte Mann zuckte die Schultern. »Wenn du fällst, fällst du. Wir teilen die Schuld, dir diese Last aufgebürdet zu haben.«

»Aber ...«

»Es gibt kein Aber, Hawklan.«

»Warum? Warum ich?«

»Diese Frage wirst du dir mittlerweile selbst beantworten können, nehme ich an.« Das war Guldas Stimme, zornig und immer noch ungeduldig. »Dieser Dan-Tor will dich. Warum, bleibt noch unklar, doch er wird nicht ruhen, bis er dich hat, und er hegt keinerlei Skrupel, die zu vernichten, die du liebst. Du kannst nicht fliehen – sie im Stich lassen –, also mußt du dich ihm stellen. Niemand der hier Anwesenden kann dir das abnehmen.« Ihr Stock schwebte in einem weiten, zielstrebigen Kreis über die Versammelten. »Das ist dein dringlichstes Problem. Doch wenn du nicht spüren kannst, daß sich noch tiefere Dinge regen, dann bist du in der Tat ein Narr, und die Orthlundyn sind vom Schicksal böse an der Nase herumgeführt worden.«

Hawklans Lippen preßten sich grimmig zusammen, als er Guldas harte, gnadenlose Beschreibung seiner Lage hörte.

»Ja«, gab er wütend zurück. »Aber warum ich?« Und während er sich mit den Fäusten in die Brust schlug, benutzte er dieselben Worte, um eine andere Frage zu stellen. Warum sollte sich jemand solche Mühe geben, ihn zu fangen?

Irgendwo hoch oben, in einem der zahlreichen Türme, erklang eine Glocke. Ein einziger Schlag. Eine tiefe, friedliche Note. Die vielen Glocken von Anderras Darion läuteten selten, und nur in einem selbstgewählten Rhythmus.

Aller Augen wurden in die Höhe gezogen, während der Widerhall um die Türme und Minarette dröhnte, über Dächer und Bastionen von Wehrmauern, durch leere Hallen und Gänge, bis er wieder in den Hof zurückwallte und sich über die wartende Menge legte.

Gulda warf beide Arme in die Luft, als wolle sie die gesamte Burg umarmen. »Das beantwortet all deine Fragen, Hawklan – Schlüsselträger von Anderras Darion. Die Stimme der Festung selbst.«

KAPITEL 16

Wie Urssain bemerkt hatte, war die schamlos widerrechtliche Benennung ›Königliche Hochgarde‹ auf mehr Widerspruch unter dem gemeinen Volk von Vakloss gestoßen als die Auflösung des Geadrol, so daß Dan-Tor den Titel bei seinem Wiedererscheinen im Palast sofort als ›unglücklichen Irrtum eines jungen Beamten‹ deklariert hatte. Die neue Garde sei eine ihm unterstehende ›Übergangstruppe‹ und diene dazu, ›die Hochgarden der Lords von Routineverpflichtungen zu entlasten, damit sie sich besser mit den Problemen befassen konnten, die die Auflösung des Geadrol betrafen‹. Diese schwammige Ankündigung war in unverblümt apologetischen Wendungen abgefaßt und reichte aus, um den größten Teil des öffentlichen Unbehagens zu beschwichtigen. Die neue Garde, so ließ er weiter verlauten, heiße Mathidrin, abgeleitet von einem alten Fyordyn-Wort, welches ›Die, die gehen‹ bedeute. Ein oder zwei Gelehrten fiel auf, daß der Ausdruck in Wahrheit bedeutete: ›Die, die alles in Grund und Boden stampfen‹. Sie schrieben diese Fehlübersetzung allerdings der ›heutzutage allgemein verbreiteten Sprachunkenntnis‹ zu, und das Thema wurde nicht weiter erörtert.

Sylvriss, die aus einem hochgelegenen Fenster auf die unten im Hof exerzierenden Schwarzuniformierten herunterblickte, belegte sie mit einem Fluch, auch wenn jahrelange Übung in Selbstbeherrschung sie gelehrt hatte, sich keinerlei Regung anmerken zu lassen. Dann formte sie mit stummen Lippen ihren Namen. Als Riddintochter bis in den letzten Winkel ihres Herzens kannte sie sich zwar nicht so gut mit der alten Fyorlund-Grammatik aus, doch das Wort Mathidrin trug für sie einen unangenehmen Beigeschmack. Ihre Hauptsorge allerdings galt nicht dem Namen, sondern den Männern. Unablässig patrouillierten sie durch die Palastgänge, und der Zapfenstreich ihrer klackenden Stiefel kündigte ihr Erscheinen an und ließ das Echo ihres Abgangs bis in die letzte Kammer hallen. Selbst einer allein klang, als seien es zwanzig. Die Hochgarden waren zwar förmlich gewesen, doch sie hatten ihre Pflichten wirkungsvoll und störungslos ausgeführt. Aber diese Geschöpfe …

Unten öffnete sich eine Doppelflügeltür in den Hof, und eine kleine Eskorte marschierte durch die sonnenbeschienene Lücke.

… Und die Hochgarden waren auch nicht dauernd durch die Straßen gezogen, außer zu zeremoniellen Paraden. Diese Gardisten schienen das gerade zu genießen. Die Leute gnadenlos aus dem Weg zu scheuchen. Warum? Es war so überflüssig. Doch sie wußte, daß Dan-Tor nichts Überflüssiges tat.

Als sie die Patrouille aufmarschieren sah, fiel ihr eine Antwort ein.

Die engen, verwinkelten Gassen um den Palast waren immer bevölkert und geschäftig, und die häufigen Streifen der Mathidrin provozierten durch ihr arrogantes Auftreten immer mehr Ausbrüche erzürnter Bürger. Ausbrüche, die bereits mit einem gewissen Maß an Gewalt niedergeschlagen wurden. Schon begannen die Mathidrin, Furcht um sich zu verbreiten. Noch einmal: warum?

Und Dan-Tor hatte *sie* zu ihrem Ehrenkommandanten ernannt! Sie verzog ihr Gesicht voller Abscheu über diese unwillkommene, aber nicht abzulehnende Ehre.

Der Anführer der Patrouille unten im Hof schwang sich von seinem Pferd. Ich habe Schweine gesehen, die besser ritten, dachte Sylvriss. Dann beugte sie sich vor und betrachtete das Tier mit Kennermiene. Nicht schlecht. Bestimmt noch viel zu gut für diesen ungeschickten Lümmel, der es geritten hatte, auch wenn es kein Aufgebot-Pferd war; doch nur wenige Tiere kamen den Aufgebot-Pferden an Ausdauer, Stärke, Schnelligkeit und Intelligenz gleich. Der Gedanke versetzte ihr einen Stich: Heimweh.

Obwohl sie immer noch mit ihrem Vater in Verbindung stand, hatte sie ihn doch seit Jahren nicht mehr gesehen, und manchmal vermißte sie ihn sehr. Dann erinnerte sie sich daran, wie sie als Kind an der Seite ihres Vaters auf einem guten Aufgebot-Pferd geritten war, mühelos Meile um Meile über die weiten, offenen Weiden von Riddin geflogen war, den Wind im Gesicht, unter sich das rhythmische Stampfen der Hufe; sie erinnerte sich an das erhebende Gefühl von Einheit, nicht nur mit ihrem Pferd, sondern auch mit ihrem Vater und dessen Pferd, mit all den anderen Reitern. Die Erinnerung erfüllte sie mit neuer Kraft.

Der Reiter unten hatte sein Tier achtlos der Obhut eines Pferdeburschen überlassen und war in ein Gespräch mit einem der anderen Offiziere vertieft. Ein Reiter sollte sein Tier selbst versorgen, dachte sie zornig, aber wenigstens kümmern sie sich jetzt ein bißchen mehr um sie. Ihr Zorn wandelte sich in Befriedigung, als sie an ihren Wutanfall dachte, nachdem sie einen von ihnen dabei ertappt hatte, wie er ein Pferd schlug.

Angelockt von den Schreien des Mannes und des Tieres, hatte sie mitansehen müssen, wie ein Offizier ein Pferd mit der Lederpeitsche traktierte. In ihrer gleißenden Wut hatte sie den Habitus einer Königin über Bord geworfen, die Peitsche im Rückschwung ergriffen und sie dem Mann mit einem kraftvollen Hieb über den Rücken gezogen. Als er herumgewirbelt war, hatte sie ihm die Peitsche ins Gesicht geworfen. Der Mann erhob automatisch seine geballte Faust, bevor er seinen Angreifer identifiziert hatte – sein zweiter Fehler an jenem Tag. Nicht, daß er die Hand gegen seine Königin erhoben hatte, sondern daß er sie gegen eine ausgebildete Frau des Aufgebots erhob.

Seine augenscheinliche Angriffsbereitschaft hatte in Sylvriss einen alten Reflex aus ihren Trainingstagen geweckt. Ohne zu zögern hieb sie ihm die ersten beiden Knöchel ihrer fest geballten Faust zwischen Oberlippe und Nase und legte ihr gesamtes Körpergewicht in den Schlag.

Sylvriss lächelte, während sie oben auf ihrem Fenstersims saß, eins ihrer seltenen Lächeln in jenen Tagen, und ließ die Finger der rechten Hand spielen. Sie war mehrere Tage lang geschwollen gewesen und hatte böse geschmerzt, doch dieser Schmerz war ihr beinah köstlich vorgekommen. Sie wünschte, all ihre Probleme ließen sich so leicht lösen.

Der Mann war mehrere Schritte rückwärts getaumelt, bevor seine Beine unter ihm nachgegeben hatten; gekrümmt saß er dann im Staub, die Augen vor Schreck weit aufgerissen, die Kinnlade herunterhängend. Er umklammerte seinen Kopf mit beiden Händen und rüttelte ihn, um das Dröhnen in seinem Schädel zu vertreiben. Erst später hatte ihm jemand erzählt, was passiert war. Die anderen Männer hatten stramm gestanden, gelähmt durch ihren eiskalten Blick.

»In Zukunft«, erklärte sie nachdrücklich, »werdet Ihr Eure Pferde anständig behandeln. Ist das klar?«

Ihre Stimme hatte mehr Drohungen enthalten als die des

schärfsten Drill-Feldwebels, und obgleich der Vorfall offiziell totgeschwiegen wurde, hatte die Nachricht sich wie ein Lauffeuer verbreitet, durch Kasernen und Staatsgemächer gleichermaßen. Danach war eine merkliche Verbesserung im Umgang der Mathidrin mit ihren Pferden zu beobachten gewesen.

Doch so schien in diesen Tagen alles zu sein. Fast jeder Aspekt des öffentlichen Lebens wurde durch einen unausgesprochenen Befehl bestimmt. Wo einst ein furchtloser, ehrlicher Diskurs stattgefunden hatte, verliefen nun Strömungen und Unterströmungen von Klatsch und Intrige schmutzig und tief, gefährlich für Menschen, die nicht so hoch standen wie sie, fürchtete Sylvriss.

Es war ihrem Wesen fremd, in solch trüben Wassern zu fischen, doch das war Dan-Tors Werk, und ihr blieb keine Alternative, wollte sie nicht am Ende isoliert und unwissend dastehen, was, wie sie ahnte, Dan-Tors Absicht entsprach. Sie wußte nur allzu gut, daß die Zuneigung, die viele ihr entgegenbrachten, ein permanenter Stachel in Dan-Tors Fleisch war, doch nun erst hatte sie begonnen, das als Waffe zu gebrauchen.

Ironischerweise hatte ihr der wohlplazierte Fausthieb gegen den Mathidrin-Offizier dabei geholfen, indem er ihr Respekt bei Freund und Feind verschafft hatte. Und sichtbar hatte er Dan-Tors Plänen, die Mathidrin als Kavallerie auszubilden, den Todesstoß versetzt.

Traditionell wurden die Hochgarden sowohl als Kavallerie als auch als Infanterie und Einzelkämpfer ausgebildet. Die besten Hochgardisten wie die von Lord Eldric stellten eine bemerkenswerte Streitmacht dar. Dan-Tor hatte versucht, dieser Ausbildung bei seinen Mathidrin nachzueifern, doch frühe Versuche, auch Reiterschaft mit einzubeziehen, hatten gezeigt, daß noch ein steiniger Weg vor ihnen lag – ein Weg ohne Erfolgsgarantie. Er hatte eher halbherzig auf seinem Plan bestanden, doch die Aktion der Königin hatte ihn an das Riddin-Aufgebot gemahnt, und dieser Vergleich hatte letztendlich den Ausschlag gegeben.

Der Verlust der Kavallerie störte ihn nicht allzusehr, da man aus den Mandrocs immer noch eine massive und starke Infanterie bilden konnte. Doch obgleich die Aufgabe seines ursprünglichen Plans eine logische und stimmige Entscheidung war, blieb doch ein winziger, nagender Zweifel zurück, ob ihn vielleicht die Furcht vor dem beißenden, wenn auch unausgesprochenen Spott der Königin über ein solches Unternehmen dazu gebracht haben könnte. Hatte sie nicht sogar die Hochgardisten selbst mit ihren ›ungeschickten Reitkünsten‹ aufgezogen? Die Möglichkeit, daß ein solcher menschlicher Zug in ihm immer noch so eine wichtige Entscheidung beeinflussen konnte, ärgerte ihn zutiefst.

Sylvriss wandte sich vom Fenster ab und begab sich zu dem Sessel, in dem ihr Gemahl schlief. Seine Polster zeigten Szenen aus Fyorlunds Geschichte, und der schlafende Kopf des Königs wurde von Kriegern in Eisenrüstungen umrahmt, die die brodelnden Horden Sumerals bekämpften – Menschen und Mandrocs. Die Webarbeit war alt und kunstvoll, das Polster jedoch abgewetzt von den Häuptern vieler Könige, so daß viel von den feineren Einzelheiten verlorengegangen war. Doch selbst jetzt noch blieb die Kraft des ursprünglichen Entwurfs erhalten. Die grimmige Entschlossenheit von Ethriss' Garde, der verzweifelten, hemmungslosen Wildheit ihres Feindes Einhalt zu gebieten. Die schreckliche, wenn auch unsichtbare Präsenz Sumerals und die gleichermaßen schreckliche Präsenz von Ethriss, der all sein Wissen und seine Weisheit, seine Hoffnung und seinen Glauben in diese letzte, grauenvolle Schlacht warf.

Sylvriss beugte sich vor und sah sich vorsichtig den Sessel an, indem sie zart die Finger über das Gewebe gleiten ließ. Bildete sie sich das ein, oder verblich das Bild jetzt schneller? Ein oder zwei Stellen schienen gespannt und zerschlissen aus, was sie vorher nicht bemerkt hatte.

Der König erwachte abrupt, doch ohne das furchtsame Aufschrecken, das sein Erwachen so häufig begleitete. Er sah auf in das Gesicht seiner Gattin und lächelte. Sie küßte ihn zärtlich, zog seine Hand um ihren Kopf und schmiegte ihre Wange an seine für einen langen, stillen Moment.

»Verzeih, daß ich dich geweckt habe«, sagte sie.

Rgoric lächelte. »Ein wundervolles Erwachen«, sagte er. »Voller Frieden und Stille. Wie damals, als ich ein kleiner Junge war – ich wachte auf und wußte, daß Ferien waren. Kein Unterricht, keine zeremoniellen Pflichten, die meine Anwesenheit erforderten.« Sein Tonfall war milde ironisch. »Nichts zu tun. Sicher in den Armen eines strahlenden Sommermorgens, die Liebe meiner Eltern und eine Welt, in der alles im Lot war. Vollendung. Ein Tag vor mir, um mit meinen Freunden zu spielen oder mit meinem Vater auszureiten oder allein in den Parks und Wäldern umherzuschlendern oder einfach nur meinen Tagträumen nachzuhängen.«

Sylvriss' Herz rief nach ihm und weinte um ihn. Er war so selten in dieser gelösten Stimmung, und jetzt hatte sie ihm nichts zu sagen, nichts, was ihn zu jenen verlorenen Tagen zurückbringen konnte, als der Faden seines Lebens noch so sicher verwoben gewesen war. Alles, was sie tun konnte, war, den Mann zu lieben und zu hoffen, daß sie ihn so irgendwie beschützen konnte. Sie wußte, daß er ihr bald wieder entgleiten würde, um in einen jener finster brütenden oder manisch hochgestimmten oder von wildem Verfolgungswahn gekennzeichneten Zustände zu verfallen. Traurigerweise hatte gerade diese gelegentliche Rückkehr zur Normalität die angespannten Linien in ihr Gesicht gezogen. Ihn so zu sehen, wenn auch ein bißchen verloren und kläglich, und zu hoffen, es möge andauern, dabei zu wissen, daß diese Hoffnung sich nicht erfüllen würde, war eine bittere Last für sie.

Um so mehr hatte sie gezögert, wieder das alte Banner aufzunehmen, das so lange schlaff in ihrer Hand gelegen hatte, jetzt aber wieder neu vor ihr erschienen war, geisterhaft und schwach flatternd.

Die Auflösung des Geadrol durch Rgoric und die Verhaftung der vier Lords hatten beträchtliche politische Unruhen verursacht und nahmen einen großen Teil von Dan-Tors Zeit in Anspruch. Während er die vielen Schiffchen der Intrige dirigierte, die umherirrende Fäden des Zweifels und der Gerüchte in ein Muster nach seinem Plan weben sollten, hatte *ein* Kettfaden sich von seinem Muster getrennt und war unbemerkt von seinem Webstuhl gefallen. Er vernachlässigte den König.

Beinahe gegen ihren Willen hielt Sylvriss nun das Banner hoch und hatte es wieder in ihrem Herzen verankert.

Die Aufmerksamkeit, die Dan-Tor dem König zuteil werden ließ, beschränkte sich darauf, ihn ruhig und stabil zu halten, so daß er ihn ungefährdet sich selbst überlassen konnte. Ein konfuser, schwatzhafter Zustand konnte im Augenblick nur Nachteile bringen. So kam es, daß die Perioden der Normalität beim König häufiger wurden, und das wiederum überzeugte Sylvriss davon, daß der wahre König, ihr König, immer noch unversehrt unter den verheerenden Auswirkungen seiner Krankheit schlummerte; falls es denn eine Krankheit war oder je gewesen sein sollte. Es war wie der Anblick des Strandes für einen Ertrinkenden zwischen haushohen, aufgewühlten Wellen. Ermutigung. Es gab ihr Kraft und Stärke.

Langsam und systematisch hatte sie damit begonnen, die Arzneien zu reduzieren, die Dan-Tor für den König herstellte. Langsam war das Wort der Stunde, und sie sprach es beschwörend aus, wenn eine winzige Veränderung eintrat, sei es zum Guten oder zum Schlechten. Die Erfahrung hatte ihr die Risiken von Depression und manischer Hochstimmung vor Augen geführt. Diese Gelegenheit konnte gut ihre letzte sein, und jugendliche Ungeduld hatte hier nichts zu suchen. Nun brauchte sie eine starke Hand und ebensolche Nerven, wenn sie ihren Gemahl zurückgewinnen wollte.

Unbeirrbar log sie über Rgorics Zustand, wenn Dan-Tor sich danach erkundigte. Sie spielte das unwissende Stallmädchen, das ohnmächtig die Hände rang. Hart riß sie sich zusammen, wenn Dan-Tor ihr Werk mit einer beiläufig eingeflößten Dosis zunichte machte und den jammernden König wieder ruhigstellte. Rücksichtslos setzte sie die persönliche Hochachtung ein, die sie überall genoß, um sich in die Netze der Intrige einzuschleichen, die Palast und Stadt umspannten, bis nur noch wenige Informationen an Dan-Tors Ohr drangen, die sie nicht auch bereits kannte.

Du bist nach Fyorlund gekommen wie der stille Dolch eines Mörders, dachte sie, doch ich werde seine Spitze von seinem Herzen abwenden, und wenn es meinen Tod bedeutet. Tief in ihrem Innern, unsichtbar, ruhte der finstere Gedanke, daß sie dafür wahrscheinlich *ihn* würde töten müssen.

Sie warf Rgoric ein zärtliches Lächeln zu. »Ich weiß, was du denkst«, sagte sie. »Doch ich glaube, solche Tage werden uns geschenkt, damit wir später von ihnen zehren können. Ich glaube, wir vergessen dabei die Väter, die sich über unser Trödeln aufgeregt haben oder den Zank mit den Freunden und die Insekten und all das kriechende Ungeziefer in den Parks und Wäldern.«

Rgoric blickte sie an. Sie spürte, daß er kurz davor war, mit beleidigten Vorwürfen auf ihre realistische Antwort auf seine zarten Erinnerungen zu reagieren; ein Hauch von Panik regte sich in ihr, denn schon eine solche kleine Verschlechterung konnte ihn ihr wieder entfremden und in eine seiner finsteren, undurchdringlichen Depressionen stürzen. Das hatte sie schon zu oft mitansehen müssen.

Spontan kicherte sie los und schlug sich mädchenhaft die Hände vors Gesicht. Rgorics Gesichtsausdruck schlug in Verwirrung um.

»An jenem Nachmittag im Obstgarten meines Vaters haben wir uns nichts aus den Kriechtieren gemacht, nicht wahr?« sagte sie und schaute ihn verschwörerisch an. Rgorics Gesicht verdüsterte sich kurz, dann schien er sich von dem selbstzerstörerischen Abgrund zu entfernen und wieder in eine glücklichere Vergangenheit zu treiben. In eine Zeit mit weichem, federndem Grasboden, voll vom Duft reifender Früchte, ein wunderschönes schwarzhaariges Mädchen an seiner Seite, das so verliebt in ihn war wie er in sie. Er lächelte und kicherte heiser.

»Frau«, sagte er in gespieltem Ernst, »nimm dich zusammen.«

Dann teilten sie etwas, was sie schon lange nicht mehr geteilt hatten. Sie lachten. Ein schallendes Gelächter, das verschmolz und sich verflocht und den Raum erfüllte wie ein Rauchopfer an ältere und fröhlichere Götter, ein Gelächter, das funkelte und glitzerte. Die blitzende Schneide des tödlichen Dolches, den Sylvriss für Dan-Tors schwarzes Herz schliff.

KAPITEL 17

Tief unter dem schallenden Gelächter von Sylvriss und Rgoric befand sich eine winzige Zimmerflucht, die früher als Dienstbotenunterkunft gedient hatte. Nun war es das Gefängnis für die Lords Eldric, Arinndier, Darek und Hreldar, die sich seit ihrer Verhaftung dort befanden.

Das grelle Licht von Dan-Tors Kugeln konnte die trübsinnige Atmosphäre nicht aufhellen, die in den spärlich möblierten Räumen herrschte. Die Kerkerhaft der Lords abseits von Tageslicht und frischer Luft begann ihre Wirkung zu erzielen.

Eine Zeitlang hatten sie verlangt, vor dem Geadrol sprechen zu dürfen, doch ihre hartköpfigen Mathidrin-Wächter behandelten sie mit einer Gleichgültigkeit, die niederschmetternder war als jeder Fluch und jede Mißhandlung. Im Laufe der Wochen machte sich ein Gefühl der Ohnmacht und Sinnlosigkeit in ihnen breit wie Feuchtigkeit in den Wänden eines alten Kellers.

Rein körperlich schien Hreldar am meisten unter der Gefangenschaft zu leiden. Sein rundes Gesicht wurde zusehends schmaler, sein gutmütiges Wesen ernst bis mürrisch. Noch beunruhigender für seine Freunde war, daß ein Ausdruck in seine Augen trat, den sie nie zuvor an ihm gesehen hatten, nicht einmal damals, als sie Seite an Seite gegen die Morlider ins Feld gezogen waren. Es war eine grimmige, fast besessene Entschlossenheit.

Eldrics Befindlichkeit jedoch bereitete ihnen die größten Sorgen, denn obwohl die Verschlechterung seines körperlichen Zustands nicht so ernst war wie die von Hreldar, so schien er doch um Jahre gealtert zu sein, als sei etwas in seinem Innern unwiderruflich zerbrochen. Kaum hatte sich die Zellentür hinter ihnen geschlossen, als sein Benehmen sich zu verändern begann. Selbst sein anfängliches Wüten und Brüllen hatte schon eine Spur verzweifelter Gereiztheit enthalten. Eines Morgens lag er reglos auf seiner Pritsche, das Gesicht zur Wand gedreht, und von da an bereitete es seinen Freunden größte Mühe, ihn auch nur zur Verrichtung der einfachsten Alltagserfordernisse zu bewegen.

Auch Arinndier war bekümmert und sorgenvoll geworden, wenn auch eher wegen des Zustands seiner Freunde als wegen der eigenen Einschränkungen.

Nur Darek mit seinem hageren Gesicht und sehnigen Körper, mehr den Freuden des Studierens als des Schlachtfeldes zugetan, schien unberührt von ihrer Gefangenschaft zu bleiben. Seine Analyse ihres Verhaltens war hart.

»Da wir uns wie die Kinder aufgeführt haben, müssen wir es uns auch gefallen lassen, als solche behandelt zu werden«, erklärte er, während er auf einer groben Holzpritsche saß, mit dem Rücken an die Wand gelehnt, neben sich den zusammengesunkenen, teilnahmslosen Eldric.

Hreldar sah ihn stumm an, mit unverbindlicher, aber seltsam aufmerksamer Miene. Arinndier dagegen, der ihm gegenüber saß, blickte finster. »Kinder?« fragte er.

Darek schaute ihm in die Augen und begann, die einzelnen Gründe an seinen dünnen, peniblen Fingern aufzuzählen. »Wer außer Kindern würde auf die Idee kommen, die Auflösung des Geadrol könnte etwas anderes als Wahnsinn oder Verrat sein? Wer außer Kindern würde auf die Idee kommen, vier von uns mit einer eher symbolischen Eskorte könnten entweder mit solchem Wahnsinn verhandeln oder solchen Verrat niederschlagen? Wer außer Kindern würde diese ... diese Garden durch die Stadt marschieren sehen, die sich Königliche Hochgarde nennen, und nicht an Verrat glauben? Und wer außer Kindern würde auf die törichte Idee verfallen, wir könnten uns ins Zentrum dieses Wahnsinns begeben und erwarten, unbehelligt wieder herauszumarschieren?«

Arinndier mußte seiner Argumentation widerwillig beipflichten, doch seine Erwiderung klang ungeduldig. »Jeder Trauernde sieht das Offensichtliche, Darek. Wir haben uns korrekt verhalten. Umsichtig und gesetzesgetreu. Wir konnten nicht vorhersehen, was dann geschah.«

Dareks Finger fuhr anklagend in die Höhe, und der harte Klang seiner Stimme senkte sich über den kleinen, kahlen Raum. »Wir sind Lords von Fyorlund, Arin. Treuhänder des Gesetzes und des Volks. Es ist unsere Pflicht, vorausschauend zu sein – weiter in die Zukunft zu blicken als die gewöhnlichen Leute. Wie groß hätte das Warnzeichen für uns denn sein müssen? Was könnte schwerwiegender sein als die Auflösung des Geadrol?«

Arinndier war nicht in der Stimmung für Vorwürfe. »Was sonst hätten wir denn tun sollen, in Ethriss' Namen?« zischte er zurück.

Darek beugte sich vor. »Wir hätten unsere Hochgarden aufbieten, die Reserve einberufen und in die Stadt einmarschieren können!«

Arinndiers Gereiztheit fiel von ihm ab, und er starrte Darek verblüfft an. Von allen Männern war Darek – Rechtsgelehrter Darek – der letzte, von dem er erwartet hätte, daß er den Aufruhr predigte. Lange sahen die beiden Männer einander in die Augen.

Schließlich senkte Arinndier den Kopf. »Du bist zu lange in diesen trübsinnigen Räumen, Darek«, sagte er gelassen. »Welche Rechtfertigung hätten wir für einen solchen Schritt gehabt? Du wärst doch der erste gewesen, der gejammert hätte, Gewalt würde die Grundfesten des Gesetzes erschüttern.«

Ein zorniger Ausdruck huschte über Dareks Antlitz, dann wurde seine Stimme wieder ruhiger. »Arin, alter Freund, hör mir gut zu. Gewalt ist sowohl der Existenzgrund des Gesetzes als auch seine Basis. Die Menschen haben das Gesetz geschaffen, um die Gewalt zu kontrollieren, da Gewalt ein übler Weg ist, etwas zu tun. Sie haben es über Jahrhunderte bitteren Lernens geschaffen, um sich und ihre Nachkommen vor den dunklen Seiten der menschlichen Natur zu schützen. Und wenn du seine Weisheit ignorierst, wirst du dich schutzlos dieser dunklen Seite gegenübersehen und geradewegs ins blanke, gnadenlose Schwert der Menschen laufen.«

Arinndier rutschte unbehaglich auf seinem Platz umher.

Darek ergriff abermals das Wort. »Denk doch einmal darüber nach, Arin. Wenn das Gesetz selbst von jenen angegriffen wird, die es schützen sollen, was bleibt uns dann übrig? Und ich wiederhole, welchen schlimmeren Angriff auf das Gesetz könnte es geben als die Auflösung des Geadrol? Und da wir das wußten, Arin, warum haben wir uns nicht entsprechend verhalten? Wie konnten wir unsere Gesichter abwenden, wie Eldric es jetzt tut, und vorgeben, daß nichts geschehen sei?« Er beugte sich vor, und Arinndier hob den Blick. »Wir sind die Schwertträger des Gesetzes, Arin«, fuhr er fort. »Und wir haben unsere Pflicht nicht erfüllt. Wir haben versagt. Wer weiß, welche Macht uns verblendet hat? Doch nun sind wir eingepfercht wie Schlachtvieh, und Dan-Tor kann mit uns verfahren, wie es ihm beliebt. Wir müssen fliehen. Wir müssen uns gegen ihn wenden, oder wir sind für immer verflucht.«

»In der Tat.« Die Stimme war grimmig und kraftvoll.

Darek und Arinndier fuhren zusammen, und selbst Hreldar hob erstaunt den Kopf.

Die überraschende Wortmeldung kam von Eldric.

Arinndier schaute dem alten Lord eindringlich ins Gesicht. Eldric richtete sich langsam auf und erwiderte seinen Blick. In seinen Augen war wieder Leben, und es wollte Arinndier scheinen, als falle der Alterungsprozeß, den die

Gefangenschaft in Gang gesetzt hatte, zusehends von ihm ab. Dareks Feuerstein hatte einen Funken geschlagen in der eisernen Seele des alten Mannes. Arinndier fühlte einen Kloß in der Kehle.

»In der Tat«, wiederholte Eldric, bevor einer der anderen das Wort ergreifen konnte. »Einmal haben wir versagt, doch das darf sich nicht wiederholen.«

»Eldric«, sagte Arinndier, das Gesicht von widerstreitenden Gefühlen verzerrt, die Hand nach dem Freund ausgestreckt.

Eldric hob die Hand, eine Geste, die jegliche Frage verbat. »Ich war fort«, erklärte er kalt. »Es wird nicht wieder passieren.«

Arinndier sah ihn an und erinnerte sich an den Eldric, der Zuneigungsbekundungen gegenüber immer reserviert gewesen war; an den Eldric, der es immer vorgezogen hatte, seine Wunden allein zu lecken wie ein verletztes Tier. Allmählich gewann er seine Fassung wieder, und er nahm Eldrics erste Bemerkung auf, als sei die zweite nie ausgesprochen worden, obwohl er es nicht verhindern konnte, daß Freude und Erleichterung sich auf seinem Gesicht abzeichneten.

»Du hast womöglich recht«, räumte er ein. »Aber was können wir tun? Wir wissen nicht, was draußen vor sich geht. Wir wissen ja nicht einmal, warum wir verhaftet worden sind. Vielleicht sind die anderen Lords ...«

»Die anderen Lords zaudern, wie wir einst«, unterbrach ihn Hreldar; seine Stimme klang geringschätzig. »Dan-Tor wird sie mit Lügen und Gerüchten gängeln. Erzählt ihnen vermutlich, es würde einen Prozeß geben oder so einen Unfug – uns wegen Hochverrats anzuklagen –, und das sei der Grund für die Auflösung des Geadrol durch den König. Er wird sie sich einen nach dem anderen vorknöpfen. Sie werden die Faust nicht einmal sehen, wenn sie auf sie herabfährt.«

Arinndier zuckte unter Hreldars barschem Tonfall zusammen. »Das ist eine Vermutung«, entgegnete er schwach.

Hreldars Mund verzog sich höhnisch. »Vielleicht«, sagte er. »Aber hältst du sie für unwahrscheinlich? Siehst du irgend etwas anderes ablaufen?«

Arinndier schwieg.

Darek stieß ein grimmiges Kichern aus. »Was für ein begnadeter Intrigant dieser Mann doch ist. Wenn wir hier bleiben, dienen wir seinen Zwecken durch unser erzwungenes Schweigen. Wenn wir fliehen, müssen wir alle Lords aufrütteln, die wir erreichen können, und werden so zu den Rebellen, zu denen er uns stempeln möchte.« Er nickte, finster, fast bewundernd. »Nicht ohne eine gewisse Eleganz, der Mann.«

»Nicht ohne einen gewissen Horror«, versetzte Eldric zornig. »Trotzdem, gewarnt sein heißt gerüstet sein. In Zukunft sehen wir etwas klarer und machen weniger Fehler, von denen er profitieren kann.«

»Falls wir eine Zukunft haben«, wandte Hreldar kalt ein. »Nebenbei bemerkt, Dan-Tor ist ein Mann, der von allem profitiert. Ich glaube nicht, daß wir ihn bereits voll durchschauen.«

Eldric nickte zustimmend. »Wahr, Hreldar, nur zu wahr«, sagte er, stand auf und reckte sich ausgiebig. Dann flocht er seine Finger ineinander und ließ planmäßig die Gelenke knacken, als wolle er sie von lange angesammeltem Staub befreien. »Aber er durchschaut uns auch nicht.«

KAPITEL 18

Leise zog Sylvriss die Tür hinter sich ins Schloß und wandte sich mit gedämpfter Stimme an den Diener, der draußen wartete: »Der König schläft. Sorg dafür, daß er nicht gestört wird.«

Der Diener nickte. »Majestät.« Er sah der Königin nach,

wie sie sich entfernte. War es Einbildung, oder hatte er unter der silbernen Kapuze der Königin ein lächelnd errötetes, ja sogar triumphierendes Gesicht gesehen? Nein. Die Beleuchtung mußte seinen Augen einen Streich gespielt haben. Denn traurigerweise lächelte die Königin nur selten, auch wenn sie von allen geliebt wurde. Bei Ethriss, sie hatte auch wenig Grund dazu. Der König die meiste Zeit dem Wahnsinn verfallen; Dan-Tor, der seinen verderblichen Einfluß immer weiter ausdehnte; der Geadrol aufgelöst; Lords wegen Hochverrats verhaftet; diese verfluchten Mathidrin, die alle in Angst und Schrecken versetzten; und sogar Gerüchte über Unruhen in Orthlund. So viele furchtbare Veränderungen in so kurzer Zeit. Niemand von uns hat viel Grund zum Lächeln. Doch der Diener verzog keine Miene. Es war nicht klug heutzutage, solche Gedanken laut werden zu lassen. Gerüchte über Leute, die etwas gegen Dan-Tor oder den König gesagt hatten und dann auf mysteriöse Weise verschwunden waren, machten die Runde. Natürlich waren das nur Gerüchte, aber ...? Wem konnte man in diesen Tagen schon trauen?

Der Diener hatte sich jedoch nicht geirrt. Die Königin hatte tatsächlich gelächelt, als sie ihren friedlich schlummernden Gemahl verließ, strahlend gelächelt. Nun jedoch, als sie zu ihren eigenen Gemächern ging, wurde das Lächeln grimmiger und entschlossener. Sie zog sich die Kapuze tiefer ins Gesicht. Sie konnte eine Erregung in sich spüren – wie die Erregung, Erster Hörer zu sein, den Ruf aufzunehmen, fern und schwach, ein Geräusch kurz unterhalb der Hörschwelle, ein Warnruf, der die Straße entlang gebrüllt werden mußte, so daß sie freigemacht werden konnte, bevor die Reiter eintrafen.

»Aufgebot«, flüsterte sie unwillkürlich in die Stille des Gangs. Wie sie sich danach sehnte, das Wort laut herauszuschreien, Dan-Tor und seinen Intrigen zum Trotz. Sie hatte ihren schon lange begrabenen Gemahl wiedergesehen, wahrhaft wiedergesehen, und der gemeinsam verbrachte Morgen hatte viele alte Erinnerungen geweckt, die ihr Hoffnung eingeflößt und ihre neugewonnene Entschlossenheit gestärkt hatten. Sie würde sich nicht mehr widerstandslos in die endlose Niederlage ergeben, die Dan-Tor aus ihrem Leben gemacht hatte. Sie würde sich nicht mehr in Hoffnungslosigkeit sinken lassen. Sie würde sich auch nicht mehr den Kopf darüber zerbrechen, welch sonderbarer Beweggrund den König zu seinen letzten Taten veranlaßt oder welch sonderbare Laune Dan-Tors dies zugelassen haben mochte. Ihr genügte, daß diese Turbulenzen lange angelagerte Staubschichten aufgewühlt und ihre Füße endlich wieder auf festen Boden gestellt hatten. Nichts, nicht einmal der Tod konnte ihr diese Hoffnung nun entreißen oder ihren Entschluß ins Wanken bringen.

Ein hektischer Wirbelwind kam in Sicht. Dilrap, eine schlingernde Galeone, tauchte aus einem Seitengang auf, die Arme voller sorgsam balancierter Dokumente, das runde Gesicht bekümmert. Der Versuch, seine Last gerade zu halten und trotzdem einen Anschein von Würde zu wahren, kostete ihn erhebliche Mühe, so daß er die Annäherung der Königin nicht bemerkte.

»Ehrenwerter Sekretär«, sprach sie ihn mit leichtem Bedauern in der Stimme an, denn sie wußte, daß nun kein Weg mehr an der unvermeidlichen Katastrophe vorbeiführen würde. Dilrap schreckte zusammen und sah sich hastig um. Die abrupte Bewegung löste eine große Schriftrolle mitten in seinem Stapel.

Langsam begann sie sich zu entrollen. Dilraps Augen weiteten sich, ein Schauer durchrann ihn als Vorbote eines reflexartigen Vorstoßes in Richtung des flüchtigen Dokuments. Der Schauer endete in einer krampfhaften Verrenkung, als seine Hand blindlings unter seiner Last herumfuchtelte, ein ganz und gar untauglicher Versuch, der immer schneller werdenden Schriftrolle habhaft zu werden. Während sein Kinn sich noch panisch auf den Papierstapel klemmte, hatte schon jenes verhängnisvolle Schwanken eingesetzt, das bald den ganzen Stapel ergriff.

Sylvriss sah gebannt zu, wie das Drama sich mit der

Unausweichlichkeit einer klassischen Tragödie vor ihren Augen abspielte. Das Kinn hielt triumphierend das oberste Dokument fest und stoppte das beginnende Schwanken, doch nun wölbte sich der Bauch des Stapels vor und war offensichtlich durch nichts mehr von einer explosionsartigen Selbstzerstörung abzuhalten. Mit tapfer festgeklemmtem Kinn und vergeblich nach dem verlorenen Dokument fischenden Armen machte Dilrap einen Schritt nach vorn, als wolle er die anschwellende Ausbuchtung überholen, während die Schriftrolle bereits einen Papierläufer im Gang auslegte. Boshafterweise suchte sich seines Vaters Robe gerade diesen Augenblick aus, um sich um seine Füße zu wickeln. Mit einem kläglichen Schrei purzelte Dilrap inmitten des wild flatternden Papierregens seiner einstigen Last zu Boden.

Sylvriss, die sich wieder die Kapuze ins Gesicht zog und sich auf die Lippen biß, um nicht zu lachen, bückte sich und hob einige der zu ihren Füßen liegenden Dokumente und Schriftrollen auf.

»Majestät, Majestät«, jammerte Dilrap mit wachsender Panik, während er auf allen vieren umherkroch und die Gemahlin seines Königs davon abzuhalten suchte, solche Dienstbotenarbeit zu verrichten.

Sylriss streckte ihm die Hand hin, um ihm aufzuhelfen, doch er tat so, als sehe er sie nicht, und kämpfte sich eigenständig auf die Füße – ohne dabei mehr Schaden anzurichten, als einen Vorhang herunterzureißen und eine Marmorbüste von ihrem Sockel zu stoßen.

»Dilrap«, seufzte Sylvriss voller Mitgefühl.

»Majestät«, wiederholte er, ließ den Blick über das Chaos schweifen und zuckte hilflos mit den Schultern. Sylvriss warf die Kapuze zurück und lächelte ihn freundlich an. Dilrap war am Boden zerstört. Er war so begeistert von seiner Königin. Ihr Leid bereitete ihm entsetzlichen Kummer, ihren beständigen Mut bewunderte er unendlich. Sie war einer der wenigen Menschen, die ihn beim Namen nannten. Die meisten verwendeten seinen Titel und ließen auch den wie eine Beleidigung klingen. Bei ihr fühlte er sich ruhig und wohl. Und sie war so schön. So wunderschön.

Auch sie mochte ihn. Er erinnerte sie an ein dickes altes Pony, das sie als Kind besessen hatte, doch sie ahnte noch andere Qualitäten in ihm. Seine mißliche Lage schmerzte sie zutiefst.

»Verzeiht, wenn ich Euch erschreckt habe, Dilrap«, sagte sie. »Doch ich wollte etwas mit Euch besprechen.« Sie bedeutete einem vorbeikommenden Diener, die Papiere aufzusammeln und in Dilraps Amtsstube zu bringen, bevor sie ihn am Ellbogen nahm und aufforderte: »Kommt mit mir.«

Nach einem kurzen nervösen Zucken und Zupfen paßte Dilrap sich dem gemessenen Schritt seiner Königin an. Eine Weile gingen sie schweigend nebeneinander her. Dilrap warf ihr heimliche Seitenblicke zu. Ihm schien es, als sei sie irgendwie verändert. Ihr Gesicht sah anders aus – weniger angespannt –, jünger, sogar errötet. Dann bog sie wie aus einer plötzlichen Laune heraus von dem Hauptgang ab, durchschritt einen verschwenderisch verzierten Torbogen und trat in die Kristallhalle.

Zwei neben dem Torbogen Wache stehende Mathidrin schlugen die Hacken zusammen, als sie vorbeiging, und sie beantwortete ihren Gruß mit einem Nicken und einem huldvollen Lächeln. Bei jeder auch noch so geringen Gelegenheit, auf jede erdenkliche Weise bemühte sie sich, sich in die Zuneigung und Achtung von Dan-Tors Gefolgsleuten zu erlangen, wie verabscheuungswürdig diese auch sein mochten. Es wäre ihr wesentlich leichter gefallen, kalt und unnahbar zu sein, doch das würde es auch *ihnen* leichter machen. Nein, dachte sie, jeder Hauch von Zuneigung, den seine Männer mir entgegenbringen, kann nur ihm schaden und mir eines Tages nützen. Ich zeig dir schon, wie man Pferde einreitet, du üble Vogelscheuche.

Die Kristallhalle verdankte ihren Namen den seltsam durchsichtigen Wänden und Decken. Sie wechselten unablässig ihre Farben und schimmerten wie ein Regenbogen. Ihre glatte Oberfläche wurde nur von den dünnen Adern einer goldenen Einlegearbeit durchbrochen, die sich zu üppigen, blattähnlichen Mustern schlängelten und wanden. Irgendwo dahinter, unter der Oberfläche, sah man Gestalten und Landschaften, die bei der kleinsten Kopfdrehung zu verschwinden und wieder aufzutauchen schienen; manchmal nah, manchmal fern.

Es war ein wundersamer Ort, der Ruhe und Frieden ausstrahlte, doch niemand wußte mehr, wie oder wann er erbaut wurde und von wem. Tatsächlich kannte sogar niemand mehr den Namen für diese eigentümliche Kunst der innen verborgenen Schnitzwerke.

Dan-Tor kam nie hierher.

Sylvriss führte Dilrap zu einer breiten Bank unter dem Muster eines gewaltigen Baums, der in feinen goldenen Fäden in die Wandoberfläche geätzt war. Die Fäden lagen zwar auf einer Ebene mit der Wand, doch die innere Arbeit ließ den Baum dreidimensional und plastisch erscheinen, und seine Äste schimmerten, als falle das Sonnenlicht durch sein flüsternd bewegtes Blattwerk. Bei näherem Hinsehen entdeckte man unzählige winzige, bunte Insekten, die aus den Ritzen der Rinde krabbelten. Auch die Blätter schimmerten und glänzten, als würden sie von einer sanften Brise bewegt und mit den verschiedenen Jahreszeiten, die ihr Licht in die Halle warfen, schienen sich auch die Blätter zu verändern und abzufallen.

Sylvriss nahm Platz und bedeutete Dilrap, das gleiche zu tun. Dilrap gehorchte, faltete die Hände im Schoß und wartete auf die Befehle seiner Königin.

Er hatte weder die Gestalt noch die Würde seines verstorbenen Vaters, doch er hatte einen großen Teil seiner Intelligenz geerbt und verfügte außerdem über ein viel besseres Gedächtnis. Das war seine einzige Rettung in der Stellung als Sekretär des Königs und verhinderte, daß er total undiskutabel für ihn wurde. Sein wahrer Wert blieb jedoch den meisten und nicht zuletzt ihm selbst verborgen, da er permanent von den Umständen und seiner erregbaren und nervösen Disposition überschattet wurde.

In der Gesellschaft der Königin jedoch, wenn man ihm ein wenig Zeit ließ, neigte er dazu, sich zu entspannen und wohlzufühlen, und dann kam sein wahres Ich hervor. Sylvriss urteilte scharfsichtig; sie wußte, daß trotz seiner Todesangst vor Dan-Tor Dilraps Treue zum König unantastbar und seine Ergebenheit ihr gegenüber absolut war.

Er verdiente mehr als ihre amüsierte Zuneigung, das wußte sie. Die Verachtung, die die meisten hier am Hof für ihn empfanden, führte dazu, daß Geheimnisse, die vor anderen Ohren eifersüchtig gehütet wurden, in seiner Gegenwart ungehemmt ausgesprochen wurden. Oft schenkte man ihm nicht mehr Beachtung als einem der Palasthunde. Aber Sylvriss hatte bemerkt, daß *er* nie klatschte. Versuchte niemals sich zu schützen, indem er die falsche Wertschätzung anderer zu erlangen trachtete und dafür etwa intime Details des Palastlebens ausplauderte. Er hortete all seine Verlegenheit und sein Unbehagen und vermutlich auch all seinen Haß an einem stillen, verschlossenen Ort in seinem Innern. Sein einziger Schutz war seine Schutzlosigkeit.

Der Baum glitzerte auf, als die Sonne hinter einer Wolke hervortrat und in die Halle schien.

»Dilrap«, setzte sie an. »Ich brauche einen Freund. Einen Verbündeten.«

»Majestät, ich bin Euer treuster D-«

Mit einer Handbewegung brachte sie ihn zum Schweigen. »Nein, Dilrap. Ich will keine höfischen Schmeicheleien von Euch hören. Ich weiß, wer Ihr seid.« Sie blickte ihn einen Moment lang fest an, bevor sie fast hastig fortfuhr: »Ihr seid ein Mann, der durch die Macht der Umstände in einem öffentlichen Amt gefangen ist, für das er sich völlig ungeeignet hält. Umstände, die durch die Tatsache, daß sein Vater als einer der besten Sekretäre galt, den ein König je hatte, nur noch bitterer werden.«

Dilrap ließ den Kopf hängen. Sylvriss wagte sich noch weiter vor. »Doch Euer Vater hatte es auch weder mit einem kranken und launenhaften König zu tun, noch ...« Sie legte eine bedeutungsvolle Pause ein, während derer sie ihn eindringlich musterte, »noch hatte er es mit so jemandem wie Lord Dan-Tor zu tun.« Sie führte die Personenbeschreibung Dan- Tors nicht weiter aus. Das war überflüssig.

Dilrap sah hoch und begegnete ihrem Blick. Seltsam, stieg langsam ein Gedanke in ihm auf. Seltsam, daß ich das nie gesehen habe – diese schlichte, offensichtliche Tatsache. Sylvriss hielt seinen Blick und nickte ermutigend.

»Euer Vater dominiert Euer Leben, wie er einst den Palast hier dominiert hat«, fuhr sie fort. Dann sprach sie langsam und mit großem Bedacht: »Doch niemand hätte es mit Lord Dan-Tor aufnehmen können. Niemand.«

Dilrap schlug wieder die Augen nieder. »Majestät, ich verstehe nicht, was Ihr da sagt. Was ist es, das Ihr von mir verlangt?«

»Ich möchte einen Freund haben, Dilrap. Einen Verbündeten.«

Dilrap schwieg.

Sylvriss holte tief Luft. Sie mußte jetzt weitermachen. »Dilrap, Ihr unterschätzt Euch völlig. Habt Euch immer unterschätzt. Jeder, der sich die Mühe macht hinzusehen, wird Qualitäten in Euch entdecken, die Euch zu einem mindestens ebenso guten Sekretär wie Euren Vater machen. Der Grund, warum Euer Amt eine so große Belastung für Euch darstellt, der Grund, warum Ihr die Zielscheibe des Spotts für so manchen am Hofe seid, ist, daß Dan-Tor es so haben will. Er duldet niemanden um sich oder den König, der intelligent genug sein könnte, um seine Pläne zu durchkreuzen.«

Dilrap sah erschrocken drein, und seine Hände flatterten nervös wie Schmetterlinge, die sich in dem glitzernden Baum über ihnen in Sicherheit bringen wollten. »Majestät ... ich weiß nicht ...«

»Dilrap. *Ich* weiß es. Ich weiß, daß Ihr Eurem Amt und Eurem König treu ergeben seid. Und dem Volk von Fyorlund. Ich weiß, daß es Euch zutiefst schmerzt, daß Ihr nicht in der Lage seid, den verderblichen Kurs zu ändern, den wir eingeschlagen haben.« Sie ergriff seine zitternden Hände.

Dilrap fuhr zusammen. »Seht mich an«, verlangte sie in dringlichem Tonfall. »Ich erzähle es Euch noch einmal. Ihr müßt mich verstehen. Selbst Euer Vater hätte der Tücke Dan-Tors nicht standzuhalten vermocht. Mit absoluter Gewißheit hätte der Versuch, so etwas zu tun, ihn das Leben gekostet. Das müßt Ihr mir glauben. Irgendwo tief in Eurem Innern wißt Ihr auch, daß es wahr ist.«

Sie ließ seine Hände los, die wieder in seinen Schoß sanken.

»Majestät«, flüsterte er, »vielleicht ist es wahr, was Ihr sagt. Ich weiß, daß Ihr mir gegenüber keine üblen Tricks anwenden würdet. Doch was wollt Ihr von mir?«

Sylvriss setzte alles auf eine Karte und eröffnete es ihm geradeheraus und unmißverständlich. »Der König hat keine geheimnisvolle Krankheit. Es war Dan-Tors Behandlung, die seinen Zustand herbeigeführt hat, und es ist Dan-Tors Behandlung, die diesen Zustand aufrechterhält.« Dilraps Augen weiteten sich vor Entsetzen, doch Sylvriss war noch nicht fertig. »Seht doch nur, wie gut es ihm in letzter Zeit geht, nun, da es in Dan-Tors Interesse liegt, daß er nicht halb verrückt durch den Palast wandert und die Dinge, die er zufällig in Gang gebracht hat, noch weiter kompliziert.«

»Majestät«, wandte Dilrap ein, »die Krankheit des Königs war immer von diesen kurzen Perioden der Normalität unterbrochen. Sein Zustand kann sich jeden Augenblick wieder verschlechtern.«

»Ich weiß«, entgegnete Sylvriss. Dann, mit einer gewissen Bitternis: »In Dan-Tors Tränken ist etwas, das den Körper dazu bringt, immer mehr davon zu verlangen, auch wenn es ihm schadet. Ich habe das schon vor langer Zeit herausgefunden und sehr darunter gelitten.«

Dilrap hob die Hand, als wolle er den Kummer wegwischen, der das schöne Gesicht überschattete.

»Doch Wissen ist ein Schild, Dilrap«, fuhr Sylvriss fort. »Dan-Tor hat den König ruhiggestellt und mir dann seine Pflege überlassen, damit er sich ganz seinen politischen Plänen widmen kann.« Sie senkte die Stimme zu einem verschwörerischen Flüstern. »Ganz langsam habe ich die Dosis der Tränke verringert, die ich ihm geben soll.« Sie hob bedeutungsvoll den Finger. »Ganz, ganz allmählich kehrt seine Gesundheit wieder zurück.«

Dilrap blickte furchtsam umher. »Majestät, warum erzählt Ihr mir das? Meiner Meinung nach ist Lord Dan-Tor zu allem fähig – zu allem –, ich habe so viel mitansehen müssen ...« Er unterbrach sich. »Ich wage mir kaum vorzustellen, wie seine wahren Ziele aussehen mögen. Aber was kann ich dagegen tun?«

Sylvriss lehnte sich zurück und nickte bedächtig. »Ihr habt soeben damit angefangen, Ehrenwerter Sekretär. Ihr habt die Wahrheit gesprochen. Ihr habt so viel mitansehen müssen, sagtet Ihr. So viele Dinge, die nicht sein sollten. Und selbst die scheinbar unbedeutenden kosten ihren Preis – Verfahrensfehler, Ernennungen aus persönlichen Gründen anstelle von Eignung, kleinliche Betrügereien und Ungesetzmäßigkeiten, um das wachsame Auge des Geadrol zu umgehen, unwichtige Kleinigkeiten. Kleinigkeiten, die sich im Lauf der Jahre angehäuft haben, um die Macht von dort, wo sie ruhte, in die Hände Dan-Tors zu überführen. Widerstrebende, aber effiziente Hände, die nur im Interesse ihres Monarchen handeln.«

Dann, überrascht über ihre eigene Hellsichtigkeit: »Ihr *habt* Euch einst dagegen ausgesprochen. Ihr habt geredet und seid zerbrochen worden. Vor langer Zeit. Mit derselben peinlichen Genauigkeit im Detail zerbrochen worden, die er allem und jedem zuteil werden läßt. Auf jede erdenkliche Weise, wie man einen Mann zerbrechen kann, ohne ihm im eigentlichen Sinn des Wortes die Knochen zu brechen. Ihr habt Eure Schlacht allein geschlagen und hieltet sie für verloren.«

Die letzten Erinnerungen an ihr dickes altes Pony verschwammen in einem Tränenschleier, und diesmal fühlte sie seinen Schmerz. Dilrap saß regungslos da, eine finstere Miene auf dem Gesicht, während zahllose Demütigungen und Abfuhren in höhnischem Triumph vor seinem geistigen Auge vorbeizogen.

»Was kann ich dagegen tun?« fragte er wieder.

»Das, was ich auch tun muß«, antwortete Sylvriss. »Ihr müßt den Kampf wieder aufnehmen. Doch mit einer neuen Entschlossenheit, egal, wie groß die Widerstände sein mögen, wenn all das, was Ihr liebt – das Königtum, das Gesetz, das Volk, das Andenken Eures Vaters – überleben soll. Ihr und ich können uns nirgendwo mehr verstecken. Niemand wird sich gegen Dan-Tor erheben, wenn wir es nicht tun. Er wird den Rest der Lords um seinen Finger wikkeln und gleichzeitig vernichten. Dann wird er den König und alles andere Althergebrachte vernichten. Uns eingeschlossen.«

»Majestät, ich bin kein Soldat«, wandte Dilrap schwach ein.

Sylvriss lächelte. »Ihr seid kein Mann des Schwerts, Dilrap, aber ein Soldat seid Ihr, mehr, als Ihr selbst es glauben mögt.«

Dilrap versuchte ein letztes Mal, gegen die Bürde aufzubegehren, die man ihm da auferlegen wollte. »Majestät, wenn der König wieder gesund wird, ist er bald in der Lage, selbst die Kontrolle zu übernehmen. Er war ein mächtiger und fähiger Mann.«

Sylvriss schüttelte den Kopf. »Oh, wie sehr ich wünschte, Ihr hättet recht«, sagte sie traurig. »Doch er ist immer noch weit davon entfernt, gesund zu sein. Er ist jetzt ruhig und scheint in gewissem Sinne im Frieden mit sich selbst zu sein, doch sein Zustand ist alles andere als stabil. Er steht ständig am Abgrund des einen oder anderen Extrems. Den Geadrol oder die Lords zu erwähnen, würde ihn in den Abgrund treiben.« Sie seufzte. »Nur dadurch, daß ich ihm glücklichere Zeiten ins Gedächtnis rufe, kann ich ihn einigermaßen ruhig halten und ihm die Zeit verschaffen, sich weiter zu erholen.« Die Hände in ihrem Schoß zuckten. »Glücklicherweise haben wir einen recht großen Vorrat solcher Erinnerungen ...« Ihre Stimme verebbte.

Dilrap schaute auf die Hände der Königin. Plötzlich waren sie nervös und zappelig geworden. Die Hände einer Frau, die schon zu lange auf schlechte Neuigkeiten wartete, nicht die starken Hände der geschickten Reiterin, die soeben die seinen umfaßt hatten.

»Ich fürchte, vom König dürfen wir keine Hilfe erwarten. Wahrscheinlich wird er eher ein Hindernis darstellen. Ich vermag nicht immer vorherzusehen, wie seine Stimmungen sich entwickeln.« Ihr Mund verzog sich zu einer kleinen ironischen Grimasse. »Ihr und ich müssen um ihn stehen wie die Hochgarden um Ethriss in der Letzten Schlacht.«

Gegen seinen Willen mußte Dilrap bei diesem Vergleich lächeln. Das Bild sprach den heroischen kleinen Jungen in ihm an, den all die Erniedrigungen seines Lebens noch nicht vollständig hatten auslöschen können.

Sie besprachen sich nicht mehr lange unter dem glitzernden Baum. Dies war nicht die Zeit für detaillierte Verschwörungen und Pläne. Doch ihr Bund war besiegelt. Nun waren sie Kampfgefährten gegen einen gemeinsamen Feind. Beide sahen so klar wie nie zuvor, daß nichts als Demütigungen, Entwürdigungen und womöglich Schlimmeres vor ihnen lag, wenn sie nichts unternahmen.

Und auch wenn sie etwas gegen Dan-Tor unternahmen, konnte das eintreten. Dennoch blieb es ihre einzige Hoffnung auf eine andere, bessere Zukunft. Und wenn sie scheitern sollten, dann würden sie wenigstens die seltsame Befriedigung haben, im Angesicht des Feindes zu sterben und ihm nicht den fliehenden Rücken zugewandt zu haben.

KAPITEL 19

Trotz aller neugewonnenen Entschlossenheit sahen die vier Lords sich mit einer unveränderten Lage konfrontiert. Sie wußten nicht einmal, wo sie gefangengehalten wurden, außer, daß es irgendwo im Hauptgebäude des Palasts und mit Sicherheit unter der Erde sein mußte.

Ihre Wegführung vom Thronsaal nach der verhängnisvollen Auseinandersetzung mit dem König war konfus und wirr gewesen. Alle vier hatten sich widersetzt und geschrien, waren aber unerbittlich von den grimmigen Mathidrin fortgetrieben worden. Die Reaktion des Königs war so unerwartet gekommen, daß niemand von ihnen die Geistesgegenwart aufgebracht hatte, sich zu merken, welchen Weg sie durch das Labyrinth von Gängen und Hallen genommen hatten, doch ihre übereinstimmende Meinung lautete, daß es generell abwärts gegangen war. Weit abwärts.

Das Essen wurde ihnen von einer Reihe verschiedener Gardisten gebracht, und immer, wenn die Tür sich öffnete, konnte man wenigstens zwei andere draußen stehen sehen.

»Wir haben uns ein hohes Ziel gesteckt, Lords«, erklärte Eldric mit einem grimmigen Lächeln. »Ich für meinen Teil verspüre kein Verlangen, meine alten Muskeln gegen unsere Wächter zu erproben. Wo immer sie herkommen, sie wirken durchtrainiert und fit, und ich habe keine Ahnung, wie viele von ihnen da draußen stehen.« Dann zählte er ihre Schwierigkeiten auf. »Selbst wenn wir aus diesem Raum herauskommen, wissen wir dank unserer würdigen Anreise nicht, wo wir uns befinden. Und selbst wenn es uns gelänge, aus dem Palast zu fliehen, könnten wir nicht sagen, wie viele Freunde wir in der Stadt noch haben, die uns zurück zu unseren Gütern helfen würden.« Seine Stimme war mit jedem Wort lauter geworden, und am Ende schlug er sich mit der flachen Hand auf die Knie und stand auf. »Mein Gott, wir wissen nicht einmal, ob unsere Güter und Hochgarden überhaupt noch existieren«, rief er aus.

»Also geben wir die Idee auf?« fragte Arinndier gelassen.

Eldric schoß seinem Freund einen strengen Blick zu. »Natürlich nicht«, erklärte er hitzig, bevor er das humorvolle Funkeln in Arinndiers Auge mitbekam. »Wir müssen nur eins nach dem anderen tun, das ist alles«, schloß er, etwas ruhiger nun.

Arinndier lächelte. Wie sie alle war Eldric durch die Gefangenschaft blasser und schmaler geworden, doch sein inneres Feuer schien heller als je zuvor zu brennen. Manchmal sah Arinndier gar Funken stieben, die er nicht mehr gesehen hatte, seit sie Schulter an Schulter im Morlider- Krieg gefochten hatten. Ein wesentlich jüngerer Mann hatte den alten ersetzt, der in letzter Zeit in Eldrics Körper gehaust hatte.

Nur ein einziges Mal kam Eldric auf seine sonderbare Vergreisung und die anschließende Verjüngung zu sprechen. Hreldar und Darek schliefen, während Arinndier und Eldric in ein kameradschaftliches Schweigen gesunken waren. Arinndier richtete den Blick auf seinen alten Freund, der sich nachdenklich mit dem Finger auf den Mund tippte.

»Geht es dir gut?« fragte er zögernd.

Eldric nickte und lächelte kurz darauf. »Ja. Jetzt geht es mir wieder gut, Arin«, erwiderte er. »Ich fürchte, das Alter hat mich auf mehr als eine Weise steif gemacht«, gab er bereitwillig Auskunft.

Arinndier sah ihn fragend an.

Eldric sprach sehr leise. »Als der König uns so angriff, geriet ich in Panik. Nicht einen Augenblick hatte ich mir träumen lassen, daß so etwas geschehen könnte. Und all diese Wächter, die uns einschlossen. So viele ... so übermächtig. Es ist schon lange her, seit ich das letzte Mal solche Angst verspürt habe.«

»Wir hatten alle Angst«, wandte Arinndier ein.

Edlric runzelte ein wenig die Stirn und schüttelte dann verneinend den Kopf. »Nein, das war nicht dasselbe. Mir war, als zerbreche etwas in meinem Innern. Etwas Wichtiges, das mich zusammengehalten hatte. Etwas, das sich einst gebogen und die Belastung ausgehalten hätte. Es war schrecklich.« Vorübergehend war ihm sein Alter wieder anzusehen, doch Arinndier unterbrach ihn nicht.

»Plötzlich war es zu Ende, Arinndier. Alles Leben schien aus mir zu weichen. Ich fühlte mich verloren – wie ein Kind. Ich wollte mich nur noch in Sicherheit bringen, mich unter den Röcken meiner Mutter verkriechen. Dann weilte ich in einer Art Dunkelheit. Ich bekam kaum etwas mit, bis ich

Darek das Gesetz des Gesetzes aufstellen hörte. Weißt du, mir war, als hörte ich meinen Vater mir zurufen: ›Steh auf!‹ Und das tat ich dann. Was zerbrochen war, fügte sich wieder zusammen. Etwas glitt an seinen Platz zurück.«

Er stand auf und blickte auf den schlummernden Darek hinab. Der Schlaf hatte die hageren Züge des Lords weicher gemacht, und er sah ein bißchen komisch aus.

Eldric lächelte. »Du erinnerst dich doch noch an meinen Vater?«

Arinndier nickte. »O ja, allerdings«, erwiderte er. »Ich bin ihm immer möglichst aus dem Weg gegangen.«

Eldric lachte. »Er war in Ordnung, wirklich. Aber das pflegte er mir immer zuzubrüllen, wenn ich gestürzt war: ›Steh auf! Wenn du liegen bleibst, wirst du getötet. Steh auf, oder ich lasse dich hier liegen.‹ Und das hätte er getan, wenn ich nicht den Versuch gemacht hätte.« Er schüttelte den Kopf und kicherte vergnügt. »Er liebte mich zu sehr, um mir seine Hilfe anzubieten, wenn ich sie nicht wirklich brauchte, Arin. Ich wußte ja nicht, wie schwer das war, bis ich selbst einen Sohn hatte.«

Bei der Erwähnung seines Sohnes verdüsterte seine Stimmung sich etwas. Niemand von ihnen hatte etwas über ihre Familie und ihre Güter gehört, und obwohl sie nicht viel Worte darüber verloren, war dies doch eine größere Belastung für alle als die Gefangenschaft selbst.

Eldric begab sich zurück zu seiner Pritsche und zu seinem Thema. »Ich glaube, es war wohl die Plötzlichkeit und die Gewaltsamkeit des Ganzen, Arin. Hat mich völlig aus dem Gleichgewicht geworfen. Wir haben zu lange den Mund gehalten. Vielleicht das ganze Land. Wir sind steif und unflexibel geworden. Vielleicht konnten wir nicht vorhersehen, was geschehen würde, aber wir hätten in der Lage sein sollen, die Realität schneller zu begreifen, anstatt ...« Er ließ den Satz unvollendet und zuckte die Achseln. »Wie auch immer, wir sind zu Boden gegangen wegen unserer Dummheit und müssen unsere Lektion noch einmal lernen – immer wieder die gleiche alte Lektion.«

Der Vorteil, im Leben eins nach dem anderen zu erledigen, liegt darin, daß man so die Sorgen und Zweifel detaillierter, langfristiger Planung vermeidet. Man muß nur das direkt vor einem liegende Terrain sorgsam erkunden und Vertrauen in seine eigenen Fähigkeiten und seine eigene Schnelligkeit und die seiner Gefährten haben.

Der Nachteil dieser Vorgehensweise besteht natürlich darin, daß man zwar verhindert, in einen Abgrund zu stürzen oder gegen eine Felswand zu laufen, nicht jedoch verhindern kann, auf dem Rückweg in dieselben Gefahren zu laufen.

Die Lords akzeptierten allerdings die Tatsache, daß sie keine Wahl hatten, und ihr erster Schritt bestand darin herauszufinden, wo sie sich überhaupt befanden. Nach langen und fruchtlosen Diskussionen über die Art und Weise, wie sie das erreichen könnten, stieß Eldric unvermittelt ein zorniges und frustriertes Schnauben aus und votierte für sofortige Aktionen. Tatsächlich, wenn auch vielleicht eine Spur zu unverblümt, erteilte er den ersten Befehl seines Feldzugs.

»Hreldar, du siehst am kränksten aus. Setz dich auf deine Pritsche und fang an zu jammern – rasch.« Bevor Hreldar etwas entgegnen konnte, nahm Eldric ihn am Ellbogen und drängte ihn rauh zu seiner Liege.

»Jammer einfach«, befahl Eldric und drückte den mit offenem Mund gaffenden Lord ziemlich pietätlos auf die Pritsche. Dann ging er durch den Raum und hieb mit der Faust gegen ihre Kerkertür.

»Was tust du da?« riefen Arinndier und Darek mit einer einzigen aufgeregten Stimme.

Eldric wandte sich ungeduldig an Hreldar. »Jammer!« befahl er ihm. Dann zu den anderen, in ähnlich herrischem Tonfall: »Folgt meinen Anweisungen.« Dann bearbeitete er die Tür mit Händen und Füßen.

»Macht die verdammte Tür auf!« brüllte er.

Arinndier und Darek sahen einander kurz an und zuckten die Schulter. Das war Eldric, ihr alter Befehlshaber, wie sie ihn schon seit Jahren nicht mehr zu Gesicht bekommen hatten.

Schließlich hörten sie, wie die Riegel zurückgeschoben wurden und die Schlüssel im Schloß rasselten. Hreldar lehnte sich vor, um zu sehen, was passierte, doch Eldric gestikulierte, er solle sitzen bleiben. »Jammern«, formte er stumm mit den Lippen.

Langsam schwang die Tür auf, und Arinndier zuckte innerlich zusammen angesichts des schwarzuniformierten Mathidrin- Soldaten, der dort stand. Er verbreitete den Eindruck, er sei aus einem einzigen soliden schwarzen Felsblock gehauen. Hochgewachsen und von schwerem Körperbau, strahlte er die Massigkeit eines Bullen aus. Kein Mann, den man leicht angreifen konnte, dachte Arinndier – oder sollte. Darüber hinaus ließ er eine gewisse lümmelhafte Brutalität erkennen. Seine Fäuste an den muskelbepackten Armen waren geballt, und die Arme hingen ein Stück vom Körper entfernt herunter, so daß man sich vorstellen konnte, daß seine normale Haltung ziemlich aufgeblasen war.

»Lord Hreldar ist krank, Gardist«, begann Eldric. »Wir müssen ...«

»Nicht so viel Krach, Gefangene«, unterbrach der Wächter Eldrics Ausbruch mit einem barschen, fremdartigen Akzent.

Eldric war inzwischen richtig in Fahrt gekommen. Er baute sich gerade und doch entspannt vor dem Soldaten auf, eine Haltung, die ihn mindestens ebenso groß wie diesen erscheinen ließ.

»Bis Lord Dan-Tor unseren Fall erneut verhandelt, wirst du uns als Lords anreden, Gardist, und du wirst dabei Haltung annehmen. Ist das klar?« Seine Stimme war beherrscht und gemessen, und sein Tonfall bedeutete, daß er sich auf keine Diskussion einlassen werde.

Der Wächter schien kurzfristig anzuschwellen, und einen Moment sah es so aus, als erwäge er, Eldric niederzuschlagen. Doch der hielt den Blick des anderen mit eiskalter, unbeirrter Autorität, hinter der all seine Jahre als Truppenkommandant standen. Dies war ein entscheidender Augenblick, und die drei anderen Lords beobachteten die Szene nicht ohne Bangen. Schon bald würden sie wissen, wie hoch ihr Wert als Gefangene war.

Nach ein paar Sekunden spürte Eldric, wie die Entschlossenheit des Wächters leicht ins Wanken geriet. Mit traumhaft sicherem Gespür für den richtigen Zeitpunkt beugte Eldric sich vor und näherte sein Gesicht dem des Wächters. »Ist das klar?« wiederholte er mit einer Stimme, die kaum mehr als ein Flüstern war. »Oder bist du so taub wie unvorschriftsmäßig gekleidet?«

Unwillkürlich senkte der Wächter den Blick, um seine Uniform in Augenschein zu nehmen.

»Augen geradeaus«, donnerte Eldric, als befinde er sich auf einem großen und lauten Exerzierfeld. Die drei Lords schreckten zusammen, als sein Brüllen den winzigen Raum erfüllte, und der Wächter nahm instinktiv Haltung an. Es geht doch nichts über militärische Reflexe, dachte Arinndier, der sich wieder faßte und sich beiläufig die Hand vor den Mund hielt, um sein Lächeln zu verbergen. Auch Darek wandte sich ab und beugte sich über Hreldar, als sehe er besorgt nach ihm. Eldric führte seinen Plan weiter aus, bevor der Wächter Gelegenheit hatte, wieder zur Besinnung zu kommen.

»Lord Hreldar ist krank. Er brach ohne Vorwarnung zusammen. Hol sofort einen Heiler.«

Der Wächter zögerte. »Ich weiß nicht ...«, stammelte er.

»Aber ich«, donnerte Eldric. »Hol einen Heiler. Sofort.«

Der Mann zögerte immer noch.

»Möchtest du gegenüber Lord Dan-Tor die Verantwortung dafür übernehmen, daß Lord Hreldar in deiner Obhut stirbt?«

Die Erwähnung von Dan-Tor elektrisierte den Mann, und er wandte sich zur Tür. Da stieß Hreldar ein abgerissenes Keuchen aus, fuhr hoch und griff sich mit der Hand an die Kehle, als ersticke er.

»Warte«, rief Darek dem abziehenden Wächter hinterher. »Er hat einen Anfall. Wir brauchen Luft. Er erstickt.«

Wieder schwankte der Mann, gefangen zwischen Eldrics und Dareks Befehlen und Hreldars offensichtlicher Not.

»Schnell, Mann«, sagte Arinndier, der an Dareks Seite eilte, um dem keuchenden Hreldar beizustehen. Eldric bedachte den Wächter mit einem herrischen Kopfnicken, das ihm bedeutete, er solle die Tür freimachen und zu dem sich abmühenden Trio hinübergehen. »Beeilung, er ist schwer. Ich hole die anderen Wachen.« Und bevor der Wächter wußte, wie ihm geschah, hastete Eldric in den Gang.

Es war kein furchtsamer alter Mann, der durch diese Tür trat, sondern ein schlachterprobter und entschlossener Lord, der die alte Lebensweise und die alte Disziplin gepflegt hatte, als andere sich der Muße und Genußsucht hingegeben hatten. Er wußte, daß ihm nur wenige Minuten blieben, und in dieser kurzen Zeit mußte er so viele Informationen wie möglich über ihre Unterbringung und Lage sammeln.

Den Gang kannte er nicht, doch er nahm sich nicht die Zeit für Enttäuschungen. Zu seiner Rechten endete er vor einer alten und überaus soliden Tür. Er rannte darauf zu und schob den schweren eisernen Riegel zur Seite. Die Tür schwang erstaunlich leicht auf und warf ihn beinah aus dem Gleichgewicht. Er registrierte, daß trotz ihres Alters Angeln und Riegel frisch geölt waren. Davor muß sie seit Jahren versiegelt gewesen sein, dachte er. Wer hat sie jetzt geöffnet, und warum? Dann verschob er die Frage auf später und spähte durch die Tür. Eine Wendeltreppe verschwand nach unten in die Finsternis.

»Wachen«, schrie er mit lauter Stimme wegen des Soldaten im Kerker. Seine Stimme verhallte dumpf in dem dunklen Treppenschacht vor ihm. Schwache Geräusche und ein unangenehm feuchter Geruch stiegen ihm in die Nase. Er rümpfte voller Abscheu die Nase und schloß die Tür.

Zwei Gestalten tauchten im Gang auf. Eldric lief auf sie zu und schrie: »Wachen, Wachen, kommt schnell«, bevor sie etwas sagen konnten. Lauthals von Hreldars Anfall schwatzend, drängte er sie in Richtung der Zelle. Arinndier und der erste Wächter hievten die nun beinah leblose Gestalt von Hreldar durch die Tür. Darek lief nervös um sie herum.

»Er braucht Luft, schnell«, sagte Darek. »Ich hab diese Anfälle schon einmal erlebt. Es ist die Gefangenschaft, es geschah ...«

»Nein«, unterbrach Arinndier ihn gereizt und legte Hreldars Arm um seine Schulter. »Das war Gift.« Und er starrte die Wachen finster an. »Wir werden schon herausfinden, wer dafür verantwortlich ist, keine Angst.«

Gut, Arin, dachte Eldric. So entstehen Gerüchte. »Wo entlang, Mann?« fuhr er den ihm am nächsten stehenden Soldaten an. Der Mann deutete unbestimmt in den Gang. Eldric wußte, daß ihnen nur Sekunden blieben, bis die Wachen die Situation wieder in den Griff bekämen, und so nahm er Hreldars Arm von Arinndiers Schulter, schubste ihn unsanft in die Arme der beiden Wachen und drängte die Gruppe ungeduldig in den Gang auf die erste Kreuzung zu.

Dort angekommen, fand der erste Wächter seine Sprache wieder. »Gefan- ... Lords«, sagte er. »Wir werden uns jetzt um Lord Hreldar kümmern. Ihr müßt in Eure ... Räume zurückkehren.«

Eldric warf Hreldar einen besorgten Blick zu, um sich dann widerstrebend zurückzuwenden. Arinndier bekam seine kleine Geste mit und tat es ihm gleich. Darek hob die Hand. »Laßt mich bei ihm bleiben«, verlangte er. »Ich kenne diese Anfälle.«

Der Wächter sah zu Eldric hinüber, als suche er Rat, doch der schlurfte bereits gehorsam in seine Zelle zurück und zuckte nur mit der Schulter, als weise er jegliche weitere Verantwortung von sich.

»Na gut«, meinte der Wächter und nickte seinen Kameraden zu.

Eldric und Arinndier gingen schnell in ihren Kerker zurück, eifrig darauf bedacht, daß keiner der Wachen den Ausdruck des Triumphs auf ihren Gesichtern sehen konnte.

KAPITEL 20

Hawklan schob die Bücher von sich weg und rieb sich mit dem Zeigefinger durch die Augen. »Studiere die Überlieferungen«, hatte Gulda ihm in ihrer Eigenschaft als selbsternannte Beraterin aufgetragen, um dann in ihrer unnachahmlichen Art hinzuzufügen: »Es hat keinen Sinn, daß Ihr mir Fragen stellt, bevor Ihr wißt, worum es überhaupt geht.« Sie hatte Hawklan ohne Umschweife in die umfangreiche Bibliothek der Burg geführt. Mit Entsetzen war sein Blick über die endlosen Regalreihen voller Bücher und Schriftrollen geglitten – kein Raum, in dem er sich besonders gut auskannte.

»Wo um Himmels willen soll ich nur anfangen?« jammerte er. Kurzfristig vergaß er sogar das streitbare Wesen seiner Begleiterin.

»Du liebe Güte, Mann!« fuhr sie ihn an. »Irgendwo!« Und ihr Stock hatte auf einen Tisch gepocht, bevor er einen weiten Bogen über die geschwungenen, bücherbepackten Balustraden beschrieben hatte, die drohend über ihnen vorragten. Dann hatte sie sich ungewöhnlich mitleidig gezeigt und ihm ohne zu zögern von einem Regal ein dickes, rotgebundenes Buch geholt. Sie las den Titel versonnen vor, und ein Ausdruck des Kummers glitt kurz über ihr Antlitz.

»Ein guter Autor«, erklärte sie mit bemühter Gleichgültigkeit. »Das wird für den Anfang reichen.« Und sie ließ den Wälzer mit einem dumpfen Knall auf einen nahen Tisch fallen. »Lest ihn sorgfältig.«

Hawklan wollte sie schon fragen, warum sie sich in der Burg so gut auskannte, doch bevor er den Mund öffnen konnte, stapfte sie bereits aus der Bibliothek, nicht ohne einen letzten Pfeil abzuschießen: »Sehr sorgfältig. Ihr werdet abgefragt.«

Eine Woche später war Hawklan erschöpfter und verspannter, als er es je in seinem Leben gewesen war. In seinem Kopf wirbelte es nur so von Mythen und Geschichten, Epen, Sagen, Erzählungen von Heldenmut und Feigheit, von errungener und verlorener Liebe, schrecklichen Heeren und bösen Kriegsherren und den großen Helden, die diese besiegt hatten, von versklavten und befreiten Völkern, verfluchten und gesegneten Ländern. Und dann die Geschichte. Vage und verschwommen, wie sie war, konnte er meist nicht beurteilen, ob die Mythen sich aus der Geschichte oder die Geschichte aus den Mythen herleitete, so ähnlich waren sie, und so verschieden, so ganz anders als alles, was er kannte – an was er sich noch erinnerte. Mehr als einmal hatte er sie verzweifelt beiseitegeschoben und finster die Regalreihen angestarrt, die geduldig auf ihn warteten. Aber nicht allzu lange. Memsa Gulda kannte sich gut mit der faulen und lebensuntüchtigen Art der Männer aus und trieb ihn unerbittlich an.

»Ich bringe diesen verklebten Strang, den Ihr Gehirn nennt, wieder zum Arbeiten, junger Mann, macht Euch da keine Sorgen«, erklärte sie wiederholt und mitleidlos.

Gegen seinen Willen fing er an, sie zu mögen. Das eine Mal, als er mit seiner Geduld wirklich am Ende war und zu seiner eigenen Überraschung beinah die Hand gegen die Alte erhoben hatte, stieß sie durch seinen Panzer auf seinen schwachen Punkt vor wie ein Assassine.

»Ich weiß, daß es Euch schwerfällt, Hawklan«, sagte sie freundlich. »Und Ihr müßt eben manchmal wütend werden, doch sie sind ein gutes Volk, das beste vielleicht, das es auf dieser Welt noch gibt. Sie hätten sich nicht an Euch gewandt, selbst nachdem die Burg Euch erwählt hatte, wenn sie es nicht aus einem tiefen Grund heraus empfunden hätten. Wir müssen beide durchhalten. Sie sind es wert.« Und das war es. Das Ende seiner Rebellion.

Gavor mit seinem phantastischen Wissensschatz, den er durch das Studium des Großen Tors und der vielen Schnitzwerke und Gemälde in der Burg angehäuft hatte, war ihm eine unschätzbare Hilfe. Er teilte meist Hawklans lange Wachen in der Bibliothek, blätterte mit seinem Holzbein durch die Seiten und bat Hawklan hin und wieder, ihm einen anderen Band herunterzuholen. Da Hawklan nie zuvor solche Studien betrieben hatte, überraschte es ihn zu erfahren, daß er ein schneller und aufmerksamer Leser war. Doch Gavor war noch schneller.

»Wo hast du gelernt, so schnell zu lesen, Gavor?« fragte er ihn schließlich, nachdem er ihn mehrere Tage lang unablässig beobachtet hatte.

»Mein lieber Junge«, gab er zurück, »ich studiere das Tor.«

»Und?«

»Das Und, mein lieber Junge«, begann Gavor geduldig, »ist, daß ich kein Kolibri bin. Ich kann nicht starr in der Luft stehen. Ich muß sozusagen im Vorbeifliegen lesen. Ich kann dir gar nicht sagen, was für ein Vergnügen es ist, hier sitzen zu dürfen, ohne dauernd befürchten zu müssen, herunterzufallen.«

Doch nicht alles war so harmonisch. Zwischen Gulda und Gavor hatte sich eine gewisse Spannung entwickelt. Etwas unklug pflegte sie Gavor ›verdammte Krähe‹ zu nennen, woraufhin Gavor erwiderte, sie würde, nachdem sie ihre Nase um ein, zwei Schritt gekürzt hätte, ganz passabel aussehen – für einen Pelikan.

Glücklicherweise traten andere, bevor dieses Thema weiter erörtert werden konnte, tapfer dazwischen und vermittelten eine Art Waffenstillstand, den die beiden mit versteinerten Mienen einhielten. Sie gingen einander sorgsam aus dem Weg und beäugten sich mißtrauisch, wenn die Umstände eine Zusammenarbeit zu Hawklans Nutzen erforderten.

»Das ist alles zuviel für mich, Gavor«, seufzte Hawklan, der sich immer noch die müden Augen rieb. »Ich kann doch nicht die Wahrheit aus diesen Geschichten erfahren, und außerdem ist es einfach zuviel. Mir ist, als wüßte ich mit jedem Tag weniger statt mehr.«

Keine Antwort.

Hawklan ließ sich zurücksinken und sah zu seinem Freund hinüber. Gavor war fest eingeschlafen, den Fuß um die Rückenlehne eines Stuhls gekrallt, den er sich als Sitzstange ausgesucht hatte. Das Holzbein, waagerecht nach vorn gestreckt, war in ein aufgeschlagenes Buch gesteckt und stützte ihn ab.

Hawklan lächelte. »Sehr klug«, gähnte er und schob die Bücher beiseite, in denen er gerade gelesen hatte. Er ließ den Kopf auf die verschränkten Arme sinken und schlief ohne die geringsten Gewissensbisse ein.

Als er die Augen wieder aufschlug, hatte er Probleme, seinen Blick wieder scharf zu stellen. Ihm gegenüber, neben dem schlafenden Gavor, saß Andawyr. Sein Mondgesicht sah in dem weichen Licht der mittlerweile dunkel gewordenen Bibliothek abgespannt und hager aus, und sehr alt.

Hawklan lächelte und öffnete den Mund, um etwas zu sagen. Er wollte Andawyr mitteilen, daß es seinem Arm viel besser ging, doch die Worte wollten nicht so recht Gestalt annehmen.

»Hört mir zu, Hawklan.« Die Stimme klang schwach und fern. »Ich kann nur deshalb zu Euch sprechen, weil ich mich in äußerster Not befinde. Wir haben die Vögel gebunden ... Ich werde in Narsindal gefangengehalten und kann jeden Augenblick vernichtet werden. Geht zu den Cadwanol ... in den Höhlen von Cadwanen am Paß von Elewart.«

Hawklan spürte nun Furcht und Schmerz in dem alten Mann, doch immer noch kam kein Wort über seine Lippen.

»Sie wissen von Euch ... Sagt ihnen, ich hätte nach Euch gegriffen, als alle Hoffnung verloren war. Sagt ihnen, die Uhriel seien tatsächlich frei – Oklar, Creost und Dar Hastuin.«

Dunkelheit flutete aus einer unbekannten Quelle in Hawklans Geist. Andawyrs Stimme wurde schwächer.

»Sagt ihnen, sie hätten Ihn erweckt ...« Das Bild waberte. »Sie hätten ihren alten Meister erweckt. Ich habe Seine Präsenz gespürt, und ich fürchte, Er die meine.« Er sah über seine Schulter. »Hawklan, die Zweite Wiederkehr Sumerals hat begonnen. Sphaeera, Theowart und Enartion müssen geweckt werden.« Er schlug die Hände vors Gesicht, als wolle er einen Angriff abwehren.

Hawklan versuchte ihm mitzuteilen, daß er hier sicher sei; das hier war doch nur eine Bibliothek. Auf Anderras Darion war man sicher. Doch er konnte immer noch nicht sprechen, und seine Lider wurden schwerer und schwerer. In der Ferne verebbend hörte er: »Sie brauchen Euch, und Ihr braucht sie. Ethriss muß gefunden und geweckt werden, oder alles ist verloren, und Sumerals Macht wird bis zu den Sternen reichen. Er ist jetzt viel weiser ...«

Eine unheilvolle, furchterregende Finsternis überflutete Hawklan, während die Stimme erstarb, und Hawklan spürte eine kalte, böswillige Präsenz, bevor er wieder ins Vergessen trieb.

Langsam entstand in der alles verschlingenden Finsternis ein winziger, strahlend heller Funken, der seinen Namen rief. Er rief ihn immer wieder und lachte ihn an. Beim Wachsen veränderte er sich und flackerte, bewegte sich mit dem gleichzeitigen Geräusch, bis er schließlich zerstob in einer Myriade von Funken, und Hawklan öffnete die Augen in einem grellen Ansturm von Licht und Gelächter.

Mit trübem Blick setzte er sich auf. Die Bibliothek war hell erleuchtet vom Tageslicht, das die Spiegelsteine bis in die innersten Bereiche der Festung reflektierten. Tirilens Lachen hallte ihm in den Ohren, und der Grund für dieses Lachen tanzte hektisch vor ihm auf und ab.

»Ah, ah, ah. Ooh, ooh. Tu doch was«, schrie Gavor.

»Was ist denn los?« fragte Hawklan schläfrig.

»Eingeschlafene Füße«, erklärte die immer noch lachende Tirilen.

»Wo?« fragte Hawklan und reckte sich, um die Steifheit aus seinen Gliedern zu vertreiben.

Gavor streckte sein Holzbein vor, und Tirilen ließ sich in einen Sessel fallen, während sie sich die Tränen aus den Augenwinkeln wischte. Hawklan schaute sie vorwurfsvoll an.

»Keine gute Einstellung für einen Heiler, mein Kind«, tadelte er sie und versuchte, ein Grinsen zu unterdrücken. Gavor allerdings hörte nicht auf zu jammern, bis er plötzlich wunderbarerweise durch Guldas abruptes Eintreten geheilt wurde.

»Aha, wie ich sehe, habt Ihr geschlafen, junger Mann«, stellte sie fest. »Ich nehme an, Ihr möchtet jetzt etwas essen?«

»Fürsorglich wie immer, liebe Dame«, murmelte Gavor hörbar in den Raum.

Gulda bedachte ihn mit einem finsteren Blick. Gavor streckte seinen Schnabel mit großer Würde in die Luft, stakste zu einem auffälligen Sonnenfleck hinüber und begann sich heftig zu putzen. Staub und Teilchen iriszierender Federn stoben in dem breiten Sonnenbalken auf, der wie ein Riesenfinger in den Raum fiel.

Hawklan sah erst Gulda, dann Tirilen an, die ihr glänzendes blondes Haar zurückwarf, eine goldene Sichel, die das Sonnenlicht durchschnitt. Plötzlich kam die Erinnerung an Andawyr und das sonderbare Grauen, das ihn umhüllt hatte, mit abstoßender Lebendigkeit zurück.

Draußen verschwand die Sonne hinter großen grauen Wolkenfetzen, die der stürmische Ostwind herbeiblies, und das Licht in der Bibliothek nahm eine düstere Färbung an.

»Gulda«, sagte er schwach.

Guldas Augen verengten sich kaum merklich, als sie seinen Tonfall hörte. Sie zeigte mit dem Kopf zur Tür und formte das Wort ›Frühstück‹ mit den Lippen in Tirilens Richtung. Als das Mädchen gegangen war, setzte Gulda sich zu Hawklan, die Hände auf den Stock gelegt.

»Gulda«, sagte er wieder. »Ich hatte letzte Nacht einen Traum. Zumindest hielt ich es für einen Traum ... Aber jetzt bin ich mir nicht mehr sicher.« Er zitterte leicht. »Er war sehr bizarr.«

Gulda erwiderte nichts, sondern nickte nur bedächtig mit dem Kopf. Hawklans Stimme veranlaßte Gavor, mit dem Federputzen aufzuhören.

»Andawyr war hier«, fuhr Hawklan fort und wies auf den Stuhl, wo er den kleinen Mann erblickt hatte.

»Andawyr?« fragte Gulda.

Hawklan machte eine entschuldigende Geste. »Jemand, den ich auf dem Gretmearc getroffen habe.« Dann, etwas ausführlicher: »Komischer kleiner Mann. Ich verdanke ihm eine Menge. Er und Gavor haben mir das Leben gerettet. Sagte, er gehöre zu den Cadwanol, wer immer das sein mag.«

Guldas Augen weiteten sich, und kurzfristig verwandelte sich ihr grimmiger Gesichtsausdruck in höchstes Erstaunen. Für den Bruchteil einer Sekunde hatte Hawklan die Vision eines Gesichtes, das einmal blendend schön gewesen war.

»Die Cadwanol«, sagte sie leise zu sich selbst. »Nach all dieser Zeit. Wachen immer noch.« Sie bedeckte ihr Gesicht mit der Hand und saß eine Weile mit gesenktem Kopf da. Als sie den Blick wieder hob, war ihr Gesicht voller Selbstvorwürfe.

»Ich habe Euch nicht gefragt, was auf dem Gretmearc geschehen ist, Hawklan«, sagte sie schlicht, »obwohl ich sehen konnte, daß Ihr den Dorfbewohnern etwas verheimlicht habt. Es tut mir leid. Ich werde nicht nur alt, sondern auch dumm. Wollt Ihr mir nun bitte alles berichten?«

Gavor legte angesichts Guldas demütigem Tonfall den Kopf schief.

»Alles«, wiederholte sie. Ihre alte Verhaltensweise brach wieder durch, als sie Hawklan mit ihrem langen Zeigefinger aufs Knie piekte. »Alles, seit dieser ... Kesselflicker-Lord eintraf, was Ihr den anderen nicht erzählt habt.«

Während Hawklan seine Geschichte erneut zum Besten gab, faltete Gulda ihre Hände auf dem Stock und ließ den Kopf darauf ruhen, die Augen geschlossen und niedergeschlagen. Als er geendet hatte, machte sie immer noch keine Bewegung, doch Hawklan spürte die Spannung in ihr.

»Und nun erzählt mir Euren Traum«, verlangte sie ruhig. Eingedenk ihres früheren Tadels gab Hawklan Andawyrs Worte und Handlungsweise so genau wieder, wie er es vermochte. Alles war noch sehr lebendig in ihm, und er schauderte.

Obwohl Gulda keine Reaktion zeigte, schien die Spannung in ihr zuzunehmen, und dann, ganz plötzlich, wurde ihr blasses Gesicht noch blasser, und ihre langen, kraftvollen Hände zitterten auf ihrem Stock. Hawklan bekam Angst und fürchtete, sie könne die Besinnung verlieren. Er streckte die Hand aus, wie um sie aufzufangen, und sie ergriff sie und hielt sie fest. Ihr Händedruck war erschrekkend kräftig, doch die Finger zitterten wie Espenlaub und waren eiskalt.

»Einen Moment noch, dann geht es wieder«, erklärte sie schwach. Hawklan zuckte zusammen unter der Pein, die von ihr ausströmte.

Gavor hinkte über den Tisch und sah sie merkwürdig an. Gulda sah ihm tief in die schwarzen Augen, und ihre Miene entspannte sich.

»Ah«, wisperte sie, fast wie zu sich selbst. »Treuer Vogel. Euer Volk hat wahre Dienste geleistet zu seiner Zeit.« Dann, direkt zu Gavor: »Ihr müßt einer ungeduldigen alten Frau ihre scharfe Zunge und Dummheit vergeben. Es kommt nicht wieder vor. Ich glaube, wir haben keine Zeit mehr für solche Dinge.«

Gavor hatte viele Fehler, aber nachtragend war er nicht. »Mein liebes Mädchen«, sagte er. »Ich nehme lieber Eure Flüche auf mich, als Euch so zu sehen.«

»Was ist denn los, Gulda?« fragte Hawklan.

Sie antwortete nicht, sondern blieb eine Weile mit gesenktem Kopf sitzen. Dann setzte sie sich kerzengerade auf, als sei sie ein Sämling, der sich nur im Wind gebeugt hatte. Ihr Gesicht war immer noch aschfahl, doch mit solcher Entschlossenheit und Würde erfüllt, daß es Hawklan die Sprache verschlug.

Sie ließ Hawklans Hand los und legte ihre wieder auf den Stock zurück. »Erzählt mir noch einmal, was er gesagt hat. Wörtlich, erinnert Euch genau.«

Hawklan trug seine Geschichte noch einmal vor.

»Sagen Euch diese Namen irgend etwas, Hawklan?« wollte sie von ihm wissen.

Hawklan zuckte mit den Schultern. »Ich bin darin über sie

gestolpert«, gab er zur Antwort und deutete auf die über den Tisch verstreuten Bücher. »Und in einigen der Geschichten auf dem Tor. Andawyr hat von Sumeral gesprochen. Hat ihn den Verderber, den Großen Feind genannt ... den Feind allen Lebens.«

Gulda nickte. »Hat er es nicht erklärt?«

Hakwlan verneinte kopfschüttelnd. »Ein bißchen, doch wir wurden angegriffen, bevor er mehr erzählen konnte.« Gulda nickte.

Das Geräusch einer leise ins Schloß fallenden Tür ließ Hawklan aufblicken. Tirilen brachte still Speisen und Getränke herein. Sie schritt so leichtfüßig über den weichen Teppich, als sei er eine Frühlingswiese, und stellte ein geschnitztes Tablett vor Hawklan.

Gavor ließ den Blick anerkennend über die angebotenen Leckerbissen schweifen. »Dürfte genug sein, um einem verhungerten Flieger etwas abzugeben, oder?« flüsterte er.

Tirilen fing Guldas Blick auf. »Soll ich gehen?« bot sie an. Gavor hob alarmiert den Kopf.

»Nein«, sagte Gulda. »Bleib und iß. Er ist dein Freund. Er wird dich brauchen. Und um stark zu sein, mußt du auch die Wahrheit erfahren.«

Gavor begann mit geräuschvollem Appetit zu essen.

Hawklan nahm eine Frucht in die Hand, spielte gedankenverloren damit herum und sah Gulda an.

Sie blickte ihm fest in die grünen Augen. »Ihr müßt mir vertrauen, Hawklan, so wie Ihr diesem ... Andawyr vertraut habt. Euer Vertrauen war es wahrscheinlich, das es ihm ermöglichte, Euch in der Stunde seiner Not zu erreichen und seine Botschaft zu übermitteln.«

Hawklan fand die durchdringenden blauen Augen beunruhigend. »Ich vertraue Euch, Gulda. Trotz Eurer Direktheit fühle ich nichts Böses in Euch. Und Ihr seid ein Brennpunkt für jene, die mich zu erreichen versuchen.«

»Ja«, bestätigte Gulda. »Eure Gestalten im Nebel. Ich fürchte, sie bleiben mir ein Rätsel. Ich habe nichts gesehen ... doch Ihr seid jemand Besonderes und ... es gibt eine

Menge Dinge, die ich nicht weiß, Hawklan, eine Menge.« Sie schwieg unsicher. »Aber was ich weiß, müßt auch Ihr erfahren. Eure Unwissenheit ist bemitleidenswert und möglicherweise sogar gefährlich.«

Wie damals in Andawyrs Zelt fegte das Wort ›Unwissenheit‹ durch Hawklan wie ein eisiger Wind, der lange abgefallene Blätter durcheinanderwirbelte.

»Erzählt mir nun, was Ihr wißt«, verlangte er mit ausdrucksloser Stimme. »Vielleicht könnt Ihr ja all diese Geschehnisse zusammenbündeln.«

Guldas Augen verengten sich angesichts seines Tonfalls, dann schlug sie die Augen eine Weile nieder, als habe sie sich noch nicht genau entschlossen, was sie sagen wolle, oder als versuche sie sich an eine Geschichte zu erinnern, die sie seit Jahren nicht mehr erzählt hatte.

»Laßt mich sprechen, und dann beantworte ich Eure Fragen, Hawklan«, sagte sie und schob widerwillig die letzten Hindernisse zwischen ihrer Geschichte und der Einleitung beiseite. Hawklan nickte, und Gulda begann.

»Diese Leute hier halten mich für eine zänkische alte Frau, die sie in ihren besten Jahren heimsucht, wie sie es damals getan hat, als sie Kinder waren.« Ein Lächeln blitzte auf ihrem Gesicht auf wie Sonnenschein, der von einer Welle reflektiert wird. »Nun«, räumte sie ein, »ich bin zänkisch, aber nur, weil das ›alt‹ wahrer ist, als sie sich vorstellen können. Doch ich bin nicht zurückgekehrt, um sie zu verfolgen ... obwohl ich das könnte.« Wieder dieses flüchtige Lächeln. »Ein bißchen um der alten Zeiten willen.« Dann verschwand das Lächeln endgültig. »Nein. Ich bin zurückgekehrt, weil sich etwas regt. Etwas Finsteres und Böses, das einst seinen schmutzigen Schatten über die ganze Erde geworfen hatte ...«

Sie zögerte und starrte eine Zeitlang blicklos vor sich hin. Dann verzog sie schüchtern das Gesicht. »Tut mir leid«, sagte sie. »Es ist schon so lange her, seit ich zuletzt über diese Dinge gesprochen habe. Ich weiß nicht, wo ich anfangen soll, und ich ... ich wußte nicht, daß es so weh tun würde.«

»Wenn es Euch Schmerzen bereitet, Gulda …«, fing Hawklan an, doch sie brachte ihn mit einer Handbewegung zum Verstummen.

»Nein, nein«, beeilte sie sich zu widersprechen. Und dann, fast beiläufig: »Wie auch immer, es ist ja egal, warum ich herkam. Ich sollte alt genug sein, um meinen Beweggründen keine allzu große Bedeutung mehr beizumessen, he? Nun, da ich hier bin, sehe ich meine Aufgabe darin, Euch zu unterrichten. Dann vielleicht kann ich mich meinem eigenen … Problem zuwenden.« Offenbar zufrieden über diesen Schluß, setzte sie sich abrupt auf und begann ihren Bericht wie ein Geschichtenerzähler aus den Dörfern.

KAPITEL 21

»Vor langer Zeit traten vier Gestalten aus der schrecklichen Hitze des Großen Brennens. Weiß schimmernd und strahlend kamen sie in die abkühlende Welt und formten sie mit ihren Liedern und ihrer Liebe zu einem großen Fest ihrer puren Lebensfreude.

Viele Formen waren nötig, denn groß und unendlich variabel war ihre Freude. Und als die Zeit gekommen war, formten sie die Welt, wie sie nun ist, so daß ihre Schöpfungen jetzt selbst Dinge schaffen und ihr eigenes Freudenfest feiern konnten.

Und diese vier nannte man die Wächter: Sphaeera, Wächterin der Luft und der Winde und des Himmels; Enartion, Wächter der Ozeane und Seen und aller Flüsse und Bäche; Theowart, Wächter der Erde, ihrer Berge und Ebenen, Inseln und Kontinente; und dann, der größte von ihnen, der Erstgekommene, Ethriss, der Wächter aller Lebenden Dinge.

Und die Wächter blickten auf ihr Werk und auf die Große

Harmonie ihres Gesangs und waren zufrieden. Und sie ruhten sich aus; jeder zog sich in seine Schöpfung zurück, so daß nur Ethriss seine ursprüngliche Gestalt beibehielt, und er lag auf dem Gipfel eines unbesteigbaren Berges, verborgen vor den Augen der Menschen durch Sphaeeras Nebel.

Doch noch ein Fünfter war aus der Hitze des Großen Brennens gekommen, mit geringeren Gestalten an seinen Fersen. Und Er glühte rot und haßerfüllt und trug eine uralte Verderbnis in Sich aus dem, was zuvor gewesen war. Finster in Seinem Übel brütend, die Arbeit der Wächter verachtend, doch verzagt angesichts ihrer Macht und Stärke, hielt Er sich still und stumm, bis sie ruhten. Dann trat Er vor, leise und mit großer Heimtücke, denn Er wußte, ihr Erwachen würde Seinen Untergang bedeuten. Denn sie würden Ihn erkennen. Und Er wandelte unter den Menschen viele Generationen lang, säte still und leise Seine Verderbnis mit süßen Worten und gelogenen Wahrheiten, und langsam verunstaltete Er die Große Harmonie, die die Wächter geschaffen hatten. Und so schön war Er, daß niemand das Böse in Ihm zu erkennen vermochte ...«

Gulda unterbrach ihre Erzählung abrupt und schaute Hawklan mit einem merkwürdigen Ausdruck an. »Und Er *war* schön, Hawklan, so schön.« Hawklan hörte unzählige Bedeutungsnuancen aus ihrer Stimme heraus, doch sie entglitten ihm, als die Eigendynamik der alten Geschichte Gulda wieder ergriff.

»Und so klug war Er, daß manche der Sterblichen die schlafenden Wächter vergaßen und Ihn für einen Gott hielten und anbeteten, und sie nannten Ihn Sumeral, den Zeitlosen. Und aus ihrer Anbetung wuchs Seine Macht, sowohl im Geiste als auch in Seiner Herrschaft über die Herzen und Hirne der Menschen. Und die Sterblichen vermehrten sich und verbreiteten sich über die ganze Welt, und damit wuchs Seine Macht, so daß sie derjenigen der Wächter gleichkam.«

Wieder schwieg Gulda, als rufe sie sich eine lange vergessene Erinnerung zurück. Sie hob mahnend den Zeigefinger und sagte mit ihrer normalen Stimme: »Ihr dürft diese Menschen nicht verurteilen, Hawklan. Sumeral wob Seine Verderbnis immer mit überzeugenden Argumenten und großer List. Er verengte das Blickfeld der Menschen, so daß sie nur noch ihre eigenen Wünsche und Bedürfnisse zu sehen vermochten. Und da sie nur diese sahen, wurden sie unzufrieden. Er stumpfte ihr Bewußtsein für andere Lebewesen ab – nicht nur für ihre Mitmenschen, sondern auch für Pflanzen, Tiere, alles. Er machte sie ihre tiefe Verwandtschaft vergessen, ihre Abhängigkeit vom Ganzen, ihre Verantwortung für all die anderen Dinge, die waren. Er machte sie die Lebensfreude vergessen, Hawklan, und da sie wußten, daß sie etwas verloren hatten, suchten die Leute verzweifelt nach etwas, womit sie die Leere ausfüllen konnten, die Er geschaffen hatte.«

Sie beugte sich vor und stieß mit dem erhobenen Finger in die leere Luft. »Also zeigte Er ihnen mehr und mehr, wie sie diese Bedürfnisse befriedigen konnten. Doch jede Befriedigung führte nur zu neuer Leere und neuem Verlangen. Und jeder war allzeit auf der Jagd nach einem kostbaren Schatz, für den er nichts mehr empfand, sobald er ihn besaß. Ich kann mir vorstellen, daß Ihr das nach zwanzig Jahren in Orthlund nur schwer nachvollziehen könnt, doch Tiere wurden ausgerottet, Wälder vernichtet, Berge abgetragen, große Teile des Landes zerstört, und selbst die Luft und das Meer stanken vor Gift.«

Hawklan hob die Hand, um sie zu unterbrechen. Zuerst hatte Gulda ihre Geschichte wie ein Märchenonkel aus einem der Dörfer vorgetragen. Ihre Erzählung glich so vielen, die er in der letzten Woche gelesen hatte, doch er war bereit, sich die alten Sagen erneut anzuhören, wenn es das war, was sie von ihm verlangte. Aber was meinte sie damit? Sie hatte recht, er konnte sich solche Ungeheuerlichkeiten nicht vorstellen, nicht zuletzt, weil ihre schlichten Worte jetzt nicht mehr wie ein Märchen klangen, sondern ihn wie Peitschenhiebe trafen.

»Gulda, ich verstehe das nicht«, wandte er ein, und die Verwirrung zeigte sich deutlich in seinem Gesicht. »Ihr erzählt uns diese alte Geschichte, als seien wir Kinder ...« Er unterbrach sich abrupt, als er den Ausdruck in ihrem Gesicht sah. Es war nicht die ärgerliche Gereiztheit oder der barsche Tadel, den eine solche Bemerkung erwartungsgemäß hervorrufen mußte, sondern eine solch verlorene Trauer, ein solch quälender Schmerz, den kein Trost mehr erreichen konnte. Die Augen öffneten sich ihm vor Entsetzen, als der Heiler in ihm den Rand dieser Qual berührte, und eine Erkenntnis reifte in ihm. Gulda sah es und nickte bedächtig.

»Ja, Hawklan«, sagte sie. »Du siehst richtig. Dies ist kein Kindermärchen. Dies ist die Wahrheit. Ich erzähle sie wie eine alte Lagerfeuersage, weil alles andere meinen Verstand und mein Herz brauchen würden, und die Qual der Erinnerung übersteigt meine Kraft.« Tränen standen ihr in den Augen, doch keine Regung verzog ihren Mund oder ihr Gesicht.

Hawklans Gedanken rollten auf und ab wie Kiesel am Ufer eines sturmgepeitschten Sees. Einen Moment lang wurde es ihm richtig schwindlig, und er preßte die Finger gegen seine Schläfen, um sich zu beruhigen. Etwas erschütterte sein gesamtes Sein. Hier war diese verrückte alte Frau, die ihm Märchen erzählte wie Andawyr, wo er doch Antworten auf seine zahllosen Fragen brauchte. Er verfluchte sich selbst für die Schwäche, sich Hilfe von diesem seltsamen Geschöpf erhofft zu haben.

Und doch ... Und doch ... *sie* glaubte jedes Wort, das sie sagte, das war offensichtlich. Und ... er glaubte es auch, obwohl sein Verstand dagegen Sturm lief. Aber ...?

»Woher wißt Ihr, daß es wahr ist?« fragte er schließlich.

Gulda blickte ihm ins Gesicht und antwortete ohne zu zögern: »Das ist eine andere Geschichte, Hawklan. Vermutlich nicht meine. Zweifelt Ihr an mir?«

Hawklan zuckte vor dem Leid in ihrem Blick zurück, als ihre strahlenden blauen Augen ihn durchbohrten. Diesmal waren auch sie voller Zweifel, ein Zweifel, der seine eigenen Grübeleien während der letzten Woche zur Bedeutungslosigkeit schrumpfen ließ.

Hatte sie so große Hoffnung in einen unwissenden, hohlköpfigen Mann gesetzt, der einigermaßen geschickt im Heilen war, und der wahrscheinlich zufällig in den Besitz einer alten, magischen Burg geraten war?

Kurz spürte er wieder ihre abgrundtiefe Verzweiflung und Einsamkeit angesichts der Erkenntnis, daß sie ihre lange, qualvolle Reise vielleicht weiter fortsetzen mußte, in welch ferne Dunkelheit auch immer. Etwas in ihm bewegte sich, als fiele der Schlußstein aus einem Gewölbe, und die Zweifel und der Aufruhr in ihm legten sich.

Er nahm ihr Gesicht in seine Hände. »Verzeiht mir, Gulda«, bat er sie zögernd. »Ich verstand nicht.«

Sie hob ihren Stock und legte ihn auf den Tisch, um dann seine Hände mit ihren zu bedecken und einen Moment lang die Augen zu schließen.

»Und Ihr müßt mir auch verzeihen, daß ich an Euch gezweifelt habe, Hawklan. Ganz kurz dachte ich, Ihr seid der falsche Mann, und ich müßte weiter ... Doch nun erkenne ich, daß Eure Zweifel nur die letzten Regungen Eures Lebens bei den Orthlundyn waren. Ich möchte den Mann sehen, der nicht betrübt wäre, wenn er das verlassen müßte, was Ihr hier besessen habt.«

Hawklan nickte kaum merklich. »Beendet Eure Geschichte«, bat er sie sanft.

Gulda lächelte traurig, ließ Hawklans Hände los und griff wieder nach ihrem Stock. Der gegenseitige Zweifel hatte die Erlösung gebracht. Sie fuhr mit ihrer Erzählung fort.

»Nicht alle ließen sich durch Seine Heimtücke blenden. Viele erinnerten sich an die Sagen von den Wächtern, die seit Generationen weitergegeben worden waren, und erkannten Sumeral als das, was Er war. Sie widersetzten sich Ihm.« Sie schüttelte den Kopf. »Viele Geschichten wären da zu erzählen, die Euch mit Freude oder Trauer erfüllen würden. Viele Geschichten.« Dann streckte sie die Hände in die Höhe, als umfasse sie eine Kugel. »Seltsamerweise verstärkte sich ihr Widerstand, je weniger sie wurden. Und selbst unter denen, die sich Seiner Herrschaft gebeugt hatten, gab es Murren gegen Ihn, als die Verwüstung des Landes immer offensichtlicher wurde.«

Sie beugte sich vor und näherte sich dem Höhepunkt ihrer Erzählung. »Dann setzte Er, der Meister der Originalität, Sein schlauestes und bösestes Schurkenstück in die Welt ... Er lehrte Seine Völker den Krieg.«

Sie dehnte das Wort ›Krieg‹, daß es klang wie ein Grabgesang.

Gavor legte den Kopf schief.

Gulda verfiel wieder in ihre sonore Märchenerzählerstimme. »Er tauchte ein in die tiefste Grube der Finsternis, die in den Gedanken der Menschen gegraben werden kann, und holte den wildäugigen, kreischenden Krieg hervor. ›Wenn ihr Mich anbetet, so müßt ihr auch Meine mächtigste Schöpfung anbeten, denn sie allein kann euch zeigen, wie man jene zerschmettert, die zwischen euch und der Größe stehen, die euch rechtmäßig zusteht.‹«

Hawklan schaute sich eines der Fensterbilder an, die die Spiegelsteine in die Bibliothek reflektiert wurden. Draußen flogen Sturmwolken über den Himmel, rasenden Horden gleich.

Gulda schlug wieder einen sachlichen Ton an. »Damit hoffte Er das Murren in Seinem Volk zum Verstummen zu bringen und jene zu zerschmettern, die sich Ihm widersetzten. Und eine Zeitlang hatte Er auch Erfolg damit. Doch Er hat sich übernommen. Lärm und Tumult, wie sie nur der Krieg erzeugen kann, hatten die Wächter geweckt.«

Gulda stützte den Kopf in die Hände und schüttelte ihn bitter. »O Hawklan. Es gibt so viele schreckliche ›Wenns‹ in dieser Geschichte. Wenn die Wächter nicht geschlafen hätten, wenn sie früher erwacht wären oder von ihrem langen Schlaf weniger müde gewesen wären. Wenn, wenn, wenn.«

Hawklan wartete, während die Schatten der Wolken durch die Bibliothek zogen.

Gulda fuhr fort: »Sumeral fühlte ihr Erwachen, und Er hatte Angst. Seine Kräfte kamen den ihren gleich, doch Er wußte, Er würde selbst bei einem Sieg Seinen eigenen Untergang riskieren, wenn Er sich ihnen direkt entgegenstellte. Also spornte Ihn das nur zu einer weiteren schlimmen Tat an.« Der Märchenerzählerton stellte sich wieder ein. »Er nahm Seine drei grauenvollsten Regenten und füllte sie mit schrecklichem Wissen, so daß sie die Mächtigsten unter den Menschen wurden, und dann verlieh Er ihnen Unsterblichkeit und fesselte sie mit unvorstellbaren Banden, so daß sie auf ewig Seine Diener waren.«

»Die Uhriel«, warf Hawklan leise ein. Gulda nickte.

»Creost«, sagte Hawklan.

»Mit Macht über die Wasser der Erde, Enartion zu binden.«

»Dar Hastuin.«

»Mit Macht über die Lüfte und den Himmel, um Sphaeera zu binden.«

»Und Oklar.«

Hier hielt Gulda inne. »Der Größte von allen. Mit Macht über das Land und die Berge, um Theowart zu binden.«

Die Worte hingen in der Luft wie ein gesungenes Glaubensbekenntnis.

»Sie waren es, welche die Wächter in einen Kampf verwikkelten und sich um die irdische Kriegsführung kümmerten, damit Sumeral sich ungehindert Ethriss widmen konnte.«

Hawklan fielen die Sagen von Schlachten und Ruhm ein, die er gerade gelesen hatte. Fast widerwillig verspürte er ein Kribbeln der Erregung.

»Erzählt mir vom Krieg«, verlangte er.

Gulda hörte den Unterton in seiner Stimme und blickte ihn darauf lange wortlos an, während ihre Augen bis in seine Seele zu dringen schienen. Ihr Gesicht verzog sich zu einer Miene des Abscheus und der Resignation, gemischt mit Mitleid und Verständnis.

»Hawklan, Sumeral und Ethriss kämpften gegeneinander auf Ebenen und Arten, die wir nicht einmal ansatzweise begreifen können. Doch unter unserem Geschlecht führte jeder von ihnen sterbliche Armeen in menschlicher Gestalt.« Sie legte die Hand an ihren Kopf. »Reinigt Euren

Geist von all den schönen Worten, die Ihr in den Büchern gelesen habt – glitzernde Reihen bewaffneter Männer, Speerspitzen, die in der Sonne glänzen, bronzene Helme, nickende Federbüsche, tapfer flatternde Banner und so weiter. Das ist Dichtkunst, aber nicht die Wahrheit. Das wenige Gute, das der Krieg mit sich bringt, ist wie ein verlorener Stern, der den Menschen inmitten einer öden Wildnis durch den Nebel leuchtet. Heldentum, Ehre, Würde – es gibt sie nur, weil Ethriss' Kinder unendlich anpassungsfähig sind und ewig danach streben werden zu überleben, wobei die klügeren unter ihnen ein Gefühl für die Nöte ihrer Mitmenschen bewahren. Im Ganzen werden diese Gaben zehnfach aufgewogen durch die Schrecken des Krieges.

Statt Ruhmbegier solltet Ihr lieber Angst haben, Eure Eingeweide zu verlieren, wissen, wie es aussieht, wenn Stahl geliebtes Fleisch durchschneidet, wenn Hufe Schädel in die blutgetränkte, aufgewühlte Erde stampfen. Jahre der Schöpfung, in Minuten vernichtet. Wissen, daß große Teile des Landes für immer verwüstet bleiben, Flüsse verstopft sind von den Körpern der Erschlagenen, Männer an Seuchen und unbeschreiblichen Wunden sterben, ohne Trost und Mitleid sterben, weit weg von allem, was sie lieben. Alte Leute, die dahingemetzelt, Kinder, die verstümmelt und vertrieben werden. Das ist der Krieg, Hawklan. Nicht Ruhm. Nicht Pracht.«

Hawklan neigte den Kopf unter der Wucht dieses Ausbruchs.

»Doch der wahre Schrecken reicht noch tiefer«, fuhr Gulda fort. »Ich sagte nicht umsonst, daß der Krieg Sumerals übelste und schlaueste Erfindung ist. Als Ethriss die Wahrheit erkannte, weinte er.«

Hawklan schaute sie zweifelnd an. »Was könnte schlimmer sein als das, was Ihr soeben beschrieben habt?« fragte er.

Gulda packte seine Handgelenke. Hawklan wunderte sich über die Kraft ihres Griffs.

»In jedem Kampf, sei er zwischen Männern oder zwischen Nationen, kann nur der Stärkste und Skrupelloseste gewinnen, und das auch nur, indem er dem Gegner grauenhafte Verluste zufügt.« Tränen rannen über Guldas Wangen. Kein launenhaftes Schluchzen, sondern ein Überfließen eines tiefen Brunnens in ihrem Innern.

»Als Sumeral Krieg führte gegen Seine Feinde, verfielen sie in Entsetzen und Verwirrung und verstreuten sich wie Spreu im Wind, denn sie wußten nichts über das Wesen des Schreckens, der da über sie hereingebrochen war. Sie wären vom Erdboden vertilgt worden, hätte nicht Ethriss ...«

»Sie den Krieg gelehrt«, beendete Hawklan sanft ihren Satz. Andawyrs Worte auf dem Gretmearc fielen ihm wieder ein: Die Wächter mußten Sumerals Verderbnis lehren, um sie zu überwinden. Dann Islomans Stimme in dem weichen, grauen Regen: Du mußt schlimmer sein als dein Feind. Denk nie etwas anderes, oder du wirst sterben. Und sein eigener unausweichlicher Schluß: Wir handeln, um uns zu schützen. Das ist unser ältestes Gesetz. Tief in allen Lebewesen verankert.

Gulda nickte und ließ Hawklans Hände los. »Darum weinte Ethriss. Er mußte Sumerals Werk vollenden, um Ihn zu vernichten. Er mußte noch größere Verderbnis als Sumeral lehren.

Hawklan schlug die Hände vors Gesicht, als wolle er sich vor seinen eigenen Gedanken schützen, als die Logik von Guldas Erzählung ihn überwältigte.

»Die Vorwürfe, die Ethriss sich wegen seiner Trägheit und Langsamkeit machte, sind eine Last, die niemand von uns nachvollziehen kann«, fuhr Gulda fort. »Die einzige Linderung für seinen Schrecken über das, was er uns lehren mußte, war, daß die Menschen nur kämpfen sollten, um ihr Eigentum zu verteidigen, nicht, um anderen ihren Willen aufzuzwingen. Und daß sie sich im Sieg ...«

»... milde zeigen sollten«, beendete Hawklan den Satz.

Gulda sah ihn an, den Kopf ein wenig schräg geneigt, als lausche sie einem fernen Geräusch. »Ja«, sagte sie. »Sie sollten Mitleid zeigen und auf Rache verzichten. Einsame, zerbrechliche Pflanzen inmitten solchen Grauens. Und nicht immer überlebten sie.«

Der Wind draußen hatte sich gelegt, und die Gewitterwolken hingen prall und drohend über ihnen, wie eine Armee, die auf ihren Marschbefehl wartet, dachte Hawklan. Er setzte sich auf und ließ den Blick umherwandern. Gavor starrte gebannt auf die niedrig hängenden Wolken, in wer weiß welche Gedanken versunken. Gulda, bleich und erschöpft von ihrer langen Geschichte, aber seltsam siegessicher, wischte sich durch die Augen.

Doch Tirilen saß regungslos da, die Arme um den Oberkörper geschlungen, den Nacken gesenkt. Hawklan spürte die von ihr ausgehende Furcht. Sie steckte in der Falle, wie ein Kind in einem Alptraum, das erwacht und merkt, daß der Traum noch nicht zu Ende ist.

Hawklan legte seine Arme um sie und wiegte sie, wie er es so oft getan hatte, als sie noch ein kleines Mädchen gewesen war. Doch er hätte nicht sagen können, ob er das tat, um sie oder um sich selbst zu trösten.

KAPITEL 22

»Wozu hören wir uns das an, Hawklan?« fragte Tirilen mit einem vorwurfsvollen Blick in Guldas Richtung. »Das ist gräßlich. Ich glaube es nicht. Menschen tun solche Dinge nicht, haben es nie getan. Das ist nichts als eine alte Geschichte wie die auf dem Tor.«

Hawklan gab keine Antwort, hielt sie jedoch fest umarmt, bis die Frau in Tirilen wieder die Oberhand über das Kind gewann.

Gulda, von Frau zu Frau, war weniger behutsam. »Es war keine alte Geschichte, die deine Freunde aus Fyorlund getötet und das halbe Land hierhergebracht hat, um auf Abhilfe zu sinnen, junge Dame«, versetzte sie schroff.

Hawklan zuckte unter ihrem Tonfall zusammen, doch Tirilen schüttelte sich und ging gleich zum Gegenangriff über. Sie löste sich von Hawklan und wandte ihr Gesicht erzürnt der alten Frau zu. »Nein«, rief sie, doch ihre Stimme war voller Zweifel. »Nein. Ich glaube es nicht. Ich glaube auch nicht an Monster aus dem Märchen, die plötzlich zum Leben erwachen oder so einen Quatsch. Und woher wollt Ihr das eigentlich wissen, Ihr dumme alte ...« Abrupt senkte sie den Kopf, beschämt über ihr ausfallendes Benehmen. Während sie nervös mit den Fingern klopfte, murmelte sie eine Entschuldigung.

Über Guldas Gesicht huschte eine Spur von Ungeduld, doch Hawklan suchte ihren Blick und übermittelte ihr eine stumme Bitte um Nachsicht.

»Tirilen«, legte Gulda los. »Ich weiß, das ist schwer für dich. Doch du bist eine qualifizierte Heilerin, und daher weißt du, daß es Zeiten gibt, in denen man mit dem Verstand allein nicht weiterkommt. Wo du deine Intuition einbringen mußt, wo du dich loslassen mußt. Du mußt in die Wahrheit des Schmerzes deines Patienten eindringen und sie akzeptieren. Schau dir Hawklan an und erkenne die Wahrheit.«

Tirilen kam ihrer Bitte nach und blickte Hawklan ins Gesicht. Es trug einen Ausdruck von trauriger Unerbittlichkeit. Er hatte keine Worte für sie. Vor ihr lag ein Schritt in die Dunkelheit, und niemand konnte ihr diesen Schritt abnehmen. Sie zögerte.

Guldas Stimme erklang erneut. »Höre die Wahrheit, Tirilen. Vor langer, langer Zeit wurde die Welt von einem grauenvollen Übel heimgesucht. Es kann gut sein, daß dieses Übel wieder sein Haupt erhebt, und dann wird es die Welt erneut verwüsten, es sei denn, wir, die es sehen, unternehmen etwas dagegen.«

Tirilen rührte sich nicht, starrte Hawklan jedoch unverwandt an.

Guldas Tonfall wurde barscher. »Was die Frage angeht, woher ich das weiß, mag es dir genügen zu wissen, daß ich aufgrund meiner Dummheit hier bin. Mit ein bißchen Glück können die Cadwanol bald hier sein wegen ihrer Weisheit. Diese beiden da sind allerdings viel wichtiger.« Ihre Augen glitten über Hawklan und Gavor. »Wer kann schon sagen, wer *sie* sind oder warum sie jetzt hier sind?«

»Hawklan«, sagte Tirilen leise, verzweifelt, ein stilles, flehentliches Lächeln bat ihn zu sagen, das alles sei nicht wahr, alles werde so bleiben, wie es war.

Doch Hawklan hatte keine Worte für sie, obwohl ihm war, als breche ihr Lächeln ihm das Herz.

»Mandrocs haben die Hochgardisten getötet, Tirilen. Dann haben wir unsererseits Mandrocs getötet.«

Es war Gavors Stimme, schlicht und klar wie sein schwarzer Schatten. Das brach den letzten Damm, und lange zurückgehaltene Tränen brachen wie eine Flut aus dem Mädchen hervor. Sie schlug die Hände vors Gesicht, um ihre verzerrten Züge zu verbergen, und ihr Körper bebte krampfhaft.

Hawklan wußte, daß Tirilens Tränen nicht den Schrecken einer lange toten Vergangenheit galten oder der Furcht vor ihrer Rückkehr. Sie galten einem näheren Verlust, dem ihrer ehemaligen Entführer. Junge Männer, voller Leben, die sich für ihr Verhalten entschuldigt hatten und so höflich gewesen waren, während sie sie gefangenhielten. Die so grausam umgekommen waren.

Sowohl Hawklan als auch Gulda atmeten erleichtert auf. Beide hatten befürchtet, Tirilen könnte ihren Kummer zu lange in sich verschließen. Ihre Tränen waren notwendig, wie es die von Hawklan und Fel-Astian im Wald gewesen waren. Nun mußten sie frei fließen, so daß Tirilens angeborene Stärke und ihr Mut sie ungefährdet weiterbringen konnten.

Hawklan guckte das Fensterbild an. Draußen begannen dicke Regentropfen aus dem bleigrauen Himmel zu fallen, als wollten sie Tirilens Ausbruch nachahmen.

Nach einer Weile versiegte Tirilens Schluchzen. Sie setzte sich auf und begann sich die Tränen höchst undamenhaft mit dem Ärmel abzuwischen. Gavor flatterte auf ihre Schulter.

Gulda nahm ihre Erzählung wieder auf.

Nachdem der furchtbare Höhepunkt überschritten war, sprach sie lange und mühelos bis in den dämmernden Abend hinein, erzählte von den Generationen des Kampfes, der die Welt erschüttert hatte, während Ethriss und die Wächter versuchten, Sumerals Vorherrschaft zu brechen. Erzählte von Sumerals fortgesetzter Verderbnis der Menschen, um Seine gewaltigen Heere aufzustellen; von Seiner Versklavung anderer Völker als Arbeiter; von Seiner Umwandlung des freundlichen Bergvolks der Mandreci in die barbarischen Horden der Mandrocs; davon, wie Ethriss die Cadwanol ins Leben gerufen hatte, indem er die weisesten Männer aller Nationen in einem Großen Orden vereinte und ihnen viel von seiner Macht und Weisheit verlieh, die sie benutzen konnten, um die Schlacht auf verschiedenen Ebenen zu führen; und vom Großen Bündnis der Könige und Völker, das Sumeral und die Uhriel endlich in ihre letzte Zuflucht, die Festung Derras Ustramel, zurückgetrieben hatte, jene schreckliche Burg, die sich aus den Wassern des Sees Kedrieth in die kahle Weite von Narsindal erhob; und vom endgültigen Fall Sumerals und Derras Ustramels.

»Denn für endgültig hielten sie ihn«, sagte Gulda. »Sumerals Geist wurde von Ethriss überwältigt, und Sein Körper wurde von Ethriss' Garden erschlagen. Und mit dem Fall ihres Meisters stürzten die Uhriel leblos vor der Macht der Wächter zu Boden.«

Sie saß versonnen da, scheinbar ungerührt von dem Sieg, den sie gerade beschrieben hatte.

»Doch die Saat der Zweiten Wiederkehr war ausgelegt«, sagte Hawklan, Andawyrs Worte aufgreifend.

Gulda nickte. »So scheint es«, erwiderte sie. »Obwohl damals niemand den Weitblick oder vielleicht den Wunsch hatte, es zu sehen. Außer Ethriss möglicherweise. Und der war verschwunden.«

»Verschwunden?« schaltete Tirilen sich ein.

Gulda nickte. Der Tonfall des Märchenerzählers ergriff sie wieder. »Ethriss war ein großer Krieger. Niemand konnte ihm im Kampf widerstehen, außer vielleicht Sumeral. Doch unbewaffnet kam er zur Letzten Schlacht, damit die Sorge um seinen Körper ihn nicht von der wahren Schlacht mit Sumeral abhielte. Ein eiserner Ring aus den Hochgarden der Fyordyn umschloß ihn schützend, und Sumerals Horden brandeten gegen den Ring wie Wellen gegen die Klippen, während er reglos stand und mit Sumeral kämpfte auf eine Weise, die wir nicht verstehen können. Dann schwankte Sumeral, strahlend und schön wie die Sonne in Seiner schimmernden Rüstung, unter einem unsichtbaren Angriff ...«

Sie brach ab, als eine alte Erinnerung sie mit Macht ergriff, und ihre Augen füllten sich mit Tränen, die ungehindert ihre Wangen herabrannen. Einen Augenblick schien sie um Worte zu ringen, dann hatte sie ihre Fassung wiedergewonnen. »Und Geschosse, die während dieses gräßlichen Tages von Ihm abgeprallt waren, fanden nun ihr Ziel. Von zwanzig guten Fyordyn-Pfeilen durchbohrt, stürzte Er von Seinem Streitroß. Doch noch im Fallen schleuderte Er einen letzten Speer und mähte den schutzlosen Ethriss nieder, der in dem Getümmel fiel, ungesehen außer von einem in jenem Ring seiner Verteidiger.«

Gulda schwieg eine Weile und saß regungslos da.

»Als die Schlacht vorüber war, konnte man seine Leiche nirgendwo finden«, fuhr sie schließlich fort. »Es gab keine Spur von ihm – noch von Sumeral und den Uhriel. Gerüchte machten die Runde, die Mandrocs hätten die Uhriel tief in ihren Höhlen versteckt, und der Körper Sumerals hätte sich im See Kedrieth verloren, als die Wächter ein letztes Mal ihre Macht ausübten und Derras Ustramel in ein Ruinenfeld verwandelten, aber ...« Sie zuckte die Achseln. »Man hatte einen Frieden zu schließen. Ethriss' Tod war ein schrecklicher Preis für den Sieg, doch das Böse war vernichtet, wie man glaubte, und es gab viel zu tun. Die Welt war ein trauriger Ort geworden.«

Ihre Miene wurde weicher. »Das Große Bündnis wurde zu einer Großen Versammlung und sprach weise Recht. Sie erinnerten sich an Ethriss' Mahnung, sich im Sieg milde zu zeigen. Jene Völker, die Sumeral versklavt und verführt hatte, wurden befreit, und keine Rache wurde genommen, außer vielleicht in einigen wenigen Fällen. Nur die bedauernswerten Mandrocs erwiesen sich als nicht erlösbar. Sie wurden dazu verurteilt, für immer in Narsindal zu bleiben. Die Fyordyn erhielten das Land, das nun als Fyorlund bekannt ist, und schworen einen heiligen Eid, ewige Wache über Narsindal zu halten und das gesegnete Land Orthlund im Süden zu beschützen. Die Mitglieder des Ordens der Cadwanol zogen sich in ihre Höhlen am südlichen Ende des Passes von Elewart zurück, um zu lernen und ihr Wissen zu vergrößern und den einzigen anderen Ausgang aus Narsindal zu bewachen. Und all die anderen Heere kehrten dahin zurück, woher sie gekommen waren, um die abgerissenen Fäden ihres alten Lebens wieder aufzunehmen.«

Gulda klopfte sich leicht auf die Knie, richtete sich auf und lächelte. »Das war der Beginn des Goldenen Zeitalters, Hawklan. Ethriss war gegangen, die Wächter schliefen, erschöpft von ihren furchtbaren Anstrengungen gegen die Uhriel, doch die Cadwanol und Ethriss' Könige erwiesen ihnen durch ihre Taten die gebührende Ehre. Schöne, glückliche Zeiten.«

»Aber?« erwartete Hawklan.

Gulda lächelte wehmütig. »Sie verschwanden«, sagte sie schlicht. »Keine Rasse auf Erden war der Verderbnis entgangen, gelehrt von Sumeral oder von Ethriss. Langsam entstanden daraus Unwissenheit und die Freude an der Unwissenheit, dann Unzufriedenheit, bis die Welt so war, wie sie heute ist. Einigermaßen friedlich, doch nur ein Schatten ihrer früheren Herrlichkeit und in ständiger Bewegung zur Finsternis. Wir alle sind faul und träge geworden, Hawklan. Heute diese alte Geschichte wieder zu erzählen, hat mich daran erinnert ...« Sie unterbrach sich, und ihre blauen Augen bohrten sich wieder in Hawklans grüne. »Ich verstehe nun, daß Sumeral sehr wohl ein zweites Mal emporkommen kann. Wieder so viele ›Wenns‹. Wenn Ethriss nicht erschlagen worden wäre; wenn Sumerals Körper nicht verlorengegangen ... oder verschleppt worden wäre.« Ein Achselzucken, Schweigen.

Nachdem Gulda geendet hatte, stand Hawklan still auf und streckte sich. Er nahm sich ein Stück Brot von dem Tablett und setzte sich neben sie auf die Tischkante.

»Und was bedeutet das alles für uns?« fragte er behutsam.

Sie hob den Blick zu ihm. »Das bedeutet, daß Ihr der Wahrheit ein Stück näher gekommen seid, was bitter nötig war. Es wird uns bei den Entscheidungen helfen, die wir zu treffen haben.«

»Doch ich weiß immer noch nicht, wer ich bin«, beschwerte sich Hawklan. »Oder wer ich war, oder warum dieser Dan-Tor mich für so wichtig hält. Wo wir gerade dabei sind – wer ist Dan-Tor?«

Gulda warf ihm einen rätselhaften Blick zu. »Andawyr sagte, er hielte Euch für Ethriss persönlich, ja?«

Hawklan winkte ab. »Andawyr war ziemlich durcheinander. Die Ereignisse in diesem Pavillon haben ihn sehr verstört.«

Gulda nickte verständnisvoll, ließ aber nicht locker. »Genauso, wie Sumeral geschlafen hat und offenbar geweckt wurde, so kann auch Ethriss irgendwo in menschlicher Gestalt schlafen. Und auch er kann geweckt werden. Wenn ich Sumeral richtig einschätze, fürchte ich, Er kann schon seit längerer Zeit wach sein. Und inzwischen hat Er Seine Verderbtheit still und heimlich verbreitet, während Seine Agenten nach Ethriss' in seiner schlafenden Form Ausschau halten, um sie zu vernichten oder zu binden.«

Hawklan war verwirrt. »Das ist doch Unsinn, Gulda«, behauptete er, und seine Stimme klang plötzlich schroff und gereizt. »Ich wüßte doch wohl, wenn ich Ethriss wäre? Ein allmächtiger ... Wächter aus den Ersten Zeiten der Schöpfung.«

Gulda zuckte zusammen, leistete ihm jedoch keinen Widerstand. »Bedenkt, Hawklan. Ihr taucht unter geheimnisvollen Umständen in Orthlund auf, habt den Schlüssel und das Wort, um Anderras Darion zu öffnen, Ethriss' größte Festung. Ihr kennt die Burg. Ihr besitzt gewaltige Heilkräfte und kennt die Sprache der Tiere, und Ethriss' Schwarzes Schwert sucht und erwählt Euch.« Sie legte eine Pause ein, fixierte ihn jedoch immer noch mit ihrem zwingenden Blick. »Einst waren die Orthlundyn ein großes und edles Volk. Ihr Opfer war entsetzlich, doch es läutete den Beginn von Sumerals Untergang ein. Es heißt, als der letzte der Fürsten vor Seiner Armee fiel, entfernte Ethriss ihn vom Schlachtfeld und verschloß ihn an einem ungenannten Ort in tiefem Schlaf, der erst gebrochen werden sollte, wenn Orthlund voller Not nach ihm ruft.«

Hawklan kniff die Augen zusammen. »Wollt Ihr mir etwa erzählen, daß ich ein solcher Mann bin?« fragte er.

Gulda schürzte die Lippen. »Möglich«, entgegnete sie, während sie ihm eine Hand auf den Arm legte. »Doch daß Dan-Tor ein Handlanger Sumerals ist, steht außer Zweifel, und vielleicht sogar ... egal, das macht jetzt keinen Unterschied. Doch wenn er Euch lediglich für einen alten Fürsten gehalten hätte, der durch das Erwachen Sumerals auf irgendeine Weise erweckt wurde, hätte er Euch mit einem einzigen Gedanken mühelos vernichtet. Doch das hat er nicht getan. Er hat Euch mit großer List hierhin und dorthin gelockt. Er hat die Alte Macht sehr vorsichtig eingesetzt, als er Euch auf dem Gretmearc zu fangen versuchte, und als das fehlschlug, hat er es nicht ein zweites Mal riskiert, sie einzusetzen. Statt dessen hat er Euch nach Norden gelockt, indem er Eure schlichte menschliche Zuneigung für Tirilen ausnutzte.«

Hawklan erwiderte ihren Blick.

»Dan-Tor glaubt, Ihr wäret Ethriss«, stellte sie gelassen fest.

»Und was glaubt *Ihr,* wer ich bin?« erwiderte Hawklan nach einem Moment.

Gulda musterte ihn eindringlich. »Das weiß Ethriss allein, mein Junge«, erwiderte sie barsch. »Und es ist auch jetzt nicht von Bedeutung. Wer immer Ihr seid, ich verfüge nicht über die Macht, Euch zu wecken. Ihr müßt zu den Cadwanol gehen, wie Andawyr verlangte. Übermittelt ihnen seine Botschaft und laßt sie entscheiden, wer Ihr seid. Er befindet sich in großer Gefahr.«

Sie beugte sich vor. »In der Zwischenzeit seid Ihr Hawklan. Hawklan, der Heiler. Ein gewöhnlicher Mann, allen Schwächen des menschlichen Fleisches unterworfen, einer, den die Orthlundyn sich zum Ratgeber erwählt haben.« Dann, dringlicher: »Von nun an müßt Ihr noch mehr nach Wissen streben und noch mehr auf der Hut sein. Ihr habt bereits herausgefunden, daß Dinge in Eurem Körper ruhen, deren Ihr Euch nicht bewußt seid. Habt keine Furcht vor ihnen. Ihr werdet sie benötigen, und noch viel mehr. Es ist ein grausames und gnadenloses Raubtier, das Euch jagt, Hawklan.«

Sie zögerte. »Am Ende werdet Ihr Euch ihm stellen müssen, um Euch zu befreien.«

KAPITEL 23

Hawklan war sich nicht sicher, wie die versammelten Orthlundyn auf das reagieren würden, was er ihnen nun erzählen mußte. Er wußte, daß sie das Studium der Geschichte und der Überlieferungen nur dann betrieben, wenn es mit ihren jeweiligen Handwerken zusammenhing, und er fürchtete, sie würden ihn auf ihre freundliche Art auslachen.

Gulda hegte solche Befürchtungen nicht. »Seid kein Esel«, fuhr sie ihn ungehalten an. »Habt Ihr in all den zwanzig Jahren immer noch nichts über sie gelernt? Seht Euch nur Ihre Schnitzwerke an … oder ihre anderen Arbeiten. Seht Euch an, wie sie leben, wie sie die Erde und alles andere hegen und pflegen. Sie werden alles akzeptieren, wenn sie seine Wahrheit fühlen.«

Hawklan schwankte immer noch, und Gulda ließ sich ein bißchen sanfter stimmen. »Hawklan«, seufzte sie ergeben, »sie sind ein außergewöhnliches Volk. Glaubt mir. Ich habe schon unter vielen Rassen gelebt. Keine Furcht vor mir und kein Respekt vor Euch könnten sie jemals dazu bringen, auch nur die leiseste Unwahrheit zu akzeptieren, aber sie werden *jede* Wahrheit akzeptieren, wie erschreckend sie auch sein mag. Erzählt es ihnen. Ihr werdet sehen.«

Also erzählte Hawklan es ihnen am nächsten Tag, wobei er nur die Mutmaßungen über seine eigene Identität wegließ. Die Orthlundyn, die auf den Stufensitzen einer runden, geräumigen Halle Platz genommen hatten, hörten schweigend und respektvoll zu. Kleine, in der hohen Decke eingelassene Fackeln erhellten die Dämmerung, die ein bleigrauer, verhangener Himmel durch die säulenumrahmten Fenster warf. Doch Hawklan spürte, wie die Atmosphäre sich immer mehr entspannte, je weiter seine Geschichte voranschritt, so wie sie sich entspannt hatte, als Isloman den Dorfbewohnern von der Schlacht gegen die Mandrocs berichtet hatte.

Sie fühlen das Übel, dachte er, doch es ist die Unwissenheit hinsichtlich seiner Ursache, die sie verstört. Sie akzeptieren die Wahrheit nicht nur, sie *brauchen* sie. Zwanzig Jahre sind eine lange Zeit, um so blind zu sein.

Der alte Mann aus Wosod Heath hieß Aynthinn, und er schien zum Sprecher für die meisten der dortigen Menschen geworden zu sein. Er schüttelte traurig seinen Kopf, als Hawklan geendet hatte. »Das sind finstere und furchterregende Dinge, die du uns da erzählst, Hawklan. Die Zweite Wiederkehr des Schöpfers allen Übels; ein Wesen, das wir bisher nur aus unseren Kindermärchen kennen. Ich sehe, daß es dir nicht leichtgefallen ist, das zu erzählen. Doch die Wahrheit dessen, was du uns mitgeteilt hast, ist offensichtlich, und für einige von uns, besonders aus der älteren Generation, beantwortet es Fragen, die lange unausgesprochen blieben. Ich erinnere mich noch, wie ich als kleiner Junge meinem Großvater beim Schnitzen zusah.«

Hawklan warf Gulda einen besorgten Blick hinüber. Er fürchtete, der Alte würde zu faseln beginnen und in langwierige Kindheitserinnerungen abgleiten. Gulda hob jedoch still die Hand, um ihn zur Geduld zu mahnen.

»Ich sehe ihn so deutlich, als sei es gestern gewesen. Dann sehe ich mir ...« er ließ den Blick in die Runde schweifen, »zum Beispiel Isloman an.« Er deutete auf den Schnitzer, der seinen Blick mit sanftem Erstaunen erwiderte. »Isloman ist der beste Schnitzer, den wir haben. Keiner zweifelt daran. Was ihm vor zwanzig Jahren in Riddin passiert ist, hat seine Arbeit auf irgend eine Weise verwandelt und unserer überlegen gemacht. Doch sie ist nicht besser als die meines Großvaters oder schlechter als der Großteil dessen, was unsere Vorfahren uns hinterlassen haben.«

Darauf fiel er kurz in die Schnitzerfachsprache, um seine Bemerkung näher zu erläutern, was sowohl Hawklan als auch Gulda dazu brachte, sich unwillig vorzubeugen. Als er ihre Reaktion bemerkte, entschuldigte der alte Mann sich.

»Verzeiht, meine Freunde«, sagte er. »Ich habe mich vergessen. Doch nehmt mein Urteil einfach hin. Unsere Arbeit ist mit den Jahren schlechter geworden. Grober, ungeduldiger, als ob wir auf etwas zueilten. Wir leben im Schatten derjenigen, die vor uns waren, wo wir hätten lernen und ihre Kunst weiterentwickeln sollen.«

Er unterbrach sich und schaute in die Runde. »Ironischerweise ist das gerade während der letzten Tage sehr deutlich geworden. Als wir hier lebten, unter all diesem.« Er zeigte auf die Schnitzwerke und Bilder, die Wände und Decke der runden Halle schmückten. »Wir wußten das schon immer, haben es aber anscheinend vermieden, darüber zu sprechen. Es ist nicht leicht. Ist ein zartes, flüchtiges Ding. Doch nun, meine Freunde, laßt mich aus dem Schatten holen, was gesagt werden muß.«

Seine Stimme wurde fest und stand im Gegensatz zu seiner körperlichen Gebrechlichkeit. »Überlegt mal, meine Freunde. Wir können unsere Fehler nicht abstreiten, aber scheint nicht sogar das Land selbst unter unseren Schritten zu erbeben? Unsere Nahrung langsamer zu gedeihen? Unsere Tiere immer scheuer zu werden?«

Ein unbehagliches Schweigen senkte sich über die Halle, doch keine Stimme erhob sich, um ihm zu widersprechen. Dann, sehr ruhig, aber auch sehr deutlich, standen seine Worte in der Luft: »Ist nicht die Große Harmonie selbst in Gefahr?«

Schweigen.

»Meine Freunde, nur eine furchterregende Macht kann die Große Harmonie stören.«

Mit diesen Worten schien die Spannung im Saal sich beinah aufzulösen, und Hawklan sah mehrere Zuhörer zustimmend nicken.

Aynthinn wandte sich an Hawklan. »Wir haben uns viele Jahre blenden lassen, Hawklan«, sprach er. »Nun bringst du uns mit deinen düsteren Neuigkeiten vielleicht ein bißchen Licht, um unsere Fehler klarer zu sehen.« Er kicherte. »Feines Schattengesetz, das du uns da bringst, Ausländer. Wirklich fein.« Und er ließ den Blick über die Halle schweifen, das alte Gesicht zu einem ansteckenden Lächeln verzogen, das sich unter seiner Zuhörerschaft verbreitete wie der Wind, der durch ein Kornfeld wogt. Noch immer kichernd sagte er: »Vergib uns, Hawklan. Schnitzerhumor. Und nun mußt du uns sagen, was wir tun sollen.«

Hawklan hob abwehrend die Hände. »Nein, nein, Aynthinn«, wehrte er ab. »Ich werde niemandem sagen, was er tun soll. Wir werden alle diskutieren und dann gemeinsam entscheiden, was zu tun ist. Weder lasse ich mich von euch verpflichten, noch werde ich dulden, daß ihr euch an mich bindet. Was auch zu tun ist, wir werden es gemeinsam in Angriff nehmen. Niemand kann einem anderen seine Verantwortung aufdrängen.« Diese letzte Bemerkung war von einer gewissen Schärfe, und Aynthinn hob zustimmend die Hände.

Im Verlauf des Tages zerstreuten sich die Sturmwolken, obwohl die Luft draußen ohne die reinigende Frische eines Gewitters mit einem Hauch von Bedauern geladen zu sein schien. Bis in die Halle mit der hohen Decke gelangte der Hauch jedoch nicht, und die Orthlundyn redeten und redeten mit neu entdeckter Leidenschaft.

Hawklan hatte Mühe, überhaupt zu Wort zu kommen, und er mußte über seine Befürchtung lächeln, sie könnten ihm blindlings folgen.

Gulda jedoch schwieg mit Absicht, und ihre Augen glitten von Sprecher zu Sprecher und musterten ihn gnadenlos. Später fand Hawklan heraus, daß sie die Leute mit schnellen, rücksichtslosen und immer treffenden Urteilen in eine Verläßlichkeitsskala einreihte. Während sie sich mit der Fingerspitze gegen die Schläfe tippte, sagte sie: »Hier sind sie alle drin. Mit Etiketten versehen. ›Schwätzer‹, ›Windbeutel‹, ›Unfähige‹ und so weiter.«

Die untergehende Sonne schickte ihre dunstigen roten Strahlen durch ein paar schwarze Wolkenfetzen, als die Versammlung schließlich beendet wurde. Man hatte viele Themen zur Sprache gebracht, hatte viele Stimmungen durchlaufen, doch trotz ihres Vertrauens zu Hawklan – unausgesprochen unterstützt durch Guldas einschüchternde Anwesenheit – fühlten die Orthlundyn immer noch die Unzulänglichkeit ihrer Information. Es war ein Steinlied, wie sie es nannten.

»Wir können nicht entscheiden, was wir tun sollen, bevor wir nicht klarer sehen, was geschieht«, schlossen sie. »Und da die Schwierigkeiten aus Fyorlund zu kommen scheinen, müssen wir auch dort nach Aufklärung suchen.«

Hawklan machte sich klar, daß diese Entscheidung mehr oder weniger unvermeidlich gewesen war, doch für ihn warf sie ein Dilemma auf. Auf der einen Seite wollte er nach Fyorlund gehen und diesen Kesselflicker-Lord finden, der ihn so gnadenlos gejagt und eine solche Verwüstung unter seinen Freunden angerichtet hatte. Doch auf der anderen Seite wollte er auch die Cadwanol aufsuchen, um ihnen Andawyrs Botschaft zu übermitteln und vielleicht etwas über seine wahre Identität herauszufinden.

Gulda bemerkte die Unschlüssigkeit in seinem Gesicht, bot ihm jedoch keine Entscheidungshilfe an.

Am Ende entschloß er sich dazu, für die Orthlundyn nach Fyorlund zu reiten. Die Drohung von dort war greifbar und blutig. Er hatte sie mit eigenen Augen gesehen. Die von Andawyr ins Spiel gebrachte Drohung war was? Nicht mehr als ein Traum? Sie konnte mehr sein, das wußte er, doch mit diesem Zweifel würde er leben müssen. Außerdem *mußte* der Heiler in ihm zur Quelle des Übels vorstoßen. Ihm blieb keine Wahl.

Nach getroffener Entscheidung sprach Hawklan sich gegen eine offizielle Gesandtschaft aus. »Wenn alle neuen Offiziere des Königs so sind wie die, denen wir begegneten, dann bezweifle ich, daß ein vernünftiges Gespräch viel nützen wird. Im Gegenteil, meiner Meinung nach würde sich eine offizielle Delegation nur in Gefahr begeben.«

Schließlich einigte man sich darauf, daß er und Isloman ihre vor kurzem begonnene Reise nordwärts wieder aufnehmen und unauffällig nach Fyorlund weiterziehen sollten, als ›aufmerksame Beobachter‹. Gavor sollte als Bote dienen, wenn sie irgendwie aufgehalten werden sollten, und man würde Pferde und Reiter entlang der Straße postieren, um die schnelle Beförderung von Informationen nach Pedhavin und von da ins ganze Land zu gewährleisten.

Aynthinn hatte Vorbehalte gegen solche Heimlichkeit und drängte Hawklan, ein Dokument mitzunehmen, das ihn ermächtigte, im Notfall im Namen aller Orthlundyn zu sprechen. Widerstrebend willigte Hawklan ein.

Die Ältesten verabschiedeten sich in beinah aufgeregter Stimmung unter dem Versprechen, den von Gulda erteilten Rat zu beherzigen und ihre Geschichte und Überlieferungen besser kennenzulernen. Gulda gab keinen weiteren Kommentar ab, doch ihr Gesichtsausdruck war deutlich. Aynthinn versprach schließlich alles.

»Gulda. Unser Mangel an Neugier kommt der Bereitschaft gleich, Unwissenheit hinzunehmen. Das haben wir nun erkannt. Das muß ein Ende haben. Wir müssen uns den Überlieferungen aus unserer Vergangenheit genauso eingehend widmen wie unserem Handwerk.«

Guldas skeptischer Blick milderte sich etwas angesichts Aynthinns Tonfall, und der alte Mann nutzte seinen Vorteil so schnell aus, daß Hawklan sich abwenden mußte, um sein Lächeln zu verbergen. »Ihr *werdet* uns doch helfen, nicht wahr, Gulda?« fragte er.

Mit leicht säuerlicher Miene willigte Loman ein, in Anderras Darion zu bleiben, um sich um die Bedürfnisse der Ältesten und aller anderen, die zum Studium kämen, zu kümmern. Doch Hawklan spürte auch eine gewisse Erleichterung bei dem Schmied, daß er auf diese Weise in der Nähe seiner Tochter bleiben konnte.

Später ging Hawklan zu ihm, und zusammen mit Isloman schlenderten sie müßig durch die Anlagen um die Burg. Eine sanfte, warme Brise trug ihnen den Duft des Gebirges und eine Vorahnung künftiger Sommerhitze zu. Hoch über ihnen, vor dem mondlosen Himmel und nur dort sichtbar, wo sie die Sterne verdeckten, reckten sich die Türme und Minarette der Festung empor. Wenn man genau hinhörte, konnte man die Nachtvögel durch die stille Luft gleiten hören, doch die Dunkelheit von Anderras Darion war eine schützende, eine friedliche Dunkelheit, keine Bedrohung, und die Nacht wurde nicht von den Schreien sterbenden Wilds gestört. Hin und wieder bellte ein Hund, klar und deutlich in der Stille, Türen wurden zugeschlagen, oder entferntes Gelächter klang auf und verebbte wieder.

»Ich verstehe, daß es frustrierend ist, hierzubleiben und all diese Leute zu versorgen«, wandte Hawklan sich an Loman. Leise und behutsam klang seine Stimme durch die Dunkelheit. »Doch du kennst die Burg besser als irgend jemand sonst, und die Arbeit der Ältesten ist wichtig. Aber …« seine Stimme senkte sich beinah zu einem Flüstern, »es gibt noch einen anderen Grund, warum ich dich hier haben möchte.«

Loman sah ihn an, sagte jedoch nichts.

Hawklan wandte sich Isloman zu, um ihn auch in das Gespräch einzubeziehen. »Wenn morgen die Boten ins Land reiten und in den Dörfern berichten, was hier besprochen und entschieden worden ist, möchte ich, daß du persönliche Briefe an jene Männer schreibst, die mit dir im Morlider-Krieg gekämpft haben. Bitte sie, herzukommen, unauffällig, aber schnell.«

Das Sternenlicht reflektierte den Schein eines Lächelns auf Lomans Gesicht. Er nickte, sagte jedoch immer noch nichts.

»Wenn du damit fertig bist, möchte ich, daß du alles über den Krieg, an das du dich erinnern kannst, schriftlich niederlegst: Kampfarten, Waffen, die Moral der Truppe, Taktik, Nachschub, Befehlsstrukturen … alles.«

Isloman kicherte, und Lomans Lächeln wurde breiter. Hawklan sah beide fragend an.

»Ich glaube, du mußt ein paar von diesen Büchern gegessen haben, Hawklan«, meinte Isloman. »Truppenmoral, Befehlsstrukturen, also wirklich.« Sein Tonfall war voller gespielter Herabsetzung, und Loman lachte lauthals auf. Einen kurzen Moment lang wollte Hawklan sich schon gekränkt fühlen, doch die Laune verflog, und er fiel in die allgemeine Heiterkeit mit ein.

»In Ordnung, in Ordnung, ihr beiden alten Kämpfer. Hauptsache, ihr habt euren Spaß.« Dann piekte er Loman mit dem Zeigefinger in die Brust. »Aber seht zu, daß eure alten Kameraden hier sind und ihr euren Auftrag erledigt. Dann dürft ihr meinen Platz in der Bibliothek einnehmen und all die Bücher über das genannte Thema heraussuchen. Mal sehen, ob euch dann immer noch nach Lachen zumute ist.«

Er wurde wieder ernst. »Aynthinn hat Dinge ausgesprochen, wie es nur die sehr Weisen und die sehr Dummen können. Er hat uns das Offensichtliche gezeigt. Das, was vor unserer Nase lag. Wir müssen aus den Erfahrungen der Vergangenheit lernen. Es ist nicht nötig, bittere alte Lektionen auf die harte Weise zu lernen. Diese Regel beschränkt sich nicht nur auf die Schnitzkunst. Ich bezweifle, daß einer dieser Hochgardisten jemals vorher das Schwert im Zorn erhoben hatte, doch sie waren gut ausgebildet und diszipliniert, und sie haben den Mandrocs erhebliche Verluste zugefügt. Solche Männer stehen uns nicht zur Verfügung, falls wir sie jemals brauchen.«

»Glaubst du wirklich, daß wir uns einmal so verteidigen müssen?« erkundigte sich Isloman besorgt.

Hawklan zuckte die Schultern. »Keine Ahnung«, gab er zurück. »Auch wenn sie fehlgeleitet waren, diese Hochgardisten sind tief in unser Land eingedrungen, und zu keinem guten Zweck, und jene Mandrocs sind bewaffnet nach Orthlund marschiert, bereit zum Morden. Nur mit Glück haben wir die ersten aufgehalten, und gegen die zweiten konnten wir nichts ausrichten. Meiner Meinung nach wäre es unklug, diese beiden Tatsachen zu kennen und zu glauben, es könne nicht wieder geschehen.«

Er betrat eine der breiten Treppen, die zur Hauptwehr hinaufführten. Die beiden Brüder folgten ihm schweigend.

»Nach dem Morlider-Krieg wollen wir nichts mehr mit Kämpfen zu tun haben, Hawklan«, sagte Loman unmißverständlich.

Hawklan blieb stehen, wandte sich um und sah auf sie hinab. »Ich weiß«, versicherte er ihnen. »Ich verstehe. Doch uns bleibt keine Wahl. Manchmal können es auch die härtesten Anstrengungen es nicht verhindern. Ihr hättet nicht einen Teil eurer Jugend in Riddin verbracht, wenn es anders wäre, oder?«

Da er keine Antwort erhielt, drehte er sich wieder um und ging langsam weiter.

»Hawklan, du denkst doch nicht etwa daran, eine Armee aus dem Boden zu stampfen?« fragte Isloman.

Die Worte schienen in der milden Nachtluft zu schweben, als hätten sie Angst vor ihrer eigenen Botschaft.

»Ich weiß nicht, woran ich denke, Isloman«, entgegnete Hawklan. »Aber überleg doch mal: Wenn sie gewollt hätten, hätten diese Mandrocs ein Dutzend Dörfer überfallen können, bevor irgend jemand gewußt hätte, was passierte. Und dann, welchen Widerstand hätten wir ihnen entgegensetzen können?« Er blieb an einem Absatz stehen, wo die

Treppe auf einen der Strebepfeiler des Großen Tors traf. Eine plötzliche Aufwallung von Ärger stieg in ihm auf, und mit einer verzweifelten Grimasse hieb er seine geballte Faust in die offene Handfläche. »Keinen«, schrie er beinah.

Loman und Isloman fuhren unter der unerwarteten Gewalt seines Ausbruchs zusammen.

Hawklan schwang seinen Arm in einer waagerecht schneidenden Bewegung. »Nicht den geringsten Widerstand. Das einzige, was diese Mandrocs davon abgehalten hätte, das ganze Land in ein paar Tagen zu verwüsten, wäre *Ermüdung*.« Mit gerunzelter Stirn ließ er sich gegen die Wand sinken.

Weder Loman noch Isloman fühlten sich geneigt, dieser Behauptung zu widersprechen. Das hätte wenig Sinn gehabt. Hawklan war im Recht, auch wenn die unvermeidliche Schlußfolgerung ihnen Unbehagen bereitete. Isloman streichelte zärtlich mit seiner Pranke über die Steinmetzarbeit, er suchte Trost und Kraft in der alten Kunst.

»Aynthinn hatte recht«, schloß er. »Es muß schon seit Generationen abwärts mit uns gehen. In der Burg steht es andauernd um uns herum. Wir sollten besser als unsere Vorfahren sein, nicht schlechter. Ob wir etwas verloren haben oder ob es uns genommen wurde, ist dabei ohne Bedeutung, stimmt's? Irgendwann haben wir das uns anvertraute Gut vergeudet. Haben die alten Künste so weit verfallen lassen, daß selbst die Große Harmonie darunter litt. Und nun dringt Böses von außen auf uns ein, und wir sind nicht vorbereitet.« Er setzte sich langsam auf die Stufen und lehnte seinen Kopf an die Mauer.

Die drei Männer blieben noch lange dort, jeder in seine eigenen Gedanken versunken. Hawklan lehnte am Strebepfeiler, hatte die Arme verschränkt und sah trübe zu Boden; Isloman lehnte an der Mauer, Loman hatte sich über die Brüstung gebeugt und starrte auf den Burgrasen in der Dunkelheit unter ihnen.

Irgendwo in der Ferne war kurzes Stimmengewirr zu hören, und eine Tür wurde geöffnet und geschlossen.

Hawklan hob den Blick zu der Treppe, die sich undeutlich im Sternenlicht abzeichnete. Über ihm reckte sich schützend die Hauptmauer von Anderras Darion empor. Er verzog das Gesicht unter der unerbittlichen Wahrheit seiner Argumentation.

»Wir haben keine Alternative, nicht wahr?« sagte er.

Die beiden Brüder schüttelten den Kopf.

Loman sprach: »Wir erinnern uns an all die alten ›Fähigkeiten‹ und üben sie von neuem, Hawklan.« Bitterkeit war in seiner Stimme. »Und wir werden alles lernen, was wir in der Bibliothek finden, und dann ...«, er drehte sich um und sah Hawklan ins Gesicht, »dann werden wir es den anderen beibringen ... jedem.«

Hawklan nickte. Er sprach ihrer aller Gedanken aus: »Ja, ich weiß. Falschheit liegt in all diesen Dingen. Angesichts der letzten Ereignisse kann ich keinen Fehler in unserer Schlußfolgerung finden. Es *gibt* keine Alternative. Aber«, er schüttelte seinen Kopf, »ich werde das Gefühl nicht los, daß die Existenz einer bewaffneten Truppe in Orthlund die Große Harmonie zerstören wird oder jene anzieht, die sie eigentlich abschrecken soll.«

KAPITEL 24

Als Loman aus dem Labyrinth kunstvoll verzierter Säulen trat, das die Rüstkammer bewachte, drehte er sich um und schnippte mit ausgestrecktem Arm ins Labyrinth hinein. Das war ein kindischer Trick, an dem er manchmal sein Vergnügen hatte, denn das Fingerschnippen erfolgte wohlweislich abseits seines Weges durch das Labyrinth, und die Geräusche der immer lauter werdenden Echos wirbelten durch die Gewölbe, bis sie donnernd gegen die unsichtbaren Schranken wogten, die von den Säulen gebildet wurden, wie ein erbostes wildes Tier, das sich gegen die Gitter seines Käfigs warf.

Er schüttelte den Kopf über seine Marotte und schritt zielstrebig einen der langen Gänge der Rüstkammer entlang, dem großen Waffenhaufen zu. Das geheimnisvolle Auftauchen von Ethriss' Schwarzem Schwert hatte ihn innerlich mehr aufgerührt, als er zugeben wollte. Kannte er hier nicht alles genauestens seit zwanzig Jahren und länger? Eine Klinge wie diese hätte ihm nicht verborgen bleiben können. Und doch …?

Seit seiner Rückkehr zur Burg mit Tirilen hatte er die Rüstkammer durchstöbert, hatte versucht, sie mit anderen Augen zu sehen, das alles unter der vagen Vorstellung, es gebe hier etwas für ihn zu tun. Er hegte keinen Zweifel daran, daß das Metall zu ihm sprach, doch er war offenbar nicht in der Lage, es deutlich zu verstehen.

Seine darauffolgende Entdeckung der kleinen schwarzen Klingen, die Gavors Kampfsporen wurden, hatte ihn noch mehr durcheinandergebracht, und der anfängliche vage Trieb war fast so etwas wie eine Besessenheit geworden. Zum wiederholten Male ließ er nun seinen Blick über den großen Haufen schweifen und fragte sich, welche Geheimnisse er noch vor ihm verbergen mochte. Doch alles schien so zu sein, wie es gewesen war, seit er dem hochgewachsenen Fremden vor zwanzig Jahren zum erstenmal in die Burg gefolgt war und mit offenem Mund vor den Spalieren aus Speerspitzen und Klingen gestanden hatte, die in der strahlenden Sommersonne glitzerten.

Und nun hielt er wieder eine seiner unbehaglichen Wachen vor dem Waffenberg und war sich deutlich der Tatsache bewußt, daß die Vertrautheit um ihn herum gerade darin bestand, daß sie sich ständig änderte.

»Loman?«

Die Stimme in seinem Rücken riß ihn aus seiner Träumerei und trieb ihm mit einem herzerschütternden Schub die Luft in die Lungen. Mit weit aufgerissenen Augen wirbelte er herum. In Gedanken ging er verschiedene Alternativen durch, doch sein Körper war nicht in der Lage, auch nur auf eine davon zu reagieren.

Gulda zog angesichts seines eruptiven Erschreckens eine Augenbraue in die Höhe.

Endlich gelang es Loman, seine Kinnlade unter Kontrolle zu bekommen und die Hand zu heben, um wortlos in Richtung des fernen Eingangs zu deuten.

»Memsa«, stammelte er, »wie seid Ihr hierhergelangt? Durch die Säulen …«

Gulda hob ihren Stock und plazierte sein Ende am Bauch des Schmieds. »Ich suche Ethriss' Bogen, junger Loman. Wo ist er?«

Lomans Hand schwebte noch eine Weile in der Luft, bevor er sie resignierend sinken ließ. Gulda hatte bisher all seine Fragen bezüglich ihrer Ortskenntnisse von Anderras Darion schlichtweg ignoriert. Ein leichter Druck des Stocks erzwang seine Aufmerksamkeit. Besser, sich zunächst dem Naheliegenden zu widmen.

»Die Bögen befinden sich dort drüben«, erklärte er kurz angebunden und wies auf ein nahes Regal. Gulda schnalzte ungeduldig mit der Zunge und schob Loman mit ihrem Stock beiseite, bevor sie sich in die entgegengesetzte Richtung in Bewegung setzte.

»Ball nicht deine Fäuste hinter mir, junger Mann«, sagte sie im Vorbeigehen. Loman spürte, wie ein Grollen in seiner Kehle hochsteigen wollte, und räusperte sich schnell.

Gulda murmelte vor sich hin. »Nun wollen wir mal sehen … so lange her.« Versonnen legte sie die Finger ans Kinn, ihre lange Nase zuckte, als wittere sie Beute. Dann vollführte sie eine kurze Pantomime, den Kopf geneigt, die Augen geschlossen, mit todernster Miene. Sie deutete nach vorn, als markiere sie, wo sie früher einmal die Rüstkammer betreten habe; dann wandte sie sich hierhin und dorthin, um ihren einstigen Weg nachzuvollziehen. Manchmal waren ihre Gesten sicher, worauf dann ein kurzes Kopfnikken erfolgte; manchmal wirkten sie zögernd, worauf ein ungeduldiges Wedeln der Hand den Irrtum wegzuwischen schien. Schließlich gelangte sie ans Ziel.

»Das ist er«, stellte sie fest und schlug die Augen wieder auf. »Ich schwöre.« Und fort war sie. Loman folgte ihr mißtrauisch. Am Ende hielten sie vor einer der verschwenderisch verzierten Wandschnitzereien an, die jene Wände der Rüstkammer schmückten, die nicht von Waffenregalen verdeckt wurden.

»Ja«, erklärte sie triumphierend. »Hier ist er.«

Loman sah erst das Kunstwerk, dann sie an. »Habt Ihr nach einem Abbild des Bogens in diesem Schnitzwerk Ausschau gehalten?« fragte er unsicher und besah sich die lebensechte Schlachtszene, die dort dargestellt war. Ein schwaches Lächeln erhellte Guldas Antlitz. Sie schüttelte den Kopf.

»Nein, Loman«, erwiderte sie. »Dies hier wollte ich haben.« Sie griff mitten in die seltsam veränderliche Perspektive des Schnitzwerks hinein, umfaßte einen schwarzen Bogen, den eine der Hintergrundfiguren hielt, und holte ihn ehrfürchtig heraus.

Loman war an die Kompliziertheit und die perspektivischen Verzerrungen, die der orthlundischen Schnitzkunst eigen waren, gewöhnt, doch unwillkürlich fand er sich mit offenem Mund auf das Kunstwerk starren. Bevor er sich wieder fassen konnte, drückte Gulda ihm den nun manngroßen Bogen sanft in die Hände.

»Hawklan erzählte mir, daß du dich trotz deines früheren Benehmens zu einem passablen Schmied entwickelt hast, junger Loman.« Sie musterte ihn vielsagend. »Was hältst du davon?« Doch Loman antwortete nicht. Wie bei dem Schwert hatte die erste Berührung des Bogens ihn in eine andere Welt versetzt, und sein ganzer Körper schien nun das Loblied dieses unglaublichen Artefakts singen zu wollen, das er da in Händen hielt, auch wenn kein irdisches Loblied dieser Waffe gerecht werden konnte. Nach einem zeitlosen Augenblick gab er Gulda den Bogen zurück.

»Es übersteigt alle Worte«, flüsterte er heiser. »Wie das Schwarze Schwert. Von derselben Hand auf dieselbe Art gefertigt.« Er schloß die Augen und schwankte leicht. Gulda sah ihn aufmerksam an. »Ich kann solche Arbeit nicht lange berühren, sie ist zu ... einschüchternd.«

Gulda wirkte zufrieden. »Es besteht also noch Hoffnung für dich«, knurrte sie. »Und für die Orthlundyn.«

Langsam kam Loman wieder zu sich. »Solches Metall habe ich nie zuvor gesehen«, sprach er. »Die Bögen hier sind alle aus Holz.«

»Könntest du einen solchen machen?« wollte Gulda wissen.

Loman war dankbar für die praktische Frage. Sie verhinderte, daß seine Gedanken endlos um die Vollendung kreisten, die er gerade hatte anfassen dürfen. »Nicht so«, winkte er rasch ab.

»Natürlich nicht so«, kam die ungewöhnlich mitfühlende Antwort. »Aber könntest du Metallbögen herstellen?«

Loman schürzte seine Lippen. »Vermutlich ja«, sinnierte er. »Ich hab mich noch nie damit beschäftigt.«

»Na, dann tu es jetzt«, befahl Gulda. »Und zwar schnell. Ich möchte sehen, was du kannst.« Dann fiel ihr noch etwas ein. »Aber fang mit den Pfeilen an. Ich habe keine Ahnung, wo Ethriss' Pfeile geblieben sind, wenn überhaupt noch welche übrig sind, und Hawklan kann ja nicht mit einem Bogen ohne Pfeile durch die Gegend laufen.«

»Hawklan?« fragte Loman verdutzt. »Was sollte Hawklan mit einem Bogen wollen? Er hat in seinem ganzen Leben noch keinen in der Hand gehabt.«

»In den letzten zwanzig Jahren, meinst du«, berichtigte Gulda ihn unerbittlich.

Loman nickte betrübt. Sie hatte natürlich recht. Hawklan hatte auch nie ein Schwert in der Hand gehalten, aber von Isloman wußte er, wie er es gegen die Mandrocs geführt hatte. Und er würde auch nie vergessen, wie mühelos Hawklan die beiden Hochgardisten überwältigt hatte, als sie in Jaldarics Zelt eingedrungen waren. Hawklan war ihm ein Rätsel. Loman sah Gulda eindringlich an. Sie tat dasselbe.

»Ich bin kein Waffenschmied«, gab er plötzlich zu bedenken.

Gulda schwang den Bogen. »Das war der hier auch nicht«, erklärte sie entschlossen. »Doch die Umstände ließen ihm keine Wahl, und so lernte er. Und du wirst auch lernen.«

Ihr Tonfall duldete keinen Widerspruch, aber die Idee weckte seinen handwerklichen Ehrgeiz hinreichend, um alle Bedenken zu überwinden. Schließlich hatte er gesehen, wie Männer mit Felsen und Zweigen und allen möglichen unpassenden Gegenständen getötet wurden, die in der Hitze der Schlacht gerade zur Hand gewesen waren, genauso, wie er Werke von großer Schönheit auf den Schäften und Klingen von Schwertern und Äxten graviert gesehen hatte. Und hatte er nicht schon erlebt, daß mit den unschuldigen bäuerlichen Werkzeugen, die er angefertigt hatte, furchtbare Unfälle passiert waren? Er wußte genau, daß die Bezeichnung Waffe erst mit der Art des Gebrauchs auf einen Gegenstand überging, nicht schon durch die Absicht des Herstellers.

»Also gut«, gab er nach. »Aber ich kann nichts machen, das diesen Bogen wert ist.«

»Mach, was du kannst, Loman«, entgegnete Gulda. »Es wird wahrhaftiger sein als das meiste, und der Bogen wird es akzeptieren.«

Auf ihrem Rückweg von der Rüstkammer kamen sie wieder an dem großen Waffenberg vorbei. Gulda warf ihm einen unheilvollen Blick zu. »Und du solltest damit anfangen, das hier aufzuräumen. Ihr werdet es brauchen.«

Loman sah den turmhohen Haufen entsetzt an.

Gulda kam seinem Protest zuvor. »Hier drinnen nützen sie nichts, und es hat wenig Sinn, Leute zum Kämpfen auszubilden, wenn sie nichts zum Kämpfen haben, oder?«

Hawklan verlor wenig Worte darüber, wie die Leute vorbereitet und trainiert werden sollten.

»Es ist dein Volk, Loman«, erklärte er. »Du und deine Freunde wißt viel mehr über Kampftechniken als ich. Dem – und Gulda und der Bibliothek – habe ich nichts hinzuzufügen.« Doch er nickte zustimmend, als er sah, wie Loman den Transport der Waffen aus der Rüstkammer überwachte, und seine bloße Gegenwart schien ihre Bemühungen zu unterstützen.

So kam es, daß der immer näher rückende Tag von Hawklans Abreise nach Fyorlund Loman und die anderen traurig stimmte, trotz des strahlenden Sommers, der sich ankündigte.

Hawklan, selbst ziemlich verunsichert, suchte Trost darin, indem er das wiederholte, was er bereits lang und breit mit seinen Freunden besprochen hatte. »Wir brauchen ein Volk, das stark und anpassungsfähig ist im Körper und im Geist, Loman«, sagte er, während er letzte Handgriffe an Serians Zaumzeug vornahm. »Bring ihnen alles übers Kämpfen und Überleben bei, was du weißt, und dann lehre sie, sich selbst ständig zu vervollkommnen.«

»Sie sind Schnitzer, Hawklan«, versetzte Loman geduldig. »Das wissen sie schon.« Er zog eine Grimasse.

Hawklan sah ihn an. »Ich weiß«, sagte er. »Wie könnte einer von uns Gefallen daran finden. Aber was können wir sonst tun, Loman? Zumindest erweitert es deine Möglichkeiten, wenn du ein Werkzeug auf deiner Bank liegen hast.«

Diese Bemerkung führte zu einer unvermuteten Erwiderung. »Ja, aber ich hatte auch noch nie ein Werkzeug auf meiner Bank liegen, das ich dann nicht benutzt habe.«

Hawklan drehte sich um und schaute nordwärts. »Ich habe auch keine Antworten, Loman, das weißt du. Eine Wahl zu haben ist besser, als keine zu haben, und jede Wahl, ob leicht oder schwer, bringt Verantwortung mit sich. Nachdem wir das gesehen und erlebt haben, was wir gesehen und erlebt haben, bleibt uns keine andere Wahl, als den Menschen die Wahrheit zu erzählen und sie zu lehren, was wir können?«

Loman senkte den Kopf. Er wollte den schweren Abschied nicht noch schwerer machen.

Hawklan legte die Hände auf die massigen Schultern des Schmieds. »Mach dir keine Sorgen, Loman. Es würde wesentlich schlimmer für uns ausgehen, wenn wir uns nicht mit diesen Problemen befassen würden. Und am schlimmsten wird es ausgehen, wenn wir jemals der Meinung sein sollten, eine einfache Antwort gefunden zu haben.«

Nach diesen Worten und einem kurzen, herzlichen Abschied von Tirilen, Gulda und den anderen, die dort standen, ritten Hawklan und Isloman die steile, gewundene Straße von Anderras Darion hinunter.

Loman blickte ihnen noch lange hinterher, bis sie schließlich in dem frümorgendlichen Dunst verschwanden. Ein schwacher Schrei von hoch oben lenkte seine Aufmerksamkeit auf einen winzigen schwarzen Fleck, der gerade von einem der Türme abhob. Loman hob die Hand zum Gruß, und Gavor drehte zur Antwort ein paar Kreise. Da er Gavors boshafte Art kannte, zog Loman sich vorsichtig einen Schritt in den Schutz der Burgmauer zurück, doch der Ernst des Abschieds mußte auch Gavor ergriffen haben, denn aus dem Himmel fiel nichts Übleres als eine einsame, schwarz glänzende Feder. Loman hob sie auf und untersuchte sie gedankenvoll, bevor er sie Tirilen gab und zur Festung zurückging. Tirilen fuhr sich durch die Augen, schnüffelte kurz und befestigte die Feder dann an einer Kleiderbrosche. Auf dem weißen Kleid schien sie noch schwärzer zu wirken. Zufrieden mit ihrem Werk folgte sie ihrem Vater in die Burg.

Gulda blieb. Ein kleiner dunkler Punkt, winzig vor der Festung und dem Großen Tor. Lange noch starrte sie in die dunstige Ferne, als könne sie Hawklan und Isloman immer noch über die kurvenreiche Straße reiten sehen, bis auch sie sich mit einem Grunzen abwandte und resolut in die Burg zurückging.

Seltsamerweise hatte Hawklan sich veranlaßt gefühlt, Gulda zu fragen, ob sie ihn und Isloman nach Fyorlund begleiten wolle. Sie hatte keine Überraschung gezeigt über diese Frage, hatte jedoch eine Weile mit der Antwort gezögert. Statt dessen hatte sie Hawklan noch einmal über Dan-Tor ausgefragt. Hawklan hatte ihr nochmals das Wenige erzählt, das er wußte. »Laut Jaldaric ist er ein Berater des Königs. *Der* Berater, um genau zu sein.«

»Ja, ja, das weiß ich alles schon«, drängte Gulda. »Ich möchte wissen, wie er aussieht …« Sie unterbrach sich. »Der König ist krank, sagtet Ihr?« Hawklan nickte. »Seit Dan-Tors Auftauchen?«

Wieder nickte Hawklan. »Ja, ich bin mir sicher, daß Jaldaric so etwas sagte. Der Mann ist nicht bei allen beliebt, soweit ich das beurteilen konnte. Er hat viele ihrer Traditionen abgeschafft oder verändert und eine Menge Aufregung verursacht. Offensichtlich meinen viele Leute, sein Einfluß auf den König sei zu groß und verderblich.«

Gulda verarbeitete das eine Weile. »Und wie sieht er aus?« kam sie auf ihre frühere Frage zurück. Hawklan beschrieb die verrenkte, zuckende Gestalt des Kesselflickers, so gut er konnte.

»Angenommen, er richtete sich auf und stände still, wie würde er dann aussehen?« fragte Gulda, nachdem er geendet hatte.

Hawklan überlegte kurz. »Groß, sehr groß. Dünn. Langes, dunkles, zerfurchtes Gesicht. Wirkt düster, wenn er nicht gerade lacht, und dann zeigt er strahlendweiße Zähne.«

Gulda wandte sich plötzlich ab und zog sich die Kapuze in die Stirn. Hawklan konnte hören, wie ruckhaft sie atmete. »Ja«, sagte sie nach einer Weile ganz, ganz leise. Ihre Stimme klang gepreßt.

»Kennt Ihr ihn?«

»Ist nicht von Bedeutung.« Hawklan erschrak; Guldas Stimme war wie das Zuschnappen einer Stahlfalle. Dann, weicher: »Ich werde nicht mit Euch kommen, Hawklan. Ich fürchte, diese Bürde gehört Euch allein. Ich bin noch nicht … stark genug. Hab' zu lange zu wenig getan.«

Hawklan wollte weiter in sie dringen, doch Gulda schnitt ihm mit einer ungeduldigen Handbewegung das Wort ab. »Denkt nur immer daran, daß dieser Mann gefährlich ist«, warnte sie ihn, das Gesicht immer noch abgewandt. »Unglaublich gefährlich. Er ist nicht, was er zu sein scheint. Seht Euch vor. Seid *sehr* vorsichtig. Ihr werdet Eure letzten

Reserven brauchen. Sein Verrat, seine Heimtücke und seine Kenntnis der alten Fähigkeiten kennen keine Grenzen.«

Nach Hawklans Abreise schien Gulda das Zu-lange-zu-wenig-Tun wieder gutmachen zu wollen. Für Loman sah es so aus, als fülle sie die Burg so sehr mit ihrer Gegenwart aus wie alle anderen Besucher zusammen. Sie nahm die Neuankömmlinge unter ihre Obhut, berichtete ihnen detailliert, was passiert war, was augenblicklich passierte und warum. Sie arbeitete zusammen mit Loman und den anderen Morlider- Veteranen Ausbildungspläne aus und koordinierte ihre Arbeit, um Doppelbelastungen zu verhindern. Dann setzte sie die Arbeit fort, die sie beim Ältestentreffen in Angriff genommen hatte, und teilte die Neuen bei ihrer Ankunft gnadenlos in Tauglichkeitskategorien ein, um zu gewährleisten, daß sie die bestmögliche, ihren Fähigkeiten entsprechende Ausbildung erhielten. Loman war beeindruckt, nicht nur von ihrer unermüdlichen Effizienz, sondern auch von der seiner Meinung nach völlig untypischen Diplomatie, die sie dabei zeigte.

Er selbst fand sich uralte Wälzer über militärische Taktiken und Strategie studieren. Sein anfänglicher Widerwillen verwandelte sich schon bald in Befriedigung über den Erwerb so viel neuen Wissens. Er begann mit neuen Augen durch die Burg zu gehen, entdeckte Einzelheiten in ihrer Anlage und Anordnung, die seine hohe Meinung von den ursprünglichen Erbauern noch verstärkte. Etwas, das er noch vor wenigen Wochen für unmöglich gehalten hätte. Auch in der Waffenkunde bildete er sich weiter, hier jedoch mit dem fachmännischen Blick des Meisterschmieds. Und er war zufrieden bis zur Selbstgefälligkeit, daß er zwar die Kunstfertigkeit der meisten Waffen aus der Rüstkammer nicht erreichen, ihr Aussehen jedoch durchaus noch verbessern konnte.

Nicht, daß seine Studien es ihm gestattet hätten, der Härte seines eigenen Trainingsprogramms zu entgehen. In den ersten Tagen sah man ihn mehrfach diskret die Hilfe seiner Tochter in Anspruch nehmen. Er mochte ungeheuer stark sein, doch seine Beweglichkeit und sein Reaktionsvermögen ließen eine Menge zu wünschen übrig. Sein Streben, die Standards von Jüngeren und Gelenkigeren zu erfüllen, führte dazu, daß er sich Schmerzen an völlig ungewohnten Stellen zuzog.

Tirilen zeigte sich mitfühlend und hilfreich, doch ihr mangelte es bei diesem speziellen Patienten einfach an Distanz.

»Es nützt mir nichts, wenn du die ganze Zeit kicherst und ›armer alter Kerl‹ sagst«, sagte er mehr als einmal zu ihr. »Ja, Papa«, grinste sie dann und trieb ihm die Finger zwischen die Rippen.

Wie alle anderen wurde auch Tirilen durch die Veränderungen auf der Burg in Trab gehalten. Ihr langes blondes Haar trug sie jetzt immer mit einem einfachen Band zurückgebunden, und ihr weißes Gewand ersetzte sie durch ein praktisches grasgrünes. Der Verschluß wurde jedoch weiterhin durch Gavors pechschwarze Feder geschmückt. Prellungen, Abschürfungen, Schnitte, Kratzer, Verstauchungen, Brüche und Schmerzen aller Art zogen täglich an ihr vorbei, mit verschiedenen Graden von Stoizismus und Würde getragen, doch je mehr sie behandelte, desto mehr strahlte sie. Die Verängstigten und Bedrückten überließ sie Guldas zärtlicher Behandlung, da sie diese zu Recht für geeigneter im Umgang mit solchen Problemen hielt. »Ein gestandener Farmer mittleren Alters hört mir doch gar nicht zu!« erklärte sie.

Nicht, daß sie selbst keine Sorgen gehabt hätte. Sie wußte, daß ihr Vater in der Rüstkammer unablässig auf der Suche nach einem weiteren schimmernd schwarzen Relikt von Ethriss war und daß das Fehlen von Schwert und Bogen, in denen er solche Perfektion gesehen hatte, ihn auf einer unterschwelligen Ebene verstörte, die sich ihrem Zugriff völlig entzog.

Ihrem eigenen Rat folgend, vertraute sie sich schließlich Gulda an.

»Hab' keine Angst«, beschwichtigte sie die alte Frau. »Du bist Orthlundyn. Du verstehst wahrhaft. Dein Vater erwacht, wie viele andere hier. Die bloße Berührung dieser Waffen hat ihm unendlich viel gegeben. Sieh.« Sie stapfte durch ihren spartanisch eingerichteten Raum und kehrte mit einem langen schwarzen Pfeil zurück, den sie Tirilien zeigte. »Das war nur der erste Versuch deines Vaters. Die, die Hawklan dann mitgenommen hat, waren noch besser.«

Tirilen wußte genug über die Arbeit ihres Vaters, um zu erkennen, daß der Pfeil trotz aller Schlichtheit wahrscheinlich das Beste war, was er je gemacht hatte. Die mit mehreren tödlichen Widerhaken versehene Spitze irritierte sie jedoch.

Gulda legte ihr den Arm um die Schulter. »Die Qualität seiner Arbeit ist ein Maßstab für das Streben eines Mannes nach höherer Einsicht. In dieser Einsicht liegen manchmal schreckliche Notwendigkeiten, Tirilen. Notwendigkeiten, die einen zerstören, wenn man sich ihnen nicht stellt und entsprechend reagiert. Die Arbeit deines Vaters ist *seine* Antwort darauf. Dies ...« sie tippte zärtlich auf den Pfeil, »ist ein Akt des Glaubens. Des Glaubens an die Wahrheit, die er sieht. Des Glaubens an Hawklan als einen Mann, der diese bittere Gabe weise nutzen kann, um die Notwendigkeiten zu beantworten, die er allein sieht.«

»Das verstehe ich nicht«, sagte Tirilen.

Gulda umarmte sie. »Das versteht vermutlich keiner von uns«, erwiderte sie ernst. »Wenn wir am Ende unserer Vernunft angelangt sind, gibt es nur noch Glauben und Vertrauen.«

KAPITEL 25

Loman blieb abrupt stehen, als er den langen, gewundenen Korridor entlangging. »Warum die Eile, Mann?« murmelte er vor sich hin. »Warum die Eile?« Es gab so viel zu tun in diesen Tagen. Aber er mußte ja nicht alles auf einmal erledigen, oder?

Zufrieden mit seiner Antwort, verordnete er sich eine kurze Verschnaufpause in der sonnendurchfluteten Luft. Er ließ sich auf einem niedrigen Fenstersims nieder, lehnte sich gegen die warme Steinmauer und schloß die Augen.

Anderras Darion war zum Brennpunkt von ganz Orthlund geworden. Menschen aus dem ganzen Land kamen hierher. Und doch war genügend Platz vorhanden für alle. Wieder stellte Loman sich die Frage, welche Art Menschen wohl so eine Burg errichtet haben mochten und warum, und wie viele sie noch aufnehmen konnte. Es schien, als könne sie die gesamte Bevölkerung von Orthlund beherbergen und immer noch geräumig und leer wirken. Trotz all seiner Vertrautheit mit Anderras Darion blieb es ein geheimnisvoller und wundersamer Ort.

In all seinen Jahren als Kastellan war kaum ein Tag verstrichen, an dem er nicht ein neues Wunder entdeckt hatte. Manchmal war es ganz winzig – ein kleines Kunstwerk, geschnitzt oder aus Metall, eine vollendete Miniatur. An anderen Tagen hatte er unglaublich Großes entdeckt. Mehrmals hatte er ganze Gemächer gefunden, und nie ließ ihn das Gefühl los, es blieben noch viele mehr zu entdecken. Tatsächlich hatte er das Gefühl, sie würden sich spielerisch vor ihm verstecken.

Die Anwesenheit so vieler fremder Leute schien seine Rate von Entdeckungen zu beschleunigen. Hier war es jetzt so lebendig wie nie zuvor. Stimmen, lachend, ernst, laut, heimlich, geflüstert und gebrüllt hallten durch Gänge, die jahrelang nur hin und wieder leise Schritte zu hören bekommen hatten, bis sie in weite, leere Hallen fluteten, hinauf in verborgene Winkel und Ritze, um schließlich in der uralten Stille der Burg zu versickern. Die Festung saugte die vielen neuen Geräusche auf wie der Sand der ausgetrockneten südlichen Länder den Regen. Und wie ein Riesengeschöpf, das Zelle um Zelle erwachte, schien sie die Geräusche als Nahrung aufzunehmen und in eine leise Hintergrundharmonie zu verwandeln, mit der sie ihr Willkommenslied für die Neuankömmlinge unterlegte.

Trotz des düsteren Zwecks dieser Besuche unterband die Burg jede dunkle Stimmung. Dafür blieb Zeit genug, falls die Fähigkeiten der Schüler im Ernstfall auf die Probe gestellt werden sollten. Dann würde vielleicht die Erinnerung an die glücklichen Klänge von Anderras Darion sie antreiben, wenn alles andere versagt hatte.

Loman lächelte vor sich hin und schlug die Augen auf. Er stellte sich auf das niedrige Fensterbrett und sah aus dem schmalen Lanzettfenster auf den Hof hinunter, der mit Grünflächen und Blumenrabatten und den eigenartig bequemen Steinbänken versehen war, die ein charakteristisches Merkmal der Außenausstattung der Burg darstellten.

Zwei livrierte Lehrlinge, die wohl einen dringenden Auftrag zu erledigen hatten, liefen vorbei, ohne seinen wachsamen Blick zu bemerken. Seine Lehrlinge bereiteten ihm Freude. In seinen eiligen Momenten bezeichnete er sie normalerweise als unsensible kleine Teufel, doch die veränderte Atmosphäre schien auch auf sie nicht ohne Wirkung geblieben zu sein.

Er nahm den Rest der Szene unten in sich auf. Eine kleine Gruppe jüngerer Kinder, die es sorgfältig vermied, den Rasen zu betreten, spielte ein kompliziertes Fangenspiel, an das er sich verschwommen aus seiner eigenen Kindheit erinnerte. Ein paar Gestalten saßen vereinsamt auf den Steinbänken und dem Rasen und lasen mit unterschiedlichen Graden von Aufmerksamkeit, während ebensoviele müßig in der Sonne lagen, die Bücher unbeachtet neben sich. In der gegenüberliegenden Ecke hielt Gulda Hof inmitten einer Ansammlung älterer Männer und Frauen. Er bedauerte, nicht verstehen zu können, was sie erzählte, denn obwohl er noch einen substantiellen, aus seiner Jugend stammenden Schrecken vor der Frau hatte, bewunderte und genoß er doch mittlerweile ihre großartig inszenierten Auftritte.

Zu denen konnte es jederzeit und überall kommen, und dann scharte sich gleich eine kleine Menschenmenge um sie und lauschte gebannt ihren Ausführungen. Er schaute eine Weile zu, während sie scheinbar ohne Luft zu holen redete, während Hände und Arme weit ausholende, ausdrucksstarke Gesten in die Luft malten, ihre große Nase in die Luft stieß wie das Segel einer kreuzenden Jacht und ihr Kopf rasch von einer Seite zur anderen glitt, um ihre Zuhörerschar nach verräterischen Zeichen von Unaufmerksamkeit abzusuchen.

Loman hatte es aufgegeben, über Guldas Identität zu grübeln, wie er es bei Hawklan schon vor vielen Jahren aufgegeben hatte. Das Thema, zu dem sie nichts beizusteuern wußte, gab es nicht. Und sie schuftete unermüdlich. Stöberte durch die Bibliothek, förderte die bemerkenswertesten Bücher über Militärgeschichte zutage, organisierte die Neuankömmlinge, organisierte die Abschiede, organisierte ihn!

Zu schlafen schien sie nie.

Einmal war Loman ihr begegnet, als sie während der dunkelsten Nachtstunden der Nacht langsam durch einen langen, mondbeschienenen Gang wandelte. Er hatte über ein paar alten Büchern gehockt und die Zeit vergessen und hastete nun in seine Gemächer, um wenigstens noch ein bißchen Schlaf zu bekommen, bevor er seine Lehrlinge wecken mußte.

»Memsa, könnt Ihr nicht schlafen? Ihr müßt erschöpft sein«, sprach er sie an.

Gulda schreckte leicht zusammen, und nahm dann ihren gemessenen Schritt wieder auf. Mit einem Nicken, das ihr die Kapuze in die Stirn fallen ließ und ihre Züge in Schatten hüllte, erwiderte sie seinen Gruß. Loman verfügte zwar nicht über die Geschicklichkeit seines Bruders, doch er war in Pedhavin geboren und hatte das Schattengesetz im Blut. Er sah, was sie zu verbergen versucht hatte. Einen Blick von solch verzweifelter Einsamkeit, daß er fast zurücktaumelte. Statt dessen machte er einen Schritt auf sie zu.

»Gulda«, sagte er freundlich. »Ihr mutet Euch zuviel zu. Vielleicht kann Tirilen Euch helfen. Sie ist nicht Hawklan, aber …«

Als Antwort auf seine Freundlichkeit tauchte ein schwaches Lächeln im Schatten der Kapuze auf. Sie legte ihm die

Hand auf den Arm. »Was sollte ich mit Schlaf anfangen, Loman?« versetzte sie abwesend. »Für Gulda gibt es kein Versteck, am wenigstens den Schlaf, wo Erinnerungen ungehemmt fließen.« Dann schritt sie langsam an ihm vorbei.

Er hatte der gebeugten Gestalt nachgeblickt, bis sie in dem mondbeschatteten Gang verschwand. In dem schimmernden Licht wurde ihre Gestalt so schwarz und dicht, daß sie wie der Eingang zu einem dunklen Tunnel aussah, und einen kurzen Augenblick lang hatte er das Gefühl, zahllose Jahre reichten zurück von diesem Moment zu unvorstellbaren Zeiten und Völkern. »Für Gulda gibt es kein Versteck«, schwebte es noch in der Luft, als sie langsam mit den fernen Schatten verschmolz. Er hatte kurz geschwankt, als sei er plötzlich auf einer großen Höhe erwacht, mit einem flauen Schwindelgefühl im Magen.

Selbst die Sonne, die nun durch die tiefe Laibung des Fensters schien, konnte diese Erinnerung nicht vertreiben, und Loman wandte den Blick nachdenklich von der Szene im Hof ab. Jemand wie Gulda war schwer zu verstehen. Doch es brachte auch nichts ein, sich den Kopf darüber zu zerbrechen, wer sie war oder warum sie jetzt hier war. Er schüttelte die Gedanken ab und ging weiter. Er mußte nachdenken, doch nicht darüber. Hawklans letzte Botschaft war das gewesen, was er am meisten befürchtete.

So stark der Antrieb war, der von Gulda, Loman und den Morlider-Veteranen ausging, so stark war aber auch die natürliche Anpassungsfähigkeit der Orthlundyn, daß die vielen verschwommenen Ideen, die ihr Unternehmen in Gang gesetzt hatten, sich in den Wochen nach Hawklans Abreise zu einer festen Routine entwickelt und zahlreiche Ableger getrieben hatten. Schon begannen die Fähigeren unter den Rekruten in ihre Dörfer zurückzukehren, um dort ihrerseits erste Übungen abzuhalten. So hoffte man die beschränkte Zeit der Burgausbilder nicht zu sehr zu beanspruchen und die Störung des Alltagslebens in den Dörfern zu minimieren. Außerdem sollten sie ihre eigenen Bezirke überwachen, um taktisch wertvolle Hinweise für den Ernstfall zu gewinnen.

»Das ist lebensnotwendig«, betonte Gulda. »Wahre Stärke kann nur aus fest verankerten, zähen Wurzeln erwachsen. Und ihr«, mit diesen Worten ließ sie ihren Stock über den versammelten Ausbildern kreisen, »werdet all diese Informationen so schnell wie möglich zusammentragen, so daß wir hier ein detailliertes und vollständiges Bild des ganzen Landes zur Verfügung haben.«

Lomans Beine trugen ihn aufwärts und nach draußen, bis er sich auf den Burgmauern wiederfand und seinen Blick über die sanft hügelige Landschaft Orthlunds schweifen ließ. Er war müde und steif, fühlte sich aber nicht unangenehm dabei. Trotz ihrer Unverschämtheit hatte seine Tochter seine quälendsten Schmerzen sehr wirkungsvoll gelindert.

Er reckte sich ausgiebig, sog die frische Sommerluft in seine gewaltige Brust und schloß die Augen, um die Sonne auf seinem zerfurchten Gesicht zu spüren. Hawklan hatte recht gehabt. Die Orthlundyn, er selbst eingeschlossen, wie er nun erkannte, strebten instinktiv nach Vervollkommnung. Auch wenn es ihnen eine tiefe Genugtuung bereitete, alles gut zu machen, betrachteten sie das doch oft nur als Stufe zu etwas noch Besserem. Vielleicht war es nur einem Ausländer möglich gewesen, so etwas in uns zu sehen, dachte er.

In Wirklichkeit jedoch hätte er sich nicht vorstellen können, daß sie so viel in so kurzer Zeit erreichen würden. Nur wenige hatten ernsthafte Vorbehalte gegen das Unternehmen geäußert. Das Böse, das in ihr Land gekommen war, hatte einen lange schlafenden Geist in den Orthlundyn geweckt. Obwohl sie deren Notwendigkeit bedauerten, stellten sie ihre neuen Studien mit derselben Gründlichkeit an, die ihr gesamtes Tun charakterisierte. Loman wußte, daß ihre Schwäche darin bestand, daß nur wenige von ihnen schlachterprobt waren. Der Krieg war nicht eine einfache Fortsetzung des Trainings: Er war etwas völlig anderes. Aber trotz allem wurde eine Waffe geschmiedet, die ihnen im Notfall gute Dienste leisten würde. Er runzelte besorgt die Stirn bei diesem Gedanken und tätschelte den Stein vor sich mit seiner kraftvollen Hand in der stillen Hoffnung, daß der Notfall niemals eintreten werde. Dann richtete er den Blick nordwärts, nach Fyorlund.

Die Reiterkette, die Informationen von Hawklan und Isloman transportieren sollte, war schon oft als Bestandteil der unterschiedlichsten Übungsmanöver eingesetzt worden. Loman wußte, daß die beiden Männer stetig und ohne besondere Vorkommnisse vorwärtskamen und ihrerseits über die auf der Burg gemachten Fortschritte informiert waren.

Dann hatten sie Hawklans letzte Botschaft erhalten, bevor er und Isloman in die gebirgigen Grenzregionen Fyorlunds vordrangen. »Gut gemacht. Und jetzt such deine Besten aus und trainiere sie bis zum Umfallen. Für besondere Aufgaben.«

Das war die Botschaft, auf die die Logik von Hawklans Tun letztendlich hatte hinauslaufen müssen. Die Bildung einer Eliteformation. Bis jetzt hatte er es sorgfältig vermieden, etwas derartiges vor Hawklan zu erwähnen, weil mit einem solchen Korps all die schmerzlichen und unversöhnlichen Widersprüche eines bewußten Gewalteinsatzes realisiert wurden. Darüber hinaus hatten sowohl er als auch Isloman in einer solchen Truppe gedient. Den Goraidin. Die einzigen Nicht-Fyordyn, die es in dieser Einheit jemals gegeben hatte. Es war eine schwierige Erfahrung gewesen, sowohl bereichernd als auch auslaugend, und er verspürte wenig Lust, sie zu wiederholen.

Selbst jetzt, nach so vielen Jahren, wachte er noch manchmal nachts auf, zitternd, verfolgt vom Alptraum jener ersten Begegnung.

Ihre kleine Einheit war durch einen überraschenden Nachtangriff auseinandergerissen worden, und er und Isloman waren mehrere Tage durch das schneebedeckte Gebiet geirrt und hatten herauszufinden versucht, wo sie sich befanden und was genau passiert war. Dann schlug das Wetter um, und die beiden Brüder klammerten sich nur noch in

Todesangst aneinander. Alles um sie herum verwandelte sich in eine grausame, blendende Weiße, die ihnen die Augen versengte. Berge, Wälder, selbst der Himmel und der Horizont waren verschwunden, nicht wie im Nebel, nicht ihren Blicken entzogen, sondern von der strahlenden Helligkeit vollständig aufgesogen. Nur undeutlich vermochten sie einander und ihre Fußstapfen im Schnee zu erkennen. Meist hielten sie den Kontakt nur durch Berührung, indem sie sich an der Hand hielten, und so irrten sie ziellos umher, bis sie schließlich über einen entwurzelten Baum gestolpert waren, der ihnen einen gewissen Schutz bot.

Sie richteten einen provisorischen Wall auf, um den Wind abzuhalten, ließen sich in die enge Höhle sinken und beratschlagten ihre mißliche Lage. Selbst mit der Orthlundyn-Kleidung und den zusätzlichen Gewändern, die das hiesige, an solche Wetterverhältnisse gewöhnte Riddinvolk ihnen gegeben hatte, drang die schneidende Kälte ihnen bis in die Knochen. Sie wußten beide, daß sie ohne Wärme und Nahrung schon bald sterben würden.

Loman wurde von seinem Bruder aus einem unruhigen Halbschlaf geweckt. Er hatte ihm eine Hand auf den Mund gepreßt und flüsterte ihm ins Ohr: »Morlider. Genau vor uns. Horch.«

Nahe Stimmen in einer fremden Sprache drangen in ihren Unterschlupf. Loman beugte sich vor und lauschte angestrengt, um dann vier Finger in die Luft zu recken. Isloman nickte. Vier Männer.

»Nahrung«, formte Loman stumm mit seinen Lippen. Wieder nickte Isloman und hob eine geballte Faust. Diesmal nickte Loman und schob vorsichtig seine behandschuhte Rechte durch die Schlaufen seines Schilds. Isloman machte es ihm langsam nach, und auf ein Zeichen seines Bruders hin warfen sie ihre Schneemauer um und stürzten sich brüllend und schreiend auf die vier Männer.

Nur, daß es sechs und nicht vier waren. Ohne sich Gedanken über die Konsequenzen ihrer mangelhafte Arithmetik zu machen, griffen die beiden Brüder weiter an. Loman, der damals schon außergewöhnlich stark war, warf zwei Männer mit seinem Schild um und schwang seine Keule auf den Kopf eines dritten.

Doch der Hieb traf nie sein Ziel, und statt dessen fand Loman sich ausgestreckt auf dem Rücken wieder. Er wußte nicht mehr genau, wo er war und wie er dorthin gekommen war. Es hatte keinerlei Zusammenprall gegeben, dessen war er sicher. Er rollte sich herum und versuchte, das Gleichgewicht wiederzuerlangen, und dann *gab* es einen Zusammenprall. Ein lähmender Schlag zuckte aus dem Nirgendwo herbei und explodierte in seinem Schädel, füllte ihn mit weißem Licht. Jetzt lag er mit dem Gesicht nach unten im Schnee und wußte nur zu gut, daß er diese Schlacht verloren hatte. Er würde sterben. Aus weiter Entfernung hörte er die Stimme seines Bruders und Kampflärm.

»Ich komme, Isloman«, rief er schwach und mühte sich mit dröhnendem Schädel auf die Beine. Schild und Keule waren fort, doch er hatte immer noch seine Fäuste und seine Stärke. Als er sich bewegte, hörte er ein erstauntes Aufkeuchen und das Geräusch eines gezogenen Schwerts. Er sah hoch und erblickte undeutlich eine weiße, fellbekleidete Gestalt, die sich ihm zielstrebig näherte, eine weiße Klinge in der Hand. Er würde nicht mehr rechtzeitig ausweichen können.

»Warte«, rief da eine herrische Stimme. »Warte.« Die Gestalt zögerte. Eine zweite Gestalt gesellte sich zu der ersten, beugte sich vor und fragte Loman: »Was hast du gesagt?«

Loman, verunsichert durch diese seltsame Wendung der Ereignisse, verfluchte ihn heftig und versuchte erneut, sich aufzurichten.

»Ich will verdammt sein!« meinte die Gestalt. »Wenn das keine Orthlundyn sind, bin ich ein Mandroc. Was macht ihr denn hier?«

Loman behielt das gezückte Schwert im Auge. »Wünschen, wir wären woanders«, entgegnete er.

Die Gestalt lachte unerwartet und kam mit ausgestreckter

Hand auf ihn zu. »Ja. Ohne Zweifel Orthlundyn. Steck dein Schwert weg, Yatsu, wir sollten unsere Verbündeten nicht erschlagen – selbst wenn sie uns auflauern. Nimm meine Hand, Mann.«

Zögernd ergriff Loman die dargebotene Rechte und ließ sich, immer noch benommen schwankend, hochziehen. Die beiden Männer hielten ihn fest. Er stützte sich kurz auf sie, bis sein Kopf wieder klar wurde.

Der zweite Mann lachte wieder. »Wußte nicht, daß Orthlundyn so hartköpfig sind«, meinte er. »Ein Schlag von Yatsu reicht normalerweise, um einen Mann aus diesem Leben zu befördern, und du torkelst gerade mal ein bißchen. Bemerkenswert.« Er zeigte auf einen unordentlichen weißen Haufen bei den Wurzeln des umgestürzten Baums. »Laßt ihn hoch«, befahl er, und Loman sah, wie der Haufen sich in vier fellbekleidete Individuen sowie seinen nach Luft schnappenden, mit blauen Flecken übersäten Bruder auflöste.

»Gut, Orthlundyn«, wandte der Mann sich an Loman, »ihr habt uns ganz schön überrascht. Ich denke, wir sollten uns ein bißchen unterhalten. Ich bin Dirfrin, und diese kleine Truppe, die ihr soeben angegriffen habt, ist eine Abteilung von König Rgorics Goraidin.«

Der Name sagte keinem der beiden Brüder etwas, und Dirfrin schien nicht geneigt, weitere Erklärungen abzugeben.

Nachdem man seine Wunden gezählt und sich einander leicht verlegen vorgestellt hatte, legte Dirfrin Loman betrübt die Hand auf die Schulter. »Ich fürchte, eure Einheit ist vernichtet worden, Loman«, eröffnete er ihm. »Wir sind vorhin auf ihre Überreste gestoßen. Tut mir leid.«

Loman hob den Blick zum Himmel, während Isloman das Gesicht in den Händen vergrub.

Nach einem Moment fuhr Dirfrin fort: »Schlimmer noch«, sagte er. »Die Morlider sind überraschend vorgestoßen und kontrollieren das ganze Gebiet. Wenn ihr alleine weiterzieht, werden das Wetter, das Gelände oder der Feind euch in wenigen Tagen umbringen.«

Loman war zum Widerspruch aufgelegt, doch Isloman legte ihm die Hand auf den Arm und schüttelte den Kopf.

»Darüber hinaus möchte ich euch nicht in Feindeshand fallen lassen. Sie sind nicht sehr zuvorkommend zu ihren Gefangenen und werden schnell von unserer Existenz erfahren, und dann stecken wir in noch größeren Schwierigkeiten als jetzt. Unsere dringlichste Aufgabe ist nunmehr, uns zum Heer zurückzuschlagen und Bericht zu erstatten, wo der Feind steht und welche Stärke er hat.«

»Was können wir tun?« fragte Isloman.

»Ihr müßt mit uns kommen«, kam die Antwort. Es gab einiges Murren und Flüstern in der fremden Sprache, die die beiden Brüder schon gehört hatten. Dirfrin sah wütend aus. Er zückte ein langes Messer und hielt es mit dem Knauf voran einem seiner Männer hin.

»Gut, dann töte sie kaltblütig, wenn du den Mumm hast, denn das ist die einzige Alternative, die wir haben.« Der Mann senkte den Blick und schob das Messer zur Seite. Dirfrin steckte es wieder in die Scheide, und Loman und Isloman lockerten die geballten Fäuste.

Dirfrin fixierte sie mit einem stechenden Blick. »Hört mir jetzt gut zu, ihr beiden. Die Goraidin sind die besten Kämpfer in ganz Fyorlund. Unsere Ausbildung ist so hart, daß nicht einmal einer von hundert Hochgardisten sie anstrebt und nur jeder dritte von diesen sie auch schafft. Ich fürchte, alles, was ich euch anbieten kann, ist eine winzige Chance oder gar keine Chance, doch ihr seht durchtrainiert aus, ihr habt die richtige Kleidung und, wenn ich mir euren Unterstand ansehe, ein bißchen Grips. Wir haben Extrarationen von euren toten Kameraden mitgenommen, also werdet ihr uns begleiten.« Er beugte sich beschwörend zu ihnen vor. »Aber wir können nicht zulassen, daß ihr uns aufhaltet. Wir bringen euch beim Marschieren bei, was wir können, und ihr müßt lernen, wie ihr noch nie zuvor in eurem Leben gelernt habt. Und daß ihr mich recht versteht«, er machte eine kurze Pause, »ihr werdet jedem dieser Männer ohne Zögern und ohne Fragen gehorchen.« Sein Tonfall duldete keinen Widerspruch. »Das Leben zu vieler Menschen, unserer und eurer, hängt von unseren Informationen ab. Wir dürfen nicht zulassen, daß ihr das aufs Spiel setzt. Wenn ihr uns Ärger macht, werdet ihr ohne Bedenken getötet. Ist das klar?«

Loman zitterte, während er da auf den sonnenwarmen Wällen von Anderras Darion stand und sich Dirfrins unerbittlichen Blick und seine grimmige Stimme in Erinnerung rief. Und während er über die sonnenbeschienenen Ebenen Orthlunds schaute, nickte er, wie er an jenem bitterkalten Tag vor so langer Zeit genickt hatte, als sie sich in einem Bergwald in Nord-Riddin aneinandergedrängt hatten.

Und jetzt will Hawklan unsere eigenen Goraidin trainieren, dachte er. Er grämte sich immer noch über die Bitte. Er und Isloman *waren* erfolgreich mit den Goraidin marschiert. Sie *hatten* gelernt. Sie hatten auch gelehrt.

»Nun, jedenfalls habt ihr jetzt scharfe Schwerter und wißt die Schatten ein bißchen klüger zu nutzen«, hatte er zu Dirfrin gesagt, als sie sich schließlich getrennt hatten.

Doch einige der Fähigkeiten, die er und sein Bruder gelernt hatten, verstörten ihn bis zum heutigen Tag. Zahllose Arten, Menschen umzubringen und ihnen Informationen zu entlocken. Zahllose Arten, zu zerstören. Doch es gab auch andere Dinge, die unzweifelhaft gut waren und ihn stolz darauf machten, mit den Goraidin geritten zu sein. Mut, Treue, Opferbereitschaft und das Wissen, die entsetzlichsten Situationen zu überstehen. Versonnen blickte er nach Norden. Und ihre Aktionen *hatten* viele Leben gerettet in jenem bitteren Krieg.

Loman atmete geräuschvoll aus und schürzte selbstkritisch die Lippen. Er verschwendete nur seine Zeit. Er hatte ohnehin keine Wahl. Ihm blieb keine andere Möglichkeit, seit er die Notwendigkeit der Bewaffnung Orthlunds akzeptiert hatte, wenn auch nur aus dem Wissen heraus, daß jeder Gegner dasselbe tun würde. Er brauchte kein Vertrauen in Hawklan, um ihm das zu sagen, und auch keine Anordnung von ihm, was er tun sollte.

Er war Orthlundyn. Was immer erreicht war, konnte und mußte verbessert werden.

Er schritt über die Brüstung bis zur nächsten Treppe nach unten. Als er, zwei Stufen auf einmal nehmend, hinabhastete, ging er in Gedanken noch einmal eine Namensliste durch, die über die letzten Wochen hinweg in seinem Kopf Gestalt angenommen hatte. Die Namen jener Rekruten, die voraussichtlich für eine Sonderausbildung in Frage kamen.

KAPITEL 26

»Was hältst du von ihnen?« fragte Isloman diskret.

»Ich weiß nicht«, antwortete Hawklan. »Aber wir machen uns ziemlich verdächtig, wenn wir ihnen aus dem Weg zu gehen versuchen. Immer hübsch lächeln. Wenn sie uns Gewalt androhen, widersprich ihnen nicht, bis es wirklich ernst wird.«

Sie waren seit mehreren Tagen durch die gebirgigen Grenzregionen von Fyorlund geritten und hatten möglichst unauffällig einen Bogen um Höfe und Dörfer geschlagen. Nun jedoch blieb ihnen nichts anderes übrig, als durch ein großes Dorf an der Mündung eines Flusses zu reiten, da dies offenbar die einzig mögliche Straße war. Der Grund ihrer Sorge war eine wachsende Menschenmenge auf dem Platz vor ihnen. Keine Frauen oder Kinder, bemerkte Hawklan, und einige von ihnen trugen Feldgerät und andere Werkzeuge. Er sah sich beiläufig um und merkte sich die wenigen Seitenstraßen, die auf die Talflanken hinaufführten.

Diese Fyorlund-Dörfer sind sehr hübsch, dachte er trotz der Zusammenrottung auf dem Platz. Schwere, solide Holzgebäude, lebhaft bemalt und mit Schnitzereien verziert, die ganz verschieden von denen in Orthlund waren. Er hatte Isloman schon vorher, als sie durch die ersten Einsiedlerhöfe gekommen waren, auf die Unterschiede aufmerksam gemacht.

»Holz ist Holz. Stein ist Stein«, hatte der erwidert. »Sie singen ein anderes Lied.« Dann hatte er gelacht und liebevoll den Kopf geschüttelt, wie die Orthlundyn es immer taten, wenn Hawklans Steinblindheit wieder einmal offenbar wurde.

Die Häuser des Dorfs waren anscheinend nach dem Zufallsprinzip verstreut, sie lagen im Grund des engen Tals und erstreckten sich seine steilen Flanken hinauf, wobei ihr jeweiliger Standort durch die Felsformationen bestimmt wurde. Manche der höheren Gebäude schienen sich gefährlich an senkrechte Klippen zu klammern und völlig unzugänglich zu sein. Vermutlich gelangte man über diese Seitenstraßen zu ihnen, überlegte Hawklan. Also keine Fluchtmöglichkeit.

»Könnte Ärger geben«, flüsterte Hawklan seinem Pferd zu. »Halte dich bereit, auf mein Zeichen hin schnell zu reagieren.«

»Ihr *werdet* Ärger bekommen«, versetzte Serian. »Ich kann es selbst auf diese Entfernung riechen.« Hawklan tätschelte seinen Kopf. »Ganz behutsam mitten durch sie hindurch«, sagte er zu Isloman. »Halte auf dieses Gebäude da drüben zu.« Mit einem Kopfnicken zeigte er auf ein dreistöckiges Haus in der Mitte einer Marktseite. Es beherrschte die anderen Gebäude des Dorfs und stellte offensichtlich eine Versammlungshalle oder etwas ähnliches dar. Auf seinem Dachfirst hockte Gavor.

Die Menge teilte sich schweigend, als die beiden Männer hindurchritten, und Hawklan nahm sich die Zeit, die ihm zugedrehten Gesichter zu studieren, um ihre Stimmung herauszubekommen. Das war interessant. Da waren starke Elemente von Mißtrauen und Furcht, ja sogar Feindseligkeit, aber es gab auch viele aufgeschlossene, freundliche Mienen, und ein großer Teil der Menge schien skeptisch oder einfach nur neugierig zu sein, obwohl schwer zu sagen war, ob die Neugier ihnen galt oder dem, was geschehen würde. Er blickte mehreren Männern in die Augen und nickte grüßend. Es konnte nicht schaden, einige von ihnen freundlich zu stimmen, dachte er.

Nachdem sie das bezeichnete Gebäude erreicht hatten, ließ er sich im Sattel zurücksinken, legte die Hände auf die Oberschenkel und die Zügel auf Serians Kruppe – eine offene, entspannte Geste, die die Dorfbewohner zu ihren Gunsten beeinflussen sollte.

Bevor er jedoch absteigen konnte, trat ein bulliger, mißgelaunter Mensch vor und griff in Serians Zaumzeug. Das Pferd reckte den Hals und bleckte die Zähne, was den Mann schleunigst zurückweichen ließ. Hawklan beugte sich über seinen Kopf, als wolle er es beruhigen.

»Gut«, flüsterte er ihm zu. »Entschuldigt, Sir«, begann er zuvorkommend. »Ich fürchte, mein Pferd ist ein bißchen nervös. Es ist nicht an große Menschenmengen gewöhnt.«

Wie vorausgesehen, rief diese Bezeichnung der kleinen Gruppe eine gedämpfte Heiterkeit hervor. Grinsende Gesichter waren zu sehen, und von mehreren Seiten kam ein geflüstertes »Orthlundyn!«, während gleichzeitig die Leute in vorderster Reihe ein Stück vor dem großen schwarzen Roß zurückwichen.

Der Bullige ließ sich allerdings nicht so schnell einschüchtern. Während er wachsam das weiß werdende Auge des Pferdes beobachtete, ging er seitlich um Hawklan herum und herrschte ihn an: »Wer seid ihr, und was wollt ihr?«

Hawklan streckte ihm in einer freundlichen Begrüßungsgeste die Hand hin. »Ich heiße Hlan«, erwiderte er. »Und dies ist Isman.« Isloman schenkte dem Mann ein charmantes Lächeln. »Wir wären Euch sehr zu Dank verbunden, wenn Ihr uns sagen könntet, wo wir Proviant für den Rest unserer Reise kaufen können.«

Der Mann übersah die dargebotene Hand. Die Höflichkeiten prallten von seiner finster gerunzelten Stirn ab. »Ihr lügt«, stellte er fest. »Ihr seid Orthlundyn. Ihr seid Spione.«

Hawklan spürte, daß die Feindseligen in der Menge, obwohl in der Minderzahl, unverhältnismäßig großes Gewicht zu haben schienen. Er setzte eine verblüffte Miene auf. »Wir sind Orthlundyn, sicher«, sagte er. »Aber Spione? Ich verstehe nicht.«

»Ihr seid Feinde von Fyorlund, und ihr schleicht euch hier auf geheimen Pfaden ein und hofft, unbemerkt zu bleiben. Man hat uns über die Geschehnisse in Orthlund informiert. Wir haben den Auftrag, nach solchen Subjekten wie euch Ausschau zu halten.« Bevor Hawklan noch etwas entgegnen konnte, verwandelte sich die Haltung des Mannes von Unhöflichkeit zu unverhüllter Aggressivität. Er zeigte auf Hawklan, und sein Gesicht verzerrte sich vor Wut. »Nun, an uns schleicht ihr euch nicht vorbei. *Ihr* werdet nicht mehr spionieren.«

Hawklan hob beschwichtigend die Hände. »Ich verstehe Euch nicht«, wiederholte er. »Wir sind einfache Reisende, die sich Eure großen Häuser und Städte ansehen wollen. Sehen wir etwa wie Spione aus?«

Die Antwort kam prompt und unmißverständlich. »Ihr seid zweifellos Soldaten«, erklärte der Mann. »Mit dem Bogen und deinem feinen Schwert und diesem Riesengaul.«

»Ah«, machte Hawklan. »Jetzt verstehe ich. Das Pferd ist aus Riddin. Ein Aufgebot-Pferd. Ich habe es auf dem Gretmearc gekauft. Der Bogen ist nur zum Jagen – ich fürchte, wir haben nicht genug Geld, um uns die ganze Zeit Lebensmittel zu kaufen – und das Schwert habe ich für den Fall mitgenommen, daß wir in den Bergen auf Banditen treffen.«

Der Mann machte ein finsteres Gesicht, und Hawklan merkte, daß er ihm gar nicht zuhörte. Er gewann den Eindruck eines Mannes, der bis vor kurzem nicht viel gegolten hatte in dem Dorf, ja sogar verachtet worden war, der nun jedoch in eine bedeutende Position katapultiert worden war. Sein Auftreten war nicht das eines Kommandanten, der auch nur ansatzweise die Unterstützung der hier versammelten Menge hinter sich hatte. Falls er hier über eine Unterstützung verfügte, mußte sie auf einem nicht unmittelbar sichtbaren Einfluß beruhen. Hawklan erkannte, daß sie sich in größerer Gefahr als ursprünglich geglaubt befanden. Vorsicht, dachte er und tat so, als glaube er durch seine Antwort die Sache endgültig bereinigt zu haben, schwang sein linkes Bein über den Hals des Pferdes und ließ sich zu Boden gleiten, um dem Mann ins Gesicht zu sehen.

Die Abruptheit der Bewegung ließ den Mann zurückschrecken, und in der Menge wurde einiges Gelächter laut. Er wirbelte erbost herum, und das Lachen verebbte. Ein oder zwei wichen vor ihm zurück.

»Das reicht«, brüllte er. »Diese Kerle schleichen sich hier bis an die Zähne bewaffnet ein und tischen uns Märchen über Räuber und Kaninchenjagen auf, und ihr haltet das Ganze für einen Witz.« Er ließ den ausgestreckten Zeigefinger über der Menge kreisen. »Denkt nicht, ich wüßte nicht, wer von euch mit diesen Spionen sympathisiert. Bald werden wir mit allen Verrätern im eigenen Lager abrechnen.«

Ein oder zwei von ihnen sahen so aus, als hätten sie gern widersprochen, trauten sich jedoch nicht.

Hawklan schritt ein. »Ich versichere Euch, wir sind keine Spione ... oder Soldaten. Wir haben nichts Böses getan und werden nichts Böses tun. Wenn wir nicht willkommen sind, reiten wir weiter. Aber wir würden schon gerne noch Vorräte kaufen, damit wir über die nächsten Tage kommen.« Er richtete diese Bitte an die Menge und begann, mit der Börse an seinem Gürtel herumzuhantieren. »Wir haben genug Geld dabei.«

Ein kurzes Vogelzwitschern klang über den Platz. Gavors Signal, daß Gefahr im Verzug war.

»Wir wollen euer Geld nicht, Spione«, zischte der Mann gehässig. Bevor Hawklan etwas erwidern konnte, gab es eine Bewegung in der Menge, und vier Männer drängten sich rauh nach vorn.

»Probleme, Gister?« fragte eine der Neuankömmlinge den Mann, der mit Hawklan sprach.

»Jetzt, wo Ihr da seid, nicht mehr, Uskal«, erklärte der Mann. »Wo wart Ihr? Die da sind völlig nutzlos.« Er wies auf die Menge. »Ich mußte die meisten verdammt noch mal auf die Straße prügeln. Wenn es nach denen gegangen wäre, hätten sie diese beiden ungehindert durchspazieren lassen.« Seine Stimme nahm einen jammernden Unterton an, als versuche er sich zu rechtfertigen.

Uskal war beinah so groß wie Hawklan und von kräftigem Wuchs, mit einem drohenden, dummen Gesicht, das gerade von soviel Intelligenz erhellt wurde, um ihn als gefährlich gewalttätig zu kennzeichnen. Er schien nicht geneigt zu sein, sein verspätetes Eintreffen zu erklären, und wandte seine Aufmerksamkeit ohne Umschweife Hawklan und Isloman zu.

»Diese beiden?« fragte er.

Gister nickte.

»Gut«, stieß Uskal durch zusammengebissene Zähne hervor, machte ohne weitere Formalitäten einen Schritt voran und hieb Hawklan die Faust in den Magen. Hawklan erschien der Schlag überaus langsam, so daß er in der Lage war, den schlimmsten Effekt zu neutralisieren, indem er einfach die Bauchmuskeln anspannte und ein Stück zurückwich, um seinen Angreifer aus der Balance zu bringen. Doch er krümmte sich, als sei er getroffen, um zu sehen, welche Wirkung das auf die Menge haben würde. Er bezweifelte nicht, daß er und Isloman mit Gister und den vier anderen fertigwerden konnten, doch wenn die Menge sich auf die Seite ihrer Männer schlagen sollte, was durchaus möglich war, dann könnten sie überwältigt oder sogar verwundet werden.

Isloman sprang vom Pferd und wurde auf der Stelle von zweien der Neuankömmlinge ergriffen. Hawklan warf ihm einen schnellen Blick zu, als er sah, wie seine massige Gestalt sich anschickte, die Angreifer ihrer gerechten Strafe zuzuführen. Isloman verstand die Warnung und wehrte sich nur halbherzig, bis einer der Männer auch ihn schlug.

Der dritte Mann packte Hawklan von hinten, und Uskal machte sich zum erneuten Zuschlagen bereit. Hawklan jedoch tat, als verliere er das Gleichgewicht, und taumelte zusammen mit seinem Angreifer zur Seite, so daß der Hieb uneffektiv über sein Gesicht streifte und dabei seine Unterlippe leicht gegen die Zähne preßte. Da war es, als wecke ein kleiner böser Kobold eine lange verstummte Stimme in Hawklan, so als habe der schmale Blutfaden, der ihm übers Kinn rann, ihn freigesetzt. »Dafür stirbst du, Widerling«, sagte die Stimme. Hawklans Augen weiteten sich vor Entsetzen, als er das Gift in sich spürte, doch er brachte die Stimme unerbittlich zum Schweigen.

»Hast genug, ja?« zischte Uskal, der Hawklans Gesichtsausdruck falsch interpretierte. Er packte Hawklan am Kinn und brachte sein boshaftes Gesicht nah an seins.

Ein zorniges Gemurmel in der Menge verhinderte jedoch eine Erwiderung von Hawklan. Einer der älteren Männer trat vor und nahm Uskal am Arm. »Das ist nicht nötig«, sagte er. »Sie haben keinerlei Ärger gemacht. Es besteht kein Grund, sie so zu behandeln.«

Uskal gab Hawklan frei, riß seinen Arm los, packte den Mann grob an seiner Tunika und schubste ihn heftig zurück. »So behandeln wir Schwächlinge und Feiglinge, Flec«, stieß er hervor.

Flec war jedenfalls weder ein Schwächling noch ein Feigling, und nachdem er das Gleichgewicht wiedererlangt hatte, stürzte er sich auf seinen Angreifer, umschlang seine Taille und warf ihn zu Boden. Sie rangen eine Zeitlang miteinander, inmitten einer kleinen Staubwolke, während andere sie zögernd zu trennen versuchten. Doch Uskal war der Stärkere und Entschlossenere der beiden und gewann schon bald die Oberhand über den Älteren. Er hockte sich auf seine Brust und schlug ihn kräftig ins Gesicht, stand dann auf und hob den Fuß zu einem ähnlich brutalen Tritt.

»Nein.« Hawklans unvermutet mächtige Stimme ließ Uskal mitten in der Bewegung innehalten. Als er sich umsah, bemerkte er die Stimmung der Menge, eine gefährliche Mischung aus Wut und Furcht, die sich unmißverständlich gegen ihn richtete. Er bedachte Hawklan mit einem haßerfüllten Blick – eine ferne Posaune erscholl in Hawklans Gedächtnis –, diesen Blick kannte er, doch in Orthlund hatte er nie so etwas zu Gesicht bekommen.

»Schrei mich nicht an, du Stück Dreck«, brüllte Uskal und ging mit erhobener Faust auf Hawklan los, um ihn voll ins Gesicht zu schlagen. Gleichsam ohne seine Absicht knickten Hawklans Knie ein, er duckte sich zur Seite und schleuderte den Mann, der ihn festhielt, über seine Schulter in den angreifenden Uskal. Die beiden Männer prallten zusammen und rollten ein Stück weit über die Erde, so kraftvoll war Hawklans Wurf gewesen. Die sie umringende Menge wich deutlich zurück. Isloman, immer noch von den beiden Männern gehalten, fing Hawklans Blick auf. Nicht, besagte der Blick.

»Ergreift ihn, ergreift ihn«, schrie Gister, doch niemand schien ihm zuhören zu wollen. Uskal, von diesem Fremden zu Boden geschickt, verlor das bißchen Kontrolle, das er je hatte. Er stand auf und schaute wütend um sich.

»Bitte, nicht mehr«, plädierte Hawklan. Es war immer noch wichtig, die Einstellung der Menge zu ihm im Gleichgewicht zu halten; denn wenn er diesen Lümmel endgültig niederstreckte, konnte das die anderen gegen ihn aufbringen.

Doch Uskal war nicht mehr ansprechbar. Er entriß einem neben ihm Stehenden die Sichel und schlug ihn mit einem harten Hieb gegen die Brust nieder, als dieser sich ihm zaghaft widersetzte. Dann näherte er sich Hawklan leicht geduckt, das Gesicht zu einer grinsenden Grimasse verzerrt. Er drehte die geschwungene, glänzende Klinge so, daß sie das Sonnenlicht reflektierte und Hawklan blendete.

Du bist eine wahnsinnige, enthemmte Kreatur, erklang es in Hawklan, und er spürte, wie seine Rechte nach dem Schwert griff. Die Vision, wie sein Schwarzes Schwert durch die Luft pfiff und dieses abscheuliche Geschöpf in zwei teilte, tanzte verlockend vor Hawklans Augen. Er mußte sich anstrengen, um sie zu verdrängen. Später war Zeit genug, um über solche Visionen nachzudenken – und über den Wurf, der Flec gerettet und sie in diese mißliche Lage gebracht hatte. Doch zuerst gab es ein aktuelleres Problem zu lösen.

Uskal kam immer näher, ließ die Sichel hin und her sausen. Hawklan wich langsam zurück, unverändert darauf bedacht, den harmlosen verwirrten Reisenden zu spielen.

»Halt, genug«, wiederholte er, um diesen Eindruck zu unterstützen, doch schon bald würde er sich ernsthaft verteidigen müssen. Er wußte, sein Körper würde außer Kontrolle geraten, wenn er bedroht wurde, er würde Fähigkeiten einsetzen, die sein Bewußtsein überstiegen. Und obwohl das Uskal besiegen würde, konnte es doch die Menge gegen sie aufbringen.

Als ahne er Hawklans Dilemma, begann Isloman zu strampeln und die beiden Männer hin und her zu ziehen. »Laßt mich los«, brüllte er. »Das ist doch Wahnsinn. Es wird noch Mord und Totschlag geben.«

Serian, scheinbar erregt durch den Aufruhr, begann wie ein nervöses Fohlen zu tänzeln und zu scheuen. Seine Hufe wirbelten große Staubwolken auf. Seine Augen jedoch waren unverwandt auf Hawklan gerichtet und erwarteten dessen Einsatzbefehl. Hawklan erteilte ihn mit einem kaum merklichen Nicken, und Serian tänzelte noch wilder.

Mit einem schnellen Schritt ging Hawklan zu dem Pferd, als wolle er es beruhigen oder womöglich hinter ihm vor Uskals schwingender Sichel in Deckung gehen. Diese Bewegung schien wie ein Signal auf Uskal zu wirken, der sich nun vorwärtsstürzte wie ein Raubtier auf seine fliehende Beute. Serian bäumte sich wild auf, und ein durch die Luft wirbelnder Huf versetzte Uskal einen gnadenlosen, gut gezielten Tritt gegen die Schulter, der ihn schreiend und mit gespreizten Gliedern in den Staub schickte. Die Sichel flog, ohne Schaden anzurichten, vor die Füße ihres wahren Besitzers.

Hawklan ergriff den Kopf des Pferdes, als wolle er das Tier beschwichtigen. »Ich nehme an, du wolltest ihn nicht getötet haben«, flüsterte Serian. Hawklan klopfte ihm liebevoll auf die Wange und lief dann zu seinem gestürzten Gegner, der sich im Staub wand und jeden zurückstieß, der ihm aufhelfen wollte.

»Liegt still«, beschwor er ihn und kniete sich neben ihn. »Liegt still. Ich verstehe ein wenig vom Knocheneinrenken.«

»Was ist denn das für ein Lärm?« dröhnte eine tiefe Stimme über die Menge, und plötzlich wurde es mucksmäuschenstill auf dem Platz. Selbst Uskal stöhnte leiser. Hawklan schaute hoch und erblickte einen grauhaarigen alten Mann, der auf den Stufen des großen Gebäudes stand. Helle, durchdringende Augen leuchteten in einem strengen und kraftvollen Gesicht.

KAPITEL 27

Der erste Bürger einer Fyordyn-Gemeinschaft, sei es Dorf oder Stadt, war ihr Rede. Dieses Amt fiel den verschiedensten Leuten zu, obwohl sie niemals jung waren und immer Erfahrungen im Dienst des Königs oder der Lords gesammelt hatten. Es war Bestandteil des Gesetzes von Fyorlund, daß kein Mann führen sollte, bevor er nicht gedient hatte, auch wenn normalerweise nur wenig Führerschaft von einem Rede verlangt wurde, da das natürliche Temperament der Fyordyn schon zu Ordnung und Disziplin neigte. In der Praxis erwies sich das Amt daher oft als eine Art würdigen Ruhestands für geachtete Mitglieder der Gesellschaft.

Es war die Störung dieses Ruhestands durch den zunehmenden Krach auf dem Dorfplatz, die jenes Stirnrunzeln auf Rede Berryns Gesicht hervorgerufen hatte und ihn veranlaßt hatte, ans Fenster und von dort vor die Eingangstür seiner Amtsresidenz zu treten, um sich persönlich nach der Ursache dieser Störung zu erkundigen.

Er war oberster Ausbildungsoffizier in der Hochgarde eines sehr traditionell gesinnten Lords gewesen, so daß er sich bemerkbar machen und seiner Stimme Gehör verschaffen konnte in weit größeren Ansammlungen als derjenigen, die gerade einige Staubwolken auf dem Marktplatz verursachte.

»Also«, donnerte seine Stimme erneut über die Menge. »Was geht hier vor?«

Gister trat in einer Mischung aus Ehrerbietung und Trotz vor die unterste der Stufen. Anklagend wies er auf Isloman und Hawklan.

»Das sind Spione, Rede. Sie haben sich schon tagelang hier herumgedrückt, bis an die Zähne bewaffnet, und sie haben Uskal angegriffen, nur weil er sie nach ihrem Namen gefragt hat.«

Der alte Mann durchbohrte Gister mit einem Blick voller Skepsis und Verachtung, und schaute dann über die Menge hinweg. Unter diesem Blick begannen die zaghaften Samenkörner, die Hawklan gesät hatte, zu keimen.

»Quatsch!« rief jemand. »Sie haben niemandem was getan.«

Gister warf einen wütenden Blick in die Menge, konnte jedoch seinen Widersacher nicht ausmachen.

Mehrere andere fielen ein. »Das stimmt, Rede. Sie haben nichts getan. Gister hat sie beschuldigt zu spionieren, und Uskal hat den Streit vom Zaun gebrochen.«

»Aber das Pferd hat gewonnen«, kam ein fröhliches Lachen, das Gister noch einmal die versammelte Menge absuchen ließ. Viele andere stimmten ihm zu, doch mehrere blieben auch still und schwankten noch.

»Ich kenne euch«, rief Gister gereizt. »Glaubt ja nicht, ich sähe euch nicht. Ihr seid alle Verräter. Ich werde ..«

»Gister.« Die Unterbrechung des Rede ließ ihn mitten im Satz verstummen. Einen kurzen Augenblick lang bohrten sich die Blicke der beiden Männer ineinander, und obwohl es Gister war, der schließlich wegsah, entging es Hawklan nicht, daß der alte Mann sich in seiner Rolle nicht sonderlich wohl fühlte. Wieder spürte er, daß Gister seine Autorität und seine Selbstsicherheit aus anderen, fernen Quellen bezog.

Der Rede schritt die Stufen hinunter und kam auf Hawklan zu; er hinkte leicht. Hawklan hatte Uskal narkotisiert, damit er die Knochen, die Serian so beiläufig gebrochen hatte, wieder richten konnte. Er ließ den Ohnmächtigen sanft zu Boden gleiten, erhob sich und sprach den ihn musternden Rede an.

»Ich habe die verletzten Knochen gerichtet, aber er muß geschient und gut gepflegt werden«, erklärte er. »Man sollte ihn sofort zu Eurem Heiler bringen.« Er senkte den Blick auf die bewußtlose Gestalt. »Ich fürchte allerdings, daß er den Arm nie wieder voll belasten kann«, fügte er hinzu.

Der Rede grunzte unverbindlich und winkte jemanden herbei. Hawklan drehte sich um und sah einen aschfahlen, schwächlich gebauten Mann durch die Menge wieseln. Er trug etwas, das Hawklan für eine Art Amtsrobe hielt, obwohl es den Flecken und dem Staub nach zu urteilen offensichtlich auch als Arbeitskleidung diente. Von einer Gruppe aufgeregter Kinder gefolgt, die ihn offenbar gerufen hatten, begab er sich geradewegs zu dem gestürzten Uskal, was Hawklans ersten Eindruck bestätigte, es handle sich bei ihm um den Dorfheiler.

Hawklan verneigte sich leicht vor dem Rede. »Entschuldigt mich, Sir«, sagte er, kniete sich neben den Heiler und eröffnete diesem, was er getan hatte, um Uskals schlimmste Pein zu lindern. Er nahm die Hände des Mannes und führte sie über Uskals Arm und Schulter. Der Heiler schloß seine Augen und öffnete sie dann erschreckt wieder. Erstaunen blitzte auf. Mit ehrfürchtigem Flüstern sagte er: »Ihr müßt Hawklan sein von …« Doch ein Blick aus Hawklans grünen Augen brachte ihn zum Schweigen.

»Psst, bitte«, wisperte Hawklan mit gedämpfter Stimme. »Ich habe Euren Freunden hier einen falschen Namen genannt. Ihr wißt, daß ich niemandem etwas zuleide tun möchte, aber bei den anderen ist das schwierig. Sie sind in einer sonderbaren Verfassung. Kümmert Euch um Euren Patienten. Ich muß mit dem Rede sprechen.«

Wie ein demütiger Untergebener zu Füßen seines Meisters nickte der Mann und veranlaßte einige aus der Menge, Uskal nach Hause zu bringen. Dann wandte er sich an Hawklan: »Eure Heilkunst … wir müssen uns unterhalten, Sir.

Bevor Ihr das Dorf verlaßt. Bitte. Ich könnte so viel von Euch lernen.« Dann, ein wenig verlegen wegen seiner Anmaßung: »Es wäre mir eine große Ehre.«

Hawklan lächelte den Mann an. »Wenn es mir möglich ist«, erwiderte er. »Aber ...« Er warf einen schnellen Blick über die wartende Menge.

Wieder auf den Füßen, bemerkte er, daß der Rede zur Seite getreten war und mit dem wieder gefaßten Gister debattierte, der fast an seiner Schulter klebte.

»Sie sind Spione, Rede. Seht sie Euch nur an«, zischte er, während seine Augen zwischen dem Rede und Hawklan hin und her schweiften.

Der alte Mann brachte ihn mit einer gereizten Handbewegung zum Schweigen, tadelte ihn jedoch nicht weiter.

»Ich muß um Verzeihung bitten für diesen Empfang, Sir«, sprach er Hawklan an. »Doch wir leben in unruhigen Zeiten, und viele seltsame Gerüchte machen die Runde. Ich muß gestehen, daß Eure Erscheinung ungewöhnlich ist, mit Eurem feinen Bogen und dem Schwert, und ...« er musterte Serian eindringlich und sprach mit einem Unterton von Staunen weiter: » ... diesem Aufgebot-Pferd, wenn ich mich nicht irre.«

Hawklan ahnte, daß dies ein Rettungsseil war, das er Gister aus irgendwelchen Gründen zuwarf.

»Geht wieder nach Hause«, wandte der Rede sich an die Menge. »Ich finde heraus, wer diese Leute sind, entschuldige mich für für eure Unhöflichkeit und tue, was nötig ist.« Seine Bemerkungen waren allerdings überflüssig, denn die Menge löste sich bereits auf. Die einen diskutierten erregt, die anderen gedämpft, und wieder andere amüsierten sich über die Kinder, die inzwischen aufgetaucht waren und zwischen ihnen umherrannten, indem sie Uskals geduckten Angriff mit der Sichel und Serians mächtigen Tritt nachspielten.

Gister stand allein da, mit geballten Fäusten, unentschlossen und drohend.

Der Rede wandte sich mit kaum verhohlenem Ärger an

ihn: »Gister, du weißt, was ich von deinem Geschwätz und deinen dummen Ideen halte. Ich toleriere viel, aber jetzt bist du zu weit gegangen. Du solltest eigentlich klüger sein. Uskal ist ein tollwütiger Hund, auch ohne daß du ihn noch aufstachelst.«

Gister platzte heraus: »*Ich* bin zu weit gegangen? *Ich*? *Ihr* seid zu weit gegangen. Verbündet Euch mit Feinden des Königs. Helft ihnen, ihrer gerechten Strafe zu entgehen ...«

»Genug«, donnerte der Rede, dessen Zorn nun explodierte. »Oder ...«

»Oder was?« fuhr Gister ihn in einem Ton an, der einem verächtlichen Schnauben nahekam. »Ihr beruft einen Pentadrol ein? Redet die Feinde des Königs tot?«

»Der Pentadrol ist ein Gremium für die beherrschte, vernünftige Diskussion, Gister. Wenn ich glaubte, du wärest in der Lage dazu, würde ich auf der Stelle einen einberufen«, antwortete der Rede, doch als der alte Mann sich umdrehte und ihm zu folgen bedeutete, wußte Hawklan, daß er die Auseinandersetzung mit Gister verloren hatte. Er nahm an, der Pentadrol sei eine Art Dorfversammlung, deren Wirkungsgewalt auszuhöhlen Gister auf irgendeine Weise gelungen war. Was ging nur vor in diesem Land?

Der Rede schritt bedächtig die Treppe zu seinem Amtssitz hinauf. Er winkte einen jungen Mann herbei und trug ihm auf, die Pferde der Neuankömmlinge zu versorgen.

Hawklan schritt ein. »Ich danke Euch, Rede«, sagte er. »Doch wir versorgen unsere Pferde immer selbst.«

Der alte Mann nickte und lächelte verständnisvoll. »Natürlich«, antwortete er nach einem Moment. »Tel-Mindor zeigt Euch die Ställe.« Er hob die Hand, und eine gut gewachsene, lässige Gestalt tauchte auf dem oberen Treppenabsatz auf. Obwohl der Mann vermutlich schon im mittleren Alter war, mußte Hawklan unwillkürlich an Jaldaric und die anderen Hochgardisten denken. Seine Haltung zeigte, daß er aktiv und dynamisch war, doch da war noch eine andere Qualität an ihm, die Hawklan nicht gleich identifizieren konnte. Der Mann erwiderte Hawklans Begrüßungslächeln bereitwillig, doch Hawklan war irritiert. Der junge Mann, dem er zuerst gewunken hatte, hätte einen perfekten Führer zu den Ställen abgegeben, aber der Rede legte offensichtlich Wert darauf, daß einer von seinen Leuten sie begleitete. Um die Ohren zu spitzen? Um sie in Schach zu halten? Die Bewegungen des Mannes waren ungewöhnlich fließend und ökonomisch, und irgend etwas tief in Hawklan begann ihm zuzuflüstern, daß er nicht leicht angreifbar sei. Schutz? Das war wohl der wahrscheinlichste Grund. Gister und seine Anhänger erweckten nicht den Eindruck, als ob sie aus moralischen Erwägungen einen Hinterhalt ausschlossen. Andererseits versuchte der alte Mann vielleicht auch nur, sich auf politischer Seite vor weiteren Anschuldigungen zu schützen. Wie auch immer, es bewies, daß er ein Mann von erheblichem Scharfblick war, ein Mann, zu dem man Kontakt halten sollte.

Eine Weile später gesellten die drei sich zu dem Rede, der ihnen in seinen Privatgemächern Speisen und Getränke anbot. Der Raum war mit Papieren, Dokumenten und jeder Menge Gegenständen vollgestopft, welche auf ein aktives, konsumfreudiges Lebeen schließen ließen. Man brauchte keine außergewöhnliche Beobachtungsgabe, um festzustellen, daß der Rede nicht mit einer Gemahlin gesegnet und daß er einmal Soldat gewesen war. Die Unordnung bewies das erste, während das zweite aus den Massen an Schwertern, Messern, Bögen, Äxten, Rüstungsteilen und zahllosen anderen militärischen Reliquien ersichtlich war, die überall herumlagen.

Hawklan bemerkte, daß diese Waffen offenbar dekorativ und zeremoniell angeordnet waren, indem sie auf Stühlen, unter Tischen und auf Regalen lagen oder wachenähnlich in der Ecke standen, während eine Handvoll anderer Kriegsgeräte zerkratzt und im Ernstfall erprobt sorgsam in Wandschränken deponiert war.

Der Stolz des Hausherrn schien ein zerbeulter Helm mit einer großen, häßlichen Einkerbung zu sein, die von der Helmkrone bis übers linke Auge verlief. Hawklans Blick suchte nach einer entsprechenden Narbe an der Stirn des Rede, doch der saß mit dem Rücken zum Fenster, so daß sein Gesicht kaum zu erkennen war.

»Auf einer der Wachpatrouillen durch Narsindal stießen wir auf die Mandrocs«, beantwortete der Alte die unausgesprochene Frage und rieb sich wehmütig den Schädel. Die Bemerkung schien alte Erinnerungen zu wecken, und das Reiben wurde heftiger. »Es war komisch, wißt Ihr. Normalerweise hielten sie immer Abstand und verschwanden wieder im Nebel, wenn wir überhaupt einen von ihnen zu Gesicht bekamen. Doch dieser Haufen kam aus dem Nirgendwo, direkt auf uns zu, und sie verzogen sich, bevor wir uns wieder ganz erholt hatten. Es war wie ein Geplänkel ... organisiert ... als übten sie mit uns. Mir ist das immer sehr sonderbar vorgekommen ...« Er verstummte.

Hawklan beobachtete ihn einen Augenblick, bevor er das Wort ergriff: »Ich dachte, Ihr wärt womöglich im Morlider-Krieg gewesen.«

Der Rede schreckte abrupt aus seinen Erinnerungen hoch. »Oh, das war ich auch«, antwortete er. »Später.« Dann tippte er sich mit den Fingern an die Nase. »Aber da war ich schon älter und klüger. Laßt nie jemanden so nah an Euch rankommen, das kann ich Euch nur raten, Hawklan.«

Hawklans Augen weiteten sich beim Klang seines Namens, und Islomans Hand glitt beiläufig an den Griff seiner Keule. Tel-Mindor, der neben der Tür saß, bemerkte die Bewegung und lächelte flüchtig.

Rede Berryn beugte sich vor. »Ich war Ausbildungsoffizier in der Hochgarde, Hawklan. Ich kann ein vorwitziges Flüstern aus der achten Reihe hören.«

Hawklan zuckte entschuldigend die Schultern. »Ich weiß nicht, was ich sagen soll«, brachte er unbeholfen hervor.

Der Rede nahm eine kleine Frucht von dem Tablett neben sich und lachte still in sich hinein, während er mit emsigen kleinen Bissen an dem Obst nagte und Hawklan unablässig im Auge behielt.

»Ich denke, das Klügste, was Ihr sagen könnt, Hawklan,

wäre: ›Rede Berryn, ich bin der schlechteste Spion und der schlechteste Schauspieler der ganzen Welt‹, und dann könnten wir beide vielleicht vernünftig miteinander reden. Wahrheit gegen Wahrheit.«

Hawklan lächelte und nickte zustimmend. »Das würde ich vorziehen«, erklärte er. »Ich fühle mich nicht gerade wohl beim Täuschen.«

Der Rede kicherte. »Nein, ganz gewiß nicht, Hawklan. Ihr mögt ein Kämpfer sein, aber Ihr seid nie ein Mannschaftssoldat gewesen, der seinen vorgesetzten Offizier belügen muß.« Und dann lachten er und Tel-Mindor laut, aber gutmütig auf.

Als sie sich wieder beruhigt hatten, lenkte Hawklan ein. »Ihr habt recht, Rede, ich bin in der Tat ein miserabler Schauspieler und schulde Euch eine Erklärung. Doch ich bin weder ein Spion noch ein Kämpfer. Ich bin ein schlichter Heiler.«

Der alte Mann fixierte ihn kurz, streckte dann steif sein rechtes Bein aus, massierte sich das Knie und stützte den Fuß auf einen abgewetzten Hocker, der neben ihm stand.

»Wir leben hier nah an der Grenze zu Orthlund«, stellte er fest. »Seit Jahren schon kursieren Geschichten über einen großen Heiler, Hawklan mit Namen, der in irgendeinem Dorf bei den Bergen leben soll. Hab schon mal mit dem Gedanken gespielt, ihn selber aufzusuchen ...« Er machte eine nachdenkliche Pause und schob dann seine Abschweifung mit einem Achselzucken beiseite. »Wie auch immer, ich bin geneigt, Euch zu glauben. Ihr habt das Gebaren eines Heilers, und ich verlasse mich auf die Reaktion unseres kleinen Heilers auf Euch, er ist ein guter Mann, sehr scharfsichtig.« Dann, fast gegen seinen Willen, lachte er wieder. »Der arme Kerl sah aus, als sei er einem der Wächter begegnet, als er Eure Hände ergriff, und er ist zu nichts anderem als einer ehrlichen, spontanen Reaktion fähig.« Dann, wieder ernster: »Was das mit dem Kämpfer und dem Spion angeht, nun, ein gewöhnlicher Reisender seid Ihr nicht, soviel steht fest. Und Euer stummer Freund hier auch nicht.« Er wies auf den gebannt lauschenden Isloman. »Diese kleine Scharade mit Uskal und Gister hat niemanden täuschen können, der sich auch nur ein bißchen im Kämpfen auskennt. Berichtigt mich, falls ich mich irre, aber zu einem gewissen Zeitpunkt wart Ihr hart versucht, Euer Schwert an dem Schädel dieses Lümmels auszuprobieren, stimmt's?« Er wartete eine Antwort gar nicht erst ab, schlug sich aufs Knie und stellte den Fuß wieder auf den Boden. »Na ja, darüber mache ich mir keine allzu großen Sorgen. Ihr werdet Eure Gründe für Euer Verhalten haben und müßtet Euch sowieso mächtig anstrengen, wenn Ihr Fyorlund mehr schaden wolltet, als es sich im Moment selbst schadet.« Seine Stimme klang verbittert. »Viel wichtiger ist jedoch, was wir den Mathidrin sagen, wenn sie eintreffen.«

»Mathidrin?« fragte Hawklan.

Das Gesicht des Rede lag immer noch im Schatten, doch die Bitterkeit und der Zorn in seiner Stimme waren unmißverständlich. »Zuerst haben sie sich ›Hochgarde des Königs‹ genannt. *Des Königs*, man stelle sich das vor. Als das einen Sturm der Entrüstung hervorrief, änderten sie ihren Namen. Eine schöne Art, ein Verbrechen zu legalisieren, findet Ihr nicht auch? Ihm einfach einen anderen Namen zu geben!«

Hawklan ließ sich darüber nicht weiter aus. »Und diese Mathidrin kommen unseretwegen?« fragte er.

Der Rede nickte. »Ich fürchte, ja. Gister wird einen seiner Kriecher-Gefährten durchs Tal zu ihrem Lager geschickt haben.«

»Ich nehme an, es wäre unklug von uns, ihnen aus dem Weg zu gehen?« meinte Hawklan.

»Ja«, erwiderte der Rede. »Es wäre schwierig, selbst wenn Ihr das Gebirge kennen würdet. Und Gisters Leute werden Euch beobachten.« Er zögerte.

»Und?« drängte Hawklan.

»Und ich fürchte, ich muß Euch bitten, bis zu ihrem Eintreffen hierzubleiben. Gisters Anhängerschaft wächst. Wenn ich Euch entgegen den Befehlen laufen ließe, würde ich ihm direkt in die Hände spielen und das bißchen Autorität einbüßen, das ich noch besitze.« Seine Stimme war fest, aber unglücklich.

»Befehle, Rede?« fragte Hawklan einigermaßen erstaunt. »Was für Befehle? Was geht hier vor?«

Der Rede wandte das Gesicht von Hawklan ab, und die Sonne beleuchtete sein betrübtes, sorgenvolles Profil. »Tut mir leid«, sagte er. »Ich sollte das nicht sagen, aber ... als ich sah, wie Ihr da draußen mit diesem Abschaum umgegangen seid ... Ich weiß nicht, was in unserem Land vor sich geht. Es ist wie eine Art Wahnsinn. Überall Uneinigkeit und Streitlust. Der Geadrol aufgelöst. Lords inhaftiert. Diese ... Mathidrin verhaften die Leute nach Lust und Laune, schüchtern sie ein. Und alles scheinbar mit dem Segen des Königs – oder Dan-Tors. Und überall Gerüchte, sogar, daß die Orthlundyn einen Angriff auf uns vorbereiten. Habt Ihr jemals solchen Unfug gehört? Meine Güte, es gibt doch nur noch eine Handvoll von ihnen da unten ...« Dann brachen Bitterkeit und Zorn sich unvermittelt Bahn. »Aber es ist zuviel verlangt, jemanden aus Vakloss hinzuschicken und nachsehen zu lassen, nicht wahr? Das wäre eine viel zu einfache Lösung. Oder Leute wie mich zu fragen, die hier leben und es ihnen erzählen könnten ...«

Hawklan ließ den Ausbruch unkommentiert vorüberziehen. »Was wollen diese Mathidrin von uns, Rede?« fragte er.

Berryns Tonfall wurde wieder beherrschter. »Das weiß Ethriss, Hawklan, doch Ihr seid Fremde aus Orthlund, und ich habe eindeutige Order aus Vakloss, alle Fremden festzuhalten und den Mathidrin zu übergeben. Tut mir leid.«

Hawklan stützte den Kopf in seine Hände. »Festhalten, was?« meinte er mit einem überraschenden Lächeln. »Dachte ich mir doch, daß an Tel-Mindor mehr dran ist, als man auf den ersten Blick sieht.«

Der Rede zuckte bedauernd die Schultern. »Tut mir leid«, wiederholte er.

Isloman knurrte und drehte sich zu Tel-Mindor um, der lässig neben der Tür saß. Der Mann erwiderte seinen Blick fest, aber freundlich. Isloman kniff die Augen leicht zusammen, als suche er etwas. Dann vollführte er eine kurze Folge von knappen Gesten. Tel-Mindors Lässigkeit verschwand, und seine Augen weiteten sich ungläubig. Isloman hob einen Finger, um Schweigen zu gebieten, und wandte sich dann wieder Hawklan zu.

»Erzähl dem Rede, warum wir gekommen sind, Hawklan«, verlangte er. »Hier wird man uns unvoreingenommen anhören, und bald wird es schwer sein, Freund von Feind zu unterscheiden.«

Rede Berryn beobachtete diesen Austausch genau, während seine Finger müßig über eine erhabene Verzierung auf dem Teller neben sich streichelten. Er sah Tel-Mindor fragend an.

»Hört zu«, antwortete der. Der Rede nickte.

Hawklan sah zu Isloman hinüber. »Schnell, Hawklan«, drängte der Schnitzer. »Wir haben nicht viel Zeit.«

Dann warf Hawklan einen Blick zu Tel-Mindor herüber, der ebenfalls nickte. Er wandte sich wieder an den Rede. »Rede, es tut mir leid wegen der falschen Namen, doch ich war mir nicht sicher bezüglich der Stimmung der Menge, und nach meinen jüngsten Erfahrungen dachte ich, daß unsere Namen – insbesondere meiner – nicht sehr hilfreich wären.« Er beugte sich vor. »Wir kamen her, um herauszufinden, was faul ist im Lande Fyorlund. Und um Euren Lord Dan-Tor aufzusuchen.«

»Warum?« fragte der Rede.

Hawklan holte tief Luft. Er vermochte die Loyalitäten dieses Mannes nicht einzuschätzen, also mußte er sich auf Islomans Urteil verlassen. Kurz beschrieb er, wie Dan-Tor zweimal versucht hatte, ihn gefangenzunehmen, und wie sein zweiter Versuch darin resultierte, daß seine komplette persönliche Eskorte unter den Händen einer von einem Mathidrin-Offizier geführten Patrouille niedergemetzelt wurde. Eine innere Stimme riet ihm, vorerst nichts über die wahre Natur dieser Patrouille verlauten zu lassen.

Während er sprach, fiel ihm ein, daß er selbst jetzt, da er

in diesem unaufgeräumten Zimmer saß und seinem Kerkermeister-Gastgeber in das beschattete Gesicht blickte, nur einem sorgfältig ausgelegten Köder folgte. Unwillig schob er den Gedanken beiseite.

Die Stimmung in dem Raum hatte sich verändert. Ohne hinzusehen, konnte Hawklan eine neue Intensität an Tel-Mindor spüren, und er wußte auch, daß der Ausdruck in Rede Berryns beschatteten Augen sich verhärtet hatte.

»Wer war der Anführer dieser persönlichen Eskorte?« fragte der Rede mit kalter Stimme.

»Jaldaric«, erwiderte Hawklan. »Wie ich Euch bereits erzählte, wollte die Patrouille nur ihn haben, und er war auch der einzige, der überlebte. Das letzte, was wir von ihm sahen, war, daß er gefesselt über einen Sattel geworfen und nach Fyorlund verschleppt wurde.«

Ein langes, lastendes Schweigen legte sich über das Zimmer.

»Hawklan«, erklärte der Rede schließlich. »Ein verläßlicher Freund von mir in Vakloss hat mir unter dem Siegel der Verschwiegenheit anvertraut, daß Lord Dan-Tor auf einer freundschaftlichen Mission nach Orthlund unterwegs war und von den Orthlundyn vertrieben wurde. Um ehrlich zu sein, ich habe es nicht geglaubt. Ich denke, mein Freund wurde falsch informiert, möglicherweise gezielt. Wie ich bereits sagte, wir wohnen hier nah an der Grenze zu Orthlund. Doch Eure Geschichte ist beinah lachhaft. Warum in Ethriss' Namen sollte irgend jemand versuchen, einen Orthlundyn-Heiler gefangenzunehmen, wie berühmt er auch sein mag, und was diese Mathidrin-Patrouille betrifft, die Lord Dan-Tors persönliche Eskorte angegriffen haben soll ...« Er machte eine zornige, wegwerfende Geste.

Hawklan blickte Isloman, dann wieder den Rede an. »Rede, da ist noch etwas mit dieser Patrouille, was ich Euch nicht gesagt habe, weil ich mir bewußt war, daß meine Geschichte schon so unglaublich genug klang ...«

Isloman unterbrach ihn. »Nein, Hawklan«, stellte er mit fester Stimme fest, »dir wird er nicht glauben, aber mir vielleicht.« Und er erhob sich und schritt zu dem zerbeulten Helm, der Hawklans Aufmerksamkeit schon vorher erregt hatte. Er nahm ihn respektvoll vom Ständer, hielt ihn vor seine Brust und sprach in der Kampfsprache der Hochgarden zu dem Rede. Hawklan verstand nichts, doch zweimal hörte er das Wort *Mandroocai* heraus.

Die Reaktion war heftig. Der Rede sprang auf und verzog das Gesicht wegen dem daraus resultierenden Schmerz im Bein. »Ihr lügt«, fuhr er ihn an. »Ihr entweiht den Eid mit solchem Fluch.« Dann schwieg er, plötzlich unsicher geworden. Seine Verwirrung machte ihn streitsüchtig. »Woher kennt Ihr die Kampfsprache und unseren Eid, Orthlundyn?«

Isloman gab keine Antwort, sondern sah zu Tel-Mindor herüber. »Goraidin«, sagte er schlicht. »Ich entbinde dich von deinem Schweigegelübde. Sag ihm, wer ich bin und ob ich lügen würde.«

Tel-Mindors lässige Haltung war bei Islomans Ansprache völlig verschwunden. Schockwirkung, diagnostizierte der Heiler in Hawklan. Ziemlich massiver Schock. Und der Rede auch. Tel-Mindor zögerte.

»Erzähl es ihm, Goraidin«, verlangte Isloman mit mächtiger Stimme. »Wie soll dein Rede entscheiden, wenn er nicht Bescheid weiß?«

Tel-Mindor hob den Blick. Er war bleich, doch seine Fassung kehrte schnell zurück. »Rede«, sprach er, »dies ist Isloman, einer der beiden Brüder, die mit Dirfrin und den Goraidin in Riddin ritten. Er ist Goraidin. Hawklan besitzt sein Vertrauen und seine Schlagkraft, und seine Worte sind nicht zu bezweifeln. Wir müssen akzeptieren, was er sagte. Bewaffnete Mandrocs sind von Mathidrin-Offizieren nach Orthlund geführt worden und haben Lord Dan-Tors persönliche Eskorte abgeschlachtet.«

Der Rede beugte sich vor, um etwas zu sagen, doch Tel-Mindor hob abrupt die Hand, um Ruhe zu fordern, und trat ans Fenster. Er öffnete es, und das Geräusch lauter Stimmen und Hufgeklapper flutete in den Raum.

KAPITEL 28

Überall Gedankenmuster. Dan-Tor spürte die Präsenz anderer Geister, die gegen seine Ziele arbeiteten, doch ihre Gestalt, ihr wahrer Kern entzog sich ihm. Er versuchte diese Vorstellung abzuschütteln, doch sie wollte ihn nicht loslassen. Der König hatte die Lawine ins Rollen gebracht, und nun mußte er, Dan-Tor, durch den Staub und Tumult auf ihr reiten, bis sich alles wieder beruhigt hatte und die neue Gestalt des Landes überblickt werden konnte. Es war unvermeidlich, daß sich gelegentlich Widerstand gegen ihn erhob, aber da er keinen Mittelpunkt hatte, konnte er doch auch keine Bedrohung darstellen, oder?

Diese Geschöpfe sehnen sich so nach einem Führer, dachte er. Eine ihrer wenigen Tugenden. Sie verzehren sich tatsächlich danach und setzen alles daran, beherrscht und manipuliert zu werden. Er schwankte noch, ob er einen solchen Führer aufkommen lassen und ihn dann kontrollieren sollte, oder ob es besser war, von Anfang an potentielle Hoffnungsträger auszulöschen, bevor sie ihre Fähigkeiten voll entwickeln konnten. Insgesamt versprach die letzte Möglichkeit mehr Erfolg. Sollten die Pöbelmassen doch ihre Energie verschwenden, indem sie ziellos umherirrten. Mit einer Führerpersönlichkeit gingen zu viele Risiken einher. Ganz gleich, wie gut er unter Kontrolle gehalten wurde, eine einzige Fehleinschätzung, und er wäre frei, und Dan-Tor wußte nur zu gut, wohin ein charismatischer Führer ein Volk bringen konnte. Das war zu gefährlich. Da war es viel einfacher, die zaghaften Funken auszutreten, bevor sie aufflackern und sich zu einem unkontrollierbaren Flächenbrand ausbreiten konnten.

Nun jedoch wurde er das Gefühl nicht los, daß ein solcher Führer bereits aufgetaucht war. Einer, der Hinterlist und Erfahrung besaß; einer, der genug vom Wesen der Menschen wußte, um sich lange verborgen zu halten, während er seine Macht ausbaute. Einer, der still im Schatten arbeitete, bis er die Zeit für reif hielt.

Dan-Tor schritt zum Fenster und sah auf das Herz der Stadt hinab, das sich um die Palastmauern drängte. Sein Straßenmuster wurde von langen Schatten verzerrt, die von den zahllosen winzigen Gebäuden aus den grellen Strahlen der untergehenden Sonne gemeißelt wurden. Selbst aus dieser Höhe konnte er Leute auf den sonnigen Straßen gehen sehen, die einen langen Schatten hinter sich herzogen. Ist es einer von ihnen, den ich fürchte? versuchte er sich zu trösten. Kleine Leute mit Riesenschatten?

Doch der Name Hawklan kam ihm unerbittlich in den Sinn. Der Mann war frei und mittlerweile vor der Gefahr gewarnt. Alles, was er in Orthlund über ihn gehört hatte, wies darauf hin, daß er nur ein Heiler sei, doch ein Mann, der so viel spontane Zuneigung auf sich zog, mußte beobachtet werden. Und einen Mann, der einen so scharfen Blick hatte und seinen Fallen so mühelos entkam, ob mit oder ohne Hilfe, mußte man fürchten, egal, ob er nun Ethriss war oder nicht. Zumindest war er ein flackernder Funke, und es ärgerte Dan-Tor, daß seine eigene Ungeduld ihn entfacht haben mochte.

Und ich bin blind, dachte er erbost, während er beobachtete, wie ein kleiner Vogel, ungeachtet der brütenden Anwesenheit des Mannes, auf dem Fenstersims hinter der Scheibe landete. Einer seiner Vögel war gebunden worden, und es lag in der Natur der Geschöpfe, daß mit einem gleich alle gebunden waren. Doch das erforderte eine große Macht, die Alte Macht. Blind oder nicht, jetzt vermochte er zu erkennen, was das bedeutete. Wer außer den Cadwanol konnte die Alte Macht derart einsetzen? Sie mußten also immer noch existieren. Ein böses Omen. Obwohl es so aussah, als sei Hawklan ihnen erneut durch die Finger geschlüpft ...

Er schob den Gedanken beiseite, denn er wußte, daß er ihn nur in ein Labyrinth von Verwirrung stürzen würde. Sein Blick fiel erneut auf den sich putzenden Vogel. Um seine Vögel zu befreien, würde er die Alte Macht einsetzen müssen, und zwar massiv, und das hatte Er ausdrücklich verboten. Hawklan war selbst als Hawklan extrem lästig, doch falls Hawklan wirklich Ethriss war, würde eine solch eklatante Benutzung der Alten Macht ihn mit Sicherheit erwecken, und Hawklan als Ethriss wäre das Verhängnis schlechthin.

Dan-Tors Spitzel waren jetzt menschlich – langsam, dumm und unzuverlässig. Sie zu benutzen, erinnerte ihn unangenehm an seine eigene einstige Menschlichkeit. Entwürdigend.

Der Vogel auf dem Sims lüftete elegant einen schwarzweißen Flügel; sein flaumbedeckter Kopf ruckte hin und her, während er sein Gefieder putzte, um sich am Ende stolz zu schütteln. Dan-Tor schaute ihm einen Moment lang zu, dann verengten sich seine Augen fast unmerklich. Ohne das geringste Geräusch zerplatzte der Vogel in einem roten Sprühnebel, und eine Kaskade von schwarzen und weißen Federn begann ihre langsame Reise abwärts zur Erde tief unten. Dan-Tor wandte sich ab, ein dünnes Lächeln auf dem zerfurchten, dunklen Gesicht. Solch ein geringfügiger Einsatz der Alten Macht konnte niemanden stören – außer dem Adressaten.

Im Sitzen starrte er wieder aus dem Fenster, das ihm nun lediglich den nackten, unter der Sonne fast ausgebleichten Himmel zeigte. Er fühlte sich versucht, immer wieder selbstverständlich an den entflohenen Hawklan zu denken, doch ein tieferer Instinkt untersagte es ihm. Selbst ein Rudelführer muß manchmal die eingetretenen Spuren verlassen, sagte die Stimme. Wenn er dich sucht, weißt du es in dem Augenblick, in dem er deine Witterung aufgenommen hat. Wer wird dann Jäger und wer Gejagter sein?

Er nickte gedankenverloren und beugte sich über die vor ihm ausgebreiteten Papiere. Sie führten seine Gedanken zurück zu den eigenen Ketten. Verdammter Dilrap, der ihn unablässig umschwirrte wie eine fette Schmeißfliege. Es kostete ihn erhebliche Anstrengung, ihn nicht totzuschlagen, doch er war nützlich, ja beinah wertvoll, trotz all seiner irritierenden Angewohnheiten und seines schreckhaften Temperaments. Er kannte die kleinsten Details des Gesetzes und des Hofzeremoniells, die er brauchte, um alles reibungslos über die Bühne zu bringen. Zum jetzigen Zeitpunkt war es besser, die Knoten zu entwirren, als sie durchzuschneiden. Dafür war später Zeit genug, und je geduldiger er nun vorging, desto eher würde dieser Zeitpunkt kommen.

Seltsamerweise jedoch schien Dilrap geradezu aufzublühen. Flüchtig fiel Dan-Tor auf, daß Dilrap, obwohl er große Angst vor ihm hatte, seine Aufmerksamkeit bewußt zu suchen schien. Er überschlug sich geradezu vor Eifer, ihm zu Diensten zu sein. War das seine Veranlagung? Dann ahnte Dilrap womöglich, woher der Wind blies, und schmeichelte sich vorausblickend bei dem Führer jener neuen Ordnung ein, die er heraufziehen sah.

Trotzdem, das hatte keine Bedeutung. Er wurde jetzt gebraucht, und seine Kooperation war zufällig nützlich, aus welchen Gründen auch immer. Später würde man ihn nicht mehr brauchen, und seine Beweggründe wären irrelevant. Daß der ganze Wust an zeitaufwendiger Papierarbeit, von Besprechungen und mühsamen Bürgerpflichten – »Um den Anschein zu wahren, Lord« – von Dilrap geschaffen wurde, um ihn abzulenken, kam Dan- Tor niemals in den Sinn.

Widerstrebend widmete er sich dem letzten Papierstoß, den Dilrap ihm vorgelegt hatte. Das erste war ein umfangreiches Dokument über die ›Rechte und Privilegien Hochgestellter Gefangener‹.

»Die Lords sind bereits sehr lange in Haft, Lord«, hatte Dilrap geäußert. »Doch es gibt Präzedenzfälle, und das Gesetz sieht für diesen Fall gewisse Bestimmungen vor.« Dan-Tor hatte die Augen zum Himmel verdreht, und Dilrap hatte zu zittern begonnen.

»Lord«, sagte er mit viel Verrenkungen und Gezucke, »wenn ich davon weiß, wissen auch diejenigen davon, die die Interessen der Lords wahrnehmen. Und wenn nicht jetzt, dann bald.«

»Sie haben niemanden, der ihre Interessen wahrnimmt, Ehrenwerter Sekretär«, warf Dan-Tor schmallippig hin. »Außer uns. Sie werden aufgrund eines Besonderen Edikts gefangengehalten. Sie sehen nur ihre Wächter und diejenigen ihrer Freunde, die ihr Gesicht zu zeigen wagen.«

»Das stimmt, Lord, aber ...« Dan-Tor sog vernehmlich den Atem ein und richtete sich sehr gerade auf. Dilrap sprudelte hektisch seine Bedenken hervor. »Lord. Das Besondere Edikt ist ein Edikt des Verhörs, es bezieht sich lediglich auf ihre Haft. Am Ende muß ein Prozeß abgehalten werden. Zu diesem Zeitpunkt werden ihre Freunde in Erscheinung treten, und diese Freunde werden *jetzt* das Gesetz studieren, mit diesem Ziel. Wenn wir nur kleine Details außer acht lassen, kann keiner sagen, wohin das führen mag. Die Leute sind ...«

»Die Leute sind was?« fragte Dan-Tor mit steinerner Miene.

Dilrap sah hilflos umher und wurde immer verwirrter, als Dan-Tors Augen durch ihn hindurchsahen. »Verunsichert«, stotterte er am Ende. »Verunsichert.«

Dan-Tor sagte nichts. Dilrap gewann wieder mehr Selbstvertrauen, wurde fast frech. Er vermied es sorgfältig, dem Lord in die Augen zu sehen, und sagte: »Die vier Lords ... Verräter, haben viele Freunde und werden von vielen aus dem Volk geliebt, wenn auch fehlgeleitet. Man wird weiterhin auf einen frühen Prozeßbeginn drängen; immer mehr drängen.« Er schlug die Augen auf und sah Dan-Tor geradewegs ins Gesicht. »Und *nur* ein Prozeß kann die Wahrheit ihres Verrats enthüllen. Wir *müssen* die Vorschriften des Gesetzes einhalten. Wenn nicht, steht unsere Anklage auf wackligen Füßen und ist von vornherein zum Scheitern verurteilt. Ihr wißt doch, wie diese Rechtsgelehrten sind. Wenn wir dann die Lords weiter in Haft halten – wer weiß, wie das Volk reagieren wird. Und wenn man die Lords freiläßt ...« Er ließ die Implikationen unausgesprochen.

Dan-Tor merkte, wie Dilraps gezinkter Spieß ihn festnagelte. Die Schlange vom Wurm festgenagelt. Doch es war vergeblich, dagegen aufzubegehren. Die Mathidrin konnten vielleicht Aufstände in Vakloss und der unmittelbaren Umgebung niederschlagen, doch es waren zu wenige, um das ganze Land zu kontrollieren, und die Nachricht von einer ungesetzlichen Haft würde einen erzürnten und bewaffneten Mob wie eine Sturmwoge über Vakloss fluten lassen. Es lag nicht in seinem Interesse, daß Fyorlund sich im Bügerkrieg zerfleischte. Besser, die Leute verfielen ihm nach und nach. Sollte die Verderbnis langsam, aber unaufhörlich in ihre Herzen sickern. Der originelle Beitrag des Königs mußte friedlich ausgeritten werden.

»Wir dürfen diesen Verrätern nicht den Sieg überlassen, indem wir das Volk zu unüberlegten Handlungen reizen oder durch Torheit ihre Freilassung herbeiführen«, sagte er kalt. »Erklärt mir die Einzelheiten jener Vorschriften bezüglich der Verhaftung der Lords.«

Dilrap wagte ein kleines wissendes Lächeln, zog das Gewand auf die Schultern hoch, verbeugte sich und zog sich zurück. Als er schon an der Tür stand, wies Dan-Tor mit seinem langen, braunen Zeigefinger auf ihn.

»Kurz, Dilrap. Kurz«, sagte er.

Nun starrte Dan-Tor auf das Ergebnis seiner Ermahnung. Bogen um Bogen eng beschriebenen Papiers, befrachtet mit Randbemerkungen, Fußnoten, Querverweisen und, nach einem schnellen Blick, mit der dichtesten Juristensprache, die Fyorlund hervorzubringen vermochte. Natürlich würde er es lesen müssen. Dilraps Beobachtungen waren zu begründet, als daß er sie ignorieren durfte. Gereizt schaute er in das bleiche Licht, das durchs Fenster fiel, und klickte eine Kugel an. Ihr Leuchten dämpfte den Abendhimmel draußen und warf harte Schatten in den Raum. Ihre Klarheit entspannte ihn.

Tief unten auf den Straßen, auf die sich die Nacht senkte, sahen ein paar Leute das grelle weiße Licht in der Turmmauer aufscheinen wie ein unmenschliches Auge, das über die Stadt spähte. Die, die wußten, worum es sich handelte, waren geteilter Meinung: Manche dachten an einen Lord

Dan-Tor, der unermüdlich arbeitete, um die Verwirrung und Unordnung zu beseitigen, die das Land zu überfluten drohten; während die etwas Klügeren vermuteten, er hecke noch mehr Intrigen und heimtückische Pläne aus, um die althergebrachten Traditionen der Fyordyn auszuhöhlen. Beide Lager fanden immer weniger, über das sie sachlich diskutieren, geschweige denn sich einigen konnten. Beide merkten, daß Bitterkeit und Wut sich in bisher nicht gekanntem Maße in ihrem Leben ausbreiteten, und jeder sah sich geneigt, dem jeweils anderen die Schuld dafür zuzuschieben.

Noch tiefer unten heckten die Lords tatsächlich einen geheimen Plan aus. Ihr kurzer Ausflug aus der Zelle, besonders der von Hreldar und Darek, hatte ihnen enthüllt, wo sie sich befanden, doch diese Erkenntnis war nur von begrenztem Nutzen für sie. Sie bestätigte sie in ihrer Überzeugung, daß sie viel Glück und mehr als ein bißchen Hilfe von außerhalb benötigten, um ihrem Kerker zu entfliehen.

Nach ihrer anfänglichen Euphorie fielen sie wieder in eine etwas dunklere Stimmung, als sie die vor ihnen liegenden Probleme erörterten. Sie fanden es interessant, daß ihre Eskapade keine Rückwirkung hervorgerufen hatte. Hreldar hatte mit Dareks Hilfe eine langsame, überzeugende Erholung inszeniert, nachdem er einmal an der frischen Luft gewesen war, und hatte seitdem keine weiteren Symptome mehr gezeigt. Arinndier dagegen hatte es sich auffällig zur Gewohnheit gemacht, mißtrauisch alle Nahrung zu untersuchen, die ihnen gereicht wurde, und sich mit dem Wächter, der ihnen das Essen brachte, darüber zu unterhalten. Nach einer Weile fiel diese Aufgabe einem einzigen Küchenbediensteten zu, der Arinndiers Mißtrauen mit stoischer Ruhe ertrug.

Eldric war der Auffassung, der Zwischenfall sei nicht weit in die Mathidrin-Hierarchie hinaufgedrungen. »Sie haben einen Fehler begangen und möchten nicht, daß Dan-Tor davon erfährt, da bin ich sicher«, erklärte er. »Ich denke, wir haben mit unserem kleinen Theaterstück eine interessante Schwäche unserer Bewacher herausgefunden.«

Arinndier zog die Augenbrauen hoch, da er dies etwas genauer erklärt haben wollte.

Eldric tat ihm den Gefallen. »Diese Leute sind nicht wie unsere Hochgarden. Sie dienen nicht aus Gründen der Pflicht oder der Tradition, sondern weil sie sich einen persönlichen Vorteil davon versprechen. Wo immer man sie aufgetrieben hat, sie tragen fast alle den Stempel ehemaliger Verbrecher oder Ausgestoßener, und den unterschiedlichen Akzenten nach zu schließen, die ich gehört habe, ist mehr als ein Ausländer unter ihnen. Ich wette, daß die geringe Ehre, die sie haben, leicht käuflich ist.«

»Also?« erkundigte sich Arinndier.

»Also wenden sie Kasernenpolitik an, Arin«, fuhr Eldric fort. »Sie bilden Cliquen und Parteien. Schlagen sich um Anerkennung durch ihre Vorgesetzten.«

Arinndier ließ sich davon nicht beeindrucken. »Das tun unsere Leute auch, Eldric.«

Eldric winkte ab. »Ja, ja«, räumte er ein. »Im großen und ganzen machen sie alles unter sich ab, aber wenn etwas Ernstes vorfällt, wenden sie sich an ihre Vorgesetzten und stehen dazu.« Zur Unterstützung hob er seinen Finger. »Dan-Tor hat nie etwas davon gehört, was wir angestellt haben. Sonst wären wir schon längst verlegt oder getrennt worden. Irgend jemand hat irgendwo verhindert, daß die Nachricht weitergelangt.«

»Und, was schließen wir daraus?« Arinndier tat weiterhin gleichgültig. Eldric runzelte die Stirn, und Arinndier setzte eine übertrieben zerknirschte Miene auf.

»Jeder Soldat mit einem Funken Grips hätte gewußt, daß unsere kleine Aufführung nach ganz oben gemeldet werden müßte, Arin. Unser Verhalten war ungewöhnlich und höchst verdächtig.« Er setzte sich neben Arinndier und tippte ihm bedeutungsvoll auf den Arm. »Sie haben sich nicht mal die Mühe gemacht, einen Pferdedoktor zu Hreldar zu schicken, als es ihm wieder gut ging.« Er schwieg. »Sie trauen ihren Vorgesetzten. Sie haben Angst. Entweder vor Strafe oder vor einem Karriereknick. Aber welchen Grund sie auch haben, sie vertrauen ihnen nicht.«

Arinndier saß eine Weile schweigend da und wog die Implikationen von Eldrics Ausführungen ab. Seine Analyse schien schlüssig zu sein. Die Mathidrin mochten gut durch Furcht und Gier diszipliniert werden, während die Hochgarden durch Respekt und Ehrgefühl diszipliniert wurden. Die Mathidrin waren widerwillig aneinander gebunden, während die Hochgarden sich freiwillig gegenseitig unterstützten.

Er nickte. »Also werden wir lernen, was wir können, über jedes einzelne Individuum. Wir werden sie zum Reden ermutigen. Ihre kleinen Begierden anstacheln, wo immer wir können.«

»Genau«, pflichtete Eldric ihm bei und klatschte in die Hände. »Spielt ihr Spiel. Nun wissen wir, wo wir stehen. Wir wissen, daß unser Wohlergehen für einige von ihnen wichtig ist. Laßt uns mehr darüber herausfinden, wer uns gefangenhält. Laßt uns ein bißchen mehr Fäulnis säen in die Wurzeln von Dan-Tors Geschöpfen.«

Über ihnen setzte die Stadt ihr unbehagliches Alltagsleben in der milden Sommerdämmerung fort, bis die Straßenkugeln abrupt aufleuchteten und mit ihrem harten Licht die weichen Schatten verscheuchten – ein regelmäßiges abendliches Ereignis, das die einen mit Erleichterung, die anderen mit nervöser Gereiztheit begrüßten. Doch normalerweise verließen *alle* die Straßen. In diesen unruhigen Zeiten war es das Klügste, was man als Bürger tun konnte. Das Licht bedeutete Bloßstellung. Die dunklen Schatten bargen Verrat.

KAPITEL 29

Rede Berryn schaute durchs Fenster zu der Mathidrin-Patrouille hinaus, ergriff dann eine Feder und begann schnell zu schreiben.

»Geh und bring diesen Sirshianten hoch, Tel«, sagte er ohne aufzublicken. »Beeil dich nicht. Und versuche, angenehm überrascht auszusehen«, fügte er hinzu.

Dann zu Isloman und Hawklan: »Ich kann nicht verhindern, daß sie Euch mitnehmen, aber ich denke, ich kann die Reise etwas angenehmer gestalten. Dieser Kerl ist etwas frech, doch er hat mehr Ehrgeiz als Verstand, und normalerweise kann ich ganz gut mit ihm umgehen.« Er sah die beiden Männer an. »Bleibt sitzen, und ich stelle Euch vor.«

Ein diskretes Klopfen an der Tür, und dann trat Tel-Mindor ein, gefolgt von einem säuerlich dreinblickenden jungen Mathidrin-Offizier, der seinen Helm unter dem Arm trug. Hawklan fiel sofort auf, daß unter der zur Schau getragenen Arroganz des Mannes eine unsichere Nachgiebigkeit lag.

»Sirshiant ...«, beann der Rede, während er sich bedächtig erhob, um den Neuankömmling zu begrüßen. Dann unterbrach er sich und warf einen auffälligen Blick auf dessen Abzeichen. »Verzeiht«, sagte er mit einem breiten Lächeln. »Hauptmann, sollte ich wohl sagen. Meinen Glückwünsch. Wann wurdet Ihr befördert?«

Der junge Mann senkte kurz den Blick und räusperte sich verlegen. »Vor zwei Tagen, Rede«, erwiderte er. Dann, abwehrend: »Es ist nur ein Feldpatent, und wahrscheinlich wird es nicht bestätigt, aber ...«

Der Rede wischte den Einwand beiseite. »Ich bin überzeugt, Ihr erhaltet eine Bestätigung«, versicherte er herzlich. »Keine Sorge. Jedenfalls kann es Eure große Chance sein. Ich bin sehr froh, daß Ihr vorbeischaut.« Er hielt ihm die Notiz hin, die er gerade geschrieben hatte. »Ich wollte Euch gerade einen Boten mit dieser Nachricht schicken.« Er sprach weiter, während der Hauptmann las. »Diese beiden Herren sind Isloman und Lord Hawklan, Gesandte aus Orthlund mit Papieren für Lord Dan-Tor.« Auf das diskrete Zeichen des Rede hin erhoben sich Hawklan und Isloman und verneigten sich vor dem jungen Offizier, der beim Aufblicken leicht erschrak, als er spürte, wie die beiden Männer mit ihrer Präsenz den Raum ausfüllten. Er erwiderte die Verbeugung zögernd, als sei er ungeübt in solchen Höflichkeiten, und seine Augen huschten von ihnen zu der Notiz und wieder zu dem jovialen Gesicht des Rede, als ob er von ihm weitere Anleitungen erwartete.

Wieder ergriff der Rede das Wort, bevor der andere etwas sagen konnte, diesmal in bedauerndem Tonfall. »Unglücklicherweise fühlte Gister sich veranlaßt, ihnen vorzuwerfen, sie seien Banditen oder etwas Ähnliches, und es kam zu einem kleinen Zwischenfall – Ihr wißt ja, wie er ist. Ich berichte Euch später davon. Glücklicherweise ist kein Schaden entstanden, und obwohl diese Herren großzügig meine Entschuldigung angenommen haben, würden sie doch jetzt Wert darauf legen, den Rest ihrer Reise unter dem Schutz einer Eskorte zurückzulegen. Könntet Ihr mir behilflich sein ... Hauptmann?«

Der Hauptmann beglückwünschte sich, Gisters panische Nachricht nicht allzu ernst genommen zu haben: »Orthlundyn-Spione greifen das Dorf an.« Mit diesem Dummkopf würde er sich später beschäftigen. Wer immer diese zwei auch waren, gewöhnliche Reisende waren sie nicht, das sah man auf Anhieb. Er hätte einen schönen Narren aus sich gemacht, wenn er mit seinem ganzen Trupp herbeigeprescht wäre und die beiden verhaftet hätte. Das hätte seine Beförderung erledigt und ihm zweifellos eine Feldbestrafung, wenn nicht Schlimmeres, eingebracht. Sich mit einem Boten für Lord Dan-Tor anzulegen! Der bloße Gedanke ließ ihn erstarren.

In seiner Erleichterung gab er gleich neue Dienstbefehle aus. »Einige meiner Männer sollen in einem Tag oder so nach Vakloss zurückkehren, Rede«, verkündete er. »Und ich habe meine Routinemeldungen zu erstatten. Ich werde die Gesandten persönlich begleiten.« Außerdem gibt mir das die Gelegenheit, ein Auge auf sie zu haben, nur für den Fall, daß Gister sich nicht völig geirrt haben sollte, dachte er vorsichtig.

Wenn ein großer Ast von einem Baum getrennt wird, sei es auf natürliche Weise, sei es durch den Menschen, bleibt das für keinen Beteiligten ohne Konsequenzen. Das Gewicht der übrigen Zweige wird nicht mehr ausgeglichen, und dieses Ungleichgewicht setzt sich durch den ganzen Stamm fort, bis in die kleinste Haarwurzel hinein. Manche biegen sich durch und brechen ab, können ihre neue Last nicht mehr tragen, während andere sich zum Himmel strecken und zu ihrem Verderben aus der Erde gerissen werden. Wenn der verlorene Ast groß genug ist, kann sogar der ganze Baum auf der Stelle umkippen, doch selbst wenn er stehenbleibt, ist er unwiderruflich geschwächt. Die Wunde macht den Baum anfällig für Krankheiten und Schädlinge, während die angegriffenen Wurzeln durch jeden kleinen Windstoß und jeden Regenguß weiter verletzt werden.

So geschah es mit Fyorlund, als der König den Geadrol auflöste. Mit einem Hieb trennte er ein stolzes und gewaltiges Glied ab und erschütterte eine Nation, deren fest verwurzelte Beständigkeit sie zahllose Generationen hindurch erhalten hatte. Es gab keinen Aspekt im Leben der Fyordyn, der nicht nachhaltig von dieser schrecklichen Erschütterung betroffen wurde.

Ruhige, häusliche Menschen an ihrem Herdfeuer, scharfäugige Straßenhändler, Künstler und Handwerker, Landarbeiter draußen vor der Stadt, Diener, Herren, Schurken und Vagabunden, all diese Menschen, für die der Geadrol und der König fern, entrückt, ja beinah unwichtig waren, sahen sich selbst in irgendeiner Weise betroffen, als der große Baum schwankte, um ein neues Gleichgewicht zu finden, und kämpfte, um seine Wunde zu heilen.

Gerüchte und Unsicherheit erschütterten das Land. Dan-Tor wob sein Wissen und seine schon lange gehegten Pläne in das beschädigte Gewebe und schlug heilende Kräfte und Schädlinge gleichermaßen in die Flucht. Die Angst und Verstörung unter den Lords und den hohen Amtsträgern im Geadrol und im Palast sickerten in großem Umfang und mit zersetzender Wirkung ins Volk und untergruben die alte Stabilität immer mehr.

Dan-Tor setzte seine Mathidrin ein, um zu stoßen und zu stechen, wo die alte Ordnung sich scheinbar selbsttätig wiederherzustellen schien, und sie nannten seinen Namen und die Staatsräson öfter als das Gesetz, wenn sie ans Werk gingen, den Wert der althergebrachten Lebensweise in den Augen der Bevölkerung noch mehr herabzusetzen. Doch seine stärkste Waffe war das Mißtrauen.

Ein klarer Blick erwächst aus Wissen und Offenheit, und mit klarem Blick hätte jeder Dan-Tor als das erkennen können, was er war. Gerüchte von Verrat und Verrätern, von inneren und äußeren Feinden wurden jedoch sorgfältig in Umlauf gebracht und verbreitet, und allmählich begannen die Fyordyn, ihre Augen niederzuschlagen und einander mit mißtrauischen, verstohlenen Blicken zu mustern. Dan-Tor lächelte, als er sah, wie seine Beute in zunehmender Blindheit und Konfusion umherirrte. Denjenigen, die sich in ihrer Verzweiflung an ihn wandten, bot er seine mitfühlende Umarmung an.

Seine Fortschritte waren keineswegs kontinuierlich oder deutlich, und Widerstand schien sich ganz spontan zu formieren. Doch nichtsdestoweniger öffnete er sich unerbittlich vor ihm, und mit jedem Schritt wuchs seine Stärke und nahm die seiner Widersacher ab. Er zog Befriedigung, aber wenig Freude aus seinem Erfolg. Die erzwungene Beschäftigung mit den vertrackten Banalitäten der menschlichen Gesellschaft ödete ihn zutiefst an, und der Dämon unter der glatten Oberfläche war niemals weit entfernt und stieg oft empor, um ihn zu verspotten. »Dieses Spiel ist zu lang, zu langsam. Fege deine Widersacher weg, sie sind nichts als

Insekten auf deinem Weg. Fessele den Rest mit der Alten Macht und erheb deine Hände zur triumphalen Begrüßung deines Meisters. Laß das Neue Zeitalter jetzt beginnen.«

Er ließ den Dämon reden, hörte jedoch kaum zu. Dies war der letzte Rest seiner schwachen und widersprüchlichen menschlichen Natur.

»Deine Ungeduld war es, die dazu geführt hat, daß *ich* äonenlang in der Finsternis geschmort habe«, erwiderte er. »Du wirst mich nicht noch einmal betrügen.« Doch der Dämon besänftigte ihn mit Erinnerungen an seine große Macht, und er wußte, daß seine bloße Gegenwart andeutete, das Ende des Wegs war nicht mehr fern.

Gelegentlich schlenderte er über die Zinnen des Palastes, starrte düster auf die Stadt hinab und fragte sich, ob einer der vielen dort unten herumhastenden Punkte Hawklan war oder ob eins der zahllosen Dächer ihm Schutz gewährte. Dann pflegte sein Blick über die Landschaft bis hin zum Gebirge zu schweifen, und er bekam eine Gänsehaut bei dem Gedanken an die unzähligen Verstecke, die sich dem Mann dort boten.

Aber du kommst zu mir, Hawklan. Ich fühle es, dachte er, und dann trat er wieder zurück von dem Abgrund der Furcht und gewann an Selbstvertrauen. Seine Spitzel wurden immer zahlreicher. Es war nur eine Frage der Zeit, bis ihm dieses grünäugige Scheusal angekündigt würde. Und dann würde er ihm in seinem eigenen Lager Fallen stellen, denen niemand ausweichen konnte. »Ich schlage dich stumm und unwissend in Fesseln. Kein Cadwanore wird da sein, um dir zu helfen, kein unfähiger Jugendlicher, um mir mit seiner Torheit in die Quere zu kommen. Wenn du die Augen aufschlägst, wirst du in die meines Meisters schauen – deines Meisters.« Er schauderte leicht. »Er verfügt nun über Kräfte, von denen du nicht einmal träumen kannst. Mit jedem Tag wird Er stärker. Wer du auch bist, Er wird dich zu Seinem Dienst zwingen, und du wirst glücklich sein, von ihm gezwungen zu werden.«

Doch diese Gelegenheiten waren selten. Den größten Teil

der Zeit verbrachte er damit, sorgfältig durch die Wogen zu steuern, die er selbst erzeugt hatte. Vakloss war voller Lords, die ihn wegen Eldric und den anderen sprechen wollten. Er schob es so lange wie möglich hinaus, einen von ihnen zu treffen, um sie dann einzeln und unerwartet vorladen zu lassen.

Die Eskorte eines derart begünstigten Lords waren Mathidrin, höflich, aber mit versteinerter Miene. Man führte sie durch unbekannte Gänge, deren spartanisches, militärisches Aussehen noch übertroffen wurde von dem Raum, in dem sie Dan-Tor trafen. Der Leibarzt des Königs pflegte sie überschwenglich zu begrüßen und sich wortreich für die Verzögerung und die Plötzlichkeit der Begegnung zu entschuldigen. »Die Lasten des Regierens erlegen mir diese Unhöflichkeiten auf, Lord. Ich fürchte, in diesen unruhigen Zeiten müssen die protokollarischen Freundlichkeiten etwas großzügiger ausgelegt werden«, sagte er dann oder etwas ähnlich Beschwichtigendes. Er legte ebenso Anzeichen von Überlastung als von besorgtem Kummer an den Tag. Die Mathidrin-Eskorte stand dicht hinter dem Stuhl des Lords, bis Dan-Tor sie mit einer beruhigenden Geste entließ. Dieser Mann gehört nicht zu unseren Feinden, man kann ihm vertrauen, schien die Geste auszudrücken.

Indem er die Lords einzeln vorlud, konnte Dan-Tor die vielen Gerüchte ausbauen, die er in der Stadt in Umlauf gesetzt hatte. Er legte Wert darauf, daß die Geschichten, die er allen erzählte, sich in Geringfügigkeiten unterschieden, und immer kam es schließlich dazu, daß er sich vorbeugte, den Lord mit seinem Vornamen ansprach und sagte: »Das erzähle ich nur Euch, weil ich weiß, ich kann Euch vertrauen ...« Oder er deutete auf andere Weise eine besondere persönliche Beziehung zwischen ihnen an.

Diese Taktik säte eine subtile Zwietracht unter den Lords und verstärkte ihr wachsendes Gefühl gegenseitigen Mißtrauens. Die Bewegung für die Freilassung der vier Lords und die Wiedereinsetzung des Geadrol verlor allmählich an Wirkungskraft.

In Begleitung ihrer Lords befanden sich auch viele Hochgardisten in Vakloss. Etron war einer von ihnen. Als Junge vom Land, der vor kurzem seine Kadettenausbildung abgeschlossen hatte, war er außergewöhnlich stolz darauf, durch die Straßen der Stadt zu schlendern, wenn er dienstfrei hatte, und die stille Aufmerksamkeit zu genießen, die seine elegante Uniform hervorrief. Schließlich hatte seine Truppe letztes Jahr das Große Turnier gewonnen. Und hatten sie nicht den Preis für ihr exzellentes Abschneiden von Lord Dan-Tor persönlich in Empfang genommen? Abgesehen von ein oder zwei bissigen Bemerkungen der älteren Offiziere über die Wacht, die alten Narsindal-Patrouillen und daß sie wieder aufgenommen werden sollten, war er zu dem Ergebnis gelangt, das Leben bei den Hochgarden sei sowohl unterhaltsam als auch zivilisiert.

Eines Abends schlenderte er durch die engen, bevölkerten Gassen in der Nähe des Palastes und überlegte gerade, wo er am besten speisen könne, als der Klang ärgerlich erhobener Stimmen und besonders die einer Frau an sein Ohr drang. Neugierig geworden, lief er auf eine kleine Menschenansammlung zu, die der Ursprung des Tumults zu sein schien.

Ein Mädchen, eine Straßenhändlerin, stritt mit einem Mathidrin-Reiter. Sie sprach schnell und mit starkem Vakloss-Akzent, so daß Etron Schwierigkeiten hatte, sie zu verstehen, doch es sah so aus, als beschuldige der Mathidrin sie, faule Früchte zu verkaufen, und weigere sich zu zahlen. Etron erkannte, daß der Mathidrin etwa in seinem Alter war, ebenso wie seine beiden Kameraden, die lachend danebenstanden.

Vorübergehend spielte er mit dem Gedanken, einzugreifen, überlegte es sich dann jedoch. Die Befehle lauteten, den Mathidrin möglichst aus dem Weg zu gehen, und dieser junge Mann schien die schlechtesten Eigenschaftne der Mathidrin zu verkörpern: flegelhaft, arrogant und höhnisch. Etron wollte sich gerade abwenden, als der Ausdruck des Mathidrin sich auf eine Bemerkung hin plötzlich veränderte und er das Mädchen mit einem kräftigen Fausthieb zu Boden schlug. Die Menge wich instinktiv einen Schritt zurück. Ein Mann protestierte, doch der Mathidrin stürzte sich wütend auf ihn und hielt ihm die geballte Faust unter die Nase.

»Ich kenne dich«, sagte er drohend. »Du solltest nicht herumlaufen und solche Lügner und Betrüger wie die da unterstützen.«

Das Mädchen kam taumelnd auf die Füße, schluchzend und stark aus Mund und Nase blutend. Sie prallte gegen den Mathidrin und hustete einen Schwall Blut und Schleim aus. Er verteilte sich auf der Brust des Mathidrin, und Etron zuckte zusammen, als er sah, wie ein weißer Zahn langsam an seinem schwarzen Waffenrock heruntterglitt. Der Mann fluchte und stieß sie heftig weg, so daß sie noch einmal zu Boden stürzte. Dann wandte er seine Aufmerksamkeit wieder dem protestierenden Mann zu.

»Du kümmerst dich besser um deine eigenen Angelegenheiten. Besonders um diesen entzückenden kleinen Eckladen da vorne. Ich hab sehr verdächtige Leute dort aus und ein gehen sehen. Sehr verdächtig.« Er warf einen vielsagenden Blick zu seinen Freunden herüber, die düster nickten.

Der Mann erbleichte, seine Kinnlade straffte sich, doch er entgegnete nichts.

Der Mathidrin schien jedoch keine Lust zu haben, die Sache auf sich beruhen zu lasen. Er bückte sich, packte das Mädchen an den Haaren, starrte dem Mann ins Gesicht und sagte: »Das ist eine Lügnerin und Betrügerin. Soll ich dir zeigen, was wir mit Lügnerinnen und Betrügerinnen machen?«

Der Ladenbesitzer fixierte ihn mit eisigem Blick, voller Furcht, er könne Vergeltung über sein Haupt bringen oder für das Mädchen alles noch schlimmer machen.

»Das!« erklärte der Mathidrin. Er zerrte sie an den Haaren und stieß sie brutal mit dem Gesicht in eine Kiste mit weichem Obst, die vor ihrer Marktbude stand, zur großen Erheiterung seiner beiden Freunde.

Fast gegen seinen Willen schob Etron sich durch die Menge und ergriff den Mathidrin am Arm.

»Nein«, erklärte er. »Das reicht. So benimmt man sich nicht. Wenn sie Euch betrogen hat, gibt es -« Er brach mitten im Satz ab, als der Mathidrin sich ihm langsam zuwandte und zuerst seinen festgehaltenen Arm und dann Etron ansah. Etron ließ ihn nervös los. Ein unangenehmes Lächeln erschien auf dem Gesicht des Mathidrin, während er Etrons Uniform, die im Vergleich mit seiner verziert und farbenfroh war, von oben bis unten musterte.

»Gibt es was, Blume von Vakloss?« flötete er.

Etron räusperte sich. Er wäre am liebsten weit weg gewesen, konnte jetzt aber nicht einfach das Feld räumen. Er wünschte sich, ein Offizier möge um die Ecke kommen. »Laß das Mädchen gehen«, forderte er. »Es gibt das Recht des Marktvorstehers, wenn du dich beschweren willst.«

Der Mathidrin sah erst ihn, dann seine beiden feixenden Kumpane mit gespielter Ungläubigkeit an. »Unser Blümchen hier möchte, daß wir gehen und Geschichten erzählen«, sagte er. »Blümchen denkt, wir könnten unsere Probleme nicht selbst lösen, was?« Und er kniff Etron in die Wange. Zornig über diese Demütigung schlug dieser die Hand weg. Der Mathidrin grinste, entblößte seine Zähne und schickte Etron mit einem gezielten Hieb taumelnd in die Überbleibsel der Bude des Mädchens. »Zu Boden mit dir, wo du hingehörst, Blümchen«, johlte er. »In das faule Obst.«

Etron war, obwohl Hochgardist, eigentlich kein Kämpfer und mit Sicherheit kein Schlägertyp, doch der Tonfall der Beleidigung und die Beschädigung seiner Uniform waren zuviel. Er kam schwankend auf die Beine und stürzte sich auf die schwarze Gestalt.

Eine Zeitlang rangen die beiden unentscheiden miteinander, bis sie auf dem glitschigen Boden ausrutschten und zu Boden fielen. Zu seiner eigenen Überraschung erholte Etron sich als erster, stand auf, packte seinen Gegner am Kragen und stieß sein Gesicht in dieselbe Obstkiste, in die er das Mädchen gestoßen hatte. »Jetzt kannst du selbst erleben, wie sich das anfühlt, du Küchenschabe«, stieß er zwischen zusammengepreßten Zähnen hervor.

Unter der Menge wurden Applaus und Hochrufe laut.

Der Mathidrin kam langsam wieder auf die Beine, das Gesicht mit Obstsaft und Kernen dekoriert. Er legte Etron die Hand auf die Schulter, als wolle er sich auf ihn stützen, um ihn dann in den Magen zu schlagen. Ein unerwarteter, lähmender Hieb – schlimmer noch. Etron erkannte, daß mehr als der Atem ihn verließ. Alles fühlte sich plötzlich weit weg und seltsam an, und seine Beine wollten ihm nicht mehr gehorchen. Sie hielten ihn nicht einmal mehr aufrecht. In seinen Ohren dröhnte es, als er zu Boden stürzte und auf den Rücken rollte, und in seinem Auge erschien ein buntbemalter geschnitzter Adler, der vom Dachkranz eines nahen Gebäudes auf ihn herunterblickte. Ein Ring besorgter Gesichter umrahmte ihn.

Papa hat immer Dachvögel geschnitzt, dachte er, und dann wurde das Dröhnen übermächtig, und er glitt in dunkle Nacht.

Der Mathidrin, bleich und trotzig, beugte sich herab und wischte den blutigen Dolch an Etrons Waffenrock ab, eine Tat, die in ihrer grausamen Gefühllosigkeit fast noch abstoßender wirkte als der Dolchstoß selbst. Die Menge stand wie gelähmt. Kalt sah er sie einen nach dem anderen an, als wolle er sich ihre Gesichter einprägen. »Geht heim, alle«, sagte er. »Dieser Mann hat mich angegriffen, ich mußte mich verteidigen. Vergeßt das nicht.«

Etrons Lord, ein schlichter, natürlicher Mann, war außer sich vor Wut und Kummer, und ein schockierter Dan-Tor versprach sofortige gerichtliche Aufklärung des Vorkommnisses. Doch man konnte keinen verläßlichen Zeugen auftreiben, und der Mathidrin, selbstsicher und hochmütig, verließ die Untersuchung unter den Glückwünschen seiner Kameraden. Die älteren Offiziere aus Etrons Truppe blickten auf ihren Lord und sahen ihn ohnmächtig und aschfahl. Den Wunsch in seinen Augen nahmen sie als Befehl.

Unter den Hochgarden der einzelnen Lords herrschte viel

Konkurrenz, doch nicht genug, um sie gegen einen gemeinsamen Feind zu entzweien, und die nächsten Tage sahen mehrere geheime Treffen in den tiefen Schatten, die Dan-Tors Leuchtkugeln der Stadt bescherten.

Eine Woche nach dem Vorfall fand man den Mathidrin-Reiter tot in einem Park ein Stück vom Palast entfernt. Er hatte ein Schwert in der Hand, einen Blumenkranz in den Haaren und ein faules Stück Obst in seinem offenen Mund. Den Fußspuren im Gras nach hatte der junge Mann ein Duell ausgefochten.

Dan-Tor entging dieser Aspekt des Vorfalls nicht. Er lächelte vor sich hin. Kaltblütige Mörder seid ihr also noch nicht, ihr edlen Wächter der Lords, nicht wahr? Aber es war ein Anfang.

Dann wandte er sich an einen Diener und befahl: »Laß sofort Kommandant Urssain herbringen.«

KAPITEL 30

Sylvriss hatte es sich zur Hauptaufgabe gemacht, herauszufinden, wo die vier Lords gefangengehalten wurden. Eine Kontaktaufnahme mit ihnen, so glaubte sie, würde einen wichtigen Strang in dem Seil bilden, mit dem sie Dan-Tor zu Fall bringen, wenn nicht gar erwürgen wollte.

Der Palast hatte lediglich Zellen für vorübergehend festgenommene Übeltäter, und schnell fand sie heraus, daß die vier in keinem dieser Kerker festgehalten wurden. Dilrap konnte ihr nicht viel helfen.

»Sie werden ausschließlich von den Mathidrin bewacht, Majestät«, eröffnete er ihr. »Wahrscheinlich irgendwo drüben im Westtrakt, doch niemand scheint zu wissen, wo genau. Und ich wage nicht, gezielte Fragen zu stellen.«

»Ich verstehe, Dilrap«, antwortete sie. »Bringt Euch deswegen nicht in Gefahr. Eure anderen Aufgaben sind wichtiger. Doch ich kann mir unsere wertvollen Mathidrin einfach nicht beim Kochen und Waschen für die Gefangenen vorstellen. Könnt Ihr herausfinden, welche Diener drüben bei ihnen arbeiten? Und können wir sie eventuell durch unsere eigenen ersetzen?«

Dilrap zog ruckhaft seine Robe hoch und nickte. »Das könnte möglich sein, Majestät«, räumte er ein. »Zumindest könnten wir eruieren, welche Diener drüben im Westtrakt sind. Der Oberste Kammerherr tut sehr geheim mit seinen Dienstplänen, doch ich bin nun nah genug an Dan-Tor, daß ich behaupten kann, es handle sich um eine von ihm persönlich angeordnete Stichprobe.« Er nickte zu sich selbst. »Ich kann fast jedes Stirnrunzeln glätten mit ein bißchen Lob und dem Versprechen, einen vorteilhaften Bericht abzugeben. Aber einen von unseren Leuten dort einzuschleusen ...?« Dilrap blies die Wangen auf.

Sylvriss starrte noch eine Weile auf die Tür, nachdem er gegangen war. Er erwies sich als treuer und fähiger Verbündeter, stöberte alle Informationen für sie auf und verbrachte lange Stunden damit, ausführliche und undurchsichtige juristische Argumente vorzubereiten, die Dan-Tor den Weg verbauten, während sie den Anschein erweckten, ihn für ihn freizumachen.

Aber wenn Dan-Tor erst einmal Verdacht geschöpft hätte, was dann? Dilrap würde dem Mann nicht lange standhalten, und ihre Beteiligung an den Vorgängen würde mit Sicherheit ans Licht kommen. Dann mußte auch sie sich auf direkte Angriffe gefaßt machen, und die Energie, die sie nun in die Behinderung ihres Feinds zu stecken vermochte, würde dann vollständig dafür gebraucht werden, sich und die Behandlung des Königs durch sie zu schützen. Sie durfte Dilrap nicht damit belasten.

Sie seufzte und gestattete sich mit geschlossenen Augen eine kleine Verschnaufpause, ein Zurückgleiten in vergangene, einfachere Zeiten. Früher hätte sie das betrübt und vor

Sehnsucht zerrissen, doch mittlerweile hatte sie akzeptiert, daß die Vergangenheit unangreifbar war, egal, was Gegenwart und Zukunft für sie bereithalten mochten. Sie konnte die Vergangenheit nicht zurückholen, aber sie konnte auch von niemandem zerstört werden. Sie würde ihr für alle Zeiten ein festes und tröstliches Fundament sein, und ihr reichhaltiger Erinnerungsschatz würde auch weiterhin die langsame Genesung ihres Gemahls unterstützen.

Erfrischt richtete sie ihren Blick auf die grimmige Gegenwart. Der Westtrakt, dachte sie. Dilraps Informationen bestätigten, was die anderen Zuträger ihr mitgeteilt hatten. Doch niemand konnte ihr Genaueres sagen. Sie rutschte unruhig auf dem weichen Polstersitz herum, als sei er aus Stein. Ihre Informanten hatten ihr auch sonderbare, beunruhigende Gerüchte zu Ohren gebracht. Die Lords hatten zu fliehen versucht; sie wurden vergiftet; man ließ sie verhungern; sie hatten ihre Schuld eingestanden; und viele andere, ungenau und verschwommen. Luftblasen aus den tiefsten Tiefen eines dunklen Teiches.

Sie hatte Dan-Tor beiläufig auf das Wohlergehen der vier Lords angesprochen, während einer Gesprächspause in einer öffentlichen Zeremonie, der sie beiwohnen mußten, doch er hatte nur vage geantwortet und dann geschickt das Thema gewechselt. Der Vorfall hatte ihr noch einmal klar vor Augen geführt, daß sie nicht hoffen durfte, einen solchen Mann zu einer unabsichtlichen Äußerung zu verleiten. Schon der bloße Versuch konnte sich als gefährlich erweisen.

Aus dem Stehgreif traf sie eine Entscheidung. Ihre Spitzel konnten nicht viel mehr herausbekommen, wenn überhaupt etwas. Dilrap konnte sie nicht weiter einspannen. Jetzt wäre ein kleiner Fauxpas vielleicht gar nicht schlecht, überlegte sie.

Wenige Minuten später stieg sie auf ihr Lieblingspferd und trabte über das Palastgelände. Sie pflegte fast täglich auszureiten und würde wohl auch heute keine besondere Aufmerksamkeit erregen. Auf dem Weg zu einem der Nebentore, das sie in die Stadt und weiter in einen der größeren Parks bringen würde, kam sie an dem breiten, steingewölbten Schlund des Westtrakts vorbei.

Das Wetter war bedeckt, und der graugesprenkelte Himmel verhieß an diesem Tag nicht einen einzigen Sonnenstrahl. Doch selbst im hellsten Sonnenschein wirkte der Westtrakt düster. Hinter dem merkwürdigen abgesonderten Gebäude, welches sich an zwei Palasttürme anschloß, erhob sich ein großer Erdhügel, und der Westtrakt sah aus, als sei er einmal in eine Hügelflanke hineingebaut worden. So lag er fast ständig im Schatten.

Selbst ein ungebildetes Auge sah, daß er älter als der Rest des Palastes sein mußte. Sein Mauerwerk war verwittert und bröckelte, und Flechten und Efeu verstärkten den finsteren Eindruck noch, wo sie ihn doch eigentlich hätten auflockern sollen. Auch seine Bauweise war sichtlich anders, strenger und roher in der Bearbeitung des Steins. Sylvriss sah in ihm immer einen faulen Zahn, den irgend jemand in einen gesunden Kiefer gepflanzt hatte, eine Vorstellung, in dem sein klaffender Eingangsrachen zu einer Manifestation des Verfalls wurde.

Die Legenden sagten, daß der Westtrakt während der Ersten Wiederkehr errichtet wurde; daß er das Werk jener verderbten Menschenwesen gewesen sei, die Sumeral gedient hatten; daß er heiß umkämpft, oft verloren und oft eingenommen worden sei. Im Lauf der Jahre hatte er vielen Zwecken gedient – Werkstätten und Lagerhaus, Bedienstetenunterkunft, provisorische Kasernen für kurz in der Stadt stationierte Hochgarden. Und nun Hauptquartier der Mathidrin.

Sylvriss zügelte ihr Pferd und schaute sich die häßliche Fassade an. Das paßte zu diesen Küchenschaben, dachte sie, instinktiv jenen Spitznamen benutzend, den die Städter für die Mathidrin entdeckt hatten. Dann folgte sie ihrem ersten Impuls, schwang sich vom Pferd und schritt direkt auf den Torbogen zu.

Zwei Mathidrin-Wachen neben dem Tor grüßten, sahen jedoch entschieden unglücklich aus, als sie an ihnen vorbei in die Düsternis ging. Sie hatten ganz spezielle Befehle, niemanden in den Westtrakt zu lassen, doch sie war ihre Königin und Ehrenkommandantin. Ein solcher Sonderfall war in ihren Ordern nicht vorgesehen.

Mit Erheiterung registrierte sie das panische Fußgetrappel hinter sich, während sie einer Treppenflucht am Ende des breiten Eingangstunnels zustrebte und ihre eigenen Schritte entschlossen von dem gewölbten Mauerwerk zurückhallten. Während sie klappernd die Stufen hinabstieg, versuchte sie sich die Anlage des Gebäudes ins Gedächtnis zu rufen. Aber es war schon lange her, daß sie hier gewesen war, und das Labyrinth seiner Gänge und Treppenfluchten war womöglich noch verwinkelter als das des Palastes.

Die Treppe führte direkt in einen breiten Korridor, an dem, wie sich erinnerte, verschiedene Verwaltungszimmer gelegen hatten. Der einzige Unterschied zwischen ihrer Erinnerung und dem gegenwärtigen Anblick bestand darin, daß nun zwei Reihen grell strahlender Kugeln den Gang erleuchteten. Seltsamerweise erschien ihr das wie eine Verbesserung.

Weniger vorteilhaft fand sie allerdings eine Gestalt an einem Tisch, die ihr weiteres Vordringen verhinderte. Er war der unglaublichste Verwaltungsbeamte, den Sylvriss je zu Gesicht bekommen hatte. Seine Uniform war makellos, doch sie vermochte die schwellenden Muskeln an seinen Armen und Schultern nicht zu verbergen. Er saß regungslos da mit Ausnahme seiner großen, behaarten Pranken, die eine zitternde Schreibfeder mit peinlicher Sorgfalt, aber unbeirrbar über ein Meldeformular führten. Kurzgeschnittenes schwarzes Haar und ein zerschlagenes, vernarbtes Gesicht gehörten zu einem ovalen Kopf mit den spärlichen Überresten einer Nase, einem dicklippigen, gemeinen Mund und finster zusammengepreßten Kinnladen, auf denen ein dunkler Bartschatten einen mächtigen Gegenangriff gegen die morgendliche Rasur führte.

Obwohl Sylvriss direkt vor dem Schreibtisch stand, hob

sich der Kopf, der sich ihrer Anwesenheit deutlich bewußt war, nicht. Die Hand kratzte stetig weiter über das Papier. Wie reizend, dachte sie boshaft. Er möchte ein Spielchen spielen.

Sie räusperte sich diskret und tief. Der Kopf, in unechter Konzentration versunken, wanderte langsam zu einem anderen Dokument, um sich dann, scheinbar zufrieden mit dem, was er gesehen hatte, ebenso langsam wieder seiner Arbeit zuzuwenden.

Das reicht, dachte Sylvriss. Und sie ließ ihre Reitgerte mit einem gezielten Hieb zwischen die beiden Hände auf den Tisch hinabsausen. Mit einiger Befriedigung registrierte sie, wie seine Augen sich ungläubig weiteten und die ganze Gestalt zornig anzuschwellen schien. Dann folgten die Augen berechnend der schlanken Krümmung der Reitgerte, bis sie ihrem eigenen festen Blick begegneten.

Sehr professionell, dachte sie eine Sekunde darauf. Als der Mann sich erhob und salutierte, hatte er seine Fassung fast vollständig wiedergewonnen.

»Bitte vielmals um Verzeihung, Sir … Ma'am«, schnarrte er. »Wir hatten Euch nicht erwartet.«

Sylvriss nickte. »Ja, ich registriere das«, sagte sie bedeutungsvoll, dann: »Rührt Euch, Sirshiant. Würdet Ihr mich zum wachhabenden Offizier bringen.«

»Ma'am.« Wieder schlug er die Hacken zusammen und bückte sich steif, um ein kleines Gatter zu öffnen und die Königin an seinem Schreibtisch vorbeizulassen. »Wenn Ihr mir bitte folgen wollt.«

Sylvriss schritt absichtlich gemessen mit ihrem bulligen Begleiter voran, blieb häufig stehen, um ein Regal hier oder eine nach unten führende Treppe dort zu begutachten oder auf sehr weibliche Weise einen Finger über eine Kante gleiten zu lassen, um sie fachmännisch zu prüfen. Der Sirshiant hatte sichtliche Mühe mit diesem gemächlichen Schreiten, das so anders war als sein gewöhnlicher militärischer Gang. Offensichtlich konnte er nicht marschieren, und genauso offensichtlich konnte er auch nicht wie ein gelackter Höfling an ihrer Seite einherschlendern. Am Ende wechselte er zwischen beiden Gangarten, wobei er ein ganz individuelles Händeringen entwickelte.

Sein Verhalten sagte ihr eine Menge über ihren Status bei den Mathidrin, genau wie das der anderen Mathidrin, die sie trafen, und die alle Haltung annahmen. Sie beantwortete jeden Gruß mit einem Nicken und einem direkten Blick in die Augen, merkte sich jedes Gesicht und seine spezifische Reaktion für spätere Zeiten.

Ich lasse dein Korps von innen heraus verfaulen, Dan-Tor, dachte sie. Am meisten fiel ihr die Unsicherheit in den Blikken auf. Furcht ist das Band dieser Struktur, erkannte sie blitzartig, und wie zur Bestätigung blieb der Sirshiant vor einer Tür stehen und leckte sich nervös über die Lippen, bevor er klopfte.

Derselbe Blick lag in Kommandant Urssains Augen, bevor er ganz kurz von einer rücksichtslosen Schläue verdrängt wurde, bis eine berechnende Ausdruckslosigkeit alles verbarg. Ohne den Grund meines Besuchs zu kennen, denkt er schon daran, wie er seinen Vorteil daraus ziehen kann, dachte die Königin, als er auf sie zu kam und sich formvollendet verbeugte.

»Majestät. Was für eine Überraschung. Ihr erweist uns eine große Ehre«, erklärte er. »Ich bin Kommandant Urssain.«

»Ja, Kommandant, ich erinnere mich an Euch«, erwiderte Sylvriss. »Ich entsinne mich an Eure Ernennungszeremonie.« Und ich weiß noch, daß ich mich gefragt habe, was Ihr wohl getan habt, um eine solche Beförderung so schnell zu verdienen, dachte sie. Nichts Angenehmes, dessen bin ich sicher.

Urssain hatte die selbstsichere, hochmütige Ausstrahlung, die das hervorstechende Merkmal aller Mathidrin war, doch sie spürte, daß er sich dessen bewußt war und versuchte, sie zu verbergen. Auch sein Raum enthielt Anzeichen einer Persönlichkeit, die sich im Übergang befand. Spartanisch und funktionell, aber ausgestattet mit einer merkwürdigen Mischung aus billigem Protz und geschmackvoller Eleganz. Das Ganze wirkte zusammengewürfelt, doch Sylvriss rief sich ins Gedächtnis, daß Urssain ja ein neues Handwerk lernte. Dieser Raum verkörperte die ersten tastenden Schritte auf einer Erfolgsleiter in ungeahnte Höhen. Ein aufgehender Stern. Würde er kurz aufflakkern und verlöschen oder einen ständigen Platz unter den Planeten einnehmen, die Dan-Tor umkreisten?

»Ich hoffe, ich störe Euch nicht bei Euren täglichen Pflichten, Kommandant«, fuhr sie fort. »Ich fürchte, ich bin ganz spontan hergekommen. Es ist schon so lange her, daß ich im Westtrakt war, und es war immer so ein trübsinniger Ort. Als ich heute vorbeiritt, fiel mir ein, daß ich als Eure Ehrenkommandantin mich wirklich einmal darum kümmern müßte, wie es Euch hier ergeht.«

Urssain öffnete seine Hände mit einer resignierenden Geste. »Wir sind Soldaten, Ma'am. Jedes Gebäude, das uns gegen das Wetter schützt, ist ein gutes Gebäude. Ich fürchte, wir sind grundsätzlich ziemlich unempfindlich gegen unsere Umgebung.«

Das sehe ich, du Strolch, dachte sie mit einem erneuten Blick durch den Raum.

»Doch ich weiß Eure Besorgnis zu schätzen, Ma'am. Wie die anderen Männer auch.«

»Vielleicht könnt Ihr ein bißchen Zeit erübrigen und mich herumführen«, sagte Sylvriss.

»Ma'am.« Urssain schlug die Hacken zusammen und verbeugte sich tief, um den Blick in seinen Augen zu verbergen, den er, wie er wohl wußte, nicht unterdrücken konnte.

Wieder draußen im Korridor, konnte Sylvriss hören, wie es in den Gängen und Räumen flüsterte und zischelte, während die Nachricht von ihrem unerwarteten Besuch sich verbreitete. Es wird interessant sein zu beobachten, wie Dan-Tor sich dazu verhält, dachte sie. Doch der bloße Gedanke daran drehte ihr den Magen um. Dieser Besuch ist eine spontane Laune, erinnerte sie sich. Irgendwo zwischen törichter weiblicher Neugier und dem gleichermaßen törichten weiblichen Wunsch, etwas für die Männer zu tun, die ihr, wenn auch nur nominell, unterstanden. Sie mußte ihre Rolle entsprechend spielen.

Beim Gang durch das Gebäude kehrte ihre Erinnerung bruchstückhaft zurück. Eigentlich hatte sich im Gebäude nur wenig verändert, wenn es auch vollgestopft war mit der Ausstattung einer ständigen Kaserne. Der Hauptunterschied war in der Tat die helle Beleuchtung, die bis in die letzte Ecke drang. Das *ist* eine Verbesserung, dachte sie erneut. Sie sah zum ersten Mal, daß Dan-Tors Kugeln wirklich etwas verbesserten. Doch auch wenn sie das Gebäude heller machten, lebendiger wurde es dadurch nicht. Sie verstärkten eher die bedrückende Kahlheit, die Schroffheit der nackten Mauern. Hier enthüllen die Kugeln deine eigene Seele, Dan-Tor, dachte sie. Doch diese Entdeckung ließ es sie frösteln.

Sie bestand darauf, in das Kellergeschoß hinabzugehen, um die Küchen zu inspizieren, da dies entschieden das Vorrecht einer törichten Frau war. Sorgfältig prägte sie sich die Gesichter der Diener ein. Dies war der einzige Teil des Gebäudes, wo sie nicht ausschließlich Mathidrin antraf.

»Ich vermute, dieser große Bettler wird sich wieder beklagen, er werde vergiftet.« Die Stimme drang schwach durch das Klappern und Klirren in der Küche, und Sylvriss beugte sich rasch über eine kochende, nichtssagende Brühe, um das aufflackernde Interesse in ihren Augen zu verbergen. Ihr umfassender Blick durch die Küche blieb an einem Individuum mit säuerlicher Miene hängen, das vorsichtig ein Tablett mit vier Tellern hochhob. Teller, die wesentlich eleganter waren als das schmucklose Blechgeschirr, das überall aufgestapelt war und an den Wänden hing.

Beim Aufrichten ließ sie ihren Blick wie zufällig auf den Mann fallen, der sich einer Tür näherte. Er stieß sie mit dem Fuß auf und begann eine nach unten führende Treppe hinabzusteigen.

»Oh, Ihr habt Kranke, Kommandant?« fragte sie. In Urssains Augen funkelte es. »Ihr habt doch Euer Krankenrevier nicht etwa da unten? So tief unter der Erde?« Bevor er antworten konnte, riß sie mütterlich die Situation an sich. »Kranke, Kommandant, brauchen frische Luft und Sonne. Sie sollten dort untergebracht sein, wo sie die Palastgärten und Parks sehen können. Wo sie spazierengehen und sich erholen können.« Beim Sprechen näherte sie sich langsam, aber stetig der Tür, die der Diener benutzt hatte, wobei sie es sogar wagte, Urssain am Ellbogen zu führen. Der Ausdruck in seinen Augen grenzte an Panik, doch sein übriges Gesicht vermochte er unter Kontrolle zu halten.

An der Tür angekommen, blieb Sylvriss stehen und wartete darauf, daß jemand sie für sie öffnen werde. Sie konnte es fast körperlich spüren, wie Urssains Gedanken rasten. Dann hörte sie ihn sehr tief, sehr still durch die Nase atmen.

An ihr vorbei nahm er den Türknauf in seine mächtige, untersetzte Hand und öffnete die Tür ohne das geringste Zögern. Er lächelte. »Ich fürchte, wir haben nicht einen Kranken, Ma'am. Das heißt ...« er zeigte ein verwirrtes Bedauern, » ... ich bin froh, Euch zu berichten, daß wir keinen einzigen Kranken haben. Das Essen auf dem Tablett war für Gefangene bestimmt.«

Auf *diesen* Tellern, dachte sie. »Gefangene?« wiederholte sie und wich einen Schritt zurück. »Ihr haltet hier Gefangene fest? Warum nicht in den Palastzellen?«

»Es handelt sich lediglich um militärische Gefangene, die bald verlegt werden, Ma'am«, erklärte Urssain und streckte den Arm in Richtung Treppe aus, als warte er darauf, ihr die besagten Übeltäter vorführen zu dürfen. »Es gibt immer einen oder zwei, denen man auf die harte Tour Disziplin beibringen muß. Sie bleiben nur ein paar Tage hier, und für uns ist es einfacher, sie hier als drüben in den Zellen festzuhalten.« Dann, offenherzig: »Und um ehrlich zu sein, wir kümmern uns lieber selbst um unsere Leute.«

»Ja«, pflichtete Sylvriss ihm zögernd bei, wich von der Tür zurück und sah aus, als wolle sie gern das Thema wechseln. »Ich bin sicher, daß ich solche Angelegenheiten in Euren fähigen Händen lassen kann, Kommandant.«

Urssain bekam den Rest von Sylvriss' Rundgang durch das Gebäude kaum noch mit und war fast überrascht, als er sich die Hände zu einem Steigbügel zusammenlegen sah, um seiner Monarchin und Ehrenkommandantin aufs Pferd zu helfen.

»Ich danke Euch, Kommandant«, sagte Sylvriss und sah auf ihn hinab. Sie bekam den flüchtigen Ausdruck des Triumphs in seinen Augen mit. »Ich hoffe nur, mein Besuch hat Eure Routine nicht allzusehr durcheinandergebracht.« Dann fügte sie mit einem Blick auf die verwitterte Fassade des Westtrakts hinzu: »Es ist nicht gerade das freundlichste Gebäude, Kommandant, aber ich denke, Ihr habt das Beste daraus gemacht. Bitte nehmt meine Glückwünsche entgegen.«

Urssain salutierte zackig, und die Königin ritt davon. Er sah ihr nach, wie sie durch eines der Nebentore verschwand, während sie ihr Pferd zu einem leichten Trab anspornte. Frauen, dachte er. Sie wäre beinahe über diese verdammten Lords zu gestolpert. Dan-Tor hätte meinen Kopf in einer Flasche eingelegt oder Schlimmeres, wenn sie sie gefunden hätte. Er gratulierte sich zu seinen guten Nerven und seinem Glück, aber hauptsächlich zu seinen Nerven – hätte er sich ihr an dieser Tür widersetzt, hätte sie das nur zum Weitergehen provoziert. Ja, das hatte er wirklich gut gemacht.

Sylvriss galoppierte durch die Straßen zu ihrem Lieblingspark. Ihre Umgebung nahm sie kaum wahr. Sie hatte das Gesicht des Dieners, sie hatte den Ort, und ihre kleine Schauspielerei hatte Urssain überzeugt. Es war ein nützliches und aufschlußreiches Unternehmen gewesen, auch wenn ihr Herz immer noch klopfte. Doch was würde Dan-Tor davon halten?

KAPITEL 31

Etrons Tod und der darauffolgende seines Mörders wirkten wie der Beginn eines Fiebers in der Stadt. Die gegenseitige Verachtung, mit der Hochgarden und Mathidrin einander bis jetzt begegnet waren, ging unvermittelt in einen fast offenen Krieg über.

Die eher dekorativen Garden waren leichte Beute für die Mathidrin. Erbost über die Flüche und den Hohn, mit denen sie in aller Öffentlichkeit überschüttet wurden, reagierten sie gelegentlich mit dem einen oder anderen wirkungslosen Gewaltakt und wurden zum Schluß immer verprügelt. Schlägereien und Verwundungen nahmen mit jedem Tag zu.

Die älteren Gardisten und jene Garden, deren Lords die alten Traditionen aufrecht hielten, wurden im allgemeinen weniger verspottet und kannten auch bessere Mittel, auf Beschimpfungen zu reagieren, falls sie ihnen zuteil wurden. Doch sie vergaßen die Beleidigungen nicht, und langsam und unerbittlich sahen die Mathidrin ihre schwankende Herrschaft in der Stadt durch eine stille, grimmige Gegenpartei nachhaltig bedroht. Die erfahrensten Garden ließen sich nur schwer in Straßenschlägereien verwickeln, doch sie begannen dafür zu sorgen, daß keine Beleidigung gegen sie ungesühnt blieb.

Abgesehen von der Rache für Etrons Tod waren ihre Vergeltungsmaßnahmen fast humorvoll. Mathidrin wurden gefunden an spezifischen öffentlichen Orten, gefesselt, oder ohne Hosen bunt bemalt, mit Pferdemist bedeckt oder auf eine andere phantasievolle Weise dekoriert.

Dieses Zwischenspiel ging jedoch schnell vorbei, und schon bald trat ein blutiges, wenn auch heimliches Abrechnen an seine Stelle, Verwundung um Verwundung und schließlich Tod um Tod. Die Mathidrin fanden bald heraus, wie man die Hochgarden in aller Öffentlichkeit zum Kampf reizen konnte. Sie widmeten ihre Aufmerksamkeit in steigendem Maße der Bevölkerung von Vakloss. Jeder, der nicht schnell genug aus dem Weg sprang oder eine genügend respektvolle Miene aufsetzte oder auch nur zur falschen Zeit am richtigen Ort war, mußte eine rauhe Behandlung über sich ergehen lassen. Jeder, der dagegen Widerstand leistete oder auch nur protestierte, wurde brutal zusammengeschlagen.

Laden- und Standbesitzer sahen ihre Waren zunehmend ›beschlagnahmt‹; sie hatten dann die Wahl, für Nachschub zu sorgen, oder die Lizenz zu verlieren, wenn sie murrten. Furcht begann sich durch die Gassen der Stadt und die Straßen im ganzen Land zu verbreiten wie Sumpfnebel – feucht und übelriechend.

Viele der Lords, frustriert angesichts ihrer eigenen Ohnmacht, nahmen an den stummen Rachefeldzügen ihrer Garden aktiven Anteil, doch man mußte kein großer Militärexperte sein, um in der neuen Taktik der Mathidrin einen organisierten Hinterhalt zu wittern.

»Beißt in euren Schwertgriff!« lautete die Order, die von den Lords bis zum letzten Kadetten hinunter ausgegeben wurde. Die Hoffnung war, daß eine ausbleibende Reaktion die Mathidrin dazu veranlassen würde, ihre Taktik aufzugeben. Alle wußten, daß es nur eine schwache Hoffnung war, und schon bald begann sich ein gewisser Fatalismus unter den Lords auszubreiten, da die Mathidrin ihre Anstrengungen eher verdoppelten als einstellten.

Die Lords wandten sich an Lord Dan-Tor, und wieder speiste er sie einzeln und mit Nichtigkeiten ab. »Ich werde mich eingehend mit dem befassen, was Ihr mir berichtet, aber meine Informationen sind äußerst widersprüchlich. Die Mathidrin haben oft harte und undankbare Aufgaben zu erfüllen, wenn sie Unzufriedenheit und sogar Verrat bekämpfen. Sie müssen sich eine Menge Beleidigungen und Provokationen aus der Bevölkerung gefallen lassen, und natürlich begehen sie von Zeit zu Zeit Fehler, aber ...« – eine leicht mahnende Geste – »... sie erhalten auch von den Garden nicht immer die Unterstützung, die sie erwarten mögen.« Dann eine entlassende Geste, geprägt von tolerantem Verständnis: »Aber ich sehe ein, daß Eure Männer es schwer finden, sich in ihre neue Rolle zu schicken. Soldaten haben ja alle ein ausgeprägtes Ehrgefühl.«

Wenn man weiter in ihn drang, wurde er barsch oder auch vertraulich, legte den Arm mitfühlend um die betreffende Schulter. »Ich fürchte, daß schwierige Zeiten vor uns liegen. Ihr müßt verstehen, hier sind Kräfte am Werk, die unsere Vernichtung bezwecken.« Und dann ließ er die gut vorbereitete Drohung in seiner Stimme mitschwingen: »Diese Feinde lauern außen und innen. Durch den Prozeß des Lords Eldric und seiner Mitverschwörer wird vieles klarer werden, doch seid versichert, es existieren mehr schuldige Parteien als diese vier, und ich möchte nicht, daß mir einer von ihnen entkommt, weil die Mathidrin sich mit den kleinlichen Rivalitäten der Garden auseinandersetzen müssen.«

Und so setzten die Ausschreitungen der Mathidrin sich nicht nur fort, sondern nahmen sogar zu, und die schwachen Hoffnungen der Lords verflüchtigten sich in dem stürmischen Wind, der nun zu wehen begann. Von Kadetten direkt zu den Lords kam die Botschaft: »Lord, wir können unsere eigene Erniedrigung hinnehmen, doch nicht das Leiden der Unschuldigen. Wir können nicht länger untätig zusehen.« Die Schicksalsergebenheit der Lords wandelte sich zu schwärzester Hoffnungslosigkeit, als Dan-Tors Gift seinen Tribut forderte und wachsendes Mißtrauen und Zweifel sie an unsichtbare Ketten zu legen begannen.

Die Hochgarden selbst gaben sich nicht solchen zermürbenden Gedanken hin, waren auch nicht übermäßig an juristischen Feinheiten interessiert. Was passierte, war eindeutig falsch. Ihre Lords waren vielleicht nicht in der Lage, etwas zu unternehmen, doch die Hochgarden hatten einen heiligen Eid geschworen, das Volk von Fyorlund zu schützen.

So kam es, daß die Bürger von Vakloss eine wachsende Zahl von Hochgarden beiläufig durch ihre Straßen patrouillieren sahen. Die Bedeutung dieser Neuerung wurde erst offensichtlich, als Geschichten bekannt wurden, daß die Mathidrin die gleiche Behandlung erführen, die sie den Menschen von Vakloss angedeihen ließen. Der heimliche Krieg brach offen und mit aller Härte aus. Anfangs benutzten die Garden in einem schwachen Versuch, wenigstens den Wortlaut ihrer Ordern zu befolgen, Stäbe anstelle von Schwertern, doch mit der unausweichlichen Eskalation von Gewalt und Gegengewalt wurden diese rasch verworfen, und der unverkennbare Klang von Schwert gegen Schwert begann mit zunehmender Häufigkeit durch die Straßen zu tönen.

Während die Mathidrin zahlenmäßig überlegen waren und individuell vom Temperament her eher zu Schlägereien und Gewalt neigten, waren die Hochgarden disziplinierter und besser geführt und schlugen ihre schwarzuniformierten Gegner regelmäßig in die Flucht.

Für eine kurze Weile waren die Straßen wieder sicher, während die Mathidrin sich zurückzogen, um ihre Wunden zu lecken. Doch als ob sie durch eine grimmigere Entschlossenheit motiviert wurden als in ihren aktuellen Kämpfen sichtbar wurde, tauchten sie in größeren und noch gemeineren Gruppen wieder auf.

Wieder waren die einfachen Bürger von Vakloss die Leidtragenden, die nun offen terrorisiert wurden. Wieder reagierten die Hochgarden, doch die Todesfälle häuften sich, und die zahlenmäßige Überlegenheit der Mathidrin begann sich auszuwirken.

»Sie walzen uns einfach nieder«, mußten die Hochgarden einsehen, die den Widerstand organisierten. »Sie sind zu viele.«

Man war geteilter Meinung. Manche stimmten dafür, wie bisher weiterzumachen und die Taktik mehr auf schnell stürmende Attacken und Hinterhälte zu verlegen; andere wollten ihre Pferde zum Einsatz bringen, um ihre geringere Anzahl wettzumachen. Wieder andere wollten es so: »Spannt eure Bogen. Dezimiert sie aus der Entfernung. Sie sind es überhaupt nicht wert, daß man ihnen Schwert gegen Schwert begegnet.« Ein leises Gemurmel begann sogar einzusetzen über einen großen, entscheidenden Angriff gegen die Mathidrin-Kasernen und einer Konfrontation mit Dan-Tor oder sogar dem König.

Das schoß dann doch übers Ziel hinaus, und solches Gerede wurde mit einiger Härte unterdrückt. Doch die Worte waren gefallen und blieben nicht ohne taktische Folgen. Die Älteren erkannten, daß das, was als Strafaktion begonnen hatte, durch rechtlich zwar anfechtbare, aber noch zu rechtfertigende Streifen, jetzt durch das Gerede von Kavallerieattacken und Bogenschützen einem Bürgerkrieg und bewaffnetem Widerstand gegen den König erschrekkend nahe kam. Die Lords würden nicht mehr lange ihre Augen davor verschließen können. Aber was sollten sie tun? Die Scharfsinnigeren entdeckten ein Muster hinter dem Verhalten der Mathidrin. Es war darauf angelegt, gerade diese ausweglose Situation heraufzubeschwören. Tod durch Zermürbung oder Vernichtung durch offene Rebellion. Und es funktionierte. Sehr gut sogar.

Die Zweifel unter den Offizieren führten unvermeidlich zu Unentschlossenheit und einem konsequenten Moralverfall unter den Hochgarden, da ihre Verluste stiegen und keine wirkungsvollen, koordinierten Gegenmaßnahmen ergriffen wurden. Allmählich gehörten die Straßen wieder den Mathidrin, die in rauhem Triumph umherzogen. Doch ihr Gelächter war ebenso gezwungen wie barsch, und ihre willkürliche Mißhandlung der Bevölkerung ließ nach, als auch sie spürten, wie die allgemeine Atmosphäre in der Stadt gespannter, lastender zu werden begann, voll von bösen Vorahnungen, als braue sich ein Sturm zusammen. Ein Sturm, der auf jenes letzte feuchtigkeitsgeladene Staubkorn wartete, das die Wucht seiner angestauten Energie entladen würde.

Dan-Tor stand auf einem hohen Balkon und ließ den Blick über die Stadt schweifen. Er lächelte vor sich hin. Gut, er war enttäuscht über Urssains Scheitern, verläßliche Informationen aus den Kreisen der Hochgarden zu erlangen. Ihre Treue erwies sich als erstaunlich widerstandsfähig gegenüber seinen Ködern. Andererseits, er zuckte die Achseln, war das auch nicht wichtig. Die Loyalität der Hochgarden sagte ihm alles, was er über sie wissen mußte, und wie sie am besten zu handhaben seien. Ein paar genauere Informationen von Zeit zu Zeit hätten Urssain einige Verluste und moralische Probleme erspart, doch das war belanglos. Nebenbei bildete seine offensichtliche Bereitwilligkeit, Urssain sein taktisches Scheitern zu vergeben, ein weiteres schmales Band, mit dem er den Mann an sich fesselte.

Er schritt über den Balkon zu einer geschnitzten Holzbank und blickte zum dunstverschleierten nördlichen Horizont hinaus, den Kopf auf den kühlen Stein gelegt.

Eine flüchtige Bewegung erweckte seine Aufmersamkeit, etwas zwischen den Bäumen in den Parks am Stadtrand. Selbst auf diese Entfernung wußte er, daß es sich um Sylvriss handelte. Sie hatte sich all die Jahre über widerspenstig gezeigt, doch Hartnäckigkeit, dachte er, führt am Ende immer zum Ziel. Jetzt war sie nur noch dankbar dafür, daß man sie ihren Gemahl umsorgen ließ, nachdem sein Gesundheitszustand sich stabilisiert hatte. So dankbar. Interessierte sich sogar für ›ihre‹ Mathidrin. Dummes Stallmädchen. Schwache Zweifel kamen ihm, als die ferne Gestalt außer Sicht geriet, doch er schob sie beiseite. In der Asche ihres Widerstands glomm kein Funke mehr, der aufflackern und den Geist entzünden konnte, der einmal König Rgoric gewesen war. Mit geschlossenen Augen lauschte Dan-Tor dem gedämpften Lärm, der von der Stadt zu ihm heraufdrang.

Durch die Straßen marschierte ein Trupp Mathidrin. In regelmäßigen Abständen hielten sie an, um ein Pamphlet an eine Tür oder einen Baum zu nageln. Nachdem die Mathidrin die Hochgarden ausgeschaltet hatten, hielt Dan-Tor es für unwahrscheinlich, daß die Verlautbarung mehr als ein bißchen Gerede verursachen würde. Und wenn die Hochgarden denn doch mit Gewalt reagieren würden, hätten sie damit ihr eigenes Todesurteil unterzeichnet – um so besser für ihn.

Die Sonne beschien die rechte Hälfte seines braunen Gesichts, so daß er sich trotz der starken und kalten Brise in dieser Höhe unwohl fühlte. Als er sich erhob, um den Balkon zu verlassen, sah er, daß die Königin immer noch kreuz und quer durch den fernen Park ritt.

Eine unverdächtige Gestalt studierte das Pamphlet eingehend, wobei sie unablässig nickte. Es handelte sich um eine sehr schlichte Botschaft. Noch ein Edikt. Es löste die Hochgarden auf ... wegen ihrer wiederholten und anhaltenden ungesetzlichen Aktionen gegen die Offiziere des Königs in Ausübung ihrer Pflichten ... In Ansehung ihrer früheren dem Staat erwiesenen Dienste gestattete man den Gardisten, ungehindert in ihre Heimat zurückzukehren und ihren bürgerlichen Beruf wieder aufzunehmen, doch das Tragen von Uniformen war ihnen ebenso verboten wie Versammlungen, Wehrübungen und Exerzieren; bei Zuwiderhandlungen erfolgten Haftstrafen, ebenso für Personen, die solche Vorfälle nicht meldeten. Offenbar aus dem Zusammenhang gerissen appellierte das Edikt an die Kooperationsbereitschaft aller Fyordyn in diesen Zeiten der Bedrohung durch Feinde von außen und zu Hause.

Die Gestalt entfernte sich still und ging langsam die Straße hinunter. Er mußte seine alten Freunde aufsuchen. Sie mußten jetzt etwas tun, definitiv.

Eine Mathidrin-Patrouille bog um die Ecke, doch sie sahen die Gestalt nicht. Sie war mit dem Schatten verschmolzen und beobachtete sie stumm. Obwohl er schon vor einigen Jahren Abschied vom aktiven Dienst genommen hatte, war ein Teil seines Eids ihm stets bewußt. Seine Ohren hatten ihn vernommen, sein Verstand hatte ihn verarbeitet, doch seine Ausbildung und Erfahrung hatte ihn zu einem Teil seiner selbst werden lassen.

»Yatsu, du wirst ein Goraidin sein, bis zum Tod und darüber hinaus.«

KAPITEL 32

Der Wächter scharrte ungeduldig mit den Füßen, während Arinndier sein tägliches Ritual absolvierte, indem er peinlich genau ihr Essen untersuchte und den mit hängenden Schultern herumstehenden jungen Diener verhörte, der gerade die Speisen gebracht hatte. Die Verzögerung war ärgerlich, doch er hatte aus Erfahrung gelernt, daß Beschwerden seinerseits nur dazu führten, daß alle vier gleichzeitig auf ihn einredeten und er folglich noch länger warten mußte. Laß ihnen ihre kleinen Spielchen. Es hatte keinen Sinn, Ärger zu machen.

»Du bist neu hier, nicht wahr?« fragte Arinndier den Diener.

»Ja, Lord«, antwortete der Junge. Er wollte schon fortfahren, als ein Hüsteln des Wächters ihn verstummen ließ. Arinndier überspielte das das Hüsteln mit einem Lächeln. »Was ist mit dem anderen geschehen? Ist wahrscheinlich krank geworden, nachdem er von unserem Essen genascht hat, he?«

Eldric kicherte und legte das Buch, in dem er gelesen hatte, beiseite, um sich ganz dem Wortwechsel widmen zu können.

»Nein, Lord«, erwiderte der Junge und riskierte ein nervöses Lächeln. »Er ist befördert worden. Er ist jetzt drüben im …«

Diesmal kam kein Hüsteln. »Junge«, sagte der Wächter in scharfem Ton. »Halt den Mund.«

Dem Jungen fiel die Kinnlade herunter, und verwirrt sah er von Arinndier zu dem Wächter und wieder zurück.

»Meine Schuld, Wächter«, räumte Arinndier ein. »Ich vergaß.« Dann stellte er unsicher den letzten Deckel zurück auf das Tablett. »Das war's. Ich nehme an, es ist in Ordnung. Würdest du es uns bitte servieren?«

»Na ja«, sagte Darek, nachdem der Diener und der Wachsoldat gegangen waren. »Dieser Bursche ist nicht gerade umwerfend, aber immerhin besser als dieser unfreundliche Dummkopf, der uns vorher das Essen brachte. Versuch' mir gerade vorzustellen, wie er befördert wurde. Der einzige Aufstieg, den ich mir bei ihm vorstellen kann, ist, daß er jemandem auf die Füße tritt – vorzugsweise auf meine.« Er lachte uncharakteristisch auf. »Sein Gesicht hat schon genügt, um das Essen zu vergiften, Arin. Ich hoffe, daß sie ihm nichts Verderbliches anvertraut haben.«

Arinndier lächelte über Dareks ungewöhnliche Heiterkeit, doch Eldric schien in Gedanken verloren. »Irgend etwas ist in Bewegung geraten«, erklärte er nachdenklich und setzte sich an den Tisch.

»Was meinst du damit?« sagte Arinndier.

»Ich weiß nicht«, erwiderte Eldric, indem er mit dem Messer in seinem Teller herumstocherte. »Aber Darek hat schon die Hälfte gesagt. Wer würde so einen unfreundlichen Flegel schon befördern? Den würde man doch eher hinauswerfen. Aber befördern?«

Arinndier zeigte sich unbeeindruckt. »Eldric, der Geadrol ist aufgelöst. Wir wurden ohne Anklage verhaftet und eingesperrt, ohne ein Verbrechen begangen zu haben. Die unverdiente Beförderung eines Lakaien ist vor diesem Hintergrund wohl kaum von Bedeutung, oder?«

Eldric sagte nichts, doch Darek gluckste vor sich hin. »Oh, ich weiß nicht, Arin. Du solltest deine Geschichtsbücher genauer lesen. Könige und Fürsten kommen und gehen, aber die Diener, die Amtsträger, die Sekretäre, die bleiben für immer. Eldric hat ...«

Eldric unterbrach ihn freundlich. »Es ist irgend etwas mit dem Jungen«, sagte er stirnrunzelnd. »Aber ich kann es nicht auf den Punkt bringen.«

Hreldar sah von seinem Essen auf und starrte in Eldrics sorgenvolles Gesicht. Dann senkte er den Blick. Seine Augen verengten sich. »Seht mal«, sagte er und spreizte seine Hände vor dem Tisch. »Seht mal. Der Junge hat hier herumgelungert, als habe er zwei linke Füße, aber seht doch nur, wie makellos er eingedeckt hat. Ganz perfekt.« Er schwieg. »Wie oft hast du so einen kleinen Kerl neben dieser Art von Handarbeit stehen und auf dein Urteil warten sehen?«

»Natürlich«, sagte Eldric. »Pagen und ihre Festgedecke.« Er lehnte sich zurück und klatschte in die Hände. »Das scheint schon so lange her zu sein. Kleine leuchtende Gesichter.« Dann lachte er. »Grundlegende Feldkenntnisse, um zu lernen, wie man in der Wildnis der Berge überlebt, und grundlegende Hofkenntnisse, um zu lernen, wie man in der Wildnis der Gesellschaft überlebt.«

Blitzartig verdüsterte sich sein Ausdruck, und ein entschlossener Blick legte sich über sein Gesicht, so grimmig, daß die anderen zu essen aufhörten und ihn gebannt anstarrten. »Fragt Euch selbst, verehrte Lords, warum sollte ein miserabler Diener befördert und durch einen jungen Pagen ersetzt werden, einen Pagen, der, wenn mein Instinkt mich nicht trügt, kurz vor seiner Aufnahme in die Kadettenschule steht?«

Arinndier sah auf den Tisch. Eine schwerwiegende Folgerung aus so einem fadenscheinigen Beweis, doch die ordentliche Besteckanordnung vor ihm sah in der Tat wie das Gesellenstück eines Pagen aus. Und der Bursche hatte sich bewußt unbeholfen gegeben. Außerdem hatte er aus freien Stücken erzählt, daß sein Vorgänger befördert worden war.

Die vier Männer saßen schweigend um den Tisch, und das Summen der Lichtkugel erfüllte den Raum.

»Vielleicht ist er ein Spitzel?« schlug Arinndier vor, um das Schweigen zu unterbrechen.

Darek schüttelte den Kopf. »Nein«, widersprach er. »Wer sollte uns bespitzeln? Dan-Tor? Er weiß, daß wir nichts Wichtiges vor einem Diener besprechen würden. Nebenbei bemerkt, ich glaube, er gibt herzlich wenig auf das, was wir sagen könnten.«

Arinndier nickte und begann wieder zu essen.

Auch Eldric widmete sich erneut seiner Mahlzeit, hörte jedoch fast gleichzeitig wieder auf. »Wir haben keine

Ahnung, was draußen vor sich geht«, stellte er fest. »Aber wir müssen immer noch Freunde haben, sonst hätte Dan-Tor sich unserer schon längst entledigt, davon bin ich überzeugt.«

»Möglich«, räumte Arinndier ein. »Doch bis jetzt haben wir noch kein Zeichen von ihnen bekommen.«

»Ja«, gestand Eldric ein. »Das stimmt. Aber denk doch mal, was das bedeutet. Sie werden vermutlich die verschiedensten rechtlichen Möglichkeiten erprobt und aus irgendeinem oder anderen Grund keinen Erfolg gehabt haben. Wir wissen, daß wir uns im Westtrakt befinden und daß er als eine Art Hauptquartier für diese Mathidrin dient – also können wir schlecht einen bewaffneten Angriff zu unserer Befreiung erwarten. Aber irgend jemand versucht, mit uns Kontakt aufzunehmen. Und jetzt kommt dieser Junge daher. Mit hängenden Schultern und tölpelhaftem Benehmen, aber er legt uns diese kleine Pagenabschlußarbeit hin, sauber und schnell.« Er machte eine Geste über den Tisch hinweg.

Wieder ergriff Hreldar das Wort, kalt und entschieden. »Seht, ob er die Handsprache kennt, wenn er wiederkommt. Das sollte jede Diskussion beenden.«

Noch vor Ablauf einer Stunde kehrten Wächter und Diener zurück. Arinndier bemühte sich unauffällig, den Wächter in ein Gespräch zu verwickeln, doch der Mann ließ sich nicht ablenken. Seine Augen folgten jeder Bewegung des Jungen, der mit schlurfenden Schritten die Teller einsammelte.

»Vorsicht, Junge, du verschüttest ja den Wein auf meine Tunika«, sagte Eldric ärgerlich und erhob sich abrupt. Der Junge fuhr zusammen und suchte nach einem Tuch an seinem Gürtel, wobei er um ein Haar das Tablett fallenließ.

»Stell es *ab*, Junge«, sagte Darek prüfend und winkte nachdrücklich mit den Händen. Aufgeregt stellte der Junge das Tablett auf den Tisch und bot Eldric mit zitternden Händen das Tuch an. Eldric winkte ihn mit einer ungeduldigen Handbewegung weg. Der Junge nestelte am Tuch herum und zögerte, fuhr sich dann mit dem Handrücken über die Nase, als breche er in Tränen aus, und stopfte das Tuch wieder in seinen Gürtel.

»Ich hab nicht alles mitbekommen«, seufzte Arinndier, nachdem Wächter und Diener wieder fort waren. »Ich war zu sehr damit beschäftigt, dem Wachmann unauffällig die Sicht zu verstellen.«

Die anderen wirkten etwas betäubt.

Darek ergriff das Wort. »Ich hab ihn gefragt, wer er sei«, erklärte er und wiederholte dabei instinktiv die Gesten.

»Und?« wollte Arinndier wissen.

»Nur drei Worte, Arin«, antwortete Eldric. »Nur drei Worte.«

Arinndier verdrehte die Augen. »Nun sag's schon«, drängte er.

Eldrics Hand führte die Antwort des Jungen aus. »Bote der Königin.«

Die hohen Hecken warfen lange Schatten in die schmale Gasse, während die Mathidrin-Patrouille lässig zur Stadt zurückritt. Die sechs Männer schwiegen die meiste Zeit. Ihre Streife war ereignislos verlaufen, und ihr Anführer, frisch befördert, war eingeschnappt, weil nichts vorgefallen war, was ihm einen Vorwand geboten hätte, seinen Männern zu demonstrieren, daß es sich lohnte, ihm zu folgen.

In den Dörfern auf ihrer Patrouille hatten sie erstaunlich unterwürfige Bewohner angetroffen. Normalerweile bestand immer die Möglichkeit, den einen oder anderen zu einer zornigen Bemerkung zu provozieren und dann eine kleine Bestrafung an dem Aufmüpfigen durchzuführen. Oder ein einsames Individuum schlenderte durch die Felder und bot sich als dankbares Opfer an, der Spionage für die Orthlundyn angeklagt zu werden; man konnte ihn dann gnadenlos aufgrund eines ›Fluchtversuchs‹ verfolgen. Aber auf dieser Runde – nichts. Entweder lagen die Felder verlassen da, oder es waren zu viele Leute anwesend, um eine zu offensichtliche Provokation ungefährdet wagen zu können. Jetzt ritten sie zwei Tage zu früh wieder nach Vakloss zurück.

Der Anführer der Patrouille streckte sich in seinem Sattel. Seine Muskeln schmerzten von dem Tagesritt und der Anspannung seiner zunehmenden Gereiztheit. Wenn doch nur irgend so ein dummer Bauer aus den Feldern kommen würde, wünschte er sich. Ich würde den Kerlen schon etwas bieten, an das sie sich noch lange erinnern könnten. Dann, als habe sie seine Gedanken erhört, trat eine Gestalt ein Stück vor ihnen aus einem Torbogen auf die Straße. Es war ein alter Mann, registrierte der Anführer, und er hinkte. Würde keine aufregende Jagd geben, aber besser als nichts nach einer solchen Streife.

Er lockerte den schweren Stab in seiner Schlaufe und fuhr mit den Fingern über die beiden kleinen Kerben in seinem Griff. Eine für jeden ›Flüchtigen‹, den er getötet hatte, im Galopp niedergeschlagen mit einem einzigen gekonnten Hieb, der ihm schon großes Lob von seinen Kameraden eingebracht hatte, als er noch ein einfacher Gefreiter war. Er hatte kaum seinem Roß die Sporen gegeben, als ihm schon der Beifall seiner Kumpane beim abendlichen Kasernenplausch in den Ohren klang. In seinem Magen kribbelte es vor Vergnügen und Schadenfreude.

»Du«, gellte er, »stehenbleiben!« Zu seiner Überraschung blieb der Angerufene tatsächlich stehen und drehte sich zu ihm um. Die genauen Gesichtszüge des Mannes konnte er nicht sehen, da sie unter der Krempe eines breiten Huts verborgen lagen und er sich schwer auf seinen Stock stützte. Bei ihm angelangt, bemerkte der Truppführer, daß die grelle Sonne ihm direkt ins Gesicht schien. Er kniff die Augen zusammen und sah auf die Gestalt hinab, die schwankend in den flackernden Schatten der windgepeitschten Bäume und Hecken stand.

»Sir?« fragte der Mann furchtsam.

»Warum läufst du weg?« herrschte der Truppführer ihn barsch an.

Die Gestalt lachte verängstigt auf. »Laufen, Sir? Ich kann

nicht mehr laufen. Ich bin lahm, seht Ihr.« Und er hob seinen Stock ein kleines Stück vom Boden.

Doch der Anführer der Patrouille hatte sich bereits entschieden. Er mußte seine ihm frisch zugeteilte Einheit beeindrucken, und dieser alte Idiot kam ihm gerade recht. Er faßte seinen Stab fester. »Du lügst«, sagte er. »Du hast hier herumgelungert, und als du uns gesehen hast, versuchtest du wegzulaufen. Stimmt's, Mann?«

Die Mitglieder seiner Patrouille nickten und grinsten erwartungsvoll.

»Man muß ihn verhören«, schlug einer von ihnen vor. »Jetzt, wo wir die alten Verliese geöffnet haben, gibt's genug Platz.«

»Nein, nein, nein«, erklärte der Anführer mit gespielter Besorgnis. »Ich glaube nicht, daß wir den guten Mann so sehr belästigen müssen. Schließlich haben wir die Vollmacht, solche Vorkommnisse an Ort und Stelle zu erledigen.« Dann, indem er sich eifrig vorlehnte: »Du möchtest doch nicht nach Vakloss und vor Lord Dan-Tor gebracht werden, alter Mann?«

Der Alte zitterte sichtlich.

Würmer, diese Kreaturen, dachte der Patrouillenführer. Und Feiglinge.

»Lord Dan-Tor ist ein großer Lord«, stammelte der alte Mann. »Es wäre eine große Ehre für mich, ihm zu begegnen. Er hat so viel für unser Land getan.«

»In der Tat, mein Alter, in der Tat«, pflichtete der Anführer ihm bei. »Und er wird noch mehr für uns tun, wenn er erst einmal all diesen verräterischen Abschaum ausgerottet hat, der hier durch die Straßen schleicht und seine Mathidrin bespitzelt und dem Feind Informationen zuträgt.« Mit einer extravaganten Geste zog er seinen Stab heraus und hielt ihn so, daß er fast das Antlitz des Alten berührte.

»Ja, Sir, ja, Sir«, stotterte der und trat noch ein bißchen weiter in den Schatten zurück.

»Komm, mach weiter«, verlangte einer aus der Truppe. »Es wird noch dunkel, bevor wir nach Hause kommen.« Der

Anführer warf dem Mann einen erbosten Blick zu. Mit dem würde er sich später befassen. Aber dieser alte Dummkopf versprach keine nette Unterhaltung, dieser feige Idiot.

»Der junge Herr hat recht, Sir«, stammelte der alte Mann und streckte zaghaft die Hand aus, um den Stiefel des Anführers zu berühren. »Wird eine dunkle Nacht geben.«

Der Anführer zog unwirsch seinen Fuß zurück. »Faß mich nicht an, alter Mann«, schrie er fast hysterisch. »Das hier ist das einzige von den Mathidrin, was Verräter wie du berühren dürfen.« Die böse Absicht, die sich beim Anblick des Mannes spontan in ihm verfestigt hatte, kam nun unausweichlich zur Ausführung, auch wenn die Aktion die Eleganz vermissen ließ, die er sich gewünscht hätte. Er richtete sich in den Steigbügeln auf, hob den Stab hoch über seinen Kopf und ließ ihn zischend auf den Kopf des alten Mannes niederfahren.

Doch der Kopf des alten Mannes war gar nicht mehr da. Auf beinah lässige Weise wich er zur Seite, im letzten Augenblick, bevor der Stab ihn berührte. Der Hieb ging völlig daneben, und da der erwartete Widerstand ausblieb, verlor der Anführer der Patrouille das Gleichgewicht und flog wenig graziös vom Pferd. Der alte Mann streckte die Hand aus, wie um ihn aufzufangen, doch das schien den Sturz seltsamerweise nur zu beschleunigen. Als die beiden zu Boden krachten, wurde ein widerwärtiges Knacken laut.

Der Truppführer, den Kopf in einer unnatürlichen Haltung abgewinkelt, landete im weichen Sommergras. Auf seinem Gesicht lag ein erstaunter, ja leerer Blick. Der Alte richtete sich auf, hatte nun eine bemerkenswert gerade Haltung, und schaute die Patrouille an, die angesichts dieser unerwarteten Wendung der Ereignisse gelähmt und regungslos dasaß. Der abendliche Vogelgesang verstummte.

»Eine lange, dunkle Nacht liegt vor Euch, edle Herren«, sagte die Stimme, nun ganz ohne den früheren zitternden und jammernden Tonfall. Dann wurde die abendliche Stille durch einen plötzlichen Windstoß unterbrochen, gefolgt von einem Geräusch, als falle ein reifer Apfel auf die Erde.

Fast geräuschlos sanken die übrigen fünf Reiter langsam von ihren Pferden, jeder von einem Pfeil durchbohrt.

Aus den tiefer werdenden Schatten tauchten stumme Gestalten auf, die die scheuenden Pferde beruhigten, bevor sie die toten Mathidrin wegschafften.

Die Vögel begannen wieder zu zwitschern, und die untergehende Sonne überflutete die Straße mit ihrem blutroten Schein, bevor sie endgültig hinter dem Horizont versank.

Yatsu nahm seinen breitkrempigen Hut ab und legte seinen Stock auf den Boden. »Vorsichtig«, sagte er zu den anderen. »Seid vorsichtig, wenn ihr die Pfeile herauszieht.«

Sylvriss sah auf den Schlüssel hinunter, der vor ihr lag. »Das ist der Schlüssel zu *ihrer* Tür?« fragte sie mit weit geöffneten Augen.

»Ja, Majestät«, bestätigte Dilrap und zog sich die Robe wieder auf die Schulter.

Sylvriss ergriff zaghaft den Schlüssel. »Wie seid Ihr darangekommen?« fragte sie beinah ehrfürchtig. Sie war soeben von ihrem Ausritt zurückgekehrt und trug noch ihre Reitkleidung; mit ihrem erhitzten Gesicht und den leuchtenden Augen war sie wunderschön, jeder Zoll eine Königin. Dilrap sonnte sich in ihrer strahlenden Erscheinung und grinste ziemlich albern, bis er merkte, wie er sich benahm, und erschreckend zu stottern und zu zucken begann.

»Die Kellergewölbe im Westtrakt sind Teil der ehemaligen Dienstbotenquartiere, Majestät«, eröffnete er ihr. »Ich denke, der König selbst war noch überraschter als die Lords, als er sie verhaften ließ. Offensichtlich war nichts vorbereitet, doch selbst die Mathidrin waren sich darüber im klaren, daß man Lords nicht in ordinären Zellen gefangenhalten kann. Also haben sie sie vorübergehend in dieser kleinen Zimmerflucht untergebracht, bis zur Rückkehr Lord Dan-Tors. Und wie so viele Provisorien wurde es zu einer permanenten Einrichtung.«

»Aber der Schlüssel, Dilrap«, meinte Sylvriss. »Wo habt Ihr den her?«

»Vom Schlosser, Majestät.«

Das Gesicht der Königin verfinsterte sich ein wenig. »Kann man ihm trauen?«

Dilrap versuchte sie zu beschwichtigen. »Majestät, es wurde nie darüber ge-«

Sylvriss brachte ihn mit einer diskreten, aber entschiedenen Geste zum Schweigen.

»Verehrter Sekretär«, sagte sie ziemlich laut. »Ich versichere Euch, daß Ihr Euch unnötige Sorgen macht.«

Dilrap suchte nervös in ihren sanften braunen Augen nach einer Bestätigung für die Präsenz, die er hinter sich spürte. Die Königin erhob sich, ließ den Schlüssel beiläufig in ihre Tasche gleiten, ging um ihn herum und auf die hochgewachsene Gestalt zu, die schweigend in der Tür stand.

»Lord Dan-Tor«, sprach sie ihn an. »Was für eine angenehme Überraschung. Wir bekommen in diesen Tagen so wenig von Euch zu sehen. Vielleicht vermögt *Ihr* den Ehrenwerten Sekretär zu beruhigen, daß seine Sorge um mich unnötig ist.«

»Majestät?« erwiderte Dan-Tor leicht verdutzt.

Die Königin wies anklagend auf Dilrap, der sich nun innerlich gefaßt genug fühlte, sich dem unerwarteten Besucher zu stellen. »Er fürchtet, ich könnte die Pflege meines Gemahls übertreiben. Er fürchtet, ich könnte die Gesundheit des Königs auf Kosten meiner eigenen erhalten.«

»Majestät«, sagte Dan-Tor. »Die Besorgnis des Ehrenwerten Sekretärs ehrt ihn. Die Bürde des Heilers kann schwer sein, besonders, wenn eine Krankheit so unberechenbar und hartnäckig ist wie die des Königs. Ich bedaure, daß Staatspflichten mich in letzter Zeit davon abgehalten haben, ihm so zur Seite zu stehen wie in der Vergangenheit, doch ...«

Sylvriss schnitt ihm das Wort ab. »Lord Dan-Tor. Für den König ist es wichtiger, Ihr tragt weiter die Last der Verantwortung für den Staat, wie schwer sie auch sein mag. Er ist zwar nun ruhig, aber alles andere als gesund, und die leiseste Erwähnung von Staatsangelegenheiten regt ihn auf.

Traurigerweise vermag ich Eure Last des Heilers nicht zu übernehmen, sonst würde ich auch das tun.« Sie wurde vertraulich, fast kindlich. »Doch ich kann ihn pflegen. Ich führe Eure Anweisungen mit größter Sorgfalt aus. Ich gebe ihm Eure Tränke und Tabletten, wie Ihr sie verschreibt, und besänftige ihn, wenn Ruhelosigkeit ihn plagt; das ist wenig genug, doch zumindest bekomme ich so das Gefühl, ihm und Euch zu helfen.«

Dan-Tor maß sie mit einem rätselhaften Blick. »Der König kann sich in der Tat glücklich schätzen, eine solche Gemahlin zu haben, Majestät. Doch bitte denkt immer daran, daß Ihr mich unverzüglich aufsuchen müßt, wenn sein Zustand sich verschlechtert. Egal, wo ich gerade bin. Der König ist die Stütze des Staats. Sein Wohlergehen hat Vorrang vor allen anderen Erwägungen.«

»Natürlich, Lord Dan-Tor«, stimmte Sylvriss ihm zu. »Doch mit den Sorgen des Ehrenwerten Sekretärs muß ich Euch nicht auch noch belasten, nicht wahr? Warum habt Ihr mich aufgesucht?«

Dan-Tor gab sich schüchtern. »Auf die Gefahr hin, Euren Unmut zu erregen, Majestät, ich hatte gehofft, mit Euch über eine Eskorte für Eure Ausritte zu sprechen.«

Sylvriss gebot ihm mit erhobener Hand Schweigen. »Nun seid Ihr es, der sich zu viele Sorgen macht, Lord Dan-Tor. Ich brauche keine Begleiter.«

»Majestät«, beharrte Dan-Tor. »Wir leben in unruhigen Zeiten. In den Straßen kommt es zu Aufständen und Unruhe, ich kann nicht ...«

Wieder unterbrach Sylvriss ihn. »Seid versichert, Lord Dan-Tor, niemand will mir Böses. Nebenbei bemerkt, wo in Fyorlund wollt Ihr Reiter finden, die *mich* eskortieren können?«

Dan-Tor pflichtete ihr bei. »Das ist wahr, Majestät. Doch ich bin trotzdem besorgt. Falls die Situation sich verschlimmert, fürchte ich, wird selbst Eure Beliebtheit keinen ausreichenden Schutz mehr bieten.«

»Lord Dan-Tor. Ich vor allen anderen möchte Eure zahlreichen Probleme nicht noch vergrößern. Wenn die Situation eskaliert, sollten wir das Thema noch einmal besprechen. In der Zwischenzeit bitte ich Euch, keine Gedanken mehr an mein Wohlergehen zu verschwenden.«

Madam, Ihr könntet Euch trotz all meiner Fürsorge den unbeugsamen Riddin-Nacken brechen, dachte Dan-Tor, und dafür würde man mir wahrscheinlich die Schuld in die Schuhe schieben. »Wie Ihr wünscht, Majestät«, gab er sich widerstrebend geschlagen, und mit einer tiefen Verbeugung war er verschwunden.

Sylvriss atmete tief und langsam aus und schloß kurz die Augen. Dann holte sie den Schlüssel aus ihrer Tasche und wedelte mit ihm vor Dilraps Nase herum. »Der Schlosser, Dilrap. Kann man ihm vertrauen?«

Dilrap, immer noch hektisch wegen der plötzlichen Störung durch Dan-Tor, lächelte nervös. »Man muß ihm nicht trauen können, Majestät. Der Schlüssel ist ein Rohling, den man für viele Türen benutzen kann, und er fertigt ständig neue an, um die verlorenen zu ersetzen. Der Junge hat sich die Nummer gemerkt, als der Wächter ihn einmal fallenließ.«

Sylvriss nickte. »Wir müssen sofort mit den Lords sprechen«, erklärte sie resolut.

Dilrap zitterte und warf die Hände in die Luft. »Majestät, das hat keinen Zweck. Der Junge erzählt mir, die Tür sei nicht nur verschlossen, sondern auch verriegelt. Außerdem ist es undurchführbar. Er selbst steht unter ständiger Beobachtung, wenn er bei ihnen ist, und kann nur äußerst vorsichtig mit den Lords kommunizieren, indem er eine geheime Zeichensprache benutzt. Wir müssen überaus vorsichtig sein, wie wir …« Er macht eine Pause.

»Wie wir ihn *benutzen*«, beendete Sylvriss den Satz für ihn. Dilrap senkte den Kopf. »Ich schäme mich, dieses Wort zu gebrauchen, Dilrap«, fuhr sie fort. »Aber es stimmt, denn er ist ein bereitwilliger Helfer. Wir müssen vorsichtig sein, was wir von ihm verlangen, und Ihr hattet recht, mich daran zu erinnern. Ich darf nicht zulassen, daß meine Sicherheit und mein Abstand mich gefühllos machen.«

Oder sorglos, dachte sie bei sich. Wenn der Junge entdeckt wurde, galt das auch für Dilrap und sie, und wenn das passierte wußte Sylvriss genau, daß Dan-Tor mit Vergnügen ihre Helfer vernichten und sie selbst unangetastet lassen würde. Er würde es stumm genießen, ihr die Schuld an der Todesqual der Männer vor die Füße zu legen.

Sie ließ den Schlüssel in ihre Tasche gleiten. »Das ist wichtig, selbst wenn wir es nicht sofort einsetzen können«, sagte sie. »Sagt dem Jungen, daß er das gut gemacht hat, und sagt ihm, er soll aufpassen.«

Eine Gruppe Mathidrin ritt auf einen der vielen kleinen Plätze, die es überall in Vakloss gab. Die bunt geschmückten Häuser und Läden wirkten heiter in dem strahlenden Sonnenschein, und die Bäume schwankten munter in der Brise. Eine große Menschenmenge füllte den mit Verkaufsbuden übersäten Platz und kaufte, verkaufte, feilschte, stritt, lachte.

Der Lärmpegel senkte sich ein wenig beim Erscheinen der Mathidrin, ein kleines schwarzes Knäuel, das sich in eine bunte Menge drängte, stieg jedoch bald wieder an und schien sogar noch ein wenig lauter zu werden.

Der Anführer der Mathidrin ließ ausdruckslos den Blick über die fröhlich lärmende Menge wandern. Auf der gegenüberliegenden Platzseite sah er eine Gruppe Mathidrin vor einem Laden sitzen und trinken. Er schnaubte, und sein Mund verzog sich zu einem unangenehmen, höhnischen Grinsen. Dann hob er beiläufig die Hand und rieb sich den Nasenflügel. Neben ihm befand sich eine Bude, die von Spiegeln und Glasschmuck glitzerte. Der Standbesitzer sah einen Moment nachdenklich zu dem schwarzen Reiter empor, um dann mit einem breiten Lächeln auf dem Gesicht auf ihn zuzukommen.

»Willkommen auf unserem kleinen Markt, Sir«, sprach er ihn an. Der Mathidrin reagierte nicht. Ungerührt machte der Mann weiter, indem er sich an ihrem Anführer vorbei an die übrige Patrouille wandte. »Darf ich Euch ein Getränk anbieten, meine Herren? Oder vielleicht möchtet Ihr ein paar Einkäufe für Eure Damen tätigen?« Er zwinkerte.

Der Anführer blickte verächtlich auf ihn herab, seufzte dann und riß an den Zügeln. Das Pferd tänzelte zur Seite und prallte gegen den lächelnden Mann. Er taumelte und murmelte etwas.

Der Mathidrin-Anführer wirbelte mit blitzenden Augen herum. »Was hast du gesagt?« grollte er.

Der Budenbesitzer hielt seinem Blick stand. Das Lächeln war verschwunden. Er sprach laut und deutlich: »Ich sagte: Paß auf, was du mit deinem Gaul machst, Küchenschabe.«

Ein kollektives Luftschnappen ging durch die Menge, und um ihn herum bildete sich ein freier Platz. Die beiden Männer starrten einander an, und langsam wurde es totenstill auf dem Platz. Frauen brachten eilig ihre Kinder in die Häuser. Die Mathidrin auf der anderen Seite erhoben sich und schauten, was es gab, und mehrere von ihnen drängten sich erwartungsvoll vor, indem sie einen breiten Keil in die Menge trieben.

Dann erklang das harte, rhythmische Stampfen marschierender Stiefel in die Stille. Der Reiter und der Budenbesitzer drehten sich um, und nach wenigen Augenblicken marschierte eine Mathidrin-Fußpatrouille auf den Platz.

Der beleidigte Truppführer richtete sich in den Steigbügeln auf und winkte sie herbei.

Augenblicklich schwenkte sie zu ihm herüber, doch die Formation löste sich schnell auf, als sie von den zahllosen Gängen und Schiffen des Marktes verschluckt wurde. Stumm schloß die Menge sich um sie wie Wasser um den Rumpf eines dahingleitenden Schiffes.

Der Reiter beobachtete ihre Auflösung regungslos, gab dem Budenbesitzer dann ein Handzeichen, zog seinen Fuß aus dem Steigbügel und führte einen böse aussehenden Tritt in Richtung seines Kopfes. Der Mann jedoch packte den Fuß scheinbar mühelos und zog den Mathidrin mit einem heftigen Ruck aus dem Sattel.

Yatsu täuschte einen gut sichtbaren Versuch vor, im Sattel zu bleiben, bevor er mit einem lauten Schrei auf der anderen Seite des Pferdes herunterrutschte. Ein Brüllen stieg aus den Kehlen der Menge um ihn herum auf.

Der Anführer der Fußpatrouille wollte seine Männer vorwärtsdirigieren, mußte jedoch beim Umdrehen feststellen, daß sie verstreut und isoliert waren. Er begann zornig zu brüllen, doch schon ergriffen ihn zahllose Hände, und das Schreien der Menge schlug über ihm zusammen wie eine gewaltige Flutwelle.

Auf der anderen Seite des Platzes wandte Yatsu sich kurz um, um und vergewisserte sich, daß der Angriff auf die Mathidrin-Patrouille planmäßig verlief. Dann, nach einem kurzen Nicken zu dem Budenbesitzer und der Menge, verschwanden seine Männer still und leise. Sie hatten heute noch andere Ablenkungsmanöver zu inszenieren.

KAPITEL 33

Seit seiner Reise zum Gretmearc ließ Hawklan sich nicht mehr von seiner Kenntnis von Orten überraschen, die ihm eigentlich fremd sein sollten. Es war irritierend, wie viele andere Aspekte seines Lebens, doch da ihn eine solche Flut von Geheimnissen umgab, wußte er, daß sich durch willkürliche Fragen nichts gewinnen ließ. Sein Vorgehen war pragmatisch. Es gab dieses Wissen, und es war zweifellos nützlich, und das mußte erst einmal genügen.

Doch als er jetzt unter Mathidrin-Schutz durch Fyorlund reiste, begann sich ein akutes Unbehagen in dieses Wissen zu schleichen; ein Unbehagen, das sich immer mehr vertiefte, je näher sie Vakloss kamen.

Als sie über Fyorlunds relativ flache und fruchtbare zentrale Tiefebene zogen, kam die Stadt in Sicht. Zunächst war sie noch von verschiedenen kleineren Erhebungen verdeckt, doch je näher sie kamen, desto mehr begann sie die umliegende Landschaft zu beherrschen.

Sie war auf einem hohen, isoliert stehenden Hügel errichtet. Ihre Türme und hoch aufragenden Gebäude, die in dem gewaltigen Palast an seinem höchsten, zentralen Punkt gipfelten, krönten sie wie eine vielzackige Krone. Hawklan wurde sich bewußt, daß er das Land kannte, die Stadt jedoch nicht. Doch selbst seine Kenntnisse des Landes waren ... dunkel? Angstvoll?

Der Palast war nicht Anderras Darion, aber er erhob sich majestätisch über den kleineren Gebäuden der Stadt, die nicht weniger prachtvoll waren. Vakloss war durch Baumeister von beträchtlichem Geschick errichtet worden. Doch irgendwie schien es Hawklan, als sei die ganze Pracht fehl am Platze. Der Ort bedrückte ihn. Er war ein Brennpunkt für etwas Dunkles in seinem Innern.

»Solche feinen Städte habt Ihr in Orthlund nicht, wette ich«, ließ sich der Mathidrin-Hauptmann vernehmen, der an seiner Seite ritt. Hawklan schreckte aus seinen Grübeleien hoch und blickte einen Moment dumm umher. Der Tonfall des Hauptmanns hatte eine unerfreuliche Spitze und zeugte von seinem fortgesetzten Unbehagen in bezug auf Hawklan, doch der überhörte die unterschwellige Aggression und tat so, als sei es eine reine Höflichkeitsfrage gewesen.

»Nein«, entgegnete er. »Solche Städte haben wir in Orthlund nicht. Nur Dörfer. Ich habe noch nie zuvor eine Stadt zu Gesicht bekommen. Ich kann mir gar nicht vorstellen, wie es ist, in einer Stadt zu wohnen. Es scheint mir eine seltsame Vorstellung zu sein, doch ich denke, wenn Ihr so viele Menschen in Eurem Land habt, dann werden sich auch die Formen des Zusammenlebens bei Euch von den unseren unterscheiden.«

Der Hauptmann lächelte skeptisch. Hawklans unausgesetzte Bereitschaft, auf sein prahlerisches Lob über Fyorlund einzugehen, verunsicherte ihn und brachte ihn aus dem Gleichgewicht. Ihm blieb nichts mehr, worüber er hätte streiten können. Er hatte das Gefühl, gleichzeitig Sieger und Verlierer zu sein. »Ich finde die Vorstellung von einem Land, das nur aus Höfen, Feldern und Dörfern besteht, seltsam«, versuchte er es noch einmal.

Hawklan lächelte. »Nun, wahrscheinlich sind wir beide Opfer unserer jeweiligen Geschichte«, sagte er. »Erzählt mir, wie alt ist Vakloss?«

Der Hauptmann runzelte ein wenig die Stirn. Dieser Mann stellte die sonderbarsten Fragen. »Keine Ahnung«, gab er zurück, »Vakloss war schon immer da.«

»Immer?« fragte Hawklan mit humorvoll hochgezogenen Augenbrauen und fixierte seinen Gesprächspartner mit seinen grünen Augen. Der Mann vermied seinen Blick, indem er sich umdrehte und einen seiner Männer für ein erfundenes Vergehen tadelte.

»Immer?« wiederholte Hawklan seine Frage und wandte sich wieder nach vorn.

Der Hauptmann wirkte verlegen. Dieser Mensch hatte eine beängstigende Begabung, anderen vertrauliche Geständnisse zu entlocken. »Die Mathidrin sollen keine Schriftgelehrten sein«, sagte er in barschem Tonfall. »Und ein zu großes Interesse an der Vergangenheit wird überhaupt nicht gern gesehen. Wir haben gelernt, die Geschichte sei nichts als eine endlose Aneinanderreihung von Mißbrauch des Volks durch die Lords und den Geadrol und Verrat gegen die Könige. Unsere Aufgabe ist es, das zu berichtigen, nicht zu diskutieren.«

Hawklan hob beschwichtigend die Hand. »War ja nur eine Frage, Hauptmann. Vakloss bietet so einen prachtvollen Anblick, daß ich mich spontan für die interessierte, die es erbaut haben.«

Besänftigt erzählte der Hauptmann: »Als ich noch ein Kind war, hieß es, die Stadt wurde nach der Ersten Wiederkehr erbaut. Ich nehme an, das bedeutet schlicht, sie ist sehr alt, und niemand weiß es mehr so genau.«

Hawklan nickte. »Gewiß ist sie sehr alt, aber ...« Seine

Stimme verebbte. Ein finsteres Dröhnen und Wirbeln war um ihn, und ganz weit entfernt, hörte er einen ersterbenden Posaunenstoß. Entsetzen überwältigte ihn, und er spürte, wie sich eine unerträgliche Woge der Verzweiflung in ihm aufbaute.

»Aber?« Die Stimme des Hauptmanns brachte ihn wieder zurück in den Sonnenschein der Gegenwart.

Hawklan schüttelte entschuldigend den Kopf. »Nichts«, winkte er ab.

Der andere zügelte sein Pferd kaum merklich, so daß er etwas zurückfiel und Hawklan unbeobachtet von hinten studieren konnte.

Hochgewachsen und gerade aufgerichtet, ritt Hawklan sein prachtvolles schwarzes Pferd mit einer Leichtigkeit, die der Hauptmann zuvor nur an Königin Sylvriss gesehen hatte. Er war entspannt und gutgelaunt bei allem, was er tat, war freundlich und zugänglich. Doch trotzdem erweckte er den Eindruck, sein eigener Herr zu sein; unangreifbar. Und tief in seinem Innern ahnte der Hauptmann: Wenn man ihn zum Zorn – nein, das schien irgendwie unwahrscheinlich zu sein – zur Gewalt reizte, würde man einen sehr schnellen Tod riskieren. Dieser Bogen. Dieses Schwert. Diese verdammten grünen Augen. Der Mann machte ihm eine Gänsehaut. Ganz unvermittelt fiel ihm ein, daß er Lord Dan-Tor gegenüber ähnliche Empfindungen hatte. Er war froh, wieder in die Stadt zu kommen. Ehrgeiz hin, Ehrgeiz her, Männern wie diesem ging man am besten aus dem Weg.

Der Hauptmann tröstete sich damit, Isloman abzuschätzen. Groß, kräftig, würde mehrere Männer beschäftigen. Übertrieben leutselig, die Augen jedoch immer aufmerksam und unfähig, ihr Mißtrauen zu verbergen. Im Notfall leichter zu provozieren als sein Gefährte. Isloman war ... normaler. Das war es. Er war *normaler* als Hawklan.

Alles in allem, dachte er, habe ich es richtig gemacht, ihnen eine Eskorte zu geben und die selbst zu führen. Er konnte sich nicht vorstellen, wie man ihm daraus einen Vorwurf machen konnte. Wenn sich herausstellen würde, daß sie unbedeutend waren, dann hatte er vernünftigerweise Vorsicht walten lassen, und wenn sie sich als wichtige Leute erweisen sollten, würde seine Handlungsweise angemessen gewürdigt werden.

Er schwebte allerdings weiterhin völlig im Ungewissen und trieb sein Pferd an, um wieder an Hawklans Seite vorzustoßen. Wenn er es recht überdachte, war der Mann doch nicht ganz wie Dan-Tor. Er hatte zwei Pferden geholfen, die gelahmt hatten – und das sehr wirkungsvoll. Und er hatte sich an dem allabendlichen Aufschlagen des Lagers beteiligt. Aber auf der anderen Seite mußte er sich auch so verhalten, wenn er einen guten Eindruck machen wollte.

»Was ist das für Rauch, Hauptmann?« unterbrach Hawklans Stimme seinen Gedankengang. Er kniff die Augen zusammen, da die Sonne ihn blendete, und schaute in die Richtung, die Hawklans Arm wies. Als wolle sie mit den gewaltigen Türmen und Minaretten von Vakloss konkurrieren, erhob sich eine einsame Säule dichten schwarzen Rauchs über der Stadt.

»Vielleicht eine Festlichkeit?« bot Hawklan an.

Der Hauptmann schüttelte den Kopf. »Nein«, widersprach er bestimmt. »Aber ich weiß auch nicht, was es ist. Wahrscheinlich ein Herdfeuer.«

»Das ist aber ein gewaltiges Herdfeuer, Hauptmann«, warf einer seiner Männer ein. »Seht doch, wie hoch der Rauch steigt.«

Der Hauptmann nickte und zuckte dann die Schultern. »Nun ja, wir können hier ohnehin nichts tun.« Er lachte schroff. »Bin mir sicher, daß es schon jemand bemerkt hat.« Dieser Geistesblitz schien bei seinen Männern gut anzukommen, doch der Rauch wurde immer dichter, und alle Augenpaare beobachteten ihn gebannt.

In der Gruppe wurde es ganz ruhig. Die Stille der Landschaft wurde nur noch vom Hufgetrappel und dem leisen Klappern und Rasseln von Geräten und Waffen gestört. Plötzlich schien die immer dichter werdende Rauchfahne noch einmal zuzulegen; sie setzte sich gegen die Kapricen der Windstöße über den Dächern durch, wallte unerbittlich aufwärts und stand nun schon über den Palasttürmen. Bald beherrschte sie den gesamten Himmel vor ihnen.

»Das ist kein Herdfeuer«, sagte jemand mit heiserer Stimme und sprach die Gedanken aller aus.

Hawklan merkte, daß er den Kopf zurücklegte, um die Spitze der Rauchsäule zu erspähen. Schwach drang ein weit entfernter Laut an sein Ohr. »Ruhe«, bat er mit erhobener Hand und brachte sein Pferd zum Stehen.

Ohne nachzudenken, hielt der Hauptmann seinen Trupp an, als habe er soeben Order von einem vorgesetzten Offizier erhalten. Die Gruppe stand still und reglos da, als erweise sie dem bedrohlichen Schauspiel ihre Reverenz. Über den dazwischenliegenden Feldern vermischte sich eine Kakaphonie von Lauten mit dem Vogelsang und dem Rauschen der sich sanft wiegenden Bäume. Hawklans Hand blieb in der Luft. Dann drang das hektische Läuten einer Glocke deutlich zu ihnen. Die Dringlichkeit ihres Tonfalls ließ den Hauptmann schlagartig aktiv werden.

»Generalalarm«, erklärte er fast ungläubig. Einen kurzen Augenblick wirkte er konfus. Er warf Hawklan und Isloman einen besorgten Blick zu, wendete dann das Pferd und schrie seinen Männern zu: »Ihr drei, nein, ihr fünf eskortiert den Gesandten nach Vakloss. Direkt in den Palast, und benachrichtigt Lord Dan-Tor von seinem Eintreffen. Die übrigen kommen im Galopp mit mir.« Dann, an Hawklan gewandt: »Es tut mir leid, doch es ist Generalalarm gegeben worden. Etwas Schwerwiegendes muß passiert sein. Wir müssen so schnell hinreiten, wie wir können. Diese Männer werden Euch sicher zum Palast geleiten.« Und fort war er mit dem Rest seiner Patrouille. Sie ließen sieben Männer zurück, die wie gelähmt in die hohen, von den Reitern aufwirbelten Staubwolken starrten.

Hawklan ließ den Blick über seine verkleinerte Eskorte schweifen. Die letzten Tage hatten ihn viel über die Mathidrin gelehrt, und traurigerweise war alles, was er von seiner Begegnung mit Aelang und Urssain wußte, bestätigt worden. Die meisten von ihnen waren flegelhaft und brutal, hatten kaum etwas übrig für die Tiere, die sie ritten, für das Land, von dem sie lebten, für die Menschen, denen sie auf ihrem Ritt begegneten. Hawklan vermutete, daß lediglich seine Anwesenheit die Tiere und einige der Dorfbewohner vor beiläufigen, ja sadistischen Gewaltakten gerettet hatte. Zugegebenermaßen waren sie alle diszipliniert, doch diese Disziplin entsprang offensichtlich der Furcht. Die wenigen Funken von Intelligenz, die er bemerkt hatte, waren gespickt mit Heimtücke und dienten ausschließlich einem egoistischen Opportunismus. Es war ihm schwergefallen, seine Empfindungen für sich zu behalten. Jetzt war er nicht bereit, die Autorität dieser dezimierten Truppe anzuerkennen.

»Wenn dieses Feuer so groß ist, wie es aussieht, werden eine Menge Leute verletzt sein und Hilfe brauchen. Schnell jetzt«, befahl er, »ihr beide reitet voraus. Gestreckter Galopp.« Die Männer zögerten. Hawklan funkelte sie an. »Schnell, habe ich gesagt«, wiederholte er drohend und zeigte mit dem Kopf in Richtung Stadt. Er konnte es fast sehen, wie die Reflexe der Männer ihren Zweifel besiegten. Furcht ist ein wichtiger Schlüssel im Umgang mit diesen Menschen, erinnerte sich Hawklan.

Sylvriss stürmte unangemeldet in den Raum. »Lord Dan-Tor. Was bedeutet das? Was geht hier vor?«

Dan-Tor, groß und sehr ruhig, stand vor dem Fenster und schaute auf den Rauch hinaus, der sich hoch über die Stadt erhob. Sein Blick war haßerfüllt, und als er sich zu seiner Königin umdrehte, hing ein letzter Rest dieser Bosheit noch in seinen Augen wie hartnäckiger Morgenfrost, der sich weigerte, dem Gebot der Sonne zu gehorchen. Sylvriss zuckte unter der Wucht dieses Blicks fast zusammen, doch weder ihre Züge noch ihre Haltung verrieten ihr Erschrecken. Entschlossen rief sie sich ins Gedächtnis, daß dies das wahre Wesen dieses Mannes war, das man bei Lebensgefahr nicht vergessen durfte.

»Mit Eurer Erlaubnis, Majestät«, sagte er und deutete auf Urssain und eine Gruppe höherer Mathidrin-Offiziere, die neben ihm stramm standen.

Sylvriss nickte.

»Ihr habt Eure Befehle«, erklärte er kurz angebunden. »Ich will Feuer und Menschen schnellstens unter Kontrolle haben. Und ich will, daß die Rädelsführer ergriffen werden, möglichst lebend. Das ist mehr als eine spontane Erhebung. Wegtreten.«

Die Männer grüßten und verließen, nachdem sie sich vor der Königin verneigt hatten, in ebenso strammer Haltung den Raum, wie sie vorher dagestanden hatten.

»Lord Dan-Tor, was geht hier vor?« wiederholte die Königin, nachdem die Tür sich hinter den Männern geschlossen hatte.

»Majestät«, sagte Dan-Tor, der sein Gesicht jetzt wieder unter Kontrolle hatte, »ich fürchte, eine kleine Gruppe von Aufrührern hat im Westen der Stadt Unruhe gestiftet. Unglücklicherweise haben sie auch das da gestiftet.« Er zeigte hinaus.

Sylvriss trat ans Fenster und starrte auf die turmhohe Rauchwolke. »Der König hätte sie beinah gesehen«, klagte sie ängstlich. »Es ist mir gelungen, ihn in einen Raum des anderen Seitenflügels zu bringen. Er schläft jetzt.«

Dan-Tor nickte voller Sorge, doch seine Augen blieben kalt.

»Was brennt?« wollte Sylvriss wissen.

»Eine meiner Werkstätten«, erwiderte Dan-Tor.

»Aber dieser Qualm. So schwarz, so dicht, und dieser gräßliche Gestank.«

Dan-Tor schwieg.

»Wer würde denn so etwas tun?« fragte Sylvriss und wandte sich vom Fenster ab.

Dan-Tor gestattete sich einen kleinen resignierten Seufzer, der die Grenzen der Anmaßung erreichte, aber nicht überschritt. »Majestät«, sagte er. »Der Geadrol wurde aufgelöst, weil innere Feinde uns schwächen. Die Anführer dieser

Feinde haben wir in der Hand, doch ihre Gefolgsleute, die Verblendeten, befinden sich immer noch in Freiheit und handeln nach ihren Anweisungen.«

»Lord Eldric und die anderen würden doch eine solche …« – sie machte eine Handbewegung nach draußen – »eine solche Zerstörung nicht sanktionieren?«

Dan-Tor raffte mit schroffen Bewegungen ein paar Dokumente zusammen. »Majestät, ich habe Beweise dafür.«

Die Königin schien geneigt, diesen Punkt in Zweifel zu ziehen, überlegte es sich dann jedoch anders. Ein Streit mit Dan-Tor hätte keinen Sinn, und er befand sich in einer sonderbaren Stimmung. Mit einem betrübten Ausdruck im Gesicht wandte sie sich wieder zum Fenster und schaute hinaus auf die emporwabernde Rauchwolke. Im Hof unten erblickte sie eine große Anzahl von Mathidrin, beritten und zu Fuß. Der Funke einer Idee nahm in ihren Gedanken Gestalt an. Er warf sein schwaches Licht auf Pläne, die sie und Dilrap ausgearbeitet hatten. Pläne, die hauptsächlich das Gefühl der Ohnmacht lindern sollten, die aber dennoch gründlich durchdacht waren.

»Was machen die Mathidrin?« fragte sie.

Dan-Tor führte die Hand an seinen Kopf. »Majestät, ich fürchte, die Unruhe ist beträchtlich. Ich vermute, daß entlassene Hochgardisten darin verwickelt sind. Man muß den Brandherd sofort austreten, oder wir werden uns bald ernster und ausgebreiteter Gewalt gegenübersehen.«

Bevor Sylvriss etwas erwidern konnte, klopfte es dringlich an die Tür.

»Herein«, sagte Dan-Tor. Durch die unverzüglich aufschwingende Tür marschierte ein junger Mathidrin-Fußsoldat. Sein Gesicht war rußgeschwärzt, und über seinem rechten Auge glänzte eine schmerzhafte rote Abschürfung. Seine Uniform war zerrissen und angesengt, und er atmete schwer. Er salutierte und überreichte Dan-Tor zwei Depeschen. Dessen Gesicht verfinsterte sich beim Lesen merklich.

Bestimmt schlechte Neuigkeiten, dachte sich Sylvriss.

Dann, laut: »Lord Dan-Tor. Wie ich sehe, habt Ihr die Lage vollkommen unter Kontrolle. Ich muß wieder zum König. Ich werde Euch nicht länger stören.«

Dan-Tor hob den Blick. »Majestät«, bemerkte er beiläufig.

Sylvriss wandte sich zur Tür und überhörte die leichte Unverschämtheit in seinem Tonfall. Eine merkwürdige Stimmung, in der Tat. Als sie an dem jungen Mathidrin vorbeikam, sprach sie ihn an: »Junger Mann, wenn Lord Dan-Tor Euch nicht mehr braucht, geht und laßt diese Wunde verbinden.«

Der Mathidrin grüßte zackig, und in seinen Augen glomm ein Schimmer von Dankbarkeit auf.

Sylvriss begab sich eilig in einen der höhergelegenen Räume des Palasts. Sie stieß ein Fenster auf, beugte sich hinaus und lauschte. Neben der Säule aus dichtem schwarzen Rauch stieg jetzt eine zweite, genauso dichte Säule auf, jedoch von einem tödlichen Weiß. In der Ferne konnte sie gedämpfte Detonationen hören und spüren. Was hatte er, verdammt, in diesen Werkstätten gelagert? dachte sie. Dieser Mann besudelt alles, was er berührt.

Schwach konnte sie andere Geräusche aus dieser Richtung hören, die sie schließlich als Schreie identifizierte. Menschen, die nicht aus Furcht oder Alarm, sondern vor Wut schrien. Dan-Tors Unruhe war ein ausgewachsener Aufruhr, erkannte sie, obwohl es für sie fast undenkbar war, daß die Fyordyn mit ihrer sprichwörtlichen Geduld sich zu so einem wahllosen Gewaltausbruch hinreißen lassen sollten.

Die rußverseuchte Sommerbrise blies ihr das Haar ins Gesicht. Sie schob es zurück. In dieser Sekunde flackerten die Ideen von vorhin strahlend hell auf und erfüllte ihre Gedanken mit einer unangenehmen Mischung aus Erregung und Furcht. Sie beugte sich weiter aus dem Fenster und spähte in den Hof hinunter. Er wimmelte nur so von schwarzgekleideten Mathidrin, wie auch die meisten Straßen.

Sie sah sich die Marschkolonne genau an und übertrug

dann dieses Bild auf die im Hof Versammelten. Eine schnelle Einschätzung der Lage bestätigte ihren spontanen Einfall in Dan-Tors Raum. Beinah die gesamte Stadtgarnison war mit der Niederschlagung dieser kleinen Unruhe beschäftigt.

Ihre Informanten in der Stadt hatten nichts von geplanten Störfällen berichtet, doch sie war geneigt, Dan-Tors Lagebeurteilung zuzustimmen, daß es sich nicht um einen spontanen Ausbruch handelte.

»Macht auch keinen Unterschied«, flüsterte sie vor sich hin. Jeder noch im Palast befindliche Mathidrin würde wahrscheinlich das Tor bewachen. Der Westtrakt wäre praktisch leer.

Sie holte tief Luft, um ihren rasenden Herzschlag zu verlangsamen, doch ohne viel Erfolg. In ihrer Tasche schloß sich eine feuchte Hand um den kalten Schlüssel, den sie bei sich trug, seit er in ihren Besitz gekommen war. Zwei Vorstellungen glitten vor ihrem geistigen Auge ineinander. Die erste war die von dem Mathidrin-Offizier, den sie niedergeschlagen hatte, weil er sein Pferd mißhandelte, und die zweite zeigte ihren lächelnden Vater, als sie in ungewöhnlich frühem Alter gegen Ende des Morlider-Kriegs zum Kurier ernannt worden war. »Nichts, was der Mühe wert ist, ist einfach, Kind, und manche Gelegenheiten bekommt man nur einmal.« Diese Erinnerung gab den Ausschlag.

Sie wartete noch eine Weile und beobachtete aufmerksam das Kommen und Gehen unten im Hof. Die Geräusche in der Ferne wurden lauter, und schließlich wurde es still dort unten bis auf ein paar Wachen am Tor und den einen oder anderen eintreffenden Kurier.

Jetzt, dachte sie. Jetzt.

Als sie dann durch die Gänge und Hallen hastete, fiel ihr ein, daß die Lords, selbst wenn es ihr gelänge, sie zu befreien, Probleme haben würden, aus dem Palast herauszukommen. Sie wischte den Gedanken beiseite. Sie hatte keine Zeit für ausgeklügelte Pläne. Dies hier war das pure Risiko, und dabei kam es vor allem auf Schnelligkeit an. Außerdem herrschte überall Chaos. Wer weiß, welche anderen Gelegenheiten sich noch ergeben würden? Und der Palast war groß.

Behutsam öffnete sie die Tür zu ihrem Gemach. Rgoric schlief noch, ein aufgeschlagenes Buch auf dem Schoß. Auf Zehenspitzen durchquerte sie den Raum und ging zu einem Alkoven, wo sie einige Mäntel aufbewahrte.

»Sylvriss.«

Sie erstarrte. Die Stimme des Königs. O nein, mein Liebster, seufzte sie innerlich, nicht jetzt. Er würde reden wollen. Manchmal brauchte er endlose Versicherungen, wenn er plötzlich erwachte. Sie kniff die Augen zusammen und biß sich auf die Lippen, hin und her gerissen zwischen seinen Bedürfnissen und dieser Gelegenheit, die das Schicksal ihr geschenkt hatte. Sie setzte ein Lächeln auf und wandte sich zu ihm um.

Er schlief noch. »Sylvriss«, sagte er wieder und bewegte sich ein bißchen in dem Sessel. Das schwere Buch auf seinem Schoß begann herunterzurutschen. Ohne nachzudenken stürzte sie herbei und fing es auf, kurz bevor es den Boden berührte. Sie wagte kaum zu atmen, während sie das Buch auf einen kleinen Tisch legte und sich wieder zu dem Alkoven begab.

Minuten später eilte sie geräuschlos durch die unteren Palastkorridore zum Westtrakt. In einen schlichten grauen Kapuzenumhang gehüllt, den sie manchmal trug, wenn sie unbemerkt durch die Stadt gehen wollte, lief sie durch die Schatten, bewegte sich jedoch so normal wie möglich, um keine Aufmerksamkeit zu erregen.

Eine einfache Zofe, wiederholte sie sich immer wieder. Nur eine einfache Zofe. Doch das Rascheln ihres Umhangs und die gedämpften Geräusche ihrer Schritte hallten in ihren Ohren wie Donner.

Endlich erreichte sie eine Pforte, die ins Kellergeschoß hinabführte. Die Hand schon auf dem Türknauf, zögerte sie einen Moment. Der Palast war totenstill. Sie hatte keinen einzigen Mathidrin gesehen, und die wenigen Diener und Amtsträger, die auf den Beinen waren, schienen sich zum größten Teil in den oberen Geschossen versammelt zu haben, um das ferne Feuer zu beobachten. Wenn sie jedoch einmal durch diese Tür geschritten war, hatte sie keine Entschuldigung mehr für ihre Anwesenheit. Jeder weitere Schritt konnte zu einer möglichen Entdeckung führen. Dann umfaßte sie den Knauf entschlossen, stieß die Tür auf und stieg hinab in die kühle Stille der Keller.

Nie zuvor war sie im ausgedehnten Untergeschoß des Palastes gewesen, doch sie hatte Pläne studiert, die Dilrap ihr besorgt hatte, und war diesen Weg in Gedanken schon oft gegangen, auch wenn sie nie angenommen hatte, daß es tatsächlich einmal dazu kommen würde. Der Unterschied zwischen einer glatten Skizze und der massiven Realität allerdings versetzte ihr einen angstvollen Stich. Sie brauchte eine Weile, bis sie die Zeichnungen mit dem düsteren Labyrinth von Gängen und Mauern, dem sie sich nun gegenübersah, in Übereinstimmung bringen konnte. Mit Mühe beruhigte sie ihre rasenden Gedanken, und nach einigen qualvollen Minuten erreichte sie die gewünschte Tür. Die Durchgangstür zu den Kellern des Westtraktes.

Nun, Dilrap, jetzt werden wir sehen, ob du dein Versprechen gehalten hast, dachte sie. Das Versprechen, daß diese Tür, die in einen unbenutzten Teil des Kellers führte, unverschlossen wäre für den Fall, daß dieser Plan zur Ausführung kam. Die Zunge zwischen die Zähne geschoben, drückte sie vorsichtig die Klinke herunter und stemmte sich gegen die Tür.

Sie bewegte sich nicht. Vorwürfe formten sich in ihren Gedanken, doch sie unterdrückte sie schuldbewußt. Bitte, laß sie aufgehen, betete sie. Dann stemmte sie die Schulter gegen die Tür und drückte kräftiger, indem sie eine angstvolle Grimasse zog. Abrupt bewegte sich die Tür, und das helle Licht des Westtrakts drang durch den engen Spalt. Hastig zog sie die Tür wieder zu und legte nervös die Stirn an das Holz. Sie breitete in Gedanken Dilraps Skizze vor sich aus und ging den letzten Teil ihres Planes noch einmal durch. Die erste rechts, die zweite links, erste links, dritte

Tür rechts. Jeder Schritt brachte sie den häufiger benutzten Teilen des Kellers näher.

Dann öffnete sie vorsichtig wieder die Tür. Sie mußte die Augen zusammenkneifen, um in dem grellen Licht etwas sehen zu können, und spähte in den langen Gang vor sich.

Er war leer.

Sie griff in ihre Tasche und ertastete dort zwei Gegenstände. Den Schlüssel zur Zelle der Lords und ihr altes Aufgebot-Messer. Ob ihr einer der beiden von Nutzen sein würde, blieb abzuwarten. Sie hegte keine Illusionen hinsichtlich ihrer Möglichkeit, das Messer gegen einen Mathidrin- Wächter zu gebrauchen, falls sie entdeckt wurde und sich nicht herausreden konnte, aber …

Mit einem letzten tiefen Seufzer schritt sie aus der Finsternis und in eine letzte Verpflichtung.

Mit langen, geräuschlosen Schritten und pochendem Herzen legte sie den auswendiggelernten Weg zurück. Nur eine einfache Zofe. Das hielt andere Gedanken zurück, war jedoch nicht besonders tröstlich. Keine Zofe kam jemals in die Kellergewölbe des Westtrakts.

An jeder Gabelung blieb sie stehen und horchte, bevor sie um die Ecke bog. Kein Echo von Stimmen oder Geräusch von Bewegung, um ihre Furcht zu verstärken. Was ist nur in der Stadt passiert, daß er hier alle Truppen abgezogen hat? fragte sie sich.

Dann stand sie vor der Tür zum Kerker der Lords.

Sorgsam schob sie die beiden schweren Riegel zurück und holte mit bebenden Fingern den kostbaren Schlüssel aus ihrer Tasche. Ihre Hand zitterte so stark, daß sie sie mit der anderen festhalten mußte, um überhaupt den Schlüssel ins Loch zu führen. Das Klirren des Schlüssels gegen das Metall des Schlosses erschien ihr ohrenbetäubend laut.

Als sie gerade den Schlüssel umdrehen wollte, fiel ein Schatten über sie. Sie spürte, wie ihr alles Blut aus dem Gesicht wich. Instinktiv zog sie sich die Kapuze tiefer in die Stirn. Sie drehte sich um und starrte in die kalten, grimmigen Augen dreier Mathidrin.

KAPITEL 34

Hawklan und seine Eskorte preschten in gestrecktem Galopp der Hauptabteilung der Patrouille hinterher. Die riesige Rauchsäule stand drohend über der ganzen Stadt, unheilvoll und aufgedunsen, und ließ selbst die Palasttürme wie Zwerge erscheinen. Dann, als ob ein finsterer Riese sein altersgraues Haupt emporreckte, begann eine zweite Rauchsäule von weißer Farbe neben der ersten in den Himmel zu steigen. Merkwürdige Geräusche quollen ihnen entgegen, und ein fauler Gestank begann die sommerlichen Düfte zu verderben. Hawklan zügelte Serian mit gerümpfter Nase.

»Welch unheilige Schöpfung kann einen solchen Geruch erzeugen?« fragte er, hauptsächlich sich selbst.

Islomans Antlitz war wie Stein. »Es sieht so aus wie das Werk des Kesselflickers«, entgegnete er. »Kein natürliches Ding würde so sterben.«

Hawklan wandte sich an den nächsten Mathidrin. »Welche Gebäude brennen? Kannst du das von hier aus erkennen?«

Der Mann wirkte unsicher und sprach kurz mit seinen Kameraden. »Das ist schwer zu sagen, Sir«, erwiderte er. »Doch Lord Dan-Tor besitzt viele Werkstätten in jenem Teil der Stadt.«

Hawklan nickte und trieb dann sein Pferd vorwärts.

Der junge Offizier ritt zu seiner Seite. »Sir, ich habe Befehl, Euch zum Palast zu bringen. Der Hauptmann hat gesagt ...«

»Ich werde es Eurem Hauptmann erklären, junger Mann«, erwiderte Hawklan bestimmt. »Für mich sieht es so aus, als sei das da«, er deutete nach vorn auf den raucherfüllten Horizont, »etwas ganz Außergewöhnliches und sehr Ernstes. Ich kann mir vorstellen, daß die meisten Leute im Palast im Augenblick sowieso zu beschäftigt sind, um irgendwelche Gesandte zu empfangen. Ob wir eine Stunde früher oder später eintreffen, ist ohne Bedeutung. Aber ich bin Heiler, und bei einem solchen Brand werden Heiler benötigt, denkt Ihr nicht?«

Der junge Mann zögerte, doch Hawklan erhöhte seine Geschwindigkeit, so daß ihm keine Wahl blieb, als Hawklan zu folgen. Er hörte Serian kichern. Die anderen Pferde keuchten und begannen zu schwitzen, doch Serian bewältigte den langen, ansteigenden Weg in die Stadt mühelos. Hoch oben flog Gavor mit entblößten Sporen vor und setzte jene stille Wacht am Himmel fort, die er seit ihrer Abreise aus dem Dorf gehalten hatte.

Als sie die eigentliche Stadt betraten, fand Hawklan sich völlig verloren inmitten des Straßenlabyrinths. »Wo lang, schnell«, wurde zu seinem Schlüsselwort, um die Eskorte in Bewegung zu halten und zu verhindern, daß sie Zeit zum Nachdenken bekam.

Die beiden gewaltigen Rauchsäulen füllten nun den gesamten Himmel aus. Sie stiegen so hoch, daß sie die Sonne verdunkelten und die Stadt in ein verfrühtes Dämmerlicht tauchten. Die Sonne war mal verschwunden, mal wieder sichtbar, ein runder Ball von ungesundem Gelb.

Als die Gruppe sich dem Feuer näherte, wurde es voller auf den Straßen, und das Prasseln der Flammen war zu hören. Es war jedoch noch mit einem anderen Geräusch vermischt: dem Geräusch von Kämpfen. Hawklan sah auf die umherhastende Menschenmenge. Manche schienen vor irgend etwas davonzulaufen, während andere zielstrebig darauf zu rannten.

Er beugte sich vom Pferd hinunter. »Was geht hier vor?« rief er einem vorbeieilenden Mann zu.

Der Mann, atemlos und mit hochrotem Kopf, zeigte zurück in die Richtung, aus der er gerade gekommen war. »Die Mathidrin«, antwortete er. »Sie greifen die Menschen an.« Dann rannte er mit einem furchtsamen Blick auf Hawklans Eskorte weiter, bevor Hawklan noch etwas sagen konnte.

Hawklan warf einen Blick zu dem jungen Offizier hinüber, der seine unausgesprochene Frage mit einem Achselzucken abtat, obwohl auch er sich allmählich in seiner Haut nicht mehr wohlzufühlen schien.

Am Ende der Straße gelangten sie auf einen weiten Platz, und dort bot sich ihnen ein Anblick wie aus einem Fleisch gewordenen Alptraum. Menschen liefen in alle Richtungen, brüllend und kreischend. Gesichter flitzten an Hawklan vorbei, Gesichter voller Entsetzen, voller Wut, ausdruckslose Gesichter, verloren, erstarrt. Der Heiler in ihm taumelte bei diesem Ansturm von Leid und Qual. Das Läuten der Alarmglocke erfüllte die Luft, hallte von Dach zu Dach, doch noch lauter war das Knistern und Brüllen der lichterloh brennenden Gebäude, obwohl der Brandherd immer noch ein Stück entfernt und außer Sicht war. Das Ganze war durchzogen von einem übelkeitserregenden Gestank und einem trüben Zwielicht, hervorgerufen durch die widernatürliche Wolke.

Während er diesen Alptraum überblickte, spürte Hawklan die Erschütterung zweier Explosionen. Er hob den Blick und sah einen verunstalteten gelben Flammenball rapide die weiße Säule erklimmen wie ein verängstigter Ausbrecher. Er tauchte die Menge in einen gelblichen Schimmer, und einen Moment herrschte Stille, während alle seinem Aufstieg zusahen. Dann brach der Lärm wieder los, lauter als zuvor.

Hawklan wußte nicht, was er tun sollte. Ein Blick auf die umherwogende Menge offenbarte ihm den Hauch eines Musters, aber es war zu flüchtig, um es definieren zu können. Ein Schrei neben ihm ließ ihn herumfahren. Einer der Mathidrin preßte sich die Hand gegen die Stirn. Blut quoll zwischen seinen Fingern hervor. Dann waren sie in einen Pfeilhagel gehüllt, und ein Teil der Menge schloß sich um sie, gellend und schreiend.

»Die Lords, Mädchen. Wo sind sie?« Der Tonfall des Mathidrin war eisig. Sylvriss blickte zu ihnen auf, doch ihre Stimme erstarb aus Furcht vor der drohenden Präsenz der drei Männer. Der Mathidrin schloß vorübergehend die Augen, als zwinge er sich zur Geduld. Dann öffnete er sie wieder und schaute in die Dunkelheit ihrer Kapuze. »Die Lords, Mädchen. Wo sind sie?« wiederholte er langsam und deutlich, als spreche er mit einem begriffsstutzigen Kind. »Sie sollen an einen sichereren Ort verlegt werden, und niemand hat sich die Mühe gemacht, uns zu sagen, wo sie sich befinden.«

Allmählich gewann Sylvriss ihre Fassung wieder. Der Zufall arbeitete sowohl gegen als auch für sie. In ihrem grauen Umhang hielten sie sie für einen Dienstboten. Sie konnte unerkannt entkommen. Doch sie würden die Lords verlegen, und dann war alles verloren. Ein verzweifelter Entschluß reifte in ihr, und ängstlich wies sie mit zitterndem Finger auf den Schlüssel in der Tür.

»Dort drin?« fragte der Mann. Sie nickte. Der Mathidrin schob sie beiseite, drehte den Schlüssel herum und stieß die Tür weit auf. Zwei von ihnen marschierten herein, der dritte blieb im Gang. Sylvriss folgte ihnen. Die vier Lords erhoben sich beim Eintritt der Mathidrin.

Bevor jemand etwas sagen konnte, warf Sylvriss, die hinter den beiden Mathidrin stand, ihre Kapuze zurück, so daß die Lords sie erkennen konnten, zog ihr Messer und rief: »Lords. Tötet diese Männer. Das ist Eure einzige Fluchtmöglichkeit.« Und sie stürzte sich mit dem Messer auf den Rükken des Mathidrin, der ihr am nächsten stand.

Doch die Überraschung auf den Gesichtern der Lords verriet sie: Der Mann drehte sich schon um. Er wich zur Seite, umfaßte ihre Hände mit einem eisernen Griff und zwang sie mit einer leichten Drehung in die Knie. Mühelos wurde ihr das Messer entwunden und an die Kehle gehalten.

Die Lords schrien auf und stürzten fast wie ein Mann voran, doch der erste Wächter traf Arinndier mit dem Handrücken in den Bauch, so daß er sich vor Schmerzen krümmte und Darek behinderte; dann packte der Mathidrin Arinndier an den Haaren und wirbelte ihn herum, um Hreldars Angriff aufzuhalten. Der Wachsoldat, der die Königin hielt, beobachtete das Geschehen mit besorgter Miene. Er sprach in dringlichem Tonfall auf sie ein, in einer Sprache, die Sylvriss nicht verstand. Die Lords erstarrten vor Staunen. Sylvriss fand sich losgelassen, und die Hand, die sie so mühelos in die Knie gezwungen hatte, half ihr behutsam wieder auf. Sie zitterte, völlig durcheinander.

»Majestät, vergebt mir«, bat der Wachsoldat und hielt ihr das Messer mit dem Griff nach vorn hin.

»Was geht hier vor?« keuchte Sylvriss und sah von Gesicht zu Gesicht. »Wer sind diese Männer, Lord Eldric?«

»Ich kann Euch auch nicht sagen, was hier vor sich geht, Majestät, doch diese Männer sind Goraidin«, gab er zur Antwort. »Dieser hier ist Yatsu, die anderen kenne ich nicht.«

»Es sieht so aus, als wolltet Ihr uns beide gleichzeitig befreien«, meinte Darek.

»Lords, Majestät«, drängte Yatsu. »Wir haben keine Zeit für große Worte. Die Stadt ist in Aufruhr, doch es ist nur eine Frage der Zeit, bis die Mathidrin-Reserven eintreffen. Wir sind in der allgemeinen Verwirrung hierhergeeilt, doch je länger wir zögern, desto wahrscheinlicher wird es, daß wir uns den Rückweg freikämpfen müssen.«

Eldric legte seine Hände an die Schläfen, als wolle er seine konfusen Gedanken zur Ordnung rufen. Dann: »Die Königin, Yatsu, was geschieht mit der Königin?« fragte er.

Sylvriss antwortete, bevor Yatsu das Wort ergreifen konnte. »Ich gehe den Weg zurück, den ich gekommen bin, Lord Eldric. Mir wird schon nichts geschehen. Geht jetzt, schnell.«

Eldric sah noch nicht überzeugt aus.

Sylvriss ignorierte seine Zweifel. »Geht jetzt, schnell, oder wir sind verloren. Ihr müßt fliehen, solange es geht. Dan-Tor muß bekämpft werden.«

Eldric zögerte immer noch. Unvermittelt fiel er auf die Knie und nahm die Hand der Königin in seine. Worte wollten ihm über die Lippen, aber er brachte keinen Laut heraus.

Plötzlich drang das Geräusch laufender Füße aus dem Gang, und der dritte Wächter stürmte in die Zelle. »Die anderen sind hier«, erklärte er drängend. »Beeilt euch. Wir haben nicht mehr viel Zeit.«

Eldric erhob sich und bedeutete den anderen nach einem kurzen Blick durch den Raum, ihm zu folgen.

Als sie nach draußen hasteten, ergriff Sylvriss Yatsus Arm. »Goraidin Yatsu. Sekretär Dilrap und dem jungen Diener kann man vertrauen«, sagte sie. »Doch diese Information ist nur für Euch und die Lords bestimmt. Sie schweben in ständiger Gefahr.«

»Majestät«, erwiderte Yatsu. Dann, besorgt: »Seid Ihr sicher, daß Euch nichts passieren wird?« Sie nickte zuversichtlich und schob ihn hinter den anderen her. Einen Augenblick zögerte er mit besorgter Miene, um sich dann jedoch zu verbeugen und eilig den Gang entlangzustreben.

Sylvriss rieb sich das schmerzende Handgelenk, während sie ihm hinterherblickte. Sie zog sich wieder die Kapuze über den Kopf und machte sich schnell und geräuschlos auf den Rückweg. Sie kam an zwei toten Mathidrin vorbei.

Es war Serian und nicht Hawklans Reitkunst, die ihn und Isloman vor der Menge retteten. Er hatte sich aufgebäumt und gewiehert, als gerate er in Panik, um dann direkt in den Pöbel zu rasen, und die Menge hatte sich geteilt wie Holz unter einem Beil. Islomans Pferd war ihm durch den immer weiter aufklaffenden Spalt gefolgt; sein Reiter hatte sich damit begnügt, sich verzweifelt festzuklammern. Endlich kamen sie in einer schmalen und verhältnismäßig ruhigen Straße zum Stehen.

Hawklan beugte sich vor. »Danke, Serian«, sagte er atemlos.

Das Pferd kicherte wieder. »War ein Mordsspaß, ein Mordsspaß«, antwortete der Hengst.

»Mach das nicht noch einmal«, drohte Isloman und ritt an Hawklans Seite. »Ihr habt mich zu Tode erschreckt.«

Hawklan zuckte die Achseln. »Das war seine Idee«, erklärte er und wies auf Serian. »Wären wir auf uns selbst gestellt gewesen, hätte der Mob uns sehr schnell aus dem Sattel geholt.«

Serian schnaubte zustimmend. »Warum haben sie uns überhaupt angegriffen?« fragte Isloman.

»Ich glaube nicht, daß sie uns angegriffen haben«, entgegnete Hawklan. »Sie müssen die Mathidrin angegriffen haben. ›Küchenschaben‹ haben sie sie genannt.«

»Guter Name«, meinte Isloman, der während ihrer wilden Flucht bereits zu derselben Schlußfolgerung gelangt war.

»Trotzdem«, fuhr Hawklan fort, »wir hätten in all dem Chaos böse verletzt werden können. Gut, daß wir da raus sind.« Er tätschelte Serians Hals.

»Was sollen wir jetzt tun?« fragte Isloman.

Hawklan spähte die Straße entlang. Gestalten rannten vereinzelt umher, und an beiden Enden der Straße konnte er brodelnde Menschenmassen sehen. »Ich weiß nicht«, erklärte er. »Ich möchte gern herausfinden, was hier geschehen ist, bevor wir irgendwelche Entscheidungen treffen.«

Das erwies sich allerdings als schwieriger, als er es sich vorgestellt hatte. Zwei Passanten, die bereit waren, anzuhalten und mit ihm zu sprechen, ließen ihn noch ratloser zurück. Die Mathidrin hatten sich grundlos auf die Menge gestürzt. Die Hochgarden griffen den Palast an. Unzufriedene, als Hochgardisten – wahlweise auch als Mathidrin – verkleidet, versuchten, die Stadt in ihre Gewalt zu bringen. Mathidrin – wahlweise Hochgardisten –, als gewöhnliche Bürger verkleidet, versuchten dasselbe. Verschiedene Parteien hatten die Feuer gelegt. Die Brände waren zufällig entstanden. Die Rauchwolken hatten die Menschen verrückt gemacht, und so weiter, und so weiter.

Schließlich gab Hawklan es auf und setzte sich auf eine kleine Treppe, die zu einem Laufsteg hinaufführte, der neben der Straße verlief. Aus der zunehmenden Finsternis schälten sich zwei taumelnde Gestalten heraus. Ein übel schwankender Mann, der die Hand auf seine Tunika preßte, und eine Frau, die ihn verzweifelt zu stützen und zwischen hysterischen Schluchzern zu beruhigen versuchte.

Hawklan erhob sich gerade in dem Moment, als die beiden zu Boden sanken. Sofort begann die Frau sich zu befreien, mühte sich auf die Füße und wollte dem Mann hochhelfen. Doch er war offenbar zu schwach. Er konnte sich nur in eine kniende Position aufrichten; sich mit einer Hand abstützend, hockte er da, unfähig, sich weiter zu bewegen. Hawklan und Isloman liefen zu dem Paar, und Hawklan kniete sich neben den Mann. Sanft nahm er seine Hand. Sie war vor seinem Bauch zusammengeballt, und als er sie entfernte, sah er, daß der Mann einen Teil seiner Eingeweide zurückgehalten hatte. Hawklan verzog wider Willen das Gesicht, und Isloman schlug sich mit weit aufgerissenen Augen die Hand vor den Mund, um nicht aufzuschreien.

Die Frau kreischte und wiegte völlig außer sich den Kopf des Mannes hin und her. Hawklan wischte sich mit dem Handrücken über die plötzlich schweißnasse Stirn. Bevor er den Mann noch berührte, wußte er, daß er tot war, doch um den spontanen Schmerz dieser Einsicht zu bekämpfen, mußte der Heiler in ihm trotzdem nach einem Lebenszeichen suchen.

»Es tut mir leid«, sagte er zu der Frau und richtete sie sanft auf. »Es tut mir leid.«

Die Frau verstummte blitzartig. Im häßlichen Schein des gelben Lichts stand sie regungslos da, Augen und Mund aufgesperrt, als habe sich die wilde Hysterie in ihr zu einem festen, starren Ball zusammengewickelt. Als sie schließlich zu sprechen begann, war ihre Stimme von einer spröden Ruhe. »Warum sollte es Euch leid tun?« sagte sie. »Ihr habt ihn nicht getötet, oder? Diese Küchenschaben waren es. Wir wollten nur weg von allem, von dem Mob und den Kämpfen.« Sie wandte sich an niemand Bestimmten. Sie blickte durch die Dunkelheit in eine hellere, glücklichere Vergangenheit zurück, die erst wenige Minuten alt war. »Sie haben uns gejagt, haben ihn durchbohrt, einfach so, ohne Grund.«

Hawklan sah Isloman an. Ihm fehlten die Worte. Eine weitere Explosion erschütterte die Straße, und ein paar Sekunden lang sickerte ein flackerndes Licht auf sie nieder. Dann stieg der Lärm von der nahen Menschenmenge plötzlich an. Hawklan warf einen Blick zu der Frau hinüber, die still neben ihrem Mann kniete; ihr gebückter Schatten verschwamm mit der Dunkelheit, als das Licht nach oben in die immer dichter werdenden Rauchschwaden verschwand. Dieser Anblick klärte seine Gedanken. Er nahm Islomans Arm.

»Wir gehen dahin, wo die Kranken und Verwundeten sind, dann suchen wir Dan-Tor«, erklärte er.

Isloman blieb skeptisch. »Und was ist mit der Frau?« fragte er.

Hawklans Gesicht verzerrte sich, als lägen ihm die Worte, die er sagen mußte, bitter auf der Zunge. »Für den Mann kann ich nichts mehr tun, und ihr kann jetzt nur die Zeit helfen. Wenigstens ist sie nicht allein. Einige von ihren Leuten werden in der Nähe sein ... irgendwo.« Isloman schien schon widersprechen zu wollen, doch der Schmerz auf Hawklans Zügen ließ ihn verstummen. Hawklan schloß die Augen, um den stummen Vorwurf in den Augen seines Freundes nicht sehen zu müssen. »In dieser Sekunde leiden Menschen, denen ich helfen *kann*. Ich muß etwas tun, bevor der Gestank von Qual und Entsetzen mich überwältigt.« Isloman sah noch einmal zu der stillen Frau hinüber, dann nickte er widerwillig. Hawklan drehte sich um und ging in die Richtung, aus der das Paar gekommen war. Isloman folgte ihm.

Die beiden Männer hatten nicht einmal die Hälfte der Straße hinter sich gebracht, als ein Schrei der Frau durch die Düsternis schnitt. Sie wirbelten herum und erblickten mehrere Männer, die sich um den gefallenen Körper herum bewegten. Noch ein Schrei ertönte und ein Handgemenge schien sich zu entwickeln. Ohne Zögern rannten Hawklan und Isloman zurück. Beim Näherkommen erkannten sie, daß es sich um Mathidrin handelte. Zwei von ihnen hielten die Frau fest, ein dritter bedrohte sie mit einem Messer. Ihr Kleid war weit aufgerissen. Vier andere Mathidrin standen daneben und grölten und brüllten aufmunternd.

Isloman zögerte kurz. Die Absicht der Mathidrin war nur zu offensichtlich und konnte durchaus mit einem Mord enden. Was er tun sollte, war ebenso offensichtlich – aber sie waren sieben und allesamt bewaffnet. In dem kurzen Moment, den er benötigte, um diesen Gedanken zu unterdrücken, stürmte Hawklan wie ein wildes Raubtier voran, weg von ihm, und bevor er sich wieder gefangen hatte, sah er den Mathidrin mit dem Messer auch schon bewußtlos zu Boden fallen. Das Klirren des Messers auf den Trittsteinen verhalf Islomans Kämpferinstinkten zum Durchbruch und riß ihn in die Gegenwart zurück. In eine überaus gefährliche Gegenwart. Die Mathidrin zückten ihre Schwerter. Hawklan ebenso.

Isloman erblickte flüchtig die nun zur Seite geschubste Frau und den Toten, der in seinen eigenen Eingeweiden lag. Ein heller Funke Rachlust schoß durch seinen Kopf und verwandelte seine Furcht in uralte Raserei. Er zog seine eisenbeschlagene Keule. Sein Stein und Lomans Metall. Eine schreckliche Waffe war sie einmal gewesen.

Hawklan hatte es mit den beiden Männern zu tun, die die Frau festgehalten hatten. Mit kaltem Blick schwang er sein Schwert hoch und zielstrebig in der rechten Hand. Instinktiv rissen die beiden Männer ihre Schwerter hoch, um einen Hieb von oben abzuwehren, doch in diesem Moment duckte sich Hawklan und versetzte dem ersten einen Schlag mit seiner Linken an die Kehle, der ihn nach Luft schnappend zu Boden schickte. Dann schmetterte er dem anderen Mann den Schwertgriff gegen die Schläfe.

Isloman, der sich selbst einem Gegner gegenübersah, bekam diese Finten nur am Rande mit. Wieder stieg die Frage in ihm auf: Wo hatte Hawklan nur so kämpfen gelernt? So sicher, so tödlich schnell. Welche Kräfte, welches uralte Wissen lagen in dieser vertrauten Gestalt verborgen?

Doch nun war nicht die Zeit zum Nachdenken. Auch die Kampffähigkeiten dieser Mathidrin waren nicht zu verachten. Er spürte, wie eine Klinge seinen Waffenrock aufschlitzte und seine Seite verletzte, weil er eine Finte seines

Gegners falsch eingeschätzt hatte. Der Schmerz weckte all seine Energien, und bevor sein Gegner die Klinge zurückziehen konnte, hatte er schon dessen Arm mit seinem eigenen umklammert und ihn mit einer raschen Drehung seines Körpers gebrochen. Er beendete die Drehung und schleuderte den brüllenden Mann in seine Kameraden. Zwei gingen zu Boden, der dritte ließ sein Schwert fallen. Ein paar wirbelnde Sekunden später war das Scharmützel auch schon vorbei, und die Mathidrin waren alle entwaffnet und zu Boden gegangen, bewußtlos oder nah davor.

Hawklans Augen funkelten grün in der Finsternis. Er wirkte wie versteinert, als ringe er irgendeinen entsetzlichen Trieb nieder, als er nun langsam sein Schwert wieder in die Scheide schob. Isloman ging zu der Frau, die am Straßenrand kauerte.

»Ihr seid nun in Sicherheit«, sagte er und hielt ihr die Hand hin, um ihr aufzuhelfen. Doch sie sah mit solch einem eigenartigen Blick zu ihm hoch, daß er sie wieder zurückzog. Als er sich wieder aufrichtete, bewegte sich eine Gestalt blitzartig aus der Dunkelheit auf ihn zu. Bevor er reagieren konnte, flog etwas an seinem Kopf vorbei, Füßescharren und ein erstickter Schrei waren hinter ihm zu hören. Er drehte sich um und starrte in das wild verzerrte Gesicht eines weiteren Mathidrin. In der einen Hand hielt der Mann ein Messer, doch die andere umklammerte seine Kehle, und Blut quoll zwischen den Fingern hervor. Isloman trat zur Seite, als die Gestalt wie wahnsinnig vorwärts taumelte und nach wenigen Schritten der Länge nach auf den Steinboden aufschlug. Von oben erklang ein hektisches Husten.

»Tut mir leid, ich bin etwas spät gekommen, mein lieber Junge.« Husten. »Schlechte Sicht hier.«

Der Vorfall brachte Hawklan wieder zu sich. Er blickte auf den toten Mathidrin an, dann nach oben. »Gavor, du sollst doch nicht …«, fing er verärgert an.

»Er hat mir das Leben gerettet«, unterbrach ihn Isloman. »Es war meine Schuld. Ich war unachtsam.«

Zweifel und Ärger breiteten sich auf Hawklans Gesicht

aus, doch bevor er etwas sagen konnte, erscholl ein Schrei von einem der gestürzten Mathidrin. Die Frau hatte ein Messer genommen und ihn erstochen. Bevor Hawklan bei ihr war, hatte sie einen zweiten getötet. Nicht allzu sanft entwand er ihr den Dolch.

»Was tut Ihr da?« rief er, fast außer sich vor Zorn.

Die Frau begegnete seinem flammenden Blick, ohne mit der Wimper zu zucken. »Ich töte diese Küchenschaben, wie sie meinen Mann getötet haben«, erklärte sie wild.

Hawklan erwiderte nichts, beugte sich jedoch, sie immer noch am Handgelenk haltend, über die beiden Männer. »Sie sind tot«, sagte er.

»Das werden die anderen auch bald sein«, fauchte die Frau und versuchte sich loszureißen.

»Nein«, rief Hawklan.

Doch mit verzweifelter Kraft entwand sich die Frau seinem Griff. »Ihr seid fremd hier, nicht wahr?« fragte sie und wich zurück. Dann fügte sie hinzu, ohne seine Antwort abzuwarten: »Ihr habt mir das Leben gerettet, und dafür stehe ich in Eurer Schuld. Aber Ihr begreift nicht, was hier vor sich geht.« Ihr Gesicht verzerrte sich, doch sie beherrschte sich gleich wieder. »Ihr versteht nicht. Alles ist verloren. Kein Geadrol. Kein Gesetz. Keine Hochgarden. Nur ein kranker König, ein Hexenmeister und diese Würmer.« Sie trat brutal nach einem der Mathidrin, der sich aufzurappeln versuchte. »Sie haben meinen Mann umgebracht. Dafür bringe ich sie um.« Sie trat ihn wieder und wieder. Hawklan kam auf sie zu, und sie wich von dem gestürzten Mann zurück. »Wenn niemand uns schützt, schützen wir Fyordyn uns selbst«, sagte sie, bückte sich blitzschnell nach einem anderen Messer und stieß es dem Mathidrin in den Bauch, bevor Hawklan einschreiten konnte.

Isloman eilte herbei und packte sie am Arm, doch sie fuhr herum und stieß ihm das Knie in die Lenden. Er krümmte sich, und sie verschwand in der Finsternis.

»Laß sie«, keuchte Isloman unter Schmerzen, als Hawklan Anstalten machte, ihr hinterherzulaufen. »Laß sie. Sie hat recht. Sie weiß, was hier passiert, und, wie du sagtest, sie weiß, wo sie ist, was mehr ist, als wir von uns behaupten können.«

Hawklan starrte voller Zweifel der nun verschwundenen Frau hinterher, um sich dann seinem Freund zuzuwenden. »Bist du in Ordnung?« erkundigte er sich besorgt.

Isloman schnitt eine Grimasse und krümmte sich wieder. »Natürlich nicht«, kam es gepreßt. »Gib mir noch ein oder zwei Minuten.«

»Ich weiß nicht, ob wir so viel Zeit haben«, meinte Hawklan und blickte auf das Gemetzel um sie herum. »Wir können hier nichts mehr tun, und es liegt zu viel Lynchjustiz in der Luft, um dies hier zu erklären. Komm. Steig auf.«

Isloman warf ihm einen wütenden Blick zu, richtete sich jedoch zögernd auf und humpelte zu seinem Pferd. Mit zusammengebissenen Zähnen akzeptierte er Hawklans Hilfe beim Aufsteigen und wuchtete sich unter Schmerzen in den Sattel.

Kaum waren sie aufgesessen, als Gavor auch schon aufgeregt zwischen ihnen herumflatterte. »Lauft. Schnell«, krächzte er außer Atem.

Als sie in der Dunkelheit verschwand, tauchte aus der entgegengesetzten Richtung eine große Mathidrin-Patrouille auf und hielt bei den auf der Straße verstreuten Leichen an.

KAPITEL 35

Das Nervenzentrum von Urssains Reaktion auf die Kämpfe in den Straßen befand sich hoch oben in einem der Palasttürme, wo er die ihm zugestellten Informationen durch einen einfachen Blick aus dem Fenster vervollständigen konnte. Aus diesem Grund waren auch die unteren Geschosse des Westtrakts beinah leer.

Da die Goraidin ein zügiges Marschtempo vorlegten und die Lords angemessen eilig dreinblickten, hatte die kleine Gruppe keinerlei Widerstände zu überwinden und gelangte schnell zu dem überwölbten Eingangstorbogen. Die wenigen Mathidrin, die ihnen über den Weg liefen, traten respektvoll beiseite und salutierten vor Yatsus Offiziersuniform.

Am Eingang sahen sie allerdings, daß ihre Pferde von einem Offizier inspiziert wurden. Seine Uniform wies auf einen hohen Rang hin, wie hoch, vemochte Yatsu jedoch nicht zu sagen. Zwei weitere Mathidrin standen daneben, in ein müßiges Gespräch vertieft. Yatsu setzte seine entschlossenste Miene auf und betete, daß seine Unkenntnis der Mathidrin-Hierarchie sie nicht verraten würde.

Ohne ihren Schritt zu verlangsamen, führte Yatsu seinen Trupp auf die vom Offizier abgewandte Seite der Pferde zu und befahl seinen Leuten, aufzusteigen: »Bewegt euch, ihr Faulenzer, oder Lord Dan-Tor wird euch persönlich die Ohren langziehen.«

Die Goraidin und die Lords gehorchten seinem Befehl, bestiegen eilends ihre Pferde und machten sich zum Abreiten bereit.

»Sirshiant«, ertönte eine herrische und hochnäsige Stimme. Der Offizier.

Yatsu ließ sein Pferd unauffällig ein paar Schritte nach vorn machen, um sich erst dann im Sattel umzudrehen und so zu tun, als schaue er sich um, woher die Stimme gekommen sei. Nachdem er den Offizier gesehen hatte, blickte er entsprechend überrascht drein und salutierte zackig. »Verzeihung, Sir. Hab' Euch nicht gesehen. Bewache die Gefangenen. Sie werden dringend benötigt.«

Der Offizier kniff ganz leicht die Augen zusammen. Yatsu verstärkte den Griff um seine Zügel und machte seinen Männern ein verstecktes Gefahrsignal.

»Auf welche Veranlassung hin habt Ihr diese Männer aus ihrer Zelle geholt?« verlangte der Offizier mit kalter Stimme zu erfahren.

»Auf Lord Dan-Tors persönlichen Befehl, Sir«, entgegnete Yatsu.

Die Augenbrauen des Offiziers gingen in die Höhe. »Persönlicher Befehl«, wiederholte er, als überprüfe er den Klang. Sein Blick wurde noch mißtrauischer. Auf der dem Offizier abgewandten Seite berührte Yatsus Knie die Flanke des Pferdes, um es nervös zu machen. Die anderen, die seine List mitbekamen, taten es ihm gleich. Eine leichte, aber fließende Unruhe breitete sich unter dem kleinen Trupp aus, was die gaffenden Mathidrin verstreute und den Offizier zwang, etwas zurückzutreten.

Diese Bewegung ermöglichte es Yatsu, die Augen von dem Offizier zu lösen und sich dezent im Hof umzuschauen. Er konnte keine Anzeichen für einen Hinterhalt erkennen, doch seine Alarmbereitschaft wuchs von Sekunde zu Sekunde. Irgendwo schnappte eine Falle zu, und dieser Offizier spielte auf Zeit.

Wie um diesen Eindruck zu bestätigen, wartete der Offizier absichtlich, bis die Pferde sich wieder beruhigt hatten, wobei er Yatsu die ganze Zeit über eiskalt im Auge behielt. Ein Pferd drängte sich gegen Yatsu, und als sein Reiter beschwichtigende Töne von sich gab, um es zu beruhigen, vernahm Yatsu ein leises Flüstern in der Schlachtensprache: »Sie haben die Pferde erkannt.«

Die Gefahr hatte von Anfang an bestanden. Sie hatten die Reittiere der in den Hinterhalt geratenen Patrouille benutzen müssen, da die Mathidrin-Pferde aus dem Norden Fyorlunds stammten und sich in Körperbau und Farbe auffallend von den hiesigen Tieren unterschieden. Nun hatte ein scharfsichtiges Auge ein Pferd entdeckt, das zuletzt auf eine Mehrtagespatrouille ausgeritten war. Was immer dieser Offizier in Gang gesetzt hatte, die Zeit arbeitete gegen sie. Yatsu griff mit der Linken in eine Gürteltasche.

»Persönlicher Befehl, Sir. Ich habe die Order hier drin.«

Als seine Hand die Tasche verließ und herüberzuckte, um das Messer in einem Rückhandhieb über die Kehle des wartenden Offiziers zu ziehen, flackerte ein Funken des Erkennens zwischen ihnen auf. Aha, dachte Yatsu, Mathidrin bewahren ihre Befehle also nicht in einer Gürteltasche auf. Und du hast es schnell genug begriffen, um meinem Messer zu entgehen – beinah.

Der hochnäsige Gesichtsausdruck des Offiziers verwandelte sich, nicht in Furcht, sondern in eiserne Entschlossenheit, und mit erstaunlicher Behendigkeit drehte er sich weg, so daß das Messer seinen Hals nur leicht streifte. Yatsu registrierte die Reaktion des Mannes und die Schnelligkeit seiner Reflexe. Wir müssen mehr über diese Männer herausfinden, dachte er, während er sein Pferd heftig antrieb.

Die Lords und die Goraidin folgten seiner Bewegung fast ohne Verzögerung, duckten sich tief über ihre Pferde und preschten auf das nächstgelegene Tor zu. Im Reiten drehte Yatsu sich um und beobachtete das Durcheinander im Eingang zum Westtrakt. Er sah mehrere Gestalten losrennen.

»Bogenschützen«, gellte er. »Verteilt euch – im Zickzack reiten – und trefft euch am Tor. Schutzkordon um die Lords, wenn wir durchreiten.«

Er hatte kaum seinen Befehl beendet, als ein Pfeil an seinem Ohr vorbeizischte und ihn nur um Haaresbreite verfehlte. Die Gruppe teilte sich auf, bildete kleinere, bewegliche Einheiten und zwang so die Bogenschützen, eher flächendeckend als zielgenau zu schießen. Den ersten Treffer bekam Arinndier ab, der mit einem Schrei über dem Hals seines Rosses zusammenbrach. Ein Pfeil ragte aus seinem Rücken. Als nächstes ging eins der Pferde zu Boden und warf seinen Reiter in hartem Fall auf den gepflasterten Steinboden. Eldric ergriff die Zügel von Arinndiers Pferd, während einer der Goraidin sich seitwärts aus dem Sattel beugte, seinen benommenen Kameraden ohne große Umstände am Waffenrock packte und vor sich über den Sattel schwang. Dann vereinigte sich der Trupp wieder, um den Durchbruch durch das Tor in Angriff zu nehmen, umschwirrt von Pfeilen.

Der Offizier hatte offenbar aus einer vagen Vorsichtsmaßnahme heraus nach den Bogenschützen schicken lassen, da das Tor noch offenstand, um den zügigen Durchritt von Kurieren zu gewährleisten. Man versuchte nun, die Flügel zu schließen, doch die wenigen, ziellos umherrennenden Mathidrin gerieten beim Näherkommen der Reiter in zunehmende Konfusion. Die überall zur Erde gehenden Pfeile trugen nicht gerade dazu bei, ihre Angst zu mildern.

Die Konfusion der an Reiterattacken nicht gewöhnten Mathidrin verwandelte sich schon bald in blankes Entsetzen und dann in Panik und Flucht, als die Gruppe durch den kurzen Torgang donnerte. Schwerter blitzten in der Düsternis auf, Kriegsrufe vermengten sich mit dem ohrenbetäubenden Hufklappern. Zwei Wächter stürzten und wurden niedergetrampelt, und diejenigen, die die Reiter von der Seite her anzugreifen versuchten, wurden ohne Skrupel niedergeschlagen.

Dann waren die Reiter auch schon wieder verschwunden, so plötzlich wie ein Sommergewitter, verschluckt von den hochgewirbelten Staubwolken.

Wenig später verlangsamte Yatsu ihre Geschwindigkeit und ließ im Schritt gehen. »Jetzt sieht es weniger verdächtig aus, wenn wir nicht im Galopp durch die Straßen preschen«, erklärte er. »Dieser ... Nebel ... ist unangenehm, aber er arbeitet wenigstens für uns.«

Eldric und die Lords blickten mit wachsender Verwirrung auf den zähen, übelriechenden Dunst, doch Eldric beschränkte sich auf die drängenden Fragen des Augenblicks.

»Wohin bringt Ihr uns, Yatsu?« fragte er besorgt. »Lord Arinndier ist verwundet.«

Arinndier hing über seinem Pferd, und obwohl er nicht ohnmächtig war, konnte er sich doch kaum im Sattel halten. Yatsu warf ihm einen Blick zu und nickte nachdenklich. »Helft ihm, auf dem Pferd zu bleiben, Lord«, wandte er sich an Eldric. Dann warf er einen fragenden Blick zu dem Goraidin zurück, der seinen gestürzten Kameraden aufgehoben hatte. »Wie geht's Dacu?« wollte er wissen.

»Schulter gebrochen, vermute ich, Kommandant«, kam die Antwort.

»Wir haben Glück gehabt, so leicht davongekommen zu sein«, sagte Yatsu, nun wieder an Eldric gewandt.

»Wir haben Glück gehabt, überhaupt davongekommen zu sein, Goraidin. Eure Planung ließ ein bißchen zu wünschen übrig, nicht?« Eldric hatte kaum seinen Satz beendet, als er auch schon eine Grimasse zog, weil er zugelassen hatte, daß seine Nervosität sich in so undankbarer Weise Ausdruck verschaffte.

Yatsu bekam den reuevollen Blick des alten Lords mit, was seinen eigenen Ärger ein wenig besänftigte. Na ja, dachte er, die vier waren ja ganz eindrucksvoll.

»Ja, Lord«, entgegnete er. »Doch die Umstände ließen uns keine Wahl. Dan-Tor verursacht ein allgemeines Chaos, seine Repressalien nehmen von Tag zu Tag zu. Jetzt hat er die Hochgarden entwaffnet. Wir mußten etwas unternehmen, und es war nicht leicht, an Informationen heranzukommen. Die Mathidrin haben genauso viele Ehrgeizlinge wie Schläger in ihren Reihen, und sie leben in ständiger Furcht voreinander. Sie lassen sich nicht so leicht bestechen, wie man meinen könnte.«

Die Gruppe bog in eine breitere Straße ein. Sie wurde von Kugeln erhellt, die sich bei zunehmender Dunkelheit automatisch einschalteten. Ihr grelles Licht leuchtete gespenstisch durch den gelblichen Dunst. Da mehrere von ihnen zerbrochen waren, war die Straße mit Lichtflecken übersät, wie nasse Trittsteine, die das Sonnenlicht einfingen. Beißende Rauchfahnen aus den geplatzten Kugeln trugen zu der ohnehin faul riechenden Atmosphäre bei. Zahllose Leute rannten umher, Wut- und Angstschreie zerrissen die Luft.

Eldric glaubte Leichen im Schatten liegen zu sehen, doch alles blieb zu verschwommen. Fast wider Willen ergriff er das Wort: »Was ist hier passiert, Yatsu? Was in Ethriss' Namen ist passiert?«

Yatsu sah jedoch besorgt aus und blickte sich dauernd um.

Eldric ließ seine Frage auf sich beruhen. »Glaubt Ihr, wir werden verfolgt?«

Yatsu schüttelte den Kopf. »Nein, Lord, aber diese Uniformen werden uns bald in Schwierigkeiten bringen, wenn wir nicht großes Glück haben. Verdammt.«

Der Fluch galt einer am Ende der Straße zusammengelaufenen Menge. Yatsu zügelte sein Roß und horchte. »Schnell. Hier entlang«, sagte er, machte scharf kehrt und bog in eine schmalere Seitengasse ab. Die anderen folgten ihm. Ein lautes Grölen beantwortete ihr Manöver. Die Menge begann sie zu verfolgen. Erst langsam, dann im Laufschritt. Als sie jedoch die Gasse erreichte, waren die Reiter längst außer Sicht, obwohl sie noch die Beschimpfungen hören konnten, die ihnen folgten, sowie das Geräusch von fehlgegangenen Geschossen, die auf das Straßenpflaster hagelten.

»Was bedeutet das?« fragte Eldric Yatsu erneut.

»Später, Lord – bitte«, erwiderte der Goraidin. »Wenn wir in Sicherheit sind. Wir werden Euch Rechenschaft ablegen, aber im Augenblick droht uns von beiden Seiten Gefahr.«

»Seiten?« murmelte Eldric vor sich hin, doch er beharrte nicht weiter auf seiner Frage.

»Paßt auf Eure Köpfe auf«, rief Yatsu, während er sein Pferd durch eine niedrige Tordurchfahrt in eine noch engere Gasse lenkte. »Jetzt sind wir bald da.«

Die Gasse war seltsam still. All der Lärm aus der Stadt wurde durch die hohen Gebäudefluchten abgehalten, die die Gasse säumten. Als das letzte Pferd durch den hallenden Bogen geritten war, wurden das Hufgeklapper flach und gedämpft, und die wenigen Stimmen, die sich noch erhoben, sanken zu einem Flüstern.

Erleichterung begann sich in Yatsu auszubreiten. Der Tag hatte Konsequenzen gezeigt, die seine Berechnungen weit übertrafen, und wer wußte schon, was noch folgen würde? War er wirklich in der Lage, Rechenschaft abzugeben? Aber zumindest waren die Lords frei. Er stieß den Atem aus und klopfte seinem Pferd den Hals.

Als er aufblickte, sah er zwei Gestalten wie aus dem Nichts auftauchen, aus dem Schatten des Schattens, der die enge Gasse säumte. Er schrak zusammen. Warum hatte er sie nicht bemerkt? Wo hatten sie sich versteckt? Er verfluchte sich selbst, daß er so kurz vor dem Ziel in seiner Wachsamkeit nachgelassen hatte. Eine unangenehme Erinnerung aus vergangenen Zeiten schoß ihm durch den Kopf.

Eine der Gestalten hob die Hand und sagte mit befehlsgewohnter Stimme: »Genug, Mathidrin, genug.«

KAPITEL 36

Hawklan fixierte den Reiter vor sich. Der Mann war nervös, hatte jedoch eine Gelassenheit an sich, die er noch an keinem Mathidrin gesehen hatte, eine entspannte Selbstsicherheit, die ihn an Tel-Mindor erinnerte. Trotzdem, dies waren Mathidrin, und genug war genug.

»Wir haben einige der Taten gesehen, die ihr heute vollbracht habt, Mathidrin, und sind wie Tiere durch die Straßen gehetzt worden«, begann er. »Wir sind fremd hier, aus einem anderen Land, und suchten nur Nahrung und Unterschlupf vor diesem Sturm, den ihr entfesselt habt. Wenn Ihr uns helfen könnt, wären wir Euch dankbar. Wenn Ihr friedlich an uns vorbeireiten wollt, werden wir Euch kein Hindernis in den Weg legen. Aber«, und er tippte bedeutungsvoll auf seinen Schwertknauf, »wenn Ihr uns Böses antun wollt wie Eure Kumpane, dann sterbt Ihr.« Er spürte Islomans Seitenblick auf sich. »Ich habe heute schon zu oft die Breitseite gegen Männer eingesetzt, die es verdient hätten, die Schneide meines Schwerts kennenzulernen.«

Yatsu hörte seiner kleinen Rede nervös zu, setzte jedoch eine möglichst nichtssagende Miene auf. Instinktiv versuchte er, die von diesen beiden Männern ausgehende Gefahr abzuschätzen. Eine schwache Erinnerung meldete sich, als sein Blick auf den Stämmigeren der beiden fiel, der dort wie ein Felsklotz in der Brandung stand und seine fremdartige Keule schwang. Offensichtlich stark und kräftig und, wie Yatsu ahnte, vermutlich wendiger, als seine Größe vermuten ließ. Kein Mann, mit dem man leicht fertig wurde, schon gar nicht in solch einer engen Gasse. Aber der andere, der Sprecher. Er war anders. Er ließ keine überflüssige Drohung in Tonfall oder Haltung erkennen, doch Yatsu spürte Furcht in sich aufsteigen, wie er sie nie zuvor gekannt hatte, und einen Moment lang war es ihm, als sei er gar nicht hier, als blicke er durch die Augen eines anderen. Schock, registrierte er unbehaglich. Da er trainiert war, auf seine Instinkte zu hören, wo der Verstand versagte, nahm er ihre unmißverständliche Botschaft ernst: Diesen Mann anzugreifen würde den Tod bedeuten.

Isloman ließ seine Keule in einem lässigen Bogen kreisen und dann in die geöffnete Hand klatschen. »Mein Freund ist zu gutmütig«, bemerkte er. »Nach dem, was ich heute gesehen habe, wäre ich geneigt, Euch zu töten, ganz gleich, was Ihr tut, um dann mit Lord Dan-Tor auf ähnliche Weise darüber zu diskutieren.«

Hawklan legte ihm beschwichtigend die Hand auf den Arm.

Seltsamerweise sorgte die offene Drohung und Hawklans Reaktion dafür, daß Yatsu sich wohler fühlte. Das hatte Substanz. Das war etwas, woran man arbeiten konnte. Er lächelte. »Orthlundyn, nicht wahr? Eurem Akzent nach zu urteilen. Ihr habt einen schlechten Zeitpunkt für einen Besuch in unserem Land gewählt.« Er hätte diesen Männern sehr gern weitere Fragen gestellt, doch die Zeit lief gegen sie. »Wir wollen Euch nichts Böses. Ich hätte Euch gar nicht gesehen, wenn Ihr Euch nicht bewegt hättet. Wir sind nicht, was wir scheinen, Orthlundyn, aber wir *sind* in Eile, und außerdem führen wir zwei Kranke mit uns, die dringend ärztliche Hilfe benötigen. Würdet Ihr uns nun bitte vorbeilassen?«

Hawklan war unentschlossen. Die Manieren des Reiters und sein ganzes Gebaren waren völlig verschieden von dem, was er bisher von den Mathidrin kennengelernt hatte. »Krank, sagtet Ihr?«

Diesmal hielt Islomans Hand Hawklan zurück. »Sei vorsichtig«, riet er seinem Freund. »Mit diesem Haufen stimmt etwas nicht.«

Eldric, der sein Pferd in der engen Gasse nicht neben Yatsu lenken konnte, stieg ab und kam vor. Hawklan musterte ihn ausdruckslos.

»Fremder«, sagte Eldric, »ich gebe Euch mein Wort als Lord von Fyorlund, daß wir Euch nichts Übles wollen. Doch wir haben große Eile, und wir *haben* zwei Verwundete dabei, die unverzüglich versorgt werden müssen. Bitte laßt uns vorbei.«

Hawklan warf Isloman einen flüchtigen Blick zu. Der Schnitzer fragte unverblümt: »Warum reitet ein Lord mit diesen ... Küchenschaben?«

Arinndier stöhnte leise. Eldric blickte zu seinem Freund zurück, dann zu Yatsu hinüber. Yatsus Hände zuckten kaum merklich: Keine Sorge, wenn nötig, brechen wir gewaltsam durch, aber das könnte gefährlich sein, sagten sie.

»Sehr gefährlich«, bestätigte Isloman und trat drohend einen Schritt vor. »Und Ihr werdet der erste sein, der dran glauben muß.«

Yatsu starrte ihn an, als ob er gestochen würde. Ein Orthlundyn, der ihre Sprache verstand?

Eldric schüttelte den Kopf. »Ich denke, auch Ihr seid nicht, was Ihr scheint. Ich riskiere die Wahrheit. Ich bin Lord Eldric, bei mir sind die Lords Arinndier, Darek und Hreldar. Diese Reiter sind keine Mathidrin, sondern verkleidete Hochgardisten. Sie haben uns aus Dan-Tors Kerker befreit, doch Lord Arinndier und einer aus ihrer Truppe sind verwundet worden. Das ist genug Information, um eine beachtliche Belohnung von Lord Dan-Tor zu bekommen, wenn Ihr das wünscht.«

»Das war nicht ganz die Wahrheit, Lord«, erwiderte Isloman. »Diese Männer sind keine Hochgardisten, sondern Goraidin, so wahr ich ein Holzschnitzer bin.« Er verankerte seine Keule wieder in der Lederschlinge an seinem Gürtel. »Aber Ihr seid Freunde. Wir selbst benötigen Hilfe. Bitte laßt uns Euch begleiten.«

Diesmal war es Eldric, der über Islomans unvermutetes Wissen staunte, doch er nahm sich schnell zusammen und kehrte zu seinem Pferd zurück.

»Ihr braucht nicht aufzusteigen, Lord«, eröffnete ihm Yatsu. »Wir sind nur noch wenige Schritte entfernt. Kommt.«

Langsam bewegte der Trupp sich vorwärts, und Hawklan und Isloman glitten wieder in die Schatten, um die Reiter passieren zu lassen und sich ihnen anzuschließen.

»Ihr seid ein bemerkenswerter Heiler, Hawklan«, lobte ihn Arinndier mit schwacher Stimme. Hawklan entgegnete nichts, legte aber sanft die Hand auf die Augen des Lords. Dann erhob er sich und wandte sich an Eldric, der vor dem Fenster stand und mit gerunzelter Stirn in die von Dan-Tors Kugeln erhellte Düsternis blickte. »Er wird jetzt eine Weile schlafen«, sagte er. »Er hat großes Glück gehabt.«

Eldric hörte ihn nicht. Seine Gedanken überstürzten sich, trotzten jedem Versuch, sie einzudämmen und auch nur ansatzweise zu ordnen. Die Goraidin, die ihre uralte Aufgabe erfüllten, die in der Kleidung des Feindes in dessen ureigenstes Territorium eindrangen; die Königin, die aus dem Nichts auftauchte wie das Aufgebot, mit funkelnden Augen, den Dolch gezückt; Arinndier verwundet; die Stadt in einem Zustand, in dem er sie noch nie erlebt hatte; ein Alptraum aus erstickendem Qualm, Gemetzel und Verwüstung. Dann schließlich diese beiden Fremden – Orthlundyn, um alles in der Welt! –, ein eigenartiges Paar, um es gelinde auszudrücken. Hawklan, der eine furchterregende Aura um sich verbreitete, erst ein dunkler Todesbote in dieser hohlen Gasse, dann ein Lebensspender. Und dann Isloman, der die Geheime Sprache kannte und von den Goraidin wußte. Irritiert schloß er die Augen. Eine Hand legte sich auf seine Schulter, sanft und freundlich, die vorübergehend seinen inneren Aufruhr besänftigte. Er drehte sich um und fand sich in Hawklans Gesicht blicken.

»Lord Eldric«, sagte Hawklan ruhig, »nach dem, was ich erkennen kann, ist eine Menge passiert, und sehr schnell. Ihr und Eure Freunde müßt Euch ausruhen.«

Eldric winkte ab. »Nein ... Hawklan. Ihr versteht nicht. Wir müssen so schnell wie möglich auf unsere Güter reiten. Herausfinden, was mit unseren Familien geschehen ist, unseren Hochgarden, unseren Ländereien ... alles.«

Hawklan erhob einen Finger und bat um Schweigen. »Yatsu ließ mich wissen, daß die Pläne, Euch aus der Stadt zu bringen, sich im Augenblick als undurchführbar erweisen. Der Aufruhr in den Straßen ist größer, als sie vorhergesehen hatten. Er hält es für zu gefährlich, Euch nun in Sicherheit zu bringen.« Eldric machte Anstalten, ihn zu unterbrechen, doch Hawklan fuhr unerbittlich fort: »Ich bin ein Fremder hier, Lord Eldric, und ich weiß nichts über Eure Stadt und Euer Volk, doch ich weiß, daß es im Augenblick auf den Straßen lebensgefährlich ist, und ich halte es für unklug, den Rat eines Eurer Goraidin zu ignorieren, denkt Ihr nicht auch?«

Eldric spielte nervös an seinem Bart herum, und Hawklan schlug einen etwas versöhnlicheren Tonfall an. »Yatsu sagt, in diesem Haus seid Ihr sicher, und Isloman und ich werden im Ernstfall zwei brauchbare zusätzliche Verteidiger abgeben.«

Doch alle Beschwichtigungsversuche führten nur dazu, daß Eldrics innerer Kampf immer heftiger tobte. »Nein, nein«, widersprach er. »Wir haben keine Zeit zum Rasten. Wir können uns den Weg aus der Stadt freikämpfen, wenn das nötig sein sollte.«

Hawklan richtete sich zu voller Größe auf. »Ihr werdet Euch ausruhen«, erklärte er in einem Tonfall, den Eldric seit vielen, vielen Jahren nicht mehr gehört hatte. »Und Eure Freunde werden ebenfalls rasten. In Eurem jetzigen Zustand seid Ihr keine Hilfe für Eure Familien, Euer Land, alles. Wenn Ihr Euch ausgeruht habt, reden wir miteinander. Beantworten alle Fragen, die wir gegenseitig haben, und entscheiden, was zu tun ist. So hält es doch Euer Geadrol, oder?«

Eldric ballte die Fäuste und reckte streitlustig das Kinn vor. Hawklan zog eine Augenbraue hoch. »Lord«, entgegnete er, »eben wart Ihr bereit, den Rat Eures Goraidin zu mißachten. Nun droht Ihr mir Gewalt an? Handelt so ein weiser Anführer?« Er machte eine Pause und bohrte seine Augen in die Eldrics. »Aber vielleicht ist da ein Fehler in meiner Logik. Ich kenne mich bei Euch Fyordyn nicht aus.«

Eldric kapitulierte vorbehaltlos, wenn auch unter Wahrung eines Anscheins von Würde, und bald versetzte Hawklan ihn und die drei anderen Lords in einen tiefen, erholsamen Schlaf. Er lächelte, als er sah, wie die Anspannung aus ihren Gesichtern wich, dann stand er auf und trat ans Fenster, als wolle er die stille Wacht weiterführen, die Eldric unterbrochen hatte.

Nachdem sie Hawklan im Haus zurückgelassen hatten, damit er sich um die Verwundeten kümmern konnte, hatten Yatsu und die anderen ihre Pferde in einen nahegelegenen Stall gebracht und versorgt. Dann hatte Yatsu allein einen kurzen Erkundungsstreifzug durch die Straßen der Nachbarschaft unternommen, um einen Eindruck von dem Gemetzel zu gewinnen, welches aus seinem kleinem Ablenkungsmanöver entstanden war. Während seiner Rückkehr zum Haus fühlte er sich beobachtet, und ein- oder zweimal glaubte er in der Nähe jemanden husten zu hören. Über ihm? Du wirst alt und müde, dachte er.

Er schloß die Tür, lehnte sich dagegen, nahm den schwarzen Mathidrin-Helm ab und blies erleichtert die Backen auf. Fast augenblicklich stieg ihm ein appetitlicher Duft in die Nase. Er folgte der Spur über einen rotgefliesten Flur zu einer erleuchteten Tür. Sie öffnete sich in einen kleinen, vom besinnlichen Schein einer alten Fackel erhellten Raum. Seine Männer saßen um einen schmalen Tisch, aßen hungrig und redeten laut durcheinander, während Hausherr und Hausfrau sich eifrig um sie bemühten und ständig ihre Becher und Teller nachfüllten. Aufgrund seiner Beengtheit wirkte der Raum sehr voll.

»Das wird euch wieder auf die Beine bringen«, sagte die Frau. »Große Burschen wie ihr müssen eine Menge essen. Ihr müßt bei Kräften bleiben.«

Yatsu lächelte. »Gibt's auch was für einen kleinen Burschen, Mutter?« fragte er.

Sie schob ihn zu einem Platz am Ende der Tafel und setzte ihm eine gewaltige Schüssel vor. »Von wegen Mutter«, meinte sie und gab ihm einen spielerischen Klaps. »Du bist auch keine siebzehn mehr, junger Yatsu. Gewöhn dir das ab.«

Yatsu umfaßte die strafende Hand mit seinen beiden Händen und preßte sie liebevoll gegen seine Wange.

»Weg mit dir, du Verrückter«, schimpfte sie, zog ihre Hand weg und hastete davon, um sich in der Küche zu schaffen zu machen.

Yatsu blickte verächtlich auf den Helm unter seinem Arm und legte ihn dann neben seinem Stuhl auf den Boden. Als er den Blick wieder hob, sah er sich über den Tisch hinweg in Islomans Gesicht starren. Der Mann kam ihm bekannter vor als je zuvor, doch die Erinnerung wollte sich einfach nicht einstellen. Er merkte jedoch, daß Isloman ihn erkannt hatte.

»Verdammt will ich sein«, sprach der ihn an. »Ich glaubte meinem Schattenwissen nicht mehr trauen zu können, als ich dich unter dieser schwarzen ... Suppenschüssel erblickte, aber du bist es. Yatsu.«

Yatsu erhob sich halb. Erinnerungsfetzen fügten sich zusammen. »Is-loman«, buchstabierte er leise. »Natürlich. Dieser Felsklotz von einem Kopf. Und diese Keule. Wer sonst könnte das das? Wie konnte ich das nur vergessen?«

»Du hast es vergessen, weil du damals jung und dumm warst und heute alt und dumm bist«, ließ Isloman ihn freundlich wissen. »Im Gegensatz zu mir, der ich damals jung und gescheit war und heute noch viel gescheiter bin.«

Yatsu kam zu ihm herüber, packte Isloman an seinem kurzgeschnittenen Haar und schüttelte lachend seinen Kopf hin und her. Isloman schlang die Arme um ihn und hob ihn ein Stück vom Boden hoch.

»Genug, genug«, schrie Yatsu sofort. »Keiner kann sagen, ich wüßte nicht, wann man sich ergeben muß.«

Isloman setzte ihn mühelos wieder ab, und die beiden Männer betrachteten einander voller Zuneigung.

»War nicht klug, mitten in einem Aufruhr nach Vakloss zu kommen ... alter Mann«, meinte Yatsu schließlich. Dann, noch bevor Isloman etwas erwidern konnte, wandte er sich an seine Männer, die dem seltsamen Spektakel mit offenem Mund zugesehen hatten.

»Männer«, sagte er, »erhebt euch.« Einer oder zwei schoben zögernd ihre Stühle zurück. »Hoch, hoch, hoch«, wiederholte Yatsu gestikulierend. Dann legte er den Arm um Isloman. »Männer. Erhebt eure ...« – nein, keine Gläser – » ... Becher. Einen Toast auf unseren Freund Isloman hier. *Den* Isloman. Zusammen mit seinem Bruder Loman die einzigen Ausländer, die jemals mit den Goraidin geritten sind – und gekämpft haben.«

Einen kurzen Moment herrschte lähmendes Schweigen, und dann dröhnte der kleine Raum von Applaus und dem Stimmengewirr zahlloser Fragen. Yatsu und Isloman fanden sich eine Weile lange vergessene Erinnerungen hervorholen und erzählen – traurige, lustige, unheimliche, all die persönlichen Erinnerungen, die nach langem Kampf in den Gedanken eines Menschen zurückbleiben. Ihr Gespräch wurde nur von den Aufforderungen der Hausfrau unterbrochen, sich endlich um die wirklich wichtigen Dinge des Lebens zu kümmern, nämlich die beträchtlichen Mengen an Nahrung aufzuessen, die sie ständig vor ihnen auftischte.

Plötzlich schlug Yatsu sich verärgert gegen die Stirn und fluchte. »Ich war so vertieft in die Vergangenheit, daß ich ganz vergaß – wie geht es Lord Arinndier und Dacu?«

»Euer Freund hat eine gebrochene Schulter, ein paar Fleischwunden und böse Prellungen.« Es war Hawklans Stimme. Er hatte eine Zeitlang stumm in der Tür gestanden und den verwickelten Erinnerungen gelauscht. »Ich habe den Knochen geschient und ihm etwas gegen die Prellungen gegeben. Er wird sich wieder erholen, wenn Ihr tut, was ich

Euch sage, und Lord Arinndier ebenfalls. Er und die drei anderen Lords schlafen im Augenblick. Ich glaube, wir alle sollten so bald wie möglich dasselbe tun. Ich fürchte, die nächsten Tage werden große Anstrengungen von uns fordern.«

Bei Hawklans Eintritt war es plötzlich still im Raum geworden. Alle sahen ihn an.

Isloman durchbrach die unbehagliche Stille mit einem gutmütigen Poltern. »Männer«, sagte er, »das ist mein Freund Hawklan. Der Neigung nach ein Heiler, aber auch recht nützlich im Kampf, wenn er gereizt wird.« Dann etwas ernster, um keinen Zweifel an seiner Aussage aufkommen zu lassen. »Ich betrachte es als eine große Ehre, an seiner Seite zu reiten.«

Yatsu, der Hawklan in der Gasse direkt gegenübergestanden hatte, lehnte sich in seinen Stuhl zurück und nickte zustimmend. Er beobachtete die Reaktion der anderen. Die Goraidin waren eine verschworene Gemeinschaft, deren Stärke nicht zuletzt in dem Wissen lag, welch harter Ausbildung sich jedes einzelne Mitglied unterworfen hatte. Isloman akzeptierten sie aufgrund Yatsus Bürgschaft und weil er und sein Bruder Loman einen festen Platz in den Überlieferungen der Goraidin einnahmen. Doch dieser Mann war anders, auch wenn er ihren Kommandanten überzeugt, Lord Arinndier und einen ihrer Kameraden geheilt hatte und Islomans Vertrauen besaß. Höflich würde man ihm selbstverständlich begegnen, aber ihn akzeptieren? Das war etwas anderes.

Einer der Männer erhob sich und bot Hawklan seinen Platz an. »Lord Hawklan«, sagte er, »bitte setzt Euch zu uns. Ihr müßt hungrig sein nach dem sonderbaren Empfang, der Euch in Vakloss zuteil geworden ist.«

Hawklan dankte dem Mann, lehnte den angebotenen Stuhl jedoch ab. »Ich bin kein Lord«, erklärte er. »In Orthlund gibt es keine Lords. Ich bin nur ein Heiler, wie Isloman gesagt hat.«

»Nun denn, Heiler«, lachte ein anderer. »Essen müßt Ihr

trotzdem. Legt Euer Schwert und die anderen Utensilien Eures Heilerhandwerks ab und gesellt Euch zu uns, um das Mahl zu genießen, das diese gute Dame für uns bereitet hat.«

Hawklan gab nach, lehnte sein Schwert gegen die Wand, zog sich einen leeren Stuhl heran und nahm sich eine große Portion von dem riesigen braunen Brotlaib auf der Mitte des Tisches. Yatsu beobachtete genau, was seine Männer als nächstes tun würden. Er wußte, daß sie Hawklan trotz seiner Anerkennung auf irgendeine Weise auf die Probe stellen würden, selbst wenn sie sich dessen nicht bewußt waren.

Auch Isloman sah gespannt zu, ahnte er doch etwas Ähnliches, und als die Unterhaltung wieder aufgenommen wurde, zielten einige Bemerkungen in Hawklans Richtung, die einen noch defensiveren Mann provoziert hätten. Er wußte, daß Hawklan nicht die Beherrschung verlieren würde, doch er hatte keine Ahnung, wie die Goraidin seine scheinbare Nachgiebigkeit auslegen würden.

Dann begann Hawklan zu Islomans und Yatsus Überraschung laut zu lachen. Kein Lachen, in dem Trotz oder Beklemmung mitschwangen, sondern ein offenes, ehrliches Lachen.

Er stellt *sie* auf die Probe, erkannte Yatsu und konnte sich ein kleines Lächeln nicht verkneifen.

»Meine Herren«, sagte Hawklan, »wir sind alle ein bißchen alt für diese Art von Kadettenspiel, findet Ihr nicht? Ihr seid unsicher, weil ich keiner von Euch bin. Ich teile weder Eure Ausbildung noch Eure Erfahrungen. Ich gehöre nicht zu den geistigen Nachfolgern jener Männer, die Ethriss bei der Letzten Schlacht verteidigten. Und es betrübt Euch, daß Euer Kommandant mich in jener Gasse nicht einfach niedergeritten hat, ist es nicht so?«

Unbehagliches Schweigen folgte dieser ungewöhnlichen Erklärung.

Hawklan zeigte auf Isloman und fuhr fort: »Wir sind nach Fyorlund gekommen wegen zahlreicher Übeltaten, die Euer Lord Dan-Tor in Orthlund begangen hat. Nun entdecken wir eine Krankheit in Eurem Land, die sich ausbreiten und weit über Eure Landesgrenzen Verderbnis bringen wird, wenn man sie nicht stoppt.« Er erhob sich. »Ich muß wissen, welche Art Männer Ihr seid. Seid Ihr gut genug, um uns im Kampf gegen das Böse zu unterstützen?«

Einige der Männer begannen unwillig die Stirn zu runzeln, doch Hawklans Stimme besaß eine Kraft, die ihre Aufmerksamkeit fesselte.

»Ich bin bereit, Islomans Worten bezüglich Eures Werts als Kämpfer zu glauben, doch die Zeit arbeitet gegen uns, und ich bin nicht bereit, so lange zu warten, bis Ihr alle zu demselben Schluß bezüglich meiner Person kommt.«

Was macht er nur? dachte Yatsu mit wachsender Besorgnis.

»Seht mich an, jeder von Euch«, setzte Hawklan fort. »Ihr schätzt Wahrheit und Offenheit. Sagt Eure Meinung, *jetzt*. Blickt in Eure Herzen und kommt *jetzt* zu einem Schluß, denn später wird verdammt wenig Zeit dafür sein, und ich will keine Zweifler um mich haben, wenn ich Dan-Tor aufsuche und Rechenschaft für seine Taten von ihm fordere.«

Er holte sich sein Schwert zurück und hielt es über den Tisch. Pechschwarz schimmerte es im Fackelschein. Langsam ließ er den Blick vom einem zum anderen wandern. Kein Wort fiel, doch jeder stand auf, als sein Blick dem des Heilers begegnete.

»Dies ist ein Schwert aus uralten Zeiten«, sprach er. »Laßt seinen Anblick die Entschlossenheit in Euren Herzen besiegeln. Es ist ein Feind der Feinde des Lebens. Es wird Euch dienen, wenn Ihr ihm dient. Ich werde Euch dienen, wenn Ihr mir dient. Diese Bedrohung gilt nicht nur Fyorlund allein, sie geht tiefer als die Machenschaften eines einzigen bösen Lords. Seine Vernichtung mag das Werk mehrerer Generationen sein.« Dann ließ er den Blick wieder in die Runde schweifen: »Wenn dieses Werk, dieser Dienst Eure Kräfte übersteigt, dann sprecht nun, und geht in Frieden und ohne Vorwürfe.«

Die Stimmung in dem kleinen Raum hob sich merklich.

Unwissentlich hatte Hawklan genau dieselben Worte gewählt, die jeder Goraidin nach dem erfolgreichen Abschluß seiner Ausbildung und vor seiner Aufnahme in das Korps zu sprechen hatte. Niemand sagte etwas, keiner rührte sich, und nur die ferne Geschäftigkeit der Hausherren drangen in den Raum.

Yatsu erhob sich und sah reihum seine Männer an, seine Freunde, die unschlüssig in zwei Reihen zu beiden Seiten des ausgestreckten Schwerts standen.

»Entschuldigt, Kommandant Yatsu«, fuhr Hawklan fort. »Doch die Zeit ist gegen uns. Ich weiß nicht, ob ich diesen Weg gewählt habe oder ob ich für ihn gewählt wurde, doch ich bin hier, und ich muß das Tempo vorgeben, nicht ihm folgen.«

Yatsu sah ihm direkt in die Augen. »Hawklan, wir sind Goraidin. Keine sklavischen Gefolgsleute irgendeines Mannes. Doch Ihr fügt Euch in kein Muster ein – weder Goraidin noch Lord noch irgend etwas anderes, das ich kenne. Ihr seht uns ratlos.« Er blickte seine Männer an und schien eine Art stummer Einwilligung zu erhalten. Ruhig legte er seine Hand auf das Schwarze Schwert und verneigte sich. »Bis das Gegenteil sich erweist, vertrauen wir Euch. Deckt unseren Rücken«, sagte er.

Hawklan verneigte sich zur Antwort. Der Goraidin hatte ihm die höchste Auszeichnung zuteil werden lassen, die das Korps kannte. Er revanchierte sich. »Und ich vertraue Euch. Deckt meinen Rücken, Kommandant – Männer.«

KAPITEL 37

Ein gräßlicher Anblick bot sich jenen, die am nächsten Tag den Blick über ihre Stadt gleiten ließen. Oft hüllte der Morgennebel die Niederungen um Vakloss herum ein, leckte wie eine verspielte Flut am Fuß des hohen Hügels, der die

Stadt trug, doch heute war er bis in die Straßen selbst und noch höher noch hinaufgewallt, schlängelte sich um die Dächer, und seine gewöhnliche weiße Färbung hatte einen ungesunden gelblichen Ton angenommen. Eine einsame zerfetzte Rauchfahne erhob sich wie eine schlanke Säule, die den Himmel stützen wollte.

Die Sonne warf ein schwaches, bleiches Licht über die Szenerie, als habe der vergangene Tag sie vorzeitig altern lassen und eine Wintersonne aus ihr gemacht. Keine Straßenhändler störten die Morgenstille mit ihrem üblichen Gezänk um die besten Standplätze. Keine Handwerker, keine Dienstboten schritten zielstrebig durch die Straßen, um ihr Tagewerk zu beginnen. Die Straßen lagen leer und still bis auf ein paar flinke Schatten, die von einer Deckung in die nächste huschten, und das rhythmische Stampfen der Mathidrin-Patrouillen, die solche Nachzügler zu fassen suchten und die Stadt unerbittlich in ihr schwarzes Netz schnürten.

Dan-Tor lächelte, weiß schimmerten seine Raubtierzähne auf. Der Anblick zu seinen Füßen erinnerte ihn an Narsindal mit seinen kriechenden Nebelschwaden und seinem langen, lauernden Schweigen. Ein gutes Omen, das seine Seele beflügelte. Heute würde ein guter Tag werden, der erste seit langem. Heute würde er zum ersten Mal nach der Macht greifen, die er so lange geduldig für sich zurechtgeschmiedet hatte. Seine Feinde hatten sie ihm in die Hand gegeben.

Eine Bewegung störte ihn wie ein Staubkorn im Auge. Seine Stirn runzelte sich, und das Lächeln gefror auf seinen Lippen, als sein Blick umherwanderte, um den Störenfried zu entdecken. Dann erblickte er ihn: scharf umrissen, ein großer schwarzer Vogel, der über der Stadt dahinglitt – seiner Stadt –, und ihre verhängnisvolle Ruhe störte. Der schwarze, klare Pfeil und seine flinken, harmonischen Bewegungen verdarben ihm die Freude am Anblick der erschöpften, geschundenen Stadt, die verschwommen unter ihrer Totendecke lag, und ohne weiter nachzudenken, streckte er die Hand aus, um das Geschöpf zu vernichten.

Hawklan, kam es ihm in den Sinn, und Dan-Tor holte einmal tief Luft und ließ seine Absicht fallen. Der Vogel verschwand hinter einem nahegelegenen Turm, und Dan-Tor beugte sich vor, erwartete den eleganten Segler wieder auftauchen zu sehen. Doch das Tier kam nicht wieder in Sicht, und er fühlte eine Woge des Zorns angesichts dieser weiteren Widersetzlichkeit.

Er richtete sich hoch auf und machte ein finsteres Gesicht. Das war ein schwerer Fehler gewesen. Er hatte zwar den Aufruhr für seine eigenen Zwecke ausgenutzt, doch die Ursache mußte Hawklan gewesen sein. Hawklan, der Geheimnisvolle, der sich seinem Zugriff immer wieder entzog, mußte nun in der Stadt sein, spielte den Jäger, glaubte ihn in seinem eigenen Bau aufstöbern zu können. Ganz kurz fühlte er einen Stich, Angst war es, dann unterdrückte er die Regung. Das ist *dein* Fehler, Hawklan, dachte er. Deine Erfolge haben dich übermütig gemacht. Jetzt hast du mir Fyorlund ausgeliefert, und ich werde dich einholen wie einen Fisch im Netz. Und aus einer puren Laune heraus hätte er sich beinahe um seinen Erfolg gebracht! Hätte die Alte Macht über die Stadt wabern lassen, die Stadt, in der Hawklan auf der Lauer lag – um einen Vogel zu töten! Er schloß die Augen, entsetzt über seine fast begangene Dummheit.

Auch eine andere Gestalt stand am Fenster und dachte über die gleichen Ereignisse nach.

»Haltet Euch fern vom Fenster, Hawklan«, riet Yatsu, der geräuschlos den Raum betreten hatte. »Überall schwärmen Mathidrin-Streifen aus, und sie brauchen nur den kleinsten Anlaß, um Leute zu verhaften. Sie nur zu sehen, reicht ihnen meistens aus.«

Hawklan nickte und ging zu dem bequemen Sessel, in dem er den größten Teil der Nacht verbracht hatte. »Ihr seht müde aus«, stellte er fest, als Yatsu sich in den Sessel gegenüber fallen ließ.

Yatsu stieß geräuschvoll den Atem aus und rieb sich

durchs Gesicht. »Ja«, erwiderte er. »Das bin ich. Und besorgt. Ich bin die ganze Nacht durch die Stadt geschlichen, um herauszufinden, was eigentlich geschehen ist.«

»Können die Lords heute abreiten?« wollte Hawklan wissen.

Yatsu schüttelte den Kopf. »Nein«, meinte er. »Wir dürfen uns heute nicht einmal auf den Straßen sehen lassen. Sie schlagen schon überall diesbezügliche Verordnungen an.« Er runzelte die Stirn. »Sie sind verdammt schnell gewesen. Sie scheinen sich in kürzester Frist auf die Unruhe eingestellt zu haben. Ich hatte mit wenigstens einem Tag allgemeiner Verwirrung gerechnet, an dem wir uns in aller Stille hätten davonstehlen können, aber ...« Seine Stimme verhallte, schweigend saß er einen Moment lang da. »Alles ist schiefgelaufen«, schloß er verbittert. »Aber ich begreife nicht einmal ansatzweise, warum und an welchem Punkt.«

»Aber nicht doch, Yatsu, überhaupt nicht«, widersprach Hawklan. »Die Lords sind frei, und der Preis war verhältnismäßig gering. Ihr habt zwei Verbündete gefunden – was auch immer sie wert sein mögen. Und Ihr wißt, daß Eure Königin auf Eurer Seite steht und von daher möglicherweise auch der König.«

Yatsu sah Hawklan an. Also hatten die Männer ihm von ihrem Ausflug in den Westtrakt erzählt. Das war ein interessanter Aspekt. »Aber ...«, begann er.

Hawklan winkte ungeduldig ab. »Kein Aber, Yatsu. Das Spiel hat sich als größer erwiesen, als Ihr dachtet. Wahrscheinlich mehr Spieler, als Ihr dachtet. Nun, da wir nicht fort können, müssen wir das Beste daraus machen und uns besprechen und planen. Aber erst müßt Ihr Euch einmal ausruhen.«

Yatsu lächelte müde. »Sich ausruhen müssen und dazu in der Lage sein sind zwei verschiedene Dinge, Heiler. Ich weiß, daß ich des Kämpfens müde bin und daß mir zu viele Schachzüge und Gegenzüge durch den Kopf gehen. Doch ich kann sie nicht einfach ruhen lassen, wie ich es früher konnte. Ich bin nicht mehr der Mann, der ich vor zwanzig

Jahren war. Kann nicht mehr das Tempo von damals vorlegen.«

Hawklan spürte die Zweifel und Sorgen des Mannes. »Ihr schätzt Euch falsch ein«, entgegnete er. »Aber ich helfe Euch.«

Yatsu schüttelte den Kopf und machte Anstalten, sich zu erheben. »Nein«, winkte er ab. »Ich habe keine Zeit.«

Hawklan legte ihm die Hand auf die Schulter und hielt ihn sanft zurück. »Doch, Ihr habt die Zeit, Kommandant«, sagte er mit leiser, beruhigender Stimme. »Ihr habt es gerade selbst zugegeben.« Yatsu spürte die Hand auf seiner Schulter, schwer und einschläfernd. »Ihr müßt Euch nun ausruhen«, fuhr die sanfte Stimme fort. »Nur eine kleine Weile. Eure Freunde sind alle ausgeruht und werden über Euch wachen. Ihr wißt, daß Ihr ihnen vertrauen könnt. Bald sprechen wir dann miteinander und schmieden Pläne ... wenn Ihr ausgeschlafen seid ... ausgeschlafen.«

Hawklans Stimme verebbte in der Ferne. Er nahm seine Hand von der Schulter des Schläfers und schob ihm behutsam ein Kissen unter den Kopf. Dann setzte er sich wieder und sagte: »Kommt herein, Lord Eldric.«

Einigermaßen verwirrt betrat Eldric das Zimmer. »Ich werde nicht schlau aus Euch, Hawklan«, seufzte er, »und aus Eurem Freund auch nicht. Ihr beide habt Euch einer ganzen Goraidin-Patrouille entgegengestellt und offensichtlich bereits das Kommando über sie übernommen. Jede Eurer Bewegungen verrät Euch als Kämpfer, und doch kümmert Ihr Euch um die Verwundeten und Erschöpften wie ...« Er ließ den Satz unvollendet, blickte auf den schlummernden Yatsu hinab und versuchte ungeschickt, sich herauszureden. »Ich habe nicht hinter Euch herspioniert, müßt Ihr wissen, ich ... ich wollte Euch nur nicht stören.« Hawklan lächelte breit, und Eldric hob den Blick, eine Mischung aus Verwirrung und Verlegenheit auf dem Gesicht. »Warum rechtfertige ich mich überhaupt vor Euch?« fragte er, beugte sich vor und stellte die längst überfällige Frage: »Hawklan, wer seid Ihr?«

Hawklan sah dem alten Mann in die Augen. Hinter den Narben seiner kürzlichen Gefangenschaft konnte er eine vortreffliche Mischung aus Menschenliebe und Weisheit erkennen, die allerdings kaum seine beinah jugendliche Ungeduld zu zügeln vermochten.

»Lord Eldric«, sagte er. »Ich bin Hawklan. Ein Heiler aus Pedhavin in Orthlund.« Eldric setzte zu einer Geste des Widerspruchs an, doch Hawklan fuhr ungerührt fort: »Die Ereignisse der letzten Monate haben mir offenbart, daß das nicht alles ist, was ich bin, aber auch nicht viel mehr. Ich habe mehr Fragen über mich selbst als Ihr, Lord Eldric. Wenn ich weiß, wer ich bin, lasse ich es Euch wissen. Aber im Moment kann ich die Frage nicht beantworten. Ich nicht und mit Sicherheit auch niemand, den ich kenne, Euer Lord Dan-Tor eingeschlossen.«

Eldric musterte ihn mit zusammengekniffenen Augen. »Dann muß ich Euch nach Euren Taten beurteilen«, erklärte er.

Hawklan setzte sich zurück und verschränkte die Arme vor der Brust. »Wenn Ihr urteilen müßt, sollten meine Taten als Beweis ausreichen. Ich unterwerfe mich Eurem Spruch«, entgegnete er.

Eldric hob die Hände und senkte das Haupt. »Verzeiht«, sagte er. »Das Wort war unglücklich gewählt. Ich stehe bereits in Eurer Schuld wegen der Hilfe, die Ihr Lord Arinndier und Dacu habt angedeihen lassen. Wie kann ich Euch dafür entschädigen, Hawklan?«

»Es geht hier nicht um Bezahlung, Lord«, widersprach Hawklan. »Wir stehen hier alle unter Belagerung und stekken übel in der Klemme, nehme ich an, trotz allen Komforts unserer augenblicklichen Unterkunft. Isloman und ich sind nach Fyorlund gekommen, um zu sehen, was hier vor sich geht und diesen Lord Dan-Tor ausfindig zu machen. Das ist immer noch unser Ziel. Ihr und die anderen, vermute ich, werdet die Stadt so schnell wie möglich verlassen und ihm entfliehen wollen, zu Eurer eigenen und zur Sicherheit der Menschen, die uns Unterschlupf gewähren.« Eldric nickte, und Hawklan fuhr fort: »Dan-Tors Machenschaften sind uns beiden bekannt. Der größte Dienst, den wir einander erweisen können, besteht darin, unser Wissen zu teilen. Dann können wir unser Ziel definieren und unsere Aktionen planen. Als Soldat würdet Ihr wohl sagen – Aufklärung, Strategie und Taktik.«

Wieder nickte Eldric. »In der Tat, Heiler«, sagte er mit leiser Ironie. »In der Tat.«

Im Laufe des Tages ließ auch Dan-Tor die Ergebnisse seiner Aufklärungsarbeit Revue passieren. Reglos und schweigend hockte er im Zentrum des Netzes, das die Mathidrin über die Stadt spannten. Gelegentlich ging er ans Fenster und sah zu der schlanken Rauchsäule hinaus, die sich immer noch in der Ferne emporkräuselte. Wie Weihrauch von einer Opfergabe, dachte er.

Mit der Sonne hatte sich eine leichte Brise erhoben, die die Säule krümmte und zerfaserte. Der gelbliche Morgennebel wurde allmählich vom Wind verweht, der die frischen Gerüche der fruchtbaren Felder mit sich führte, welche die Stadt umgaben. Dieser Anblick war weniger nach seinem Geschmack, doch angesichts der errungenen Erfolge vermochte so gut wie nichts seine Hochstimmung zu dämpfen. Alles in allem hatte er viel erreicht.

Na gut, die Lords waren entwischt; das war nicht so gut, war voraussichtlich die Ursache für den Beginn des Aufruhrs gewesen. Zwei der Werkstätten waren zerstört worden; auch das war nicht so glücklich. Mehrere Mathidrin waren umgekommen; das war kaum von Bedeutung. Doch der größte Gewinn bestand darin, daß er die Schuld für all das Chaos ohne Umschweife den vier Lords in die Schuhe schieben konnte, ihnen und ihren agilsten Mittelsmännern. Trotzdem spürte er, daß Hawklan der wahre Auslöser gewesen war. »Hab' ich es Euch nicht vorausgesagt? Verrat lauert überall um uns herum«, konnte er nun sagen. »Seht nur, was diese Männer mit ihrem kranken Ehrgeiz und ihrer Gier angerichtet haben. Und sie sind von unserem Volk. Was können wir da erst von den Orthlundyn erwarten?«

Unter dem Vorwand, die Verräter-Lords und ihren Anhang auszurotten, konnte er die Macht seiner Mathidrin ausweiten, und mit der Angst und dem Schrecken, den sie nun verbreiten würden, konnte er nach und nach auf all die nervenaufreibenden juristischen Finessen verzichten, hinter denen er sich bisher hatte verschanzen müssen.

Müßig ließ er eine Schreibfeder über das vor ihm liegende Buch rollen. Eine Zeitlang schwebte sie über dem Rand, um dann auf seinen kleinen Stoß hin herunterzukippen. Die Waage neigt sich in meine Richtung, dachte er. Und sie wird nicht wieder zurückschwingen. Unter dem Stiefel meines Meisters wird Fyorlund immer tiefer in die Knie gehen. In der Tat eine wichtige Errungenschaft.

Nichtsdestoweniger wogen Hawklan und die Lords noch zu schwer in seiner Balance. Nach Belieben konnten sie seine Version der Ereignisse widerlegen und viele der Leute aufstacheln, besonders außerhalb der Stadt, wo die Mathidrin geringeren Einfluß hatten. Sie konnten ihm endlose Probleme bereiten.

Und Hawklan? Immer noch ein Rätsel. Er *muß* derjenige sein, der all dies ins Rollen gebracht hat, aber warum? Und wie?

Seine Gedanken wanderten zurück zum Dorfanger von Pedhavin. Welcher böse Geist hatte ihn damals glauben gemacht, er könne ausgerechnet den Orthlundyn seine verderbten Waren andrehen? Diesem letzten Rest der alten Rasse? Er hätte seiner ursprünglichen Absicht treu bleiben und unbemerkt durch Orthlund in eine Welt weiterreisen sollen, die reif für ihn war. Aber er hatte ja Halt machen *müssen*. Hatte sie auf die Probe stellen *müssen*. Und welcher Dämon hatte ihn dazu getrieben, am Fuße jener verfluchten Burg den Clown zu spielen, von Angesicht zu Angesicht mit jenem Mann, der den größten aller Feinde in sich tragen mochte? Doch vor allem, was hatte ihn zu dem unseligen Versuch verleitet, diesen Mann ohne Seine Hilfe zu versklaven?

War es jener alte Spaßmacher, das Schicksal? War es ein dunkler Test durch seinen Meister? Oder war es sogar ein Komplott von Ethriss selbst? Wenn der Teufel erwacht war, sollte es nicht möglich sein, daß auch er über Seine List und unendliche Geduld verfügte? Daß er in seiner sterblichen Hülle suchte und lernte, seine Kräfte nicht an kleine Fische vergeudete, bis er die wahre Macht seines so lange stummen Widersachers kannte? Der Gedanke war so scharf und deutlich umrissen wie der schwarze Vogel, der durch den Morgendunst geflogen war und Dan-Tor so nachhaltig verstimmt hatte. Ein mächtiger Diener eines unendlich grausamen und geschickten Meisters, das war er. Aber eine Marionette? Deren Fäden so sichtbar waren, daß jeder, der sie sehen konnte, nach Belieben an ihnen ziehen und ihn lustige Verrenkungen vollführen lassen konnte? Unbehaglich ließ er die Blicke schweifen, als höre er irgendwo ein fernes, hämisches Kichern.

Und dann kam ihm in der Folge dieser Überlegungen der furchtbarste aller Gedanken. Daß selbst Seine und Ethriss' Taten von einem höheren Willen bestimmt sein könnten.

Mit grimmiger Entschlossenheit schüttelte er diese quälenden Gedanken ab. Niemand hat den Blick für so etwas, dachte er. Du suchst, was sich dir immer entziehen wird. Befaß dich mit den Problemen des Augenblicks. Alles andere wird dir wenig Dank einbringen. Hawklan muß in der Stadt sein. Die Lords sind es möglicherweise immer noch. Man muß sie dingfest machen, bevor die Waage sich wieder zu meinen Ungunsten neigt.

Er ging durch die Tür in ein kleines Vorzimmer. Ein makelloser Mathidrin-Offizier schlug bei seinem Eintritt zackig die Hacken zusammen. »Lord?« fragte er.

»Kommandant Urssain soll mich sofort nach seiner Rückkehr auf den nördlichen Zinnen aufsuchen.«

Als der Tag voranschritt, wurde ein gewöhnlicher Raum im Obergeschoß eines ganz gewöhnlichen Vaklosser Hauses Zeuge, wie Hawklans Vorschlag in die Tat umgesetzt wurde:

Die Lords und ihre Befreier und zuletzt Hawklan gaben ihre Geschichten zum Besten.

Der Raum war lediglich von dem wenigen Tageslicht erhellt, das durch die dünnen Vorhänge dringen konnte; man hatte sie zugezogen gelassen, seit das Haus erwacht war. Bewegungen in einem der oberen Räume würden eventuell die Aufmerksamkeit der durch die Straßen patrouillierenden Mathidrin erregen, aus dem Fenster dringender Fakkelschein ganz gewiß.

Eldric sprach für die Lords. Seine Geschichte war einfach, präzise und kurz, wenn auch ein wenig hölzern. Hawklan fiel auf, daß einige der Goraidin sich zuzwinkerten, als er zu reden begann, als stände er im Geadrol. Er berichtete von ihrer Verhaftung und Gefangenschaft und von ihrer unvermuteten, aber dürftigen Verbindung mit der Königin, gestattete sich jedoch keine Vermutungen bezüglich der Beweggründe des Königs oder Dan-Tors.

Yatsus Erzählung war länger und bewegter. Die gemusterten Vorhänge warfen unregelmäßige Schatten auf sein Gesicht wie eine Kerkermaske. Er informierte sie über seinen Entschluß, seine alten Kameraden von den Goraidin zu mobilisieren, als er von der erzwungenen Entwaffnung der Hochgarden gehört hatte. »Ohne den Geadrol ist alles verschleiert. Die Abwicklung der Staatsangelegenheiten ist unseren Blicken ebenso entzogen wie diejenigen, die die Fäden ziehen. Den Appellen der anderen Lords, Euch freizulassen oder vor Gericht zu stellen, begegnete Dan-Tor mit willkürlichen und endlosen Ausflüchten. Die Mathidrin ignorierten und mißbrauchten Gesetz und Menschen. Ich sah keine Alternative, als Euch zu befreien, auf daß wieder ein bißchen Licht in die Dunkelheit falle.«

Eldric nickte, doch als er erneut das Wort ergriff, war sein Tonfall streng. »Hawklan hat uns einige der Vorkommnisse berichtet – und Ihr habt es ja selbst bestätigt –, die aufgrund Eurer Aktionen eingetreten sind. Die Stadt verwüstet, Mord, Vergewaltigung, Plünderung. Das ist ein entsetzlicher Preis für unsere Freiheit. Wie könnt Ihr ihn rechtfertigen, Goraidin?«

Hawklan beobachtete Yatsu genau. Eldrics schroffe Frage ließ die inneren Qualen des Mannes an die Oberfläche steigen, und trotz aller Selbstbeherrschung vermochte er sie nicht zu verbergen. »Weder kann ich es weder rechtfertigen noch Rechenschaft darüber ablegen, Lord«, antwortete er. »Wir haben alles sorgfältig geplant. Wir haben die Stadtpatrouillen genau beobachtet. Wir haben verläßliche Hochgardenoffiziere ausgewählt.« Er betonte ›verläßlich‹. »Die Älteren. Wir haben eine ausgedehnte Serie von Ablenkungsmanövern und den Brand einer von Dan-Tors Werkstätten arrangiert, um die Garnison aus dem Palast zu locken. Wir kannten das Risiko und wußten, daß wir durchaus scheitern konnten. Wir kannten das Risiko ... daß Zivilisten zu Schaden kommen konnten. Die Schuld hätte ich auf mich genommen. Aber was dann geschehen ist ...« Er schüttelte den Kopf und ballte die Fäuste. »Das verstehe ich nicht. Die Mathidrin sind offenbar Amok gelaufen, doch wenn sie auch bösartig und gemein sind, undiszipliniert sind sie nicht. Das ergibt keinen Sinn. Warum sollten sie so etwas tun?«

»Ich fürchte, das ist nur zu offensichtlich.« Hreldars Stimme klang eiskalt. »Dan-Tor hat es angeordnet.«

»Euer Erstes Sammeln ist verfrüht, Lord«, sagte Eldric schnell.

Hreldar wischte den Einwurf zur Seite. »Nein«, widersprach er unter heftigem Kopfschütteln, »Dan-Tor beabsichtigt, die ganze Macht an sich zu reißen – zu dem Schluß waren wir bereits gekommen, wenn wir damals auch den Grund nicht angeben konnten. Das Gesetz und seine zahlreichen Manifestationen in unserer Gesellschaft stellen sein größtes Hindernis dar. Alles, was das Gesetz stört, dient seinem Vorteil. Er hat nur die Karten aufgenommen, die Goraidin Yatsu und seine Kameraden ausgespielt haben.«

»Ich stimme zu«, ließ sich Darek vernehmen. »Wir haben es heute in großem Umfang mit Klatsch und Gerüchten zu tun, doch die Schnelligkeit der Ereignisse spricht dafür, daß Dan-Tor diesen Zug lange im voraus geplant haben muß. In den Debatten war er nie um Alternativen verlegen, wenn Ihr Euch erinnern mögt, Lords.«

Eldric stützte seine Stirn in die Hände. Dann nickte er. »Ich fürchte, Ihr habt recht«, räumte er ein. »Goraidin Yatsu, ich weiß, ich kann die Last dieser Ereignisse nicht von Euren Schultern nehmen, doch ich stimme meinen Freunden voll und ganz zu. Ihr dürft Euch nicht die Verantwortung dafür geben, was ein anderer mit *Eurem* Schwert angerichtet hat.«

Schließlich kam die Reihe an Hawklan. Den sonderbaren Orthlundyn. Den Heiler? Den Mann, der die Treue des Auslands-Goraidin Isloman besaß. Den Mann, dessen Präsenz praktisch ihre Loyalität auf sich gezogen hatte. Nach Yatsus bitterem Kummer lud die Atmosphäre sich nun mit Spannung auf, als Eldric ihn zum Sprechen aufforderte.

Er berichtete ihnen über Dan-Tors merkwürdigen Einfall in Orthlund und seinem tragischen Ausgang. Die Gruppe hörte ihm still und wortlos zu, bis er gegen Ende Jaldarics Namen nannte und die wahre Natur der Patrouille enthüllte, die sie angegriffen hatte. Einen kurzen Augenblick senkte sich bleiernes Schweigen über den Raum, dann folgte ein aufgeregtes Durcheinander, und Hawklan sah sich von allen Seiten mit Ungläubigkeit und Zorn konfrontiert.

Endlich beruhigte Eldric den Tumult. Kopfschüttelnd, als wolle er das Stimmengewirr in seinem eigenen Schädel zum Verstummen bringen, beugte er sich eindringlich vor. Auf seinem Gesicht spiegelten sich widerstreitende Gefühle wider. »Hawklan, das ist doch Wahnsinn. Bewaffnete Mandrocs ... uniformiert ... die nach Orthlund marschieren. Töten! Wahnsinn! Und mein Sohn, mein Sohn, was ...«

Er verstummte, nicht mehr in der Lage, fortzufahren. Hawklan fing seinen Blick auf und hielt ihn fest. »Lord Eldric. Ich habe Euch die Wahrheit erzählt. Ich kann Euch nur wenig Trost geben, falls Jaldaric tatsächlich Euer Sohn war. Als ich ihn das letzte Mal sah, lebte er, und diesem Aelang schien sehr daran gelegen zu sein, daß das so blieb.« Er ließ den Blick über die anderen Lords und die Goraidin schweifen, deren Fragen nur durch Eldrics Willen zurückgehalten wurden. Hreldar allein wirkte ungerührt. »Ihr habt nur mein Wort und das Islomans dafür. Doch wir sahen, was wir sahen, und sind gerade aus diesem Grunde hier. Von Eurem Volk haben nur Fel-Astian und Idrace überlebt, und wir haben uns von ihnen getrennt, bevor wir hierher aufbrachen. Ich weiß nicht, wo sie sich nun aufhalten.«

Unter seinem festen Blick begannen Skepsis und Zorn seiner Zuhörer zu schmelzen. Die Unfaßbarkeit der soeben erzählten Geschichte unterlegte das Chaos der jüngsten Ereignisse mit einer Note, die dem Ganzen einen noch häßlicheren Beiklang verlieh. Nichts als Verwirrung und Unsicherheit folgten diesen Ereignissen und hingen starr in der Luft.

Eldrics Stimme schnitt durch die unheimliche Stille. »Wir sind ein vernünftiges Volk, Hawklan, doch während der letzten Monate mußten wir viele Ereignisse hinnehmen, die offenbar jenseits aller Vernunft liegen. Während eines früheren Gesprächs sagte ich, ich werde Euch nach Euren Taten beurteilen, Hawklan, und mein Verstand sagt mir nun, daß Ihr unser Freund und Verbündeter seid; mein Herz sagt dasselbe. Lords? Meine Herren?« Er warf einen fragenden Blick in die Runde.

Es gab keinen Widerspruch.

Er fuhr fort: »Aber, Hawklan, Ihr erzählt uns da eine gräßliche Geschichte. Wir müssen entscheiden ...«

»Psst.« Das Geräusch stammte von einem der am Fenster postierten Goraidin. Vorsichtig zog er eine Ecke des Vorhangs zurück und spähte um die Ecke. Dann ließ er ihn ebenso vorsichtig wieder zurücksinken. Die anderen erkannten das Zeichen. Plötzliche Bewegungen erregen nur Aufmerksamkeit. Sie verstummten. Diejenigen, die gesessen hatten, erhoben sich geräuschlos und überprüften instinktiv ihre Waffen.

»Mathidrin«, wisperte der Mann. »Wahrscheinlich mehrere Hundertschaften. Es sieht so aus, als hätten sie die Straße abgeriegelt und durchkämmten ein Gebäude nach dem anderen.«

KAPITEL 38

Hreldar und Darek lagen richtig mit ihrer Beurteilung, warum aus den engmaschigen Ablenkungsmanövern der Goraidin scheinbar spontan solcher Horror entstanden war. Die Mathidrin hatten tatsächlich den Befehl, jeden etwas größeren Aufruhr in der Stadt zu verschärfen. Die Einzelheiten paßte Dan-Tor täglich der Entwicklung der Ereignisse an, doch die grundlegende Taktik entsprach einem von vielen Eventualplänen, die er für unvorhergesehene Zufälle vorbereitet hatte.

Nun sahen die Männer, die sich in jenem Raum im Obergeschoß eines Vaklosser Wohnhauses versammelt hatten, einen anderen Plan in Aktion treten: die systematische, gründliche Durchsuchung der ganzen Stadt. Dies war eine umfangreiche Operation, und Mathidrin waren aus vielen Nachbarstädten und -dörfern nach Vakloss zusammengezogen worden, um ihre Durchführung zu gewährleisten.

Yatsu sah den Sprecher an: »Bogenschützen oder Reiter?« wollte er wissen.

Der Mann schüttelte den Kopf. »Bogen sehe ich nicht. Und nur ein oder zwei Offiziere sind beritten«, antwortete er.

»Zweihundert?« fuhr Yastsu fort.

»Ungefähr«, bekam er bestätigt.

»Kommandant«, wandte Eldric sich an Yatsu und bestätigte so dessen Rang. »Habt Ihr irgendwelche Pläne zur Flucht aus diesem Haus?«

Yatsu schüttelte den Kopf. »Nicht unter diesen Umständen«, gab er zurück. »Wir hatten die Stadt eigentlich schon gestern nacht verlassen sollen, aber das war ja nicht möglich.«

Eldric nickte. »Ihr habt Einheiten, die uns außerhalb der Stadt erwarten?«

»Ja«, bestätigte Yatsu. »Und noch weitere Freunde innerhalb der Stadt. Aber mehr können sie nicht tun – warten. Sie haben keine Möglichkeit herauszufinden, wo wir sind befinden oder wie sie uns helfen können.«

Yatsu bedeutete einem der Männer, die Rückseite des Gebäudes zu überprüfen. Innerhalb weniger Sekunden kam er mit der Nachricht zurück, auch die Rückseite werde bewacht. »Soweit ich es sehen kann jedenfalls. Die Gasse ist schmal. Ist schwer zu überblicken.«

Der Mann am Fenster sog scharf den Atem ein. »Sie haben die Pferde gefunden. In wenigen Minuten haben sie uns«, zischte er.

Ein ängstliches Klopfen an der Tür kündigte die Hausherrin an. Sie war errötet und aufgeregt.

Yatsu hob die Hand, bevor sie noch etwas sagen konnte. »Ja, wir wissen«, sagte er, ging zu ihr und legte ihr beruhigend die Hand auf die Schulter. »Gibt es irgendeine Verbindung zu den Nachbarhäusern?«

Die Frau gestikulierte hilflos.

»Yatsu«, schlug einer der Männer vor. »Diese Häuser sind alt. Vielleicht haben sie gemeinsame Dachböden-«

Die Frau nickte eifrig. »Ja, haben sie, und es gibt eine Falltür ...« Sie trat zurück in den Flur und zeigte auf ein Paneel in der geschnitzten Holzdecke.

Unaufgefordert kletterte einer der Goraidin auf die Schultern seines Kameraden und stieß die geschnitzte Falltür zurück. Kleine Staubflocken schwebten in aller Ruhe auf die Köpfe der unten Stehenden hernieder.

»Yatsu«, gab Hawklan zu bedenken. »Dacu und Lord Arinndier können sich da nicht durchzwängen.«

Yatsu überhörte seinen Einwand. »Knebel die Verwundeten«, befahl er einem seiner Männer.

Hawklan riß entsetzt die Augen auf und ballte die Fäuste. Isloman legte ihm beschwichtigend die Hand auf den Arm. »Eldric hat ihn als Befehlshaber anerkannt«, rief er ihm ins Gedächtnis. »Wenn du seinem Urteil nicht vertraust, vertrau wenigstens meinem. Ich kenne Yatsu, und ich kenne diese Männer. Tu, was er sagt, und frag nicht lange. Wenn irgend jemand uns hier rausbringen kann, dann er.«

Bevor Hawklan etwas entgegnen konnte, erhielt Isloman einen genickten Befehl von seinem Kommandanten. »Jetzt du«, sagte der Schnitzer grinsend, umschlang Hawklan mit seinen mächtigen Armen und hob ihn ohne Mühe durch die Falltür, wo vier Hände ihn ergriffen und in die dunkle Wärme des Dachstuhls zogen. Inmitten des Hin- und Hergeschiebes hörte er ein Hämmern von unten.

Er hatte kaum das Gleichgewicht wiedergefunden, als auch schon der Rest der Gruppe auftauchte, die geknebelten Gestalten von Dacu und Arinndier eingeschlossen. Er übernahm sofort das Kommando und führte sie hinter den anderen her, die in der staubige Dunkelheit verschwunden waren.

Irgend jemand tauchte neben ihm auf und drückte ihm eine Fackel in die Hand. Sie fühlte sich solide und tröstlich an und gab ein beständiges, gutes Licht. Vor sich sah er weitere auf und ab hüpfende Fackeln zwischen den beweglichen Umrissen rennender Männer und den unbeweglichen des komplizierten Balken- und Sparrengeflechts, das das Dach stützte. Während sie vorwärts liefen, glitten schwarze Schatten sanft und schweigend über den Dachboden, geisterhafte Schemen, die sich zu denen der Dachbalken fügten. Die Luft war erfüllt von gedämpftem Fußscharren.

Gelegentlich wölbte sich der Boden unter ihren Füßen und markierte eine gebogene Decke in den unteren Räumen, und an manchen Stellen senkte das Dach sich so tief herunter, daß sie fast auf allen Vieren kriechen mußten.

Hawklan achtete wachsam auf Arinndier und Dacu. Sie bewegten sich gut, litten jedoch augenscheinlich unter Erschöpfung und Schmerzen. Er verspürte eine kurze ärgerliche Aufwallung gegen Yatsu, doch Islomans Worte mahnten ihn an den Ernst ihrer Lage. Zugleich wußte er, daß Arinndier und Dacu beinah jeden Schmerz erdulden würden, nur um die Gruppe nicht zu behindern. Wenigstens wird ihre Pein vorübergehen, dachte er. Meine Aufgabe hier ist folgen, helfen und lernen.

Schlagartig verschlechterten sich die Lichtverhältnisse auf

dem Dachboden, als die Falltür sich wieder schloß: Finsternis. Yatsu holte sie ein. »Uns bleibt nicht viel Zeit«, sagte er. »Die Tür haben wir verbarrikadiert, und sie müssen erst den Mann und die Frau finden, bevor sie erfahren können, wohin wir verschwunden sind.«

Hawklan, der sich plötzlich schuldig fühlte, fiel auf, daß er nicht einmal ihre Namen kannte und nicht wußte, warum sie sich auf ein solches Risiko eingelassen hatten. »Was geschieht mit ihnen?« fragte er.

Yatsu zuckte bedauernd die Schulter. »Wir haben sie gefesselt und geknebelt. Abgesehen davon, daß sie behaupten werden, wir hätten uns gewaltsam Zutritt verschafft, werden sie die Wahrheit über uns berichten. Das ist ihr bester Schutz. Aber ich weiß nicht ...«

Hawklan warf ihm einen Seitenblick zu, ohne den Schritt zu verlangsamen. Yatsus Miene war angespannt. Ja, dachte Hawklan, andere darum zu bitten, sich wegen dir in Gefahr zu begeben, das ist nicht einfach, oder? Er spürte, wie Yatsus Gedanken zu dem Kreischen und Schreien in den von Rauch und Menschenmassen verstopften Straßen zurückkehrten. Nicht deine Schuld, dachte er, obwohl du das nie so recht hinnehmen wirst. Noch eine Narbe, mit der du leben mußt. Noch mehr Verzweiflung. Yatsu war ein alter Soldat. Alles, was er den verstümmelten Unschuldigen anbieten konnte, war Rache, doch als alter Soldat wußte er auch, daß das nicht genügte.

Plötzlich wurde die Gruppe zum Anhalten gezwungen. Eine Steinwand blockierte ihren Weg.

»Sind wir am Ende der Häuserzeile?« fragte Hawklan.

Mehrere der Männer schüttelten nervös den Kopf. »Nein«, gab einer zurück, »bis dahin ist es noch einmal so weit, wenn meine Schätzungen stimmen.«

Hawklan entschloß sich, den Mund zu halten.

Yatsu hatte sich angesichts des Hindernisses nicht einen einzigen Fluch gestattet, doch sein Gesichtsausdruck war so nackt und hart wie die Wand.

Hawklan hörte keinen Befehl, doch drei der Männer rannten den Weg zurück, den sie gekommen waren, und als ihre Fackeln plötzlich erloschen, wußte er, daß die ersten Mathidrin, die den Dachstuhl betraten, sterben würden, bevor sie auch nur wußten, daß sie angegriffen wurden. Die anderen kratzten mit Messern und Dolchen an den breiten Ritzen in der Wand herum. Der Mörtel war weich, doch die Wand sah recht solide, das Hindernis unüberwindlich aus. Man konnte sich nur schwer vorstellen, daß selbst diese einfallsreichen Männer es überwinden sollten.

Er kümmerte sich um seine Schutzbefohlenen. Sanft ließ er Arinndier und Dacu sich hinlegen, und mit leisem Murmeln und einem kaum sichtlichen Händedruck versetzte er sie in Schlaf. Yatsus Augen weiteten sich in einer Mischung aus Sorge und Zorn. Hawklan winkte ihn an die Wand. »Ich sorge dafür, daß sie auf den Beinen bleiben«, teilte er ihm mit. »Wenn sie jetzt schlafen, setzt das Reserven in ihnen frei, die sie sonst mit Grübeln und Warten vergeudet hätten.« Yatsu sah ihn an und nickte.

»Gebt mir Licht.« Isloman stand ein Stück von den anderen entfernt in relativer Dunkelheit. Yatsu hielt die Fackel in seine Richtung. Ein befriedigter Ausruf war zu hören.

»Da haben wir's«, sagte Isloman. »Ich wußte doch, daß ich so etwas gesehen hatte.« Er fuhr mit dem Finger über einen gekrümmten, durchs Mauerwerk laufenden Spalt. Ohne Pause zückte er sein Messer und entfernte, indem er seine geballte Faust als Hammer benutzte, schnell und professionell den Mörtel um einen Stein herum. Hawklan hatte Isloman schon oft so arbeiten sehen, wenn er feinste Details schnitzte, so daß es ihn nicht überraschte. Die Goraidin und Lords jedoch bildeten in dem flackernden Fackelschein einen Ring erstaunter Gesichter um das ungewöhnliche Schauspiel.

»Schlechte Arbeit«, murmelte Isloman und verstaute sein Messer wieder. Dann steckte er die Finger mit geschlossenen Augen in den geöffneten Spalt, und nun staunte auch Hawklan, als er sah, wie die gesamte Kraft des Ersten Schnitzers in seine Hände floß, die langsam den beschädigten

Block aus seinem Gefüge lösten. Mehrere hilfsbereite Hände nahmen ihn ihm ab. Er steckte den Arm durch die Öffnung. Ein zufriedener Ausdruck glitt über seine Züge.

»Wir haben Glück«, stellte er fest. »Nur eine Haut. Die nächsten gehen leichter.«

Doch trotz aller Kraft und Meisterschaft brauchte er einige Minuten, um so viele Blöcke herauszuziehen, daß das Loch groß genug für einen Mann wurde. Als er sein Werk vollendet hatte, war er schweißüberströmt.

Hawklan sorgte dafür, daß Dacu und Arinndier durch die Öffnung geschoben wurden, bevor er sie weckte, und dann begann der stumme Lauf von neuem. Als Isloman einige Blöcke wieder zurücklegte, entdeckte er Lichtpunkte in der Ferne. »Da sind sie«, flüsterte er Yatsu dringlich zu.

Yatsu nickte. Die Mathidrin hatten das Haus offenbar langsam und vorsichtig durchsucht, nachdem sie die gefesselten Eigentümer entdeckt hatten. Sie schienen einen Hinterhalt zu fürchten. Mit ein bißchen Glück würden sie es auf dem dunklen und verwinkelten Dachboden ähnlich halten. Auch die von Isloman wieder an Ort und Stelle plazierten Steinblöcke wären kein leicht zu bewältigendes Hindernis. Zwei von Yatsus Männern waren unter der Last eines einzigen Blocks ins Schwanken geraten. Doch die Zeit arbeitete immer noch gegen sie, und er wußte nicht einmal annähernd, was sie unten auf der Straße erwartete. Sie konnten gut ins offene Messer rennen. Er schob den Gedanken beiseite. Das nützte jetzt nichts, selbst wenn es stimmen sollte.

Doch zu schnell kehrte der Gedanke wieder zurück, denn eine weitere Steinwand verhinderte ihr Fortkommen. Dies war tatsächlich das Ende der Häuserzeile, und wieder verschwanden drei Männer in die Dunkelheit.

Yatsu untersuchte die Wand, winkte Isloman herbei und wich zur Seite, bis beide sich unter dem Dachüberstand duckten. Hawklan sah Isloman nicken, und schlagartig, das unterdrückte Keuchen der wartenden Männer übertönend, gab es ein sprödes, scharfes Knacken, und ein heller Lichtstrahl fiel in die Finsternis. Der Schein der Fackeln verblaßte, und Tausende von herumwirbelnden Staubflocken leuchteten auf.

Die ganze Gruppe verharrte reglos in diesem neuen Zwielicht. Yatsus Hand fuhr überflüssigerweise in die Höhe, um das längst eingetretene Schweigen zu gebieten. Mit leicht zur Seite gedrehtem Kopf lauschte er den Geräuschen, die langsamer als das Sonnenlicht durch den Spalt drangen.

Augenscheinlich zufrieden, nickte er Isloman zu, der lautlos weitere Dachziegel entfernte. Yatsu steckte sich mehrere Scherben in die Tasche. »Dort unten können Bogenschützen sein«, hörte Hawklan ihn sagen. Behutsam und ein bißchen ungelenk richtete Yatsu sich auf und spähte durch das Loch. Als er wieder auftauchte, hallte ein Krachen durch den Dachstuhl, gefolgt von einem weiteren und noch einem, und jedes klang weiter entfernt als das letzte. Man war auf Islomans Steinblöcke gestoßen und schaffte sie beiseite. Dann kam das Geräusch hektisch laufender Füße.

Drei Gestalten kamen schweigend aus der Dunkelheit gerannt. Yatsu zog fragend die Brauen hoch.

»Wir haben drei durchgelassen, bevor wir sie getötet haben, dann haben wir zwei in dem Loch getötet«, antwortete der eine. »Wir haben sie da stecken gelassen, auf ihre eigenen Schwerter gespießt. Sie verstopfen die Öffnung. Das sollte sie eine Zeitlang aufhalten.«

Yatsu nickte und wandte seine Aufmerksamkeit wieder den anderen zu. »Schnell, bildet eine Leiter. Ich kann die Gasse nicht sehen, aber wir müssen über den First gehen.«

Zwei Männer verschwanden durch die Öffnung im Dach. Isloman folgte ihnen.

Yatsu winkte Hawklan eilig heran. »Bringt Arinndier und Yatsu als erste rüber«, befahl er. »Wir nehmen die anderen Lords mit.«

Hawklan sah aus dem Loch und fühlte, wie seine Knie weich wurden. Er folgerte, daß sie sich oberhalb des Torbogens am Ende der Gasse befinden mußten, doch er konnte weder ihn noch die darüberliegenden Stockwerke sehen. Alles, was er sehen konnte, war das steile Dach darüber. Es war nicht sehr lang und reichte bis über die schmale Gasse, doch von dort, wo er stand, bis zum Dach war es noch ein Stückchen, und von dem spitzen Dachfirst fiel es steil zur Gasse hinunter ab. Ein Abgrund, dessen Boden er nicht sehen konnte.

»Beeilung, Mann«, drängte Yatsu, als er mitten im Loch zögerte.

Die beiden Goraidin waren aufs Dach hinuntergeklettert. Einer hockte auf den Schultern des anderen. Sie lehnten an der Mauer und bildeten so eine menschliche Leiter zum First hinunter. Isloman saß mit leicht gebogenen Beinen auf der entfernten Seite des Firstes, wo dieser hinter der hohen Front des gegenüberliegenden Hauses weiterlief und eine Senke bildete, in der man sich relativ gefahrlos und ohne von unten entdeckt zu werden fortbewegen konnte.

Ohne sich den Luxus weiteren Nachdenkens zu gestatten, zwängte sich Hawklan durch die Öffnung und ließ sich zögernd am Dach und an den beiden Männern heruntergleiten, bis seine Zehen den Dachfirst berührten. Vorsichtig hob er den Kopf und sah, wie Dacu auf demselben Weg heruntergelassen wurde. Er reckte die Hände hoch über den Kopf und packte den Mann am Gürtel, sobald er losgelassen wurde. Doch Dacu war Goraidin und benötigte trotz seiner Verwundung fast keine Hilfe. Er umrundete Hawklan und flitzte über den First, fast bevor Hawklan wußte, wie ihm geschah.

Arinndier dagegen erwies sich als ein größeres Problem. Auch wenn er für sein Alter noch gut in Form war, war er doch kein Goraidin und darüber hinaus ein ziemliches Schwergewicht. Hawklan hörte die beiden Männer heftig keuchen, als er heruntergelassen wurde, sah Füße auf den steil abfallenden Dachziegeln rutschen und Hände nach einem besseren Halt an der Wand tasten, während das ungeschickte Zappeln des Verwundeten die Männer aus dem Gleichgewicht brachte.

Als er das Dach mit den Füßen berührte, taumelte er nach hinten, prallte gegen Hawklan und stürzte schwerfällig auf den First. Seinem geknebelten Mund entrang sich ein lautes Stöhnen, seine Augen schlossen sich vor Schmerz, doch er war in Sicherheit. Hawklan hatte weniger Glück. Während er schwankend das Gleichgewicht wiederzuerlangen versuchte, rutschte ein Fuß unter ihm weg, so daß er der Länge nach vorn aufschlug. Seine linke Hand griff nach dem Dachfirst, verfehlte ihn jedoch.

Während er zusah, wie seine Hand über die Dachziegel rutschte, war es ihm, als locke ihn die schmale Gasse in seinem Rücken mit einem düsteren Sirenengesang. Ein häßliches Kratzgeräusch klang in seinen Ohren: seine Fingernägel, die sich in die harte Oberfläche der Dachpfannen verkrallen wollten oder doch zumindest den Fall zu verlangsamen suchten, indem sie sich an kleinen Unebenheiten festhielten. Er sah, wie Arinndier entsetzt die Augen aufriß und Isloman mit quälender Langsamkeit auf ihn zustürzte.

Plötzlich hingen seine Füße im Nichts, und eine gespenstische Ruhe überkam ihn. Jetzt bekomme ich all meine Antworten, dachte er, doch instinktiv fanden die Finger seiner rechten Hand eine Fuge zwischen zwei Ziegeln und gruben sich mit wilder Entschlossenheit hincin. Für Bruchteile von Sekunden konnte er seinen Fall unterbrechen, dann schlang sich ein kraftvoller Griff um sein linkes Handgelenk und beendete ihn endgültig.

Isloman hatte sich, sobald er Hawklans Sturz registrierte, mit einer Hand am First festgehalten und war hinter seinem Freund hergestürzt. Nun hievte er ihn auf das Steildach und zerrte ihn ohne Umstände auf den Dachfirst in die Nähe von Arinndier, bevor er sich selbst hochzog. »Hiergeblieben«, flüsterte er unnötigerweise.

In den wenigen Sekunden, die er dort liegenblieb und sich wieder faßte, merkte Hawklan, daß die Goraidin Arinndier herüberholten und die anderen Lords über ihn hinweg lotsten. Als er aufzustehen versuchte, packten ihn zwei Paar Hände und zogen ihn das letzte kurze Stück in die verhältnismäßige Sicherheit der Dachrinne auf der anderen Seite der Gasse.

»Seid Ihr in Ordnung?« erkundigte Yatsu sich beiläufig, während er abwechselnd dem Rest der Gruppe beim Überqueren des Daches zusah und das Loch, aus dem sie gestiegen waren, im Auge behielt.

Hawklan funkelte ihn zornig an. »Nein, Ihr ...« fing er an, ließ sich aber teils von dem angedeuteten Lächeln auf dem Gesicht des Goraidin und teils von dem Schrei hinter sich ablenken. Als er sich umdrehte, sah er einen Mathidrin aus dem Loch steigen. Er brüllte, um die Aufmerksamkeit der anderen, vermutlich seiner Kameraden unten auf der Straße, auf sich zu lenken.

»Hinterher, schnell«, befahl Yatsu und drängte Hawklan in die Richtung, die die anderen genommen hatten. Gleichzeitig griff er in seine Tasche. Nach ein paar Schritten blickte Hawklan noch einmal über seine Schulter und sah gerade noch, wie der Mathidrin außer Sicht verschwand, dann, wie Yatsus Arm ausholte und ein großes Stück Dachziegel durch das Loch schleuderte. Nummer zwei, nahm er an.

»Jede Sekunde zählt«, sagte Yatsu anstelle einer Erklärung, als er zu ihm stieß. »Wir haben eine gute Chance, wenn sie unsere ersten Abbiegemanöver nicht mitbekommen. Diese Dachlandschaft ist ganz schön ausgedehnt.«

»Dann besorg ich uns noch ein paar dazu«, meinte Hawklan, steckte die Finger in den Mund und stieß einen langen, durchdringenden Pfiff aus, der von den Dächern der Umgebung widerhallte und nach unten in die Straße drang, die vor der Häuserzeile verlief, die sie soeben verlassen hatten.

Dem Fußsoldaten, der dort die Pferde bewachte, wollte es so scheinen, als beuge der riesige schwarze Hengst, den sie gefunden hatten, den Hals, horche und spreche dann mit den anderen Pferden. Er lebte indes nicht mehr lange genug, um seinen zweifellos richtigen Eindruck weitergeben zu können: Ein Tritt von Serians wirbelndem Huf tötete ihn auf der Stelle, und die Mathidrin-Fußsoldaten stoben panikerfüllt auseinander, als die Pferde laut wiehernd durch die Straße galoppierten.

KAPITEL 39

Dan-Tors Zufriedenheit wuchs schnell. So, Hawklan, du denkst also, du jagst mich? Ausgerechnet mich. Und das auch noch in meinem eigenen Revier. Er lächelte, während er die jüngsten Ereignisse im Lichte seiner neuen Erkenntnisse betrachtete. Urssains Bericht von der Flucht über die Dächer hatte zweifelsfrei erwiesen, daß Hawklan unzufriedene Hochgardisten benutzt hatte, um den Aufruhr anzuzetteln und die vier Lords aus dem Westtrakt zu befreien.

Eine beinah leutselige Stimmung überkam ihn. Na gut, Hawklan war ihm wieder entkommen, und die Hochgardisten hatten sich als erfindungsreiche und schreckliche Kämpfer erwiesen, doch eine blutige Nase würde den Mathidrin nicht weiter schaden. Die Vorteile jedoch, die ihm aus Hawklans Fehlern erwuchsen, waren beträchtlich.

Nur ein einziger winziger Makel störte seinen grimmigen Triumph. Hawklans Arm reichte weiter als ursprünglich angenommen. Hatte nicht ein Soldat einer Grenzpatrouille, der den Aufruhr überlebt hatte, berichtet, er habe Hawklan, verkleidet als Gesandter Orthlunds, nach Vakloss eskortiert? Mit einer Botschaft an Lord Dan-Tor? Vor dem Aufruhr?

Der Makel dehnte sich aus und verdüsterte seine Gedanken. Hawklan hatte sich während der Vorbereitungsphase geschickt, leise und mit großer List bewegt; sein Plan war nur deshalb fehlgeschlagen, weil er, Dan-Tor, sein Spiel durchschaut und eingegriffen hatte. Hawklans Strategie, den Ursprung seiner Probleme anzugreifen, und sein taktisches Geschick, diesen Angriff zu planen und durchzuführen, während er scheinbar gar nicht da war, schienen ihn in der Tat als einen gefährlichen Gegner auszuweisen.

Sicher vor dem Gebrauch der Alten Macht, weil ich Zweifel über deine wahre Natur hege, Heiler, wirst du dir jetzt in steigendem Maße bewußt, daß du als Mensch in Gefahr bist – wie tief bist du schon in mein Fleisch eingedrungen, du grünäugiger Stachel ...?

Dan-Tor schob den Gedanken beiseite. Ganz gleich, wie schwierig das war, Hawklan mußte zur Strecke gebracht und gebunden werden. Sicher gebunden.

Aber sanft. Sehr sanft.

»Urssain.« Dan-Tor beendete seine Mutmaßungen abrupt, als das Oberhaupt seiner Mathidrin-Patrouillen vor ihm auftauchte.

Der wartende Kommandant nahm Haltung an.

»Dieser Mann, Hawklan – der Orthlundyn – ich kenne ihn. Er ist gefährlich und sehr fähig. Solange er die Lords anführt, wird man sie nur schwer finden, und wenn man sie einmal hat, wird ihre Gefangennahme kostspielig. Unsere Stadtstreitkräfte haben mit der Konsolidierung der Erfolge der letzten Tage ohnehin genug zu tun; wir sollten sie nicht für eine vergebliche Jagd auf diese Abtrünnigen vergeuden, die nur in einer Katastrophe enden kann.«

Er erhob sich und richtete einen haßerfüllten Blick auf Urssain. »Es gibt Gründe, warum der Mann Hawklan *nicht* angegriffen werden darf. Wir legen einen Köder aus, um die Lords zurückzulocken, und wenn sie zufällig entdeckt werden, können wir sie gefangennehmen, aber ...« Dan-Tors Augen glommen plötzlich rot auf, und Urssain wollte es scheinen, als füllten sie seine ganze Seele aus. Er hielt die Luft an, als habe er Angst davor, was die geringste Bewegung seinerseits anrichten konnte. »Versteht«, drang eine Stimme durch Urssains Entsetzen. »Und sorgt dafür, daß es auch der letzte Eurer Männer versteht. Wenn Hawklan gefunden wird, hat man ihm mit Höflichkeit und Achtung zu begegnen. Begegnet Ihr ihm mit Gewalt oder droht Ihr ihm auch nur Gewalt an, darf der Übeltäter sich auf einen Tod freuen, der länger und schrecklicher ist, als er sich selbst in seinen kühnsten Alpträumen ausmalen kann – das gilt für alle, die bei ihm waren.«

Als ein entsetzter Urssain mit weit aufgerissenen Augen abgetreten war, setzte Dan-Tor sich hin und schloß träge die

Augen. Jetzt war er befriedigt. Jetzt begann der wahre Fall von Fyorlund. Jetzt überschritt es die Grenze, jenseits derer es sich nicht mehr aus eigener Kraft erholen konnte. Jahre sorgfältiger Zersetzung hatten ihr Ziel erreicht. Und während er das Netz der Furcht über dem Land immer enger zusammenzog, wurden die Schwachen, die Feigen, die Zauderer an die Oberfläche gespült wie Keime aus einer nässenden Wunde, um die ansteckende Krankheit weiter und immer weiter zu verbreiten. Schon bald würde Fyorlund in sich zusammenstürzen wie ein hohler großer Baum, würde nur noch ein Kadaver übrigbleiben, ein Heim für die Aasfresser, die sich darüber hermachten. Der Grabgesang Fyorlunds wäre die Geburtshymne der neuen Ordnung. Und viel eher, als er es geplant hatte.

Obwohl Hawklans Anwesenheit diesen Fluß störte, lag eine gewisse Ironie in der Ausgeglichenheit der Ereignisse. Ein längerer Aufschub, und Fyorlund wäre womöglich schwächer gewesen – doch Ethriss, wo immer er ruhen mochte, wäre seinem Erwachen näher.

Dan-Tor nickte vor sich hin. Alles hatte seinen Preis. Er war von Zeitalter zu Zeitalter verschieden, aber gezahlt werden mußte er. Und wenn alles abgeschlossen war, würde man nur noch in Zeitaltern rechnen. Den Zeitspannen eines Augenaufschlags vor den Ewigkeiten, die ihnen bevorstanden.

Jenseits der Häuserzeile, aus der Hawklan und die anderen entkommen waren, erstreckte sich eine Dachlandschaft wie ein Flickenteppich, so vielfältig wie eine zerklüftete Gletscherlandschaft mit ihren Ebenen, Gipfeln und Tälern. Die Gruppe kletterte und rannte über dieses seltsame Terrain, unsichtbar für die Wachposten unten auf den Straßen, nur von einem einsamen schwarzen Punkt überblickt, der hoch oben am Sommerhimmel seine Kreise zog. Schließlich gelang es ihnen, in das unbenutzte Obergeschoß eines der vielen öffentlichen Gebäude von Vakloss abzusteigen.

Die Präsenz so vieler Mathidrin und der Schock der vergangenen Tage hielten zahlreiche Leute in ihren Häusern. Doch die Alltagsbedürfnisse sowie der angeborene und massive Drang zu normaler Geschäftigkeit hatten andere automatisch herausgetrieben. Hawklan und Yatsu, die sich vorsichtig durch das Gebäude nach unten schlichen, sahen sich von einem Innenbalkon auf eine geschäftige Markthalle herunterblicken, die durch ihre bloße Aktivität den Schrekken der jüngsten Vergangenheit Trotz zu bieten schien.

Hawklan schüttelte den Kopf. »Ich weiß nicht, ob ich traurig oder froh darüber sein soll, daß ein derartiger Anblick schon so bald danach möglich ist«, zweifelte er.

»Denkt später darüber nach«, riet Yatsu. »Wir müssen immer noch einen Fluchtweg aus der Stadt finden.« Er dachte über seine Schutzbefohlenen nach. Die Lords waren genügend verwahrlost, um vielleicht als Handwerker oder Kaufleute durchzugehen, obwohl Arinndier und Dacu zusehends an Kraft verloren. Und die Mathidrin-Uniformen, die er und die anderen Goraidin trugen, waren so zerschlissen und besudelt, daß sie unausweichlich Aufmerksamkeit erregen mußten, genau wie die fremde Kleidung von Hawklan und Isloman. »Es ist zu gefährlich«, entschied er. »Wir sehen zu verdächtig aus. Wir dürfen nicht riskieren, daß man die Lords erkennt oder daß wir einer Streife in die Arme laufen. Wir müssen auf die Dunkelheit warten. Oben gibt's eine Menge unbenutzter Räume.« Hawklan schien nicht geneigt, Yatsus Entschluß zu widersprechen. »Die Dämmerung, bevor die Kugeln angehen, ist unsere Zeit. Dann bewegen wir uns weiter.«

Die wenigen noch ausstehenden Stunden des Tageslichts ruhten sie sich in einem leeren Lagerraum im Obergeschoß aus.

»Nicht sehr feudal, Lords, fürchte ich«, sagte Yatsu. »Und auch für einen Gesandten aus Orthlund nicht gerade die angemessene Umgebung.«

Hreldar ließ sich auf einen Stapel Säcke fallen. »Der Raum hat eine Tür, die sich öffnen läßt, Kommandant Yatsu. Einen anderen Palast brauchen wir nicht.«

Darek und Eldric bekundeten ihre Zustimmung, Arinndier war bereits eingeschlafen. Er lag ausgestreckt auf dem Holzfußboden neben Dacu. Ihre Köpfe ruhten auf einem provisorischen Kissen aus Sackleinen. Hawklan saß neben ihnen, an eine rauhe Holzsäule gelehnt. Er sah nachdenklich aus.

»Geht es ihnen gut?« erkundigte sich Yatsu.

Hawklan nickte, dann lächelte er. »Ja«, gab er zur Antwort. »Dacu hat eine Widerstandskraft, die einen halb so alten Mann vor Neid erblassen lassen würde, und auch Lord Arinndier ist für sein Alter ganz gut in Form. Aber sie brauchen Ruhe und sorgfältige Pflege, um schnell gesund zu werden.«

Yatsu wandte den Blick zu der verblichenen, abbröckelnden Decke. »Es wird verdammt wenig Ruhe geben, und nur die Pflege, die Ihr ihnen angedeihen lassen könnt, Heiler«, erwiderte er. »Tut mir leid.«

»*Mir* tut es leid, Yatsu«, entgegnete Hawklan. »Aber ich verstehe. Ich wollte Euch nicht noch mehr belasten.«

Ein behagliches Schweigen trat ein, und Hawklan ließ den Blick in die Runde schweifen.

Nun, da sie den Entschluß zum Rasten getroffen hatten, entwich der letzte Hauch von Hektik. Routinemäßig hatten die Goraidin die Fluchtwege aus dem Gebäude erkundet, Wachen aufgestellt und sich dann in verschiedenen Positionen über den Lagerraum verteilt. Ein Unbeteiligter hätte den Eindruck gewonnen, sie schliefen.

Yatsu bekam Hawklans Gesichtsausdruck mit und grinste. »Goraidin finden sich blitzschnell mit jeder Situation ab, Hawklan. Sie hängen an nichts. An keinem Ort, keinem Gegenstand, keiner Person, keiner Zeit. Das bedeutet nur innere Unruhe, und innere Unruhe bedeutet sinnlosen Tod. Den Tod des Geistes, den Tod des Körpers, den Tod der Liebe. Nur indem wir loslassen, was wir lieben, vermögen wir es zu erhalten. Ich bin mir sicher, *Ihr* versteht das, wer immer Ihr seid.«

Hawklan legte anstelle einer Antwort die Hand auf Yatsus

Arm. Die Worte dieses Mannes schienen einen zeitlosen Faden von Hoffnung und Weisheit zu weben, der über endlose Generationen in die Vergangenheit zurückreichte.

Die untergehende Sonne fiel durch ein kleines, hoch unter der Decke angebrachtes Fenster. Hawklan, der den Blick über die schlafenden, in dem Zwielicht halb verschwommenen Gestalten wandern ließ, hätte sich fast wie in einer orthlundischen Scheune fühlen können, müde und glücklich nach einem harten Erntetag. Er fixierte die leise durch den gelben Sonnenbalken trudelnden Stäubchen und gestattete sich das Einsinken in die tiefe Ruhe des Raums. Die zahllosen winzigen Lichter erinnerten ihn an die Sterne im Knauf seines Schwerts.

Er hatte nicht geschlafen. Er schien zwischen den Myriaden von Lichtern zu schweben, nur ein kleiner Funke unter den vielen anderen. Sonderbare Bilder und Töne umgaben ihn. Zuerst Stille, eine vergessene Erinnerung an eine Zeit, als alles Strahlen und Gesang war, eine Ewigkeit von Zeit, ein endloses Entfalten in immer reichere und schönere Muster. Dann störte eine kleine Welle des Unbehagens, zunächst leise und weit entfernt, die Muster. Ein schwacher Posaunenstoß erklang, und mit erschreckender Plötzlichkeit schlugen Entsetzen und Finsternis über ihm zusammen. Er kämpfte, erschöpft bis in die letzte Faser seiner Seele und seines Körpers, gegen die endlosen Wogen eines unsichtbaren Feindes, der unvermeidlich triumphieren mußte. Er erstickte an seiner Verzweiflung, seiner Schuld.

Hawklan schreckte kerzengerade hoch, die Augen groß, die Stirn naß von Schweiß. Die abrupte Bewegung verursachte kleine Strudel unter den Stäubchen, und sie wirbelten und tanzten in der nun rötlich gefärbten Luft, als versuchten sie zu entkommen. Durch ihren Reigen hindurch erblickte Hawklan Andawyrs Gestalt, durchscheinend und doch eigenartig fest in der sanft wirbelnden Luft, und auch er strahlte diese kampfesmüde Erschöpfung und Verzweiflung aus. Er hielt den Kopf gebeugt, doch als vernehme er ein unerwartetes Geräusch, hob er ihn und sah Hawklan direkt in die Augen. Kurz starrte er ihn fassunglos an, dann flackerte eine schwache Hoffnung in seinen Augen auf.

»Wie seid Ihr hierhergekommen, Hawklan?« fragte er mit gepreßter, weit entfernter Stimme. »Helft mir.« Seine zitternden Hände streckten sich ihm flehend entgegen. Ohne Zögern beugte Hawklan sich vor und ergriff sie. Er spürte, wie seine Heilkräfte in die Gestalt flossen wie in eine furchtbare Wunde.

»Ah«, ertönte Andawyrs Stimme erneut. »Ihr seid hier und nicht hier, genau so, wie ich gebunden und doch nicht gebunden bin. Es besteht noch Hoffnung für uns ... Sucht die Cadwanol und die Wächter auf ... Seine Macht schlug mich in Fesseln ... Weckt Eth ...« Schlagartig verschwand die Gestalt, und Hawklan fühlte eine gräßliche Kälte in seine Hände fließen.

»Was tut Ihr da?« zischte es ihm ins Ohr. Er wandte sich um und sah sich in Yatsus alarmiertes Gesicht blicken. Es schien zugleich sehr nah und sehr weit weg zu sein. »Was tut Ihr?« wiederholte Yatsu.

Hawklan wollte soeben auf Andawyr zeigen, erstaunt über Yatsus Frage. Doch der war nicht mehr da, obwohl er die Heilkräfte immer noch aus seinen Händen fließen spürte. Er blinzelte verdutzt, und in dem Augenblick klärte sich sein Blick und er wußte, daß er wieder allein mit Yatsu in dem Lagerraum war.

Er wollte Yatsu schon fragen, ob auch er Andawyr gesehen habe, wußte jedoch, daß das keinen Sinn hatte. Er war sich nicht sicher, ob es ein Traum oder eine Vision gewesen war, aber was auch immer, es war für ihn allein bestimmt. Er ließ seine ausgestreckten Arme wieder sinken.

»Hab' nur geträumt«, entschuldigte er sich lahm und mit einem schwachen Lächeln. »Nur geträumt.«

Yatsus Gesichtsausdruck besagte allerdings, daß ihn dringendere Sorgen als das exzentrische Benehmen seines Kameraden plagten.

»Was ist los?« fragte Hawklan.

»Ich war draußen«, erwiderte Yatsu. »Die Mathidrin

nageln überall Anschläge mit Lord Dan-Tors Antwort auf unsere Flucht an.«

»Und?«

Yatsu sah flüchtig zu den anderen, immer noch schlafenden hinüber, dann flüsterte er Hawklan etwas ins Ohr.

Hawklans Augen weiteten sich vor Entsetzen. »Da kann ich Euch keinen Rat erteilen«, erwiderte er nach einem Moment des Nachdenkens. »Ihr kennt Euer Land und den Wert dieser Männer für das Land. Was wollt Ihr tun?«

Yatsu aber hatte seine Entscheidung längst getroffen. »Die Lords dürfen nicht davon erfahren. Besonders Eldric nicht. Ich übernehme die Verantwortung. Wir müssen sie sofort aus der Stadt bringen, zu ihren Ländereien, wo sie dann eine ernstzunehmende Opposition gegen diesen Mann aufbauen müssen.«

Hawklan sah ihm ins Gesicht, unfähig, ihm seine Bürde zu erleichtern. Eldric hatte keinen Fehler begangen, als er diesen Mann zu ihrem Befehlshaber ernannt hatte.

»Wir können nur zwischen zwei Übeln wählen«, fuhr Yatsu fort. »Das ist keine echte Wahl.«

»Was ist mit Dacu und Lord Arinndier?« wollte Hawklan wissen.

Yatsu warf einen Blick zu den beiden am Boden liegenden Gestalten hinüber. »Auch keine Wahl«, sagte er. »Sie können nicht hierbleiben. Ich kann sie nicht mit einem unserer Freunde hier lassen, das wäre zu gefährlich. Sie müssen mitkommen. Je weiter wir von der Stadt entfernt sind, desto einfacher wird es werden. Kommt Ihr mit uns?«

»Wie lang ist die Reise?« erkundigte sich Hawklan.

Yatsu zuckte unbehaglich die Achseln. »Ein bis zwei Wochen, das hängt davon ab. Die Verhältnisse ändern sich rapide.«

Hawklan war hin und her gerissen. Er haßte es, die beiden Kranken auf einer solch langen Reise sich selbst zu überlassen, doch er haßte es nicht minder, in etwas verwickelt zu werden, das sich bestimmt zu einem blutigen und langwierigen Bürgerkrieg zwischen den Lords und Dan-Tor auswachsen würde. Er war gekommen, um sich Dan-Tor aus seinen eigenen Gründen entgegenzustellen, die, wenn auch noch ungenau, wichtiger als je zuvor zu sein schienen. Dann war da noch die erneut bestätigte Dringlichkeit von Andawyrs Bitte. Geht zu den Cadwanol. Weckt Ethriss.

Da kam ihm ein eiskalt berechnender Gedanke. Laß die Fyordyn sich doch bekämpfen. Welchen besseren Schutz für Orthlund könnte es geben, als wenn seine Nachbarn sich im Bruderzwist zerfleischen? Er unterdrückte die Überlegung gewaltsam. Orthlund wäre niemals gedient mit Nachbarn, die der Verderbnis verfallen waren, und er ahnte, daß das Schicksal Fyorlunds gefährlich auf der Kippe stand. Die kleinste Bewegung mochte unabsehbare, nicht wieder rückgängig zu machende Folgen nach sich ziehen.

»Ich komme mit Euch, Yatsu«, erklärte er schlicht. »Isloman und ich müssen uns dem Lord Dan-Tor ein anderes Mal entgegenstellen, wenn er schwächer ist – oder wenn wir stärker sind. Ich muß mehr über Euch und Euer Volk erfahren. Fyorlund ist möglicherweise Orthlunds einziger Schutz gegen Dan-Tors Verderbnis, und im Augenblick seid Ihr Fyorlunds einziger Schild. Ich werde Euch nach Kräften unterstützen.«

Auf Yatsus Zügen zeichnete sich unverhüllte, ehrliche Erleichterung ab. Hawklans Herz schlug ihm entgegen. Hier stand in der Tat ein Mann, der grausamer als sein Gegner sein konnte, jedoch nicht von sich aus zur Gewalt greifen würde. Und der sich im Siege milde zeigen würde.

KAPITEL 40

Dan-Tor setzte seinen Spaziergang durch die Palastanlagen fort. Eine seltene Mußestunde für ihn. Ein entscheidender Moment. Der zeitlose Augenblick eines Pendels auf dem höchsten Punkt seines Schwungs. Eine kleine Weile lang gab es nichts für ihn zu tun. Eine kleine Weile lang mußte er einfach dasitzen und die Taten, die Reaktionen der anderen abwarten.

Dies war keine Situation, die er genoß. Zu lange untätig herumzusitzen bedeutete, Gedanken freizulassen, an die man besser nicht rührte. Eingeschränkt, wie er war im Gebrauch der Alten Macht, der Wahren Macht, gefiel es ihm weit besser, zu intrigieren, zu manipulieren, geschickt zu betrügen, sein eigenes Muster in Sein Großes Muster zu weben, während jeder winzige Faden das Ganze unmerklich näherbrachte wie der Wind, der über die Jahrhunderte seinen Willen in den Fels schürfte.

Dan-Tor tröstete sich mit der Gewißheit, daß auf List und Masken schon bald verzichtet werden konnte, zumindest teilweise, daß schon bald Messer gewetzt und auch benutzt werden durften. Nun war die Zeit der harten, plötzlichen Offenbarungen gekommen.

Wie um seine Gedankengänge zu untermalen, trat die untergehende Sonne hinter einer Wolke hervor und hauchte ihren grellen Schein über die ausgedehnten Gärten. Sie blendete ihn und warf lange, dunkle Schatten, die die Realität der Bäume und Ornamente dahinschmelzen ließ und eine sonderbare eigene Welt schufen.

Meine aber wird dauerhaft sein, dachte er. Keine vorbeiziehende Wolke, keine Drehung des Planeten wird sie verändern.

In dem weißlich-gelben Lichtschein ragte eine Gestalt vor ihm auf, und er mußte sich in ihren Schatten stellen, um überhaupt etwas erkennen zu können. Es war die Königin, die regungslos auf ihrem Lieblingspferd saß und in die Ferne blickte. Selbst in dieser unbeweglichen Haltung besaß sie eine Harmonie mit dem Tier, die ihn ärgerte.

Er trat stumm an die geschnitzte Steinbalustrade, die das höhergelegene Areal säumte, in dem sie sich augenblicklich befanden, und über eine breite, flache Treppenflucht zu einem Garten abfiel, der von unzähligen Pfaden durchzogen und mit kunstvollen Hainen und Blumenrabatten geschmückt war. Das gleißende Sonnenlicht hatte ihm alle Farbe entzogen und ihn in ein unkenntliches Flickwerk aus Licht und Schatten verwandelt, das nach den beiden stummen Betrachtern griff, als versuche es dem Possenspiel der Sonne zu entfliehen.

»Lord Dan-Tor«, sprach Sylvriss ihn mit einem leichten Kopfnicken an.

»Majestät.« Er verbeugte sich. »Ich wollte Euch nicht stören. Ich ging gerade spazieren, um meine Gedanken von dem Tumult der letzten Tage zu reinigen.«

»Furchtbare Ereignisse, Lord Dan-Tor«, erwiderte Sylvriss. »Ich fürchte, ich muß dem König etwas sagen. All das hat ihn sehr unruhig gemacht.«

Der König, dachte Dan-Tor. Es war das erste Mal seit Beginn der Unruhen, daß er an ihn dachte. In seinen Plänen für die Zukunft kam Rgoric mittlerweile nur eine untergeordnete Rolle zu, doch gelegentlich würde man ihn wohl noch brauchen. Auch konnte er, wenn er falsch angefaßt wurde, ein erhebliches Ärgernis darstellen.

Dan-Tor nickte verständnisvoll. »Verzeiht mir, Majestät. Ich war so beschäftigt, daß ich fürchte, meine Pflichten als Oberster Berater haben meine Pflichten als Leibarzt ersetzt. Ich gehe sofort zu ihm.«

Sylvriss schaute ihm ins Gesicht und nickte betrübt. »Nein, nein«, sagte sie. »Jetzt ist er wieder ruhig, er schläft. Zu wissen, daß Ihr Euch um alles kümmert, hat ihn besänftigt. Es könnte ihn beunruhigen, wenn er das Gefühl hätte, Ihr müßtet Regierungspflichten vernachlässigen, um nach ihm zu sehen.«

Dan-Tor gab sich skeptisch.

»Habt keine Furcht, Lord«, fuhr Sylvriss beschwichtigend fort. »Ich suche Euch auf, wenn seine Krankheit sich verschlimmert.«

»Vielleicht könntet Ihr ihm mitteilen, daß ich gewisse Dinge in die Wege geleitet habe, um die vier Lords bald zurückzubringen«, führte Dan-Tor bereitwillig aus. »Und daß ich Pläne habe, auch die anderen Verräter in unserer Mitte schnellstens zu entlarven.«

Sylvriss' Herz stand still, doch sie ließ kein Zeichen ihrer Furcht nach außen dringen. Was wußte diese ... Kreatur? Wie viele ihrer Informanten waren schon entdeckt worden oder würden es bald sein? Und Dilrap? Ihr Pferd scharrte nervös mit den Hufen. Die innere Unruhe seiner Reiterin teilte sich ihm mit. Sie tätschelte seinen Hals. Dan-Tor wich ein wenig zur Seite. Er liebte Tiere nicht, und auch sie hatten wenig für ihn übrig.

»Das wird ihm in der Tat ein großer Trost sein, falls er danach fragt«, antwortete Sylvriss mit leichtem Desinteresse. Dann wendete sie ihr Pferd. »Eure Bürden sind bei weitem schwerer gewesen als meine, Lord. Ich werde Euch nicht länger aufhalten. Genießt den Trost des Sonnenuntergangs.«

Wieder verbeugte Dan-Tor sich und blickte ihr nach, während ihr Pferd vorsichtig die schmalen Stufen in den Garten hinunter nahm. Bald war sie in der grellen Sonne verschwunden.

Später suchte Sylvriss unbemerkt Dilrap auf. Sie musterte ihn, wie er ihr gegenübersaß. Der Zwang, sich permanent, über viele Monate hinweg, in Dan-Tors Nähe aufzuhalten, hatte den Sekretär gezeichnet. Sie erinnerte sich an ihr plötzliches Erscheinen in der Zelle der Lords und ihr Erschrekken, sie alle so verändert zu sehen, mit harten, entschlossenen Gesichtern, hager und abgezehrt. Und denselben Ausdruck trug jetzt Dilraps Gesicht. Sie fragte ihn nach den Plänen, die Dan-Tor erwähnt hatte.

»Ich weiß nicht, Majestät«, antwortete Dilrap. »Doch es würde auch keinen Unterschied machen, wenn ich es wüßte. Meiner Ansicht nach kann jetzt niemand von uns mehr etwas tun.«

»Was ist geschehen?« fragte sie in einer Mischung aus Besorgnis und Furcht.

»Majestät«, erwiderte Dilrap. »Dan-Tor hat sich zum Ffyrst ausrufen lassen.«

Die Neuigkeit beeindruckte Sylvriss nicht sonderlich. »Der Titel meines Vaters lautet so«, meinte sie. »Was soll das heißen?«

»Majestät«, setzte Dilrap an. »Die Stellung eines Ffyrsten von Fyorlund ist ganz anders als die eines Ffyrsten in Riddin. Es ist ein uraltes Vermächtnis. In Zeiten schwerster Gefahr für die Nation pflegte einst der Geadrol jemanden zum Ffyrsten zu ernennen, bis die Gefahr gebannt war. In der Regel war das der König, und er suchte sich eine kleine Gruppe der angesehensten Lords als Berater aus. Doch es handelte sich um eine befristete Ernennung, und der Geadrol überwachte den Ffyrsten ständig.«

»Und jetzt hat Dan-Tor das Amt usurpiert, indem er den Aufruhr als Vorwand nimmt?« fragte Sylvriss.

»Ich fürchte, ja, Majestät«, entgegnete Dilrap. »Er hat das Gesetz benutzt, um das Gesetz zu zerstören. Der Geadrol ist aufgelöst. Die Lords sind in Verwirrung, auseinandergerissen durch Loyalitäts-Konflikte und verunsichert durch Gerüchte. Die Mathidrin sind die Herren der Straßen in Vakloss und vielen anderen Städten und Dörfern. Durch den Titel hat er sich einen Anschein von Legalität gegeben, der vielen einfachen Leuten genügen wird ...« Er fuhr mit der Hand durch die Luft in zorniger Verzweiflung.

»Was wird dann aus Euch?« fragte Sylvriss.

»Ich war nur so lange von Nutzen für ihn, wie er sich mit den Einzelheiten des Gesetzes beschäftigen mußte, Majestät. Sein Wort ist nun Gesetz. Jetzt braucht er keine Unterstützung mehr. All meine Ausflüchte und Verdrehungen haben am Ende nichts bewirkt. Der kühne Streich der Goraidin hat alles zerschlagen. Das Gesetz. Und wahrscheinlich auch meinen Kopf.« Die letzte Bemerkung klang sonderbar ausdruckslos, ohne Bitterkeit, ohne Vorwurf.

Sylvriss wandte den Blick ab. »Wenigstens sind die Lords frei«, sagte sie schließlich. »Vielleicht ist Dan-Tor doch nicht der Gewinner. Er hat ja nur einen anderen Namen für das gewählt, was er bereits besaß.«

Obwohl es stimmte, was sie da sagte, klang es nicht sehr überzeugend. Dan-Tors Macht würde zweifellos schneller wachsen ohne die Fußangeln des Gesetzes, und die Richtung, die die Ereignisse genommen hatten, bedeuteten

Schlimmes nicht nur für den Verehrten Sekretär, sondern auch für sie und den König, wenn man nichts dagegen unternahm.

Dilrap sah sie an. »Wie steht es mit des Königs Gesundheit, Majestät?« fragte er unvermutet.

Unerbittlich kappte sie seinen letzten Hoffnungsfaden. »Besser, Dilrap, aber er ist immer noch schwach. Ich fürchte, von ihm dürfen wir keine Hilfe erwarten.«

Verzweifelt griff er nach diesem letzten Strohhalm. »Majestät. Ich bin ungeeignet für die Rolle, zu der das Schicksal mich ausersehen hat, aber dieser Mann hat alles zerstört, was mir wertvoll war, und wird alles zerstören, was ich ... was ich liebe.« Er zog einen verzierten Dolch aus den tiefen Falten seines Gewandes. »Eine Weile werde ich mich wohl noch in seiner Nähe halten können. In körperlicher Nähe. Ein schneller Stoß, und alles ist vorbei.«

Sylvriss umfaßte behutsam seine Handgelenke. Lebhaft erinnerte sie sich an ihren vergeblichen Versuch, Yatsu zu erstechen, und an die fast verächtliche Leichtigkeit, mit der er sie entwaffnet und beinah noch getötet hatte. Und sie *war* im Aufgebot ausgebildet worden.

»Nein, Dilrap«, sagte sie freundlich. »Das wäre eine sinnlose Geste. Ihr würdet sterben, ohne etwas zu erreichen. Ihr und ich, wir haben jetzt keine Wahl. Ich werde weiterhin meinen Gemahl pflegen. Das dumme Stallmädchen spielen, bis die Zeiten wieder günstiger für uns werden. Eure Aufgabe ist schwerer. Ihr seid ihm unlängst nützlich gewesen, und vielleicht stellt seine Verachtung für Euch Eure Rettung dar. Ihr müßt sein Lakai werden. Gesetz hin, Gesetz her, er wird immer Leute brauchen, die seine ... Statthalterschaft verwalten. Ihr habt gelernt, Euch zu verstellen. Macht weiter. Macht Euch dieser ... neuen Ordnung unentbehrlich. Zu Eurem und zu unser aller Wohl, Dilrap, laßt nicht zu, daß ein anderer Untertan sich zwischen Euch und diesen Dämon drängt.«

Dann, langsam: »Wenn Ihr mich liebt, Dilrap, dann seid ebenso rücksichtslos wie er. Niemand darf Euch in die

Quere kommen. Unsere Nähe zu ihm ist unserer einziger Schutz, vielleicht Fyorlunds einziger Schutz.«

Nachdem Dilrap gegangen war, trat Sylvriss ans Fenster, zog die Vorhänge zurück und starrte in den Nachthimmel. Er funkelte von Sternen. Schön, aber kalt und fern. Ein spartanischer Trost für sie. Sie stand noch lange dort.

KAPITEL 41

Lord Evisons Güter lagen im Norden Fyorlunds, wo die Grenzen vage in den Bergen verschwanden, die sich zwischen Fyorlund und Narsindal erstreckten.

Gelegentlich fielen räuberische Mandroc-Horden über die kahlen nördlichen Gebiete des Anwesens her, um Rinder und Schafe zu stehlen. Dies stellte ein immer wiederkehrendes, aber in der Regel nicht allzu ernstes Problem für alle nördlichen Lords dar, da die Trupps klein und schlecht organisiert waren und sich jedesmal zerstreuten, sobald die Dorfbewohner ihre alten Schwerter und Speere hervorholten. Bei den seltenen Anlässen, wo die Raubzüge zu häufig oder die Räuber zu zahlreich wurden, setzte man Hochgarden ein, um mit ihnen fertig zu werden. Es brachte jedoch keinen Nutzen, die Mandrocs gefangenzunehmen oder sie zu töten. Deshalb gestattete man ihnen normalerweise, in die Berge zu entkommen.

Dann wurde plötzlich alles anders. Die Raubzüge nahmen zu. Die Mandrocs wurden hartnäckiger, wehrten sich sogar, wenn sie angegriffen wurden, und kämpften.

Nach einem bitteren Jahr, in dessen Verlauf sowohl Dorfbewohner als auch Hochgardisten getötet wurden, erbat Lord Evison vom König die Erlaubnis, seine Hochgarde zu vergrößern, um seine Nordgrenze besser kontrollieren zu können.

Eine solche Bitte wurde als bloße Formalität angesehen, die der König kaum ablehnen konnte, aber der König *hatte* sie abgelehnt. Wie die meisten der Lords des Nordens war Evison ein Traditionalist von Eldrics Art, wenn auch unverblümter. Seine Antwort auf den ablehnenden Bescheid des Königs, im ersten Zorn verfaßt, war daher alles andere als diplomatisch. Der König seinerseits führte irgendeine alte Satzung an und erklärte Evison zum Rebellen, zusammen mit mehreren anderen Lords, die dieselbe Bitte geäußert hatten.

Der Vorgang erregte einiges Aufsehen, doch da ihnen des Königs Krankheit bekannt war, ließen die beleidigten Lords die Angelegenheit vorerst auf sich beruhen und waren der Überzeugung, alles bald vor dem Geadrol vorbringen zu können. Kein Schaden würde ihnen entstehen. In der Zwischenzeit mußten sie sich jedoch mit dem aktuellen Problem befassen, wozu sie Männer benötigten. Also zogen sie ihre gesamten Hochgarden ein und verstärkten sie durch eine Anzahl von Reservisten.

Trotz aller Sonderpatrouillen setzten sich die Raubzüge jedoch mit zunehmender Häufigkeit und Gewalttätigkeit fort, und widerwillig kam Evison zu dem Schluß, er müsse eine großangelegte Strafexpedition gegen die Mandrocs führen und sie so weit ins Gebirge zurücktreiben, daß er ihre Anführer ausfindig machen und womöglich erledigen oder, falls notwendig, ihre Stützpunkte zerstören konnte. Folglich versammelte er seine Hochgarde um sich und zog eines strahlenden Sommertags an der Spitze von mehreren tausend Mann aus, um das Problem endgültig aus der Welt zu schaffen.

Kommandant Ordan, Lord Evisons zweithöchster Offizier, marschierte verkrampft auf den Zinnen der Burg seines Lords auf und ab. Seine Enttäuschung, als Hüter der Burg zurückbleiben zu müssen, wich allmählich ernsthafter Sorge. Zu lange schon war keine Nachricht mehr von der ausgerückten Truppe angekommen. Die letzte lautete, sie erreichten auf den Spuren eines großen Raubtrupps jetzt die

Berge, seien jedoch bisher noch auf keine Mandrocs gestoßen. Seitdem Schweigen.

»Reiter!« Der Ruf des Ausguckpostens schnitt durch seine Tagträume wie ein Sonnenstrahl. Er sprang auf die Mauer und folgte mit dem Blick der ausgestreckten Hand des Mannes. Er spürte eine große Erleichterung, als er die fernen Reiter näherkommen sah. Von anderen Männern, die außerdienstlich auf den Wällen gewacht hatten, stiegen Jubelrufe auf.

Innerhalb weniger Minuten jedoch war ihnen alle Freude vergangen, und Ordan sah sich mit vor Entsetzen aufgerissenen Augen zum Tor rennen, um seinen Lord zu begrüßen. Blutbesudelt und beschmutzt von einem langen Ritt, glitt Lord Evison aus dem Sattel, wenige Sekunden, bevor sein Roß schaum- und schweißbedeckt zusammenbrach. Die Reiter in seinem Gefolge sahen nicht weniger schlimm aus.

Eilig gab Ordan die nötigen Befehle, man solle sich um die zurückgekehrten Männer und Tiere kümmern, beugte sich vor und schlang den Arm seines Lords um seine Schulter, um ihn zu stützen.

»Mein Lord«, fragte er. »Was ist passiert?«

Der alte Mann gab keine Antwort, stützte sich jedoch einen Augenblick schwer auf seinen zweiten Befehlshaber. »Wer würde uns das schon glauben«, sagte er nach einem Moment.

Ordan blickte ihn an. »Mein Lord?« Doch Evisons Augen sagten ihm, daß er weit weg war. »Mein Lord«, wiederholte Ordan, eindringlicher diesmal und lauter, um den zunehmenden Lärm der Aktivitäten im Burghof zu übertönen.

Abrupt fuhr Evison hoch und starrte ihn an, einen vagen Blick des Wiedererkennens in den Augen. Dann ergriff er Ordans Arm und zog ihn leicht humpelnd in die Festung.

Unfähig, dem Drängen seines Lords zu widerstehen, wurde Ordan in fast alptraumhafter Stille durch vertraute Räume und Gänge gezerrt. Die Reise endete in der Halle der Vier Wächter.

Zielstrebig ging Evison auf einen verschwenderisch ve

zierten Schrank zu, der den Fest-Schrein der Familie enthielt. Er starrte ihn kurz an, das Gesicht von widerstreitenden Emotionen verzerrt, um dann ohne Vorwarnung das Glas mit seiner gepanzerten Faust zu zertrümmern. Bevor Ordan reagieren konnte, schmetterte ein zweiter Hieb in den Schrein selbst, zersplitterte dessen filigrane, farbig gefaßte Schnitzarbeit und ließ seinen schlichten Inhalt auf den Boden rollen.

Ordan stand gelähmt und entsetzt daneben, während Evison in den Trümmern herumstöberte und mit herzergreifender Sorgfalt eine der herausgefallenen Figuren aufhob.

Ordans erster Gedanke war, sein Lord sei verrückt geworden, doch als er ihm in die Augen blickte, erkannte er, daß eiskalte Vernunft Kummer und Schrecken niederhielt.

»Kommandant«, erklärte der Lord und wickelte die Figur in ein blutgetränktes Taschentuch, »wißt Ihr, was das ist?« Er hielt ihm das kleine Bündel hin. Ordan nickte und machte den Mund auf, um etwas zu sagen, doch Evison unterbrach ihn mit einer Handbewegung. Dann nahm er ihn am Arm und schob ihn gewaltsam aus der Halle heraus. »Stellt keine Fragen, Ordan«, bat er. Er strebte mit schnellem Schritt voran, das Gesicht vor Anstrengung verzerrt. »Dies ist mein letzter Befehl an Euch. Jede Sekunde bedeutet den Tod für einen weiteren Menschen. Bringt dies zu Lord Eldric. Er wird mir glauben.«

»Mein Lord ...«, protestierte Ordan, doch Evisons Geschwindigkeit ließ ihm keine Verschnaufpause.

»Keine Frage, Kommandant. Gehorcht meinem Befehl. Reitet, wie Ihr noch nie geritten seid. Tötet alles, was sich Euch in den Weg stellen will. Sagt Eldric, wir hätten Gefangene, um alles zu beweisen, aber ... sie ... kommen erst nach uns.« Die Stimme versagte ihm, und ein Blick absoluter Fassungslosigkeit glitt kurz durch seine Augen. »Wir halten durch, wenn wir können«, schloß er leise.

Als sie den Burghof erreichten, war er bereits von verwundeten und erschöpften Männern verstopft, und noch immer strömten weitere durch das offene Tor. Ordan zögerte, konnte nicht glauben, was er da sah, doch Evisons Energie trieb ihn unerbittlich zu einem frischen Kurierpferd hin.

»Reitet«, sagte Evison. »Lord Eldric und niemand anders.«

Immer noch unter dem Einfluß der nahezu zwanghaften Gewißheit seines Lords, stieg Ordan auf. Ganz kurz hielt er an und sah auf Evison hinab, hoffte auf eine noch so kurze Erklärung. Doch die Verzweiflung auf dem Gesicht des alten Mannes erlaubte keine Fragen. Ganz ruhig sagte er: »Mein Segen ist mit dir, Ordan, doch bei deiner Liebe und deinem Dienst für mich, reite jetzt.«

Dann war er durch die Bergtore geprescht und weiter über die staubige, von sonnenbeschienenen Blumen gesäumte Straße geritten, und während über ihm die Insekten summten, hatte er nur die zurückgekehrten Überlebenden seiner Kameraden vor Augen, und in seinen Ohren hallten noch seines Lords Befehle, mit denen er seine stille, geordnete Burg in den Gefechtsstand rief.

Auf Yatsus Befehl verteilte sich die Einheit in Gruppen von zwei, drei Mann unauffällig in die dunkel werdenden Straßen. Kaum hatten sie alle das Gebäude verlassen, als hinter ihnen Hufgetrappel erklang. Yatsu schoß ungläubig herum. Er hatte die Gegend nur Minuten zuvor erkundet, und es waren keine Patrouillen in der Nähe gewesen.

Die Pferde waren allerdings auch allein.

»Keine schlechte Herde von Gäulen«, ließ Serian Hawklan in ziemlich überheblichem Tonfall wissen. »Aus denen kann man was machen. Zumindest tun sie, was man ihnen sagt.«

Hawklan warf einen Blick auf das prachtvolle Pferd und die wesentlich kleineren Reittiere, welche die Goraidin gestohlen hatten. Das wette ich, wenn *du* es ihnen sagst, dachte Hawklan bei sich. Doch er hielt sich zurück, da er aus Erfahrung wußte, wie unklug es war, sich in Debatten der Tiere bezüglich ihrer Rangordnung einzumischen.

»Fein«, erwiderte er. »Kümmer dich um sie, Serian. Wir brauchen sie.«

Yatsu zeigte sich beeindruckt und ermutigt. Von Anfang an beritten zu sein, konnte gut den Ausschlag zum Gelingen ihres Vorhabens geben. »Habt Ihr sonst noch irgendwelche Überraschungen fur uns vorbereitet, Heiler?« fragte er.

Hawklan konnte sich ein Lächeln nicht verkneifen. »Ich habe einen Freund in hoher Position«, erklärte er und deutete hoch zu Gavor, der am Himmel seine Kreise zog. Der Rabe stieß geräuschlos herunter und setzte sich auf seine Schulter. Yatsu erschrak nicht schlecht.

»Das ist Yatsu, Gavor«, stellte Hawklan sie vor. »Du hast ja gesehen, was er für uns getan hat. Ich habe ihn als Befehlshaber akzeptiert. Wirst du dasselbe tun?«

Gavor legte den Kopf zur Seite. »Jetzt sind wir aber ziemlich kriegerisch, mein lieber Junge, nicht?« sagte er. »Aber wie du willst.« Dann maß er Yatsu mit einem irritierenden Blick aus seinen runden Augen und stürzte sich auf den ahnungslosen Goraidin. Yatsu riß instinktiv die Hand hoch, doch Gavor umflog das Hindernis und landete mit absichtlicher Unbeholfenheit auf Yatsus Schulter.

Aber das war auch schon das Ende seiner Clownereien. Schon bald flog er wieder hoch über ihren Köpfen und hielt nach Mathidrin-Streifen Ausschau, ließ sich hin und wieder auf einen Pfahl oder eine niedrige Dachtraufe hinuntergleiten, von wo er ohne Verdacht zu erregen Informationen mit Yatsu austauschen konnte.

Auf Yatsus Befehl hin schlenderten einige der Gruppe neben ihren Pferden her, während andere langsamer ritten. so daß sie nahtlos mit dem Verkehr auf den Straßen verschmelzen konnten. Die Menschen, die unterwegs waren, befanden sich zum größten Teil auf dem Heimweg von der Arbeit und kümmerten sich ohnehin nicht um andere. Außerdem bewirkten die Mathidrin-Uniformen, auch wenn sie verschmutzt waren, daß die Vorübergehenden den Blick abwandten und so schnell wie möglich an ihnen vorbeihasteten.

Gavors hochfliegende Erkundungen schickten die kleine Gruppe mehrmals auf Umwege, um echten Mathidrin-

Patrouillen aus dem Weg zu gehen, doch alles in allem verlief ihre Reise ohne Zwischenfälle. Ein Kinderspiel war sie deshalb noch lange nicht. Sie hatten einen langen Weg vor sich, und die Notwendigkeit, einen gemächlichen Schritt beizubehalten, ermüdete sie fast genauso sehr, als wenn sie gerannt wären.

»Das ist abscheulich«, beschwerte sich Eldric. »Sich durch Vakloss zu schleichen wie Diebe.«

»Seid ruhig, Lord«, zischte der ihn begleitende Goraidin. »Augen auf den Kommandanten.«

»Tut mir leid«, entschuldigte sich Eldric mit ehrlicher Betroffenheit. »Die Ungeduld eines alten Mannes.«

Der Goraidin warf ihm einen vielsagenden Blick zu. »Bleibt ruhig und haltet die Augen auf, Lord«, riet er ihm vorsichtig, aber mit fester Stimme.

Schließlich erreichten sie das von der Stadt abgewandte Ende eines der großen Parks, und die Spannung löste sich ein bißchen.

»Hier ist nichts in der Nähe«, ließ Gavor Yatsu wissen. »Meiner Meinung nach solltet Ihr jetzt ein bißchen Tempo zulegen. Ich bleibe weiter auf dem Posten.«

Yatsu nickte und schwang sich in den Sattel. »Aufsitzen«, befahl er. »Wir sollten den Ratschlag unseres Kundschafters befolgen. Nur noch eine kleine Häuseransammlung, die wir passieren müssen, und dann sind wir in offenem Gelände.«

Er ließ sein Pferd antraben, froh, sich nicht mehr so langsam fortbewegen zu müssen. Es war wichtig, daß sie so weit wie möglich von Vakloss entfernt waren. Von Vakloss hatte man einen weitreichenden und prachtvollen Blick über das Flachland der Umgebung.

Als sie sich den Häusern näherten, stieß Gavor aus der zunehmenden Dunkelheit herunter und landete auf Yatsus Kopf. Er beugte sich vor und hämmerte mit dem Schnabel respektlos auf des Kommandanten Helm.

»Ein bißchen langsamer, Kommandant«, empfahl er. »Dort sind zwei Küchenschaben, die eine Verlautbarung anschlagen. In wenigen Momenten sind sie weg.«

Yatsu nickte. Gavor schlug mit den Flügeln, um das Gleichgewicht wiederzufinden.

Als die Gruppe eintraf, hatte sich eine kleine Menschenmenge angesammelt. Sie lasen die Verlautbarung, von der Gavor gesprochen hatte. Yatsu verlangsamte zu einem gemächlichen Schritt und ließ die anderen Reiter unauffällig vor. Hawklan fiel auf, daß die Lichtverhältnisse sich geändert hatten. Die allgegenwärtigen Kugeln waren zerbrochen, das Licht kam von Fackeln ähnlich derjenigen, die er in dem Haus in Vakloss und – wie lange her ihm das nun erschien – in Jaldarics Zelt gesehen hatte. Ihr Licht war weniger hell als das der Kugeln, doch Einzelheiten konnten man nun besser erkennen, und auch die Schatten waren nicht so hart. Sie verschönern die Dunkelheit, erkannte er. Er merkte, daß Isloman vor sich hin nickte.

Yatsu folgte Hawklans Blick. »Ja«, bemerkte er, »Dan-Tor mag über große Macht verfügen, aber auch in der Vergangenheit gab es schon Widerstand gegen einige seiner ... Verbesserungen.« Beim letzten Wort verzog er die Lippen voller Abscheu. »Und nach dem Schmutz, den diese brennenden Werkstätten hinterlassen haben, wird noch mehr ans Licht kommen.«

Plötzlich wurden zornige Stimmen in der Menge laut, und Hawklan sah mehrere Männer zielstrebig auf sie zukommen. Ihr Anführer, ein großer, schlaksiger Mann, ergriff Yatsus Pferd am Zaum. Er hatte eher das Aussehen eines Gelehrten als das eines Kriegers, doch sein Gebaren machte deutlich, daß er über alle Maßen gereizt war. Auch Yatsu war überrascht, doch bevor er noch etwas sagen konnte, fuhr ihn der Mann wütend an: »Weg hier. Weg hier. Macht, daß ihr davonkommt! Ihr seid hier nicht erwünscht. Verschwindet!«

Sein Ruf wurde von mehreren anderen aufgenommen. Hawklan ließ den Blick über die immer größer werdende Menge schweifen. Sie unterschied sich deutlich von der, die ihn und Isloman in dem Grenzdorf umringt hatte. Jene war zwar feindselig gewesen, aber ruhig und ziemlich neugierig. Diese Leute jedoch befanden sich im Stadium spontaner

Wut, und ein mächtiger, tierischer Instinkt meldete sich in ihm: Bedrohung. Er erkannte, daß es nur eines geringen Anlasses bedurfte, und sie würden ihre gesellschaftlichen Hemmschwellen überschreiten.

Zu seiner Erleichterung jedoch fiel Yatsus Antwort durchaus verbindlich aus.

»Kommt bitte, Sir«, sagte der Goraidin, beugte sich ein bißchen vor und tätschelte beruhigend sein Pferd, während er es gleichzeitig mit sanftem Schenkeldruck zum nervösen Tänzeln brachte. »Ihr macht mein Pferd scheu. Wir verschwinden sofort, Ihr müßt uns nur durchlassen.«

Der Hochgewachsene geriet ins Schwanken angesichts Yatsus besonnener Erwiderung, trotzdem spürte Hawklan, wie sein Zorn sich zu entladen begann. Irgend etwas hatte eine lange aufgestaute Wut in dem Mann ins Rollen gebracht, und einmal freigesetzt, würde sie ihren Lauf nehmen wie ein Fluß unter Hochwasser, der alles mitreißt, was sich ihm in den Weg stellt.

Der Mann zerrte gewaltsam an den Zügeln, und das Pferd riß panisch den Kopf hoch. »Verflucht seid ihr und eure Art«, stieß er zwischen zusammengebissenen Zähnen hervor. Der kleine Akt fehlgeleiteter Gewalt schien ihn ein wenig zu besänftigen. Während er Yatsu immer noch finster anstarrte, streichelte er dem Pferd reumütig die Wange. »Verflucht seid ihr alle. Ihr macht uns zu euresgleichen«, murmelte er.

Yatsu schwankte. Wie Hawklan verstand auch er den Zorn des Mannes und wußte, daß er sich weder voll verausgabt hatte noch unter Kontrolle war. Niemand konnte vorhersehen, was der Mann als nächstes tun würde. Er sah wie ein Lehrer aus; ein Mann, der sich nicht mit Gewalt auskannte und folglich auch nicht damit, wie man sie beherrschte. Das machte ihn unberechenbar und sehr gefährlich sowohl für ihn selbst als auch für alle, die ihm in die Quere kamen. Yatsu wünschte sich weit weg.

Er atmete tief aus. »Bitte laßt mein Pferd los«, bat er freundlich und blickte dem Mann direkt in die Augen. »Wir sind nicht im Dienst. Seht, manche von uns tragen gar keine Uniform. Wir wollen nur zurück in unser Quartier. Und ich habe zwei Verwundete bei mir. Laßt uns vorbei. Wir wollen Euch nichts Böses.«

Einen Augenblick lang bohrten sich ihre Blicke ineinander. Yatsus stille Vernunft und sein verborgener, aber unerschütterlicher Wille hielten wie ein Fels in der Brandung dem Anstrum der Wut stand. Unterschwellig vermittelte sein Blick unüberwindbaren Widerstand und gleichzeitig einen Ausweg.

Die Flut schwoll ab, und der Mann ließ den Zügel los. »Geht«, sagte er wieder, mühsam beherrscht und haßerfüllt, und seine geballte Faust wanderte ohnmächtig an seinem Oberschenkel auf und ab. »Geht.«

»Nein«, schrie da eine andere Stimme. Yatsu war gerade im Begriff, sein Pferd durch die Menge zu lenken. »Nein, wartet. Halt ihn fest, Mendar.«

Eine Gestalt drängte sich entschlossen durch die Menschen bis zu Lord Eldrics Pferd vor. Eldric blickte auf das runde, ernste Gesicht eines Mannes in mittlerem Alter hinab. Es kam ihm bekannt vor, und sofort begann sein Gedächtnis fieberhaft zu arbeiten.

»Bei Ethriss, er *ist* es«, sagte der Mann. »Lord Eldric. Ich dachte schon, meine Augen spielten mir einen Streich. Zu lange unter den Kugeln dieser finsteren Bohnenstange gewesen.« Dann trat er zurück und salutierte schneidig.

Eldircs Gedächtnis identifizierte den Mann, nicht ohne Stolz. »Steht bequem, Sirshiant Astrom«, sagte er, erwiderte den Gruß und streckte ihm die Hand entgegen. »Schön, Euch wiederzutreffen, Astrom«, lächelte er. »Ist ein paar Jahre her, seit wir uns das letzte Mal gesehen haben, stimmt's? Nicht mehr ganz so schick wie früher, wie ich sehe, aber noch ebenso unvergeßlich.«

Eindrucksvoll, dachte der kalte Teil von Hawklans Verstand.

»In der Tat, Lord«, antwortete der Mann strahlend und klopfte sich mit gespieltem Bedauern auf den dicken Wanst.

Dann, ernster: »Mein Lord. Ich weiß nicht, was in unserem Land vor sich geht, aber keiner von uns hat den Gerüchten über Euch Glauben geschenkt. Nur ein Handzeichen von Euch, und wir zerren diese Küchenschaben aus den Sätteln und reiten mit Euch in den Palast, um Euren Sohn zu befreien.«

Yatsu schaltete sich hastig ein. »Lord, wenn dieser Mann Euch kennt, so bittet ihn, uns passieren zu lassen. Die Zeit arbeitet gegen uns.«

Eldric gebot ihm mit erhobener Hand Schweigen und beugte sich noch weiter zu Astrom herunter. »Meinen Sohn befreien, Astrom? Was sagt Ihr da?«

Yatsu warf Hawklan einen beinah verzweifelten Blick zu. »Lord«, mahnte er.

»Einen Moment, Kommandant«, erwiderte Eldric in bestimmtem Tonfall. »Mein Sohn, Astrom?«

Irgend jemand drückte Astrom ein zerknülltes Papierstück in die Hand, der es an den Lord weiterreichte. Eldric strich es glatt und begann zu lesen. Dann wurde er sehr still. Als er es durchgelesen hatte, gab er es an Darek weiter und wandte sich an Yatsu. »Ihr wußtet davon, Kommandant?« fragte er mit versteinerter Miene.

Yatsu begegnete seinem Blick, ohne mit der Wimper zu zucken. »Ja, Lord«, gab er zurück.

»Und Ihr habt mich aus der Stadt geführt, ohne mir davon Nachricht zu geben?«

»Ja, Lord.«

»Da habt Ihr Euch eine schwere Verantwortung auf die Schultern geladen. Glaubt Ihr, ich kenne meine Pflicht nicht?«

Yatsu kniff die Augen kaum merklich zusammen. »Das ist ungerecht, Lord«, beschwerte er sich. »Auch Ihr seid nur ein Mensch. Ich habe meine Entscheidung getroffen, wie ich alle anderen auch getroffen habe. Ihr wurdet befreit, weil Ihr wichtig seid für das Volk, und diese Wichtigkeit habe ich über Eure Gefühle für Euren Sohn und über das Leben Eures Sohnes gestellt. Es hat mir tiefen Kummer bereitet, so etwas tun zu müssen, doch es war recht getan, und ich hätte Euch zum gegebenen Zeitpunkt darüber Rechenschaft abgelegt, wie Ihr wohl wißt.«

Eldric schien ein klein wenig zu schrumpfen. Er sah zu Hawklan herüber. »Und Ihr. Habt Ihr es auch gewußt?«

»Ja«, antwortete Hawklan schlicht.

»Ihr seid meinem Sohn begegnet?«

Hawklan schlug die Augen nieder. »Ja«, erwiderte er. »Es tut mir leid. Ich mochte ihn. Doch Yatsu ist der Befehlshaber. Er kennt Euch, das Volk und seine Bedürfnisse weit besser als ich.«

Eldric setzte sich steif auf und sah in den Himmel empor. Hawklan konnte den inneren Kampf in ihm spüren. Ein uralter Konflikt zwischen der Pflicht dem Volk gegenüber, das geführt werden will, und der Pflicht der Familie gegenüber.

Schließlich atmete Eldric tief und lange aus. »Yatsu, ich und meine Familie sprechen Euch von aller Schuld frei«, verkündete er. »Und ich entschuldige mich für meinen Vorwurf. Die Reaktion eines alten Mannes auf unerwartetes Leid. Ihr wart und seid unser Kommandant. Ihr habt recht gehandelt.«

Yatsu verneigte sich.

Eldric nahm die Verlautbarung wieder an sich, die unter seinen Gefährten die Runde gemacht hatte. Noch einmal las er sie, mit geschürzten Lippen.

»Lord Dan-Tor fordert, daß wir vier zurückkehren und uns der Gnade des Königs unterwerfen. Nicht dem Gesetz, wohlbemerkt.« Er blickte Darek an. »Sondern der Gnade des Königs. Was natürlich bedeutet, der Gnade Dan-Tors. Und was davon zu halten ist, kann man der Behauptung entnehmen, daß mein Sohn, *mein* Sohn«, betonte er, »auf einer geschlossenen Sitzung des Besonderen Königlichen Rats zum Feind Fyorlunds erklärt worden ist und öffentlich hingerichtet wird, falls wir nicht innerhalb von zwei Tagen zurückkehren.

Er schwieg kurz und senkte den Kopf, um sein Gesicht vor

den Zuschauern zu verbergen. Unwillkürlich zerknüllte er die Verlautbarung. »Das ist ein Greuel«, sagte er mit bebender Stimme, fast, als spräche er zu sich selbst. »Geheime Gerichtsverhandlungen. Öffentliche Hinrichtungen, um Ethriss' willen. Ich fange an, selbst das Verstreichen von Zeit zu fürchten. Mit jeder Sekunde versinkt unser armes Land weiter in diesem bodenlosen Sumpf.«

Er schwieg eine Weile, und seine Finger machten sich ziellos mit dem zerknitterten Papier zu schaffen. Dann sah er auf und hob und senkte seine Schultern, als nehme er eine schwere Last auf sich und verteilte ihr Gewicht.

»Trotzdem«, sagte er, und seine Stimme klang beinah geschäftsmäßig, »gut zu wissen, daß der Junge noch am Leben ist.« Dann, sehr zielstrebig: »Kommandant Yatsu, hier sind Eure Befehle. Begebt Euch mit den Lords auf meine Bergfestung, so schnell Ihr könnt. Kommandant Varak hat dort den Oberbefehl. Findet heraus, was mit den Ländereien und Hochgarden der Lords Arinndier, Hreldar und Darek geschehen ist. Dann beruft die Veteranen ein und fangt an, Rekruten zusammenzuziehen und auszubilden. Wir müssen eine Waffe schmieden, die mächtig genug ist, um es mit Lord Dan-Tor und seinen Mathidrin und ...« er bekam Hawklans Blick mit, und das grauenvolle Bild der bewaffneten Mandroc-Patrouille mit all ihren Implikationen tauchte vor seinem geistigen Auge auf, »... und welchen Kräften auch immer aufzunehmen.«

Dann wandte er sich, die zerknitterten Verlautbarung hoch erhoben, an seine Freunde. »Dies allein beweist die Rechtmäßigkeit von Kommandant Yatsus Aktionen und von den Schlüsseln, zu denen wir gekommen sind. Keine weitere Debatte ist nötig, außer über unsere Strategie und Taktik, mit der wir uns Dan-Tors entledigen wollen. Stimmt ihr mir zu?« Die drei Lords nickten stumm.

Dann wandte Eldric sich an Hawklan und Isloman. »Kein Eid, keine Verpflichtung bindet Euch an mich oder unser Land, dennoch will ich Euch fragen: Werdet Ihr uns auch weiterhin helfen?«

»Wir haben einen gemeinsamen Feind, Lord Eldric«, entgegnete Hawklan und ergriff seine Hand. »Ihr habt eure Unterstützung und, falls es nötig werden sollte, vermutlich die von ganz Orthlund. Doch auf welche Weise, das kann nur die Zeit allein zeigen.« Er blickte den alten Mann an. »Doch was habt Ihr vor?«

Eldric nickte zufrieden, um sich dann wieder der Menge zuzuwenden. Wieder hielt er die Verlautbarung hoch und sprach zu ihnen allen: »Diesem hier zufolge soll mein Sohn hingerichtet werden, falls wir vier uns nicht ergeben. Hingerichtet! Nach einem *geheimen* Prozeß! Seit drei Generationen ist in Fyorlund niemand mehr hingerichtet worden.« Er hielt inne und ließ den Blick über die Menge gleiten, die vorübergehend verstummt war angesichts seiner Leidenschaft. Dann fuhr er ruhiger fort: »Ich vermag nicht einmal ansatzweise zu begreifen, was Dan-Tor von uns will. Doch wir dürfen nie vergessen, daß er ein Mann von großer Heimtücke und List ist. Ein Mann, der alle Vorkommnisse seinen Zwecken unterzuordnen versteht. Ein Mann, der zu allem fähig ist. Ich kann mir nur vorstellen, daß er die Stadt erneut in Aufruhr und Chaos stürzen will, denn gewiß würden doch nur wenige Fyordyn solchen Greueln tatenlos zusehen.«

Einige aus der Menge bekundeten laut ihre Zustimmung, doch Eldric winkte, sie sollten Ruhe geben. Dann wies er auf Yatsu und die anderen. »Diese Männer sind nicht das, was sie scheinen. Sie sind Hochgardisten, und ihrer Tapferkeit verdanken wir es, daß wir heute frei sind. Ihr alle habt die Befehle gehört, die ich ihnen erteilt habe. Öffentlich bekanntgemacht auf gut fyordynische Art, hörbar für alle. Ich drohe niemandem Gewalt an, doch ich fürchte, es wird das einzige Mittel sein, mit dem wir diesem Mann Einhalt gebieten können.«

Weitere zustimmende Rufe wurden unter den Versammelten laut.

Eldric setzte fort: »Doch es darf nicht zu Unruhen kommen. Keine willkürliche Gewalt, keine Lynchjustiz. Wir dürfen diesem Mann nicht die Waffe in die Hand geben, mit der er uns vernichten kann. Während meine eine Hand sich bewaffnet, biete ich die andere zum Frieden an, wenn auch nicht zur Freundschaft. Da es noch zwei Tage sind bis zur … Hinrichtung meines Sohnes, werde ich mich zum Palast begeben und Öffentliche Rechenschaft von meinem Ankläger fordern, wie es das Gesetz vorsieht. Ich bitte Euch alle, mich zu begleiten, um dies zu bezeugen.«

Die Menge verstummte plötzlich, begann dann zu rufen und zu applaudieren.

Hawklan sah Darek verblüfft an. »Was hat das zu bedeuten?« fragte er.

Der Lord mit dem hageren Gesicht schien tief bewegt. Ruhig und würdig sagte er: »Nach unserem Gesetz steht jedem Beschuldigten das Recht zu, von seinem Ankläger Öffentliche Rechenschaft einzufordern. Es ist das Herz unseres Gesetzes, Hawklan.«

Hawklan nickte. »Doch wenn er sich öffentlich zeigt, wird er doch sofort von den Mathidrin verhaftet werden, oder?«

»Jetzt nicht«, erläuterte Darek. »Die Neuigkeit wird sich in Windeseile in der Stadt verbreiten. Die Öffentlichkeit des Vorgangs wird ihn bis zur Rechenschaft schützen. Falls Dan-Tor das Recht der Rechenschaft brechen sollte, würde das mehr als alles andere die Stadt geschlossen gegen ihn aufbringen. Es ist nicht nur das Herz des Gesetzes, es ruht auch im Herzen des Volkes.«

Hawklan runzelte die Stirn. »Und nach der Rechenschaft?« fragte er.

Darek sah ihn mit ungewöhnlich blassem Gesicht an. »Wer vermag das zu sagen?« erwiderte er. »Eldric hat seine Pflicht dem Land gegenüber erfüllt, indem er uns öffentlich befohlen hat, uns zusammenzuschließen und zu bewaffnen. Wahrscheinlich hält er die Rechenschaft für seine Pflicht gegenüber seiner Familie.«

»Die Rechenschaft ist seine Pflicht einem jeden Fyordyn gegenüber.« Der Einwand kam von Hreldar. »Sie wird Dan-Tor zum ersten Mal dem prüfenden Blick des Volkes ausset zen. Sie werden erkennen, daß sie sich entscheiden müssen. Eldric bietet sich als Brennpunkt für das Volk an. Er versucht, das Geschwür aufzuschneiden, das in unserer Gesellschaft schwärt, seit dieser ... Mensch aufgetaucht ist.« Er sah zu Eldric hinüber, der nun in ein ernstes Gespräch mit Astrom vertieft war. »Und er hat uns Zeit verschafft«, fügte er gedankenvoll hinzu.

Später rastete die Gruppe ein Stück außerhalb der Stadt, so daß Hawklan Arinndier und Dacu versorgen konnte. Jeder saß reglos in der sternenhellen Nacht. Eldrics Entschluß beherrschte alle Gedanken, obwohl niemand darüber sprach. Dafür war später Zeit genug.

Hawklan lehnte sich an einen Baum und blickte zurück auf die Stadt. Gestreift durch die hellen Linien der Kugeln, welche die Straßen säumten, sah sie wie ein großes fluoreszierendes Tier aus, das jederzeit erwachen und sie in der Stille der Nacht jagen konnte.

Nun, da er den akuten Gefahren der letzten Tage entronnen war, fühlte er wieder dieses seltsame Unbehagen, das ihn schon beim ersten Anblick von Vakloss ergriffen hatte, wie einen leise grollenden Akkord tief in seinem Innern. Was war das für ein Ort, als ich das letzte Mal hier war? fragte er sich.

»Du ruinierst deine Schattensicht, wenn du zu lange in diese Lichter starrst«, riß ihn Islomans Stimme aus seinem Grübeln.

Hawklan nickte. »Ich hätte es nie für möglich gehalten, daß jemand Licht in so zerstörerischer Weise benutzen könnte«, sagte er.

»Du kannst dich glücklich schätzen, daß du genauso schattenblind wie steinblind bist, Hawklan«, erwiderte Isloman, und seine Stimme war seltsam ernst. »Diese Lichter von Dan-Tor sind der Stoff, aus dem Alpträume gemacht werden. Weit verderbter als alles, was er nach Pedhavin gebracht hat. Er verfügt über ein schreckliches, faszinierendes Wissen.«

Hawklan blickte seinen Freund an. Faszinierend? »Sieh dich vor, Schnitzer.«

Isloman nickte. »Ich verstehe«, sagte er. »Dan-Tor ist ein Mann, der tiefe und geschickte Fallen stellt. Ich frage mich, wie viele gute Männer dieses Übel Hülle um Hülle freigelegt haben, nur um am Ende von seinen Hüllen eingewickelt zu werden.«

»Macht es dir angst?« fragte Hawklan.

»Ein bißchen, ja«, erwiderte Isloman nach einem Moment des Nachdenkens. »Nein. Es macht mir außerordentlich angst. Seine Macht übersteigt mein Begriffsvermögen. Ich glaube, er könnte uns mit einem Wimpernzucken vernichten, wenn er wollte. Trotzdem, das wußte ich ja eigentlich schon, als wir das Dorf verlassen haben. Es ändert nichts an der Tatsache, daß wir uns ihm und allem, was er anbietet, stellen müssen. Wenn wir das nicht tun, erlegt er uns von hinten.«

Hawklan ließ seine Hand auf Islomans Schulter ruhen und wandte seinen Blick von der Stadt ab, um seine Augen in der dunklen, purpurnen Ferne zu erholen.

»Steigt auf, meine Herren«, erscholl Yatsus leiser Befehl aus der Dunkelheit. »Wir haben einen harten Ritt vor uns.«

KAPITEL 42

An jenem Tag, für den Jaldarics Hinrichtung festgesetzt war, schienen die Elemente selbst die neue Unruhe widerzuspiegeln, die sich in der Stadt breitmachte. Ein böiger Wind peitschte durch die Straßen, fegte über die Marktstände hinweg, riß die Blätter von den zahlreichen Blumenarrangements, die immer noch die farbenfrohen Häuser schmückten, und rüttelte die ziellos umherwogenden Menschenmengen durcheinander.

Nur in den finstersten Ecken der Stadt hielten sich die letzten Fetzen jenes Gestanks, der dem Scheiterhaufen von Dan-Tors Werkstätten entwichen war.

Zerfetzte Wolkenbänke zogen unerbittlich von Norden her über den Himmel, als würden sie von Dämonen gejagt, obwohl der Himmel darüber blau und still war und die Sonne warm schien.

Auch die Menschenmengen waren ungewöhnlich: Rastlos und lärmend trieben sie durch die Straßen, um sich dann, ruhig und stumm geworden, in der Nähe des Palastes zu versammeln. Ihnen fehlte die geschäftige Zielstrebigkeit, die sie sonst zeigten.

Dan-Tor überblickte die Stadt und runzelte die Stirn, als die Schatten der Wolken über die Dächer unter ihm glitten. Ihr unschuldiges Dahinziehen und das eigenartige, überspannte Verhalten der Massen ärgerten ihn.

Hinter ihm, in der verhältnismäßig dunklen Mitte des Raums, standen Urssain und Dilrap. Urssain beobachtete Dan-Tor sorgfältig. Eine Gefühlsregung in seinem Gesicht war eine Seltenheit. Ich muß versuchen, ihn besser zu durchschauen, nahm er sich vor. Urssains Ehrgeiz und seine Furcht vor Dan-Tor waren wie zwei schlecht zusammenpassende Pferde vor einem Streitwagen. Mal preschte das eine vor, mal das andere. Seine Fahrt war immer holprig und ruckhaft.

»Erzählt es mir noch einmal«, verlangte Dan-Tor, ohne sich umzudrehen.

»Das Gerücht kam aus allen Ecken der Stadt«, sagte Urssain. »Eldric hat den drei Lords und ihren Befreiern aufgetragen, sich auf ihre Güter zu begeben und die Hochgarden gegen Euch zu mobilisieren.«

»Gegen *mich*?« erkundigte sich Dan-Tor. »Nicht gegen den König?«

»Gegen Euch, Lord ... Ffyrst«, verbesserte sich Urssain eilends. »Und er hat verkündet, er werde vor den Palast kommen und von Euch als seinem Ankläger eine Öffentliche Rechenschaft verlangen.«

»Sonst nichts?«

»Nein, Ffyrst. Es war immer dieselbe Geschichte.«

»Ist es Euch gelungen, dieses Gerücht zu seinem Ursprung zurückzuverfolgen, Kommandant?«

Urssain bewegte sich unbehaglich. »Nein, Ffyrst. Es hat sich als ziemlich …«

Dan-Tor drehte sich halb um und bedachte ihn mit einem fragenden Seitenblick.

»Es erwies sich als unmöglich, Ffyrst«, verteidigte sich Urssain mit sichtlich schlechtem Gewissen. »Wir haben einige Leute verhört, doch die Spur führte immer zu dem einen oder anderen öffentlichen Versammlungsort. Offensichtlich wurde es an mehreren Plätzen gleichzeitig in Umlauf gesetzt.«

»Und was schließt Ihr daraus, Kommandant?« Nun wandte Dan-Tor sich vollständig um, und ein offenes Lächeln lag über seinen Zügen. Urssains Magen fühlte sich bleischwer an. Aus Erfahrung wußte er, daß dieses Lächeln bei seinem Meister höchste Verschlagenheit bedeutete. Das einladende Lächeln war wie weiches Gras, das eine scharfe Eisenfalle verbarg. Er wußte, ebenfalls aus leidvoller Erfahrung, daß dies nicht der richtige Zeitpunkt für intellektuelle Wortspielereien war. Laß die Angst raus. Schlichte Ehrlichkeit war die beste Verteidigung.

»Sehr wenig, Ffyrst«, räumte er ein. »Außer, daß er immer noch viele treue Freunde in der Stadt hat. Das Gerücht könnte dazu dienen, seine Flucht aus der Stadt zu decken, es könnte aber auch nur dazu da sein, uns zu der fälschlichen Annahme zu verleiten, er habe die Stadt verlassen, während er einen weiteren Angriff auf den Palast plant, um seinen Sohn zu befreien, oder …«

Dan-Tor hob seine Hand. »Kommandant«, sagte er leise, »das Leben im Palast hat Euch zu verschlagen gemacht. Ich sage Euch, was das alles soll.« Er machte eine Handbewegung in Richtung Fenster. »Es ist kein Gerücht. Es ist eine schlichte Ankündigung. Lord Eldric ist zwischen seinem Land und seiner Familie hin und her gerissen, also hat er seinen Freunden das Land überlassen und hofft nun, durch diese sinnlose Tat seinen Sprößling zu retten. Eine Lösung übrigens, die ich für wahrscheinlich halte, auch wenn ich nicht mit seiner Vorliebe fürs Theatralische gerechnet habe.

Meiner Ansicht nach will er sich vor einer heimlichen Verhaftung schützen, indem er sich so vielen Menschen wie möglich zeigt.«

Wieder dieses Lächeln.

»Seine Hoffnungen könnten sich erfüllen, Ffyrst«, sagte Urssain und duckte sich innerlich. Dan-Tors Kopf neigte sich zur Seite wie der eines neugierigen Schulmädchens. Urssains Mund wurde knochentrocken. »Unter den Leuten herrscht eine komische Stimmung«, fuhr er fort. »Erwartungsvoll, unschlüssig. Meiner Meinung nach wäre es gefährlich, sie unnötig zu provozieren.«

Schweigen.

»Sie sprechen über das Gesetz und über die Rechenschaft. Jeder scheint über Nacht ein Rechtsgelehrter geworden zu sein. Alle Angst, die wir ihnen monatelang eingeflößt haben, scheint verpufft zu sein wie nichts. Wenigstens vorläufig.« Er zögerte. »Die Drohung gegen Jaldaric hat viele der Unentschiedenen auf ihre Seite gebracht. Falls wir etwas Voreiliges tun würden wie beispielsweise Eldric ergreifen, bevor er gesprochen hat, könnten wir die ganze Stadt gegen uns aufbringen.«

Das weiße Lächeln verschwand, und Dan-Tor trat wieder vor das Fenster. Urssain entspannte die Muskeln und atmete vorsichtig aus. Er ließ die Augen nicht von der hageren, reglosen Silhouette, die sich senkrecht vor den waagerecht dahinjagenden Wolkenfetzen abzeichnete.

»Wollt Ihr damit sagen, daß Ihr nicht in der Lage seid, dieses Bürgergesindel zu kontrollieren?« fragte die Silhouette beiläufig.

»Wenn sich dieser Pöbel geschlossen gegen uns wendet? Ja. Das würden wir niemals schaffen. Darüber hinaus befinden sich möglicherweise entlassene Hochgardisten unter ihnen, die nur darauf warten, jede ausbrechende Gewalttätigkeit für ihre Zwecke zu nutzen.«

»Dilrap?«

Dilrap zog nervös seine Robe hoch und schob den Ärmel zurück. »Ich fürchte, Kommandant Urssain hat recht,

Ffyrst«, stammelte er. »Die Fyordyn sind ein gesetzliebendes Volk. Falls an den Geadrol oder das Gesetz appelliert wird, setzen sie sich über alle Gerüchte und Mutmaßungen hinweg. Das ist eine alte Gewohnheit. Diese Menschen da unten erwarten, daß das Für und Wider abgewogen wird, besonders nach der Art und Weise, wie Lord Eldric vorgegangen ist. Es ist, als würde etwas aus den alten Geschichtsbüchern lebendig. Ein kluges Vorgehen. Es wird zweifellos unermeßlichen Ärger geben, wenn man ihn auf irgendeine Weise am Sprechen hindert.«

Er ging zum Fenster hinüber und gesellte sich zu Dan-Tor, teilte dessen Blick über die Stadt. »Falls Eldric wirklich auftaucht und eine Rechenschaft verlangt, dann haben wir ein ernstes Problem. Nach dem Gesetz hat er alles Recht dazu, und wenn er Euch namentlich anspricht, müßt Ihr antworten, Ffyrst oder nicht.«

»Ich muß?« Dan-Tors Stimme hatte eine unangenehme Schärfe angenommen.

Dilrap zuckte zusammen, verteidigte jedoch seine Stellung. »*Ihr müßt*, Ffyrst, bei all jenen Leuten dort unten. Wir können mit kleinen juristischen Tricks hier und dort arbeiten, aber wir können nicht gegen das Gesetz als solches verstoßen. Es ist zu allgemein bekannt und trotz der jüngsten Veränderungen zu tief verankert. Wenn Ihr nicht antwortet, werdet Ihr der böswilligen Anklage für schuldig befunden ...«

»Und?« Dan-Tor bekam Dilraps Zögern mit.

Dilrap senkte die Stimme. »Ich fürchte, daß sich die Mißbilligung, die sich seit der Auflösung des Geadrol aufgestaut hat, in gewaltsamen Aktionen Bahn brechen würde.«

»Verdammt sei das Gesetz«, zischte Dan-Tor verächtlich. Dilrap vollführte eine zustimmende Geste. »Doch das Gesetz ist tief in jedem Fyordyn verankert, Ffyrst. Jedes Kind kennt das Sprichwort: ›Wer das Gesetz zerstört, zerstört sein Schwert und seinen Schild.‹ Trotz aller Vereinfachungen, die Euer neues Amt Euch erlaubt, wäre es unklug, etwas zu unternehmen, dem man nicht wenigstens den

Anschein des Gesetzmäßigen geben kann. Und mit allem Respekt, Ffyrst«, er senkte seine Stimme noch mehr, »Kommandant Urssain hat recht. Die Drohung gegen Jaldaric war ein Mißgriff.«

Dan-Tor sah auf Dilrap hinunter. Der Mann war zwar ein Ärgernis, doch hatte er sich während der letzten Monate als recht nützlich erwiesen. Nun schien er einen beruhigenden Eigennutz, ja Ehrgeiz zu entwickeln. Er war schwerer zu durchschauen als Urssain, konnte aber immer noch nützlich sein. Eine interessante und unerwartete Entwicklung. Der Sekretär zuckte unter seinem Blick zusammen, hielt seine Augen jedoch unverwandt auf die Massen unten gerichtet.

»Euer Rat?« fragte Dan-Tor.

Dilrap wandte sich an Urssain. »Könnt Ihr ihn finden und unauffällig ergreifen?«

Urssain schüttelte den Kopf. »Nicht in so kurzer Zeit und nicht ohne eine Menge Glück.«

Dilrap drehte sich wieder zu Dan-Tor um. »Da habt Ihr Eure Antwort, Ffyrst. Ihr braucht meinen Rat nicht. Falls Eldric auftaucht, müßt Ihr Euch ihm entgegenstellen und im Streitgespräch besiegen. Es wäre aber auf alle Fälle ratsam, Ihr ließet verkünden, man überdenke Jaldarics Strafe noch einmal. Das würde den Pöbel ein bißchen weniger parteilich stimmen.«

»Ihr sagt ja schon wieder ›müßt‹«, sagte Dan-Tor mit beträchtlichem Ärger, und vorübergehend blitzte es rot in seinen Augen auf.

Dilrap taumelte zurück, als sei er geschlagen worden. Er benutzte den Sessel, gegen der er geprallt war, um sein Gleichgewicht wiederherzustellen, schnappte nach Luft, hantierte dann hektisch und unnötig an seiner Robe herum und trat schließlich wieder ans Fenster. »Nicht ich bin es, der von müssen spricht, Ffyrst«, erklärte er und versuchte erst gar nicht, seine Furcht zu verbergen. »*Sie* sagen es.« Und er wies verzweifelt mit dem Finger auf die Menschenmassen, die tief unter ihnen die Straßen verstopften. »Falls Eldric auftaucht und Ihr ihm mit Gewalt begegnet, dann werden sie

– jene Leute – uns alle stürzen, in der Stimmung, in der sie sich im Augenblick befinden. Mit oder ohne Hilfe der Hochgarden.«

Uns stürzen, registrierte Dan-Tor und betrachtete die zitternde Gestalt, die trotz ihrer Todesangst nicht davon abließ, ihm gute Ratschläge zu erteilen. Langsam wandte er seinen Blick wieder der Aussicht zu. »Was ist mit dem Orthlundyn, Urssain? Mit diesem Hawklan?«

»Dasselbe Gerücht behauptet, er sei mit den anderen fortgeritten, um die Verwundeten zu pflegen«, erwiderte Urssain.

Ach, Hawklan, eigentlich hätte ich dich ja heute fangen wollen, dachte Dan-Tor, aber ich lerne nie aus, wenn es um dich geht. Du bist ein hochmütiger Spieler, mir einen solchen Läufer wie Eldric vorzusetzen, so daß ich mich durch diese Farce kämpfen muß. Du greifst zu skrupellos an, viel zu skrupellos.

Aber, meldete sich die Vorsicht zu Wort, ich darf mich nicht zu derselben Tollkühnheit verleiten lassen.

Er nickte langsam. »Euer Rat ist gut, meine Herren. Wir dürfen nicht verspielen, was wir so mühevoll errungen haben, nur weil es uns an ein bißchen Geduld mangelt, he? Wenn Eldric auftaucht, werde ich mich ihm stellen. Es wird interessant sein zu erfahren, wie er den Aufruhr verteidigt, den seine Männer angezettelt haben, und seine Verbindungen zu den Orthlundyn. Bleibt in meiner Nähe, Dilrap. Eure flinken Kenntnisse des Gesetzes könnten sich als nützlich erweisen.«

Dilrap verbeugte sich.

»In der Zwischenzeit, Urssain. Wenn Eure Männer auf Eldric treffen und ihn unauffällig – *sehr unauffällig* – verhaften können, tut es. Das dürfte uns Komplikationen ersparen. Doch wenn sie ihn auf seinem Weg hierher antreffen, sollen sie ihn mit aller Hochachtung eskortieren. Wenn wir dieses Possenspiel schon mitmachen müssen, und es sieht ganz danach aus, als bliebe uns nichts anderes übrig, dann möchte ich wenigstens einen vorteilhaften Eindruck bei ...« er vollführte eine abwertende Geste in Richtung der Menge. » ... den Geschworenen hinterlassen.«

Die Sonne stand hoch am Himmel, und die Wolken, weiß und triumphierend, jagten über ihnen dahin, getrieben von dem zunehmenden Wind, als sich eine sichtbare Veränderung unter den Menschenmengen auf den Straßen der Stadt einstellte.

Zuerst wurde sie für neugierige Beobachter oben in den Palasttürmen sichtbar. Das geschäftige Treiben in den Straßen wurde von einem geschäftigen Treiben in den Gängen des Palastes reflektiert, wo die Neuigkeiten sich schnell von Raum zu Raum verbreiteten. Bald waren alle Balkone und Fenster voll von aufgeregten Gesichtern, und die Zinnen begannen sich mit Dienern und Amtsträgern zu füllen, die sich zwischen den stocksteifen Mathidrin-Wachen um die besten Plätze zankten.

Als sie die Hektik im Palast sahen, erfuhren die Menschen in der Nähe des Tores die Botschaft eher als jene, die viel näher bei dem heranreitenden Eldric standen, und die Spannung wurde fast unerträglich. Eldric war nicht umsonst einer der beliebtesten und geachtetsten Mitglieder des Geadrol. Ihm war die natürliche Gabe der Führerschaft zu eigen, und Jahre der Erfahrung hatten sie zu einer ansehnlichen Waffe geschmiedet und gehärtet, die er fast mühelos einsetzen konnte. Doch was ihn so tief in den Herzen des Volkes verankerte, war seine offenherzige, ehrliche Natur. Zwei Dinge hatte er von Astrom und dessen Nachbarn erbeten. Unterkunft, bis er durch die Stadt zum Palast reiten konnte, und ihre Hilfe bei der Verbreitung der Wahrheit.

Nachdem Yatsu und die anderen sich mit einem unwohlen Gefühl von ihnen verabschiedet hatten, hatte er zu der versammelten Menge gesprochen. »Geht zu so vielen Freunden, wie es Euch gefahrlos möglich ist, und erzählt ihnen alles, was Ihr heute abend vernommen habt. Sagt ihnen, es sei mein Wunsch, daß sie ihrerseits möglichst vielen ihrer Freunde weitererzählen, was passiert ist.«

Astrom sah überrascht aus. »Alles, Lord? Auch das, was Ihr den anderen Lords aufgetragen habt? Seid Ihr sicher?«

»Ja, Astrom«, erwiderte Eldric. »Ich kann die Wahrheit vor dem Volk vertreten und sein Urteil erwarten. Laßt Dan-Tor sein Lügengewebe wirken. Es wird ihn schon bald festnageln, und ich möchte nicht bei einer schäbigen Lüge ertappt werden, die meine ganze Geschichte unglaubhaft machen könnte.« Er ergriff Astrom am Arm. »Nebenbei bemerkt, dieser ... Klatsch ... mag gefährlich für Euch werden. Wenn diese Mathidrin Euch verhören, habt Ihr nichts vor ihnen zu verbergen. Sagt ihnen die Wahrheit. Verbergt nichts. Und sagt ihnen, es sei mein ausdrücklicher Befehl gewesen, daß Ihr so verfahren sollt.«

Nun, da er sein Pferd langsam durch die stillen Mengen lenkte, ahnte er, daß das ein weiser Entschluß gewesen war. Es war das Nützlichste, was Astrom und seine begeisterten Freunde hatten tun können, und es war der beste Schutz, den er ihnen hatte geben können. Die Wahrheit hatte den Gerüchten eine ganz andere Qualität verliehen, eine Qualität, die wie ein scharfes Schwert durch die undurchsichtigen Anspielungen schnitt, die Dan-Tors Helfershelfer routinemäßig in die Welt setzten.

Einen nicht geringen Stolz empfand er angesichts der auf ihn wartenden Mengen, doch er wußte, was für eine trügerische Blüte das war. Er hatte, als Astrom außer Haus war, um seine Geschichte unter die Leute zu bringen, lange und ausführlich mit dessen Frau gesprochen, und sie hatte all das bestätigt und noch erweitert, was die Goraidin ihm über die Ereignisse nach seiner Verhaftung berichtet hatten. Eine traurige, ernüchternde Erfahrung war das gewesen.

Sei vorsichtig, ermahnte er sich. Du weißt, daß du unschuldig bist, doch diese Menschen sind auf vielerlei Weise verderbt und verführt worden, seit du das letzte Mal frei unter ihnen gewesen bist. Ihnen mußte man das Offensichtliche erst noch beweisen. Und während er in all die zuihm aufschauenden Gesichter blickte, empfand er die Verantwortung seiner Stellung lastender als je zuvor. Ja, dachte er, ich habe versagt. Wir alle haben versagt; wir Lords des Geadrol. Wir haben einen Schild sinken lassen, der nicht zu unserem, sondern zu eurem Schutz da war. Wir haben es an Wachsamkeit fehlen lassen, und ihr müßt jetzt am meisten darunter leiden. Vielleicht gelingt es uns ja, das Böse auszurotten, das durch unsere Nachlässigkeit hier Wurzeln schlagen konnte.

Ziemlich unvermittelt wurde ihm bewußt, wie schnell sein Herz schlug. Zuerst verwirrte ihn diese Erkenntnis. Sein Ritt durch die Menge war gemächlich, die Stimmung der Menschen ein freundliches Willkommen. Nichts von Alarm oder Aufregung um ihn. Dann fiel ihm eine alte Erinnerung ein, und er konnte das Gefühl definieren. Lampenfieber vor der Schlacht, du alter Dummkopf, dachte er. Wie oft war er durch seine Hochgarden geritten vor einer Schlacht gegen die Morlider und wünschte, daß sich diese Furcht in Aggression verwandeln würden. Er lächelte vor sich hin, und mehrere Leute in der Menge brachen in Hochrufe aus.

Doch seine Erinnerungen führten auch eine düsterere Komponente mit sich, die sich ihm zunächst entzog. Sie wurde ihm erst bewußt, als er am Krieger vorbeikam, der Statue eines Bewaffneten, der sich erschöpft auf seinen zerhauenen Schild lehnte, das stumpfe, schartige Schwert in der Hand. Ein ergreifender Anblick, bestimmt das Werk eines uralten Orthlundyn-Bildhauers. Sein ursprünglicher Zweck war unbekannt, doch war die Statue später dem Gedenken der im Morlider-Krieg Gefallenen gewidmet worden. Eldric wandte ihr das Gesicht zu und verneigte sich, wie es Sitte war. Als er den Kopf hob, sah er sich direkt in die Augen der Statue blicken. Das Licht spielt mir einen Streich, dachte er, als er sich abwandte, doch das, was er gesehen hatte, ließ ihn erstarren. Die uralten Steinaugen waren voll von innerer Qual und Zweifel, ein ungelöster Konflikt schien hinter ihnen zu schwelen. Dann erkannte er den geheimnisvollen Schatten in seinen eigenen Gedanken. Die dunkle Gestalt, die Stolz und Schlachtenfieber in ihm aufstachelte, war Rache, jener Geist, der tief hinunter in die alte Finsternis des Menschentums reichte und Wahnsinn und Vernunft mit den Ketten der Selbstgerechtigkeit zusammenband.

Hast im Hinterhalt gelegen und auf mich gewartet, wie? dachte er. Ich erkenne dich wieder, alter Feind. Ich habe zu viele gute Männer fallen sehen, weil sie deinen Schmeicheleien zugehört hatten. Nun, du magst zusehen und dich freuen, solange du kannst, doch du wirst nicht länger mein Führer sein.

Dann stieß die Sonne, als wolle sie seine innere Erklärung untermalen, hinter der Wolke hervor, die sie die letzten Minuten verborgen hatte, und ihr helles, warmes Licht flutete über die Menschen. Impulsiv zügelte Eldric sein Pferd und ließ den Blick über die Versammelten schweifen.

»Meine Freunde«, rief er. »Ich danke euch für euer Willkommen. In letzter Zeit sind viele Dinge vorgefallen, die nicht hätten vorfallen dürfen. Ich gehe zum Palast, um eine Rechenschaft zu forden von dem Lord Dan-Tor. Eure Anwesenheit ehrt uns beide. Ich bitte euch, bleibt und hört zu. Ich brauche euer Urteil.«

»Sie jubeln«, erklärte Urssain mit einem ängstlichen Blick auf den sitzenden Dan-Tor. »Er hat angehalten, um eine Rede zu halten. Wir könnten uns einem wütenden Mob gegenübersehen, wenn er eintrifft.«

»Nein, nein«, winkte Dan-Tor ab, »das ist nicht sein Stil. Er wird warten, bis er hier ist, bevor er irgendwelche Beschuldigungen laut werden läßt. Jetzt versucht er lediglich, die ›Geschworenen‹ ein bißchen für sich zu vereinnahmen, das ist alles. Kein Problem für uns. Ich bin mir sicher, daß ich dieses Spiel ebensogut beherrsche wie er.«

»Spiel?« meinte Urssain.

Dan-Tor würdigte ihn keiner Antwort. Es ist gut, wenn Ihr

gar nicht wißt, welch unbedeutender Bauer Ihr seid, Herr Kommandant, dachte Dan-Tor hämisch. Und daß Ihr nichts wißt vom Wesen des Meisters, dem Ihr dient. Der bloße Gedanke an ihn würde Euren hochtrabenden Ehrgeiz zu Staub zerbröckeln lassen.

Urssain beharrte nicht auf seiner Frage, sondern sah wieder nach draußen, wo der nun sichtbare Eldric sich den Palasttoren näherte.

»Ein prächtiger Anblick«, gestand er unwillkürlich ein.

Dan-Tor erhob sich und trat neben ihn ans Fenster. »In der Tat«, bemerkte er nach kurzem Überlegen. »In der Tat. Überaus pittoresk. Eine Reliquie aus lange vergangenen Zeiten, wie etwas aus einem sehr alten Gemälde. Es ist angemessen, daß so jemand dem Tod der alten und der Geburt der Neuen Ordnung beiwohnen wird.«

Doch der Anblick irritierte ihn und weckte Erinnerungen an eine Zeit, da viele, die ebenso gekleidet waren, seinen Meister so ungerecht gestürzt und in die lange Finsternis geschickt hatten. Denn Eldric trug Schlachtenrüstung. Nicht die offizielle Schlachtenrüstung, die er im Geadrol getragen hätte, sondern die vollständige Schlachtenrüstung, die die Hochgarden bei der Ersten Wiederkehr getragen hatten. Ein leichtes, enggeknüpftes Kettenhemd, das beinah jeden Schwerthieb und Speerstoß ablenken würde, und einen abgerundeten Helm. Einen weißen Waffenrock, auf welchem das Symbol des Eisernen Rings prangte, und einen roten Mantel, der seinen Rang bezeichnete und ihn in der Schlacht weithin sichtbar machen würde – eine grimmige Einladung an den Feind, ein Sammelpunkt des Muts und der Führerschaft für seine Männer. An seiner linken Seite hing ein Schwert in einer üppig geschmückten Scheide, und an seiner Rechten schwang eine doppelköpfige Axt, die hell im Sonnenlicht glänzte.

Dan-Tor schaute auf die funkelnde Axt. Aus einer wesentlich primitiveren Mandroc-Waffe entwickelt, erinnerte er sich. Ethriss lernte und verbesserte jederzeit. Plötzlich stieg eine gewaltige Woge weiß glühender Wut in ihm hoch, als hätten diese Erinnerungen eine lange verschlossene Pforte aufgestoßen. Er schloß die Augen und versuchte sie niederzuringen. Hätte sich Urssain in diesem Augenblick umgedreht, hätte er seinen Meister sonderbar und böse entstellt gesehen, doch Dan-Tors Selbstbeherrschung trug den Sieg davon, und der Augenblick verstrich.

»Ein kurzer Rat für Eure Männer, Kommandant«, sagte er.

»Ffyrst?«

»Geduld«, erwiderte Dan-Tor. »Bewegt Euch nur auf *meinen* ausdrücklichen Befehl. Ich möchte, daß dies ein langer, langweiliger Tag wird, und ich möchte keine ›Initiative‹ von einem Eurer unbesonnenen jungen Männer sehen. Ist das klar? Das Verhalten Eldric als auch der Menge gegenüber muß unfehlbar und freundlich sein.«

»Jawohl, Ffyrst«, salutierte Urssain.

»Übrigens«, ließ Dan-Tor ihn noch wissen, »er mag ein Relikt sein, aber ein gefährliches, und er ist für den Nahkampf gerüstet erschienen. So gerüstet, wird er Dutzende von euch töten, bevor ihr ihn überwältigen könnt.«

Urssain ging nicht weiter auf Dan-Tors Einschätzung seiner Männer ein, die aus diesen Worten offenbar wurde. Er erinnerte sich noch lebhaft daran, wie die Hochgardisten in Fyorlund gefochten hatten, und würde nicht ein zweites Mal den Irrtum begehen, sie zu unterschätzen.

Unten bildete sich ein erwartungsvoller Halbkreis, und Eldric ritt gemessen in den freien Raum davor.

»Aha«, sagte Dan-Tor. »Jetzt geht es los. Gesellen wir uns zu dem verehrungswürdigen Lord, Kommandant, und halten wir uns zur Verfügung für die Rechenschaft.«

KAPITEL 43

Als sie die Außenbezirke von Vakloss verließen, machte Hawklan Yatsu den Vorschlag, Serian die Reitgeschwindigkeit bestimmen zu lassen. »Er kennt sich besser mit Pferden aus als jeder von uns, und Zeit ist wichtig.« Der Goraidin stimmte zu, blieb jedoch eine Weile skeptisch, bis er merkte, wie gut sie vorankamen und wie frisch die Pferde blieben, weil sie Serians unhörbaren Befehlen zum Schritt, Trab oder Galopp folgten.

Ein paarmal bat Hawklan Serian, wegen der Männer anzuhalten, doch das Pferd stritt mit ihm. »Nein«, sagte es. »Wir kommen gut weiter. Wir sind in Harmonie. Unsere Geister fliegen. Kümmer du dich um deine Leute, Hawklan, wie ich mich um meine.« Und so mußte Hawklan sich damit zufriedengeben, Arinndier und Dacu zu verarzten und den anderen im Sattel Mut zuzusprechen, bis Serian es für geraten hielt, eine Rast einzulegen.

Eine Kombination aus Serians Willen und Islomans Schattensicht brachte sie durch die Nacht, und tagsüber warnte Gavors hohe Wacht sie vor Mathidrin-Streifen.

»Sie suchen niemanden«, schloß er am Ende. »Wir sind zu schnell für sie gewesen. Sie wissen nicht, was geschehen ist.«

Ein weiterer, längerer Erkundungsflug von Gavor brachte das Ergebnis, daß sie offenbar überhaupt nicht verfolgt wurden. Yatsu war das nicht geheuer.

»Das kann verschiedene Gründe haben«, versuchte ihn Hawklan zu beruhigen. »Vielleicht hat Eldric Dan-Tor ernsthaft ins Grübeln gebracht. Vielleicht ist er unschlüssig bezüglich der Unterstützung, die Ihr im Lande habt, und fürchtet, sich zu übernehmen.«

Yatsu schüttelte den Kopf. »Nein. Er hat genug Mathidrin im ganzen Land, um sich mit uns zu beschäftigen. Er muß mittlerweile wissen, wohin wir reiten und aus welchem

Grund. Wenn er uns nicht mit allem verfolgt, was er hat, dann macht er sich keine Sorgen darüber, daß wir eine Armee gegen ihn aufstellen könnten, was bedeutet …«

»Er hat irgendwo größere Armeen unter seinem Kommando, die wir noch nicht zu Gesicht bekommen haben«, beendete Hawklan seinen Satz.

Yatsu nickte. »Wir müssen Lord Eldrics Befehle so schnell wie möglich ausführen.«

Am dritten Tag nach ihrer Abreise aus Vakloss stieß Gavor unvermutet aus dem stürmischen Himmel herab. »Ein Reiter kommt«, sagte er. »Sehr schnell.«

»Mathidrin?« fragte Yatsu.

»Nein«, erwiderte Gavor. »Aber er trägt Uniform und Rüstung und reitet, als hinge sein Leben davon ab.«

Yatsu erteilte ein paar leise Befehle, und vier Goraidin verschmolzen mit den umliegenden Heckenreihen und Feldern. Innerhalb weniger Minuten donnerte der Reiter um eine Straßenbiegung vor ihnen. Da die wartende Gruppe die Straße blockierte, brachte er sein schweißbedecktes Roß zu einem übereilten Halt. Hawklan konnte eine wirre Gefühlsmischung im Gesicht des Mannes sehen. Dann wendete er widerstrebend sein Pferd, als wolle er fliehen, und Yatsus Goraidin tauchten aus den Feldern auf, um ihm den Rückzug abzuschneiden.

Der Reiter ließ sein Pferd mehrmals unentschieden im Kreis gehen, riß dann eine doppelköpfige Axt vom Sattel und reckte sie drohend in die Luft. Die Geste und das Gebaren des Mannes waren unmißverständlich. Hawklan und Yatsu sogen scharf die Luft ein.

»Der Schlachtenwahnsinn hat ihn gepackt«, rief er. »Verteidigt euch.«

Das Pferd des Fremden bäumte sich heftig auf, und mit einem entsetzlichen Brüllen spornte er es an, direkt in Yatsus Gruppe hinein.

Die Macht der Verzweiflung, die der Mann ausstrahlte, traf Hawklan wie eine brechende Woge, und tief in seinem Innern spürte er, wie sich etwas regte.

»Halt!« rief er. Nicht zu der angreifenden Gestalt, sondern zu den Goraidin neben sich, die die Bogensehnen spannten und sich anschickten, die Bedrohung aus sicherer Entfernung auszuschalten. Bevor irgend jemand widersprechen konnte, preschte Serian, der Hawklans Absicht scheinbar wortlos verstand, in vollem Galopp vorwärts.

Die Gruppe beobachtete gebannt, wie Serian seine Geschwindigkeit erhöhte und geradewegs auf den angreifenden Reiter zuhielt. Doch Islomans Augen weiteten sich, fast entsetzt, da wieder einmal sein alter Freund verschwunden war und eine alte Sagengestalt vor ihm stand, die von den Bildwänden Anderras Darions herabgestiegen zu sein schien.

Beim Anblick von Hawklans Anritt ließen sowohl das Brüllen des Mannes als auch die Geschwindigkeit seines Pferdes etwas nach, jedoch nicht genügend, um die einmal entfesselten physischen und emotionalen Kräfte wieder einzudämmen. Die Axt schwang in einem tödlichen, zischenden Kreis um seinen Kopf, und dann wurde sein Kriegsschrei noch schriller. Yatsu kniff die Augen mitleidig zusammen, als er die Furcht in dem Schrei fühlte.

Als die beiden Pferde auf gleiche Höhe kamen, schwenkte Serian plötzlich nach rechts aus, und Hawklan ließ sich nach links aus dem Sattel heraushängen und hielt dem Mann seine Hand vors Gesicht. Das Manöver verlief so schnell und unerwartet, daß der Mann aus dem Sattel fiel und rückwärts zu Boden stürzte, obwohl Hawklan ihn kaum berührt hatte.

Hawklan sprang vom Pferd und eilte zu dem Gestürzten. Die grimmige Aura, die ihn während der Attacke umgeben hatte, fiel von ihm ab wie ein ungeliebter Umhang. Er kniete sich an des Mannes Seite und begann ihn sanft und fachmännisch nach Verletzungen zu untersuchen. Isloman sah ihm unsicher zu; zwei Bilder kamen ihm in den Sinn: Hawklan, der Heiler, den er seit so vielen Jahren kannte; und Hawklan, der schreckliche Krieger, der bei körperlichen Bewährungsproben in Erscheinung trat.

Während Hawklans Hände über das Gesicht des Mannes

strichen, schlug er seine Augen auf, und trübe und verwirrt blickte er hoch.

»Ihr seid böse gestürzt, aber unverletzt«, teilte Hawklan ihm mit. »Ihr hattet Glück. Tut mir leid, daß ich so grob sein mußte, aber Ihr wart drauf und dran, Euch umbringen zu lassen.«

Die Erinnerung kehrte zurück, und der Mann versuchte sich aufzusetzen.

Hawklan drückte ihn sanft zu Boden. »Bleibt noch einen Moment liegen«, empfahl er. »Ihr seid in Sicherheit.«

Die Goraidin scharten sich um die beiden, und der Mann zappelte einen Augenblick vergeblich gegen Hawklans Hand. Dann sank sein Kopf resignierend zurück. »Verdammt seid ihr«, sagte er schwach. »Ihr und eure ganze Art.«

Hawklan lächelte. »Ich glaube nicht, daß es so viele von meiner Art gibt, und den anderen tut Ihr Unrecht, denn sie sind nicht das, was sie scheinen.«

Der Mann funkelte Hawklan an, und Hawklan erwiderte den Blick mit einem weiteren Lächeln. »Ihr lebt, oder?« Dann, mit dem Daumen auf die Goraidin deutend: »Diese Männer hätten Euch im Handumdrehen getötet, wenn ich sie nicht aufgehalten hätte. Sie hatten ziemlich deutliche, wenn auch hastig erteilte Befehle und jede persönliche Neigung – so wie Ihr diese Axt geschwungen habt!«

Der Gesichtsausdruck des Mannes änderte sich nicht. »Womit habt Ihr mich geschlagen?« wollte er wissen. »Plötzlich wart Ihr nicht mehr da, und dann ...«

Hawklan lachte und erhob sich. »Um es einmal so auszudrücken, Ihr habt Euch selbst geschlagen«, entgegnete er. »Doch macht Euch keine Gedanken darüber. Aber Ihr dürft Euch glücklich schätzen, daß Ihr keine Verletzung davongetragen habt. Bleibt eine Weile ruhig liegen, und dann seid Ihr wieder hergestellt.«

Doch der Mann richtete sich umständlich zu einer sitzenden Position auf. Auch der Rest der Gruppe gesellte sich nun zu ihnen. »Er trägt die Überreste einer Hochgardenuniform«, bemerkte einer der Männer.

»Lord Evisons Livree«, erklang eine Stimme von hinten. Es war Arinndier, der vorsichtig von seinem Pferd stieg. »Und ziemlich heruntergekommen. Erklärt Euren Zustand und Euer Benehmen, Gardist.«

»Lord Arinndier?« fragte der Mann überrascht. Er ergriff die dargebotene Hand, um sich völlig aufzurichten. »Lord ... ich ...« Er sah sich verwirrt um. »Was habt Ihr mit diesen ... Leuten zu schaffen? Eine Gruppe von diesen hier versuchte mich aufzuhalten, und ich mußte drei von ihnen töten.«

»Beantwortet *meine* Fragen, Gardist, bevor ich Eure beantworte«, erwiderte Arinndier. »Zunächst mag genügen, daß diese Männer hier trotz ihrer Uniform keine Mathidrin, sondern Hochgardisten sind wie Ihr. Ihr seid unter Freunde gefallen ... wörtlich. Und Lord Hawklan hier verdankt Ihr das Leben.«

Der Mann schwankte leicht, und Hawklan ergriff seinen Arm. »Er ist noch sehr schwach, Lord Arinndier«, erklärte er nach einem eindringlichen Blick ins Gesicht des Mannes, »und völlig verausgabt. Wann habt Ihr das letzte Mal geschlafen oder gegessen?«

Der Mann zuckte unbestimmt die Schultern. »Ich muß sofort zu Lord Eldric«, erklärte er. »Lord Evisons Botschaft ...«

Hawklans Tonfall war freundlich, aber unmißverständlich. »Lord Eldric hält sich in Vakloss auf, und ich befürchte, er ist im Moment gerade nicht in der Lage, Botschaften zu empfangen. Die Lords Arinndier, Darek und Hreldar werden Eure Nachricht in Empfang nehmen, davon bin ich überzeugt, aber zuerst müßt Ihr ruhen.«

Der Mann ereiferte sich. »Nein, nein, Ihr versteht nicht«, widersprach er ungehalten. »Ich habe ohnehin schon zuviel Zeit verloren. Das ganze Land ist außer Rand und Band.« Er riß sich schwach von Hawklan los und taumelte unkontrolliert in dem kleinen Ring von Männern umher, der sich um die beiden gebildet hatte. Jeden, der ihm helfen wollte, stieß er weg, bis ihm schließlich die Knie einknickten. Hawklan beugte sich zu ihm hinunter und strich ihm mit der Hand übers Gesicht. Die fieberhafte Erregung wich aus seinen Zügen, und friedlich sank er vornüber.

»Das war wohl etwas verfrüht, Hawklan«, meinte Darek. »Seinem Zustand nach zu urteilen, war seine Botschaft ziemlich eilig.«

»Unzweifelhaft«, stimmte Hawklan ihm zu. »Doch in diesem Zustand kann er Euch herzlich wenig erzählen. Er stand kurz vor einem völligen Zusammenbruch. Ich schätze, er ist mehrere Tage geritten, ohne zu schlafen oder zu essen. Wie dringlich seine Botschaft auch ist, ich glaube, ein oder zwei Stunden machen nun auch keinen Unterschied mehr.« Er warf einen Blick zu Yatsu herüber. »Können wir ein bißchen Zeit für diesen Mann erübrigen?«

Yatsu hob die Braue. »Fragt Euer Pferd«, erwiderte er ironisch. Die Bemerkung erregte mehr Heiterkeit, als sie eigentlich verdiente, und die latente Kampfbereitschaft der Gruppe löste sich in Luft auf.

Als folge er ihr, warf Gavor sich mit schimmernden Flügeln hoch in die Luft. »Ich halte Wache für Euch, Kommandant«, ließ er Yatsu wissen. »Ein schöner Tag, um in der Luft zu bleiben.«

Yatsu dankte ihm mit einem knappen Kopfnicken, stellte aber trotzdem Posten auf. Nur Hawklan hörte Gavors fernes Kichern.

Hawklan machte es dem Neuankömmling bequem, um sich dann zu den drei Lords und Yatsu zu gesellen, die auf einem Grasstreifen neben der Straße lagerten.

»Laßt mich Eure Wunde sehen«, wandte er sich an Arinndier. Der Lord lächelte vor sich hin. Er hatte schon die Lektion gelernt, daß dieser grünäugige Heiler sich durch keinen Widerspruch von der Ausübung seines Berufs abhalten ließ. Als Hawklans Hände die Wunde abtasteten und Nacken und Schultern massierten, fühlte er, wie eine tiefe Entspannung ihn durchflutete.

»Ihr habt magische Hände, Hawklan«, sagte er. »Der einzige, den ich kenne, der Ähnliches vollbringen kann, ist

Dan-Tor.« Er machte eine gedankenvolle Pause. »Nein, das stimmt nicht ganz. Er hat einmal mein Handgelenk verarztet, als ich es mir verstaucht hatte. Er hat die Verletzung sehr schnell geheilt, aber es fühlte sich eher an, als werde sie ... herausgerissen, von einer großen Macht.«

Die Hände auf seinen Schultern hörten auf, sich zu bewegen, und er drehte den Kopf, um Hawklan anzublicken. »Ich vermute, das klingt ziemlich töricht für Euch? Heilen ist Heilen, oder?«

Hawklan lächelte, legte seine Hand auf Arinndiers Schädel und drehte ihn sanft wieder nach vorn. »Nein, ganz und gar nicht«, antwortete er. »Weit entfernt. Ihr habt mir gerade sehr viel über den Mann eröffnet. Ich werde darüber nachdenken müssen, es könnte sich als wichtig erweisen. Und nun seid still und entspannt Euch.«

Doch Arinndier ließ sich nicht so leicht aufhalten. »Und wo in aller Welt habt Ihr diesen Trick gelernt, den Ihr an dem Boten angewendet habt?«

»Das wüßte ich auch gern«, schaltete Yatsu sich in das Gespräch ein. »Was hat Euch geritten, jemanden in einem solchen Zustand mit bloßer Hand anzugehen? Ich bin ja auch stolz auf meine Kampffähigkeiten, aber dies war ein Fall aus dem Lehrbuch, wann man sich zurückziehen muß. Ich habe Männer wie ihn gesehen, die schon mit Dutzenden von Pfeilen gespickt waren und noch viele niedergemacht haben, bevor sie umfielen.«

Hawklan antwortete nicht sofort. Er hielt den Blick auf seine Hände gesenkt, welche die Verletzung auf Arinndiers Rücken untersuchten. Obwohl er wußte, daß kein anderer sie sehen konnte – selbst Tirilen würde sie nur undeutlich erkennen können –, lag sie doch klar vor ihm. Die Pfeilwunde im Zentrum eines Gespinstes aus Spannungen und Verkrampfungen, hervorgebracht durch die generelle Haltung des Mannes und seinen ängstlichen Widerstand gegen die Verwundung. Eine Menge winziger, miteinander verknüpfter Wunden, die bis in das Herz des Mannes reichten. Seine Hände lösten viele von ihnen, doch er wußte, daß der

Körper von sich aus einige wieder aufbauen würde. Diese Menschen waren doch immer gleich – diese Menschen, dieser Ausdruck ließ ihn beinah zusammenzucken –: Ein Teil von ihnen war immer der Selbstzerstörung gewidmet.

»Man mußte den Mann vor den Folgen seiner Handlungsweise schützen«, erklärte er schließlich.

»*Er* mußte geschützt werden?« rief Arinndier aus. »Und was war mit uns? Er war derjenige mit der Axt und der Raserei – au.«

»Seid ruhig«, befahl Hawklan mit fester Stimme. »Wie oft muß ich Euch noch sagen, daß Ihr Euch entspannen sollt? Hört endlich auf damit, gegen die Heilversuche Eures eigenen Körpers zu kämpfen!«

Yatsu verbarg beiläufig den Mund hinter seiner Hand, damit man sein Grinsen nicht sah.

»Wie auch immer, Ihr wart nicht in Gefahr«, fuhr Hawklan fort. »Eure Goraidin hätten erst sein Pferd und dann ihn getötet, bevor er auch nur zwei Schritte weit gekommen wäre. Stimmt's, Yatsu?«

Der nickte. »Das ist die einzige Möglichkeit bei solchen Leuten, wenn man nicht weglaufen kann. Zumindest kannte ich bis heute keine andere Möglichkeit.« Er rollte einen Grashalm zwischen Zeigefinger und Daumen, um ihn dann wie einen Miniaturspeer zu werfen. Eine Bö ergriff ihn und ließ ihn über die Straße trudeln.

Hawklan ahnte, daß Yatsu Erinnerungen wachrief, die er lieber hätte ruhen lassen. Er untersuchte noch einmal Arinndiers Rücken. »Mehr kann ich Euch dazu nicht sagen, fürchte ich. Ich sah einen Weg und folgte ihm. Er war anders als Eurer.«

Yatsu musterte ihn. »Ihr seid ein unglaubliches Risiko eingegangen«, stellte er fest.

Hawklan schüttelte den Kopf. »Nein«, widersprach er. »Der Weg war da, damit ich ihm folgte. Das Risiko hätte darin bestanden, ihm nicht zu folgen.«

»Das verstehe ich nicht«, sagte Yatsu kopfschüttelnd.

Hawklan lachte und klapste Arinndier auf den Arm. »Das

sollte erst mal reichen«, meinte er. »Denkt daran, Euch zu entspannen, wenn der Schmerz wiederkommt. Hört auf, Euch gegen ihn zu wehren.« Er wandte sich immer noch lachend an Yatsu. »*Ihr* versteht das nicht?« Er tippte sich mit den Fingerenden auf die Brust. »*Ich* verstehe das nicht. Nun, wo ist Dacu?«

Ordan tauchte aus einer warmen, tröstlichen Dunkelheit in den warmen, tröstlichen Sonnenschein auf. Er sah zu dem Himmelsbild auf, das sein Vater in die Decke seines Schlafzimmers geschnitzt und gemalt hatte. Die kühle Brise auf seinem Gesicht mußte durch ein offenes Fenster kommen. Bald würde das Haus sich zu regen beginnen, würde erwachen, und ein weiterer sonnenbeschienener Tag würde sich vor ihm auftun.

Dann erkannte er, daß die Wolkenbilder sich bewegten und ein kleiner schwarzer Punkt hoch über ihm einen weiten, wachsamen Kreis flog. Mit einem entsetzlichen Schock setzte seine Erinnerung wieder ein. Seine Botschaft. Lord Eldric. Noch mehr Mathidrin, die ihn angriffen. Er wollte sich aufsetzen, doch eine sanfte Hand hinderte ihn daran.

»Noch nicht«, erscholl eine freundliche Stimme. »Ihr seid unter Freunden. Ruht Euch aus, solange Ihr es noch könnt. Wir haben nicht viel Zeit, doch Ihr müßt etwas essen und uns Eure Geschichte erzählen, bevor wir entscheiden, was zu tun ist.«

Ordan drehte seinen Kopf zu der Stimme hin. Der Sprecher hatte ein hageres, wie aus Stein gemeißeltes Gesicht mit hohen Wangenknochen und leuchtendgrünen Augen. Ordan erinnerte sich an einen Schleier aus Erschöpfung und wachsender Panik und einer gewaltigen Macht, die ihn mühelos von ihm genommen hatte. Die Worte »Ihr lebt, oder?« fielen ihm wieder ein. Dieser grünäugige Mann hatte ihn irgendwie gerettet, obwohl er ihn genauso leicht hätte töten können.

»Was ist passiert?« fragte er. »Wer seid Ihr? Wer sind diese ...«

»Ich bin Hawklan«, lautete die Antwort. »Diese Männer sind Hochgardisten, trotz ihrer Uniformen. Was Eure erste Frage angeht, das ist eine verwickelte Geschichte, die noch warten muß. Kommt, setzt Euch auf.«

Doch der ursprüngliche Impuls von Ordans langem Ritt setzte sich wieder durch und fegte den größten Teil seiner neu gewonnenen Gelassenheit weg. Er mühte sich schwankend auf die Beine und ließ den Blick über die rastenden Männer und grasenden Pferde schweifen. Lord Evisons Befehl war unmißverständlich gewesen. Die Botschaft ist nur für Lord Eldric bestimmt. Aber er hatte soviel Zeit verloren. Lord Eldrics Burg war verschlossen gewesen, sein Haushalt angeblich ins Gebirge geflohen. Dann hatte er sich seinen Weg durch schwarzuniformierte Garden freikämpfen müssen, die er noch nie zu Gesicht bekommen hatte. Und jetzt dieser merkwürdige grünäugige Mann – Orthlundyn, dem Akzent nach zu urteilen. Hochgarden in schwarzen Uniformen? Lords? Arinndier, Darek und der da, der Grimmige, war das nicht Hreldar?

Er legte die Hand an seine Schläfe. Er wußte, er war zu erschöpft nach dem Gewaltritt, um noch klar denken zu können. Aber das waren Eldrics engste Freunde. Sie würden ihm sagen, was er tun sollte. Er ging zu ihnen und salutierte. »Lords. Ordan Fainson. Kommandant der Hochgarde Lord Evisons. Darf ich sprechen?«

Arinndier erwiderte seinen Gruß, ohne sich zu erheben, und bedeutete ihm, Platz zu nehmen.

Ordan trug seine Geschichte rasch und in schlichten Worten vor, und die Lords hörten aufmerksam zu, ohne ihn zu unterbrechen. Trotzdem konnte Hawklan ihre wachsende Beunruhigung spüren. Am Ende zog Ordan das Päckchen aus seiner Tunika und überreichte es Lord Arinndier wortlos.

Hawklan schaute die kleine Figur auf dem blutgetränkten Taschentuch an. Sie sagte ihm nichts, doch ein Blick in die Runde sagte ihm, daß sie den anderen eine Menge bedeutete.

Hreldars Gesicht hatte sich verhärtet. Das Gesicht eines Mannes, dessen schlimmste Befürchtungen bestätigt wurden, der sich seinen schlimmsten Ängsten gegenübersah. Dareks Miene schwankte zwischen Ungläubigkeit und Begreifen, während Arinndier nur die Stirn runzelte und seine verletzte Schulter hochzog. Die Bewegung war unnötig und schmerzhaft, und Hawklan beobachtete ihn genau und wartete, bis er hinter seinem Schild aus selbstauferlegter Pein hervorkommen würde, das er offenbar für erträglicher hielt als die Wahrheit, die sich ihm soeben eröffnet hatte. Als es soweit war, verzerrte sein Gesicht sich vor Zorn.

»Kommandant, seid Ihr verrückt?« rief er. »Ihr wißt, was das ist?«

Ordan zuckte ein wenig zurück, blieb jedoch standhaft. »Ja, Lord«, erwiderte er. »Ich weiß, was es ist. Das ist die Botschaft meines Lords an Lord Eldric, geschickt als ein Hilferuf in höchster Not.«

Arinndier murmelte etwas zu sich selbst.

»Was bedeutet das?« fragte Hawklan.

Darek starrte geradeaus, dann sah er ihn an. Sein Gesicht war aschfahl, sein Gebaren unbehaglich. Er wirkte leicht verlegen, als er sprach: »Das ist die vierte Figur eines Fest-Schreins. Die Figur des Ethriss.« Er schien lieber gar nicht weiterreden zu wollen. »Sie darf niemals sichtbar sein. Das Auftauchen der vierten Figur ist ein Omen für die Zweite Wiederkehr ... Sumerals.«

»Wahnsinn«, murrte Arinndier, der wieder seine verletzte Schulter kreisen ließ. »Evison macht Ärger, weil der König ihn zum Rebellen erklärt hat.« Doch es klang nicht sehr überzeugend.

»Unsinn«, fuhr Darek ihn ungeduldig an. »Evison ist vom König übel behandelt worden, doch er ist weder ein Unruhestifter noch ein Aufrührer. Ich bitte euch, denkt an die Unterredung, die wir vor unserer Audienz beim König hatten.« Er stieß ein leises, freudloses Lachen aus. »Unsere letzte Nacht der Unschuld.«

Arinndier begann zu prahlen: »Eldric ging es nicht gut. Ich habe die Dinge formalisiert, um ihn nicht in Verlegenheit zu bringen.«

»Nein«, sagte Darek. »Ihm ging es sehr gut, und er war klar und logisch in seinen Ausführungen und sagte nichts, was nicht auch im Geadrol hätte gesagt werden können. Ihr erinnert euch vielleicht, daß wir dem Ersten Anschein zugestimmt haben, den er einbrachte.« Er redete sich in Hitze. »Alles, was danach geschehen ist, war wie ein Alptraum. Der Erste Anschein wurde im Laufe der Zeit bestätigt, und das weißt du.«

Arinndier wandte ärgerlich das Gesicht ab mit einem verächtlichen Fluch.

»Genug«, sagte Darek mit kalter Stimme. »Seid Ihr schon so lange nicht mehr im Geadrol gewesen, Lord, daß Ihr seine Regeln so vollständig vergessen habt? Ich laste Euren Mangel an Disziplin Eurer Verletzung und Erschöpfung an.«

Arinndier ging mit blitzenden Augen auf ihn zu.

Dareks Kinnlade versteifte sich zornig. Er nahm seinem Freund die Figur ab und hielt sie Arinndier erbost unter die Nase. »In Ethriss' Namen, Arin, denk nach. Du kennst Evison. Er hat noch weniger Phantasie als Eldric. Glaubst du, er hätte das hier ohne Grund getan?«

Unter der Wucht von Dareks ungewohnter Leidenschaft flossen Wut und Haß plötzlich aus Arinndier heraus wie aus einem defekten Glas. Er senkte den Kopf. Mitleid trat an die Stelle von Dareks Zorn.

Hawklan nahm Arinndier am Arm und sah die aufgeregten Lords und den Goraidin an, der befremdet von diesem Ausbruch danebenstand. »Lords«, begann er, »Isloman und ich sind hier, weil auch wir dieser Meinung sind. Sumeral ist wieder auferstanden, und Dan-Tor ist Sein Agent. Er wird Seine Verderbnis über die Welt verbreiten, wenn wir Ihm nicht entgegentreten. Selbst dieser kleine Streit unter Euch ist ein kleiner Triumph für Ihn.« Bevor jemand etwas einwerfen konnte, begann er ihnen die Fakten vorzuhalten. »Aber unsere dringlichsten Probleme sind einfacher. Ihr habt in

Dan-Tor einen Feind. Ihr müßt Lord Eldrics Befehle ausführen, Euch so schnell wie möglich zu seinen Gütern zu begeben und Euch dafür zu wappnen, ihm entgegenzutreten.« Behutsam nahm er Darek die Figur ab und betrachtete sie. Sie war wunderschön und exzellent geschnitzt. Ihr leicht gehobener Arm schien ihm noch eine andere Richtung zu weisen.

»Isloman und ich werden mit Ordan zurückreiten, um herauszufinden, was Lord Evison passiert ist, das ihn veranlaßt hat, diese ... uralte Botschaft zu schicken. Wir treffen Euch in Lord Eldrics Festung, sobald wir können.«

KAPITEL 44

Vor dem Palasttor hielt Eldric an, um sich zu sammeln. Der Wind zerrte an seinem blutroten Umhang, und ein Blick auf seinen Schatten sagte ihm, daß er recht hatte, unter den vielen Rüstungen, die Astrom und seine Freunde ihm angeboten hatten, diese zu wählen. Sie würde die Menge mit ihrem klassischen Aussehen begeistern, und sie würde ihm eine wirkungsvolle Verteidigung erlauben, falls Dan-Tor ihm mit Gewalt begegnen sollte.

Langsam löste er ein gewaltiges Horn von seinem Sattelknauf. Mit halbem Blick auf eine vorüberziehende Wolke blies er einen mächtigen Stoß gerade in dem Moment, wo das Sonnenlicht wieder den Platz überflutete. Die Wirkung war elektrisierend. Als das letzte Echo verhallt war, stand die ganze Menge gebannt, reglos und schweigend da und erwartete Dan-Tors Entgegnung. Die Herausforderung war zum Ausdruck gebracht worden.

Doch auch Dan-Tor verstand es geschickt, die Massen zu manipulieren. Er verzögerte sein Erscheinen, bis der Effekt von Eldrics Auftritt größtenteils verblaßt war und ungeduldiges Flüstern unter den Wartenden laut wurde.

Langsam schwangen die großen Doppelflügel des Palasttors auf, und genauso langsam trat Dan-Tor durch den breiter werdenden Spalt in den hellen Sonnenschein hinaus. Er trug eine schlichte, schmucklose braune Amtsrobe, aber keine sichtbaren Waffen. Die hochgezogene Kapuze seiner Robe tauchte sein Gesicht teilweise in Schatten, so daß Eldric seine Augen nicht erkennen konnte. Ein Stück hinter ihm kamen Urssain und Dilrap. Der Letztere zuckte etwas weniger als gewöhnlich, der Erstere schien ebenfalls unbewaffnet zu sein, strahlte jedoch jene Drohung aus, die seine Uniform mittlerweile für die Stadt verkörperte.

Eldric warf einen flüchtigen Blick zu Dilrap hinüber. Die Königin behauptete, man könne ihm trauen, wie Yatsu ihm mitgeteilt hatte, doch Eldric wußte, daß er an diesem Tag von ihm keine Hilfe erwarten konnte. Um zu überleben, würde Dilrap dazu beitragen müssen, ihn zu Fall zu bringen.

»Halt«, rief Eldric mit befehlsgewohnter Stimme. »Das ist nah genug. Diese Leute haben sich heute hier versammelt, Lord Dan-Tor, um Eurer Rechenschaft zu lauschen. Zu ihrem Besten müssen wir diesen Abstand halten.«

Dan-Tor verbeugte sich leicht und hob zustimmend die Hände. »Lord Eldric«, begann er freundlich und mit deutlicher Stimme, die bis in die letzten Winkel des Platzes drang. »In Anerkenntnis Eurer einstigen Dienste für den König bin ich hierhergekommen, um Euch auf diese ...« er schien nach Worten zu suchen, »... seltsame Weise zu treffen. Ihr seid ein Ausbrecher. Eure Mitverschwörer haben die Stadt in Schutt und Asche gelegt, um Euch zu befreien. Ich sollte die Mathidrin sofort anweisen, Euch zu verhaften, doch ich weiß, das würde nur weiteres Blutvergießen bringen, so sehr habt Ihr die Leute irregeleitet.«

»Genug«, sagte Eldric. »Eure Schlüsse sind voreilig. Beleidigt nicht mich und das Volk, indem Ihr solche Verachtung für das Gesetz an den Tag legt. Dies ist kein seltsames Treffen, wie Ihr wohl wißt. Es ist eine Begegnung zwischen Angeklagtem und Ankläger, wie das Gesetz es verlangt. Zeit und Ort sind ungewöhnlich, doch das ist ohne Bedeutung. Die Form ist es *nicht*. Wir wollen frei und offen unsere jeweiligen Beweise vorbringen und sie beurteilen. Falls Ihr es vorzieht, das nicht zu tun, riskiert Ihr den sofortigen Schuldspruch dieser Geschworenen hier.«

Einige aufmunternde Rufe wurden laut, doch Eldric, den Blick fest auf Dan-Tor gerichtet, erhob die Hand, um sie zu beruhigen. Er wünschte sich, er könnte seine Augen besser sehen. Sein Gesicht wirkte leutselig und entspannt, aber seine Augen? Er rückte seinen Helm zurecht, um seine eigenen Augen mehr im Schatten zu verbergen.

Dan-Tor zuckte bedauernd die Schultern. »Im Gegensatz zu Euch, Lord Eldric, werde ich nichts unternehmen, um diese Menschen in Gefahr zu bringen. Ich will nur das Beste für das Volk und für Fyorlund, in diesen Zeiten des Verrats und der Gefahr, wenn ehrenwerte Lords ...«

»Genug«, donnerte Eldric und legte die Hand auf den Axtgriff. »Ihr stellt die Geduld dieser Leute auf eine harte Probe, Lord Dan-Tor. Wenn Ihr noch einmal gegen die Form verstoßt, werde ich Euch niederschlagen, bewaffnet oder nicht.«

Ein ehrfürchtiges Schweigen senkte sich über die Menge, so groß war die Gewalt seines Zorns, und einen flüchtigen Moment lang sah Eldric Dan-Tors Augen in der Dunkelheit seiner Kapuze rot aufflackern. Ganz kurz erfüllte dieser Anblick Eldric mit einer abgründigen, kreatürlichen Angst, und nur mit großer Mühe konnte er sich beherrschen, gleich umzudrehen und zu fliehen. Ja, dachte er, wer du auch bist, wir wollen doch einmal sehen, ob dieser Tag deine wahre Natur nicht vor jedermann hier enthüllt. »Und nun hört mir schweigend zu, wie auch ich Eurer Rechenschaft später zuhören werde.«

Dann schleuderte er ihm seine Beschuldigungen entgegen: die Auflösung des Geadrol; die Entwaffnung der Hochgarden der Lords; bewaffnete Expeditionen nach Orthlund und Angriffe auf seine Bevölkerung; willkürliche Verhaftung und Gefangennahme der Lords; die Drohung, Jaldaric nach einem geheimen Verfahren öffentlich hinrichten zu lassen; die Erhebung zum Ffyrsten. Dann kam seine letzte Anklage: die Ausbildung, Bewaffnung und der Einsatz von Mandrocs gegen Fyordyn.

Das immer lauter anschwellende zustimmende Gemurmel der Menge, das jede seiner Beschuldigungen begleitet hatte, verstummte abrupt, ein zischendes Geräusch, als werde ein Schwert aus der Scheide gezogen.

Dan-Tor spürte die Wucht der Reaktion. Ein ernsthaftes Problem, hatte Dilrap gesagt. Mit düsterer Ironie fielen Dan-Tor die Worte wieder ein. Aha, Hawklan, dachte er, habe ich dich schon wieder falsch eingeschätzt. Das war ein Schachzug, der das Opfer deines Lords Eldric wert war. Ganz kurz war es ihm, als beginne sein jahrelang errichtetes Lügengebäude zu beben. Durch eine solche Ansprache konnte Eldric die gelähmte Menge hinter sich bringen wie Wölfe hinter eine gerissene Beute. Dann bliebe ihm nur noch die Alte Macht. Und wo bist du, Hawklan ... Ethriss? Hast du die Stadt wirklich verlassen? Oder verbirgst du dich in der Nähe und wartest darauf, daß die Berührung meiner Torheit dich erweckt? Er saß in der Falle. Dan-Tor schwankte leicht, und Äonen der Finsternis zeichneten sich vor seinem geistigen Auge ab.

»Eure Erwiderung, Lord«, drang Eldrics Stimme zu ihm durch.

Geduld, kam eine Stimme aus seinem tiefsten Innern.

Mit Gewalt riß Dan-Tor seine Gedanken wieder in die Gegenwart zurück und musterte die Menge aus dem Schatten seiner Kapuze heraus. Ein weiteres Paradox zeichnete sich vor ihm ab. Eldric würde ungewollt seinen Retter abgeben. Seine majestätische Präsenz als Hüter des Gesetzes hatte die niederen Instinkte des Volks gezügelt. Sie waren nicht ohne Umschweife über ihn hergefallen. Man würde die Regeln beachten. Sie würden stehenbleiben und zuhören. Dan-Tor fühlte, wie die Dunkelheit wieder von ihm wich. Geduld. Zeit war alles.

Langsam begann er auf die Anschuldigungen zu erwidern. Erst in allgemeinen Floskeln, um sich dann jeder einzelnen im Detail zu widmen, wiederholt, immer eingehender. Die Krise ging vorüber.

In der Menge befanden sich zwei Goraidin, Yengar und Olvric, von Yatsu gesandt, um über die Rechenschaft zu berichten, ohne daß Eldric davon wußte. Nach einer Weile tauschten sie besorgte Blicke aus. Dan-Tors Taktik wurde klar. Nun, da er den ersten und schwersten Teil der Konfrontation überstanden hatte, würde er die Menge ermüden und Eldric mit endlosen Argumenten zermürben, bis die Erschöpfung eine Entscheidung bringen würde.

Eine wirkungsvolle Taktik. Während der Tag verstrich, dünnte die Menge allmählich aus, und auch Eldric ermüdete langsam. Seine Konzentration ließ nach. Er wünschte sich Darek an seine Seite, um ihm gegen den Pfeilhagel von juristischen Spitzfindigkeiten zu helfen, mit dem Dan-Tor ihn überzog. Er sehnte sich nach der bequemen Debattierkammer des Geadrol. Dann war Dan-Tor auch schon bei einem anderen Punkt. Führte weitschweifige Erläuterungen und Präzedenzfälle an, bis alles sich in einem Nebel aus Details auflöste.

Langsam wurde Eldric klar, daß er seinen Widersacher unterschätzt hatte. Er war erschreckend gut. Er hatte sich fast impulsiv für diese Öffentliche Rechenschaft entschieden, in der Hoffnung, seine Redekunst und die offensichtliche Gerechtigkeit seiner Sache würden sich schon durchsetzen. Doch Dan-Tor zersetzte alles; er verwirrte, verdunkelte, zerfraß seine Argumente.

Eldric sah auf die länger werdenden Nachmittagsschatten und erkannte plötzlich, daß er unterliegen würde. Die Fyordyn hatten geduldig zugehört, wie er es von ihnen erwartet hatte. Und sie bildeten sich ihr Urteil, wie sie es tun mußten. Doch diese Art der Debatte war uralt und im Grunde primitiv. Aus diesen Anfängen waren der Geadrol und das Gesetz mit ihren verfeinerten, intellektuellen Verfahrensformen entwickelt worden, aber es waren unzulängliche Eltern solch vorzüglicher Kinder, und nun erkannte er das Offensichtliche. In dieser schlichten Arena konnten die Menschen den Streitfall nur nach der Geschicklichkeit der Advokaten beurteilen, nicht nach der sorgfältigen Prüfung des Wesentlichen.

Ihm war, als habe er die Leute ein zweites Mal betrogen, und nur durch größte Anstrengung konnte er verhindern, daß sich dieser Selbstvorwurf auf seinem Gesicht abzeichnete.

Dan-Tor jedoch witterte seine Niederlage. »Lord Eldric«, höhnte er. »Ich habe Euch alle erdenkliche Höflichkeit zuteil werden lassen, doch diese endlosen Details beginnen mich zu ermüden. Ich *bin* Ffyrst, und ich habe Euch die Gründe dafür dargelegt, wie das Gesetz und der Zwang der Umstände es erforderten. Ich habe auf jede Eurer grundlosen Anschuldigungen in aller Ausführlichkeit geantwortet, vor allen hier Versammelten, wo ich Euch eigentlich hätte verhaften lassen sollen.« Er machte eine Pause, um die Stimmung der Masse einzuschätzen.

Langsam war sie umgeschlagen. Nun mischten sich Skepsis, Verwirrung und Ermüdung in die anfänglich vorherrschende Parteinahme für Eldric. Und unter den dümmeren Elementen zeichnete sich sogar eine wachsende Zustimmung für ihn ab, unterstützt, wie er schätzte, durch einige Störer und Aufwiegler, die Urssain in der Menge plaziert hatte.

Im Tonfall eines wohlmeinenden Vaters, dessen Geduld durch sein unartiges Kind überstrapaziert wird, sagte er: »Ihr spottet des Gesetzes, das Ihr zu schützen vorgebt, Lord Eldric. Hättet Ihr auch nur die geringste Achtung vor ihm, hättet Ihr Euch der rechtmäßigen Gefangennahme nicht entzogen, bevor man einen Prozeß gegen Euch abhalten konnte: Und selbst vorausgesetzt, daß jener Gesetzesbruch nicht allein Euer Werk war, so müßtet Ihr nun Eure Waffen niederlegen und Euch erneut in des Königs Haft begeben und seinen Entschluß abwarten.«

Nach so vielen Stunden des Debattierens war Eldric nicht geneigt, einen solchen Vorschlag in Erwägung zu ziehen

»Ihr setzt Euch schon wieder über die Form hinweg, Lord Dan-Tor, wie Ihr es von Anfang an tatet. Ihr habt *keine* meiner Anschuldigungen entkräftet. Nicht eine. Ihr habt höchstens einen dünnen Schleier aus Banalitäten gewoben, um das wahre Wesen Eurer Verbrechen zu verbergen. Eure Absicht war nur, zu vernebeln und in die Irre zu führen. Auch wenn mein Eintreten für meine Sache nicht immer angemessen war, so hat es doch diesen Menschen hier wenigstens gezeigt, daß ich ihnen die Wahrheit zeigen will, während Ihr sie in Unwissenheit und Verwirrung halten wollt.«

In der Menge wurde eine Mischung aus Beifall und Hohnrufen laut, und Eldric verzagte innerlich, als er sah, wie die Rechtmäßigkeit seines Anliegens durch die von Dan-Tor verbreitete Finsternis verschlungen wurde.

»Wenn Ihr das glaubt, Lord Eldric, dann laßt die Leute *jetzt* abstimmen«, rief Dan-Tor und ließ seinen langen linken Arm über die Menge gleiten. Diese Geste rief noch mehr Lärm hervor.

»Nein«, donnerte Eldric gegen den Tumult an. »Nein. Wie können die Leute sich entscheiden, wenn noch so viel ungesagt geblieben ist? Ihr webt fünfzig Lügen für eine, die Ihr vorgebt zu widerlegen.« Hoch richtete er sich im Sattel auf, und seine blitzenden Augen bohrten sich gnadenlos in den Schatten von Dan-Tors Kapuze.

Dan-Tor erschrak. Das war ein Blick, den er nicht mehr gesehen hatte, seit er an der Seite seines Meisters gefochten und die weltenzermalmende Macht gegen die Dämonen des Großen Bündnisses und ihre Armeen geschleudert hatte.

Die Linie ist also noch nicht ausgestorben, dachte er. Nach all dieser Zeit. »Ich stehe nicht unter Anklage, Lord Eldric.« Seine Stimme grollte bedrohlich.

Plötzlich verstummte die Menge, doch Eldric wich keinen Schritt zurück. »Nicht ich klage Euch an, Lord Dan-Tor«, erklärte er. »Es ist das Gewicht Eurer Verbrechen, das Euch anklagt. Das Gewicht, das Euch zermalmen wird, wenn die Menschen sein volles Ausmaß erfahren.« Unerträgliche

Spannung begann sich auf dem Platz auszubreiten. »Und sie *werden* davon erfahren, Lord Dan-Tor. Ich werde Licht in den letzten Winkel Eurer finsteren, Narsindal-vernebelten Seele bringen. Ich werde jede Eurer Lügen vor diesen Leuten entkräften, und wenn ich dafür bis zur Zweiten Wiederkehr auf diesem Pferd sitzen muß.«

Urssain scharrte müde mit den Füßen und spielte nervös mit seinen Händen. Plötzlich herrschte Aufruhr in der Menge. Urssains Provokateure, die sein Zeichen mitbekommen hatten, begannen laut zu brüllen.

»Es sieht so aus, als wünschten die Leute ihr Urteil jetzt abzugeben, Lord Eldric«, verkündete Dan-Tor.

Eldrics Gesichtsausdruck, als er nun den Blick über die Menge schweifen ließ, verwandelte sich zu einem zornigen Stirnrunzeln. »Ihr meint, Eure Mathidrin-Agitatoren möchten jetzt ihr Urteil abgeben«, sprach er.

Dan-Tor zuckte unschuldig die Achseln. »*Meine* Agitatoren, Lord? Anschuldigungen, nichts als Anschuldigungen. Schreibt die Form nicht vor, daß alle Anklagen zu Beginn der Rechenschaft benannt werden?« Seine weißen Zähne zeigten Eldric ein höhnisches Lächeln.

Fast gegen seinen Willen legte Eldric seine Hand auf die Axt, ließ sie aber sofort wieder los, als ein triumphierendes rotes Funkeln aus Dan-Tors Augen blitzte.

Die Menge jedoch hatte Dan-Tors Provokation nicht gehört, sah nur Eldrics wütende Reaktion. Von Urssains Männern angestachelt, verbreitete sich das zunächst vereinzelte Rufen und Buhen wie ein Steppenbrand. Die Enttäuschung und Konfusion des Tages polarisierten die Menge und brachten sie, wie Dan- Tor beabsichtigt hatte, an den Rand des Aufruhrs.

Als Eldric sich wieder an die Menge wandte, schritt Dan-Tor rasch zu ihm hinüber. »Wir müssen das unterdrücken«, sagte er eindringlich. »Sonst kommt es wieder zu Blutvergießen. Die Menschen sind nach den Unruhen immer noch aufgebracht. Keiner kann sagen, wo das enden wird.«

Eldric wirbelte herum, erstaunt, seinen Feind so nah

neben sich zu finden. Finster blickte er auf ihn herab. »Das ist Euer Werk, Dan-Tor. Eure Männer haben den ganzen Tag über die Menge provoziert. Haltet Ihr mich für blind? Und Urssain hätte besser Signalflaggen benutzt, so unauffällig waren seine Handbewegungen.«

»Ich weiß nichts davon, Lord, das schwöre ich«, erwiderte Dan-Tor in ernstem, besorgtem Tonfall. »Falls Urssain das arrangiert hat, werde ich dafür sorgen, daß er bestraft wird, keine Angst. Doch wir müssen es *jetzt* unterdrücken.«

Eldrics Miene veränderte sich nicht.

Dan-Tor legte die Stirn in Falten, als suche er fieberhaft nach einer Lösung, und der Tumult steigerte sich immer mehr. »Lord Eldric«, begann er eifrig. »Akzeptiert einen freiwilligen Hausarrest im Heim von ...« – er ließ den Blick umherwandern – » ... Lord Oremson. Ihr vertraut ihm doch? Und wir beenden diese ...« Seine Stimme wurde ärgerlich, als sehe er sich dazu gezwungen, gegen sein besseres Wissen nachzugeben. » ... diese Angelegenheit morgen. So lange, wie es nötig ist.«

Eldric überlegte einen Moment. Er erkannte, daß er irgendwie ausmanövriert worden war; daß Dan-Tor durch die Reaktion der Menge zu irgendeiner Entscheidung gelangt war. Doch der Vorschlag war vernünftig, denn die Masse wurde wirklich langsam unkontrollierbar. Oremson war ein alter Freund und ein treuer Lord des Geadrol. Es war unwahrscheinlich, daß er einen Verrat planen sollte, ganz gleich, was er von den jüngsten Vorkommnissen halten mochte. Eldric nickte schroff.

Widerstrebend sah er sich gezwungen, gemeinsam mit seinem Feind die Menge zu beruhigen und ihnen Dan-Tors Vorschlag schmackhaft zu machen, als stamme er von ihm.

In dem allgemeinen Chaos ergriffen Yengar und Olvric die Gelegenheit, vier oder fünf von Urssains Männern unauffällig niederzuschlagen.

Über Astrom hatte Eldric jene Lords, die sich noch in Vakloss aufhielten, gebeten, der Rechenschaft nicht beizuwohnen. »Wenn der Geadrol wieder zusammentrifft, werde ich Euch *meine* Rechenschaft geben und mich Eurem Urteil unterwerfen«, lautete seine Botschaft. »In der Zwischenzeit bitte ich Euch um Nachsicht.«

Lord Oremson war daher überaus glücklich, seinen unvermuteten und für die Schlacht gerüsteten Gast begrüßen zu dürfen. Er selbst hatte ihn viel zu fragen. Er hieß auch die große Anzahl von Menschen willkommen, die Eldric begleitet hatten, entschlossen, dafür zu sorgen, daß die Rechenschaft nicht durch einen verräterischen Akt von seiten Dan-Tors vorzeitig abgebrochen wurde.

»Betten kann ich nicht euch allen anbieten, meine Freunde«, eröffnete er ihnen. »Aber ich kann Euch Speisen und Getränke nach diesem langen Tag geben. Und die Abgehärteten unter euch können es sich auf meinem Rasen bequem machen.

Eine Weile herrschte fast Volksfestatmosphäre. Die Leute aßen und tranken auf Lord Oremsons Wohl und sprachen über die Ereignisse des Tages. Allmählich verwandelte sich der späte Nachmittag in eine purpurne, sternenhelle Nacht, und als der Wind sich legte und die letzten Wolken über ihnen vorbeizogen, senkte sich Stille über die baumgesäumten Parkanlagen, und die Menschen bereiteten sich zur Nachtruhe vor.

Yengar verschwand in den Schatten einer alten Eiche, von wo er beide Eingänge der Gärten im Auge behalten konnte. Er ließ sich in einen Zustand tiefer Entspannung sinken, so daß sein Körper sich ausruhen und von den Anstrengungen des Tages erholen konnte, während sein Geist hellwach blieb.

Als Mitternacht sich näherte, gingen die Fackeln in Oremsons Haus eine nach der anderen aus, und der leise Geräuschpegel der sich unterhaltenden Menschen verstummte allmählich, als sie in Schlaf fielen. Yengars Augen und Ohren paßten sich dem Schatten und den Myriaden winzigster Bewegungen der Nacht an. Hin und wieder erklang noch ein Lachen, ein Ruf, ein unzusammenhängender Gesprächsfetzen, wenn ein Traum nah an die Oberfläche des Bewußtseins trieb wie die Spitze eines großen Eisbergs. Yengar versank noch tiefer in seine eigene Stille.

Am dunkelsten Punkt der Nacht sah Yengar einen dunklen Schatten in den Garten gleiten. Er wußte, es war Olvric; nur ein Goraidin vermochte sich so zu bewegen. Er stieß einen leisen Vogelruf aus, um seinem Freund die Richtung zu weisen. Schon beim Näherkommen spürte er Olvrics Erregung. Ein Handzeichen brachte ihn auf die Beine, und lautlos und schnell verließen die beiden Männer den Park.

Wenige Minuten nach ihrem Weggang bewegte sich eine große Mathidrin-Patrouille leise in den Garten.

KAPITEL 45

Obwohl es Yatsu leid tat, Serian und Gavor zu verlieren, sah er sich doch nicht geneigt, Hawklans Entschluß zu widersprechen, mit Ordan und Isloman zu Lord Evisons Burg zu reiten. Er bestand allerdings darauf, daß zwei seiner Männer, Lorac und Tel-Odrel, mit ihnen kamen.

»Sie werden Informationen sammeln, die der Kampfweise der Hochgarden zuträglich sind, Hawklan, denn dafür sind wir Goraidin da. Und sie werden in der Lage sein, Euch durch das Gebirge zu Eldrics Festung zu bringen – und Euch so Tage des Ritts durch offenes Gelände ersparen.«

Da sie ein strammes Tempo anschlugen, kamen die fünf Männer nach zwei Tagen in Sichtweite der nördlichen Berge, die Fyorlund und Narsindal trennten. Ordan zeigte in die Ferne: »Das ist die nördliche Grenze von Lord Evisons Land. Wenn wir hart reiten, können wir die Burg noch vor dem Abend erreichen.«

Die beiden Goraidin sahen zu Hawklan hinüber. Warteten.

»Nein, Ordan«, widersprach Hawklan freundlich, aber bestimmt. »Wenn Euer Lord belagert wird, erweisen wir ihm keinen Dienst, wenn wir abends völlig erschöpft eintreffen. Außerdem sind fünf von uns kaum in der Lage, ihn zu unterstützen. Wir müssen die Gelegenheit haben, uns vorsichtig zu nähern und schnell wieder zu verschwinden. Wir reiten weiter wie bisher, schlagen ein Lager auf und reiten dann morgen früh zur Burg.« Als er sich umdrehte, bekam er einen Blickwechsel zwischen den beiden Goraidin mit. »Ist das annehmbar, meine Herren?«

Solcherart ertappt, nickten beide Männer, halb entschuldigend. Isloman grinste in sich hinein.

Der Rest des Tages verlief meist in kameradschaftlichem Schweigen, während die Gruppe durch die sanft hügelige Landschaft an der Südgrenze von Lord Evisons Anwesen ritt. Sie schlugen einen Bogen um die wenigen Ansiedlungen, die sie sahen, da sie sich ihres Empfangs dort nicht sicher sein konnten, besonders, da die Goraidin immer noch Mathidrin-Uniformen trugen. Ihre Nacht war jedoch unruhig, da selbst Gavor und die Pferde ängstlich und aufgeregt waren. Hawklan merkte ebenfalls, daß er nicht schlafen konnte; er lag nachdenklich wach und lauschte ihrem unruhigen, unregelmäßigen Schlummer.

Als wollte der folgende Tag ihr Unbehagen absichtlich vertreiben, kündigte er sich mit einer weichen, dunstigen Morgendämmerung an, die strahlende sommerliche Wärme verhieß. Doch das trug nur wenig zur Hebung ihrer Stimmung bei, als sie auf die Pferde stiegen und ihren Ritt fortsetzten. Dann kam, wie um ihre schlimmsten Befürchtungen zu bestätigen, eine dünne Rauchsäule in Sicht, die sich wie ein mahnender Finger über den Horizont erhob. Die Gruppe hielt an, Hawklan nickte Gavor zu. Ohne Kommentar erhob der Vogel sich in die sonnige Luft, zog ein paar Kreise, als widerstrebe es ihm, weiterzufliegen, um sich dann ohne Eile dem hochsteigenden Rauch zuzuwenden.

»Das kommt von einem sterbenden Feuer«, stellte Lorac mit ruhiger Stimme fest und blickte besorgt zu Ordan hin. Hawklan nickte zustimmend und trieb Serian zum Trab an. »Gavor wird uns warnen, wenn Gefahr droht«, erklärte er.

Als sie die Kuppe eines kleineren Hügels erreichten, eröffnete sich der Blick auf Lord Evisons Burg. Sie war eingefallen und verwüstet. Die Rauchsäule, die sie geleitet hatte, stieg stoßweise aus den Ruinen und wurde vom aufflauenden Morgenwind verweht.

Während Serian ihn weitertrug, spannte Hawklan seinen Magen an, als wolle er sich gegen einen mächtigen Stoß wappnen.

Völlig ausgebrannt, stand die Burg wie ein zackiger schwarzer Kristall in einem Rahmen aus ungeschliffenem Granit. Doch der Fels, auf dem Lord Evisons Festung gegründet war, reichte bis tief unter die Erde. Fruchtbare Äcker säumten seinen Fuß; Äcker, die nun braun verbrannt waren, weiß und karmesinrot gesprenkelt mit verstümmelten Leichen. Die Sommerbrise trug ihnen eine süßliche, widerliche Bestätigung dessen zu, was ihre Augen sahen.

Hawklan, der wie gelähmt war, spürte, wie Serian unter ihm bebte. »Dort sterben Pferde, Hawklan«, sagte Serian. »Kannst du sie hören? Die Menschen sind erlöst, doch die Pferde sterben immer noch. Hilf ihnen, Hawklan.«

Die fünf Männer stiegen schweigend ab. Rund um die Burg lagen hunderte von Körpern; Körper, die in einer wahren Blutorgie gefleddert und verstümmelt worden waren. Hawklan merkte, wie ihm das Blut in den Ohren pochte, und lehnte sich gegen Serian. Einen Augenblick lang überwältigte ihn eine Flut alter Erinnerungen, wälzte sich an einem Hindernis vorbei, das sie bis jetzt zurückgehalten hatte, wie das tosende Meer, das sich Bahn bricht durch uralte Sanddünen. Doch wie das Meer ebbten die Erinnerungen ebenso schnell ab, wie sie gekommen waren, und ließen Hawklan mit dem Wissen zurück, daß er so etwas und Schlimmeres schon oft gesehen hatte; und noch sehen würde.

Als er sich wieder faßte, geriet dieses Wissen in heftigen Widerstreit mit der Pein des Heilers, die wie ein vergebliches Wutgeheul in ihm hochstieg, doch bald sagte ihm ein noch tieferes Wissen, es sei das Beste, diese beiden zu einem grimmigen Bündnis zu verschmelzen. Die Wahrheit war die Wahrheit, wie schrecklich auch immer, und das Heilen hatte unausweichlich seine Grenzen. So mußten seine Heilfähigkeiten in all ihren Formen vorwärtsstreben, den Schmerz des Wissens akzeptieren und sich weigern, sich durch Wiederholung abstumpfen zu lassen.

Ordan erbrach sich. Das Geräusch holte Hawklan in die Wirklichkeit zurück. Er schaute die anderen an. Ihre Gesichter waren aschfahl vor Fassungslosigkeit und Grauen. Dann bemerkte er, daß zwischen den Leichen Schmatzen und balgende Bewegungen waren.

Plötzlich stieß Gavor aus dem Himmel herab und flog niedrig und mit einem gräßlichen Schrei über das Feld des Grauens. Einen kurzen Augenblick lang belebte der Acker sich mit fliehenden Säugetieren und Vögeln; die Furcht vor diesem gefiederten Racheengel besiegte ihre Freßgier. Wo sie gestört wurden, erhob sich kurzfristig eine dichte schwarze Wolke.

Fliegen, sagte Hawklan schaudernd.

Unaufgefordert setzte Serian sich in Gang, bewegte sich behutsam zwischen den Leichen und abgetrennten Gliedern. Hawklan zog sein Schwert und folgte ihm. Menschen waren hier nicht mehr am Leben, das konnte er spüren, doch er konnte Serians Bitte erfüllen und einen letzten Akt der Barmherzigkeit für jene Pferde tun, die noch lebten.

Es waren nur wenige, und die schlimmsten Qualen hatten sie bereits hinter sich. Hawklan konnte das Stöhnen und Murmeln, das er hörte, nicht verstehen, doch Serian beugte sich über jedes von ihnen und hörte aufmerksam zu.

»Ihr seid furchtbare Geschöpfe, ihr Menschen«, sagte er, als er seine Aufgabe beendet hatte. »Furchtbar.«

Hawklan wußte nichts darauf zu erwidern. »Hat eines von ihnen dir erzählt, was hier geschehen ist?« fragte er.

Serians Tonfall zeugte von kaum verhohlenem Zorn. »Nein«, sagte er. »Sie waren zu nah an den Toren; sich daran zu erinnern, hätte ihnen große Pein bereitet. Du oder ich haben nicht das Recht dazu, so etwas von ihnen zu verlangen. Sie haben ihren Teil erfüllt, nun müssen sie ruhen. Ich vertraue auf deine Künste als Heiler, um sie sanft hinüberzubringen.« Dann ging er fort zu den anderen Pferden.

Hawklan wandte die Aufmerksamkeit seinen Gefährten zu. Ordan konnte er nicht sehen, doch die beiden Goraidin gingen zwischen den Leichen umher. Hawklan bahnte sich einen fürchterlichen Weg zu ihnen. Seine Stiefel wurden schwer von blutgetränktem Schlamm. Öffne dich dem Schmerz, erinnerte er sich, als er sich ihnen näherte.

Lorac hob bei seinem Näherkommen den Kopf. Seine Augen waren qualvoll verzerrt, seine Stimme jedoch fest und fast förmlich. Goraidin sehen klar und akzeptieren, was sie sehen, erinnerte Hawklan sich an Yatsus Worte. In Zeiten wie diesen muß man sich an irgend etwas halten, nicht wahr, dachte Hawklan. Selbst wenn es nur die eigene Stimme ist.

»So etwas habe ich noch nie gesehen«, begann Lorac. »Nie. Auch im Morlider-Krieg gab es ein paar schreckliche Sachen, aber nichts ...« Die Stimme versagte ihm. »Ich hoffe die ganze Zeit, ich werde endlich wach. Wer würde toten Männern so etwas antun?«

Hawklan sah ihn an. »Ein Feind, dem wir nicht unvorbereitet begegnen wollen«, erwiderte er. »Wir müssen unsere Herzen bis auf weiteres vor diesem Grauen verschließen, Lorac. Wir müssen soviel herausbekommen, wie wir können, und den anderen diese Informationen bringen. Dann sind diese Männer vielleicht nicht umsonst gestorben.«

Lorac blickte ihn rätselhaft an. »Ja, ich weiß. Das hat man uns beigebracht.« Er biß die Zähne zusammen. »Es ist nur ... Ich hätte nie gedacht, daß es so schwer werden könnte. Ich muß immer daran denken, was ich denen, die das hier verbrochen haben, gerne antun würde.«

Hawklans Stimme klang schroff. »Für sie war es schlimmer als für uns.« Er ließ den ausgestreckten Arm über das Feld kreisen. »Aber wir und noch andere werden genauso enden, wenn wir nicht herausfinden, was hier vorgefallen ist. Sich hierfür zu rächen wird nicht leicht werden. Darauf richte deinen Zorn, Goraidin.«

Loracs Augen blitzten grimmig auf, seine Fäuse ballten sich. Hawklan wußte, daß er sich nicht verteidigen konnte, falls der Mann jetzt zuschlagen sollte. Doch Loracs Wut verebbte fast umgehend. Nichts konnte hell auflodern in der dumpfen Atmosphäre, die über diesem Totenacker hing.

Er senkte den Kopf. »Ihr habt recht«, sagte er. »Unser Training ist alles, was uns nun bleibt. Für diese hier können wir nichts mehr tun, außer von ihnen zu lernen und zu hoffen, daß wir mehr Glück haben werden, wenn unsere Stunde schlägt.«

Ein Schrei durchbrach ihr unbehagliches Schweigen. Es war Ordan, der in dem zusammengebrochenen Burgeingang stand und sie herbeiwinkte. Als sie näherkamen, drehte er sich um, schritt durch eine weitere Tür und gestikulierte wieder, sie sollten ihm folgen. An der Tür angekommen, blinzelte Hawklan in den dunklen Innenraum, bis seine Augen sich an die neuen Lichtverhältnisse gewöhnt hatten. Ein Stück weiter vorn, durch einen Nebel aus Qualm und feiner, durch die Luft stiebender Asche, erblickte er Ordan, der sich behutsam seinen Weg durch ein Chaos aus herabgestürzten und verkohlten Balken bahnte. Er und die anderen folgten ihm.

Mehrere Minuten lang bewegten sie sich langsam durch die Überreste eines einst prächtig geschmückten Korridors, trampelten über die Reste seiner Schnitzdecke und zu Boden gefallene Wandgemälde. Die Luft wurde zunehmend schlechter, voll von Rauch von dem immer noch schwelenden Brand, klebrig warm von aufgestauter Hitze.

Hawklan drehte sich mit einiger Besorgnis zu den anderen um. »Das ist gefährlich«, warnte er sie. »Wenn wir zu lange hier bleiben, werden wir ohnmächtig von dem Rauch.«

Als sie Ordan erreichten, stand er vor einer verschlosseen Tür. Seine Augen waren immer noch weit aufgerissen or Schrecken, doch seine Stimme klang fest, wenn auch hei- er. »Lord Evison sprach von Gefangenen«, erklärte er. Wenn sie irgendwo sind, dann hier.« Dann zog er sein chwert und drückte auf zwei der verzierten Pfosten, die en Türrahmen bildeten. Das Geräusch zurückspringender iegel war zu hören, und dann schwang die Tür von selbst uf.

Auch Hawklan zückte nun sein Schwert und trat an rdans Seite. Alles, was er durch die Tür sehen konnte, war ine ins Dunkel führende Treppenflucht.

Langsam senkte Ordan das Schwert und neigte den Kopf. Ich hatte gehofft, Fackelschein und Lärm anzutreffen«, gte er traurig. »Doch da unten lebt niemand mehr. Kein icht, kein Leben.« Er steckte sein Schwert zurück in die cheide und ging die Stufen hinunter. Bei seinem Eintreten ammten Fackeln leise auf und beleuchteten einen geräumi- en Keller unter einem Steingewölbe. Die Luft war kühl und ltsam angenehm nach dem Gestank draußen und dem stickenden Qualm des Korridors. Am Fuße der Treppe g, der Länge nach ausgestreckt, ein Körper.

Zögernd kniete Ordan sich neben ihn. Als Hawklan eben ihn trat, sah er mit schmerzverzerrtem Gesicht auf. Es ist Lord Evison«, sagte er. »Er ist tot.«

Hawklan kniete sich ebenfalls nieder und untersuchte die eiche. Die Wunden des Lords zeigten, daß er offenbar im ampf gefallen war, doch er war nicht wie die Toten draußen rstümmelt worden. Seine Hand schloß sich fest um eine hwere Streitaxt.

»Seht, da ist noch jemand.« Tel-Odrels Stimme unter- ach Hawklans Gedankengänge. Der Goraidin drängte ch an ihm vorbei und rannte zu einem zweiten Körper, der n Stück weiter entfernt lag. Als er bei ihm angelangt war, ieb er abrupt stehen. »Hawklan«, sagte er ruhig und inkte, ohne den Blick von dem Körper zu seinen Füßen zu ehmen.

Hawklan und die anderen gesellten sich zu ihm. Der Körper gehörte einem riesigen Mandroc, dessen gewaltige, hundeartige Zähne im Fackellicht zu einem bösartigen, weiß schimmernden Todeslächeln gebleckt waren. Er trug Rüstung: einen Eisenhelm mit gebogenen Wangenschienen und ein schweres Lederwams, mit Metallplättchen verstärkt, die mit Spangenriemen über seinem muskelbepackten Körper befestigt waren. All dies hatte sich jedoch als nutzlos erwiesen gegen den Axthieb, der dem Geschöpf vom Hals bis zum Bauch eine klaffende Wunde zugefügt hatte.

»Lord Evison war klein, aber ein kraftvoller Kämpfer«, sagte Tel-Odrel. »Niemand, dem man sich im Ernstfall in den Weg stellen sollte.«

Keiner sagte ein Wort.

»Bewaffnete und gerüstete Mandrocs«, raunte Lorac schließlich. Seine Stimme war eine Mischung aus Ehrfurcht und Ungläubigkeit. Dann suchte er Zuflucht in seiner Ausbildung: »Wir müssen ihm die Rüstung ausziehen. Das sollte uns eine Menge verraten.«

Wieder draußen im Sonnenlicht, überwältigte der Kummer Ordan abrupt. Zu Hawklans nicht geringer Überraschung zeigten die beiden Goraidin sich zartfühlend und mitleidig mit ihm. Er fand es tröstlich, daß sie trotz all ihrer strengen und brutalen Fähigkeiten den Kontakt zu jenen Empfindungen, die sie zu beschützen geschworen hatten, nicht verloren hatten. Etwas in ihrer Ausbildung neutralisierte ihren gewalttätigen Effekt. Die Wahrheit vielleicht?

Und dennoch bewies gerade die Existenz dieses Mitleids eine noch größere Unbarmherzigkeit. Die abstumpfende Wirkung der Gewalttätigkeit blieb ihnen versagt. Und je größer das Mitleid, desto härter – desto brutaler – würden sie kämpfen, sobald es bedroht wäre, ob in ihnen selbst oder in anderen. Hawklans Gedanken begannen sich spöttisch im Kreis zu drehen, und er sah Bilder seiner selbst in seinem Innern. Loracs Stimme riß ihn aus der Grübelei. Er redete zu Ordan.

»Wir alle kannten einige deiner Freunde, Ordan«, sagte

er. Er legte dem Mann die Hände auf die Schultern und sah ihm ernst in die Augen. »Doch du hättest nichts für sie tun können. Du hast deinem Lord treu und wahrhaftig gedient. Das weißt du selbst. Dies hier ist schon vor Tagen geschehen, wahrscheinlich wenige Stunden nach deinem Wegritt, und es hätte nicht den geringsten Unterschied gemacht, wenn du hier gewesen wärst. Das ist kein großer Trost, aber ...« Er ließ seinen Satz unvollendet.

Er wandte sich um, blickte zu der ausgebrannten Burg und sprach zu den anderen: »Sie müssen überrannt worden sein, bevor sie richtig vorbereitet waren. Nach dem, was Ordan berichtet hat, muß Evisons Streitmacht meilenweit auseinandergezogen gewesen sein. Oder er hat die Geschwindigkeit der Feinde völlig unterschätzt. Es sieht so aus, als hätten sie sich durchgekämpft, um die Gefangenen zu befreien, doch Evison hat sich mit diesem hier eingeschlossen.«

Hawklan ließ den Blick über das Schlachtfeld schweifen, das immer noch von Fliegen wimmelte und sich allmählich wieder mit den kleinen Aasfressern füllte, die Gavor kurzfristig vertrieben hatte. Keine Waffen, dachte er plötzlich. Kein Dolch, kein Schwert, nicht einmal ein zerbrochener Speerschaft. Und kein toter Mandroc. Die hatte man alle weggeschafft.

Lorac schien seine Gedanken zu lesen. »Außer dieser einen Leiche haben sie nicht den geringsten Hinweis darauf zurückgelassen, wer oder was sie waren. Sie haben ihn verfolgt, um sicherzustellen, daß keiner, der sie gesehen hatte, die Neuigkeit weitergeben konnte.« Er schlang die Arme fest um seinen Oberkörper. »Ich habe Angst«, sagte er unvermittelt.

»Ihr seid klug, Angst zu haben«, versetzte Hawklan. »Soldaten ohne Angst leben nicht lange. Evison hat das schmerzhaft erfahren, und uns wird es nicht anders ergehen, wenn wir nicht dazulernen.«

»Was können wir denn tun?« wollte Lorac wissen.

Hawklan sah Gavor an.

»Wer immer hierfür verantwortlich ist, ist längst über alle Berge«, erwiderte der Rabe. »Meilenweit niemand. Nie-mand Lebendiges«, fügte er hinzu.

Hawklan nickte und stellte dann ohne Zögern fest: »Ordan, Ihr reitet mit dieser Mandroc-Rüstung zu Eldrics Bergfestung. Berichtet ihnen, was Ihr gesehen habt. Wir anderen werden nordwärts ziehen, um zu sehen, was Evi son gesehen hat.«

Die vier Männer sprachen nur wenig auf ihrem Ritt nach Norden, und nachts schlugen sie ein dunkles, stilles Lager auf. Sie hielten abwechselnd Wache.

Hawklan schlug die Augen auf, als Tel-Odrel auf ihn zukam, um ihn für seine Wache zu wecken. Der Goraidin hockte sich neben ihn, als Hawklan sich aufsetzte. »Mit Islo man stimmt etwas nicht, Hawklan«, murmelte er leise. »Er ist unruhig und redet die ganze Nacht mit sich selbst.«

Hawklan runzelte ein wenig die Stirn. Er hatte Isloman nie krank erlebt. Er ging zu ihm hinüber und legte ihm leich die Hand auf die Stirn. Es konnte kein Anzeichen für Fieber aber eine wachsende innere Unruhe in seinem Freund spü ren. Wieder runzelte er die Stirn. »Das ist wahrscheinlich der Schock. Und der Kummer«, sagte er bedächtig. »Wir alle leiden mehr oder weniger darunter. Ich selbst kann kaum noch die Augen schließen, ohne diese zerhackten Körpe am Fuße dieser schwarzen Burg zu sehen.«

Tel-Odrel nickte, doch er bemerkte eine Unsicherheit an Hawklan, die ihm ein wenig Sorge bereitete.

Am folgenden Tag wirkte Isloman einigermaßen gesund doch er war ungewöhnlich verdrossen und nahm nach dem Aufstehen keine Nahrung zu sich. Hawklan beobachtete ihn besorgt, doch er sattelte sein Pferd, stieg ohne Murren au und hielt die vorgegebene Geschwindigkeit ein, ohne sich zu beschweren.

Selbst nachdem sie die Überreste von Evisons vernichte ter Streitmacht hinter sich gelassen hatten, bedurfte es ke

ıer großen Fährtenleserkunst, um der Spur der abgezoge-
ıen Angreifer zu folgen.

»So haben die Mandrocs auch Orthlund verlassen«, bemerkte Gavor. »Es ist, als ob sie mit jedem Schritt etwas in len Boden stampfen, töten.«

Allmählich ging die Hügellandschaft in das eigentliche Gebirge über, und bald fanden sie sich zwischen dunkel lau-rnden Felsen wieder. Den beiden Goraidin war angesichts hrer Angreifbarkeit in einem solchen Gelände nicht wohl, loch Gavors hohe Wacht ermöglichte es ihnen, ihre Geschwindigkeit beizubehalten, ohne tatsächlich einen Hin-erhalt fürchten zu müssen.

Schließlich wurde der Weg, dem sie folgten, zu felsig und chwierig für ein schnelles Vorwärtskommen. Hawklan, der hnte, daß die Zeit wieder einmal gegen sie arbeitete, chickte Gavor vor, um auszuspähen, ob sie sich in der Nähe rgendeiner Siedlung oder eines Lagers befanden oder ob rgend etwas vor ihnen lag, das der näheren Untersuchung vert gewesen wäre.

Es dämmerte, als er zurückkehrte, ein Schatten, der aus en Schatten niederstieß. »Laßt eure Pferde stehen und klet-ert auf diesen Gipfel«, riet er ihnen und war auch schon wie-er verschwunden.

Ohne ein Wort erhob Isloman sich müde und begann, in ie von Gavor gewiesene Richtung zu stapfen. Hawklan ilte hinter ihm her. »Was machst du denn da?« fragte er esorgt. »Wo willst du hin? Wir können jetzt nicht dort hin-uf gehen, es wird bald stockfinster sein.«

Doch Isloman stapfte einfach weiter.

Hawklan baute sich vor ihm auf und hielt ihm die Hand ntgegen, um ihn aufzuhalten. »Isloman, was ist los mit ir?«

Isloman blieb stehen und sah Hawklan an, als sei er baß rstaunt über dessen Frage. »Ich *muß* es sehen, Hawklan«, agte er. »Bleib bei mir, es wird alles gut.«

Hawklan spürte den inneren Aufruhr in seinem Freund, doch keine Krankheit. Er zuckte ergeben die Schulter, trat eiseite und bedeutete den anderen, ihnen zu folgen.

Der Gipfelaufstieg jedoch erwies sich als kein Spazie gang, vor allem in dem spärlichen Licht, das die Sterne un eine dünne Mondsichel boten. Isloman schien wenig Müh zu haben, doch die anderen mußten ihm ein paarmal zuru fen, er solle langsamer gehen, während sie vorsichtig übe schroffe Felszacken und steile Geröllfelder kletterten Schließlich, nach mehreren Stunden anstrengenden Au stiegs, erreichten sie den Gipfel.

Seltsamerweise war dies nicht eine der gerundeten, gras bewachsenen Kuppen, die die meisten der kleineren Berg kennzeichneten, sondern ein gewaltiges Meer nackter Fe sen. Was Hawklan und die beiden Goraidin allerdings nich davon abhielt, sich dankbar zu Boden fallen zu lassen, als si oben anlangten.

Isloman hatte sich scheinbar gar nicht beeilt, obwohl e einen unerbittlichen Schritt vorgelegt hatte. Während di drei anderen verschnauften, wanderte er unruhig hin un her, drehte sich wie eine Wetterfahne in böigem Winc Schließlich blieb er stehen und starrte geradeaus. Dann ho er langsam die Hand und wies in die Dunkelheit zu ihre Füßen. »Da«, flüsterte er, als fürchte er, gehört zu werden.

Hawklan stand auf und ging, behutsam kletternd, übe die Felsen zu ihm. »Was?« fragte er, Islomans Blick folgen »Was ist denn da?«

Doch der würdigte ihn keiner Antwort. Statt desse schlang er die Arme um seinen Oberkörper und setzte sic langsam nieder.

Hawklan beugte sich zu ihm hinunter. »Isloman, was is los?« fragte er. »Was ist geschehen? Was ist da draußen?«

»Laß mich allein«, tönte die leise Antwort durch die Du kelheit. »Laß mich allein.«

Instinktiv streckte Hawklan die Hand nach seine Freund aus, doch er konnte dessen Todesqual spüren, noc bevor er ihn noch berührt hatte. Blitzartig fuhren Islomar kräftige Arme in die Höhe, als wolle er Hawklan wegstoße doch genauso plötzlich wurde er ruhiger und schob ihn n sanft beiseite. Hawklan erhob sich und blickte verwirrt ur unschlüssig zu ihm hinab.

»Ist er krank?« fragte Lorac neben ihm. »Vielleicht hat er sich bei den Leichen etwas geholt. Sie lagen schon eine Weile da.« Seine Frage verebbte.

Hawklan schüttelte den Kopf. »Nein. Nichts dergleichen. Es sitzt tiefer. Macht Euch keine Gedanken. Ich bleibe bei ihm.« Er drehte sich um und schaute in die Richtung, in die auch Isloman starrte. »Ruht Ihr Euch aus. Wir warten darauf, was das Tageslicht uns zeigen wird.«

Isloman rührte sich die ganze Nacht lang nicht. Lange, bevor Hawklan eine Veränderung in den Lichtverhältnissen bemerkte, sagte er: »Die Dämmerung«, und stand auf. Das kaum merkliche Nachlassen der Dunkelheit, welches dieser Ankündigung folgte, erinnerte Hawklan an die vielen Male, da er auf einem der hohen Türme von Anderras Darion gestanden und beobachtet hatte, wie die Morgendämmerung über die Berge hereinbrach. Es war wie eine Bestätigung von etwas Unfaßbarem, aber Lebensnotwendigem, und er spürte eine innere Wohligkeit, die er seit einiger Zeit nicht mehr gekannt hatte. Eine Weile ließ sein Geist die verwirrenden Ereignisse hinter sich, die sich seit dem Tag überstürzt hatten, als Tirilen ihn die steile Burgstraße heruntergeführt hatte, um sich auf dem Dorfanger einen merkwürdigen Kesselflicker anzusehen.

Er erhob sich und gesellte sich zu Isloman. »Jetzt zeig es mir, du Weiser des Schattens«, sagte er in der Hoffnung, ein bißchen Ironie werde seinem Freund guttun, doch der zeigte nur nach vorn: »Da«, sagte er.

Mit zunehmendem Licht sah Hawklan, daß er zwischen zwei Bergen hindurch in ein fernes Tal schaute. Er konnte etwas erkennen, das wie weiße Narben und Klüfte in den Talflanken aussah, sowie eine längere, regelmäßigere Linie, die sich drehte und schlängelte, bis sie außer Sicht geriet.

»Eine Straße?« fragte er nach einem Moment. »Und Steinbrüche?« Der Anblick sagte ihm nichts. Bevor er Isloman fragen konnte, flatterte Gavor zu ihnen herunter. Er wirkte aufgeregt. »Habt ihr es gesehen, ja?«

»Die Straße? Ja. Und das da, sind das Steinbrüche?«

meinte Hawklan. »Aber ich begreife nicht, was ich da sehe Gavor.«

Gavors Tonfall war gepreßt. »Du blickst auf eine neue sehr breite Straße, die nach Norden führt, in ... da. Und ja das sind Steinbrüche. Auf der anderen Seite sind noch mehr Und Bergwerke. Die Straße nimmt ... ich weiß nicht ... was auch immer aus diesen Minen herauskommt.«

Niemand sprach. Gavor fuhr fort: »Diese Streifen, die ih da seht, sind große Abraumhalden, die ins Tal gespuckt wor den sind. Das Ganze ist unglaublich übel. Und es komm noch schlimmer.« Er verstummte kurz. »Die Arbeit wird vo Sklaven verrichtet.« Alle drei Männer wandten sich zu ihm um. »Männer, Frauen, sogar Kinder ... und Mandrocs« sagte er bedächtig. »Und alles unter der nicht besonder zartfühlenden Aufsicht dieser Küchenschaben.«

Ein unbehagliches Schweigen senkte sich über sie.

»Das ist unmöglich«, platzte Lorac plötzlich heraus. »Du hast dich geirrt, Vogel.« Seine Stimme klang gemein und wütend, doch unterlegt von Angst und Ungewißheit.

Gavors Augen sprühten Funken, drohend schlug er mi den Flügeln. »Zweifel ja nicht an mir, Mensch«, zischte e mit weit aufgerissenem Schlund. »Ich erzähle euch, was ich sehe. Eure Brüder peinigen da unten eure Brüder. Mit ihren Dreck haben sie das Land vergiftet. Und die Flüsse. Selbs die Luft, durch die ich flog, war verschmutzt.« Er reckte de Kopf vor und schlug wild mit den Flügeln. »Es kommt nich von ungefähr, daß Er von allen Geschöpfen dieser Welt *eur* Gestalt angenommen hat für Sein Werk da draußen.«

Lorac schrumpfte unter Gavors schrecklicher Beleidigun in sich zusammen und riß die Arme hoch, als rechne e damit, tatsächlich angegriffen zu werden.

Hawklan streckte Gavor die Hand entgegen. »Ruhig Gavor, ruhig«, beschwichtigte er ihn. Dann an den gemaßre gelten Lorac: »Ihr könnt Euch auf Gavor verlassen, Gora din, voll und ganz. Wir dürfen unseren Schmerz nicht a den anderen auslassen. Wir haben wirkliche Feinde, die e zu bekämpfen gilt. Gavor, können wir näher rankommen?

»Nein«, sagte der Vogel. Er ließ Lorac immer noch nicht aus den Augen. »Jenes Tal liegt zwei Tagesreisen entfernt von hier, und nach einem halben Tag geratet ihr in Sichtweite ihrer Spähposten. Ihr werdet nicht einmal die Überreste von Lord Evisons Truppe erreichen.«

Hawklan nickte und überlegte einen Moment. »Nun, wenn du alles gesehen hast, was zu sehen ist, müssen wir die Informationen so schnell wie möglich zu den anderen zurückbringen.«

»Hawklan.« Es war Isloman. »Hilf mir. Bring mich hier weg ... Seine Stimme war heiser und weit entfernt, und sie verebbte in einen langen Stoßseufzer, während seine Knie einknickten und er zu Boden sank.

KAPITEL 46

Hawklan beugte sich über seinen zusammengebrochenen Freund und untersuchte ihn hastig. Doch seine Hände, seine ganze Heilkunst ließen ihn im Stich. Was immer Isloman niedergestreckt hatte, entzog sich seiner Kenntnis. Alles, was blieb, waren Islomans Worte: »Bring mich fort von hier.«

Die Kletterpartie zurück zu den Pferden war jedenfalls ein Alptraum. Die drei plagten sich höllisch mit Islomans schlaffem Leib, während die strahlende Sommersonne und die Pracht der Gebirgsszenerie ihrer Anstrengungen zu spotten schien.

Von der Sorge um seinen Freund und seinem eigenen Gefühl der Ohnmacht getrieben, fand Hawklan die unvermeidliche Langsamkeit ihres Abstiegs unerträglich. Zweimal strauchelte er in seiner Hast. Das eine Mal rutschte er unkontrolliert einen grasbewachsenen Abhang hinunter, das andere, ernstere Mal verlor er den Halt auf einem glitschigen, moosbewachsenen Fels.

Tel-Odrel fing ihn auf und stützte ihn mit freundlichem Grinsen, bis er das Gleichgewicht wiedergefunden hatte Lorac ging jedoch wutentbrannt auf ihn los. »In Ethriss' Namen, Hawklan, paßt auf, wo Ihr hintretet. Ihr hättet Euch selbst und Tel böse verletzen können. Denkt einmal daran wie lange wir dann zu den Pferden brauchen würden.«

Ein Teil von Hawklan ärgerte sich über diese Zurechtweisung, doch ein anderer Teil beruhigte ihn. Der Goraidin hat recht, Heiler. Kümmer dich um deinen Freund. Er verdient Besseres als dein Selbstmitleid.

Sie benötigten mehrere Stunden, um wieder zu den Pferden zu kommen, und waren am Ende völlig ausgelaugt. Hawklan untersuchte Isloman noch einmal, doch sein Zustand war unverändert.

»Laß mich ihn tragen«, bot Serian an, und mit erheblicher Mühe wuchteten sie ihn über den Sattel und banden ihn fest.

Die Reise zurück zu Eldrics Bergfestung war nicht weniger anstrengend und unerfreulich, und Hawklan, nicht vertraut mit seinem neuen Pferd und aus lauter Sorge um seinen Freund unfähig, sich zu entspannen, fühlte sich, als habe er ein ganzes qualvolles Leben in diesem Sattel verbracht.

Er hatte wiederholten Grund, Yatsu für seine Hartnäckigkeit, ihm Lorac und Tel-Odrel mitzugeben, dankbar zu sein. Ihre Kenntnisse des Landes und der Berge verkürzten ihren Ritt beträchtlich und ersparten es ihnen unter anderem, sich das Leichenfeld um Lord Evisons Burg ein zweites Mal ansehen zu müssen.

Isloman ging es ein wenig besser, nachdem sie die geschundenen Täler hinter sich gelassen hatten. Er gelangte für immer längere Zeit wieder zu Bewußtsein, sprach aber noch nicht. Hawklan ahnte, daß der Schnitzer eher etwas unterdrückte als sich von etwas erholte.

In der Nacht, bevor sie ihr Ziel erreichen sollten, verbrachte Hawklan wie gewöhnlich eine Weile damit, es Isloman bequem zu machen und die Schmerzen von Lorac und Tel-Odrel zu mildern, die sie Serians gnadenloser G schwindigkeit verdankten. In ihm selbst jedoch war eine Ruhelosigkeit, die er nicht zu unterdrücken vermochte, und schließlich schlenderte er fort vom Lager. Auch wenn der Schlaf seinem Körper nützen würde, war ihm, als brauche er noch etwas anderes, um seinen Geist zu beruhigen.

Allein in dem abnehmenden Licht, setzte er sich auf einen grasbewachsenen Hügel, welcher das langgestreckte Tal überblickte, das sie an diesem Tag durchquert hatten. Plötzlich überwältigte ihn die Sehnsucht nach Anderras Darion, nach der Ruhe und Harmonie der Berge und rollenden Hügel um die Festung herum; nach Pedhavin und dem silbernen Fluß, der durch das Dorf plätscherte; und nach all seinen Freunden dort.

Ohne nachzudenken zog er sein Schwert, preßte seinen kalten schwarzen Knauf gegen seine Wange und schloß die Augen. Plötzlich überfluteten ihn Gedanken, als seien sie bis dahin von einem großen Damm zurückgehalten worden. Gedanken an eine winzige Puppe voller Verderbnis; an den quirligen, riesigen Gretmearc und die Falle, die man dort für ihn aufgebaut hatte; an die boshafte Präsenz von Dan-Tor, der seine Fühler nach ihm ausstreckte und das Übel in sein Leben und das Leben aller Orthlundyn verströmte; an Andawyr, diesen merkwürdigen, ungepflegten kleinen Mann so voller Licht, der seinen Geist erforscht und ihn auf geheimnisvolle Weise mit schrecklichen Notwendigkeiten konfrontiert hatte; an Mandrocs und die hingeschlachteten Gardisten; an das rauchverpestete Vakloss und die Rache iner einsamen, verlorenen Frau an ihren Verfolgern; an ein gräßliches Gemetzel unterhalb brandgeschwärzter Burgmauern, an Minen und Steinbrüche, deren bloßer Anblick einen Freund niedergestreckt hatte. Diese und noch viele ndere Erinnerungen stürzten unkontrolliert durch seinen Kopf, wirbelten umher wie ein verrückter Mahlstrom, der ich seinen Weg hinunter in ein kaltes, dunkles Grab suchte.

Einen Moment taumelte er unter der Wucht ihres Ansturms, dann, abrupt, ließ er sie los. Sie lagen jenseits seier Entscheidung. Das waren die Tausende winziger Übel, die er so oft aus Wunden und Krankheit hatte ausströmen sehen. Manche konnte man lindern zum Wohle des Leidenden, doch immer mußte man an den Ursprung zurückgehen und dessen Einfluß drosseln.

Aber lag *diese* Heilung in *seinen* Händen? Oder war er nur das bescheidene Werkzeug eines weit größeren Heilers? Wieder keine Antwort auf diese Frage. Nur der Glaube eines Heilers. Wer oder was er auch war, er würde sich dieser Verderbnis widersetzen, wo immer er sie fand, würde sich zu ihrem Ursprung durchschlagen, wenn er es vermochte. Ihm blieb keine Wahl.

Allmählich verebbten die unruhigen Gedanken, und lange saß er da, still und unbeweglich, bis er sich der schneidenden Kälte des Gebirgswinds bewußt wurde.

Er schlug die Augen auf und hielt den Knauf seines Schwarzen Schwerts vor sich hoch. Die Sterne schimmerten und funkelten wie Spiegelbilder des Himmels über ihm, und die ineinander verwobenen Stränge reichten bis in eine unermeßlich tiefe Ferne. Wieder spürte er eine Leichtigkeit, von der er gar nicht bemerkt hatte, daß sie ihm verlorengegangen war.

Spät am folgenden Tag erreichten sie Eldrics Festung. Yatsu reichte ein Blick auf die vier Reiter, um seine Fragen zurückzuhalten, die sich seit Ordans Rückkehr mit der Mandroc-Rüstung und seiner Schreckensgeschichte in ihm angesammelt hatten. »Morgen haben wir eine Offiziersbesprechung«, verkündete er. »Nun müßt Ihr Euch erst einmal ausruhen.«

Hawklan saß nachdenklich in dem Sessel mit der hohen Lehne. Er war verschwenderisch geschnitzt, doch die Armlehnen und Griffe waren durch zahllose Jahre der Benutzung glattpoliert. Außerdem war er höchst bequem. Direkt über seiner linken Schulter schlummerte Gavor, eine Klaue in die Rückenlehne gekrallt. Im Schlaf murmelte er unverständliche Worte. Hawklan gegenüber, in einem ähnliche

Sessel, befand sich Isloman. Er saß aufrecht, doch seine Lider waren halb geschlossen, und man brauchte kein Heiler zu sein, um zu sehen, daß er nichts von dem registrierte, was um ihn herum vorging.

Hawklan sah, wie er es in den letzten Stunden so oft getan hatte, zu ihm herüber. Er vermied es bewußt, sich über den Zustand seines Freundes zu grämen, und hoffte, ihm möge eine plötzliche Eingebung kommen.

Was kam, war allerdings weder erwartet noch erhofft. Dieser Mann ist in seinem augenblicklichen Zustand eine Belastung, lautete der Gedanke. Er ist ein zu guter Soldat, als daß man auf ihn verzichten kann, und muß sofort wieder in Kampfbereitschaft versetzt werden. Die Überlegung war so kalt und berechnend, daß Hawklan laut mit den Handflächen auf die Armlehnen klatschte, als könne der Krach verhindern, daß er den Gedanken hörte, oder als wolle er sich selbst bestrafen.

»Verdammt, Isloman«, sagte er heftig. »Laß mich nicht so allein. Von uns hängen viele Menschen ab. Rede, Mann.«

Der Ausbruch weckte Gavor, der von der Stuhllehne fiel und es gerade noch schaffte, die Balance wiederzufinden, bevor er auf dem Boden aufschlug. Er flog auf den Sims über dem großen offenen Kamin, der die beiden Männer trennte, putzte sich irritiert und blickte indigniert auf Hawklan herab.

Bevor er sich jedoch beklagen konnte, bewegte sich Isloman. Er öffnete den Mund, wie um etwas zu sagen, doch kein Laut drang über seine Lippen. Dann krampften sich seine großen Hände um die Armlehnen, und er ruckte vor und zurück, als zerreiße ihn ein innerer Konflikt.

Hawklan beugte sich aufmerksam vor. Undeutlich bekam er mit: »Dafür gibt es keine Worte, Hawk ...« Er merkte sich den Satz; ein kostbares Juwel, das in der unfruchtbaren Erde funkelte. Es handelte sich um einen typischen orthlundischen Satz, wenn er sie nach ihrer Kunst oder sie ihn nach seinem Heilen fragten. »Dafür gibt es keine Worte.« Er wiederholte den Satz für sich.

Um diesen scharfen Brennpunkt herum nahm die Erkenntnis Gestalt an, daß Islomans Krankheit mit seiner Kunst, seinem geliebten Handwerk zusammenhing. Es war nur zu offensichtlich, merkte er nun, und er hätte es von Anfang an wissen müssen. Doch er weigerte sich, sich von Selbstvorwürfen ablenken zu lassen. Isloman rang immer noch mit sich. Hawklan kniete sich vor ihn, ergriff seine Hände und sah ihm in die Augen. Der leere Blick war verschwunden, statt seiner lag nun unendliche Pein in ihnen.

»Ich verstehe«, sagte er. »Ich verstehe. Es ist das Lied, nicht wahr? Das Lied des Steins.«

Ein leiser, ferner Laut entstand in Islomans Kehle und steigerte sich rasch zu einem beinah unmenschlichen Gebrüll. »Da war kein Lied«, schrie er. »Kein Lied. Nur ein gewaltiger Schrei des Schmerzes und Grauens.« Wieder schlang er die Arme um sich und begann, sich vor und zurück zu werfen, als habe er eine gräßliche innere Verwundung.

»Warum?« Hawklan blieb hartnäckig. »Was ist geschehen?«

»Keine Worte, keine Worte«, murmelte Isloman. Dann rissen seine starken Hände sich aus Hawklans Umklammerung los und schossen vor, um nun ihrerseits Hawklans Arme zu umklammern. »Schlimmer als all jene Leichen, Hawklan. Viel schlimmer«, wisperte er mit rauher Stimme. »So tief. Tiefer, als ein Mensch reichen kann. Es hat mich angesteckt, Hawklan, ich kann nicht mehr. Der bloße Gedanke an ein solches Greuel ... Aber es zu spüren ...« Seine Stimme verebbte wieder, er ließ Hawklan los, schlang die Arme um seinen gebeugten Kopf und rollte sich zusammen wie ein ungeborenes Kind.

Hawklan zuckte zusammen unter der Wucht dieses Leides. Er hatte gehofft, das Wortrinnsal werde eine Sintflut loslösen und mit ihr würde auch Islomans Schmerz sich in die Welt ergießen und ihn loslassen. Doch es war anders gekommen. Statt dessen entglitt sein Freund ihm immer mehr, als habe dieser flüchtige Kontakt mit der Gegenwart seinen geschwächten Griff noch mehr gelockert.

Schuldbewußtsein und Zweifel drangen auf Hawklan ein, und sein Kopf ruckte verzweifelt hin und her, als suche er Hilfe bei den Gemälden und Statuen, die den Raum schmückten. Ein mißtönendes Stimmengewirr schien seinen Kopf auszufüllen, ungeschliffen, lärmend.

»Laß es gut sein, Hawklan«, sagte jemand. Es war Gavor. Hawklan sah zu dem Vogel hoch, der auf dem Kaminsims hockte. »Ich habe den Makel gespürt, aber ich verfüge nicht über Islomans Blick, und außerdem kann ich hoch genug in saubere Lüfte steigen, welche die Wahrheit kennen und alles reinigen. Laß los. Hab keine Furcht. Dein Geist kann nicht weiter gehen. Deine Heilkunst erwächst aus tieferen Quellen, die kein Übel besudeln kann.«

Hawklan hielt die rätselhaften schwarzen Augen einen langen Augenblick fest. Gavor nickte langsam. Dann schloß Hawklan die Augen und wandte den Stimmen den Rücken, und schon spürte er, wie sie sich verzogen wie Rauch im Wind. Er legte Isloman die Hand auf den Kopf. Ganz kurz vernahm er das Lied des Steins und empfand seine gräßliche Entstellung. »Hier bin ich, Isloman«, sagte er ruhig. »Ich höre dein Lied, steinblind wie ich bin. Hör mir zu. Kann denn eine Entweihung unerreichbar sein für die Hilfe dessen, der all dies geschaffen hat, alter Freund?« Und dann hakte er die Scheide mit dem Schwarzen Schwert aus seinem Gürtel und hielt es mit der linken Hand hoch, den Knauf auf Isloman gerichtet.

Da flackerte eine Fackel in der Nähe sanft auf, und ihr Licht fiel auf das innere Muster des Schwerts und ließ die Sterne schimmern wie Myriaden winziger Universen.

Eine Ewigkeit lang starrte Isloman versunken auf den Knauf. Dann, als kehre er von einer langen Reise zurück, trat wieder Bewußtsein in seine Augen, und seine Rechte streckte sich langsam nach dem Schwert aus und ergriff es. Er schloß die Augen und biß die Zähne zusammen, als bewege er ein unendlich schweres Gewicht, dann legte seine rechte Hand sich über den Schwertknauf auf den schwarzen Steingriff. Tränen begannen ihm über die Wangen zu laufen, doch er schluchzte nicht. »Wie konnte ich nur vergessen?« sagte er ganz leise. »Wie konnte ich?« Dann schlug er die Augen auf.

Hawklan tastete unsicher nach hinten und erreichte wieder seinen Sessel. Als er die Hände ausstreckte, wurde ihm bewußt, daß sie zitterten. Islomans Genesung war so plötzlich gekommen wie seine Krankheit allmählich.

Ein unsicheres Lächeln zog über Islomans Gesicht. Er rutschte auf dem Sessel herum, betrachtete dann die Schnitzereien und nickte bewundernd. »Diese Fyordyn haben ein Händchen für Holz«, meinte er leichthin. Dann betrachtete er das Schwert eingehend und hielt es, offenbar zufrieden, Hawklan wieder hin. Der legte es auf den Tisch neben sich. Wieder kam ihm dieser berechnende Gedanke – diese Genesung ist nützlich, Isloman ist ein zu guter Kämpfer –, doch er schob ihn einfach beiseite. Erkannte er doch, daß seine leidenschaftliche Reaktion darauf aus der Tatsache erwachsen war, daß Islomans Schmerz sein Schmerz geworden war, als der Heiler in ihm seine helfende Hand ausgestreckt hatte. Solche Überlegungen hatten trotz aller Kälte ihre Berechtigung, das wußte er. Nur wenn sie das Denken beherrschten, mußte man sie zerstören.

»Ich fühle mich, als hätte man mich eine Klippe hinuntergestürzt«, stöhnte Isloman.

Gavor flog auf und setzte sich auf seine Schulter.

»Kannst du mir erzählen, was dir passiert ist?« fragte Hawklan.

»Es gibt keine Worte dafür, Hawklan. Das verstehst du doch«, antwortete Isloman. »Diese Täler stoßen einen einzigen großen Schrei aus, ein Stöhnen, das das ganze Gebiet überzieht. Die Felsen werden geschunden, besudelt. Tief, tief unten. Es ist unfaßbar. Ich kann es nicht beschreiben. Noch nie habe ich so etwas erlebt, und zuerst habe ich es gar nicht bemerkt. Als ich es dann erkannte, saß ich in der Falle. Ich konnte das Flehen der Felsen nicht überhören, ich konnte aber auch nichts für sie tun. Nichts. Außer, dazustehen und zuzuhören. Ich habe keine Kontrolle über mein einwissen, Hawklan. Ich kann es nicht abblocken. Das eräusch hat mich zerfleischt, hat in mir geschrien wie ein Tode geängstigtes Tier. Stell dir vor, du seist auf dieser ırg gewesen und hättest mitbekommen, wie jene Männer iendlich langsam getötet wurden, und dabei hättest du wußt, daß du nichts, gar nichts dagegen tun kannst.«

Er sah Hawklan an, der die Augen niederschlug bei diem Vergleich. Dann streckte Isloman seine gewaltige Hand ıs und schloß langsam die Finger zu einer kraftvollen ust.

»Ich habe Steine gesehen, die von der Natur verletzt wurn, Hawklan. Genau wie du Menschen gesehen hast, die ıfälle erlitten haben. Das ist nicht schön, aber es hat seine gene sonderbare Harmonie, seine eigene Richtigkeit. Aber es hatte nichts Richtiges. Dies war absichtliche Entweiıng, Folter, Lästerung. Es war das Werk einer bewußt sen Macht. Das habe ich in der Finsternis gelernt. Eine acht, die sich an solchem Schrecken labt, die stärker und ıneller wachsen wird, je mehr sie besudelt.«

Vorübergehend sah er ein bißchen blöde aus. »Um ehrlich sein, ich habe all dieses Gerede von Sumeral und den ächtern für ziemlichen Steinstaub gehalten, trotz allem, ıs Gulda und Eldric und all diese Leute darüber gesagt ben. Es schien so … unwahrscheinlich.« Er fixierte ıwklan mit einem grimmigen Blick. »Aber jetzt *weiß* ich es, ıwklan. Welchen Namen du ihm auch immer geben willst, gigantisches Übel ist auf die Welt losgelassen. Es ist ichtig, und es wächst. Eine Verderbnis, die alles überigt. Ich bezweifle, daß es einen Ort gibt, an dem du dich r ihr verstecken könntest, und ich weiß, es gibt keinen t, an dem ich mich verstecken und zulassen könnte, daß ungehindert alles zerstört, was ich liebe. Sie mag uns zerren, wenn wir uns gegen sie wenden, aber wenn wir es cht tun, wird sie uns ganz gewiß vernichten.«

Schweigen senkte sich über die beiden Männer. Isloman igte seinen Felsenkopf dem Schwarzen Schwert entgegen. ielleicht wirst du eines Tages dein Schwert verstehen,

Hawklan«, sagte er. »Denn seine Vollendung schien zu mi
in die Finsternis wie ein Leuchtfeuer. Es hat mich in all me
ner Qual daran erinnert, daß die Harmonie immer noch ex
stiert, und es hat mir gesagt, warum das so sein muß.«

Hawklan nickte, fand jedoch keine anderen Worte, u
darauf zu antworten, als: »Du wirst nicht alleine stehen. W
sind zu zweit.«

»Zu dritt, mein lieber Junge«, erklang Gavors Stimm
»Zu dritt. Ihr beiden legt ja einen bemerkenswerten Han
zur Feierlichkeit an den Tag. Was ihr jetzt wirklich brauch
sind meine Vogelimpressionen. Sie werden euch aufmu
tern.«

Hawklan sah seinen Freund eindringlich an. »Nei
Gavor«, sagte er. »Jetzt nicht. Isloman braucht Ruhe, und ic
auch. Morgen haben wir Yatsus Besprechung. Es wäre nic
angemessen, wenn wir uns in einem allzu müden Zustan
zurückziehen würden, nicht wahr?« Er lächelte scheinh
lig.

Gavor zischte ihn an.

KAPITEL 47

Beim Eintreffen auf Eldrics Festung bat Yatsu Kommanda
Varak, alle Fragen bis zur Rückkehr Hawklans und sein
Gruppe zurückzustellen – ein bewußter Akt des Kalkü
»Das ist eine Zumutung, Kommandant, ich weiß. Doch
gibt so viel zu berichten, und da ein paar Dinge Euch einig
abverlangen werden, würde ich es vorziehen, wenn es n
einmal an einem Ort besprochen wird. Außerdem sind w
alle erschöpft und benötigen Ruhe, wenn ihr uns das gest
tet.«

Varak, der sich diesem Elitekorps und drei Lords geg
übersah, blieb keine Wahl, doch er verkniff sich seine N

;ier bereitwillig. Selbst als ein niedergeschlagener Ordan nit einer merkwürdigen Rüstung auftauchte, beschränkte r sich darauf, Yatsu einen vielsagenden Blick zuzuwerfen.

Die Atmosphäre der Besprechung war also gesättigt mit 'ragen. Das Erscheinen Hawklans mit Gavor auf der Schulter und der kraftvollen Gestalt Islomans hinter sich trug ıicht gerade zur Entspannung bei. Sowohl Lorac als auch 'el-Odrel erhoben sich überrascht, als sie Isloman so schnell enesen sahen, und begrüßten ihn warmherzig.

Der Rat wurde in einer Halle mit großen rechteckigen Fentern abgehalten, durch die die Sommersonne schien. Die Ialle war offensichtlich für Besprechungen bestimmt, da as Licht sich gleichmäßig über den großen runden Holzısch verteilte, der ihren Mittelpunkt darstellte.

Außer den Lords und den Goraidin waren die höchsten)ffiziere von Eldrics Hochgarde anwesend, zusammen mit Irostir, Arinndiers Sohn, und verschiedenen Offizieren der Iochgarden Lord Dareks und Hreldars, die auf Eldrics Burg eblieben waren, nachdem das Quartett sich auf seine unsege Reise nach Vakloss begeben hatte.

Darek ergriff als erster das Wort, indem er vom Ritt der ords nach Vakloss sowie ihrer darauffolgenden Verhaftung nd Flucht berichtete. Dann erzählte Yatsu von seinem Plan ur Befreiung der Lords mit seinen einstigen Kameraden on den Goraidin und wie fürchterlich ihre Ablenkungsmaöver und der von ihnen gelegte Brand ausgenutzt worden 'aren. Er sprach weiterhin von Lord Eldrics Entschluß, zum alast zurückzukehren und in der Hoffnung, das Leben seies Sohns zu retten, eine Öffentliche Rechenschaft von Lord an-Tor zu fordern, sowie von seinem Befehl, die Hochgaren auszuheben, um Dan-Tor Widerstand zu leisten.

Die Spannung in dem Raum wuchs merklich mit jeder euen Information, doch getreu der Fyordynischen Tradion unterbrach ihn niemand.

Als nächstes berichtete Tel-Odrel über das Massaker an ord Evison und seinen Männern, den Ritt ins Gebirge und ıe Entdeckung der dortigen Steinbrüche und Bergwerke.

Auf Yatsus vorherige Bitte hin ließ er die unheilvolle Bedeu tung von Lord Evisons Botschaft zunächst unerwähnt ebenso das Wesen des Feindes, der sie so skrupellos verfolg und vernichtet hatte.

Trotz all ihrer Disziplin machte sich der Schock der Neuig keiten unter den versammelten Offizieren nur zu deutlicl bemerkbar, obwohl Hawklan nicht entging, daß die Reak tion der älteren Offiziere auf die Minen fast ebenso stark wa wie die Reaktion auf das Massaker. Nicht von Fyordyni schen Traditionen eingeengt, ergriff er das Wort: »Erzähl mir von den Minen«, verlangte er.«

Ein unbehagliches Schweigen trat ein, dann antwortet Arinndier: »Die Minen sind eine ziemlich ... schwierig Angelegenheit für uns, Hawklan«, begann er. »Es handel sich um alte Gruben, die vor drei oder vier Generatione neu geöffnet wurden, innerhalb weniger Jahre jedoch scho wieder geschlossen werden mußten.« Er zögerte, und Hre dar unterbrach seine offensichtliche Verlegenheit: »Sie wu den wieder geschlossen, weil sie sich als gefährlich erwi sen, Hawklan. Das Thema ist sehr heikel für uns, da si zuletzt als Gefängniskolonie benutzt wurden.«

Hawklan nickte. »Ich verstehe«, sagte er.

»Nein, Ihr versteht nicht«, hielt Hreldar ihm vor. »Di Gefahren dort waren nicht die normalen Gefahren des Ber baus – Steinschlag, Staub, Gase oder so etwas. Es war irgen etwas ... in der Luft oder im Stein. Über die Jahre machte e sich bei Gefangenen und Wächtern gleichermaßen bemer bar. Die Männer begannen ... zu verfallen. Selbst wenn si aus den Minen abberufen wurden, setzte der Verfall sic fort, bis ...«

»Sie starben.« Das war Isloman. »Manche Steine singe ein entsetzliches Lied«, sagte er, und seine Miene w schmerzerfüllt. »Ein Lied der Warnung. Ich verstehe Eu Qual, Lords, auch wenn Ihr selbst nicht die Schuld dara tragt.« Sein Gesichtsausdruck wurde nachdenklic besorgt, und kurz kam ihm wieder die Erinnerung an d nun vorübergegangene Finsternis. »Sie sind so ausgedeh 'nd so tief«, fuhr er fort, fast, als spreche er zu sich selbst. Und so alt. Beinah so alt wie der Stein selbst.«

Arinndier ließ ihn nicht aus den Augen.

»Trotzdem«, sagte Isloman. »Das ist eine Tat und eine Traödie der Vergangenheit. Wir müssen uns um die Probleme on heute kümmern. Was hat es nun zu bedeuten, daß die ergwerke wieder geöffnet sind und ihre Schätze nordwärts 'andern?«

»Nordwärts«, sagte Arinndier leise. »Nach Narsindal.« nsicher sah er zu Darek und Hreldar hinüber, um sich ann an Hawklan zu wenden. »Es gibt eine Legende, daß umeral während der Ersten Wiederkehr große Bergwerke ılegen ließ, um Rohstoffe für Seine Maschinen zu gewinen. Sie wurden von Sklaven betrieben, die zu Zehntausenen gestorben sein sollen. Sie berichteten, die Stollen seien tief, daß sie Dinge freigesetzt hätten, die noch älter und och böser als selbst Sumeral gewesen seien. Dinge, für die ie Cadwanol Generationen brauchten, um sie zur Strecke ı bringen und nach der Letzten Schlacht wieder in den Tien der Berge zu verschließen.«

Nervös wegen dieser scheinbaren Abschweifung, wurn einige der Hochgardisten unruhig. Einer oder zwei uschten Blicke aus und schnitten heimlich Grimassen über eses seltsame Gebaren eines Lords des Geadrols.

Hawklan fuhr sie an. »Spart Euch Eure Ironie für ein ıdermal, meine Herren«, sagte er heftig. »Für eine Zeit, enn Eure geistige Gesundheit auf die Probe gestellt woren ist. Spottet, wenn Ihr mit dem Stiefel den Nacken Eures eindes zermalmt, nicht, während Eure Kameraden wenige gesritte entfernt modern.«

Niemand sagte ein Wort, und die Schuldigen saßen still ıd beschämt unter der Wucht von Hawklans Angriff. Er h zu Yatsu hinüber, der ihm mit einem Nicken fortzufahn bedeutete.

Er schob seinen Stuhl zurück, erhob sich und sah reihum n Hochgardisten in die Augen. Die Macht seiner Präsenz Verbindung mit den gerade vernommenen Neuigkeiten schloß Gleichgültigkeit aus, doch die Mienen der Offizier waren zum größten Teil unentschieden.

»Meine Herren«, begann er, »wie man Euch vorgetrage hat, trug Kommandant Ordan, als wir ihm begegneten, ei Botschaft von Lord Evison bei sich. Eine schlichte un knappe Botschaft von einem Lord, dessen Hochgarde so ben aufgerieben worden war und der sich anschickte, sein letzte Schlacht zu schlagen. Die Botschaft war eine klein Schnitzfigur aus einem Eurer Fest-Schreine. Die vier Figur. Die Figur von Ethriss.«

Instinktiv vollführten einige der Männer eine flüchtig kreisende Handbewegung über ihrem Herzen.

Hawklan fuhr fort: »Diese Botschaft bestätigte das, wa ich bereits wußte, und was auch Eure Lords hier mittle weile wissen. Wir sind ins Zeitalter der Zweiten Wiederkel geboren. Sumeral ist wieder auferstanden in Narsindal, ur Ihr werdet unter den ersten sein, die Seine Macht zu spüre bekommen.«

Nun gewann ihre Ungeduld doch die Oberhand über d Disziplin, und mehrere der Männer baten Yatsu um Rede laubnis, doch Hawklan sprach einfach weiter. »Meine H ren. Dies ist keine Diskussion. Der letzte Befehl Lord Eldri war unmißverständlich, und er allein ruft Euch zum Geh sam. Seine Bestätigung durch die anderen Lords und d Goraidin macht diesen Befehl zu einem absoluten. I berichte Euch, was ich berichte, weil es die Wahrheit ist ur weil Ihr sie kennen müßt, um jene Befehle zu begreifen.« beugte sich vor und stützte sein ganzes Gewicht auf d Tisch. »Sumeral *ist* auferstanden, und Lord Dan-Tor ist Se Agent. Durch Dan-Tor ist Seine Verderbnis nach Orthlur und Riddin gelangt und hat Eure eigene Gesellschaft z setzt. Wir haben keine Beweise dafür, doch wenn Euer He es Euch nicht sagt, dann laßt Eure Köpfe fragen, warum d Wacht abgeschafft, Euer Geadrol aufgelöst worden i warum Eure Lords verhaftet worden sind. Fragt, warum d Hochgarden entwaffnet und durch uniformierte Schläg trupps ersetzt worden sind. Fragt, warum Eure Gesellsch bei der leisesten Berührung zerbröckelt. Und wenn die Antworten auf diese Fragen Euch nicht davon überzeugen, daß ein großes Übel in diese Welt gekommen ist, dann fragt, warum ein so großes Heer Eurer Leute vollständig niedergemetzelt worden ist.« Er legte eine Pause ein. »Niedergemetzelt von ... Mandrocs.«

Das Wort hing in der Luft, doch bevor irgend jemand reagieren konnte, bückte sich Hawklan und griff nach der Rüstung, die sie von Lord Evisons Burg mitgebracht hatten. Er schleuderte sie auf den Tisch. »Mandrocs, *so* gerüstet«, endete er. Das schwere, metallbeschlagene Wams, zerrissen und blutbeschmiert, zusammen mit dem Eisenhut und dem gefährlich aussehenden Kurzschwert, lag wie eine Narbe auf dem glatten, polierten Holz, abscheulich und unheilverkündend.

Die Lords und die Goraidin verfolgten diese Demonstration, ohne mit der Wimper zu zucken. Beide waren schon mehr oder weniger bereit, die neue Wahrheit zu akzeptieren. Ihr traditionelles Bild von Sumeral als Märchenunhold verblaßte, und an seine Stelle trat das Bild eines nur allzu realen, mächtigen Führers, der Truppen in Schlachten führte, der gewaltige Straßen bauen und die Wiedereröffnung der Minen zu Seinen Zwecken veranlassen konnte. Das Massaker an Evison und seinen Männern hatte sich zynischerweise als Rückversicherung erwiesen, trotz aller Überraschung und der grausamen Macht, die es verkörperte. Die Bedrohung durch irgendeinen uralten, nicht greifbaren Dämon hatte die Qualität eines giftigen Nebels, der Mut und Willen zersetzte, doch Soldaten waren Soldaten: Sie mochten Menschen oder Mandrocs sein, Soldaten konnte man bekämpfen.

Bevor irgend jemand antworten konnte, erklang ferner Trompetenhall, der sich über die ganze Festung verbreitete. Yarak legte den Kopf schief. »Ein Reiter, Kommandant«, sagte er, an Yatsu gewandt. »Allein. Und schnell.«

Der Reiter war Yengar. Yatsu rannte ihm entgegen, die bre ten Steintreppen von der Versammlungshalle herunter, al er gerade mit lautem Hufgetrappel in den Burghof einritt. E glitt aus dem Sattel und mußte sich gegen sein Roß lehner um nicht umzufallen. Das Pferd hatte Schaum vor der Maul, und dicke Schweißwolken stiegen von seinem Fe auf.

Hawklan folgte dem Beispiel der anderen Goraidin un Varaks und verharrte auf dem oberen Treppenabsatz, ur das Gespräch der beiden Männer aus der Entfernung z beobachten. Yengar war abgehetzt, doch dieselbe Dringlicl keit, die Ordan zu seinem Angriff gegen eine weit überl gene Gruppe getrieben hatte, erfüllte auch ihn und flo augenscheinlich auch in seine Sprechweise ein, denn Yats mußte ihn mehrmals ermahnen, etwas zusammenhänger der zu reden.

Hawklan beobachtete, wie Yengar sich langsam wied erholte. Er ließ den Sattel los, straffte sich und berichtete au eine Weise, die Yatsu aufmerksam zuhören ließ.

Nach einem kurzen Moment hob Yatsu die Hand, um ih vorübergehend zum Schweigen zu bringen, und wand sich in Richtung der Treppe. »Kommandant Varak«, rief e »Darf ich um Eure Hilfe bitten?«

Varak räusperte sich und begab sich zu den beiden Mä nern im Hof. Hawklan legte den Fuß auf eine Balustrad stützte sich auf sein Knie und beobachtete, wie die Bespr chung nüchterner, geschäftsmäßiger wurde. Yengar rede und gestikulierte, Varak nickte. Dann unterhielten sic Yatsu und Varak kurz, und Varak salutierte abrupt und ri eine Gruppe von Männern herbei, die unauffällig und au merksam in der Nähe gestanden hatten. Yatsu vollführ eine kurze Handbewegung, und zwei der Goraidin neb Hawklan begaben sich zu ihm.

Fast augenblicklich schien Yengar sich zu entspanne und er und Yatsu gingen auf die Treppe zu, während im H hektische Aktivität ausbrach, Männer umherliefen ur Befehle gebrüllt wurden.

»Ist Olvric ernsthaft in Schwierigkeiten?« fragte Hawklan, sobald die beiden Männer bei ihm waren.

Yatsu warf ihm einen langen Blick zu. »Habt Ihr unsere Schlachtensprache so schnell entschlüsselt, Hawklan?« meinte er.

Hawklan schüttelte den Kopf. »Nein.«

Yatsu nahm ihn am Ellbogen und schob ihn auf die Tür zu. »Kommt. Erzählt«, verlangte er kurz angebunden.

Trotz der Anspannung des Tages mußte Hawklan lächeln; er mochte Yatsus Art. Er legte die Arme um die Schultern der beiden Männer. Die Hand auf Yengar erriet instinktiv Verspannungen und Erschöpfung.

»Ihr habt doch Yengar und Olvric zum Schutz von Lord Eldric abgestellt, nicht?« sagte er. »Gegen seinen ausdrücklichen Befehl, möchte ich hinzufügen.« Yatsu überhörte die Bemerkung. »Und jetzt kommt Yengar allein und völlig abgehetzt hier an, das Pferd fast zuschanden geritten. Offensichtlich verzweifelt. Er erstattet Bericht und entspannt sich erst, als eine Patrouille zur Unterstützung seines Freundes aufgestellt wird.« Yatsu zog die Augenbrauen hoch, doch Hawklan ließ sich nicht bremsen. »Also, die Patrouille ist nicht besonders groß, demnach ist es die angenommene Verfolgermannschaft auch nicht, aber Ihr handelt *unverzüglich*, also *steckt* Olvric in Bedrängnis. Ich würde schätzen, er fungiert da draußen als Nachhut oder als Störkraft.«

Yatsu lächelte flüchtig und nickte anerkennend. »In der Tat, Hawklan, in der Tat. Ein stattliches Erstes Sammeln mit so geringen Informationen. Soviel zu unserer Unauffälligkeit.« Er betonte jede einzelne Silbe.

»Es handelt sich um eine Mathidrin-Streife, Hawklan«, klärte Yengar ihn auf. »Eine kleine zwar nur, aber eine gute. Sie sind den ganzen Weg über an uns drangeblieben. War ein schlimmer Ritt. Wir wagten nicht, sie näher heranzuführen, also hat Olvric sie in einem Tal ein paar Stunden entfernt festgehalten.«

Hawklan sah besorgt aus. »Festgehalten«, wiederholte er

nachdenklich. »Ein einziger Mann? Ein paar Stunden ent fernt? Ihm werden längst die Pfeile ausgegangen sein.«

Yatsu teilte Hawklans Sorge nicht. »Nein«, widersprach er. »Olvric kann genauso hervorragend mit der Schleuder umgehen wie mit Pfeil und Bogen, und an seinem jetzigen Aufenthaltsort hat er genügend Munition. Das Hauptpro blem besteht darin, daß er umgangen werden kann. Ist kein allzu geeignetes Gelände für einen Hinterhalt.«

Das entfernte Geräusch galoppierender Pferde, die die Festung verließen, drang an ihre Ohren, als sie den Gang entlangschritten. Hawklan war in Gedanken versunken. E neigte seinen Kopf dem Geräusch entgegen. »Jene Männe sind sich darüber im klaren, daß sie kein unnötiges Risik eingehen sollen, nehme ich an?« fragte er. »Und daß keine von der Streife nach Vakloss zurückkehren darf? Wobei e am besten wäre, man könnte sie alle gefangennehmen?«

Auf Yatsus Zügen machte sich eine Andeutung vo Gereiztheit bemerkbar. »Selbstverständlich«, erwiderte e Es gelang ihm, sie aus seiner Stimme zu verbannen. »Zwe von ihnen sind Goraidin. Unsere Hauptaufgabe ist es, Info mationen zu sammeln und, wenn möglich, die Aufklärun des Feindes zu stören. Und wir gehen *nie* ohne gründlich Abwägung Risiken ein.«

Hawklan nickte entschuldigend.

Beim Betreten der Versammlungshalle brandeten unzäh lige Fragen auf.

»Meine Herren.« Yatsus Stimme beherrschte den Raum während er sich zielstrebig wieder zu seinem alten Plat begab. »Yengar ist frisch aus Vakloss zurück. Wir hören un seine Neuigkeiten an, dann reden wir. Nicht vorher. Ruhe Dies ist kein Festival.«

Beschämtes Schweigen senkte sich über den Raum, un dann berichtete Yengar, immer noch schwer atmend, vo Eldrics Rechenschaft und seiner darauffolgenden Verha tung zusammen mit Lord Oremson.

Als er seinen Bericht beendet hatte, beugte Yatsu sich vo und runzelte traurig die Stirn. »Und ihr konntet nichts dag gen unternehmen, Yengar?«

Yengar schüttelte den Kopf. »Nein, Kommandant. Nichts. ie rückten vor, in großer Zahl, sehr schnell und sehr verchwiegen. Wir konnten selbst nur knapp entkommen. Das venige, was wir sehen konnten, war von einer nahen Anhöhe. Vakloss ist voll von Mathidrin und fest unmzingelt. Vir konnten nicht einmal ihre Stärke genau schätzen, da sie o viele waren und wir schnell sein mußten. Ethriss weiß, vo Dan-Tor diese Massen die ganze Zeit versteckt hatte. Nebenbei bemerkt, Ihr kennt Oremsons Haus. Ein ganzes atallion könnte es nicht verteidigen.«

Hawklan spürte seinen Kummer. Yengar wußte, daß er ınd Olvric keine Wahl gehabt hatten als zu fliehen, doch liese Gewißheit war ein kümmerliches Gegenmittel gegen in so mächtiges Gift wie das, einen Verbündeten im Stich assen zu müssen.

»Was passierte mit den Leuten, die im Park schliefen?« ragte er. Yengar zog ein Gesicht. »Diejenigen, die das Pech atten, schnell zu erwachen und Widerstand zu leisten, vurden niedergeschlagen. Der Rest von den Mathidrin einekesselt und abgeführt.«

Hawklan lehnte sich zurück und betrachtete die grimmien Gesichter um sich herum. Seltsamerweise hatte die timmung der Versammlung sich abrupt verändert, und ein stendes Schweigen senkte sich über die Halle, während eder für sich versuchte, die Implikationen des soeben Gehörten einzuschätzen. Die Goraidin und die Lords hatten ich bereits ein Gesamtbild gemacht, doch für Varak und die Hochgardisten war es eine schwere Prüfung.

Unter normalen Umständen hätte die Dynamik ihres gereelten Alltagslebens dazu geführt, daß sie solche Geschichen aus dem Stegreif als Unfug abtaten, doch die Gegenwart er Elite-Goraidin und der drei grimmig dreinblickenden, eachteten Lords stand gegen diese Normalität wie eine lippe, die sich hoch über die See erhob. Dann war da noch loman; einer der beiden Orthlundyn, die unter den Goraiin im Morlider-Krieg gedient hatten, die einzigen Ausläner, denen das jemals gelungen war, beinah Sagengestalten.

Und schließlich die hochgewachsene, hagere Gestalt Hawklans, dessen grünäugige Präsenz gleichermaßen über Lords und Goraidinin dominierte.

Das Zeugnis dieser Männer durfte nicht in Frage gestellt werden, genausowenig wie die Genauigkeit ihrer Beobachtung. Schreckliche Veränderungen waren in Bewegung, und auch wenn jeder von ihnen es vorgezogen hätte, auf dem Absatz kehrt zu machen und sich in die beruhigende Routine seines bisherigen Lebens zu flüchten, war das doch unmöglich. Von den zahlreichen Wegen, die sich vor ihnen auftaten, führte kein einziger zurück in die Erleichterung des Vertrauten.

Hawklan fühlte, wie Kummer die Halle erfüllte. Er erhob sich und ergriff erneut das Wort: »Sprecht *jetzt*, meine Herren. Sprecht Eure Zweifel und Fragen aus; Euren Zorn und Eure Furcht. Sprecht. Reißt Eure Zweifel aus und betrachtet sie im Licht, oder sie werden Euch von innen heraus zerstören, und Ihr werdet irgendwann in der Zukunft, in einem kritischen Augenblick nachgeben wie ein im Mark vermoderter Baum. Uns bleibt nur wenig Zeit. Viel mehr als Ihr müssen überzeugt werden, und die hier Anwesenden werden die Verkünder sein. Wenn Ihr versagt, verurteilt Ihr Euch selbst und zahllose andere zu dieser verfluchten Tyrannei.«

Plötzlich wurde es dunkel im Raum, denn eine Wolke zog über die Sonne. Die Fackeln, sanft zum Leuchten gebracht durch die Berührung dieser überraschenden Finsternis, verliehen der Szene eine verfrühte Abendstimmung.

Hawklan zeigte auf das Fenster. »Dieser Schatten wird vorüberziehen«, sprach er, »doch die Finsternis, die kommt, ist schwärzer als schwarz. Aus der Vergangenheit kommt Eure schlimmste Angst. Ein Alptraum, so gräßlich, daß er ins Reich der Fabel verbannt werden mußte, ist erwacht und verfolgt Euch. Euch und all die, die Ihr liebt.«

Er beugte sich vor und schien mitten ins Herz eines jeden Mannes zu schauen. »Ihr könnt nicht fliehen«, sagte er langsam. »Akzeptiert das. Rüstet Euch mit Eurer Furcht und em Licht, das die Wahrheit verbreitet, und macht Euch ereit, dem Feind entgegenzutreten.«

Im Raum schien es noch dunkler zu werden, als gebe es ine unheilvolle Präsenz, die selbst den Schein der Fackeln erdunkelte. »Keinem Mann wird mehr aufgebürdet weren, als er zu tragen vermag«, versprach Hawklan. »Ihr esitzt die Weisheit längst vergangener Zeiten, Ihr müßt nur ach ihr suchen. Ihr seid stärker, als Ihr glaubt. Das beweien selbst Eure Zweifel. Doch sprecht sie *jetzt* aus.«

Wie auf Hawklans Befehl zog die Wolke vorbei, und die trahlende Sommersonne durchflutete die Halle wie eine ewaltige Woge, die sich aufbäumend über einen wartenden trand wälzt. Wie das Klacken der Kiesel, die eine solche Velle gegeneinanderprallen läßt, erhob sich jetzt ein Gewirr on Stimmen, das die bleierne Schwere hinwegfegte, die biser auf der Versammlung gelastet hatte.

s dauerte seine Zeit, bis der Strom von Fragen schließlich erebbte, und als das geschah, stand Arinndier auf und bat m Ruhe.

»Meine Herren«, sprach er. »Wir haben die Angelegenheit) gründlich besprochen, wie wir nur konnten, und jeder on uns muß für sich seinen Frieden mit dem neuen Wissen chließen. Nun müssen wir uns der Frage widmen, wie wir en Befehl, den Lord Eldric uns erteilt hat, am besten ausihren. Doch zuerst muß noch etwas anderes entschieden erden.« Er legte eine Pause ein und sah auf seine Hände inab. Als er den Blick wieder hob, war sein Gesicht bekümnert. »Wir haben keinen Geadrol mehr, also werde ich uch, Hochgardisten und Goraidin, meine Rechenschaft eben. Ich spreche auch für die Lords Darek und Hreldar.«

Hawklan und Isloman tauschten in dem unbehaglichen chweigen, das darauf folgte, einen vielsagenden Blick.

Arinndier fuhr fort: »Wir gestehen, in unserer Pflicht als ords von Fyorlund und Lords des Geadrol versagt zu aben. Wir haben es an der Wachsamkeit fehlen lassen, die unsere Aufgabe war. Wir hätten schon Jahre zuvor nach den Ursprüngen des ›Retters‹ unseres Königs forschen müssen. Wir hätten nicht zulassen dürfen, daß die Wacht über Narsindal aufgegeben wurde. Wir hätten nicht zulassen dürfen, daß unsere Hochgarden sich in geckenhafte Schatten ihrer Vorgänger verwandelt haben. Kurzum, wir haben unsere Pflichten schlecht erfüllt. Sonst wäre es vielleicht nie so weit gekommen, oder zumindest hätten wir die Entwicklung besser im Griff gehabt. Nun sehen wir uns einem Widersacher gegenüber, der bis ins Herz unseres Landes vorgestoßen ist, ja weiter noch, und der über Streitkräfte verfügt, die wir nicht einmal annähernd einschätzen können.«

Er zeigte auf die Mandroc-Rüstung vor sich auf dem Tisch. »Die Mandrocs sind ein wildes, nomadisches Volk. Doch ich muß Euch nicht erst sagen, daß diese hier von einem schwer gepanzerten Fußsoldaten stammt. Von einem Fußsoldaten, dessen Kumpane eine Hochgarde besiegt haben, die zur Verteidigung ihrer Festung angetreten war. Das weist auf ihre große Zahl oder auf große Disziplin hin.« Er machte eine Pause, um mit Sorgfalt seine Antwort auf die harte Realität der sonnenbeschienenen Rüstung auf dem Tisch zu wählen. »Ihre Anwesenheit in Fyorlund, der Untergang Lord Evsons, die Zerstörung unserer althergebrachten Lebensweise – all dies ist unserer Nachlässigkeit zuzuschreiben. Derselben Nachlässigkeit, die auch zu Eurem Tod führen kann.«

Hawklan konnte sich nicht mehr beherrschen. Er unterbrach ihn: »Lord Arinndier, Ihr geht zu streng mit Euch ins Gericht«, sagte er. »Dies ist kein gewöhnlicher Feind. Sein Verrat und seine Heimtücke sind …«

Arinndier brachte ihn mit erhobener Hand zum Schweigen. »Das ist unsere Art, Hawklan«, sagte er mit fester Stimme. »Wir …« er wies auf Darek und Hreldar, »sind nichts ohne das Urteil unserer Männer.«

Isloman legte Hawklan die Hand auf den Arm. »Laß sie«, verlangte er. »Sie kennen ihre Art am besten. Sie brauchen jetzt Bestätigung.«

Hawklans Protest erstarb ihm auf den Lippen, und er setzte sich zurück, die Stirn leicht gerunzelt.

Arinndier verließ den Tisch. Mit gesenktem Haupt kniete sich auf den hölzernen Fußboden. Hreldar und Darek nieten an seiner Seite nieder. Ein langes Schweigen senkte ch über die Halle, bis Yatsu sich wortlos erhob und vor die ·ei trat.

»Lords, wir haben das bereits unter uns besprochen. Eure :huld ist nicht zu leugnen.« Hawklan zuckte zusammen, ›ch die Lords verharrten regungslos. »Wie die unsere«, tzte er hinzu. »Wir sahen das Übel und taten nichts. Sich :r Führerschaft der Lords zu unterwerfen entbindet kei- :n von uns von der Pflicht seinem Mitbürger gegenüber. :huld und Verurteilung jedoch sind Dinge für einen ande- n Zeitpunkt, einen anderen Ort. Zu wenige von uns sind ıwesend, zu wenig ist bekannt für ein wahres Sammeln. ›mmandant Varak und seine Männer mögen ihre eigene ıtscheidung treffen, aber wir Goraidin bieten Euch unsere ıveränderte Treue an. Euch, dem König, dem Gesetz, dem :adrol und dem Volk bis zu jenem Tag, an dem eine :chenschaft von uns allen verlangt werden kann.« Dann g er sein Schwert aus der Scheide und bot es, den Knauf ›ran, den drei knienden Lords dar. Die drei legten nachein- der eine Hand auf den Griff und neigten den Kopf.

Varak, peinlich berührt, in dieser Diskussion zwischen ›rds und den Elite-Goraidin erwähnt worden zu sein, glät- :e seine Uniform und trat steif vor, um sich neben Yatsu zu :llen. Er räusperte sich verlegen. »Lords«, begann er hüchtern, »ich bin ein einfacher Soldat. Nach meiner fahrung pflegen Fehler und Verdienste sich gleichmäßig verteilen, wenn alles gesagt und getan ist. Niemand von ıs bleibt ohne Schuld. Ich weiß nur, daß unser Land schon ıge den falschen Weg beschreitet. Irgendwann mußte es r Katastrophe kommen. Dies ist nicht der richtige Zeit- ınkt, um die Pferde zu wechseln, vor allem, wenn die, die r haben, geprüft und für gut befunden sind.« Er zog sein hwert und bot es den Lords dar wie Yatsu zuvor. Dann ındte er sich zu seinen Männern um und sprach mit staunlich leiser Stimme: »Wenn einer von Euch nicht meiner Meinung ist, dann mag er jetzt gehen. Frei und mit meinem Segen. Ich möchte nicht, daß ein unwilliges Schwert meinen Rücken deckt.«

Nicht ein einziger der Offiziere und Hochgardisten rührte sich.

»Sagt Euren Männern dasselbe«, fuhr er fort. Dann, mit erhobenem Zeigefinger: »Keine Vorwürfe *irgendeiner* Art. Keine Debatten. Laßt jene gehen, die gehen wollen.« Und mit einem pragmatischen Echo auf Hawklans Worte fügte er hinzu: »Ihr Zweifel wird Euch sonst eines Tages die Kehle durchschneiden.«

Die Spannung in der Halle war fast mit Händen greifbar. Als Hawklan den Blick in die Runde schweifen ließ, wußte er, daß er genausogut in die Augen von Sumeral selbst blikken konnte, so sehr war diese Gruppe von Seinen Lehren durchdrungen. Er wußte, bald schon würde die scheußliche Wirklichkeit von verstümmeltem und zerfetztem Fleisch, das in verbrannter Erde moderte, im Glanz der klingenden Phrasen der Geschichtenerzähler verlorengegangen sein. Entsetzen und Todesqualen würden vergessen sein, wenn Ruhm und Heldentum ihre verräterischen Banner aufrichteten. Und doch, gerade diese falsche Begeisterung brachte junge Männer und Frauen dazu, die Ausbildung auf sich zu nehmen, die sie brauchen würden, um sich einem Feind entgegenzustellen, der sie ohne jeden Zweifel im Laufe der Zeit angreifen würde. Er führte seine Hand an die Schläfe.

Yatsu bemerkte die kleine Geste. »Geht es Euch gut?« fragte er.

Hawklan nickte. Nur ein Hauch von Gewissensbissen, dachte er.

KAPITEL 48

Die Gruppe in der Halle diskutierte noch lange, was mehr als ein paar trockene Bemerkungen von Isloman hervorrief über die scheinbar endlose Fähigkeit der Fyordyn zu reden und zu reden …

»Und zuzuhören«, ergriff Hawklan ihre Partei. »Sie müssen ihre Gedanken aussprechen und loswerden. Sie können nur zu einem einzigen Schluß kommen, aber sie müssen auf ihre Art dahinkommen.«

Was sie auch taten. Wie nicht anders zu erwarten, nahm ihr gemeinsamer Entschluß um Eldrics letzten Befehl herum Gestalt an wie eine Perle um eine winzige Reizung der Muschel, solide und zielstrebig. Um diesen Nukleus herum würde sich mit der Zeit eine noch größere Masse sammeln. Eine Armee aus Lords und Hochgarden und gewöhnlichen Leuten, die Dan-Tors verderblichem Einfluß entgegentreten würden, weil seine Taten ihn selbst aus der Welt des vernünftigen Diskurses verbannt hatten. Er hatte ihnen jetzt nur noch seine unverhüllte Tyrannei zu bieten, die des Königs Namen als einzige Tarnung benutzte. Da es nicht möglich war, eine kleinere Operation zu Eldrics Befreiung zu organisieren – falls er überhaupt noch am Leben war –, blieb ihnen nichts anderes übrig, als den Tyrannen selbst anzugreifen. Wenn man an das umfangreiche Netz aus Lügen und Täuschung dachte, das er über Fyorlund spinnen würde, konnte das nur eins bedeuten: Bürgerkrieg. Sippe würde gegen Sippe kämpfen, Sippe würde Sippe töten. Und all das mit der besonderen Härte und Grausamkeit des Rechtschaffenen, der für die Wahrheit kämpft und weiß, daß er allein sie besitzt. Ein grimmiger Entschluß, aber die Fyordyn gelangten dahin und stellten sich ihm.

»Vielleicht können wir dieses Mal Sumeral daran hindern, sich von Seinem Schlupfwinkel in Narsindal aus über die ganze Welt auszubreiten«, wandte Yatsu sich hinterher an Hawklan.

Es war das erste Mal, daß Hawklan jemanden über Sumeral wie über einen sterblichen Feind sprechen hörte. »Vielleicht«, erwiderte er.

Seine Hoffnung lag in Yatsus Bemerkung, doch eine tiefere Stimme sagte ihm, daß er möglicherweise die Strategie des Großen Verderbers nicht durchschaut hatte. In Dan-Tors Aktionen zeichneten sich eine Ungeduld und Übereiltheit ab, die ihm irgendwie unecht vorkamen. Hartnäckig quälte ihn die Befürchtung, daß Sein Erwachen, nachdem die Fyordyn so geschickt von ihrer alten Wachsamkeit und Disziplin entfremdet worden waren, bereits seit Äonen im Geheimen erfolgt sein mochte. Seine Kräfte konnten in den Nebeln von Narsindal wachsen, ungesehen und unbekannt, während Er Sein Gift in die Welt spritzte, um Seine alten Feinde zu verderben und zu schwächen. Eine unerbittliche Stimme stieg in Hawklan auf. Vielleicht hat er es schon getan, sagte sie.

Am nächsten Tag stand Hawklan mit Arinndier auf den Zinnen von Eldrics Festung. Er legte seinen Arm auf die Kante einer der großen Mauerzacken, beugte sich vor und ließ den Blick zu den Gebirgswällen schweifen, die die Burg von den Ebenen Fyorlunds trennten.

»Eine bewundernswerte strategische Lage«, sagte er. »Gut ausgestattet, einfach zu schützende Nachschublinien, eigener Wasservorrat, von der Rückseite beinah uneinnehmbar, an den Flanken jene Berge, benötigt die Festung nur wenig Verteidiger. Man braucht wirklich schläfrige Posten, um sie im Überraschungsangriff zu nehmen.« Er schwieg, als sei er in alte Erinnerungen versunken. »Oder Verrat«, fügte er leise hinzu. Dann zeigte er auf das langgestreckte Tal und die breite, gewundene Straße, die von der Burg wegführte. »Von der Anlage her gleicht sie meiner eigenen Burg. Sehr sogar. Obwohl die Ausführung anders ist und nicht so alt.«

Arinndier zuckte leicht mit den Achseln. »Niemand weiß, wie alt manche dieser Burgen Fyorlunds sind«, erklärte er. »Oder wer sie gebaut hat. Man sagt, sie stammten aus dem Goldenen Zeitalter nach der Letzten Schlacht.«

Hawklan nickte. »Das wäre möglich«, räumte er geistesabwesend ein. »Sie waren nicht hier ... vorher.«

Arinndier starrte ihn unschlüssig mit aufgerissenen Augen an, doch Hawklan schien gar nicht zu bemerken, was er da gerade gesagt hatte, und bevor Arinndier noch etwas entgegnen konnte, hatte er sich schon umgedreht und sah dem Lord in die Augen. Der Augenblick war vorbei. »Doch Ihr seid nicht zu mir gekommen, um über alte Architektur zu plaudern, Arin, oder?«

»Nein, nein«, stotterte Arinndier. »Natürlich nicht. Ich wollte Euch dazu überreden, bei uns zu bleiben und uns zu helfen. Ihr werdet hier gebraucht. Ihr könnt in einer Stunde mehr Leute überzeugen als wir in einem ganzen Monat. Die Fyordyn sind sehr konservativ; sie lieben den raschen Wechsel nicht. Sie sind nicht annähernd so flexibel wie die Goraidin.«

Hawklan richtete den Blick wieder auf das lange Tal, legte den Kopf auf die Hand und runzelte ein wenig die Stirn. Dann wandte er sich um, nahm Arinndiers Arm und schlenderte mit ihm über den breiten Wehrgang. »Ich verstehe«, sagte er. »Ich weiß, daß ich von Nutzen für Euch sein könnte. Doch ich sehe auch andere Dinge. Außerdem habe ich kaum mehr zu bieten als Ihr. Ihr, die Goraidin und, wenn ich Eldric und Varak richtig beurteile, eine zähe Truppe Hochgardisten bildet zusammen einen prachtvollen Kern. Viele Armeen haben mit wesentlich weniger angefangen.«

Arinndier erhob keine Einwände, doch Hawklan hob die Hand und fixierte ihn mit einem durchdringenden Blick. »Sumeral ist eine Macht, die das menschliche Vorstellungsvermögen übersteigt, Arinndier, trotz Seiner menschlichen Gestalt. Er könnte über alle Völker der Sterblichen herfallen wie ein Sturm und die Große Harmonie endgültig zerstören, und das könnte Er ganz allein durch Seinen Willen, falls Er das wollte. Nur ein einziges Ding hält Ihn zurück: Falls Er und Seine Uhriel erwacht sind, könnten dann nicht auch die Wächter erwacht sein oder gerade erwachen? Die Wächter? Ihm ebenbürtig in der alten, größeren Macht. Falls Er seine

Gewalt über die Sterblichen ausdehnt, dann ist Er nicht gleichzeitig in der Lage, sich der Macht der Wächter zu stellen. Und selbst wenn sie noch nicht erwacht sind, würde die Ausübung Seines Willens bei solch einer Tat sie bestimmt wecken. Also muß Er sterbliche Mittelsmänner und sterbliche Heere formieren, um Sein Ziel zu erreichen.«

Da kam plötzlich eine eiskalte Erkenntnis über ihn. Sumeral würde noch listiger, noch geduldiger sein als zuvor, und die Wächter mußten mit Sicherheit schwächer sein. Aber nicht mehr so unschuldig, dachte er das Gegenargument gleich mit, nicht mehr so unschuldig, sondern getrieben von einer schrecklichen Schuld.

Arinndier starrte ihn fast furchtsam an.

Hawklans Blick war mitleidlos. »Wir müssen jeden Verbündeten nutzen und dort einsetzen, wo er am wirkungsvollsten ist. Am Ende mag eine Haaresbreite den Ausschlag geben.« Er hielt die Hand hoch, Daumen und Zeigefinger lose aneinandergelegt. »So wenig«, sagte er abwesend.

»Hawklan, manchmal redet Ihr so seltsam«, meinte Arinndier mit besorgter Miene. »Was wißt Ihr über diese Dinge? Ich verstehe Euch nicht. Wenn Ihr so redet, klingt es, als seien wir Schachfiguren in der Schlacht eines anderen.«

Hawklans Gesichtsausdruck wurde weicher. »Wir *sind* alle Schachfiguren«, lächelte er. »Doch die sterbliche Schlacht gehört uns voll und ganz, und wir verlieren *alles*, wenn sie verlorengeht.«

Arinndier wirkte immer noch nervös.

Hawklan klapste ihn auf den Unterarm. »Zieht all Eure Kräfte zusammen, Arin. Kümmert Euch um Eure Güter und die der Lords, die Ihr erreichen könnt. Dann schickt Boten nach Orthlund. An Loman auf Anderras Darion.« Ein trauriger Ausdruck ging über sein Gesicht. »Ich fürchte, Ihr habt schon bald schlagkräftige Verbündete.«

»Ihr fürchtet?« zweifelte Arinndier. Hawklan winkte ab und ließ die Frage auf sich beruhen. »Nur Mut«, sagte er. »Solange Ihr Euch sterblichen Armeen gegenüberseht, wie zahlreich auch immer, wie verderbt auch immer, kann der

Krieg gewonnen werden. Sammelt alle Ressourcen und nutzt sie klug.«

Arinndier ergriff den Strohhalm und kehrte wieder zu seinem naheliegenden Problem zurück. »Aber Ihr werdet nicht bleiben und uns helfen«, meinte er. Hawklan lachte. »Erinnert mich später bei Gelegenheit daran, nie mit einem Fyordyn zu debattieren, ja?« Dann, ernster: »Mir fehlen die Worte dafür, Arin, doch es treibt mich fort – treibt mich stärker als je zuvor. Ich *muß* diesem Übel auf den Grund gehen. Mein Herz führt mich. Es hat mich hierhergebracht, um das Massaker an Evisons Männern mit eigenen Augen zu sehen, und damit Isloman mir die Entweihung der Berge zeigen konnte. Nun führt es mich zurück nach Vakloss. Wieder auf meinen ursprünglichen Weg. Ich muß Euren Lord Dan-Tor finden …«

Arinndier schmollte ein wenig. »Er ist nicht mein Lord, Hawklan.«

Hawklan machte eine entschuldigende Geste.

»Könnte es nicht sein, daß Euer Herz Euch in eine Falle lockt?« versuchte es Arinndier.

»Möglich«, antwortete Hawklan nach kurzem Überlegen. »Möglich. Doch es kann genausogut eine Falle sein, wenn ich meiner Neigung nachgebe und hier bei Euch und der Armee bleibe. Dan-Tor hält die Antworten auf meine Fragen in den Händen. Mir bleibt keine Wahl, als ihn aufzuspüren.« Dann erhellte sich seine Miene. »Außerdem habe ich ja noch Isloman und Gavor, die mir den Rücken decken. Nehmt dies zum Trost, Arin – er wird merken, daß ich nicht so einfach zu fangen bin, was für einen Köder er auch auslegt. Und die Zeit, die er für meine Verfolgung aufbringt, kann er nicht gegen Euch einsetzen. Es kann gut sein, daß ich Euch von größerem Nutzen bin, indem ich Euch Zeit gewinne, als indem ich Euch bei der Aufstellung und Ausbildung eines Heers helfe. Ich hab es Euch ja gesagt, Ihr habt eine Menge guter Männer dafür, aber niemand kann Dan-Tor so gut ablenken wie ich.«

Arinndier hob ergeben die Hände.

»Ein Letztes noch«, setzte Hawklan hinzu. Arinndier beugte sich vor, einen schwachen Hoffnungsschimmer in den Augen. »Gebt mir zwei Goraidin, die mich zurück nach Vakloss begleiten. Ich könnte ihre Fähigkeiten gut gebrauchen, und außerdem können sie Euch dann berichten, was dort vor sich geht.«

Nach Arinndiers Kapitulation widersetzten sich auch Hrelder und Darek Hawklans Entscheidung, doch mit dem gleichem Erfolg. Darek sah sich zu einem trockenen Lächeln veranlaßt. »Seht nur, wie leicht wir uns Eurer Führerschaft beugen«, sagte er.

Hawklan grinste breit und legte ihm den Arm um die Schulter. »Kommt, Lord«, sagte er. »Wollt Ihr mich zum Eidbrecher machen? Lord Arinndier ist Zeuge, daß ich jeder Diskussion mit einem Fyordyn feierlich abgeschworen habe. Und außerdem kann ich ein Beugen von einer Finte unterscheiden.«

Doch es war Yatsu, der einen Volltreffer landete. Schweigend saß er in einem abendlichen Alkoven. »Ich will nichts dergleichen, Hawklan«, begann er mit ergebener, aber bekümmerter Miene. »Die Hektik der letzten Tage hat mich abgelenkt, aber in dieser alten Burg gibt es ein paar stille Ecken, die alle Gedanken über mich hereinbrechen lassen. Alte, lange vergessene Erinnerungen, Hawklan. Schreckliche Erinnerungen. Ich will das nicht.« Er hob den Blick, und Hawklan sah in dem weichen Fackellicht, daß seine Augen feucht glänzten.

Er setzte sich neben ihn und lehnte sich an die kalte Steinwand. Die Luft war sehr still, und ein niedriger, heller Mond beherrschte das Firmament und überzog die Berggipfel mit einem silbernen Hauch. Es war ein Abend, um in stiller Freude das Leben zu feiern, doch die Aura, die Yatsu ausstrahlte, unterdrückte solche Unbeschwertheit. Hawklan dachte an Olvrics Rückkehr.

Als Varaks Patrouille zu Olvric vorgestoßen war, hatten si

ihn tot oder zumindest in ernsthafter Bedrängnis vermutet. Doch wie es aussah, waren es die Mathidrin, die in Schwierigkeiten steckten. Von den sechs Männern hatten zwei bei dem Versuch, ihm eine Flanke zu schlagen, ihr Leben eingebüßt, einer war bewußtlos mit einer schweren Kopfverletzung, ein anderer hatte einen gebrochenen Arm.

Olvric selbst hatte sich so postiert, daß die Patrouille weder vor noch zurück konnte, ohne sich dem tödlichen Geschoßhagel aus seiner Schleuder auszusetzen. Er lag schweigend und unbeweglich auf der Lauer, als Varaks Männer eintrafen.

»Sie werden uns nützliche Informationen geben«, hatte Yatsu gesagt, offensichtlich zufrieden mit dem, was Olvric berichtete, doch Hawklan hatte die geheimen, fast unbewußten Signale mitbekommen, die zwischen einigen der Goraidin gewechselt worden waren.

»Ihr mißtraut Olvric«, sagte Hawklan in den kühlen Abend. Yatsu schien diese Bemerkung nicht sonderlich zu erstaunen; er nickte nur leicht.

»Olvric versteht sein Handwerk besser als der Durchschnitt«, gab er unverbindlich zurück.

»Aber?«

Yatsu stieß einen gedehnten Seufzer aus. »Das ist kompliziert, Hawklan. Ich vertraue Olvrics Loyalität ohne Frage. Ich würde ihm mein Leben anvertrauen, ohne auch nur eine Sekunde zu zögern.«

»Aber?«

Ein langes Schweigen trat ein.

»Unsere Ausbildung war streng – sogar brutal. Sie war darauf angelegt, daß wir uns in allen Situationen auf uns selbst verlassen konnten, und daß wir zu einer einzigen Kampfeinheit verschmolzen – durch Treue aneinandergeschweißt und durch gemeinsames Leid.« Ein ironisches Lächeln, das fast sofort wieder verschwand, glitt über Yatsus Gesicht. »Doch was uns wirklich unwiderruflich zusammenschweißt, ist nicht unsere Ausbildung – wenn sie auch tief reicht. Was uns zusammenschweißt, ist ein gemeinsamer Schrecken über Dinge, die wir gesehen haben ...« Die Stimme versagte ihm. »Und Dinge, die wir getan haben – tun mußten«, fügte er in fast widerwilliger Rechtfertigung hinzu. »Wir sind jetzt eine Einheit, weil nur wir einander verstehen. Nur wir wissen, was es heißt, ohne Gnade zu jagen und auf dieselbe Weise gejagt zu werden. Wissen, was es heißt, zu wählen zwischen Töten und der Alternative, die Deinen im Stich zu lassen.«

Hawklan beobachtete den Mann eindringlich, während er sich lebhaft an sein Gespräch mit Isloman erinnerte, als sie mit Jaldaric nordwärts durch Orthlund geritten waren.

»Aber Olvric und ein paar von den anderen haben diese Art des Lebens zu sehr genossen«, fuhr Yatsu fort. »Als wir aus Riddin zurückkehrten, brauchten die meisten von uns Monate, um sich wieder an das Alltagsleben im Frieden zu gewöhnen. Manche brauchten Jahre. Manche gingen fort in die Berge, um sich selbst zu finden ... oder verschwanden einfach. Manche brachten sich um. Aber Olvric ... er wartete nur. Frieden war für ihn nur ein langes Warten, ein Zwischenspiel bis zum nächsten Mal. Irgendwie lebte er nur, wenn er kämpfte. Eine Beute jagte – zur Strecke brachte. Habt Ihr diese Mathidrin gesehen, als sie hergebracht wurden?«

Hawklan nickte.

»Zu Tode erschrocken«, fuhr Yatsu fort. »Nicht nervös oder ängstlich – erschrocken. Das ist es, was Olvric und seinesgleichen mit den Menschen macht – mit Feinden. Und er mußte schließlich nicht drei von ihnen töten.«

»Zwei«, stellte Hawklan richtig.

Yatsu schüttelte den Kopf. »Kommt, Hawklan. Ich muß kein Heiler sein, um zu wissen, daß diese Kopfverletzung tödlich ist. Drei Tote also.«

»Was hätte er denn sonst tun sollen?« fragte Hawklan. »Sie waren ihm zahlenmäßig überlegen.«

»Er weiß, daß Verwundete ein größeres Problem darstellen als Tote. Er hatte die Initiative. Sie werden keinen Hinterhalt erwartet haben. Er geht erstklassig mit seiner Schleuder ım. Er hätte fast alle außer Gefecht setzen und ihre Pferde in lie vier Himmelsrichtungen verstreuen können. Die drei Toten waren überflüssig.«

»Doch Ihr nutzt das Entsetzen aus, das Olvric verbreitet ıat, um mehr Informationen aus ihnen herauszupressen, ıicht wahr?« fragte Hawklan zögernd.

Yatsus Augen blitzten auf, und er zog ein Gesicht. »Ja«, ;ab er bitter zurück. »Ich hab's Euch ja gesagt, ich will nicht nehr. Ich bin zu alt, habe zuviel gesehen.« Er nahm Hawkans Arm. »Dieser Geist, dieser Wurm, der an Olvric nagt, ıagt an uns allen. Er ist auch in mir, das weiß ich. Ich möchte hn am liebsten weit weg haben – weg im Schatten –, weg von diesen trügerischen alten Fähigkeiten, zu töten und zu etrügen, an denen er sich labt.«

Yatsus Stimme klang ruhig und gelassen. Da war kein Gefühlsaufruhr, kein Selbstmitleid. Seine Selbstbeherrchung ließ Hawklan erstarren. Man muß sich der Wahrheit tellen, wie schrecklich sie auch sein mag, dachte Hawklan, ınd hier war ein Mann, der sich der schlimmsten Wahrheit tellte.

»Ich habe auch keine Antwort für Euch, Yatsu«, sagte er chließlich. »Ihr wißt um die Wahrheit dessen, was Ihr sagt; ie ist nicht zu leugnen. Doch sie zu sehen, heißt bereits, gegen vieles gewappnet zu sein. Jeder Schritt, den wir tun, st ein Schritt in die Finsternis, das wißt Ihr, sogar für Dan-or. Er kennt die Zukunft auch nicht besser als wir. Seid uversichtlich, Yatsu, verdüstert die Gegenwart nicht mit len unbekannten Wolken der Zukunft, und laßt Euch keine Angst einjagen von dem Wurm in Eurem Innern. Euer Bewußtsein und Eure Vernunft werden ihn in Schach hal-en, habt keine Furcht.«

Yatsu entgegnete nichts.

Wieder ergriff Hawklan das Wort. »Wir sind vielleicht Marionetten in einem Spiel, das größere Mächte spielen. Doch solange wir die Fäden nicht spüren, die uns kontrollie-en, sind wir frei. Wir müssen die Möglichkeiten, die wir ıaben, restlos nutzen und das Geschenk des Lebens zelebrieren, so gut wir können. Etwas anderes würde bedeuter dem Feind seine Arbeit abzunehmen.«

»Das weiß ich auch«, seufzte Yatsu still. »Ich bin kei Kadett mehr mit glänzenden Augen.« Er zuckte entschuld gend die Achseln. »Ich habe nur dem Abend meine Gedar ken gegeben, um sie loszuwerden. Ich werde tun, was ic tun muß. Wie Ihr bin ich der rechte Mann am rechten Platz aber meine Entscheidungsfreiheit ist wirklich begrenzt.

Halb gegen seinen Willen, trotz seiner Ablehnung der Bi ten der Lords, fragte Hawklan: »Braucht Ihr Hilfe?«

Yatsu sah hoch, schaute ins Mondlicht. »Natürlich brau che ich Hilfe, Hawklan. Doch ich komme auch so zurech Und Ihr gehört nicht hierher – das weiß ich.« Er lächelte »Euch kommt auf dem Schachbrett mehr Gewicht zu als mi Ihr steht dem Spieler näher. Dan-Tor ist Eure Beute.«

Dann wurde seine Miene plötzlich gereizt. Er packt Hawklan am Arm und stieß zwischen zusammengepreßte Zähnen hervor: »Bringt ihn zur Strecke, Hawklan. Vernic tet ihn, so schnell Ihr könnt – und das, was hinter ihm steh Ihr seid der Heiler – reißt die Wurzeln der Krankheit aus m Stumpf und Stiel. Wir kümmern uns um die Abwehr de Körpers – sie ist noch nicht geschwächt.«

Dann erhob er sich und verschwand ohne ein Wort de Abschieds in der Dunkelheit.

Hawklan blickte zum Mond hoch und schlang die Arm um seinen Oberkörper. Er erinnerte sich an den unheim chen Stuhl auf dem Gretmearc; die sonderbare Zerstörun des Pavillons durch Andawyr; den Vogel, der auf so abst ßende Weise zum Leben erwacht war; und an Andawyr geheimnisvolles Zelt, das in eine unheimliche Ferne er schwunden war. Dann an Gulda, so kenntnisreich und doc so rätselhaft; an die singenden, in geschlossener Formatic angreifenden Mandrocs; und an das Viladrien, das den si genden Himmel über Riddin beherrscht hatte. Mächte un Mysterien, die sein Begriffsvermögen überstiegen.

Näher am Spieler, dachte er wehmütig. Keine Ahnun wer ich bin, hin und her geschubst und gezerrt von Kräfte on denen ich rein gar nichts weiß, ein Heiler im Körper ines Kriegers, der die Treue und den Dienst anderer entge- ennimmt, als stehe ihm das zu.

Da brach eine gewaltige Woge der Angst über ihm zusam- ıen, und lange saß er da, im Schatten des Alkovens.

o verließen Isloman und Hawklan Lord Eldrics Bergfe- tung, ein trauriges Echo ihres Abschieds von Anderras Da- ion, begleitet von Lorac und Tel-Odrel. Es fielen nur wenige Vorte, obwohl jeder aus der Burg einem niederprasselnden Volkenbruch trotzte, um ihnen Lebewohl zu sagen.

Ein Stück weiter auf der Straße sah Hawklan sich noch ein- ıal zur Burg um. Sie war fast vollständig hinter dem peit- chenden Regen verborgen, und einen Moment lang konnte r sie nicht von den Felszacken dahinter unterscheiden. inige der Männer, unter schweren Umhängen und Kapu- en, liefen am Fuße der Festung herum, während andere auf en Wällen die scharfe Zackenlinie ihrer Zinnen unterbra- ıen. Sie sah aus wie eine alte Klippe, zu deren Füßen Fels- rocken lagen.

Hawklan hob die Hand zu einem letzten Gruß, und ein aar Stimmen drangen zu ihm herüber. Die Bewegung ließ einen Umhang aufspringen, und ein ungnädiger Gavor chaute hervor. »Immer mit der Ruhe, mein lieber Junge«, örgelte er. »Es regnet hier drin.«

Hawklan warf ihm einen vielsagenden Blick zu, dann zog wieder den Umhang zu. Allmählich verschmolzen die ier Gestalten mit dem dumpfgrauen Regen und schwanden ußer Sicht.

KAPITEL

49

Langsam und verschwommen drang Licht in Eldrics Geda ken. Gierig griff sein Geist danach, während er vorher vo Alptraum zu Alptraum gehetzt war. Alpträume von Kerker und Dächern und einer in Rauch erstickenden Stadt, ang füllt mit Schrecken aus einer lange vergangenen Zeit; vo einer Ewigkeit im Sattel und einem endlosen Streitgespräch dessen Fäden ihm jedesmal boshaft entglitten, wenn er si zu fassen versuchte. Gelegentlich gesellten sich Geräusch zu dem Licht, und Licht und Geräusche und Schmerz sti gen und fielen zusammen in einer unseligen Harmonie. M unendlichem Widerstreben fügte das Licht sich schließlic zu einem einzigen Bild zusammen, welches sein Verstan mit ebensolchem Widerstreben zu identifizieren versucht Es war eine Fackel. Eine alte Fackel. Sehr alt, raunte etwas i Hintergrund seiner Gedanken.

Er hätte nicht zu sagen vermocht, wie lange er s anstarrte, sie schon deutlich sah, bevor er sie endlich iden fizierte. »Fackel«, sagte er, und seine Stimme klang wie d eines Kindes. Er verzog das Gesicht zu einer ärgerlichen G masse. Eine Gestalt trat zwischen ihn und das Licht, und winkte sie zornig fort. Er mußte erklären. »Fackel«, wiede holte er. »Alt – in einem Buch, als ich noch klein war. E Buch mit alten Legenden – mit großen, wunderschönen B dern. Voller Farben.«

Er merkte, wie sein Bewußtsein zurückkehrte, und d Schmerz in seinem Kopf verteilte sich in seinem ganzen K per und erfüllte ihn mit einem allumfassenden Unwohlsei Die Gestalt bewegte sich schon wieder, befand sich nu neben ihm. Er nahm ihren Arm und fuhr mit seinen Erk rungen fort. »Es ist unglaublich«, sagte er. »Ich habe no sie so etwas gesehen. Ist schon seltsam, wie tief Kindhei erinnerungen sich einprägen, nicht wahr? Es war das Bi von einem Prinzen im Kerker – während der Kriege d Ersten Wiederkehr.«

Eiseskälte ergriff ihn und riß den kindlichen Schleier von inen Augen, der ihn geschützt hatte. Er bemühte sich, sich ıfzusetzen. Die Gestalt legte einen Arm um seine Schulter ıd half ihm auf. »Langsam, Vater«, sagte sie. »Langsam. h glaube nicht, daß du dir etwas gebrochen hast, aber sie ıben dich böse herumgeschubst, als sie dich hergebracht ıben, und du bist mit dem Kopf auf dem Boden aufgeschla-n.«

Die Worte brachten Eldric vorübergehend aus dem Kon-pt, und eine Weile formte er nur stumme Worte mit den ppen. Dann drehte er sich um und betrachtete die Gestalt nau, um sich zu vergewissern.

Blondes, verfilztes Haar, ein rundes, flaches Gesicht, des-n Unschuld durch tief eingegrabene Furchen der Sorge ıd Vernachlässigung beeinträchtigt wurde, umrahmt von ıem ungewohnten Bart.

»Jaldaric«, flüsterte er. »Jaldaric. Du bist es wirklich, oder ıume ich wieder?« Er schloß die Augen und erwartete ılbwegs, das Trugbild sei fort, wenn er sie wieder öffnete.

»Ja, Vater«, erwiderte sein Sohn. »Ich bin es, und du ıumst nicht. Ich wünschte, es wäre so. Ruh dich einen oment aus, bevor du richtig wach wirst.« Unerwarteter-eise verzog sich Eldrics Mund, und er schlug die Hände rs Gesicht, um seine Tränen zu verbergen. Jaldaric sah ihn rlegen an und wußte nicht, was er tun sollte.

Dann wischte Eldric sich die Tränen aus den Augen und g den Sohn in eine stille, enge Umarmung, als sei er noch ı kleines Kind. »Ich dachte, du wärst tot«, murmelte er ch einer Weile. »Als Hawklan mir von den Mandrocs zählte, wagte ich kaum daran zu denken, es war so gräß-h. Ich habe nur … die Gedanken unterdrückt. Das war es, was ich tun konnte. Es tut mir leid.«

Jaldaric antwortete nicht, sondern erwiderte seines Vaters narmung, und lange Zeit saßen sie einfach da, gegen die lte Kerkerwand gelehnt, und zogen Trost aus der Gegen-ırt des anderen, bis die erste Euphorie ein wenig abklang d sie wie Schiffbrüchige an einem einsamen Strand rückließ.

Eldric sah die Erinnerung an die jüngsten Ereignisse sp radisch wiederkehren, und er zuckte zusammen, als ei vorsichtige Untersuchung seines Schädels eine dicke Beu enthüllte. Er erinnerte sich daran, zusammen mit Lo Oremson aus dessen Heim durch die Straßen der Sta geschleppt worden zu sein. Er erinnerte sich an die verän stigten Gesichter seiner Gefolgsleute, und er erinnerte si an reglose Körper, die in Oremsons Garten herumlagen – i Mondschein?

Jaldaric ergriff das Wort: »Was geht hier vor, Vater? I erinnere mich daran, in Orthlund gewesen zu sein. Ur mich mit ein paar ... Schlägern zu streiten. Und eine Strei von Mandrocs ... und ein Ritt.« Er schauderte. »Dann b ich plötzlich hier. Lord Dan-Tor stellt mir Fragen und sa mir, ich solle mir keine Sorgen machen.« Verbittert zuckte die Schulter. »Mittlerweile weiß ich nicht mehr, ob das Eri nerungen sind, oder ob ich verrückt geworden bin. Mir i als hätte ich schon mein ganzes Leben hier verbracht. Bist hier, Vater, oder bin ich wirklich verrückt geworden?«

Eldric hielt seinen Sohn ganz fest. »Nein, nein, Sohn, bist nicht verrückt, nur die Welt scheint es zu sein. Wenn dich noch an zwei Orthlundyn mit Namen Hawklan u Isloman erinnerst, dann bist du hinreichend gesund i Kopf, und ich bin es auch.«

Jaldaric schreckte auf. »Ja«, erwiderte er. »Lord Dan-T hat mich über ihn ausgefragt. Grüne Augen und ...« unterbrach sich. »Meine Freunde. Was ist mit meinen Freu den passiert?«

Eldric schlug den Blick nieder, dannn sah er seinem So in die Augen. Dort entdeckte er, noch bevor er etwas sag das Wissen, und seine Stimme schien durch die Jah zurückzuhallen, bis sie wieder im Morlider-Krieg war, wo solche Wort immer und immer wieder hatte sprechen mi sen, vor immer denselben Gesichtern. Sie waren imm unzureichend, aber es gab keine anderen. Sein Magen rev tierte. »Es tut mir leid, Jaldaric, aber sie sind alle tot. N Idrace und Tel-Astian haben überlebt. Hawklan berichte hätten den Mandrocs schwere Verluste zugefügt, er ...«

(aldaric biß die Zähne zusammen und erhob sich, wandte h ab. Er weinte nicht. Nach so langer Zeit in quälender geschiedenheit und Einsamkeit brachte die Gewißheit n sowohl Trost als auch Kummer. Als er sich wieder sei- m Vater zuwandte, wirkte seine Miene beinah gereizt. Vas geht hier vor, Vater?« fragte er wieder. »Warum bin ich er? Welches Verbrechen habe ich begangen? Wo ist das setz? Und wo wart Ihr?« Sein Tonfall wurde vorwurfsvoll. desmal, wenn ich draußen vor der Tür Schritte hörte, chte ich: Jetzt ist er da! Er holt mich hier raus und sagt mir, sei alles ein entsetzlicher Irrtum gewesen. Aber Ihr seid ht gekommen. Tag um Tag seid Ihr nicht gekommen.«

Eldric erhob sich mühsam und sah seinem Sohn ins sicht. »Es tut mir leid«, sagte er leise. »Erst wußte ich es ht, und als ich es dann wußte, konnte ich nichts tun. Es mir leid.«

Schweigend blickten die beiden einander eine Zeitlang , dann legte Eldric die Hand auf den Arm seines Sohnes. omm«, sagte er. »Diese Pritsche sieht nicht sehr einla- nd aus, aber sie wird bequemer als der Boden sein. Wir zen uns hin, und dann erzähle ich dir, was geschehen «

aldaric hörte seinem Vater aufmerksam und stumm zu. h kann es nicht glauben, Vater«, stieß er schließlich her- , als Eldric seinen Bericht beendet hatte. »All diese furcht- en Dinge.«

Eldric nickte. »Das verstehe ich«, sagte er. »Auch mein stand hat sich die letzten Wochen heftig dagegen vehrt. Hat gewartet, bis er aufgewacht ist. Aber das ist die ne Wahrheit, glaub mir. Es ist die entsetzliche, nackte hrheit. Es ist wie ein schleichendes Gift, das die Leute gsam von innen zersetzt, so daß sie widerstandslos vor n-Tor zusammenbrechen.«

Ein langes Schweigen trat ein.

Und du glaubst, dies sei die ... Zweite Wiederkehr?«

fragte Jaldaric schließlich unbeholfen. »Daß ... Sumeral au erstanden sei in Narsindal und daß dies Sein erster Schritt i die Welt ist?«

Eldric hielt dem Blick seines Sohnes stand, sich nur allz sehr seiner eigenen ängstlichen Unschlüssigkeit bewuß »Ja«, antwortete er unzweideutig. »Ohne jeden Zweif Doch unser akutes Problem ist Dan-Tor. Für uns ist er Fein genug, und ob er ein Sklave ist oder ein Meister, kann un zunächst gleichgültig sein. Uns genügt es zu wissen, daß alle Trümpfe in der Hand hat.« Er bemerkte den Zweifel, d Jaldaric immer noch ins Gesicht geschrieben stand, ur mußte lächeln. »Mach dir keine Gedanken«, beruhigte ihn. »Es macht mir nichts aus, wenn du denkst, dein alt Herr sei ein bißchen merkwürdig im Kopf geworden. Ich b überzeugt davon, daß es mir an deiner Stelle nicht ande gehen würde. Aber wenn wir erst einmal hier raus sin kannst du dir deine eigene Meinung bilden.«

Unwillkürlich mußte Jaldaric lächeln. Dann rieb er si durchs Gesicht. »Wie komisch«, meinte er, »hab' schon s Monaten nicht mehr gelächelt. Mein Gesicht hat schon w getan davon.«

Eldric legte ihm den Arm um die Schulter. »Du hast d Tiefpunkt überwunden, Sohn«, stellte er fest. »Von hier geht's nur noch bergauf – und raus. Dan-Tor hat uns verm lich zusammengelegt, weil er meint, von uns nichts befürchten zu haben. Der Anzahl von Mathidrin nach urteilen, die ich auf dem Weg hierher zu Gesicht bekomm habe, muß er die Stadt mit Gewalt genommen haben. Ab das ganze Land kann er nicht mit Gewalt nehmen, und i bezweifle, daß er selbst die Stadt lange halten könn wird.«

Jaldarics Gesicht umwölkte sich, und er rückte von seine Vater ab. »Ich freue mich über deinen Optimismus, Vate erklärte er. »Aber wie sollen wir von hier fortkommen? S öffnen die Tür zweimal am Tag – wenigstens glaube ich d –, aber ich habe den Himmel seit Orthlund nicht mehr ge hen. Sie sind immer zu zweit, und ich weiß nicht einmal, wir uns befinden.«

Eldric dagegen wollte sich partout nicht entmutigen lassen. Er hatte seinen Sohn wiedergefunden. Den Sohn, von dem er glaubte, er sei einen grausamen Tod unter den Händen der Mandrocs gestorben. Er hatte verläßliche und einflußreiche Freunde draußen, und das Volk war doch auch bestimmt nicht rettungslos verderbt?

»Wir befinden uns im Westtrakt«, behauptete er begeistert. »Diesmal habe ich aufgepaßt, wo sie mich hingebracht haben, wie angeschlagen ich auch war.« Unvermittelt ballte er die Fäuste. »Wir waren die ganze Zeit nicht mehr als eine Treppenflucht voneinander entfernt.« Er zeigte auf die Tür. »Direkt da draußen befindet sich ein Treppenschacht, in den ich hinuntergebrüllt habe, als wir uns durch eine List aus der Zelle gemogelt hatten.« Seine Züge verzerrten sich vor Kummer. »Hätte ich das doch nur gewußt! Die Goraidin hätten …« Seine Stimme verebbte. »Trotzdem. Das ist Schnee von gestern. Denken wir nicht mehr dran.«

Versonnen ließ er den Blick durch die Zelle schweifen. Er blieb an der Fackel hängen, die er gesehen hatte, als er wieder zu Bewußtsein gekommen war. Eldric stand auf und ließ die Finger über ihren geschmückten, geriefelten Halter gleiten, dann sagte er: »Sie ist alt. Sehr alt. So etwas wie sie habe ich noch nie gesehen, außer in einem alten Märchenbuch.« Dann wanderte seine Hand zu der Wand dahinter. »Und sieh dir diese hier an.« Er winkte Jaldaric herbei und wies auf ein paar feine Kratzer auf der Wand neben der Fackel. Er umfaßte die Fackel und rüttelte heftig an ihr. Sie bewegte sich nicht. »Jetzt du«, befahl er brüsk. »Du bist stärker als ich.« Jaldaric runzelte die Stirn, ergriff jedoch die Fackel und strengte sich an, bis sein Gesicht rot anlief. Immer noch bewegte sich nichts. »Sehr haltbar«, meinte er leichthin.

»Mehr als haltbar«, versetzte Eldric und untersuchte erneut die feinen Kratzspuren. »Sie wurde von Künstlern gefertigt, wie es sie heute nicht mehr gibt, seit Generationen schon nicht mehr.« Er erregte sich. »Ich möchte wetten, sie haben versucht, dies hier abzureißen und eine von Dan-Tors stinkenden Kugeln einzusetzen, um seinen Verrat ins rechte

Licht zu setzen. Doch diese Wand hat sich ihren besten Meißeln widersetzt. Und diese Fackel hat alles ausgehalten, womit sie auf sie eingeschlagen haben.« Er begann, rastlos auf und ab zu wandern. »Es heißt, der Westtrakt wurde während der Kriege der Ersten Wiederkehr erbaut. Eine Art Vorposten, der häufig den Besitzer wechselte, während die Kämpfe auf und ab wogten.« Er kam zu einem Schluß. »Dieser Raum beherbergte Gefangene, die eine uns unbekannte Macht einsetzen konnten, und entsprechend ist er gebaut.«

Jaldaric vermochte seines Vaters Begeisterung nicht zu teilen. Er setzte sich wieder hin und lehnte sich gegen die Wand. »Tut mir leid, Vater«, sagte er. »Ich habe seit Monaten nichts als diese Fackel und diese Mauern gesehen. Sie mögen ja alt sein – vielleicht sogar magisch –, aber für mich haben sie nur wenig Reiz. Ich bin froh, wenn ich sie nicht mehr sehen muß.«

Eldric nickte verständnisvoll. »Natürlich«, lenkte er ein »Aber denk doch nur mal, was diese Fackel bedeutet, Jal.« Er ließ sich neben seinen Sohn nieder. »Draußen gibt es einen Gang, einen langen Gang, mit Fackeln wie dieser beleuchtet, gesäumt mit genau denselben Türen wie dieser. Wer weiß, wie viele Zellen es da draußen noch gibt? Und ich hatte nicht die geringste Ahnung von ihrer Existenz. Die Räume sind vermutlich seit Jahrhunderten nicht mehr benutzt worden, aber was geschieht, wenn jemand sie wieder öffnet? Diese Fackel«, begeistert zeigte er auf sie, »diese Fackel geht wieder an – wie jede gute alte Fackel. Nach all dieser Zeit. Eine unvorstellbare Spanne von Zeit und Dunkelheit. Sie entzündete sich, als sie gebraucht wurde. Und sie konnten sie weder entfernen noch löschen.«

Er legte eine gedankenvolle Pause ein. »Es mag sein, daß ein uraltes Übel wieder sein Haupt in dieser Welt erhebt, Jal doch auch andere uralte Mächte werden sich wieder regen. Werden Licht in die Finsternis bringen. Selbst wenn Fyorlund fällt und Riddin, selbst Orthlund. Jeder Schritt wird seinen Preis kosten, und dann wird die Welt um so eher wissen, wer und was Sumeral wirklich ist. Am Ende wird E ich von einem eisernen Ring umzingelt sehen. Ein Ring, ler sich um Ihn schließen und Ihn für immer zurücktreiben vird.«

Freundlich spottete Jaldaric über seines Vaters überraschende Beredsamkeit. »Vater, du hörst dich an wie ein alter eschichtenerzähler ... wie ein Unterhalter des Festivals.«)och die Unbekümmertheit verließ ihn schon bald, und er chlang die Arme um sich, als wolle er sich schützen. »Selbst venn du recht hättest. Du sprichst über den Fall von Länlern, als sei es nichts. Ganze Völkerschaften ausgelöscht für rgendeine bessere Zukunft.« Das Wort ›besser‹ enthielt ein ragezeichen. »Was sind die Menschen? Nichts als unbedeuende Staubkörner?«

Eldric berührte seinen Sohn. »Ich weiß es nicht, Jal«, gab r zurück. »Vielleicht sind wir Staubkörner, die noch dem Villen anderer durch die Welt treiben, doch wir haben auch nseren eigenen Willen.«

»Aber wir haben nicht die Freiheit, um diesen Willen in ie Tat umzusetzen, Vater«, hielt Jaldaric dagegen. »Keine reiheit. Was können wir hier schon tun?«

Eldric kicherte, und wie als Antwort auf seine Überlegunen leuchtete die Fackel auf wie Frühlingssonne. Eldric edachte sie mit einem militärischen Gruß. »Danke, alter landwerksmann, wo immer du jetzt bist. Deine Gabe leucht ungetrübt fort.« Dann wandte er sich an seinen Sohn. Was wir tun können, Jaldaric, Eldrics Sohn: Als die Staubörner, die wir sind, können wir Dan-Tor ins Auge fliegen.«

KAPITEL

50

Der Mathidrin-Soldat wand sich unter Sylvriss' strengem Blick. »In braunen Augen kann ein Mann ertrinken«, hatte er einmal einen lüsternen Landsmann in einer seltenen lyrischen Anwandlung fabulieren hören, doch der Blick, der sich nun in ihn bohrte, ließ ihm eher Mund und Kehle verdorren.

»Hände weg von meinem Zügel«, sagte sie, und obwohl ihre Worte ganz leise und sanft gesprochen waren, enthielten sie eine solche Drohung, daß seine Hand tat, wie gewünscht, ohne daß ihr Besitzer dazu einen willentlichen Beitrag geleistet hätte. Zwei Ängste prallten in seinem Innern gegeneinander wie mächtige Wogen, und irgendwie fand er seine Stimme. Sie war heiser und nervös, doch sie mußte ausreichen.

»Majestät«, krächzte er. »Dies ist des Ffyrsten Befehl. Ihr dürft nicht ohne volle Eskorte in die Stadt gelassen werden. Es ist zu gefährlich.«

Es lag nicht in Sylvriss' Wesen zu konfrontieren, wenn sie überzeugen konnte, und sie setzte auch die Autorität, die ihre Stellung ihr verlieh und die das Volk ihr zugestand, nur selten ein. Doch sie war eine Frau des Aufgebots, und sich einem Aufgebot-Reiter in den Weg zu stellen, hieß, Reaktionen heraufzubeschwören, die normale gesellschaftliche Schranken durchbrachen. Sie schwang ihre Reitgerte und hielt ihre Spitze akkurat unter das Kinn des Soldaten. Dann beugte sie sich vor und hielt den Blick immer noch gnadenlos auf ihn gerichtet. »*Ich* darf nicht?« fragte sie, ein gefährlich leises Echo seiner Worte. »Selbst der König würde mir keinen solchen Befehl erteilen. Nun tritt zur Seite, oder dieses Pferd könnte dich töten, bevor ich es davon abzuhalten vermag.«

Der Mann wich zögernd einen Schritt zur Seite. »Majestät, bitte«, flehte er jämmerlich. »Ich werde bestraft, wenn ich Euch durchlasse.«

Der Mann, der jetzt Furcht ausstrahlte und so ganz die ewohnte Arroganz und Verachtung verloren hatte, welche ie Mathidrin sonst auszeichneten, wurde irgendwie ıenschlicher, und Sylvriss ließ sich halbwegs erweichen. Hol sofort deinen vorgesetzten Offizier«, sagte sie. »Du ast zwei Minuten.«

Das führte jedoch auch zu nichts. Der Mann schluckte. Ich darf meinen Posten nicht verlassen, Majestät«, rwiderte er.

Manche Materialien geben nach und dehnen sich, wenn e unter Druck geraten, lassen sich ihren inneren Zustand nsehen. Andere halten den Druck aus, lassen ihn unbeıerkt anwachsen, bis ein letzter Zuwachs das Gewebe plötzch katastrophal zum Bersten bringt. So war es bei Sylvriss.

Entsetzt angesichts der Nachrichten über die zunehıende Unterdrückung, die ihre Informanten ihr zutrugen, nd besorgt um ihre Sicherheit, da Dan-Tor das alte Gesetz ıit Füßen trat und es durch das noch ältere Gesetz der Herrchaft des Stärkeren ersetzte; besorgt auch um Dilraps cherheit, der täglich den Speichellecker und Möchtegernertrauten von Dan-Tor spielte; und vor allem besorgt um ren Gemahl, der, dem verderblichen Einfluß seines Leibztes entzogen, Tag für Tag ein Stück mehr von seiner ıemaligen Gesundheit zurückgewann und immer heftiger arauf drang, wenigstens ein paar der Zügel wieder in die and zu nehmen, die er so lange hatte schleifen lassen, auchte Sylvriss ihre Ausritte, um sich ein gewisses Maß an nerem Frieden zu erhalten und den äußeren Anschein von uhe und Gelassenheit zu wahren.

Wenn sie durch die großen Parks der Stadt preschte und anchmal sogar aus der Stadt hinausritt, wenn der Wind ihr s Gesicht blies und sie sich eins mit dem kraftvollen Tier nter sich fühlte, vermochte sie den Geist des Riddinvolks iederzufinden, ihren Mut und ihre Zielstrebigkeit zu neuern, die sie aufrechterhielten, sobald sie in die klaurophobische Atmosphäre des Palastes zurückkehrte.

Und jetzt wurde diese Freiheit bedroht, und die vielen

Ängste kamen zusammen wie scharfe Meißel, um sie zu zer- stören. Sie wußte, daß der Wachtposten nur seine Befehl ausführte und daß sie ihn in eine ausweglose Positio manövrierte. Doch das war nur eine zaghafte Stimme im Ve gleich zu dem Brüllen ihres Herzens und Geistes, und wen sie ihm nicht nachgab, mußte sie unterliegen.

Auch der Mathidrin schien das zu spüren, so hellhöri hatte seine Angst ihn gemacht, und eilig wich er zur Seit bevor die Königin ihrem mächtigen Roß die Sporen gab un ohne ihn zu beachten durch das Palasttor galoppierte.

Als das Hufgetrappel verhallte, faßte er sich, lief zu Alarmglocke hinüber, die neben dem Tor hing, und en lockte ihr ein lärmendes Glockenspiel, um das Ende seine Dilemmas zu feiern. Er hatte getan, was er konnte, gellte di Glocke, jetzt sollten die Offiziere sich mit ihr beschäftigen

Doch Sylvriss und ihr Pferd waren schon außer Hörweit bevor die ersten hallenden Vibrationen die Glocke verließe In gestrecktem Galopp donnerte sie ziellos durch die Str ßen der Stadt. Wichtig war nur zu reiten, zu reiten, zu reite Die endlosen Verwicklungen und Zweideutigkeiten ihr Lebens einmal zu vergessen, nur zu sein, nur eine klei Weile wieder zu existieren. Genauso wenig, wie man d Pferde von Riddin einpferchen konnte, konnten Wachtp sten oder Eskorten sie einschränken; freie Geister, die s beide waren, würden sie eher sterben oder töten, als sich d Flügel stutzen zu lassen.

Wie lange sie ritt, wußte sie nicht, oder durch welche St ßen und Gassen sie kam, doch mit der Zeit verströmte si ihre Leidenschaft, und die Stimme der Vernunft wurde la ter. Sie war voreilig mit dem Wachmann umgesprungen. der Folge von Eldrics und Oremsons Verhaftung hatte eine Menge Ärger in der Stadt gegeben, und sie wußte, d von irgendwoher große Mathidrin-Kontingente herangez gen worden waren, um mit dem Aufruhr fertigzuwerde Ihre Handlungsweise war in keinerlei Hinsicht klug gew sen, außer, daß sie ihren eigenen Kummer etwas gelind hatte. Aber sie konnte es wiedergutmachen und dafür s en, daß der Fußsoldat nicht bestraft wurde. Es durfte kein roßer Schaden aus der Angelegenheit erwachsen.

Dann, als sie sich etwas beruhigt hatte, wurde sie sich des eräuschs der Hufe auf dem Steinpflaster bewußt. Das ferd, als lese es ihre Gedanken, fiel in einen leichten Kanter urück. Es hallte.

Sie hielt an und sah sich um. Tiefe Stille herrschte überall, ie ihr fast ohrenbetäubend laut klang. Nur das vertraute eräusch des knirschenden Sattels und das leise Schnauben ires Pferdes sagten ihr, daß sie nicht plötzlich taub geworen war. Die Straße lag völlig verlassen. Der Stille nach zu hließen sogar die ganze Stadt.

Sie blickte an den Gebäuden hinauf und erkannte, wo sie ar. Keins der besonders geschäftigen Stadtviertel, doch otzdem, es war später Vormittag, und hier hätten eigenth eine Menge Leute sein sollen. Sie trieb ihr Pferd vorärts, die Neugier verdrängte alle Sorgen. Mehrere Minun lang ritt sie still von Straße zu Straße. Alles verlassen. nbehagen begann sich in ihre Neugier zu mischen.

Sie hob den Blick und bekam eine Bewegung an einem nstervorhang mit. Sie schaute eine Weile nachdenklich och, stieg dann ab und ging zu der kleinen Steintreppe, die im Hauseingang führte. Die Absonderlichkeit ihres Verltens brachte sie ein wenig durcheinander, doch sie folgte rem ersten Impuls und ergriff den schweren Türklopfer.

Die Berührung des kalten Metalls wirkte seltsam beruhind auf sie, und sie brachte ihr Gesicht dicht an den Klopfer ran, als wolle sie sich vor dem Rest der Welt verstecken. Es ar ein traditioneller Eisenring mit einem funkelnden Stern der Mitte, während die Platte darunter ein einfacher Pfoen war, gemeinhin als Sumerals Schädel bekannt. Gezielt ß sie den Klopfer herunterfallen.

Das Geräusch durchbrach die Stille und hallte mehrmals irch die Straße, bevor es über die Dächer entwich. Es hien eine Myriade leiser Flüsterlaute zu wecken, die alle klagend auf sie wiesen. Es brachte sie auch wieder etwas sich. Wieder klopfte sie, und die Flüsterstimmen klangen in noch erschrockener.

Doch aus dem Hausinnern kam keine Reaktion. Sie reck das Kinn trotzig vor und hämmerte ein Stakkato gegen d Tür, das den Staub in der Straße aufzuwirbeln schien. Als di zischenden Echos verebbten, bemerkte sie jemanden hint der Tür.

»Majestät«, erscholl eine schwache Stimme. »Majestä Was wollt Ihr?« Die Stimme klang angsterfüllt.

Der Tonfall ließ ihren kurzfristigen Ärger entweiche »Öffnet die Tür«, sagte sie. »Erzählt mir, was hier geschieh Wo sind denn alle? Warum sind die Straßen wie leergefegt?

»Majestät, wie könnt Ihr das nicht wissen?« kam die A wort. »Ich bitte Euch, geht.«

Wut keimte wieder in Sylvriss hoch, doch sie beherrsch sich. Sie wußte, daß niemand so mit ihr sprechen würde, sei denn, unter starkem Druck. »Wollt Ihr Eure Königin a der Türschwelle stehen lassen wie einen Hausierer?« frag sie freundlich.

Ein langes Schweigen trat ein, dann vernahm sie Fü scharren und Wispern hinter der Tür. Ihr Pferd wieher leise, doch sie ignorierte es.

Dann die Stimme einer Frau. »Majestät, bitte, ich fle Euch an, geht jetzt, um Himmels willen.«

Sie wollte protestieren, doch die Worte erstarben ihr a den Lippen, so stark war die Furcht in der geflüstert Stimme. Völlig verdutzt drehte sie um und ging zu ihr Pferd zurück.

»Du da, stehenbleiben!«

Ein rauher Befehl erschütterte ihren Tagtraum und riß unsanft in die Wirklichkeit zurück. Sie drehte sich um u sah eine Mathidrin-Fußpatrouille auf sie zurücken. Sie t schelte liebevoll ihr Pferd und flüsterte ihm ins Ohr: »Tut leid. Ich hab' dir nicht zugehört.«

Ein rascher Blick auf die Streife zeigte ihr ein oder z bekannte Gesichter, doch der Sirshiant an ihrer Spitze v ihr fremd. Er war groß und gut gebaut und hatte ein Auf ten, daß es Sylvriss kalt über den Rücken lief.

Er verließ seine Patrouille und marschierte zielbewußt

e zu. Sylvriss straffte sich und erwiderte eiskalt seinen ick, doch sein Schritt verlangsamte sich nicht, und in rem Magen begannen sich kleine Angstklumpen zu bilen.

»Du kennst die Bestrafung für das Vergehen, auf der raße zu sein, Dirne«, sagte er kalt und zog sein Schwert. In n Reihen der Patrouille hinter ihm war aufgeregte Beweing zu spüren, und aus dem Nichts ertönte ungläubiges ispern und Zischen.

Der Sirshiant stockte und blieb dann stehen. »Wer war s?« fragte er gelassen und unheilvoll. Ein Soldat rannte zu m und sagte mit gesenkter Stimme etwas. Langsam eckte er sein Schwert weg, doch seine Hand schloß und fnete sich zornig um den Knauf. Dann rammte er es endltig in die Scheide zurück, und aus der Patrouille kam ein verhülltes Kichern. Sein Gesicht wurde aschfahl, doch er andte sich wieder der Königin zu.

»Majestät«, stieß er hervor, als ersticke er an seinen eigen Worten. »Vergebt mir. Ich wußte nicht, wer Ihr wart. Wir ben strikten Befehl, wie wir mit den Leuten zu verfahren ben, die sich den Anordnungen des Ffyrsten widersetn.«

Sylvriss sah, daß der Mann innerlich vor Wut kochte, doch s schien in keinem Verhältnis zu stehen zu der Demütiung, die er sich soeben zugefügt hatte. Sie spürte, daß ihr erd leicht zitterte, sich instinktiv zur Schlacht vorbereie, und erkannte plötzlich, daß der Mann vor ihr wahnsin; vor Wut war und jederzeit außer Kontrolle geraten nnte. Dann bemerkte sie, daß seine Hände blutvermiert waren.

Plötzlich vermischte sich die Wut des Mannes mit ihrer enen und setzte sie frei. Sie schwang sich in den Sattel d funkelte auf ihn herunter. »Sirshiant«, sagte sie. »Ihr nötigt eine Lektion in Höflichkeit, glaube ich. Wenn Ihr in re Kaserne zurückkehrt, teilt Eurem Hauptmann und rem Kommandanten mit, sie möchten mir Rapport erstat.«

Der Mann verlor noch ein wenig mehr die Selbstbeher-schung, doch er brachte einen knappen Gruß zustand- Sylvriss riß ihr Pferd herum, so daß er zur Seite springe- mußte, dann ließ sie es in langsamem Schritt vorwärtsg- hen.

Sie hatte kaum zehn Schritte zurückgelegt, als sie hört- »Brecht diese Tür auf und exekutiert die Bewohner wege- Zuwiderhandlung gegen das Edikt.«

Ungläubig wirbelte sie herum. Mehrere Männer d- Streife liefen auf die Tür zu, an die sie geklopft hatte, und d- Sirshiant zog erneut sein Schwert. Es war ebenfalls blutv- schmiert.

»Nein«, rief sie, riß ihr Pferd herum und trieb es gegen d- vorrückenden Männer. Diejenigen, die sie kannten, wich- zur Seite, während die anderen zögerten. Sie wurden v- streut, als sie ihr Pferd wendete und sich entschlossen v- die kleine Tür postierte.

Der Sirshiant trat vor und griff ihr in die Zügel. Die Kn- chel seiner Hand traten vor Anspannung weiß hervor. D- Pferd riß sich los, so daß der Mann zurücktaumelte. Wüte- zog er sein Schwert.

»Sirshiant«, fauchte Sylvriss. »Seid Ihr wahnsinnig? D- Schwert gegen *mich* zu erheben? Ihr steht unter Arrest. Hä- digt mir Euer Schwert aus und meldet Euch umgehend der Kaserne.«

Der Mann zögerte, machte dann kehrt und wich ein Stü- zurück. Dann hielt er an, und seine Schultern hoben sic- als drücke er gegen eine schwere Last.

»Sirshiant«, sagte die Königin. »Legt Euer Schwert nied- Das ist ein Befehl.« Doch als er sich umwandte, sah sie, w- der letzte Rest der Selbstbeherrschung von ihm abglitt, u- sie wußte, daß ihre Worte nicht mehr Wirkung haben w- den als Blätter im Herbstwind.

Einige Männer der Streife sahen es ebenfalls, verließ- ihre Reihen und stürzten vor. Den ersten, den er erreich- fällte er mit einem einzigen Schlag, der ihn der Länge na- zu Boden schickte. Blut strömte ihm über das Gesicht. Da-

ʼandte der Sirshiant sich den anderen zu, winkte sie mit der nken Hand herbei, während er in der Rechten drohend das chwert kreisen ließ. Die Patrouille fächerte zu einem wei- ːn, unschlüssigen Halbkreis aus.

Als er sich ihr wieder zuwandte, war seine finstere .bsicht nur zu klar. Berserkerwut. Blutdurst. Die Worte rängten sich Sylvriss gewaltsam auf. Ein Schwächerer ätte verzagt, hätte nicht glauben können, daß so etwas in ieser ruhigen Straße geschehen konnte. Doch mit ihrer ufgebot-Erfahrung erkannte Sylvriss es als das, was es 'ar. Irgendwie hatte sie, vielleicht nicht ganz unabsichtlich, iesen Dämon entfesselt. Nun mußte sie sich ihm stellen, ım und diesem todbringenden Schwert. Keine Möglichkeit ım Rückzug. Die Furcht verkrampfte ihren Magen, doch .r einziger Verbündeter war das Pferd, und ihrer Furcht eien Lauf zu lassen hieße, das Pferd anzustecken, es zu ver- .ten. Sie beugte sich vor und flüsterte ihm erlösende Worte . Ohr, Worte des Tötens. Es war bereit. Das Weiße in sei- ːn Augen war zu sehen, als sich seine Furcht wie die seiner ːiterin in Zorn verwandelte.

Die Hufe donnerten auf dem harten Steinpflaster, die Vor- ːrbeine schwebten hoch in der Luft, als es den Sirshian ntänzelte. Mit zitternden Händen umklammerte Sylvriss ːn Griff jenes Stabes, der zur Ausrüstung eines jeden Auf- ːbot-Reiters gehörte. Er verhakte sich in der Schlaufe, und ː hatte wieder die ungnädige Stimme ihres Vaters im Ohr: ;ieh zu, daß deine Ausrüstung immer in Ordnung ist, ädchen. Die gefährlichen Angriffe sind die, mit denen du cht rechnest.«

Das Pferd wich zur Seite und schlug aus, als der Sirshiant nen wilden, pfeifenden Schwerthieb gegen seinen Kopf hrte. Der Mann bewegte sich mit erstaunlicher Geschwin- gkeit, und der Huf streifte ihn kaum.

Dann endlich löste sich der Stab, allerdings mit solcher ucht, daß er Sylvriss entglitt. Instinktiv schnippte sie gen das eine Ende und fing ihn in der Drehung auf. Die ːwegung wirkte gewollt und selbstsicher, und der Sir-

shiant wich zurück und duckte sich lauernd. Dann packte e
das Schwert mit beiden Händen, hob es hoch über seine
Kopf und stürmte unter lautem Gebrüll auf sie zu.

Sylvriss sah der Attacke entgegen. Auch ihr ganzes Den
ken war nun gefangen im Schlachtenfieber. Du kanns
immer noch fliehen, flüsterte eine leise Stimme ihr zu, doch
ihre Wut und der Wahnsinn des Sirshiant waren zu einen
uralten, gemeinsamen Ziel verschmolzen, einem Verlangen
nicht minder glühend als die Leidenschaft zweier Lieben
der. Ohne die abschließende Erlösung würden sie nicht von
einander lassen.

Das Pferd wich abrupt seitlich und nach hinten aus, un
der Schlag verfehlte sie um Haaresbreite. Der Sirshiant, au
dem Gleichgewicht gebracht durch den fehlenden Wide
stand, taumelte weiter in Schlagrichtung, und das Pfer
rammte ihn. Gleichzeitig ließ Sylvriss ihren Stab auf seine
Kopf niedersausen. Sein eiserner Helm schützte ihn vc
einer Verletzung, doch der laute, disharmonische Klan
dröhnte ihm noch in den Ohren, als er zu Boden stürzte.

Der Sirshiant krümmte sich zu einem festen, geschloss
nen Knoten und rollte seitwärts unter den Pferdehufen he
vor. Zu ihrem Entsetzen sah Sylvriss, wie der Mann sich wi
der aufrichtete. Er war ein bißchen unsicher auf den Beinen
hatte das Schwert jedoch noch in der Hand. Auch sein Be
serkerwahnsinn war ungezügelt. Sie preschte ohne Zögen
auf ihn zu, bevor er sich erholen konnte, und hieb ihn
erneut den Stab über den Schädel. Er sprang zur Seite un
riß sein Schwert hoch, um den Schlag abzuwehren.

Der Stahl schnitt mühelos durch das niederzischen
Holz, und Sylvriss fand ihren Stab um die Hälfte gekürz
während das verstärkte Ende geräuschvoll über das Stei
pflaster hüpfte.

Irgend etwas tief in ihrem Innern sagte ihr, daß das En
nah war, und eine sonderbare Ruhe durchströmte sie. S
spürte, wie die Drehung des Pferds sie herumriß, und oh
nachzudenken beugte sie sich herunter zu ihrem schwa
kenden Gegner und stieß ihm das abgebrochene Ende d
Stabs gegen die Kehle.

Der Sirshiant zuckte zur Seite, doch die Waffe, die er erade selbst geschmiedet hatte, rutschte ab und bohrte sich seine Wange, und er spürte, wie Zähne und Fleisch unter er Wucht des Angriffs zerbarsten.

Der Dämon fuhr in einem blutspuckenden Schrei aus dem Iann. Er hob das Schwert zu einem Hieb, der Pferd und Reirin durchtrennt hätte. Zu spät. Das Pferd trat aus und traf n mit dem Huf direkt unter das Kinn, was ihm das Genick rach. Er wurde in die Luft geschleudert und fiel mit ausgereiteten Gliedern zu Boden. Der zerbrochene Stab steckte seinem zerstörten Gesicht wie ein letzter Akt der Verachıng.

Das Pferd bäumte sich auf und wieherte triumphierend, nd Sylvriss hörte ihre eigene Stimme ebenfalls, den hohen, hrillen Kriegsschrei des Aufgebots ausstoßen. Sie spürte, ie ihr Blut raste, ihre Lungen rasselten, und ganz kurz verr sie die Besinnung in dem Ansturm der widerstreitenden mpfindungen von Siegesrausch und Scham.

Als sie beobachtete, wie die Fußsoldaten sich mit vor hreck aufgerissenen Augen um ihren ehemaligen Anführ scharten und sich in Erwartung neuer Befehle an sie andten, erkannte Sylvriss, daß der gesamte Zwischenfall ır wenige Sekunden gedauert hatte. Doch sie wußte, daß r Leben sich unwiderruflich verändert hatte. Alles war ın anders.

KAPITEL
51

an-Tor maß der Eskapade der Königin nur geringe Bedeung bei. Nun, da die Mathidrin ihren Griff um den Körper s Volks und seine Spione und Gerüchte ihren Griff um ine Seele verstärkten, vermochte eine solche Fußnote ine wachsende Befriedigung nicht nachhaltig zu stören.

Ja, in gewissem Sinn erfreute sie ihn sogar. Er hatte die Kön gin zurückkehren sehen, majestätisch wie immer auf ihren prachtvollen Roß, aber mit vor Erregung geröteten Wange und seltsam besessenen Augen. Nichts mehr von der gli henden Kraft, mit der sie sonst zurückgekehrt war und de ganzen Palast verpestet hatte.

Ich kessele dich immer enger ein, dachte er, mache dic wild und rasend vor Wut, bis deine eigenen Leidenschafte dich verzehren. Zu deinem eigenen Besten werde ich dic an die Kandare nehmen und zusehen, wie du an deine unsichtbaren Leine erstickst.

Was diesen Idioten von Sirshiant anging, der sich hatt umbringen lassen, so war auch das nützlich, wenn nicht z sagen amüsant gewesen. Das würde die Neuen in der Sta lehren, daß sie es nicht mit Mandrocs zu tun hatten, daß si ihre blutrünstigen Gewohnheiten zügeln mußten. Unte schwellig würde es sie außerdem lehren, den Widerstan nicht zu unterschätzen, dem sie begegnen konnten.

»Ruft ihnen ins Gedächtnis, daß die Strafe für Blödhe der Tod ist«, befahl er seinen Hauptmännern. »Indem sie d Strafe selbst vollzog, hat die Königin mir die Schmutzarbe erspart. Kanalisiert ihren Haß und ihr unkontrolliertes Gr len in härteres Training.«

Daß solche Worte jedoch überhaupt nötig waren, unte strich seine Zweifel, die gelegentlich die glatte Oberfläc seiner Zufriedenheit kräuselten. Das Volk brach zusamme hin und her gerissen zwischen Zweifel und Unwissenhe ganz wie er es jahrelang geplant hatte. Die Annahme d Titels eines Ffyrsten hatte ihn von all den kleinlich Beschränkungen befreit, die ihn so lange geärgert hatte und nach der Eroberung von Vakloss im Anschluß an Eldri Rechenschaft machte er nun meßbare Fortschritte.

Doch hier und da, wenn er es am wenigstens erwartet gab es ein Aufwallen von Widerstand wie ein Pflug, d gegen einen verborgenen Stein stößt. Die Verluste, die J daric und seine Patrouille unter den Mandrocs angericht hatten, die Befreiung der Lords, dann Eldrics Rückkehr u ɜine Forderung nach Rechenschaft. Das hatte sich zwar am nde als Gewinn erwiesen, da es auf die Einnahme von akloss hinaufgelaufen war, doch es war höchst gefährlich ewesen und trug doch bestimmt Hawklans Handschrift, der? Hawklan? Wo steckst du, du Teufel? War Eldrics Rückehr nur die Finte in einer Finte?

Doch das waren Gedanken für finsterere Momente. chon waren viele Lords seinen weitgestreuten Lügen zum pfer gefallen, und manche hatten ihm sogar beigepflichtet nd Eldric und die anderen als Verräter verurteilt. Nun onnte er sich darauf konzentrieren, die weniger Leichtgläugen auf seine Seite zu ziehen. Dann würde er, falls nötig, ie gesamte noch verbleibende Opposition mit Waffengealt niederwerfen. Doch er durfte nie vergessen, daß auch awklan seine Fallen auslegen würde.

Du hast bisher noch jede Auseinandersetzung gegen mich erloren, Hawklan. Und du wirst mich nicht dazu verleiten, tzt die Alte Macht zu benutzen. Jetzt nicht. Kein Fehler von einer Seite wird dich erwecken. Dich kriege ich auch noch, enn wenn die Lords einmal unterworfen sind, wird das piel dir endgültig aus den Händen gleiten. Wenn sie schöpft davon sind, ihre eigene Überläufer-Sippschaft zu schlagen, wenn ihre Herzen abgetötet sind durch das, was e tun mußten, dann schicke ich meine wahren Armeen gen sie.

Der Gedanke war überaus tröstlich. Amüsant würde das erden, zuzusehen, wie diese Kreaturen sich gegenseitig edermetzelten. Eine angemessene Buße für die Äonen, e ihre Urahnen ihn in dunkler Knechtschaft gehalten hatn.

»Geduld, Geduld, Geduld«, sagte er zu Dilrap. »Solange ir die Informationen kontrollieren, die wir dem Volk ben, wird ganz bestimmt alles nach Plan verlaufen. nwissenheit ist wichtig. Den Widerstand der Leute breen und sie zugänglicher für unsere Vorschläge machen.«

Nachdenklich sah er Dilrap an. Warum sage ich solche chen zu diesem Lakai? Warum dulde ich ihn überhaupt noch um mich? Er ist sehr nützlich, aber nicht mehr une setzlich. Doch nicht etwa aus Dankbarkeit? Es war Dilra gewesen, der die Einzelheiten geregelt hatte, die seine Ernennung zum Ffyrsten wenigstens den Anschein vo Legalität gaben. Dilrap hatte emsig daran gearbeitet, sic selbst überflüssig und vollkommen verwundbar zu macher Dan-Tor kniff die Augen zusammen, und Dilrap, der seine Blick auffing, duckte sich merklich.

Plötzlich kam ihm der Gedanke, daß Dilrap ihn verstand sofern ihn eine dieser Kreaturen überhaupt verstehe konnte. Dilrap schätzte die Subtilität seines, Dan-Tors, Vo gehens, unabhängig davon, ob er es billigte oder nich unabhängig davon, ob er wußte, wohin das alles führte. E begriff und bewunderte. Und beneidete. Verehrte sogar?

Daß das Vergnügen, das ihm diese Überlegung bereitet nichts als die von ihm so geringgeschätzte menschlich Eigenschaft der Eitelkeit war, entging Dan-Tor. Er glaubt Anspruch auf diese Ehrfurcht zu haben. Ein schwaches, fe nes Flüstern fragte: »Ist er eine Gefahr?« Doch das war kau zu hören in all dem selbstzufriedenen Geschrei. Nein, nei Gefahr drohte nur von Hawklan und seiner eigenen Ung duld. Nicht von diesem schreckhaften Schaumschläger. I war nur ein weiterer Sterblicher, der dankbar die Knie sein Henkers umklammerte, voll von törichter Furcht um sei erbärmliches Eintagsfliegenleben.

Und teilweise hatte er sogar recht. Dilrap fürchtete u sein Leben, und er durchschaute die Machenschaften d Ffyrsten. Doch weder beneidete er ihn noch verehrte er ih Genau wie die Jahre von Dan-Tors wachsendem Einfluß un seinen »Verbesserungen« an der althergebrachten Leben weise der Fyordyn sie allmählich auf verhängnisvolle Wei von ihren alten Wurzeln entfremdet und verwirrt und ver ren zurückgelassen hatten, so hatten Jahre der Mißachtu und des Hohns sich in Dilrap angesammelt und schwärte hatten ihn zu einem ganz anderen Mann gemacht als de dicklichen Jüngling, der seinem strengen, hoheitsvoll Vater nachgeeifert hatte und letztendlich nur die Zielschei ır die Spaßvögel des Palasts geworden war. Sein schwan-ɜndes, unglückliches Wesen kannte nur zwei feste Säulen: ie Liebe zu seiner Königin und den tiefen, wachsenden aß auf Dan-Tor.

Doch das Durchschauen Dan-Tors brachte es mit sich, daß um seine eigene Verwundbarkeit wußte, und nicht anders s Dan-Tor verwunderte es ihn, warum er immer noch in ɜn Genuß der intimen Grübeleien des Ffyrsten kam. Diese ngewißheit und das Gespür für Dan-Tors eigene Unsicher-ɜit trugen nicht eben zu seiner Beruhigung bei. Seine ächte waren mittlerweile schlaflos und von Alpträumen ɜplagt, wo sie früher Trost und Erholung von den Verlet-ıngen seiner wachen Stunden gewesen waren.

»Majestät, ich habe Angst«, war es ihm einmal unabsicht-:h in Gegenwart der Königin herausgerutscht.

Sylvriss fühlte, wie sich seine Bürde zu ihrer eigenen ldierte. Seltsamerweise schwerer zu tragen seit ihrer Kon-ɔntation mit dem Sirshiant; nachdem sie nun zu einer ɛferen Einsicht der uralten Bande zwischen dem Riddin-ɔlk und seinen Pferden gelangt war, hätte sie ihn fast ange-ıurrt: Wir haben alle Angst, Dilrap. Tut, was Ihr tun müßt. mmert mir nichts vor. Doch eben diese Einsicht half ihr ıch, die unbeherrschte Antwort zu unterdrücken. Sie legte m die Hand auf die Schulter.

»Ich verstehe Euch, Dilrap«, sagte sie in beruhigendem nfall. »Ist etwas geschehen, was Euch besonderen Anlaß :r Sorge gibt?«

Dilrap schüttelte den Kopf, um ihr dann sein Herz auszu-hütten, seine ganzen Ängste, seine ganzen Zweifel. Sylv-ıs ließ die Worte ungehindert in die parfümierte Luft ihres ɜmachs strömen, bis er verstummte. Sie betrachtete ihr ɔbild in einem kleinen Spiegel auf dem Tisch, sah, wie eine and sich hob und eine Sorgenfalte glattstrich, die sich für ımer in ihr Gesicht gegraben hatte.

»Ich vermag Euch auch keine Antworten zu geben, Dil-p«, erklärte sie schließlich. »Wer kann schon sagen, was ɜsen Mann treibt?«

In letzter Zeit hatte sie versucht, Dan-Tors Aktionen we terzudenken bis zu einem logischen Ende, hatte jedoch bal verzweifelt aufgegeben. Alles schien auf eine Form vo Königtum hinauszulaufen. Nicht zu dem behutsamer besonnenen Königtum Rgorics und seiner Vorgänger, so dern zu einer abstoßenden, uneingeschränkten Macht übe alles und alle. Aber warum? Warum sollte jemand nach eine solchen Macht streben? Und diese Macht könnte ja nur di über ein geducktes, zutiefst beschädigtes Volk sein, den beschädigt würde das Volk dann sein. Die Leute von Vaklos waren jetzt schon zu ängstlich, um öffentlich Kritik an Da Tor zu äußern, und früher oder später würde er den Lords i einer Schlacht gegenübertreten müssen. Lords, die vorau sichtlich bis zum bitteren Ende kämpfen würden. D Absichten dieses Mannes überstiegen ihr Begriffsverm gen.

Sie wandte den Blick vom Spiegel mit seiner elende Andeutung ihrer eigenen Vergänglichkeit ab. Auch sie hat Angst. Die Furcht und das Mißtrauen, welche die Stadt in zierten, waren auch in den Palast gesickert. Ihre vielen Ko takte schrumpften zusammen, und sie hatte keine Möglic keit herauszufinden, ob dies aus erhöhter Vorsicht gescha oder weil ihre Zuträger verhaftet waren und ihren Inquisit ren alle Geheimnisse enthüllt hatten.

Sie hielt sich an das, was sie wußte und was sie vernünf gerweise daraus schließen konnte; es waren unendlich Mutmaßungen. Mit Sicherheit konnte man keinem d Lords trauen, die sich noch in der Stadt aufhielten. Diejen gen, mit denen sie diskret in Verbindung geblieben war, h ten sich genauso diskret aus der Stadt entfernt, und diejen gen, die geblieben waren, schützten eine schwankende Ne tralität vor oder waren aus den verschiedensten Gründe offen auf Dan-Tors Seite übergewechselt.

Allmählich wurde sie sich darüber klar, daß es bede tungslos war, ob Dan-Tor ihre geheime Opposition e deckte oder nicht. Hier im Palast war sie ohnehin wirkung voll gefangengesetzt, bewacht bei den immer seltener elegenheiten, zu denen man sie noch in die Stadt ließ. Ihre ihigkeit, Dinge zu beeinflussen oder auch nur von ihnen erfahren, verringerte sich rapide. Er muß meine Pläne gar cht aufdecken, dachte sie. Außer einem. Jede seiner Aktio- en erstickt den Widerstand und isoliert mich.

Doch ihr einer Akt massiven Trotzes entwickelte eine gendynamik und entglitt ihrer Kontrolle. Ein Segen, der einem tödliches Verhängnis geworden war. Je offener an-Tor nach der Macht griff, desto weniger benötigte er n König, und folglich verringerte sich die auf ihn gerich- te Aufmerksamkeit. Doch wie einst ein eiserner Ring von iegern um Ethriss gestanden hatte, so hatte Sylvriss ihren emahl mit einem seidenen Ring aus vertrauenswürdigen enern umgeben, und sie selbst war die juwelenbesetzte ange, indem sie die Rolle der demütigen Krankenschwe- er spielte. Langsam hatte sie ihn von Dan-Tors Tränken d Giften entwöhnt, und langsam, unter großen Schwan- ngen, hatte der König seine Stärke und Gesundheit annä- rnd wiedererlangt.

Wieder blickte sie ihr Spiegelbild an und strich die krän- nde Falte glatt. Einen Augenblick lang schimmerten ihre gen feucht, denn sie wußte, daß die Sorgen, die sich auf rem Gesicht abzeichneten, nicht in erster Linie sich selbst, ndern dem König galten, der ständigen Frage, was man m gefahrlos von den Vorkommnissen im Land erzählen rfte und wie man ihn ohne allzu viele Lügen davon abhal- n konnte, sich einzumischen.

Das hatte sich schon immer als schwierig erwiesen, doch n ging es ihm täglich besser, und alle ihre Entscheidun- n bereiteten ihr Kummer. War er stark genug, um die nze Wahrheit zu hören? Würde ihr Betrug ihn und seine ebe zu ihr für immer zerstören? Würde er in die finstere hängigkeit von Dan-Tor zurückgeworfen? Oder würde er was Geradliniges, Törichtes gegen den Mann unterneh- en, hier in seinem eigenen Palast, der von fremden Gardi- en infiziert war, und seine treuen Lords so weit weg?

Abrupt sagte sie: »Wir müssen fliehen.«

Dilrap hob den Kopf, die Augen weit aufgerissen. »Fli hen, Majestät?« wiederholte er.

»Ja«, versetzte sie langsam. Die Worte kamen ihr, wä rend sie mit anderen Gedanken beschäftigt war, fast vo selbst über die Lippen, doch nun, da sie einmal ausg sprochen in der Luft hingen, kristallisierten sie ihre Übe legungen. »Dan-Tor könnte Eurer schon bald müde werde Dilrap. Er könnte entdecken, wie Ihr insgeheim gegen ih gearbeitet habt. Mit Sicherheit wird er bald vom gesundhe lichen Zustand des Königs erfahren, und wenn das herau kommt, wo stehen wir dann?« Sie beschrieb mit der Har einen Bogen durch das Zimmer, sanft und tröstlich, ein ruh ger Hafen im Sturm. »Wir leben bereits wie im Gefängni Gefesselt wie Schlachtgänse. Hilflos und ohnmächtig.«

Dilrap wurde ganz aufgeregt. Sylvriss' Bemerkungen ha ten mit brutaler Offenheit ihre mißliche Lage auf den Punl gebracht. Er griff nach einem Strohhalm. »Da der König nu stärker ist, Majestät, kann er uns nicht helfen?«

Sylvriss schüttelte den Kopf, sagte jedoch nichts.

Dilrap verstummte. Dies war ein Bereich, zu dem d Königin sogar ihm den Zutritt verwehrte – zu seinem eig nen Besten. »Aber wohin könnten wir denn gehen, Maj stät?« fragte er schließlich. »Und was ist mit dem Köni Und all den Leuten, die uns geholfen haben?« Ein Hauc von Vorwurf schwang in seiner Stimme mit.

Die Königin erwiderte ohne Zögern: »Wir gehen zu de Lords im Osten. Und der König geht mit uns. Was unse Helfer angeht, so tun wir ihnen keinen großen Gefalle wenn wir ihre Treue immer weiter beanspruchen. Jetzt nic mehr. Von nun an müssen wir warten und beobachten. Mi sen die alte Lebensweise im Stillen aufrechterhalten, f glücklichere Zeiten.«

Dilraps Augen glitten ruhelos durch den Raum, währe er sich bemühte, Sylvriss' überraschenden Entschluß vo den Schreckensbildern funkelnder Klingen und hart gleichgültiger Gesichter zu trennen, die auf Dan-Tors b ufigen Befehl hin schweigend und zielstrebig auf ihn zukaen. »Aber wie, Majestät? Und wann?« fragte er.

»Das Wie sollte uns keine ernsthaften Schwierigkeiten ereiten«, erwiderte Sylvriss. »Ihr dürft Euch frei innerhalb nd außerhalb des Palasts bewegen, ich immerhin noch nerhalb der Mauern. Eine Verabredung zu treffen, ein kleies Vorratslager mit Verpflegung und dem Nötigsten anzulen, das dürfte uns gelingen, ohne Aufsehen zu erregen; nn ist es nur eine Frage der Überraschung und der Schnelkeit, wenn sich eine passende Gelegenheit bietet.«

Dilraps Hände flatterten gegen seinen Willen hoch. Sylvs sah ihn an. »Majestät ...«, begann er verlegen, »ich nn nicht ... reiten.«

Sylvriss konnte sich ein Lächeln nicht verkneifen. »Ich be schon Ungeeignetere als Euch auf einem Sattel festgelten, Dilrap«, lächelte sie. »Es wird Euch keinen Spaß achen, aber Ihr werdet es überleben.«

Dilrap neigte das Haupt. »Ich bin Euch eine schöne Hilfe, ajestät. Dauernd brauche ich Ermutigung und Aufmunteng ...«

Sylvriss' Hände ergriffen die seinen. Sie sah ihm geradegs in die Augen, und jeglicher Humor war aus ihnen verhwunden. »Nein, Dilrap«, sagte sie, »Ihr plagt Euch Tag r Tag an der Seite dieses Mannes ab, betrügt ihn, lügt ihm sein böses, faltiges Gesicht, haltet ihn auf und behindert n behutsam. Und dies alles tut Ihr im Angesicht Eurer eigen Furcht. Euer Mut und Eure Stärke haben mich diese nklen Monate über aufrechtgehalten. Ihr gehört zu den ößten Eures Amts.«

Dilrap erhob sich. Da er nichts weniger als ein Höfling ır, fehlten ihm die Worte. Er verneigte sich tief, um sein esicht zu verbergen.

Auch Sylvriss stand auf. »Noch eine Bitte habe ich an ch«, setzte sie hinzu. Dilraps Augen blieben niedergenlagen. »Wenn unser Plan vereitelt wird und der König d ich entdeckt werden, müßt Ihr Euch heraushalten. recht gegen uns, wenn Ihr müßt.«

Dilrap fuhr hoch.

Sylvriss hob die Hand, um seinen Einwänden zuvorz kommen. »So lautet mein Befehl, Ehrenwerter Sekretär sagte sie. »Mein Königlicher Befehl. Ich lasse Euch kein Wahl. Wenn sich alles gegen uns wendet, ist es wichtig, da Ihr so lange wie möglich in Dan-Tors Nähe bleibt und darau hinarbeitet, eine Verbindung mit den Lords im Osten herz stellen. Versteht Ihr?«

Wieder verbeugte sich Dilrap.

Als er gegangen war, löschte Sylvriss die Fackeln. D Dunkelheit war tröstlich. Lange saß sie auf dem breiten Fe stersims und sah zu den Sternen hinauf.

Jetzt mußte sie es dem König sagen.

KAPITEL 52

Obwohl Dan-Tor jetzt Vakloss und zahlreiche andere Dörf und Städte kontrollierte, bereitete ihm die Tatsache, daß d Lords ihre Kräfte im Osten zusammenzogen, kein Vergn gen. Er war sich zu Recht darüber im klaren, daß Arinndi und die anderen Lords ihm nicht über den Weg trauten. S würden nie glauben, daß er einen Vertrag, den er v schlüge, auch einhalten würde. Die bewaffnete Auseina dersetzung schien unvermeidlich.

Er hegte wenig Zweifel daran, daß seine Streitmacht a Ende den Sieg davontragen würde. Doch auch wenn die V stellung, daß diese Kreaturen sich gegenseitig abschlach ten, nicht ohne Reiz war, hätte er doch einen subtileren, st leren Weg vorgezogen. Der unkontrollierte Zufall spielte i Krieg eine zu große Rolle, ganz gleich, welche Mächte i Feld geführt wurden, so daß Er diesen Weg nur als letzt Ausweg gewählt hatte.

Auch die Spärlichkeit der Informationen, die ihn aus de

›sten erreichten, beruhigte ihn nicht gerade. Nachdem ›ine Vögel gefangen waren, mußte er sich notgedrungen ›f menschliche Spitzel verlassen, und die kehrten dank der ›achsamkeit und umsichtigen Täuschungsmanöver der ›oraidin entweder überhaupt nicht oder mit vagen und ›idersprüchlichen Nachrichten zurück.

Urssain machte seinem Ärger lauthals Luft. »Wir haben ›nügend Männer, Ffyrst. Gut ausgebildet, diszipliniert ›nd motiviert. Mehr als genügend. Wir sollten jetzt vorrük›en und die Lords überwältigen, bevor sie ihre Kräfte weiter ›ıfbauen können.«

»Kommandant«, hielt ihm Dan-Tor in wohlwollendem ›nfall vor, »Ihr müßt lernen, Euch in Geduld zu üben. ›denkt die Folgen eines solchen Unternehmens. Wie viele ›änner würdet Ihr brauchen, um die Stadt weiterhin zu ›nterdrücken? Es nützt uns wenig, einen großen Sieg gegen ›e Lords zu erringen und dann erkennen zu müssen, daß ›ir im Rücken von einem rebellischen Vakloss angegriffen ›erden. Und wie viele Männer würdet Ihr zur Flankendek›ıng brauchen, wenn wir durch die umstrittenen Gebiete ›s Landes vorrücken sollten?« Urssain machte Anstalten ›ı einer Entgegnung, doch Dan-Tor fuhr in einem ernsteren ›n fort: »Und wem, denkt Ihr, werdet Ihr Euch gegenüber›hen? Jedenfalls nicht mehr ihren Schmuckregimentern. Es ›erden ähnliche Männer sein wie die, die Ihr in Orthlund ›ıbt kämpfen sehen. Und das waren nur Jünglinge, von ›nem Jüngling geführt. Ihr werdet geübte Kämpfer auf ›rem ureigenen Terrain zum Gegner haben, geführt von ›hlachterprobten Veteranen aus dem Morlider-Krieg.« ›ın-Tor brachte sein Gesicht ganz nah an Urssains heran. ›Doch setzen wir einmal voraus, Ihr besiegtet sie. Was ›ınn? Sie werden sich im Gebirge verstreuen, bevor man sie ›rnichtend schlagen kann, und wir werden sie nie mehr ›s.«

Urssain schäumte innerlich. Das war ein zersetzendes ›rede. Jeden anderen hätte er für weit weniger getötet. Die ›role lautete, die Mathidrin seien die neue Hoffnung. Sie hatten den Frieden in den Straßen wiederhergestellt, und nun waren sie das Fundament der Neuen Ordnung, di Fyorlund wieder groß machen würde. Die alten Hochga den waren vor ihnen geflohen – ein schlagender Beweis fü die Schuld, die sie am Niedergang des Landes trugen, un eine überzeugende Demonstration der Unbesiegbarkeit de Mathidrin. Mit Mühe zügelte er seine Antwort.

Dan-Tor bemerkte den inneren Kampf in seinem Güns ling und gestattete sich ein weiß blitzendes Lächeln, das Ur sain ein Dankgebet zu dem unbekannten Geist spreche ließ, der ihm geraten hatte, seinen Mund zu halten.

»Wir können sie doch nicht einfach unbehelligt lasse Ffyrst?« wagte er einzuwerfen.

Dan-Tor wandte sich von ihm ab und drehte ihm den Rü ken zu. »Nein?« fragte er beiläufig. Dann: »Laßt uns sehe was Eure Kameraden dazu meinen, Urssain. Arrangie eine Besprechung aller Stadt. Es ist Zeit, die Angelegenhe zu bereden. Vielleicht wäre es angebracht, das Ganze eine Kriegsrat zu nennen.«

Urssain verbrachte die Zeit bis zur Besprechung damit, da er ruhelos durch den Raum wanderte oder gedankenve loren mit gespreizten Beinen in seinem Sessel saß. Er wurc aus dem braunen Teufel immer noch nicht schlau. Was hat er übersehen? Warum hatte Dan-Tor seinen Vorschlag, d Lords anzugreifen, mit solchem Hohn bedacht, und waru hatte er so geheimnisvoll auf seinen Einwurf reagiert, m könne sie doch nicht unbehelligt lassen?

Er hatte noch keinen Entschluß gefaßt, als er Dan-Tor den spartanischen, kalten Raum begleitete, in dem die Ko mandanten sich versammelt hatten. Das einzige, was er si vorgenommen hatte, war, sehr vorsichtig zu spielen. Es w wieder eine Zeit zum Abwarten und Lernen. Vielleic konnte er den Mann ja nie durchschauen, doch er versta ihn schon verdammt besser als alle anderen.

Es brachte ihn außer Fassung zu sehen, daß ihm viele d

rtenden Männer völlig fremd waren, und es beruhigte n nur wenig, als ein Blick in ihre Gesichter ihm verriet, daß e, die Fremden nicht ausgenommen, sich unter so vielen bekannten Gesichtern ebenso unwohl zu fühlen schie- n.

Bei Dan-Tors Eintritt erhoben sie sich wie ein Mann und nmen eine zackige Haltung an, um ihren Lord zu begrü- n. Wie Urssain trugen sie alle eine makellose Ausgehuni- m.

»Nehmt Platz, meine Herren«, säuselte Dan-Tor leutselig d ließ sich am Kopfende des langen, rechteckigen Tischs der. Urssain winkte er auf den Stuhl zu seiner Rechten. h habe Euch hergebeten, um Eure Meinung zu unserem blem im Osten zu erfahren.«

Ohne große Vorrede. Umweglos, dachte Urssain. Was will Wer sind diese Leute? Die Fragen stürmten auf ihn ein, h er verschob sie auf später. Nun mußte er abwarten und hören.

Unsere Diskussion wird formlos sein«, setzte Dan-Tor :. »Ich erwarte keine ausgeklügelte Strategie, aber da nun Stadt und ein großer Teil des Landes unter unserer Kon- le sind, müssen wir uns mit diesem Problem befassen. endwo müssen wir anfangen.«

Urssain setzte ein unbeteiligtes Gesicht auf, während er e beobachtete, die ihre Aufmerksamkeit der Präsenz an ner Seite zuwandten. Nur Aelang begriff. Die anderen spannten sich. Sie nahmen die Leutseligkeit ihres Ffyr- n für bare Münze.

Die allgemeine Auffassung stimmte mit Urssains sponta- n Vorschlag überein. Jetzt angreifen. Mit aller Härte. or sie zu stark wurden. Dan-Tor lauschte aufmerksam, kte interessiert, während Stolz und heroische Verspre- ngen mehrerer Kompanien vor ihm ausgebreitet wur- . Urssain schwieg.

Dann ließ Dan-Tor, wie er es zuvor bei Urssain gemacht e, gelegentliche Anmerkungen über Truppenstärke, hschubprobleme, mangelnde Aufklärung, unsichere

Loyalitäten und ähnliches fallen, und allmählich schälte si seine Strategie heraus. Man solle die Lords in Ruhe lasse schlug er vor.

Die Idee wurde verworfen. Mit allem Respekt, Ffyrst – I wollt Eurem Feind erlauben, unbehelligt seine Streitmac aufzubauen? Die Besprechung plätscherte ziellos dahin.

Doch wenn sie ihre Streitmacht vergrößerten, warf Da Tor versuchsweise ein, hätten sie dann nicht immer me Leute zu ernähren, mehr Körper zu schützen, mehr Seel bei Laune zu halten?

Wieder wurde der Einwand einhellig abgetan. Urssa sagte immer noch nichts und saß ganz still da. Ihm fiel a daß Aelang das gleiche tat.

Unausweichlich drehte sich die Diskussion allmählich Kreise, verfing sich in den Fallen und Schlingen, die D Tor ausgestreut hatte. Man mußte die Lords angreifen. Al das würde gefährlich werden. Man konnte sie nicht in Ru lassen, da sie sonst ihre Truppen aufbauen würden und .

»Und?« fragte Dan-Tor.

Und dann würden sie uns mit Sicherheit angreifen.

Dan-Tor sprach ganz ruhig. Wer hätte dann die lang Nachschublinien aufrechtzuerhalten? Wer hätte dann undankbare Aufgabe, vom Land zu leben, durch das zogen – während lokale Unzufriedenheit ihre Flank bedrohte? Wer hätte dann nach einer langen Reise frise Truppen in gut geschützten Stellungen anzugreifen? S das nicht dieselben Gründe, warum es zu gefährlich für u ist, sie anzugreifen?

Schweigen senkte sich über den Raum. Eine der Kug flackerte.

Dan-Tor erhob sich. »Meine Herren, bedenkt dies, be wir uns erneut treffen: die Konsolidierung und vorsicht Ausdehnung des Territoriums, das uns gehört, sowie Aufbau einer einberufenen Wehrmacht, um es zu verte gen. Wird das nicht in Verbindung mit der Notwendigk ihre wachsende Armee zu unterhalten, die Lords am E zum Verlassen ihrer Bergfesten zwingen? Und wenn sie ıtreffen, müde und erschöpft, sollten wir ihnen dann :ht zuerst unsere Wehrpflichtigen entgegenschicken, ren Vernichtung sie noch mehr erschöpfen und ihr Gewis- ı mit dem sinnlosem Grauen des Mordens belasten wird? ele uns dann nicht die einfache Aufgabe zu, unsere Stel- ıg zu behaupten und abzuwarten, bis sie so geschwächt d demoralisiert sind, daß wir sie mit geringer Gefahr für s vollständig und endgültig vernichten können?«

Kein Wort fiel.

Dan-Tor fuhr mit eiskalter Stimme fort: »Bedenkt dies, ine Herren. Wenn ich Eure Strategie schon mit bloßen rten derart zerpflücken kann, gebt Euch keinen Illusio- n hin, was die Lords und ihre Hochgarden damit anfan- ı würden. Mit jedem Krieg ist so viel Ungewißheit ver- nden, daß man sie nicht noch durch eigene Gedankenlo- keit und Torheit vergrößern muß. Zu Eurer weiteren ormation: Ergreift auf diesen Besprechungen das Wort r, wenn Ihr etwas Sachliches zu sagen habt. Und spart ch Eure Barackenprahlerei für die Rekruten.«

Dann plötzlich füllte seine Präsenz erschreckend den ım aus. »Ihr seid die Kommandanten meiner Mathidrin. ue Diener, die ihren Lohn erhalten werden, wenn meine cht wächst; über Grenzen hinaus, die Ihr Euch nicht vor- llen könnt. Doch Ihr seid gebunden an mich und durch ch. Ich kann Euch nach meinem Belieben auslöschen. nt mir wohl.«

ssain blieb noch eine Weile vor dem Westtrakt stehen und zu, wie die Kommandanten abzogen. Er war dankbar den bedeckten Himmel und das schwache Licht, die es ermöglichten, seine Augen im Schatten zu halten. Was ein Massaker! Lektionen und abermals Lektionen. Er ßte sehr sorgfältig darüber nachdenken, was da gerade elaufen war. Diese fremden Gesichter? Gesichter, die st erstaunt gewesen waren, sich unter Fremden wieder- nden. Nur ich kenne meine Ressourcen, deutete Urssain diese Botschaft. Ihr seid alle ersetzbar – es gibt genüger andere, die an eure Stelle treten können.

»Dieses Wetter ist schon eher wie zu Hause, häh, Urss Die Stimme war unverkennbar und riß Urssain abrupt in d Gegenwart zurück. Das war auch eine kleine Lektion. Er w zu lange im Palast gewesen. Zu lange raus aus den verräte schen und gefährlichen internen Kämpfen, die die Grun lage der ehrgeizigen Mathidrin darstellten. Ein schwer Fehler.

Er drehte sich zu Aelang um, seinem einstigen Gönn und Kommandanten in Narsindalvak. Die gemeine Gra samkeit und ruchlose Heimtücke des allseits gefürchtet Aelang waren unter den Mathidrin fast legendär. Für U sain war die Nachricht nicht überraschend gekommen, d der Sirshiant, der beinahe die Königin getötet hätte, zu eir von Aelangs Kompanien gehörte.

»In der Tat«, erwiderte Urssain und versuchte, ihm in ‹ Augen zu sehen. Doch wie seine eigenen lagen sie ebenfa im Schatten des Helms verborgen. Zwei Adjutanten stand wachsam hinter Aelang. Urssain kannte die Spur von v schwundenen und durch bedauerliche Unfälle zu To gekommenen Männern nur zu gut, die Aelangs Aufst begleitet hatte. Die Gegenwart der beiden Männer hin ihm erinnerte ihn auch daran, daß er sich an dunklen u einsamen Orten besser vorsehen mußte, nun, da so vi hochrangige Mathidrin-Offiziere in der Stadt weilten. I Nähe zu Dan-Tor bedeutete nicht nur Schutz, sondern au Gefährdung. »In der Tat«, wiederholte er. Es war bezei nend für Aelang, daß er von Narsindal als seinem Zuhau sprach. »Doch ich fürchte, ich habe mich an das milde Kli von Fyorlund gewöhnt.«

Aelang lächelte, wobei er zwei Reihen fauler Zähne hervorstehenden Eckzähnen entblößte. Urssain mußte v der daran denken, daß die Fußsoldaten ihn in ihren tap sten Augenblicken, wenn er sicher außer Hörweite v Mandrocssohn zu nennen pflegten.

»Aha. Ihr habt schon immer auf bequemere Quarti

ert gelegt, Urss«, knurrte Aelang gutmütig. »Immer darıf bedacht, Euch über uns einfaches Fußvolk zu erheben.«
Teils Scherz, teils Anerkennung, teils Drohung, teils Erin-erung an alte Schulden, dachte Urssain. Dreh diesem ann niemals den Rücken zu.

»Es ist nicht ganz so bequem, wie es aussieht, Aelang«, twortete er mit der gleichen Leutseligkeit. »Wie Ihr rausfinden werdet, nun, da Ihr es bis hierher geschafft bt.«

Aelang lachte wissend. »Nun, Ihr habt Euch nicht verän-rt, das kann ich sagen. Ich hätte es besser wissen sollen, mich auf ein Wortgeplänkel mit einem Höfling einzulas-n.« Er näherte sich ihm und sprach leise, vertraulich auf n ein: »Es geschehen Dinge, von denen wir kaum zu träu-en gewagt haben, Urss. Unser … geliebter Ffyrst hat den ahnsinn des Königs sehr wirkungsvoll ausgenutzt. Eine enge Gelegenheiten für diejenigen, die einen Blick dafür ben … und viele werden noch kommen, wenn ich mich cht sehr irre.« Urssain entgegnete nichts. Aelang fuhr mit ch gedämpfterer Stimme fort: »Ihr seid der Mann des Ffyr-n in Vakloss.« Dank mir, sagten seine Augen. »Ich bin n Mann in Narsindalvak. Aber heute waren viele fremde sichter unter uns, Urss. Der Ffyrst sucht sich nur die … nigsten aus, nicht wahr, Urss? Ich denke, bei all diesen ränderungen sollten wir einander den Rücken stärken, ht wahr?«

Jrssain warf einen prüfenden Blick auf Aelangs beschatte-Gesicht. Er muß sich unsicher fühlen, dachte er, um mir en solchen Vorschlag zu unterbreiten. Oder war es eine ohung? Arbeite mit mir zusammen, oder … Urssains gen folgten den abziehenden Kommandanten. Beides ab Sinn. Er und Aelang hatten eine gute Position, doch würden auch die Zielscheibe für ehrgeizige Aufsteiger n, die ihre Situation verbessern wollten. Und Aelang nnte er genau Bescheid. Es konnte nicht schaden, sein … tner zu sein, wie die Dinge standen. Zumindest würde er ein Auge auf ihn haben können.

Langsam nickte er. »Ich wäre überglücklich, Euch jed Unterstützung zu gewähren, die Ihr von einem Offizier bruder erwarten könnt, Kommandant«, erwiderte er m einem Lächeln.

Aelang kicherte. »Offiziersbruder«, wiederholte er ane kennend. »Ihr *seid* schon sehr lange hier. Aber, wie ic bereits sagte, Ihr habt Euch nicht verändert. War schön, wi der einmal mit Euch zu plaudern.« Und nachdem er Ur sains Arm liebevoll getätschelt hatte, schritt er, begleitet vo seinen beiden Adjutanten, zu seiner Kutsche.

Urssain fluchte still, verbarg seine linke Hand unauffäll hinter dem Rücken und öffnete und schloß die Finger he tisch. Aelang hatte mit seinem schweren Goldring eine Nerv getroffen, und Urssain wußte, daß der Arm mehre Minuten lang wie abgestorben sein würde. Das war Aelan Unterschrift unter ihre Vereinbarung.

Hätte Gift sein können, sagte die Unterschrift. Ich hät dich aufschlitzen können wie eine Gans, während du ke Gefühl im Arm hattest. Denk dran. Solche Dinge passiere Wieder fluchte Urssain.

Aelang, an seiner Kutsche angelangt, drehte sich no einmal um und winkte ihm verschmitzt zu. Urssain ließ se Messer aus dem Ärmel in die rechte Hand gleiten u erwiderte die freundliche Geste, wobei er dafür sorgte, d das Licht sich auf der Klinge widerspiegelte, bevor er sie w der verschwinden ließ. Aelangs Mandroc-Grinsen und e rauhes Lachen drangen zu ihm herüber, dann fuhr die K sche los und verschmolz mit der hereinbrechenden Dunk heit.

Urssain drehte sich um und schritt energisch durch d Schlund des Westtrakts. Seinem linken Arm ging es sch besser, doch Aelangs Botschaft hatte ihn aufgerütt Furcht vor Dan-Tor war eine Sache. Die war tief und b bend, die Angst des Kaninchens vor dem Löwen. Die Fr des Widerstands stellte sich da gar nicht erst, so übermä tig war der andere. Doch die Furcht vor Aelang – diese a Kasernenfurcht –, die war unerträglich.

Du hast recht, Aelang, dachte er, während seine Stiefel nen unerbittlichen Zapfenstreich auf den Steinboden der esttraktgänge hämmerten. Abseits von Narsindalvak bin n zu locker und unvorsichtig geworden. Doch ich werde cht alles, was ich erreicht habe, aus Sorglosigkeit aufs piel setzen. Nicht jetzt. Ich habe mich durch die Fußvolkrei- n gekämpft, und jetzt bin ich oben. Deine kleine Mah- ung kam rechtzeitig. Sie könnte eines Tages dein Todes- teil sein.

KAPITEL 53

r starke, böige Wind blies die Regenvorhänge schräg ers Feld, beugte und schüttelte die Bäume und Büsche d vertrieb die meisten Lebewesen in die Wärme ihrer ster und Höhlen. Er ließ Zweige gegen die Fenster pochen e dringliche Boten und flüsterte die traurige Botschaft rch Ritzen und Spalten, daß das Wetter der Wärme und n Licht bald den Rücken kehren und seine lange Reise in n kalten Fyorlund-Winter antreten würde.

Vier Reiter, dick eingepackt gegen sein rauhes Ungestüm, gen auf stillen, wenig benutzten Pfaden grau und unauf- ig durch die Landschaft. Sie hielten kurz an und ver- wanden im Schatten eines kleinen Hains. Innerhalb niger Minuten hatten sie das kleine Zelt aufgebaut und arnt, das ihnen seit ihrer Abreise aus Eldrics Burg Unter- lupf gewährt hatte.

Sie hockten auf der kochentrockenen Erde und verspei- n in kameradschaftlichem Schweigen ihr einfaches Mahl, hrend der Wind mißgelaunt an ihrem Zelt rüttelte und skaden von Regentropfen von den windgepeitschten umen über ihnen auf das Zeltdach tropften wie vorbei- oppierende Pferde.

Gavor beäugte eine Spinne, die an ihrem feinen, hin un her schwingenden Faden hinaufzuklettern versuchte, lie sich dann jedoch ungnädig dazu herab, das Brot zu verze ren, das Hawklan ihm anbot.

»Bis jetzt haben wir Glück gehabt«, äußerte Tel-Odre »Das Wetter war sehr hilfreich. Aber ungesehen komme wir jetzt nicht mehr viel weiter. Vakloss ist nah.«

Hawklan nickte. »Wir müssen uns bald trennen«, sagte e »Unsere Anwesenheit könnte Eure Mission gefährden.«

Die beiden Goraidin tauschten Blicke.

Tel-Odrel zuckte entschuldigend die Schultern. »Ja räumte er ein. »Ich fürchte, ja.« Er wirkte ein bißchen ver gen. »Kontakte in und um Vakloss zu knüpfen ist leben notwendig. Das wißt Ihr. Ihr kommt natürlich zuerst, u wir werden Euch auch helfen, wo wir können, doch Ihr wi ja nicht einmal selbst genau, was Ihr tun wollt, oder?« E kaum verhohlener Ärger schwang in seiner Stimme mit.

»Ich weiß genau, was ich tun werde, Tel«, versetzte Haw lan leichthin. »Ich werde Dan-Tor aufsuchen und ihn frage warum er das alles getan hat.« Doch seine vorgeschütz Unbekümmertheit verdüsterte nur noch die Stimmung, d Tel-Odrels Worte heraufbeschworen hatten.

Die Goraidin runzelten die Stirn. Sie hatten beide v sucht, die Orthlundyn von dem, was sie für ein Selbstmo kommando hielten, abzubringen, und die Vergeblichk ihrer Bemühungen bekümmerte sie noch immer.

Hawklan fuhr ernster fort: »Ihr seid Soldat, Tel, und habt eine klar umrissene Aufgabe vor Euch. Für mich g das beides nicht. Doch wir zwei wissen, wenn Logik u Vernunft versagen, muß man seiner Intuition folgen. Ich b Heiler. Ich muß ins Herz der Krankheit vorstoßen, was mich auch kosten mag.«

»Ich weiß, ich weiß«, beeilte sich Tel-Odrel zu versiche Das hatte er schon so oft gehört. »Aber …«

Hawklan winkte ab ihm zu schweigen. Er beugte sich und blickte dem Goraidin in die Augen. »Tel«, beschwo ihn. »Je näher wir der Stadt kommen, desto lauter sch des lebende Wesen nach meiner Hilfe. Es ist, als läge hier was in der Luft selbst. Was Isloman dort oben im Gebirge hört hat, fühle ich hier. Eine entsetzliche, gewollte Ver-rbnis. Sie war noch nicht da, als wir die Stadt verließen … ler zumindest habe ich es damals nicht gespürt.« Er legte ne Pause ein, kurz erschüttert durch die Erkenntnis, daß er :h vermutlich ebenfalls veränderte. »Doch wie auch nmer, ich kann mich aus diesem Grunde kaum noch herrschen. Es wäre mir unmöglich, solchen Schmerz ein-:h zu ignorieren und wegzugehen. Und ich werde uner-tlich in sein Zentrum gezogen. Erst dort werde ich wis-n, was ich tun muß.«

Tel-Odrel gab seufzend auf. »Nun, macht Euch wenig-ens weniger … verdächtig. Bedeckt Eure Waffen, redet :ht so viel …« Seine Stimme verebbte.

Draußen rüttelte der übermütige Wind an dem kleinen lt, während er seine gnadenlose, stürmische Reise über s Land fortsetzte.

er die Monate, die der Verhaftung der Lords folgten, tte Sylvriss ihren Entschluß in die Tat umgesetzt, ihren mahl Dan-Tors Einfluß zu entziehen und seine Gesund-it wiederherzustellen. Sie hatte sorgsam gearbeitet und ne Mühe gescheut, in dem Bewußtsein, daß Dan-Tor lerzeit all ihre Anstrengungen mit einer Handbewegung nichte machen konnte, aus einer bloßen Laune heraus er als einen Akt boshafter politischer Notwendigkeit, falls die Wahrheit herausfand.

Sie war schon lange der Überzeugung gewesen, daß Rgo-s wiederkehrende Krankheit größtenteils durch die Arz-en bedingt war, mit denen Dan-Tor ihn versorgte. Doch n, da sie den seidenen Wall aus Pflichterfüllung und Erge-nheit aufbaute, der den König vor Dan-Tors Blicken ver-g, entdeckte sie subtilere Gründe.

Sie begann zu begreifen, daß die bloße Gegenwart dieses nnes entscheidend war, diese trügerischen Worte, die

zermürbten, während sie scheinbar aufrichteten, die d
Pflichten des Königs vermehrten, wenn er am müdeste
war, so daß er sie um so bereitwilliger abtrat. Es war ein
freudige Aufgabe, seine finsteren Schmeicheleien durc
ihre Liebe und Zärtlichkeit zu ersetzen, und sie wunder
sich oft, welche Selbsttäuschung Dan-Tor daran hinder
mochte, die Auswirkungen seiner Abwesenheit auf de
König zu erkennen. Der Mann verwirrte sie zusehend
Trotz all seines teuflischen Scharfblicks gab es in sein
Wahrnehmung seltsame schwarze Flecken. Doch je läng
sie zusah, wie hart der ihr angetraute Mann kämpfen mußt
um wenigstens eine Spur seiner alten Gesundheit wiederz
erlangen, desto rascher wuchs auch Sylvriss' Haß auf Da
Tor.

Dan-Tor zu hintergehen war ihr eine große Befriedigun
doch ihren Gatten täuschen zu müssen, damit er nicht de
wahren Zustand seines Landes erfuhr, bereitete ihr zune
menden Kummer.

Anfangs waren es nur kleine Lügen gewesen, um de
immer wieder fiebrig aufflackernden Geist des ruhelose
Monarchen zu besänftigen. Dann hatte sich eine sond
bare, idyllische Phase gegenseitiger Selbsttäuschung ein
stellt, während der sie sich leidenschaftlich in ihrer alte
neugefundenen Liebe verloren hatten.

Sylvriss betrat diese Welt gegen ihr besseres Wissen, do
es war, als sei ihnen das Leben, das sie ohne den verderb
chen Einfluß Dan-Tors hätten führen können, für die
wenigen Monate neu geschenkt. Obwohl Sylvriss in ihr
dunkelsten Augenblicken sah, wie sinnlos das alles am En
sein mußte, empfand sie doch keine ernsthafte Reue, so
dern gewann vielmehr Stärke und Entschlossenheit aus de
Glück ihres Gatten, wie trügerisch es auch sein mochte.

Doch so, wie ihre Ehe sich über die Jahre hinweg verä
dert hatte, so änderte sie sich auch im Verlauf dieser un
störten Monate von Rgorics Genesung. Immer häufig
begann er sich nach Staatsangelegenheiten zu erkundige
und Sylvriss mußte ein immer feineres Lügennetz spinne

n ihn vor einer direkten Konfrontation mit Dan-Tor zu hützen. Daß dieses verhaßte, zarte Gespinst an einem ıum des Vertrauens hing, bereitete Sylvriss unendlichen ımmer. Heimlich, während sie unter dem Diktat der Notendigkeit die Fäden verstärkte, begann sie sich nach seiner rstörung zu sehnen. Nun hatte die Flut der Umstände ihr esen Moment herbeigeführt, und allein und angsterfüllt ınd sie in ihrem Gemach.

»Geh auf dein Zimmer«, hatte Rgoric ruhig und wie aus iter Ferne gesagt. »Geh und warte auf mich. Es wird eine eile dauern.«

Um sie herum schmückten wunderschöne Fyordynemälde die Wände, und üppige Schnitzereien überzogen e Decke, während Möbel und Teppiche unverkennbar das erk von Riddin-Meistern waren. Sylvriss hatte die beiden ılturen zu einem eleganten, harmonischen Ganzen vernmolzen, dem sie nun jedoch wenig Aufmerksamkeit nenkte. Ihr Geist war leer vor Furcht und Entsetzen.

Endlos lange Stunden hatte sie sich in der Vergangenheit t der Frage beschäftigt, wie sie ihrem Gatten die Wahrheit ı besten beibringen könnte, doch sie war nie zu einem erzeugenden Ergebnis gelangt. An diesem Morgen loch, nachdem Dilrap ihr eröffnet hatte, daß ihre schlichı Fluchtvorbereitungen ausgeführt waren, hatte sie es ihm zählt.

Ironischerweise hatte ihre Rastlosigkeit während der verngenen Nacht eine besorgte Nachfrage Rgorics hervorgefen, die sie nur mit dem Versprechen, ihm am darauffolnden Tag all ihre Sorgen anzuvertrauen, hatte beschwichen können.

Beim Frühstück wirkte Rgoric abwesend. Schließlich zog liebevoll fragend die Augenbrauen hoch, und Sylvriss ıob ihren Stuhl zurück und erhob sich. »Bitte entschulge mich für ein paar Minuten«, sagte sie.

Rgoric ergriff ihre Hand und sah ihr ernst in die Augen. ber wirklich nur ein paar Minuten«, sagte er, teils Flehen, ls Forderung. Sie sah auf ihn hinab. Mit seinem zerfurchten Gesicht und dem ergrauenden Haar sah er älter aus, al er war; auch war er noch schwach und nur ein Schatten se nes früheren Selbst. Doch er war nicht mehr das gebeugte gehetzte Geschöpf, das Dan-Tor aus ihm gemacht hatte. E war wieder der Mann, den sie geheiratet hatte. Gerade un aufrecht, mit fester Hand und klarem Auge.

Sie beugte sich herunter und küßte ihn. »Ein paar Min ten«, bekräftigte sie.

Bei ihrer Rückkehr erhob er sich und blickte sie an. »Deir Aufgebot-Uniform«, staunte er und lächelte erfreut. »Di die du unbedingt tragen wolltest, als wir von Riddin heimri ten. Ich erinnere mich noch genau. Alle trugen Prachtg wänder, nur du warst in deiner einfachen Tunika und de Umhang. Und du hast sie alle ausgestochen.«

»Das war nicht schwer, so wie die Fyordyn reiten erwiderte Sylvriss nervös.

Wieder lächelte Rgoric und betrachtete sie besitzergr fend. »Ich hatte keine Ahnung, daß du sie noch hast. Ur daß sie dir immer noch paßt.«

Sylvriss strich sich über den Bauch und errötete. »So etwa«, meinte sie. Dann änderte sich Rgorics Miene schla artig, und besorgt legte er ihr den Arm um die Schulter. »D brauchst die Stärke des Aufgebots und deiner Familie hint dir, bevor du mir erzählen kannst, was dich so gequält hat fragte er.

Sylvriss erwiderte die Umarmung und führte ihn zu ein langen Couch. Sie hatte gehofft, die Inspiration des Auge blicks würde ihr helfen, doch das war nicht so. Wo sollte s beginnen mit dieser häßlichen Gechichte, die ihren Gema wieder zurück in die Finsternis katapultieren konnte, a der sie ihn so mühevoll geholt hatte,

Schließlich sagte sie die Wahrheit: »Ich weiß nicht, wo i anfangen soll.«

»Fang irgendwo an«, sagte Rgoric einfach. Er strich r den Fingern durch ihr Haar. Als sie die Augen aufschlu begegneten sich ihre Blicke, und eine übermächtige Ri rung schnürte ihr die Brust zu.

Was dann folgte, daran erinnerte sie sich kaum. Die ganze ›schichte sprudelte nur so aus ihr heraus; nicht hysterisch, ndern mit beinah unaufhaltsamer Wucht, als könne das ;oric genauso stützen wie überschwemmen.

Alleingelassen, ballte sie nun voller Bedauern und Sorge : Fäuste, während ihr all die kleinen Feinheiten und Nuan-n einfielen, die sie in der Eile vergessen hatte. Und den-ch, versuchte sie sich zu trösten, schließlich war er nicht ›ischend dem Wahnsinn verfallen, nicht in Wut geraten, .d er hatte ihr auch keine Vorwürfe über ihre Eigenmäch-keit gemacht. Nur ein einfaches: »Geh auf dein Zimmer. ·h und warte auf mich. Es wird eine Weile dauern.«

Aber wie lange war eine Weile? Sie holte tief Luft, um ihr ›rz zu beruhigen. Sie mußte ihn suchen. »Warte auf mich«, tte er gesagt, doch was war ein bißchen Trotz, addiert zur mme der monatelangen Täuschung?

Die Summe. Das Wort rief ein Bild in ihr wach. Ein Bild, s sie während der frühen Jahre ihrer Ehe oft gehabt hatte das Bild eines Füllhorns mit bunten Gaben. Plötzlich fiel Schuld von ihr ab wie ein schlecht geschlossener nhang. Sie waren jeder die Summe eines gegenseitigen naffens. Jetzt würden sie zusammen sein, ob in einem ment der Freude oder des Schreckens. Nun waren sie widerruflich zusammengeschweißt für den Rest ihres pens. Selbst wenn er sie in diesem Augenblick zurück-›s, wäre er doch immer ihr Halt, die andere Hälfte ihres pens, und sie die seine.

Sie glättete ihre Uniform und blickte in den Spiegel. Das sicht, das ihr daraus entgegenblickte, war errötet und ahlte eine Mischung aus Triumph und Trotz aus. Jahre-ge Übung ließ sie automatisch jene kleinen Makel in ihrer cheinung korrigieren, die niemand außer ihr sehen nnte. Das Gesicht im Spiegel lächelte, als sie das prakti-e Ergebnis sah.

Bevor sie die Tür erreichte, öffnete sie sich, und Rgoric nd da. Er trug eine schlichte Felduniform von der Art, wie er sie getragen hatte, um bei der Rückkehr aus Riddin sei Braut zu ergänzen. Um sein Haupt lag der schlichte Eise ring, die alte Krone der Könige von Fyorlund.

KAPITEL 54

Dan-Tor rutschte unruhig auf seinem Stuhl herum.

Dilrap, der an einem mit Papieren übersäten Schreibtis saß, imitierte die Bewegung mit einer Drehung sein Stuhls. Trotz all seiner scheinbaren Versunkenheit beobac tete er Dan-Tor eindringlich. Die Launen des Ffyrsten bega nen ihn zu beunruhigen.

Er zeigte eine zunehmende Rastlosigkeit, die völlig un pisch für ihn war, und einige seiner jüngsten Entscheidu gen schienen launenhaft und willkürlich zu sein – als sei sie in nervöser Eile getroffen worden.

Aber warum? fragte Dilrap sich zum wiederholten Ma während seine Augen emsig die vor ihm liegenden Dok mente zu überfliegen schienen. Warum? Dan-Tor, peinli genau und unendlich geduldig in seiner Heimtücke, wur wenn er auf Widerstand traf, normalerweise gewöhnli nur noch vorsichtiger. Was also stimmte nicht?

Ja, was? Dan-Tor beschäftigte dieselbe Frage. Nichts seinen Plänen schien falsch zu laufen. Nun ja, in der St gärte es nach der verräterischen Wiederverhaftung Eldr und Gerüchten über einen angeblichen Mordversuch an Königin, doch das würde sich legen. Im großen und gan wurden Widersacher zu Unentschiedenen, Unentschiede zu Verbündeten. Die Jugend strömte in das neu aufgeste Jungkorps, das mit seinen Uniformen und Aufmärsch und der dumpfen, aufrüttelnden Musik eine Mischung Volksfest und Erinnerungen an alten militärischen Ru vermittelte.

Auch die Alten fielen ihm in wachsendem Maße zu, um ch mit den genialen Salben und Tinkturen behandeln zu ssen, die er für ihre zahllosen kleinen Krankheiten krerte, mit denen er das Land so sorgfältig infiziert hatte. der Tat wäre es schwierig, ja unmöglich gewesen, die uelle all diesen Übels, all dieser wuchernden Unzufriedeneit zu finden, die Fyorlund zerfraß, so langsam und subtil ar er dabei vorgegangen. Dan-Tor jedoch zeigte ihnen eine are, einfache Lösung auf: Die Schuld lag bei den Lords, die nen kranken und dahinsiechenden König dazu benutzt atten, ihr Verlangen nach mehr Macht und Ausdehnung rer Territorien zu befriedigen. Er allein hatte sich ihnen itgegengestellt und ihr Komplott entlarvt. Und jetzt stelln sie im Osten Armeen auf, um sich mit Gewalt zu nehen, was er ihnen verweigert hatte, indem er Fyorlunds teste und kostbarste Institution, das Gesetz, gegen sie eintzte.

Das gedankenlose, unvernünftige Brüllen des Pöbels und ssen wachsende Intoleranz waren die Ouvertüre der gron Symphonie, an der er so lange geschrieben hatte. Diejegen, die ihren Verstand noch gebrauchten und der Wahrit näher kamen, zogen ihre Köpfe ein, um sie nicht zu verren. Und dennoch? Mit geballten Fäusten hieb er auf die mlehnen seines Stuhls ein.

Dilrap sah hoch. »Ffyrst?« erkundigte er sich zögernd. Ein gerliches Abwinken jener langen, knochigen Hände ließ n schweigen. Dilrap senkte schleunigst den Blick. Ein wines Insekt krabbelte emsig über die ungelesene Seite, auf e er starrte. Er bewegte seine Hand, um es zu zerdrücken, d warf einen flüchtigen Blick zu Dan-Tor hinüber. Plötzn trieb ihm die Willkür seiner Absicht die Schamesröte ins sicht. Geh nur weiter deinen Weg, dachte er. Geh weiter. r bin ich, daß ich aus einer bloßen Laune heraus dein ben nehmen dürfte? Wer bin ich, daß ich mir anmaßen rfte, deinen Daseinszweck zu erraten? Das Insekt setzte nen mühseligen Weg ungestört fort, und Dilrap sah ihm beschützerisch nach, bis es unter einem Papierstapel ve schwand.

Dan-Tor erhob sich und wandte den Kopf hin und her, al suche er ein störendes Geräusch zu lokalisieren. Ein schm ler Strahl gleißenden Sonnenlichts fiel mitten über ihn wi eine helle Schärpe. Dilrap zwang sich zu absoluter Still und in den fast hier unendlich langen folgenden Minute war es ihm, als tanze die Luft um ihn herum im Takt seine Herzschlags.

Die Stille wurde unterbrochen durch den scheinbar ohre betäubenden Krach der plötzlich aufspringenden Tür un der hallenden Schritte eines Dieners, der durch die Hal rannte. Wortlos verbeugte der Mann sich vor Dan-Tor un hielt ihm ein kleines, verziertes Goldtellerchen hin, auf de eine weiße Karte lag.

Mit gerunzelter Stirn nahm Dan-Tor die Karte vom Tell und las sie. Dann entließ er den Diener mit einem knappe Kopfnicken. Dilrap drehte sich herum, um ihn direkt anz sehen. Dan-Tors Augen waren wie Nadelspitzen rotglühe den Feuers, doch seine Stimme klang wie Eis.

»Der König verlangt, daß wir ihm umgehend unsere A wartung machen«, sagte er.

Der Wind blies immer noch ziemlich stark, und das Wett schien sich noch nicht entschlossen zu haben, ob es weit den Sommer feiern oder vor dem kommenden Winter w nen sollte, als Hawklan und Isloman sich unter die morge lichen Menschenmengen in den Straßen von Vakloss misc ten.

Beide waren froh, daß sie ihre Umhänge fest um si schlagen konnten, denn eine sonderbare Spannung lag üb der Stadt. Die Gesichter der Menge waren zum größten T grimmig und niedergedrückt; ein merkwürdiger Gegens zu den verzierten, farbenfrohen Gebäuden. Hawklan er nerte sich an Loracs Mahnung zum Abschied: »Versu ıch nicht zu verstecken, und blickt niemandem direkt in e Augen, wenn Ihr nicht gesehen werden wollt.«

Hawklan hatte immer noch keine bessere Idee, wie er zu ın-Tor vordringen konnte, als geradewegs zum Palast zu ırschieren und nach ihm zu fragen. Verstohlen sah er zu oman hinüber. Daß er sich freiwillig in die Hände des annes begeben wollte, der ihn zweimal zu fangen versucht tte, war eine Sache; seinen treuen Freund mitzunehmen, ıe ganz andere. Doch während er darüber nachdachte, rte er Islomans Stimme: »Ich habe meine eigenen Fragen diesen Mann.« Dann fiel ihm Aynthinn wieder ein, wie er eundlich gelacht und gesagt hatte, kein Orthlundyn werde ıem anderen blindlings folgen. Die Erinnerung richtete ı auf. Wenigstens *wußte* er diesmal, daß er sich in Gefahr gab. Dieses Mal war er nicht von einer seltsamen Macht rblendet, und auch nicht in seiner Handlungsfreiheit eingeschränkt aus Angst um eine unschuldige Geisel. Dieses al war er auf jede erdenkliche Weise gewappnet, und er tte jemanden, der seinen Rücken deckte. Natürlich nnte er immer noch gefangen werden, aber nicht mehr so ıfach.

Seine Überlegungen wurden vom Geräusch splitternden ases und wütender Stimmen unterbrochen. Er drehte sich ı und sah, wie eine Gruppe Mathidrin die Tür eines nahen ıuses einschlug. Zwei von ihnen zwängten sich an den sten der Tür vorbei und zerrten nach wenigen Sekunden ıen alten Mann heraus, über dessen Gesicht Blut strömte. stinktiv näherte Hawklan sich der Gruppe, schüttelte Islomans zurückhaltende, mahnende Hand ab. Er fand sich nitten einer größeren Zuschauermenge wieder, denn aus n umliegenden Häusern liefen die Bewohner herbei, und dere Passanten vergrößerten die Szene.

Der Alte wehrte sich heftig, und aus der Menge stiegen rnige Rufe auf, als die Mathidrin ihren Gefangenen zu ılagen begannen. Einen Moment lang sah es so aus, als llle die Menge sich auf sie stürzen, doch Hawklan spürte, ß ihr Zorn von einer ebenso großen Furcht in Schach gehalten wurde. Schließlich riß einer der Mathidrin in d Absicht, der Situation ein Ende zu bereiten, seinen Eise stab hoch, um den alten Mann zu schlagen.

Hawklan konnte sich nicht mehr beherrschen. »Nein schrie er, und seine Stimme war laut und klar und erhob si sogar über den Lärm, den die Menge veranstaltete. Der S dat hielt an, der Stab verharrte in der Luft. Hawklan far sich den Mathidrin anblicken durch einen von neugierig Gesichtern gesäumten Gang, der sich spontan in der Men aufgetan hatte. Die Wut der Menschen schien auf ihn üb zugehen.

»Laß ihn los«, verlangte er, trat vor und entriß dem S daten seinen Stab, der mit offenem Mund diese grünäugi Erscheinung anglotzte, die da auf ihn zukam. Bei jede Schritt spürte Hawklan, wie der Wille der Menge ihn v wärtstrieb, und als er den Stab packte, stieg ein lautes Br len von der Menge auf, trotzig und wütend, das den klein Platz erfüllte.

Die Kugeln im Thronsaal waren gelöscht, doch Sonnenlic strömte lebendig durch ein einziges hohes, großes Fenst Die alten Fackeln waren wieder angebracht worden u unterstützten das Sonnenlicht, indem sie die gewölbten S tenschiffe und den oberen Balkon erleuchteten. Nun wi ten auch diese Teile des Saals offen und weit, wo vorher d hende Dunkelheit geherrscht hatte, als könne jederzeit gefährliches Raubtier aus dem Schatten springen. Unter zärtlichen Berührung dieser Beleuchtung glänzte u schimmerte der Stein-Thron wie schon seit Jahrzehnt nicht mehr.

Rgoric sah auf seine Hand hinab, die auf den Armlehn des Throns ruhte. Die Fackeln bewegten sich nicht. N manchmal trat eine kurzfristige Verdunklung ein, wenn e Wolke vor die Sonne zog, doch der polierte Stein sch Lichtmuster um seine Hand tanzen zu lassen wie Zecher Großen Fest-Rundtanz.

Sylvriss Geschichte hatte ihn gewaltsam aus einem lan-
n, unruhigen Schlaf gerissen, gepeinigt von beängstigen-
n, quälenden Bildern. Er hatte sich davor verkriechen wol-
ı, doch Sylvriss hatte ihn mit ihrer beharrlichen Erzählung
bannt wie ein scheuendes Roß. Unerbittlich fügten die
einchen der Erinnerung sich zum grimmigen Mosaikbild
r Wahrheit zusammen. Ein Mosaik, das auf dem Nährbo-
n der langen, treuen Liebe seiner Gattin Gestalt annahm.

Vielleicht, so erkannte er, war er durch einen Gegner
siegt worden, dessen Geschicklichkeit und Heimtücke
enschliches Begriffsvermögen überstiegen. Doch das war
zt ohne Bedeutung. Die Schwäche, die seinen Körper
mer noch erfüllte, wollte ihn wieder in das Vergessen
rückreißen, doch Sylvriss' Liebe und Mut waren zu dem
ige schlafenden König durchgedrungen, den sie geheira-
hatte. Er wußte nur, daß er, wie seine Gemahlin es bereits
tan hatte, das Schlachtenbanner ergreifen mußte, das ihm
tglitten war, daß er es hochhalten mußte, koste es, was es
lle, und gegen jeden Feind.

Sein Grübeln wurde unterbrochen, als die großen Flügel-
en des Thronsaals aufgingen und die hagere Gestalt sei-
s Leibarztes und Beraters freigaben.

Dan-Tor zuckte beim Betreten des Thronsaals zusammen,
d ein Beben durchlief ihn, wie er es nicht mehr gekannt
tte, seit er aus der Dunkelheit erwacht war. Das Werk der
nstler des Großen Bündnisses durchflutete die Halle, öff-
te ihre finsteren Winkel, verlieh ihnen luftige Weite und
igab die Gestalt auf dem Thron mit einem mächtigen
ahlen.

Einen kurzen Augenblick lang überkam ihn die Angst,
ses Licht könne auch in seine schwarze Seele dringen
d ihn nackt und bloß dastehen lassen vor dem Mann, des-
ı Untergang er so sorgfältig ins Werk gesetzt hatte.

Diese Pferdehexe! dachte er. Ich röste sie im Bauch ihres
blingspferds, wenn meine Mandrocs mit ihr fertig
d …

»Majestät.« Eine ehrfürchtige Stimme unterbrach seir Racheträume, und Dilrap sank unfreiwillig auf die Knie.

Dan-Tor schritt bedächtig vor, um seinen König zu begr ßen. Am Fuße der Throntreppe blieb er stehen und v beugte sich lange und ehrerbietig. »Majestät«, wiederhol er und sorgte dafür, daß Freude und Erstaunen in sein Stimme zu hören waren. »Euch genesen zu sehen ist eben freudig wie unerwartet.«

Der König nickte, doch sein Gesichtsausdruck war nic zu deuten. »Lord Dan-Tor«, sagte er. »Der Zeitpunkt, na dem wir beide gestrebt haben, ist gekommen. Ich muß w der die Lasten der Regierung auf meine Schultern nehme die Ihr so lange und so treu für mich getragen habt. Und, w das Gesetz es verlangt, muß ich Euch bitten, mir förmli Rechenschaft abzulegen über Eure Regentschaft.«

Dan-Tor senkte den Kopf, um die rotglühende Wut in s nen Augen zu verbergen. »Ihr beschämt mich, Majestä gestand er in reumütigem Tonfall. »Hätte ich gewußt, d Ihr nach all den Jahren des Scheiterns der Genesung so n wart, hätte ich mich eifriger um Euer Wohlergehen gekü mert. Vielleicht hättet Ihr dann schon Monate früher auf d sem Thron gesessen. Was die Rechenschaft betrifft, Ma stät ... bedauerlicherweise haben mich die Staatsangeleg heiten so in Atem gehalten, daß ich unzureichend vorbe tet bin, um Euch auch nur einen kurzen Bericht der jüngst Ereignisse zu geben – so schlimm war es.«

»Ich bin sicher, Ihr habt nichts getan, was Ihr Euch vorw fen müßtet, Lord«, erwiderte der König. »Und ich erwa jetzt keine schlüssige Deutung aus dem Stehgreif. Das k nen wir später in aller Ruhe zusammen mit den Lords Geadrol in Angriff nehmen. Berichtet mir nur in aller Kür was in meinem Land vorgefallen ist, seit meine Krankh mich so weit verblendet hat, daß ich vier meiner guten u treuen Lords habe verhaften lassen. Ein solcher Beri dürfte den Anforderungen des Gesetzes genüge tun. Ist nicht so, Ehrenwerter Sekretär?«

Dilrap erschrak, als der König ihn in seine improvisie

udienz einbezog, doch nach längerem Gestammel und ner Flut von Verbeugungen und Verrenkungen gelang es m hervorzustoßen: »Ja, Majestät.«

Wie vieler Jahre Arbeit hat diese Hexe zunichte gemacht? ıchte Dan-Tor, doch als er dem König in die Augen blickte, ›iegelte sich nur liebevolle Besorgnis auf seinen Zügen. ⁄Iajestät, seid Ihr sicher, daß Ihr wieder vollständig gene-n seid? Wir hatten auch in der Vergangenheit schon diese hten Momente, nur um darauf wieder in tiefste Dunkel-›it zu sinken.«

Der König lächelte matt. »Ich bin nicht mehr der Mann, ›r ich einmal war, Lord Dan-Tor«, sagte er. »Doch ich bin ›llständig gesund, seid versichert.«

Hallende Stille senkte sich über den Saal, während Dan-r seine spontane Regung unterdrückte, diesen anmaßen-n Clown niederzuschmettern. Hier waren zu viele unbe-nnte Faktoren am Werk. Was für Verschwörungen liefen ›ch ab? War das wieder Hawklans Hand, die jetzt sogar bis ; Herz des Palastes reichte und all seine Mühen zunichte ıchte? Ein unüberlegter Schlag konnte nicht nur den spek-kulären Erfolg der letzten Monate, sondern die Arbeit von ıren hinfällig machen. Der Schatten des Zorns seines Mei-›rs ließ seine Zunge am Gaumen festkleben. Er mußte ese Farce mitspielen, bis sich eine bessere Gelegenheit gab.

»Majestät«, antwortete er mit einer hilflosen Geste, »Ihr ißt mir mein Zögern vergeben. Ich bin immer noch über-ıltigt von der Plötzlichkeit Eurer Genesung. Vielleicht llte ich damit anfangen, daß ...«

Als der König merkte, daß sein Gegenspieler die Fassung edergewann, hob er die Hand. »Vergebt mir, Lord«, unter-ıch er ihn freundlich. »Bevor Ihr beginnt, muß ich noch ıe wichtige Sache erledigen, so daß Euch die Verlegenheit spart bleibt, mir von meiner Torheit berichten zu müssen. ıchen.«

Die Kraft in dem Befehl erschreckte Dan-Tor. Er wandte h hastig um und erwartete schon halbwegs, eine Eskorte

von Hochgardisten zielstrebig auf sich zukommen zu sehe
Selbst das Auftauchen der beiden Mathidrin-Türwache beruhigte ihn nicht restlos. Die Mathidrin waren ihre Wesen nach käuflich. Oder waren es überhaupt verkleide Hochgardisten? Eine Stimme tief in seinem Innern riet z Geduld, doch selbst sie klang schrill.

»Bringt auf der Stelle Lord Eldric und seinen Sohn Jaldar zu mir«, ordnete der König an. Die beiden Männer zögerte blinzelten beim Anblick des Königs, der da gesund un mächtig auf dem Thron saß, während ihr Lord allein ur bloß vor ihm stand wie ein vom Blitz getroffener Baum.

»Auf der Stelle«, donnerte der König unmißverständlic und die beiden Männer verschwanden hastig.

Dan-Tor wirbelte herum und starrte den König an, wä rend die Schritte der sich entfernenden Wachen verhallte »Majestät«, rief er. »Lord Eldric und sein Sohn sind gefäh che Verräter. Sie und ihre Mitverschwörer haben die Stadt Brand gesteckt und geplündert, das ganze Land in Aufru und Anarchie gestürzt. Selbst jetzt ...«

Eine scharfe Geste des Königs brachte ihn zum Schw gen. »Ich bin mir der jüngsten Ereignisse durchaus bewu Lord. Und die Schuldigen werden ihrer gerechten Stra zugeführt werden, schneller, als sie es für möglich halte Er blickte Dan-Tor offen ins Gesicht. »Habt keine Furc Unser Gesetz ist nur eine Spiegelung der natürlich Gerechtigkeit. So wenig, wie die Flut aufgehalten werd kann, kann der Mensch das Gesetz beiseiteschieben.«

»Majestät, ich flehe Euch an, nehmt Euch vor diesen M nern in acht.«

»Genug, Lord«, sprach der König mit fester Stimme. »I Krankheit mag den größten Teil meiner Regierung besud haben, doch nichts und niemand wird ihr Ende besude Ich werde diese Männer anhören und das Grauen beend das unser Land zu zerstören droht.«

»Aber Majestät, die Angelegenheit ist viel kompliz ter ...«

Des Königs Tonfall wurde bedrohlich sanft. »Lord D

r. Dies ist eine Angelegenheit, um die ich mich kümmern ıß, bevor wir zu Eurer Rechenschaft und meiner Belohng für Eure Dienste kommen. Wir sind nicht erfreut, so drängt zu werden.«

Dilrap wich einen Schritt zurück, als die beiden Persönnkeiten aufeinanderprallten. Dan-Tor krampfte hinter m Rücken seine Faust mit solcher Gewalt zusammen, daß rap die Knochen knacken hörte. Ihm war, als quetsche ser Griff das Leben aus ihm heraus.

Genug, kreischte ein Teil von Dan-Tors Geist; Vorsicht, sperte ein anderer. Hier lauert Verrat; es war ein Fehler, so vorbereitet des Königs überraschende Vorladung zu folgen. Er mußte eine Möglichkeit finden, diesen Saal zu lassen ... und mit Urssain in Verbindung treten.

Er fiel ein wenig in sich zusammen und hob entschuldind die Hände. »Vergebt mir, Majestät«, bat er in einem ı, der fremd klang in seinen Ohren, »ich sorge mich nur Eure Gesundheit ... wie immer.«

Der König nickte, erwiderte jedoch nichts.

Es wird einige Zeit dauern, bis die Wachen Euch die fangenen bringen können, Majestät«, fuhr Dan-Tor fort. arf ich die Gelegenheit ergreifen, einige Dokumente zu en, die unsere gegenwärtige Situation hervorragend für ch zusammenfassen werden?«

Der König bedeutete ihm zu schweigen. »Das wird nicht ig sein, Lord. Juristische Feinheiten interessieren mich Moment nicht. Wie ich bereits sagte, ein schlichter icht genügt mir.« Er lächelte breit. »Doch ich gebe zu, daß mich darauf freue, Eure Statthalterschaft zum gegebe- Zeitpunkt im Deteil zu überprüfen. Ich bin mir sicher, man viel daraus lernen kann, wie Ihr die Dinge in diesen uhigen Zeiten gehandhabt habt. Doch zunächst bleibt an iner Seite, wie Ihr es so viele Jahre über getan habt.«

Dan-Tor verbeugte sich wortlos, trat zur Seite und starrte die Tür, durch die Eldric und sein Sohn kommen muß- . Dabei glitt sein Blick über die Balkone und Seiteniffe, suchte nach ungewöhnlichen Schatten. Er entdeckte keine, doch die Weite und Offenheit des erleuchteten Saa bereitete ihm Unbehagen.

Der König lehnte sich auf seinem Thron zurück und far ihn zu seinem Erstaunen eigenartig bequem. Er legte sei Hände auf die glitzernden, polierten Armlehnen u fühlte, wie eine gewaltige Entspannung ihn durchflutet Die Erzählung seiner Gemahlin, seine eigenen Erinneru gen, seine Beobachtungen bezüglich Dan-Tors, all das füg sich zu einem lebendigen Ganzen. Er erkannte, was vor ih lag.

Sonderbar, dachte er, diese Gelassenheit angesichts ein solchen Prüfung.

Die Stille schwebte sonnenwarm und friedlich im Rau wie der Ozean in dem kurzen Moment, bevor die Ebbe z Flut umschlägt und alle Kräfte im Gleichgewicht sin Dann, als erste Welle der neuen Flut, war das noch fer Geräusch marschierender Füße zu hören. Mit ihrem Näh kommen verblaßte der tiefe Frieden, den er verspürt hat wie eine warm glühende Erinnerung.

Bald tauchten vier Gestalten in der Tür auf.

Der König entließ die Wachen und befahl Eldric und J daric, vorzutreten. Eldric zögerte, als könne er sein Augen und Ohren nicht trauen. Er umklammerte den A seines Sohns.

»Eldric«, sprach der König ihn an. »Früher pflegtet I nicht so träge zu sein.«

»Majestät«, flüsterte Eldric. »Verzeiht mir.« Dann glätt er automatisch seine schmutzige Uniform und schritt v zum Fuße des Throns. Jaldaric folgte ihm mit gefaßt Gesicht, aber unsicherem Blick.

Einen langen Moment sahen die beiden Männer einanc an. Der König erspürte etwas von Eldrics Prüfung u erschauerte, während Eldric des Königs neugewonne Gesundheit fühlte und aufgerichtet wurde. Winzige H nungsschimmer begannen zu keimen.

»Mein Lord Eldric«, sagte der König, »wir sind in eine Z gewaltiger Veränderung hineingeboren, wie es scheint. F rnis und Streit entzweien Fyorlund. Die alte Lebensweise rät in Vergessenheit, Institutionen brechen zusammen, ppe ergreift das Schwert gegen Sippe, da Eure Lordbrüder h im Osten bewaffnen. Beabsichtigen sie, auf die Stadt zu rschieren?«

›Gut möglich, Majestät«, entgegnete Eldric ohne zu gern.

Verflucht seien diese Leute und ihre ekelhafte Offenheit, chte Dan-Tor.

Der König zeigte sich nicht erstaunt über Eldrics Antwort. in Krieg hängt normalerweise nicht von logischen Überlegen ab, Lord Eldric«, sagte er. »Doch immer hat irgendr irgendwo den Anschein eines Grundes für ihn. Da Ihr t Eurem Zug dieses unselige Spiel eröffnet zu haben eint, nennt Eure Forderungen an mich.«

Wieder erforschte Eldric des Königs Miene, wobei er vol- Angst an seine letzte Audienz in dieser Halle denken ßte, als er von einer grausamen schwarzen Flut hinwegpült worden war. Im Gesicht des Königs las er Erschöpg, aber auch Stärke. Und seine Augen, diese Verräter des ersten, zeigten keinerlei Unsicherheit.

Er verneigte sich. »Majestät, ich stelle keine Forderungen Euch. Ich bin einer Eurer Lords. Ein Diener des Königs, Gesetzes, des Geadrol und des Volks. Ich möchte nur e Bitte äußern.« Er legte eine Pause ein, doch der König deutete ihm fortzufahren. »Ich möchte eine Rechenschaft itten, Majestät. Eine Rechenschaft vor Euch und den rds des Geadrol.«

Bevor der König etwas erwidern konnte, drang Lärm aus n Vorraum in den Thronsaal, und unvermittelt platzte ein thidrin-Offizier herein. Eldric und Jaldaric fuhren um, um den Eindringling in Augenschein zu nehmen, hrend der König die Arme verschränkte und diskret ne Hand auf den Schwertknauf legte. Dan-Tor dagegen wankte beinah. Das ungute Gefühl, das ihn während der ten Tage in zunehmendem Maße gequält hatte, schlug tzlich wie eine tosende Sturmflut über ihm zusammen.

Einen Augenblick fühlte er sich wie ein Schiff, das, vom Anker gerissen, nach den Launen eines unbarmherzigen Sturms auf den Wellen hin und her getrieben wird.

»Eurer Bitte wird stattgegeben, Lord Eldric.« Die Stimme des Königs war leise, aber sie füllte die gesamte Halle aus und schnitt durch Dan-Tors sich überstürzende Gedanken.

Er wirbelte herum und sah dem König ins Gesicht. »Majestät«, sagte er und ging auf ihn zu. Seine Hände öffneten und schlossen sich, als wolle er die Zügel der Macht zu fassen bekommen, die ihm unaufhörlich entglitten. »Nein ...« Er schwieg, den Mund aufgerissen, gelähmt von Unentschlossenheit. Er mußte den König niederstrecken, bevor es zu spät war. Doch dieser Mathidrin war kein gewöhnlicher Bote. Er ritt auf einer üblen Welle.

Unaufgefordert ergriff der Mann das Wort. »Ffyrst«, sagte er, »eine große Menge hat den Palast umzingelt. Ein Mann an ihrer Spitze ersucht Euch um eine Unterredung.«

»Was für eine Art Mann?« fragte Dan-Tor mit leichenstarrem Gesicht.

Der Mathidrin zitterte, brachte aber keinen Ton heraus.

Dan-Tor wiederholte seine Frage, langsam, drohend.

Der Mann fand seine Sprache wieder. »Ein Krieger, Ffyrst. Ein Orthlundyn.«

Die Worte verschwammen in Dan-Tors Gehörgängen, und ein gewaltiges Brausen erfüllte seine Ohren. Mit einem gräßlichen, unmenschlichen Schrei verließ er die Halle.

KAPITEL 55

Müde erhob sich der König und ging die Thronstufen hinunter auf Eldric zu. Der Lärm von Dan-Tors Abgang hallte noch durch den Thronsaal wie ein gequälter Geist und lastete schwer auf ihm.

»Eldric«, sagte er. »Mein alter Freund und Waffenbruder. ›ute habe ich mich entweder sehr weise oder sehr dumm rhalten.«

Eldric hörte die Bemerkung kaum. »Majestät«, sagte er in ıer Mischung aus Ehrfurcht und Fassungslosigkeit. »Rgo-. Ihr seid wieder Ihr selbst?« Er blickte dem König in die ıgen und nickte. »Genesen«, flüsterte er. »Ein Wunder.«

»Kein Wunder, Eldric«, stellte der König richtig. »Nur ein nderbares Schicksal und die unerschöpfliche Liebe mei-r Königin. Doch sie wird Euch zu gegebener Zeit alles richten. Jetzt müssen wir erst einmal Euren nächsten hritt überdenken.«

Eldric runzelte die Stirn. »Überdenken, Majestät? Über-nken? Da gibt es nichts zu überdenken. Wir bleiben an rer Seite und beginnen damit, diese Freveltaten wieder ckgängig zu machen.«

Der König schüttelte seinen Kopf. »Früher pflegtet Ihr cht so übereilt zu handeln, Eldric. Ihr müßt einsehen, daß s unmöglich ist. Wir sind tatsächlich allein im Palast. Wir ben mit Sicherheit keine bewaffneten Freunde zu unserer ıterstützung. Man kann uns schon in den nächsten Minu-ı erschlagen.«

Eldrics Augen öffneten sich ungläubig. »Majestät, das ın nicht wahr sein. Ihr seid der König. Niemand würde es gen ...« Seine Worte verebbten, erdrückt von seinem Wis-ı. Dann flackerte wieder ein schwacher Hoffnungsschim-r auf. »Doch Ihr habt Dan-Tor hier zur Euren Füßen in ıach gehalten!«

Wieder schüttelte der König den Kopf. »Die einzige Fes-, die Dan-Tor gebunden hat, war Überraschung und Vor-ht.« Er lächelte wehmütig. »Wir haben beide dasselbe el gespielt. Er hat gewartet, was ich tun würde, und ich be gewartet, um ihn besser einschätzen zu können. Nun chte ich, haben wir einander gemessen, und ich bin der terlegene.«

»Ich verstehe nicht, Majestät«, sagte Eldric und winkte bestimmt mit den Armen.

»Das macht nichts«, entgegnete der König. »Fürs ers
genügt mir, daß wir Euch freibekommen haben. Ihr mü
aus der Stadt fliehen und Euch auf Eure Burg zurückziehe
Pferde stehen für Euch bereit.« Er kam einem Einwand m
einer Handbewegung zuvor. »Auf meinen ausdrückliche
Befehl hin werdet Ihr die Hochgarden *aller* Lords aushebe
und Dan-Tor und seine Mathidrin aus Vakloss und ga
Fyorlund vertreiben.«

»Majestät.« Eldric brüllte fast, während er sich verzweif
bemühte, sich gegen den Redestrom des Königs zur Wehr
setzen. Der König nestelte einen Ring von seinem Finger.

»Eldric, wenn Euch etwas an mir liegt, dann schweigt je
still und hört mir zu. Nehmt dies.« Und er drückte Eld
gewaltsam den Eisernen Ring der Könige in die Hand. »W
haben keine Zeit für Höflichkeiten und Erklärungen. D
Ring verleiht Euch meine Autorität für das, was Ihr t
müßt.« Er schwieg. »Kennt Ihr Dilraps Rolle in diese
Spiel?« fragte er leise.

Eldric sah den Sekretär an. »Die Königin hat dem Gor
din Yatsu gesagt, man könne ihm vertrauen«, antwortete e

Der König nickte. »Wenn die Umstände es zulassen, s
len ihm höchste Ehren zuteil werden aufgrund des Mu
den er bewiesen hat, und des Dienstes, den er unser
Land erwiesen hat. Sorgt dafür, doch nun geht mit ih
Pferde stehen für Euch bereit, jetzt kommt es auf Schnell
keit und Überraschung an. Geht.«

Eldric schwankte unentschlossen. »Aber Majestät«, fle
er, »was werdet Ihr denn tun? … Und die Königin?«

Der König straffte sich. »Die Königin ist bereits for
sagte er. »Ich habe mich gegen sie durchgesetzt, als
unsere Lage hier durchschaute.«

»Allein, Majestät?« fragte Eldric sanft.

Eine Spur von Zweifel malte sich im Gesicht des Kön
ab. »Ihr vergeßt, wer und was sie ist, Eldric«, gab er zurü
»Sie ist eine Reiterin des Aufgebots auf einem Aufgeb
Pferd. Sie wird lange vor Euch auf Euren Ländereien eint
fen und alle auf Euer Kommen vorbereiten. Außerdem w

: vom Volk geliebt. Es gibt viele Gründe, warum niemand :h ihr in den Weg stellen wird.«

Eldric zuckte resignierend die Schulter. »Nun, wenn sie :t ist, ist sie fort. *Wir* holen sie niemals ein, das ist sicher. ›ch warum bleibt Ihr hier?«

Rgoric starrte dem alten Lord in die Augen. Wahrheit, chte er. Die Wahrheit war es, die Fyorlund so lange zusam-engehalten hat, und die Wahrheit allein kann es nun wie-rherstellen. Er nahm Eldric am Arm und führte ihn ein ick zur Seite. »Eldric. Ich habe heute keinen Plan. Keinen twurf. Nichts. Zu planen setzt Wissen voraus, und ich ɪiß nichts über Dan-Tor … oder«, er blickte Eldric bedeu-ngsvoll an, »die Macht, die hinter ihm steht.« Die Männer ıauten einander einen langen Augenblick wortlos in die ıgen, dann fuhr der König fort: »Ich wußte nur, daß ich ıe Chance hatte, zu lernen und zu handeln. Es war meine ›ffnung, nicht mehr, daß es gelingen würde, Euch zu freien, doch darüber hinaus hege ich keine Hoffnung.«

›Ich verstehe, Majestät«, erwiderte Eldric nachdrücklich. ›och nun könnt Ihr fliehen.«

Rgoric schüttelte den Kopf. »Nein, Eldric, das kann ich ht«, widersprach er. »Dan-Tors Gift hat mich unwiderruf-ı zerstört, trotz der Anstrengungen von Sylvriss und mei-m scheinbaren Wohlbefinden. Es ist nur eine Frage der ɪt, wann ich der Krankheit erneut erliege, und ich kann ne Zukunft für mich sehen außer der eines sabbernden eises.«

Eldric zuckte unter der Bitterkeit zusammen, die der nig jetzt ausstrahlte. »Rgoric, wie könnt Ihr Euch dessen sicher sein?« fragte er ängstlich. »Es gibt einen großen iler im Land, aus Orthlund …«

Der König winkte ihm zu schweigen. »Ich bin mir sicher, ric«, erklärte er. »Mit meiner Gesundung ging Einsicht her. Ich kann nicht von dem Weg abzuweichen, den sie gezeigt hat. Seid versichert, was Ihr vor Euch seht, ist eine letzte Herbstblüte vor dem grausamen Winter-st.«

Eldric blieb stumm, den Kopf gesenkt.

»Ich habe mir das nicht gewünscht, Eldric«, fuhr d König fort. »Aber es ist die Wahrheit. Die Zeit arbeitet a allen Fronten gegen uns. Wenn Ihr entkommt, habe i wenigstens einige der Übel meiner jämmerlichen Herrscha wiedergutgemacht. Als nächstes werde ich Seinen Dien hier töten oder bei dem Versuch umkommen.«

Eldric starrte ihn an. Die Worte hallten in seinen Ohren *Seinen* Diener – , doch bevor er den Mund öffnen konnt führte Rgoric ihn noch ein Stück weiter von Jaldaric und D rap fort. »Eldric. Sylvriss denkt, ich folgte mit Euch«, sag er ganz leise. »Wenn Ihr sie seht, bittet sie, mir diese letz Täuschung zu vergeben.« Er zögerte und blickte auf sei Hände herab. »Sagt ihr … sagt ihr … wir hatten zwei Leb miteinander, eins am Beginn und eins am Ende … sa ihr … eine größere Freude könnte es nicht gegeben haben Dann ein wenig beherzter, obwohl seine Augen in dem w chen Fackellicht feucht glänzten: »Wenn Ihr mich liebt, E ric, tut, um was ich Euch bat – zu unser aller Bestem. Verla mich … um meine Pflicht als König zu tun.«

Impulsiv umarmte Eldric den König. Als sie wortlos v einander Abschied nahmen, nickte der König in Richtu der Tür. Eldric machte Dilrap und Jaldaric ein Zeichen, i zu folgen, und schritt zügig aus der Halle, ohne sich um schauen.

Rgoric lauschte ihren verhallenden Schritten, um da langsam wieder den angestammten Thron der Könige v Fyorlund zu besteigen.

Dan-Tor hastete durch die Gänge des Palastes. Seine Ged ken waren ein einziges Chaos. Daß der König sich i widersetzte und in diesem Augenblick seine Pläne dur kreuzen mochte, schrumpfte zur Bedeutungslosigkeit an sichts der furchterregenden Macht, die ihn nun unerbittl in ihr Zentrum zog. Seine Gedanken imitierten diesen M strom und rasten durch seinen Kopf, doch als er sich i

ıherte, drangen zunehmend vorsichtige Überlegungen an
e Oberfläche.

Dann fiel ihm der kalte, entsetzliche Zorn seines Meisters
ieder ein, und allmählich verlangsamte sich sein Schritt,
ärten sich seine Gedanken, obwohl diese fremdartige
acht immer noch wie spöttisches Glockengeläut durch sei-
n ganzen Körper tönte.

Ein Krieger. Ein Orthlundyn. Dieser grünäugige Dämon
rderte ihn in seinem eigenen Lager heraus! Der Gedanke
Orthlund und Anderras Darion ließ ihn sich schütteln,
d vorübergehend gewann der alte Selbstvorwurf wieder
Kraft. Warum hatte er das nur getan? Er schob ihn bei-
ite, doch die Furcht, die mit ihm einherging, ließ ihn vor
m Betreten der Eingangshalle innehalten.

Einen Moment blieb er stehen, spürte die mächtige Prä-
nz, die auf ihn wartete. Eine Macht, wie er noch keiner
gegnet war seit seiner Rückkehr aus der Dunkelheit –
ch es war nicht die Macht des wiedererweckten Ethriss.
ngsam begann sich Hoffnung in seine Angst zu mischen.
t freundlichen Worten und mit List konnte er Hawklan
lleicht in eine geschickt gestellte Falle locken. Es würde
cht einfach sein. Hawklans Mißtrauen war vermutlich tief
d umfassend. Trotzdem war es möglich. Der Mann
nnte gebunden und in Derras Ustramel in Seine Obhut
geben werden.

Er trat vor, und die Gruppe von Menschen, die sich am
upttor versammelt hatte, teilte sich stumm, um ihn
rchzulassen. Ein abgehetzt wirkender Urssain ging auf
ı zu.

Kommandant«, sagte Dan-Tor kalt. »Ich werde wie eine
chenmagd aus einer Audienz beim König geholt ...« Der
ck auf Urssains Gesicht ließ ihn verstummen.

Ffyrst, ich weiß nicht, was passiert ist. Seit Eldrics Verhaf-
ıg bei Oremson herrschte Unruhe in der Stadt, und diese
che mit der Königin war auch nicht sehr hilfreich, doch
hatten nicht den geringsten Anhaltspunkt für *so* etwas.«
ssains Stimme senkte sich zu einem Flüstern. »Die Menge

ist enorm groß. Ich habe es nicht gewagt, die Männer gege sie einzusetzen.«

»Nicht gewagt, Kommandant?« fuhr Dan-Tor ihn mit ve ächtlicher Stimme an. »Dieselben Mathidrin, die bere waren, sich den Hochgarden in offener Schlacht zu steller Die wagen es nicht, mit einem Mob fertigzuwerden, der vc einem Bauerntölpel von Heiler geführt wird?«

Urssain schwieg.

Für Hawklan hatte der letzte Teil der Reise sich als quäler schwer erwiesen. Der Chor leiser Schreie, der von all lebendigen Geschöpfen im Umkreis der Stadt ausging, w beim Betreten der Stadt erschreckend angestiegen. Myr den von Seelen ahnten den Heiler in ihm und griffen na ihm. Ihr Flehen lastete auf ihm wie ein nasses Tuch, behi derte seine Bewegungen und lenkte seine Gedanken ab.

»Ich kann euch nicht helfen«, brüllte er schließlich. »I muß ins Herz des Übels vorstoßen, das euch alle befall hat.«

Und da steht es, dachte er, als die hagere Gestalt Dan-Tc auf der Spitze der Freitreppe auftauchte, die zum Hauptt des Palastes führte. Hawklan war es allerdings, als sei c Gestalt vor ihm nur Teil eines Ganzen, die Projektion v etwas unvorstellbar Bösem und Falschem in dieser Zeit, diesem Ort. Dan-Tors Gestalt schien einen Riß im Tageslic zu bilden, so falsch war sie.

Plötzlich ging es Hawklan auf, daß es unermeßlich dun von ihm gewesen war, diese Konfrontation so zielstrebig suchen. Vielleicht waren ja all seine Reisen nur die Ver gung eines geschickt ausgelegten Köders gewesen. V leicht war es ihm bestimmt, durch dieses Wesen gefang und gebunden zu werden. Doch dann wurde eine and Stimme in ihm laut und sagte ihm, daß er keine Wahl geh hatte. Es erwachten noch andere Dinge als Sumer Geschöpfe, und er mußte seine Rolle spielen, koste es, v es wolle. Weniger wäre Verrat.

Die Gestalt riß sich ihren Weg durch das Tageslicht, kam e Treppen hinunter auf ihn zu, blieb jedoch auf halbem eg stehen, als sei sie gegen eine unsichtbare Schranke stoßen. Ein weißes Sichellächeln durchschnitt sein esicht, ohne es zu erhellen.

»Mein Lord Hawklan«, säuselte eine freundliche Stimme er den Palasthof. »Ich kann verstehen, daß Ihr mir wegen eines ungewöhnlichen kleinen Besuchs in Eurem hübnen Dorf Vorwürfe machen wollt, aber dies …« Ein langer m vollführte eine umfassende Geste über die Menge hin-Hawklan, die nun gespannt schwieg.

Die Stimme klang amüsiert, doch in Hawklans Augen chnete sich nichts ab, was auch nur annähernd humorl gewesen wäre. Die Menge hatte sich rasch und spontan 1 ihn geschart, als habe ein einziger Akt des Widerstands brütenden Spannungen der Stadt kristallisiert.

Bevor er antworten konnte, fuhr Dan-Tor fort: »Ich kann r vorstellen, daß wir viel zu besprechen haben, Ihr und . Irrtümer und Mißverständnisse richtigzustellen …«

Hawklan rührte sich nicht und würdigte ihn keiner Antrt, so weit klafften die freundlichen Worte und Dan-Tors uenerregende Präsenz auseinander.

Dan-Tors Lächeln wurde breiter, ermutigend. »Ich kenne ch nicht mit der orthlundtypischen Lebensart aus, doch nn Ihr schon eine Weile in Fyorlund seid, dann müßt Ihr tlerweile wissen, daß wir zu reden pflegen. Endlos zu len, um ehrlich zu sein. Eine alte, ehrwürdige Tradition.«

Hawklans Unsicherheit wuchs. Schweigend dort stehenbleiben hatte keinen Sinn. Sich in der Öffentlichkeit auf en Wortwechsel mit diesem Mann einzulassen, wäre ensgefährlich. Aber sein Lager zu betreten …?

Hinter ihm erhob sich eine leichte Unruhe. »Es sind nur Pferde«, flüsterte Isloman, und als Hawklan sich drehte, erblickte er Serian und Islomans Pferd, die durch erstaunte Menge schritten.

Dan-Tor zuckte zusammen, als er Schwert und Bogen an

Serians Sattel hängen sah. Beiläufig band sich Hawklan d. Schwert um.

Dan-Tors Lächeln verblaßte nicht, doch die Aura um il veränderte sich. »Lord Hawklan«, versuchte er es noch ei mal. »Ich biete Euch eine Unterredung an in der Traditi Fyorlunds, und Ihr bewaffnet Euch?«

Hawklan wollte gerade etwas sagen, als Serian ihm lei zuflüsterte: »Sieh dich vor. Die Leute hier haben nicht d nen Blick. Sie sehen nur sein Lächeln und dein Schwert u dein versteinertes Gesicht.«

Mit Mühe verzog Hawklan seinen Mund zu eine Lächeln. »Ist es nicht Sitte bei den Fyordyn, gerüstet i Geadrol zu sprechen?«

Dan-Tor verneigte sich leicht, sagte jedoch nichts.

Hawklans Lächeln verflüchtigte sich. Es hatte kein Zweck. Er konnte sich im Angesicht dieser Abscheulichk nicht verstellen. Er fühlte sich von Kräften übermannt, o er nicht begriff, und er benötigte seinen ganzen Willen, u sie zu unterdrücken. Wie fernes Donnergrollen tönt Trommeln und Posaunen in seinem Geist, als verkündet sie eine furchtbare Schlacht.

Dan-Tor wurde ähnlich belagert, obwohl er nur allzu die wahre Natur dieser Kräfte kannte. Um Hawklan w eine Aura, wie er sie seit der Ersten Wiederkehr nicht me gesehen hatte. Jede Faser in seinem Körper schien auf dies Monstrum losgehen und es vernichten zu wollen; diese S rung, dieses Hindernis Seiner Pläne. Aber die Gefahr …

Zwei gewaltige, gegensätzliche Kräfte belauerten ein der wie schwarze Sturmwolken, zurückgehalten von w weiß welchen Kräften, bis eine letzte unbedeutende Störu ihre Blitze zur Entladung bringen würde. Jede wuchs mit o anderen.

Serian wieherte nervös und wich zurück.

Hawklan sah ohnmächtig zu, wie die undeutlichen, v schwommenen Hoffnungen, die er gehegt hatte, im An sicht dieser gnadenlosen Realität vergingen. Visionen v

heilten Krankheiten, gelösten Problemen, durch Rede
d Vernunft wiedergutgemachtes Unrecht lachten höh-
sch über seine Naivität, verspotteten ihn als Dummkopf.

Die wenigen Worte, die Dan-Tor und er gewechselt hat-
n, lagen zwischen ihnen wie totes Laub: erbärmliche,
schelnde Sinnlosigkeit, die in dem furchtbaren Schweigen
llte. Beide durchmaßen das gestaltlose Land des Zweifels.
iner von beiden vermochte das Objekt seiner Suche zu
rlassen. Keiner vermochte es zu ergreifen. Die Leute
auten zu, still, verständnislos.

Dann erscholl von oben aus dem Himmel ein heiserer
hrei. Ein Schrei, wie er über den Mandrocs erklungen war,
sie in Orthlund gegen die Hochgarden marschiert waren.
n-Tor erschrak gewaltig. Sein Lächeln verschwand, er
b den Blick zu dem oben kreisenden Gavor. Hawklan
ürte, wie der Geist um den Mann sich verfinsterte und
h wand. Dann blickte er unvermittelt in Dan-Tors haßer-
lte Augen.

»Ich lasse mich nicht verspotten von deinem Todesvogel,
thlundyn«, erklang eine grimmige, eine schreckliche
mme, die den Himmel selbst auszufüllen schien, und
wklan ahnte, daß ein gewaltiger Schlag vorbereitet
rde, um seinen Freund zu vernichten.

Sein Blick klärte sich. Er war von Orthlund aus auf die
che nach dem Ursprung eines großen Übels gegangen.
n stand es vor ihm, stark, machtvoll, zielstrebig. Die Welt
rde vor ihm zu Staub zerfallen, wenn es nicht zerschmet-
t wurde.

Der Heiler in ihm sagte: »Schneide dieses kranke Gewebe
aus.« Der Krieger brüllte: »Töte es, bevor es dich tötet!«
d alle lebenden Wesen in Vakloss flehten ihn an um Hei-
g und Rache. Worte würden hier nichts ausrichten. Der
te Schlag mußte ihm gehören, ganz gleich, wie das in den
gen der Zuschauer aussehen mochte.

Mit einer Bewegung, die so natürlich war wie das Hin-
d Herschwingen von Ästen im Wind, drehte Hawklan
n um und nahm den Schwarzen Bogen und einen ein-

zigen Pfeil von seinem wartenden Pferd. Dan-Tors Schl gegen Gavor wurde stärker, um dann zu schrumpfen, ab lenkt von dieser fremden Harmonie am Rand seines Bli felds. Als er sich umwandte, legte Hawklan den Pfeil an u spannte die Sehne von Ethriss' Schwarzem Bogen. Er ächz wie der Mast eines großen Schiffs, und ohne Zögern sch Hawklan Lomans Pfeil ins Herz der abscheulichen Kreat die da vor ihm stand.

Dan-Tor vernahm sein uraltes Lied, doch trotz aller V achtung für das Menschliche war es seine sterbliche Hül die ihn rettete, nicht seine vielgerühmte Macht. Reflexe, schon alt waren, bevor er geboren war, rissen ihn aus d Bahn des heranzischenden Verhängnisses, und obwohl d Pfeil sich durch Fleisch bohrte und Knochen zerschm terte, bevor er durch Fleisch wieder heraustrat, traf er do kein lebenswichtiges Organ.

Die Wucht des Aufpralls ließ ihn rückwärts taumeln, stolperte die Treppen hinunter. Sowohl die Menge als au die Mathidrin standen gelähmt von der Plötzlichkeit d Angriffs. Hawklan sah, daß der Schuß fehlgegangen w und legte einen zweiten Pfeil an. Doch die Wunde, die D Tor empfangen hatte, verletzte mehr als seine sterblic Hülle. Loman besaß zwar nicht die Geschicklichkeit der M ster des Großen Bündnisses, doch er war ihr gelehri Schüler, und sein Pfeil war so vollkommen gefertigt, wie in jener Zeit möglich war.

Abgeschossen von Ethriss' Schwarzem Bogen du einen großen Heiler-Krieger, zerriß er nicht nur Dan-T Fleisch, sondern auch seinen schwarzen Geist. Seine Au weiteten sich und funkelten in einem abscheulichen R sein Mund sprang auf, und sein braunes Gesicht sah aus der Krater eines zornigen Vulkans. Aus seinen tiefsten fen stieg, sich unaufhaltsam aus einem Wispern steiger ein so lauter Ton auf, daß er feste Form anzunehmen sch in der Luft. So unmenschlich war dieser Schrei, daß mit A nahme von Hawklan alle, die ihn hörten, taumelten und Boden fielen vor Entsetzen.

Weit oben im Norden vernahm eine dunkel brütende
stalt den Schrei ihres Dieners und streckte die Hand aus
kalter Wut, über die Berge, über die Ebenen, um seine
sicht zu hintertreiben.

Unbemerkt entwich eine entkräftete Gestalt aus Seinem
laven.

Nun erkannte Hawklan die Kreatur, die sich auf Lomans
il wand, und stand gelähmt vor Entsetzen. Er fühlte
ne Regung in sich. Keine Auferstehung des Wächters
riss oder eines anderen Geistes, um ihn vor dem Schick-
zu retten, das ihm bevorstand – ihm, der Oklar freige-
zt hatte, den Erdverderber, den Ersten unter den Uhriel
nerals.

Bilder von zerstörten, vom Krieg verwüsteten Ländern,
Tirilen, Loman, Gulda und zahllosen anderen zogen vor
nem geistigen Auge vorbei, um ihn anzuklagen, weil er
sagt hatte. Dann, in der dunkelsten Finsternis seiner
cht, sprach eine leise, vertraute Stimme zu ihm: »Das
wert, Hawklan. Ethriss' Schwert.« Es war Andawyrs
mme: schmerzverzerrt, schwach und sehr weit weg.

Ohne zu überlegen zog Hawklan sein Schwert und hielt es
zitternden Händen vor sich, während Oklar die Alte
cht gegen ihn schleuderte.

Der Boden unter seinen Füßen begann zu beben und sich
zuwerfen, als sei er ein windgepeitschter Ozean. Tiefe
lten taten sich vor ihm auf und schlossen sich wieder wie
Mäuler großer Raubtiere. Ein widerwärtiges Dröhnen
ien das Universum selbst auszufüllen, und in seinen Kör-
drangen Millionen winziger Widerhaken ein, als wollten
ihn Zelle um Zelle auseinanderreißen, zerfetzen.
endwo in weiter Ferne war das schwache Geräusch von
stürzendem Mauerwerk und einer kreischenden Menge,
sich panikerfüllt gegenseitig niedertrampelte.

Hawklan kannte nur noch das Schwert. Er ließ seinen
st in seine Vollendung und Stärke strömen und hoffte,
werde irgendwie die Menschen um ihn retten. Doch
st in diesem Moment wußte er, daß er das Schwert nicht

so benutzen konnte, wie es benutzt werden sollte, und fühlte seine eigene Stärke verebben, während der Tumu um ihn immer lauter und lauter wurde.

Langsam sank er in die Knie, und als sein Geist in das V gessen trieb, konnte er eine kalte Präsenz an sich vorbei hen spüren. Süß gesprochene Worte von abscheulicher B heit formten sich wie Eisbäche in seinem Herzen: »... *Hü ... Ethriss' Versteck ...*«

Dann war sie fort, und die Dunkelheit nahm ihn auf.

KAPITEL 56

Reglos und erstarrt saß der König auf seinem Thron, w rend das furchterregende Donnern und Beben den pros scheren, vertrauteren Lauten von Panik und Unordnu wich, die durch den Palast drangen. Die Fackeln, die d Thronsaal mit strahlender Helligkeit erleuchtet hatten, wollten sie ihn gegen einen gräßlichen Angriff schütz nahmen wieder ihre normale Ausstrahlung an, und Rgo war sich zitternd der Tatsache bewußt, daß sich ein gewa ges Übel näherte.

Dilrap taumelte in die Halle, konfus, mit weit aufgeris nen Augen.

»Was ist geschehen?« fragte der König. »Dieser Lär Und der ganze Palast hat gebebt?«

Dilrap gestikulierte ziellos. »Ich weiß nicht, Majest gab er furchtsam zur Antwort. »Ich half gerade Lord Eld und seinem Sohn. Menschen laufen panisch durcheinan Ich kam geradewegs hierher zurück.«

Der König führte voller Verzweiflung die Hand an se Schläfe, um dann beinah zornig zu sagen: »Und was habt hier noch zu suchen? Ihr solltet mit Lord Eldric fortreiter

Dilrap blickte den König mit unvermuteter Entschloss

t an. »Ich bin kein Reiter, Majestät«, erwiderte er. »Noch niger ein Krieger. Meine Pflicht als Euer Sekretär ist an rer Seite. Eine Pflicht, die das Gesetz fordert …«

›Vergeßt das Gesetz«, rief der König wütend, während ne Augen sich ungläubig weiteten. »Gehorcht meinem ehl. Reitet ihnen hinterher!«

)ilrap blickte reumütig drein. »Majestät, Ihr steht nicht er dem Gesetz. Ihr werdet von ihm zugleich unterstützt d eingeschränkt. Ohne entsprechende Bestrafung dürft es nicht brechen.«

goric ballte die Fäuste, doch Dilrap ging entschlossen ihn zu. »Majestät, wenn Ihr Dan-Tor getötet habt, dann traft mich, wie Ihr es wünscht. Doch wenn er Euch tötet, in bin ich der einzige, der in Dan-Tors Nähe geduldet und ichzeitig dem Gesetz treu ergeben ist. Ich werde seine ue Ordnung untergraben, wie er die alte untergraben . Es mag herzlich wenig sein, was ich tun kann, aber es ist hr, als ich an irgendeinem anderen Ort dieser Welt tun nte, und ich habe die feste Absicht, so zu verfahren.«

evor der König sich von dem Schrecken über Dilraps gewöhnliche Feststellung erholen konnte, betrat eine fine Prozession die Halle. Der verletzte Dan-Tor wurde in er Sänfte hereingetragen.

goric warf Dilrap einen flüchtigen Blick zu. »Geht, Verter Sekretär«, sprach er im Flüsterton. »Ihr beschämt h. Dies ist aller Schutz, den ich Euch erweisen kann.« in rief er lauthals: »Verschwindet, undankbarer Verräter, Euch befasse ich mich später.«

)ilrap floh.

er König löste den Blick von der aus der Halle laufenden talt und erschrak, als er seinen einstigen Minister und kermeister erblickte. Der Mann war gleichzeitig unverert und auf eine unfaßbare Weise verändert. Er strahlte Kraft aus, die den König erzittern ließ. Das einzige unde an ihm schien der schwarze Pfeil zu sein, der aus er Seite herausragte; nur der Pfeil schien seiner Kraft

Grenzen zu setzen. Alle Fragen über die Ereignisse verl ßen den König.

Ich muß jetzt zuschlagen, dachte er. Töte diese Kreat schnell und bring es hinter dich.

Dann schlug sie die Augen auf: weit weg, haßerfüllt u rot glühend. Sie blickten geradewegs in Rgorics Augen, u eine Angst überschwemmte den König, wie er sie noch r zuvor gekannt hatte. Sein Geist berührte den Rand der Wa heit von Dan-Tor.

Doch er erwiderte den Blick, und nun war es an den rot Augen, unsicher zu werden. »Ich erkenne dich als das, w du bist«, sagte Rgoric ruhig. »Meine Schlacht gegen de eigenes Gift gab mir eine wahre Sicht.«

Eine gequälte Hand hob sich und richtete sich auf d König, doch obwohl Rgoric fühlte, daß ihn eine Mac berührte, sah er doch auch, daß der Pfeil viel davon abs bierte, und mit einem stummen Schrei krümmte die zende Gestalt ihren Rücken und zog vergeblich an dem Pf schaft.

Schnell zog Rgoric sein Schwert und schritt auf die si quälende Gestalt zu. Furcht und Haß loderten in ihr Augen, als er sich näherte.

»Du magst ja eine gewisse Sicht haben, Rgoric«, erkla eine schwache, hohle Stimme. »Aber diese hier auch, du ihr eignes Licht, und sie gehören mir.«

Rgoric hielt an und blickte zu den Mathidrin, die neb der Gestalt standen. »Geht zur Seite«, sagte er, doch kei von ihnen rührte sich.

Die Furcht in den roten Augen verschwand.

»Eure Zeit ist zu Ende, Rgoric«, sagte Urssain. »Eine ne Hand leitet jetzt Fyorlund. Eine Hand, die stärker ist Eure, auch wenn sie schändlich niedergestreckt worden is Er warf seinen Männern einen Blick zu. »Tötet ihn«, sagte

Ohne Zögern näherten die Mathidrin sich dem König gezogenen Schwertern. Rgoric nahm sein eigenes Schw in beide Hände, ließ es aufwärts schwingen und schlit einen von ihnen auf mit einer schrecklichen, klaffend ınde vom Bauch bis zur Schulter. Dann drehte er sich und ıte seitlich aus, wobei er einem anderen beinah den Kopf n Hals trennte.

ɪr drehte sich wieder mit dem Schwung seines Hiebs und eßte einen dritten auf, bevor einer der Angreifer ihm das ıwert in den Rücken stoßen konnte. Der König wirbelte ihm herum und trennte seine Hand ab, doch ein anderer f ihn von hinten. Die Wut seines Angriffs hätte gewöhnli- Männer in die Flucht geschlagen, doch die Mathidrin ren wie besessen, als sie sich wie eine Meute wilder nde ohne Rücksicht auf ihr eigenes Leben auf ihn stürz- .

ɪach ein paar Sekunden lag Rgoric mit dem Gesicht nach ɪen in einem See von Blut, Kopf und Rücken von entsetzli- n Wunden zerfetzt.

So gehen alle unsere Feinde zugrunde«, sagte Urssain triumphierendem Gesicht. Seine Augen brannten in em seltsamen Feuer.

)och kaum hatte er die Worte ausgesprochen, als er auch on erschrocken zurückwich. Die Hände des Königs vegten sich. Mit schmerzhafter Langsamkeit krallten sie ı in den besudelten Boden und zogen den zerschunde- ı, blutbedeckten Körper auf die sitzende Gestalt zu. Der is der Mathidrin weitete sich, Entsetzen gewann die ɪrhand über ihren Blutdurst.

ɪer König hob den Kopf und blickte wieder in die haßer- ten Augen.

ɪch sehe dich jetzt wahrhaft«, stieß Rgoric schwach her- »Oklar, Diener des Großen Verderbers.«

Wenig wird dir das nützen«, höhnte der Uhriel, obwohl ich gegen die Rückenlehne der Sänfte preßte, als wolle er ɪem unerbittlichen Zeugen entkommen.

Und mehr noch sehe ich«, sagte der König. Ein schmerz- ɪer Krampf schüttelte ihn, er verzog das Gesicht, aber er ch immer noch weiter. Er schien durch Ort und Zeit hin- ch ein fernes Schauspiel zu betrachten.

Wenn du stirbst, Oklar«, sagte er, »wirst du auf der Höhe

deiner Macht sein, wenn alle bereit sind, vor dir auf die Kr
zu fallen.«

Die roten Augen vermochten sich nicht von Rgorics st
bendem Blick zu befreien. »Du lügst«, grollte Okla
Stimme. »Du faselst in deinen Todeswehen, König. Ich b
unsterblich. Niemand kann mich töten. Und niemand ka
die Zukunft lesen. Nicht einmal Er.«

Der König lachte schwach und schüttelte den Kopf. E
blutiger Strahl spritzte dem Uhriel über die Füße. »A
Oklar. Wie hast du dich täuschen lassen! Dein Tod ist v
meinen Augen. Bin ich nicht ein Nachkomme der Lords vo
Eisernen Ring? Dein Mörder ...«

Er hustete und würgte, sein Körper wand sich in Tod
qualen. »Dein Mörder wird uralt und unbedeutend se
doch sterben wirst du, so sicher, wie ich jetzt sterbe. A
du wirst geschlagen sterben, wie ich im Triumph ... Wi
denn, daß meine Gemahlin meinen Erben trägt.«

Dem König versagte die Stimme, doch sein sterben
Körper war das einzige, was sich im Thronsaal bewegte.

»Ich sehe über deinen Tod hinaus, Oklar.« Wieder wu
er von Schmerz unterbrochen, und als er weitersprach, w
seine Stimme noch schwächer. »Wisse dies. Und nehme
Trost, was du kannst, denn er ist nicht, was er sche
Nichts wird die Herrschaft deines Meisters beenden.« Da
lachte er sonderbar, mit einer letzten Anstrengung sch
sich seine blutige Hand noch ein Stück weiter vor und kra
sich um den Fuß des ängstlich zusammengekauerten Ok
bevor er starb.

Oklar starrte auf den gefällten König hinab. Seine Au
schleuderten schreckliche, rote Blitze, doch jeder, der die
Blick ertragen konnte, hätte auch Angst und Zweifel da
entdeckt. Die Prahlerei mit seiner Unsterblichkeit w
zwecklos gewesen. Für jedes Geschöpf gab es eine Wa
selbst für Ihn. Die Worte des Königs brannten in ih
Konnte es dahin kommen, daß er, Oklar, größter Sei
Uhriel, durch die Hand eines einfachen Mörders starb, w
rend Er ohne Ende herrschen würde? Sollte das seine Be

ıg sein für seine ewige Reise durch die Äonen? Ein gewal-
:r Schrei der Verneinung stieg in ihm hoch über diese
·terung, doch er wußte, daß er auf Rgorics Todesvision
gespießt war, so sicher, wie er auf Hawklans Schwarzem
ıl steckte.

angsam lockerte sich die Hand des toten Königs und glitt
seinem Fuß. Die Bewegung schien den Uhriel zu
reien. »Befreit mich von diesem Unrat«, zischte er.

einah verzweifelt bemüht, der schrecklichen Gegenwart
s Lords zu entfliehen, stürzten gleich mehrere Mathi-
ı vor, packten die Leiche und begannen, sie über den
len zu ziehen. Oklar schaute der Blutspur hinterher und
tete sich dann mühsam auf. Er zog eine Grimasse, und
sain sprang vor.

Ffyrst, Eure Wunden ...« Doch die Worte erstarben ihm
den Lippen, als er Oklars Blick begegnete.

Sind jenseits Eurer Hilfe ... Kommandant«, sagte er.
ıseits jeder Hilfe, bis ...«

r sah auf seine Hand hinab. Eine tiefe, faulende Strieme
über seinen Handteller, wo er den Schaft von Hawklans
l berührt hatte.

och dieser Schmerz war winzig im Vergleich zu der drei-
en Pein, die er immer noch empfand. Der Schmerz des
ls, der in ihn eindrang und durch ihn hindurch, ein Pfeil,
hmiedet in der Großen Harmonie von Orthlund, abge-
ıssen von Ethriss' Schwarzem Bogen. Dann der Schmerz
Alten Macht, die er in seiner Wut und Pein entfesselt
e, denn Ethriss' Schwarzes Schwert hatte, auch wenn es
ulänglich geführt wurde, viel davon auf ihn zurückge-
eudert. Doch bei weitem am schlimmsten war der Zorn
es Meisters, als Seine Hand zuletzt nach ihm gegriffen
e, um seine Seele zu zerreißen in ihrer kalten Panik.

ur die Tatsache, daß Ethriss nicht erweckt worden war,
e Oklar vor der ewigen schwarzen Auflösung gerettet,
Er ihm angedroht hatte. »Ethriss schläft noch, Uhriel.
me also dies, Meinen Segen, damit du noch einmal aus

deiner Dummheit lernen kannst. Geh jetzt und tue Mein Willen.«

Da wußte Oklar, daß er den Pfeil ertragen mußte, bis die Absicht hatte, ihn zu entfernen. Denn nur Er vermoc es, so war das Wesen des Pfeils. Er würde in seiner Flar steckenbleiben, während das Blut unaufhörlich von sei glitzernden, gezackten Spitze tropfte, um seinen Weg einer blutroten Spur zu zeichnen, ein höhnisches Echo weggeschleiften toten Königs.

Nun konnte er die Alte Macht nur in dem Ausmaß ben zen, wie er den Schmerz zu ertragen vermochte, den i Nutzung verursachte, denn der Pfeil würde sie auf zurücklenken.

»Eure Weisheit und Gnade sind ohne Grenzen, Meist rief er in seiner Qual.

Denn trotz des Preises, den er bezahlt hatte, war alles Ethriss schlief, und Hawklan, wer auch immer er gewe sein mochte, mußte in dem Vernichtungssturm umgek men sein, den er mit Hilfe der Alten Macht entfesselt ha Die Königin und Eldric waren geflohen. Sie würden ihm Sündenböcke dienen und zusammen mit den Lords Osten den künftigen Fokus bilden für den Haß und Furcht des Volkes.

Und seine Mathidrin waren bereit.

Langsam krallte er seine langen Finger in Urssains Sc ter, um sich zu stützen. »Eure Weisheit und Gnade sin der Tat ohne Grenzen, Meister«, sagte er leise zu sich selb

Alles war gut.

ENDE

ınd 20 280

ger Taylor

ıfbruch nach ıddin

ıtsche ıtveröffentlichung

ange die Menschen denken können, steht die Festung Anderras Darion assen hinter verschlossenen Mauern. Doch dann taucht aus den Bergen Mann ohne Gedächtnis auf: Hawklan der Heiler, begleitet von seinem en Gavor – und vor ihm öffnen sich die mächtigen Tore.

langer Zeit errang der legendäre Held Ethriss zusammen mit den einigten Reichen von Orthlund, Riddin und Fyorlund einen bitteren Sieg r den Dunklen Lord Sumeral und seine schrecklichen Wesen, die ıdrocs. Nun breiten sich neue Unruhen im Land aus. Rgoric, regierender ig von Fyorlund, ist unter den bösen Einfluß von Lord Dan-Tor gefallen. nruhigende Gerüchte über Mandrocs verbreiten sich – und es heißt, daß neral selbst sich wieder regt. Tief in der Einsamkeit von Anderras Darion nimmt Hawklan einen uralten, doch vertrauten Ruf zu den Waffen und ht nach Riddin auf . . .

; ist der Beginn einer außergewöhnlichen Saga von einem Meister der chen Fantasy.

Sie erhalten diesen Band im Buchhandel, bei Ihrem Zeitschriftenhändler sowie im Bahnhofsbuchhandel.

Band 20 262

Roger Taylor
Traumfinder
Deutsche Erstveröffentlichung

Die Gilde der Traumfinder ist nach dem Tod ihres Anführ Petran in Verruf geraten, und Antyr, sein Sohn, ist nicht ber in die Fußstapfen seines Vaters zu treten. Zusammen mit ih Gefährten, telepathisch begabten Wölfen, sind Traumfinder der Lage, sich in die Träume anderer einzuschleusen und sie beeinflussen.
Eines Nachts jedoch werden Antyrs Fähigkeiten gebrauc Den Fürsten von Serenstad plagen Alpträume vom Unterga seiner Stadt. Und zum erstenmal müssen Antyr und s Gefährte Tarrian sich dem geheimnisvollen Blinden Mann u seinem Werkzeug, dem rachsüchtigen Krieger Ivaroth, stell Es beginnt ein Abenteuer, wie sie es sich niemals zu träum gewagt hätten!

Epische Fantasy in der besten Tradition von J.R.R. Tolkien!

BASTEI LÜBBE

Sie erhalten diesen Bar im Buchhandel, bei Ihre Zeitschriftenhändler so im Bahnhofsbuchhand

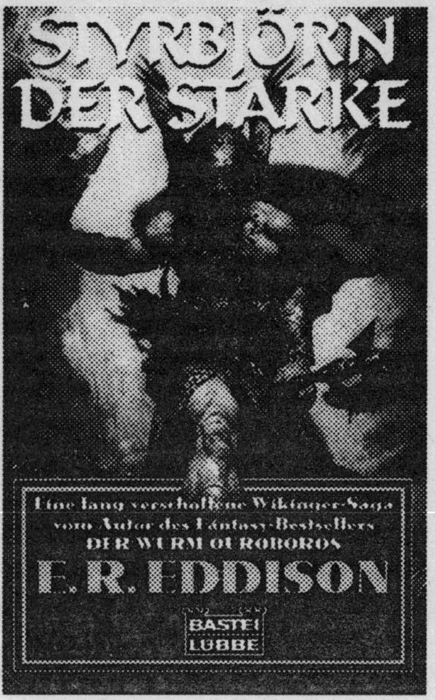

nd 20 291
. Eddison
rbjörn
Starke
tsche
tveröffentlichung

s ist die abenteuerliche Geschichte von Styrbjörn dem rken. Sein Onkel, Erich der Siegreiche, herrscht als König in weden, und er verspricht Styrbjörn die ihm zustehende fte des Reiches, sobald dieser das Mannesalter erreicht hat. weil geht Styrbjörn auf Wikingfahrt, um Heldenruhm zu ngen. Und als Sigrid die Stolze, Erichs Königin, die beiden cken entzweit, zieht Styrbjörn mit einer gewaltigen Flotte Norden, um sein Recht auf die Krone mit dem Schwert zufordern…

ausgezeichneter historisch-phantastischer Roman, der den enteuern seines mächtigen Helden in den skandinavischen igreichen und unter den Jomswikingern des Ostseeraums t.‹

L. Sprague de Camp

ASTEI
ÜBBE

Sie erhalten diesen Band im Buchhandel, bei Ihrem Zeitschriftenhändler sowie im Bahnhofsbuchhandel.

Band 20 288

Dave Duncan

Die Stadt der Götter

Deutsche Erstveröffentlichung

Der treue Stallbursche Rap ist durch die Hölle gegan
und über stürmische Meere gefahren, um Inos, se
Königin, zu retten, doch am Ende war sein Kar
umsonst. Denn Inos ist bereits mit Sultan Azak verm
worden, auf dem ein böser Fluch lastet. Ihre Ho
zeitsreise soll in die geheimnisumwitterte Stadt
Götter führen. Dort, inmitten furchterregender Magie
gefährlicher Intrigen, sucht Azak Rache und Erlös
von seinem Fluch. Rap ergibt sich in sein Schicksal
erwartet den Tod aus den Händen der Folterkne
Azaks. Und Inos folgt ihrem neuen Herrn auf eine Re
deren Ende nicht einmal die Götter vorauszusa
wagten ...

BASTEI LÜBBE

**Sie erhalten diesen Ba
im Buchhandel, bei Ihr
Zeitschriftenhändler s
im Bahnhofsbuchhand**